八声甘州

之

云起

陈玉福 著

作家出版社

自　序

文｜陈玉福

　　"西部文学"的提法由来已久了，我们这些生于斯长于斯的西部作家都有一个梦想，那就是能够有机会用文学的形式为自己的家乡树碑立传。可那时候，为了养家糊口，心有余而力不足。十一年前，"西部文学"的提法突然在媒体频频出现，并且一些专家也列举了不少"西部文学"的代表作品。我感觉个别的所谓"西部文学"离我心目中的"西部文学"距离甚远。我心目中的"西部文学"首先是英雄的文学，不是他们认为的"宗教文学"或者是与"宗教"相关联的文学；其次我崇敬的"西部文学"应该是讲述西部精彩故事的文学，而不是他们认为的"小桥流水人家"和"乡巴佬"文学。于是我便开始搜集资料，创作我心目中的"西部文学"作品，还"西部文学"以本来面貌。这样，我描写西部的作品《西凉马超》《西部人》等陆续地出版了。

　　当时《八声甘州之云起》叫《西部杨家将》。因为还缺乏不少有支撑力的故事，所以《西部杨家将》约十万字的初稿拿出来就停下了。与其说是初稿，还不如说是我文学创作库里的一份相对完整的资料而已。而真正的灵感突发是2020年春天受甘肃省文联、甘肃省作协委托到张掖市采访脱贫攻坚工作时开始的。采访中，我对张掖市甘州区"生态新城"的理念和冬季植树造林的做法刮目相看，便写下了《甘州绿满滩》的散文发在了《光明日报》上，把张掖市甘州区的创新之举介绍给了《光明日报》的读者乃至全国的读者，引起了强烈的反响。

　　完成省文联、省作协交给的工作任务后，我在市、区有关部门负责同志的陪同下，又考察采访了位于张掖市甘州区滨河新区的甘州府城。这是一座投资九亿多元，占地五百多亩的仿古建筑群，雕梁画栋、曲折蜿蜒，碧水相连、绿树掩映，是典型的明清风格建筑。一开始给我的印象就是，如果在这里拍摄影视剧，一定是个不错的选择。随着采访的不断深入，我逐步地喜欢上了这里的"水"，也喜欢上了这里的一座城——甘州府城。于是，我就想用"文学＋影视"的形式，加大对甘州府城的宣传力度，加快吸引和集聚更多人气、商气，进一步提升甘州府城的知名度和影响力，为张掖的文化旅游事业发展贡献一点绵薄之力。具体做法是：为甘州府城量体打造一部长篇文学作品，接下来操作电视剧，把甘州府城乃至甘州区、张掖市的文化旅游名片打出去，还要打得响！基于这样的考虑，我开始了《八声甘州之云起》和《张掖传》的创作。

《八声甘州之云起》（以下简称《云起》）即将出版，有不少朋友问我，八声甘州是怎么回事？我写的《八声甘州之云起》和《八声甘州》这个词牌名是不是有紧密的联系？

在中国的古代文化里，词牌名一直是一个关键词。无论是哪个朝代，都程度不同地有不少优秀的诗歌作品出现。唐朝诗歌最负盛名，被称为中国诗歌的高峰；其次是宋词，被誉为沉香千年的古卷。如辛弃疾《八声甘州·故将军饮罢夜归来》：

故将军饮罢夜归来，长亭解雕鞍。恨灞陵醉尉，匆匆未识，桃李无言。射虎山横一骑，裂石响惊弦。落魄封侯事，岁晚田间。

谁向桑麻杜曲，要短衣匹马，移住南山？看风流慷慨，谈笑过残年。汉开边、功名万里，甚当时、健者也曾闲。纱窗外、斜风细雨，一阵轻寒。

诗歌的源头，要从上古时代说起。那个时候，我们的祖先是没有文字的。在那个没有文字的时代，先民们将劳动生活、宗教祭祀，以口头歌谣传唱，配合着音乐和舞蹈。这些歌谣、音乐和舞蹈虽然流传下来的不多，但窥一斑而知全豹，我们通过祖先们留下来的足迹和日常生活、劳动工具，就能推理出那个时期的基本情况。

到了商周时代，周王朝大兴礼乐，于是派专门的采诗官在每年的春秋两个季节到民间各个地方收集整理歌谣，这其中会发现不少优秀的诗词。王公贵族为了各种需要，也会创作一些歌颂、讽喻、祭祖等各种名目繁多的诗词。不少缺乏文采的王公贵族还花钱，请一些文人墨客用诗词的形式为他们服务。我们把王公贵族和他们委托的文人们创作的诗词称之为专业工作者作品。这样日积月累，民间歌谣加上专业的诗词创作，就涌现出了不少优秀的民间文艺和诗词作品。

这些作品在公元前六世纪左右被编成了《诗》，收录了自西周初年（公元前十一世纪）开始至春秋中期（公元前七世纪），大约五百年间的各类诗歌三百零五首，又被称为《诗三百》，汉代以后又被称为《诗经》。后到了隋朝，为了配合燕乐而创作了词牌，逐渐发展为可以和唐诗相媲美的词。这样，诗词的盛世王朝就出现了。

从最早的《诗三百》开始，到隋唐时期的词牌创作，贯穿整个中国古代文化的诗词都是被唱出来的。根据史料记载，优秀的词都有一个乐谱，每个乐谱都必定属于某种宫调，就类似于今天的C调、G调等。除此之外，还有一定的旋律和节奏，这些宫调、旋律、节奏后来被统称为词牌。

我最早接触诗词是在小学的课本中，再后来读得最多的则是毛主席的诗词。毛主席既是政治家、军事家，也是著名的诗人。我最喜欢的是他的《七律·长征》《七律·人民解放军占领南京》《沁园春·雪》《沁园春·长沙》《清平乐·六盘山》《卜算子·咏梅》等。其中《沁园春·雪》最负盛名。

有文化底蕴的城市，应该有一个词牌名，古城张掖是历史文化名城，是文学创作的宝库，自然也有词牌名流淌在中国古代文化的历史长河之中，这就是我们耳熟能详的《八声甘州》。

张掖在古代被称为甘州，因其甘峻山下有一眼甘泉而得名。当时的甘州在唐代只是一个边塞小城，但是盛唐时期，掌管教习礼乐、宫廷音乐的官署唐教坊还是为这座边塞小城创作了唐代大曲《甘州》。

而传诵后世的《八声甘州》就是这首唐代大曲《甘州》中的一段。《八声甘州》的词牌在宋代被文人墨客广泛使用，最后影响越来越大。其中最出名的便是唐宋八大家之一的苏轼，他有一首《八声甘州·寄参寥子》，整首词充满豪气，向往出世却又执着于友情，毫无颓唐、消极之感，读来气势恢宏、荡气回肠，属于《八声甘州》中极具影响力的作品：

有情风万里卷潮来，无情送潮归。问钱塘江上，西兴浦口，几度斜晖？不用思量今古，俯仰昔人非。谁似东坡老，白首忘机。记取西湖西畔，正春山好处，空翠烟霏。算诗人相得，如我与君稀。约他年、东还海道，愿谢公雅志莫相违。西州路，不应回首，为我沾衣。

更有宋代词人柳永的《八声甘州·对潇潇暮雨洒江天》，虽然其缠缠绵绵、凄凄切切的小女子情态十足，但也成了闻名天下之作。

除此之外，还有太多的词牌被记录了下来，成了中华优秀传统文化的主要内容和精神力量。

由于《甘州》的音律起源于漠北甘州，所以《八声甘州》的音节慷慨悲壮，适合宋代词人们的委婉流转的长篇慢词。由此，《八声甘州》词牌便逐渐开始火了起来。如果在今天，那《八声甘州》的词牌名不但是一个大 IP，而且应该是实打实的宋代"网红词牌"。

在无数文人墨客追捧之下，《八声甘州》也衍生出了许多变体，有史书记载的就有六种平仄变体。

可以想象在几千年前的唐宋盛世，一个个慷慨悲壮的漠北音符在坊间流淌，一曲曲代表甘州人文风情的词曲被世人哼唱，文字最后被记录了下来，传诵后世。可那些音符却被时光收藏，回荡在五千年的华夏大地上。

据王灼《碧鸡漫志》载："《甘州》世不见，今'仙吕调'有曲破，有八声慢，有令，而'中吕调'有《象八声甘州》，他宫调不见也。凡大曲就本官调制引、序、慢、近、令，盖度曲者常态。若《象八声甘州》，即是用其法于'中吕调'。"《西域记》载："龟兹国土制曲，《伊州》《甘州》《梁州》等曲翻入中国。"这些曲子音节慷慨悲壮，据说精通音律的柳永，常用它们来抒写失意的情怀，声情并茂，极受欢迎。至于《八声甘州》因何叫"八声"，无他，只因全词共八韵。

说完了《八声甘州》，再来说长篇小说《八声甘州之云起》。《云起》就内容来说，和《八声甘州》的词牌毫无关系。可这部作品与古甘州和今张掖，那关系可就大了。《云起》写的是古甘州发生的精彩故事，其中的人和事都是有原型和历史记载的。全书以"充边甘州""重振军心""智取瓦剌""肃王结仇""力据强敌""甘州驰名""威震蓟州"等一系列惊心动魄的故事情节，展示了杨嘉谟等杨家将后裔整肃边军、对抗夷狄，兴农田、治黑水的丰功伟绩，完美演绎了一代名将波澜壮阔、跌宕起伏的热血人生。

首先，杨嘉谟其人其事，是真实发生在甘州这个地方的。在张掖市和甘州区"挖掘传统文化，讲好张掖（甘州）故事"的故事库中，是继神威天将军马超、霍去病、沮渠蒙逊等之后重要的英雄人物。发生在杨嘉谟身上的故事，尤其是民间故事，经久不衰，流传至今。

其次是杨家将后裔驱逐鞑虏、保家卫国的大无畏西部精神。《云起》主人公杨嘉谟、杨广（甘州杨家将代表人物）系宋朝杨家将后代，骨子里铭刻着精忠报国的忠贞思想，在明末风雨飘摇的朝局中，面对腐败官僚、太监势力的打压和迫害，毅然顶住压力，克服重重艰难险阻以"驱逐鞑虏、造福边民、兴我中华"为宗旨，坚决捍卫国家疆域不受外敌侵犯，并且在甘州开渠屯田、造福一方，成为受人爱戴的一代名将。

再次，主人公杨嘉谟在一生当中数次沉浮，总能峰回路转，化险为夷。从杨嘉谟的故事里，我们感受到的是自强不息、奋发图强、驱逐鞑虏、保家卫国的西部英雄气概，看到的是积极向上的甘州精神。

甘州精神就是中国西部精神，西部精神是中国精神的重要组成部分。我们通过讲好明末杨家将在古甘州的故事，尤其是未来用影视剧的形式，再次把杨家将后裔在甘州的故事讲到极致，把全中国、全世界的目光吸引到甘州来，推动今天甘州府城的繁荣和发展，最终带动张掖市乃至整个西部地区的经济发展和文化繁荣。这是市、区两级党委、政府对我的托付，也是广大张掖人民的愿望，更是我这个西部作家的责任。

《云起》再加上"甘州"又是张掖的代名词，所以我用了《八声甘州之云起》这个书名。至于"云起"，就是杨嘉谟人生路上三个阶段中最为艰难的一个阶段。既表明了杨嘉谟抵制侵略者的态度，也是国家利益至上的抱负和敢为天下先的英雄气概的具体体现。《八声甘州之云起》之后，还有《八声甘州之乘风》和《八声甘州之星沉》。

2021 年 4 月于甘肃省张掖市甘州区滨河新区甘州府城

目　录

楔 子

明万历二十五年秋末……

骄阳似火，烈焰灼烧着大地，炙烤得空气几乎都要燃烧起来……

没有风，街巷里蔫答答的树木在一浪一浪的灼热里有气无力地静默着，就连栖息在枝叶间的蝉虫也突然哑了腔调。

流浪狗夹着尾巴、喷着满嘴腥臭的热气，以一种行将就木的步态踉踉跄跄行走在墙根下那一线短而又短的阴影里。

一切都在懒散中透出浓浓的死气沉沉……

突然，一声锣响从街那头突兀而尖锐地响起。

"罪囚处斩，闲人让道！""罪囚处斩，闲人让道！"……

每三次悠长的吆喝声罢，是接连三下锣响……

如此重复里，伴随车轮碾过地面的"辘辘"之音，和骡马蹄铁践踏青砖道的脆响，两辆囚车摇摇晃晃，渐行渐近。

这道诡异的声浪穿透闷热而来，瞬间惊醒了一座城池。

民居的开门声融入进来，还有人们奔跑的脚步声，嗡嗡嘤嘤的说话声和其他嘈杂的声音……

树叶间休憩的蝉虫惊醒了，亮开歌喉高声鸣叫起来，流浪狗也像是受到了某种召唤，抑或是感觉到死囚会给它们带来一顿饱餐，便在一阵疯狂的吠叫后露出了獠牙冲向街头……

热浪滚滚中，两辆囚车出现在街那头儿，在两队甲胄不怎么光鲜的军士护卫下摇摇晃晃地行来，远远看去倒像是海市蜃楼般朦胧、混沌。

人们快速集结于街巷两边，对夹道行过的囚车队伍指指点点，低沉而杂乱的窃窃私语一如蜂群嗡鸣，听不真切他们到底在谈论什么。

囚车中各自锁着一名男子，二人昂首挺胸，傲然立在车上目不斜视，虽镣铐加身，但破旧的衣装还算整洁，只是头发都有些不可一世的散乱，脸上有着明显的斑斑污迹。

锣声继续连敲三下，开道的军士扯起嗓子继续高喊："罪囚处斩，闲人避让！"

显然，这是去菜市口处斩罪囚的情景。

开道军士后面紧随着三五个骑马的官员，打头儿的面白无须满脸倨傲，细看之下却是个身着内官服饰的太监，微胖的脸孔上有着一副难以掩藏的优越感，仿佛高人一等地微仰着下巴。

太监身侧左右两边各有穿着一文一武服饰的官将随行，看品级并不多高，但头颅都昂得很高。

快要行到街口时，文官打扮的官员稍稍纵马赶上几步，马头略落后太监坐骑，笑着抱拳道："启禀侯公公，转过这条街就是菜市口了，您看……"

侯太监嘴角的笑意一闪而过，转头看了眼身后的囚车，悲悯地叹了口气，颇有些于心不忍地张口道："唉！咱家最是看不得这般生离死别的场面了，可又身在其位不得不为。倒是可惜了这两兄弟……罢了，那便直接去法场吧！"

"下官遵命！"文官又抱了抱拳答道，然后转头对旁边的武将板了脸道："王指挥，押送死囚去法场！"

武将面无表情，撩起眼皮扫了侯太监的后背一眼，答道："末将遵令。"

侯太监咧了咧嘴，似乎颇为满意的样子，提了马速径直往前面行去。

文官并不满意这个叫做王指挥的态度，恼恨地瞪了一眼，也打马紧紧随在侯太监的马屁股后面先行赶去法场了。

"呸！"王指挥目送二骑拐过街角，恨恨地啐了一口。

身后的几名武将也是满脸的愤愤不平。

王指挥勒马站定，抬手示意队伍停止前行，一翻身下马往囚车走去。

几名武将自然也是如法而行，纷纷下马步行到了囚车前面。

"杨指挥，"王指挥对囚车里的人抱拳一礼，抬头仰视着道，"兄弟无能救不了你，你可还有什么遗言要交代？或是还有未尽的心愿，我必想方设法替你完成。"

囚车里的人俯视王指挥一眼，戴在枷镣里的双手互相交握还了一礼，眼含感激道："多谢王指挥了。有你们这般袍泽最后送行，我杨嘉谟虽死无憾。"

车底下几名武将满脸不舍，又是满面的不忿。

一名低阶的武将愤慨道："杨指挥，你明明有功却要含冤受死如何还说无憾？

我等皆不服。"

杨嘉谟终于维持不住面容上的淡定，长叹一声仰头向天，悲愤而吟："春红始谢又秋红，息国亡来入楚宫。应是蜀冤啼不尽，更凭颜色诉西风。"

吟罢，杨嘉谟低头看向众人，慨然道："诸位兄弟不必如此，是非曲直自有公论，冤屈总有大白于天下的一日。身为杨家将之后，我自信没有给杨家丢人！也没有给先祖金刀令公抹黑，我死而无憾！弟兄们，杨某今日先走一步，十八年后又是一条好汉。"

车下众将俱都红了眼眶。

王指挥咬牙退开，红着眼睛喝令："恭送杨兄弟上路！"

众将不甘但又无奈，默默退到两边向杨嘉谟抱拳。

囚车重新开动，杨嘉谟微笑着左右还礼："诸位，永别了！"

另一辆囚车上的男子也抱拳还礼，眉眼之间与杨嘉谟有几分相像。

人群中有抽泣声传来，低沉、悲凉……

第一章
阵前问罪

战马嘶鸣，杀声震天……

在庄浪卫（今甘肃省永登县）北城墙外的空地上，身穿大明制式军服的兵将，与头戴雉鸡翎、胸垂狐貂尾的外族军士酣战正浓。阵地上，随处可见横七竖八的双方军士尸体……

阵前杨嘉谟亮银甲胄在身，一手紧紧握着丈八长枪，背后的大红披风在北风中猎猎飞扬，兽面吞头的战盔下双眼精光熠熠，英俊面庞上写满了凝重。

侧旁，黑色披风的武将正是杨嘉谟的伯兄，庄浪卫镇抚使杨嘉臣。

杨嘉臣指着前方厮杀的战场，忧急道："明宇（杨嘉谟号），瓦剌兵这次来者不善，你看他们的骑兵，再看看咱们的军士，恐怕……"

杨嘉谟沉着脸问道："援兵什么时候能到？"

"驿报说最快也要到明日了。"杨嘉臣有些颓丧地回答。

杨嘉谟顿时不悦，愤怒道："明日来是等着给将士们收尸不成？这是谁的命令？"

杨嘉臣无奈道："还能是谁？侯太监提督军务，这几天又从甘州府城来到了凉州卫，没有他的命令谁敢调兵遣将？"

杨嘉谟咬牙恨声道："阉狗误国，阉狗误国哪！今夜援兵不到，庄浪卫必失，秦指挥使死得便没有任何价值了。"

"唉！"杨嘉臣叹口气，愁眉紧锁道，"秦指挥使死得何止是没有价值，简直太冤了。要是你能早来半日，他都不必与鞑子鱼死网破，玉碎阵前了。"

杨嘉谟眼中几乎就要喷出火来："瓦剌对庄浪卫实施突袭这件事早有苗头，半月前我便向陈总兵上过谏疏，竟是石沉大海无人理会，不然也不会有今日之危局了。"

正说着，一支冷箭猝然飞来，杨嘉臣挥刀护住杨嘉谟，无奈道："明宇你又不是不知道，陈总兵便是理会了又能怎么样，没有侯太监点头，还不是一样的结局。"

杨嘉谟握着长枪狠狠在地上一戳，铿锵声中脚下的一块石头迸成了三瓣。

"可恨！"杨嘉谟气不打一处来。

杨嘉臣扫了眼崩裂的青石，忧心忡忡地提醒："你没有侯太监的手令便赶来驰援，纵然庄浪卫保住也是罪责，更别说现在援兵迟迟不到了。庄浪卫一旦失守，那阉宦肯定要拿你是问了。明宇，你还是想个法子吧！"

杨嘉谟满不在乎，不屑道："什么法子？大哥是教我去侯太监处送重礼，还是奴颜婢膝和那阉狗同流合污？"

"大丈夫能屈能伸！"杨嘉臣苦劝，"侯太监贪财，人人皆知，况又是个睚眦必报的小人，你当秦指挥使是怎么死的？就是不愿意折腰相交，数次得罪了那厮，这才被故意刁难不肯发兵来救啊！"

杨嘉谟一听更加怒不可遏，回头瞪着杨嘉臣道："大哥不必再劝，身死事小失节事大。今夜，我宁愿战死也绝不可能去对那阉狗阿谀奉承，送礼巴结。"

"明宇，你是要步秦指挥使的后尘吗？"杨嘉臣不由提高了声音，着急中带着丝丝气恼，质问道。

杨嘉谟冷笑一声，"唰"地执起长枪转身便往战场奔去，遥遥向杨嘉臣抛来一句："我若战死在庄浪卫，请大哥替我收尸，跟秦指挥使葬在一起，死后与他那样的英雄为伍，我不孤单！"

"明宇……"杨嘉臣大吼着追出去，只见杨嘉谟跨上坐骑已经直奔沙场了。

杨嘉臣摇摇头，惶急追了上去，嘴里兀自痛心疾首："过刚易折、独木难支，兄弟啊，你这又是何苦啊！"

暮色四合，暗夜如期而至。

杨嘉臣在狼烟弥漫的战场中边厮杀边找寻着杨嘉谟的身影，终于在战况最为激烈的一处看到了那道倔强的背影，犹如天神一般，在敌阵中大杀四方。

杨嘉谟挥舞着他那杆亮银长枪在瓦剌兵中如入无人之境，只杀得敌兵魂飞魄散，横七竖八……整个战场上鬼哭狼嚎，血流成河……

双方激战了两三个时辰，原本戍守在此地的庄浪卫官兵所剩寥寥，饶是杨嘉谟再英勇无敌，筋疲力尽的他和将士们又怎么能抵挡得住瓦剌兵的人多势众？现在，除了杨嘉臣麾下不足五百人的一支守城将士外，庄浪卫其余数千人和杨嘉谟带来的援兵基本上都已壮烈捐躯……

杨嘉臣挑翻身前两名瓦剌兵，拍马冲到杨嘉谟的身旁，与他一起抵挡敌兵冲锋。

"明宇，此战不宜力敌，我掩护你，快撤吧！"杨嘉臣吼道。

杨嘉谟手上长枪翻飞如怒龙出海，接连杀退敌兵的攻势，忙里偷闲对杨嘉臣道："你怎么也来了？"

杨嘉臣边战边笑道："打虎亲兄弟、上阵父子兵，咱们杨家可从来没有临阵脱逃、弃手足于不顾的子弟。"

"大哥，你说得对！"杨嘉谟大笑着回应，抢起银枪一戳一挑，对面的瓦剌骑兵便被刺于马下。

以兄弟二人为中心的狭小地区，已经很快堆起了一圈尸体。狭路相逢不一定是勇者胜，敌人虽势众，但杨嘉谟手下还有不少军士仍然在奋力拼杀。既然已经做好了宁死也要打退敌人的准备，杨家军拼杀起来自然不遗余力。杨嘉谟兄弟俩带着越来越少的军士面对强敌，终是不肯后退半步，用血肉之躯死死抵挡着瓦剌骑兵一轮又一轮的冲锋。

不胜即死，杨家军麾下的每一个兵将都有共同的认知，这就是杨家将的兵，杨家将率领的将士们没有怕死之辈。

酣战良久，依然难逃寡不敌众的残酷现实，杨家军将士们一个个倒下去，最后只剩下杨嘉谟、杨嘉臣和贴身的数十兵卒了。

瓦剌兵高声吆喝欢呼，宣示着他们即将取得最终的胜利。

身处包围圈中，杨嘉谟扫视着重重包围，决绝高呼："将士们，我们是大明军人，保家卫国是我们杨家将的光荣。为国捐躯，我们义不容辞，我们活着就必须寸土不让，除非敌人的马蹄从我们的身上踏过去！"

说罢，银枪高高扬起，拍马往前吼道："弟兄们，随我冲啊！"

战事进行到这种态势，本就没有后退的余地，何况有杨嘉谟这样的指挥官身先士卒，为数不多的数十兵将齐齐发一声喊，跟随杨嘉谟冲进了敌阵中，眼看着就要全军覆没了……

在这千钧一发之际，突然，一簇簇挟着火光的飞箭从天而降，犹如流星般落进瓦剌兵战阵之中。随之，包围圈外巨大的爆炸声响起，大地为之而震颤，就连战马都惊得四蹄不安，引颈嘶鸣。

"是红衣大炮？！"

"援军到了，是红衣大炮！"杨嘉臣兴奋得大叫起来。他看了一眼杨嘉谟还在全力拼杀，一边控马一边冲向弟弟，向他传递这个好消息。

与此同时，瓦剌阵营中一片骚乱，之前的一轮火箭突袭，其杀伤力已经足够威猛，再加上红衣大炮的威力，给瓦剌兵带来的冲击就要用神魂俱裂来形容了。

相比于瓦剌兵的大乱阵脚，杨嘉谟兄弟带着的这几十个军士顿时精神大振，个个眼睛里闪烁着巨大的喜悦和激动。瞬间，战况急转直下，瓦剌人兵败如山倒，远处的瓦剌兵四散逃命，近处的瓦剌兵除了跪地投降，没有他路。

说不高兴是假的。

杨嘉谟略感诧异地问杨嘉臣："不是说援兵最早也要明早才能到吗？"

杨嘉臣咧嘴笑道："兴许是陈总兵顶住了侯大鹏的压力，直接派兵来了呢！他那个人心里还是有我们这些人的！"

杨嘉谟望着远处逃命的瓦剌兵笑道："那我们这是绝地逢生啊！"杨嘉臣接上说："兄弟，咱们继续追击，杀了这帮瓦剌蛮夷为死去的将士们雪恨！"

杨嘉臣说着一扬长枪，双腿一夹马腹俯身上前，对着正面乱哄哄的瓦剌兵，一马当先冲了上去。

将士们见杨嘉臣如此，也奋不顾身紧紧相随，悍不畏死地冲进了敌兵阵地之中……

战了大半夜，杨嘉谟早已经筋疲力尽了，他望着大哥的背影本来想说"已经投降了的瓦剌兵，你手下留情"，可他突然地没有了一点点力气。他望着哗啦啦败走的瓦剌兵，身不由己地从马背上滑了下来……

杨嘉谟靠在敌人的尸体上，喘着粗气看向对面那渐渐走近的，挥动着大明旌旗的将士们。

领头的将军骑着骏马先行来到了杨嘉谟和他身边的几名兵卒面前，默默地看着坐在地上的杨嘉谟没有说话。

身后的兵将也围拢上来了，火把聚拢，如同白昼，双方的眉眼逐渐清晰。

待看清来人面孔时，杨嘉谟不禁心上一凛，急忙挣扎着僵硬的身躯翻身起来，单膝跪在尘埃里抱拳道："参见总兵大人。"

来的正是甘肃镇总兵陈克戎。

此刻，陈总兵神情复杂，用一种无奈里夹杂着心疼的表情俯视着地上的杨嘉谟，半晌才缓缓道："免礼，请起！"

杨嘉谟起身时晃了一下，因为体力的严重透支，一身甲胄颇有不堪重负的吃力。

陈总兵有些不忍，但不无严厉道："大胆杨嘉谟，你可知罪？"

杨嘉谟略有愣怔，随即很快镇定回道："启禀大人，末将没有军令擅自调动卫所军士驰援庄浪卫确实有罪，但是……"

不待杨嘉谟说完，陈总兵沉声打断："既然知罪那便卸甲服绑，跟我回甘州府城再详加论罪。"

杨嘉谟还要再辩，陈总兵不容分说一挥手令麾下军士上前捆住了他。

"大人请明察！"杨嘉臣见状连忙跪地求情，膝行两步禀道："大人！明宇他……哦不，杨指挥使是得到庄浪卫军情紧急的军报后，来不及等待总兵府军令不得已之下才擅自用兵的，恳请大人看在我卫所秦指挥使已经为国捐躯，和几千将士血染边墙的分儿上，对杨指挥使从轻发落啊！"

陈总兵扫了一眼已经被将士们架起来的杨嘉谟，微微叹口气道："杨嘉臣，你且起来吧！此间战事我已经尽数知悉，本将自会安排人为光荣战死的将士们收尸安葬，并为他们上疏请封。只是……"

顿了顿，陈总兵换了脸色严厉道："擅离职守无令出兵，这是军中大忌，杨嘉谟身为凉州卫指挥使无视军纪知法犯法，虽事出有因其情可悯，但军法难容，两者不可混为一谈。"

杨嘉臣不肯起身，苦苦哀求："大人，求您看在咱们两家上一辈……"

话未说完，陈总兵厉声喝道："住口！再要多说你与他同罪！"

杨嘉臣又往前跪行了两步准备继续据理力争，却听杨嘉谟在一旁朗声道："大哥，这是你我早就料到的结果，多说无益！"

"可是……"杨嘉臣表示不服。

杨嘉谟对着自己的兄长摇了摇头，虽然在制止杨嘉臣不可争辩，但面上到底不忿。

陈总兵似乎没了耐心，挥手下令："来人，擒拿罪将杨嘉谟回甘州府城总兵府！"

将士们应一声"是"，左右各一人架了杨嘉谟就走。

杨嘉臣和十余个早已看不出本来面目，浑身血迹斑斑的军士拦在前面挡住去路，一副要跟杨嘉谟生死相随的架势。

陈总兵一见不由大怒，高声怒骂："你等这是做什么？刚从瓦剌人手中活得一条性命，竟要意气用事自求死路不成？"

将士们不答话，都默默仰视着马背上的陈总兵，用自己的方式给他们的顶头上司施压。

陈总兵气急反笑，马鞭一挥指着地上跪着的一干人等张嘴欲骂，但嘴唇颤了几颤最终没能骂出一个字来。

"呵呵，好一个兵将一心，感人肺腑哪！"正在这时，一个轻飘飘的笑声从陈总兵身后传来。

众人看去，一个骑着高头大马身穿内官衣饰的胖太监徐徐走近，此人不是别人，正是甘肃镇镇守太监侯大鹏，惯常一副笑脸迎人的慈和模样。

侯太监上前，陈总兵微不可见地皱了皱眉，拱手招呼道："侯公公怎么来了？"

侯太监笑着睨了一眼面前的阵仗，对陈总兵也拱手还礼，满面堆笑道："陈将军，咱家在凉州卫听说你千里迢迢地从甘州府城赶来庄浪卫了，很是感动，故而就马不停蹄地赶来了。"陈总兵拱手："如此说来，侯公公辛苦了！"侯太监闻听此言，突然变了脸色："陈将军，咱家要不是亲眼看到还不信那些传闻呢！"

侯太监说着目光再次转向杨嘉谟等人，似笑非笑道："都说陈将军爱兵如子，今日一见何止于此？应该说将军是个极其护犊子的将军呢！"

陈总兵面露不快，盯着侯太监的侧脸问道："侯公公这是什么意思？"

侯太监皮笑肉不笑，道："若咱家稍微来得晚那么一点点，将军是不是还想带着这些个残兵败将回到甘州府城，然后不痛不痒象征性地责罚一下，便大事化小小事化无了呢？"

陈总兵听得眼神一闪，端着从来都严肃的一张脸回道："那公公是想如何处置？"

侯太监肥短的胖手指向杨嘉谟，"哼"地冷笑一声道："如果我记得不错，这位杨指挥使是陈将军你最为看重的一名年轻将领吧？咱家还知道，要不是这个杨嘉谟不识好歹，不愿意离开下面的卫所，现在恐怕已经是陈将军总兵府的从二品大员了吧？"

陈总兵冷着脸没有应声，显然是默认了侯太监所说。他不否认也是在表明一个态度，杨嘉谟就是自己护着的人，间接告诉侯太监想要动他的人须得掂量掂量。

侯太监见陈总兵这副脸色自然明白其意，好整以暇地抚着骏马鬃毛笑道："我还记得杨指挥使祖上与陈将军家是世交，于情于理将军是不该袖手旁观。但是……"

侯太监话锋一转，三角眼毒辣辣地瞥了眼杨嘉谟，拱手在左肩上方拜了拜，对陈总兵颇为严厉道："咱家奉旨提督甘肃镇军务，觍颜坐了这镇守太监一职，殚精竭虑不敢存私便是万死也不足以报圣上大恩。因此上每日里事无巨细都要写进奏疏上报京师，此次杨嘉谟目无军纪，无令用兵，已是犯了大明律典，罪当如何该由兵部会同刑部主断，最不济也该上报行都司论处。陈将军以为咱家说得可对？"

陈总兵和在场众兵将都听得一愣，他们当然熟知大明军律，明白杨嘉谟犯的是大罪。可是，此次若没有杨嘉谟赶来拼死救援，庄浪卫如今已然被瓦剌突破，蛮夷的铁蹄势必就会踏进大明疆土，要是鞑子就此占据庄浪险要继续用兵，那河西就将与中原京师彻底截断，后果真是不堪设想。如此简单的道理谁能不懂？所以陈总兵在听闻了杨嘉谟私自出兵的消息后才日夜兼程赶来，一是为了真正驰援庄浪卫，二也是为着救杨嘉谟一命。且不论两家是否故交，杨嘉谟能征善战，的确是陈总兵赏识并看重的得力干将，他不可能见死不救。

没想到陈总兵捷足先登的计划被随后赶来的侯太监给搅扰了，此刻面对这个巧舌如簧的宦官，陈总兵亦是顿感无力，谁让大明的律法就是这样呢？不仅如此，而且还在各地总兵府之上设了镇守太监这一讨人嫌的职务呢！本来好好的计划，自己揽了责任救了杨嘉谟，把他调到总兵府以作保全。现在被侯太监一顶大帽子压下来，看来救杨嘉谟已然无望了。陈总兵只得暂时偃旗息鼓，沮丧地垮下双肩无言以对。

侯太监看陈总兵放弃争辩，心下得意面上依旧一副义正词严的嘴脸，挥手对自己带来的军士吩咐道："来呀！押罪将杨嘉谟到凉州卫咱家的临时衙门论罪，不得有误！"

两名军士上前在陈总兵麾下军士的手上接管了杨嘉谟，只等侯太监一声令下就要押解上路。

亲眼目睹了整件事的杨嘉臣哑口无言，见他们仰慕的陈总兵在侯太监面前都吃了瘪，知道求情也是无用，只能憋火地听凭处置了。

侯太监拍拍手，又恢复了他伪善的笑面佛表情，笑眯眯地对陈总兵道："庄浪卫得以守住还多亏陈将军救援及时呢！只怕瓦剌亡我之心不死，须得将军亲自带兵在此镇守才好，随后不妨物色了善战忠勇之将来接替卫指挥，后续事宜还请将军一力督办吧！咱家先回去写奏疏了。"

说罢拨转马头高声吩咐："押上人犯，咱们撤！"

军士连推带搡押了杨嘉谟就走。

众人见状不由得猜想，也就是侯太监来时没有带上囚车，否则此时的杨嘉谟就该被上了枷镣锁进囚笼了。

陈总兵黑着脸目送杨嘉谟经过自己的马前，欲言又止，不由得深深地叹了口气。

只听侯太监又在前面笑着揶揄道："陈将军还真是体恤部属，上来就卸了杨指挥使的甲胄。嗯，用心良苦呀！"

杨嘉谟在一旁听得分明，此时方才理解陈总兵适才上来就要绑他，且扒掉他盔甲的意图，这是总兵大人以进为退，既是体念自己力竭疲劳，又要救他的无奈之举啊！

到了陈总兵的马前，杨嘉谟用力挣开押解的军士，跪在地上感激道："大人，末将若能不死还来您麾下为马前卒。末将走了，请大人保重！"

陈总兵难过地闭了闭眼睛，咬着牙点了点头："先走吧……"

只这三个字既道尽了将帅之间所有的情谊，也在间接地告诉杨嘉谟，如果有机会，他一定会想办法继续救他的。

眼看杨嘉谟要被押走，杨嘉臣突然扑了上来，拦在了杨嘉谟前面，痛心疾首道："明宇，你不能跟他们走！"

说完又一把拽住陈总兵的马缰，哀恳道："大人，求您救救明宇吧！他此去凶多吉少啊！"

陈总兵为难地看着杨家两兄弟，他何尝不知道侯太监吃人不吐骨头，只要落到他手里不死也得脱层皮。可是，适才话都说到那个份儿上了，侯太监得理不饶人根本就不留余地。再说了，纵然要救杨嘉谟一命，也不是此刻啊！

杨嘉谟理解陈总兵的为难和考量，淡然一笑，对杨嘉臣道："大哥，你莫要再为难大人了，生死有命富贵在天，不管什么结果我都认了，只要能守住边墙，一切都值了。"

杨嘉臣听闻，舍弃了向陈总兵求救，松开马缰走到杨嘉谟面前，坚定地道："既然如此，生死我都陪你一起去，要不是我派人去向你求援，你也不会有这场无妄之灾，若论罪责我们兄弟共同承担就是。"

"大哥，不可儿戏！"杨嘉谟赶忙出声阻拦。

杨嘉臣却二话不说就开始卸甲脱盔，将一身染了血的甲胄撂在一旁，只着中衣上前对押解军士道："你们要拿人就连我也一并带走吧！"

陈总兵待要阻止，却见侯太监身边侍奉的一个小宦官跑过来，斜着眼睛大声道："公公说了，但有求情阻拦者一律同罪论处！（看了一眼杨嘉臣）把他也给我带走！"

军士得了命令，又上来两人将杨嘉臣也扭住，把他们兄弟二人推搡到一处呵斥着带走。

陈总兵咬牙忍了很久，泪花在他的眼眶里转着圈儿……他望着杨嘉谟兄弟俩的背影恨声长叹："臣不像臣，国将不国啊！"

近处，将士们正在打扫战场；远处，侯太监一行人押着"罪犯"杨嘉谟、杨嘉臣越走越远了。

陈总兵抹了一把泪水，继续望着杨氏兄弟等人远去的方向，久久无语……

第二章

刀下留人

侯太监坐在监斩亭里远远盯着行刑台，两片薄薄的嘴唇慢条斯理地品着冒着热气的三炮台，一双三角眼大喇喇地显露着得意，仿佛这天下、这世界就是他的。行刑台上的杨氏兄弟，背着斗大的血红的"斩"字跪在尘埃里，身后是抱着鬼头刀的刽子手……

侯太监望了一眼杨嘉谟兄弟俩，残酷一笑，转头懒洋洋地问道："时辰到了吗？"

同为监斩官的红袍文官站起来一笑，回道："大人，还有一刻。"

侯太监颇不耐烦，将手里的三炮台重重地搁在案上，皮笑肉不笑地道："咱家原来没发现，赵按察竟是恪尽职守之人呢！"

红袍文官愣了愣，旋即惶惶然躬身回道："侯公公此言折煞下官了，下官愚钝，还请公公赐教。"

侯太监睨了一眼额头冒汗的赵按察，目光悠然地看向刑场中两名五花大绑的犯人，低哼一声道："午时三刻跟午时二刻有何区别？"

赵按察眼珠一转便明白了侯太监的意思，趋奉上前笑道："公公坐镇监斩，自是没什么不同的。"

说完，伸长手臂从桌上的签筒中捻起一支朱红如血的木签来，双手捧到侯太监面前笑道："侯公公，请！"

侯太监鱼泡眼眯了眯，颇有点不屑一顾的轻蔑，用另一只手中精致的扇柄点了一下朱签，傲慢道："咱家乃是信佛之人，这种事不沾手也罢，赵按察主理刑狱，就由你来宣好了。"

赵按察嘴角抽了抽，低头掩去多余的表情，把腰弯得更低，带着一丝讨好道："谨遵公公令旨。"

侯太监对这样的逢迎早就习以为常，闻言只是微微点了点头，便"唰"的一声打开折扇自顾取凉，再不与赵按察多说。

赵按察直起腰身，抬头看了看监斩亭外热辣辣的阳光，握着朱签无奈地向亭子外走出去。

离着监斩亭二十步之外的行刑台上，杨嘉谟和伯兄杨嘉臣静静跪在断头桩边，眼前二尺高的木墩子不知承载过多少颗头颅与身体分离时鲜血的浸淫，早已失却了原本的颜色，乌黑中泛出油润的暗红光泽来，看得人眩晕发昏。

或许，这眩晕有一半是来自"秋老虎"的余威吧！毕竟武将出身的两名受刑者，他们的胆魄与普通人到底是不可同日而语的。

烈日灼晒下，杨嘉谟的嘴唇干裂渗血，但目中精光熠熠并不见一丝浑浊，有的只是不甘和愤恨。

"大哥，"杨嘉谟微微侧头，看向身旁的杨嘉臣道，"你怕吗？"

杨嘉臣比其弟大不了两岁，但天生一副老成相貌，方正的脸膛上眼睛、鼻子、嘴巴都长得比例均匀，令他有一张中正端方的面容。

"为兄不怕，但有恨！"杨嘉臣的目光聚焦在前方虚空处，同样干裂的嘴唇一说话便崩裂开来，一丝血迹流到青青的胡茬里更显殷红。

杨嘉谟眼神闪了闪，内中盛满了愧疚："大哥，若不是被我连累，你此刻本该擢升千户了。"

杨嘉臣嘲讽一笑，收回目光看向其弟："明宇，兄弟血脉岂是功名可比拟的？咱们兄弟二人一起死，黄泉路上还是并肩人，为兄不后悔，你也无须自责。只是……"

顿了顿，杨嘉臣转头盯着监斩亭，恨恨地道："可恨那阉宦无耻，非要构陷你我兄弟，死在这般小人手上，真是不甘心啊！"

顺着兄长的目光，杨嘉谟也看向监斩亭，双目之中杀气盈盈几乎凝成实质："大哥，早知今日，我真该当机立断杀了那狗贼，便是死也要拉他为咱们兄弟殉葬。"

杨嘉臣突然颓丧起来，叹口气道："这阉宦不除还要继续祸害军中啊！"

"唉！"杨嘉谟也是一声长叹，"死则死耳，无奈还要背负一身污名。想我杨家将从前朝到如今，满门忠烈却总是受奸佞所害，真是苍天不公哪！"

杨嘉臣无奈，继续放空了眼神低沉道："恨有何用？狱中羁押大半年，本以为会有转机却还是难逃一死，侯太监只手遮天到如此地步，你我兄弟又不肯与他同流合污，这也是迟早的结果罢了。"

"哼！让我与一介阉狗为伍，还不如一死！"杨嘉谟冲动之下声音高亢，引得刽子手不禁侧目。

赤着上半身的两名刽子手红巾包头，怀里抱着的鬼头大刀反射着太阳光，森森锐芒令人目眩。

"死囚不得喧哗！"刑台下方负责守卫的一名将官厉声呵斥。

兄弟二人不再交谈，一时间都各自沉默下来。

军士执刀持枪维持着刑场四周的秩序，以防观刑的闲杂人等冲入场中生事，更主要的是须防备有人铤而走险来法场劫囚。

押送杨嘉谟兄弟的王指挥领着一众将领站在法场内，于刑台一角默默注视着即将被砍头的二人背影。王指挥见无人注意，后退了几步，悄悄地溜了出去……

刚才杨嘉谟兄弟的谈话，围观的人们自然听了个清楚，谁人不为他们叫屈？但正如杨嘉臣所说，侯太监在陕西行都司的辖地上无人敢惹，一个镇守太监的权柄，竟然越过了布政使、按察使和都司衙门，高高凌驾于三司之上，百姓官民的性命任他捏在手里生杀予夺而无人敢置喙，以致人人只知侯公公，而不知皇上和朝廷。

据说，在民间百姓那里，有谁家的小孩子不听话哭闹时，大人只消说一句"侯公公来了！"那孩童一准儿停止哭泣，还要跑去隐蔽处躲起来，唯恐被大人嘴里说的那个生吃小儿脑浆子的"魔鬼"给抓了去……

传言到底是真是假，又出自哪里？这都不是重点。百姓们之所以这样编派，大多与侯太监穷奢极欲地搜刮盘剥民脂民膏有关，"十户之中九户饥"，本来就勉强混个半饱的百姓人家，还要想方设法缴纳各种名目的赋税，在他们眼里侯太监其人跟敲骨吸髓的吃人恶魔也便没什么分别了。

赵按察顶着一脑袋热汗来到刑台前，抬臂扬起手中的朱签，同时高声宣道："罪囚杨嘉谟、杨嘉臣，目无军纪私调兵马，阵前失利折损兵将，经查罪证确凿，罪囚对所犯之罪供认不讳，于万历二十五年秋七月初十处斩刑，即刻执行。"

念罢，赵按察手中的朱签作势就要掷下。

守在刑犯身后的兵丁两两上前，各自擒住杨嘉谟兄弟的长发，将二人的头颅按倒在了断头桩上等待行刑。

刽子手一口甘州老烧喷向鬼头大刀，刀背上奇异地映出一道彩色虹光来，诡异且艳丽。

刑台后方的几名低阶将领中，有人忍不住就要冲出去，被王指挥眼明手快地一把拦住。

赵按察重新举起朱签，大声喝道："行刑！"

朱签落地，鬼头刀扬起，周遭围观人群中胆小的赶忙拉起袖子遮住了自己的眼睛。

"杨指挥！"

"杨大哥！"

"杨兄弟！"

……

王指挥身后的将领们齐齐喊了起来，眼中热泪滚滚而下……

杨嘉谟正好侧首面对众将，见状露出一丝笑来，拼尽全力喊道："诸位兄弟，咱们来生再见还为袍泽！"

刑场外一棵巨大的古槐蔫答答伸展的枝叶仿佛被这一声声嘶喊惊醒过来，稀疏的叶片轻微摇曳间，一支锐芒闪烁的铁箭箭头缓缓探出了枝杈，目标对准的正是百步外已然手握鬼头刀目光锁定杨嘉谟脖颈的刽子手。

蒙面的箭手只露出两只精光熠熠的眼睛，低沉而又简短地下令："另一个交给你。"

另一根粗壮的枝丫后，同样装束的箭手掩映在树叶后，闭着一只眼睛瞄准前方，浓密的眉毛尖上一颗汗珠悬而未落，亦低沉回应："放心。"

千钧一发，饶是再怎么看淡生死，谁又能真的做到全然放松？

突然，一声尖啸伴随着骏马嘶鸣直直冲进了刑场。

"刀下留人！"高亢的男声中气十足，在马背上一声吼喊，差一点就要刺穿人的耳膜。

骏马风驰电掣，扬起的灰尘散去，露出一个穿着明艳的人来，看服饰却是品级不低的一名武将，大红色锦衣外的甲胄，亮晶晶的晃花了人眼。

来人不是别人，正是甘肃镇总兵陈克戎。

陈总兵勒住骏马，高举一道明黄卷轴，疾呼道："圣上有旨，特赦杨嘉谟兄弟死罪！"

"陆大哥，怎么办？"箭手望着树杈间的陆九问，眉间的汗渍隐隐发散着五彩之光。

陆九眼中闪过难以掩饰的欣喜，收回弓弩轻哼一声："看来老王真是枉做好人了，杨嘉谟不用死了……我们撤！"

箭手收了手臂，终于可以腾出手来擦拭汗渍："那人是陈克戎吧？想不到他还是个好官。"

陆九不置可否，又是一声哼，然后跃下树干扬长而去。

箭手摇摇头，也不再迟疑，翩然跃下随了陆九一同离开。所有人的关注都在刑场上，自是没人注意到这一幕。

随着陈克戎的突然闯入，刑场内外气息顿时凝滞。

片刻有人回神，大声叫道："快救人哪！"

众人这才向刑台投去目光，只见两把明晃晃的大刀斜斜插进断头桩内，台上倒卧着的两具身子并不见动静。

难道，杨嘉谟兄弟终究还是没赶得及活命？

诧异之际，王指挥首先反应了过来，也暗自庆幸：再晚一点，一场你死我活、血淋淋的惨剧就发生了。想到这里，他高兴地几步跨上刑台，惊喜大叫："杨指挥，杨大哥，你们得救了，快起来吧！"他知道，他这样的大叫声足以能引起陆九的注意。你不用救人了，赶紧走人吧！

反应慢了半拍的其余将领也三步并作两步奔上刑台，七手八脚去解绑，慢慢搀扶起跌倒在地的杨嘉谟兄弟，几个人热烈地拥抱欢呼，喜极而泣……

围观的人群中，掌声从零零落落轰然响成一片，不管与死里逃生的受刑者认识还是陌路，都丝毫不影响这份劫后余生给人们带来的感动。

侯太监一脸铁青地从监斩亭里走出来，跟班的两个小内侍一个帮他撑着伞遮挡烈日，一个手脚勤快地打扇，小心翼翼地伺候着走到刑台前面来。

传完旨的陈总兵见侯太监来了，翻身下马，双手高举卷轴迎了上来。

"侯公公，这是京中八百里加急送到本将处的圣旨，圣上特赦了杨嘉谟二人死罪，公公接旨吧！"陈总兵颇为客气地说道。

侯太监面上诚惶诚恐，用眼神示意为他撑伞打扇的内侍退后，一撩袍子跪倒在地，拱手高声道："微臣内官监提督甘肃军务监官侯大鹏恭领皇上圣旨，万岁万岁万万岁！"

陈总兵缓步上前，将卷轴送到侯太监手上，顺带搀扶其起身，微笑道："公公请起。"

侯太监稍显臃肿的身躯颤了几颤终于站稳，双手高举圣旨又是面南拜了三拜，这才交给随身内侍，回头对陈总兵微微咧嘴笑道："陈将军每次来得倒都很及时呀！"

陈总兵面色不改，含笑看向刑台上兀自雀跃的一帮将领，平静道："将军百战死，壮士十年归。他们都是本将麾下终日刀头舔血还依然幸存的儿郎，能活着为皇上和朝廷效力总是好的。"

侯太监三角眼习惯性地眯了眯，掩去眼中浓浓的杀气，白胖的圆脸上绽出一丝看似和善的笑来，附和道："陈总兵此言甚是，咱家定会把将军爱兵如子、一心为公的忠义之举向圣上具折陈奏，祈请表彰。"

说罢，也不理会陈总兵的拱手致意，话锋一转呵斥身后的内侍道："都瞎了你们的狗眼了，这般燥热的天气是想晒死咱家不成？"

两内侍急忙上前，撑伞的撑伞，打扇的打扇，伺候着侯太监往刑场边上走去。

"以后都给我警醒着点儿，咱家眼里可不揉沙子。懂了吗？"侯太监边走边斥骂内侍，但话里有话赤裸裸的指桑骂槐，任谁都能听得明白。

陈总兵收起才行了一半的礼，无奈苦笑一下，掸了掸袍角的灰尘向刑台走去。

杨嘉谟等人见陈总兵过来，都肃正站立迎接。

陈总兵跨上高出地面半丈多的刑台，扫了眼依然插在断头桩上的两把大刀，面沉如水来到众将面前。

杨嘉谟率先跪下，感激道："多谢总兵大人的救命之恩，末将感激涕零。大人的大恩大德此生必不敢相忘！"

杨嘉臣亦连忙并肩而跪，抱拳道："以后我兄弟二人的性命就是大人您的了，为大人赴汤蹈火在所不惜！"

陈总兵阴沉着脸，居高临下看着二人，良久才抬了抬手冷声道："都起来回话吧！"

兄弟二人起身，毕恭毕敬接受陈总兵训话。

陈总兵盯住杨嘉谟的脸沉沉问道："杨嘉谟，你虽不用即刻就掉脑袋，但世袭凉州卫指挥佥事被褫夺了，可有什么话说？"

杨嘉谟愣了愣，拱手回话："启禀大人，末将自知有罪，不敢有异议。"

杨嘉臣在一旁却大为不服："为什么要褫夺军职？我们两兄弟本就罪不至死，明明是有人故意刁难……"

"住口！"陈总兵喝断了杨嘉臣的话，疾言厉色道，"既知罪责无需狡辩，今日你兄弟二人死罪可免但活罪难逃，我已让你们卫所的军士帮你们打点好了行李，即刻便去甘州府城总兵府上报到去吧！至于最终到甘州的哪个卫所，届时再说吧!"

杨嘉谟大着胆子向陈总兵看去,见他真的动怒也不再试图分辩,悄然拉了一把犹自不忿的杨嘉臣,垂头回道:"是,末将遵命。谢大人垂怜!"

陈总兵脸色稍霁,扫了一眼一旁恭肃而立的几位将领,重重哼了一声斥道:"谁让你们到这里来的?你等擅离值守,按军规该如何处置?啊?……还不各自回营领罚去!"

王指挥等将领不敢违抗,齐齐答了一声"是"走下刑台,与杨嘉谟擦身而过时,都纷纷抱拳致意便算是告别了。

陈总兵见众将领走开,摇了摇头递给杨嘉谟一只锦囊,轻叹一声道:"憨直本无错,自在方与圆。以后的路还很长,凡事多思多虑吧!"

杨嘉谟接过锦囊和杨嘉臣对视一眼,从各自脸上看到了彼此的不明所以。

陈总兵轻叹口气转身便走,几步下了刑台,早有随侍小兵牵上骏马相候,他接过马缰利落地跨上马背,一抖缰绳纵马径直离了刑场而去。

围观的百姓人等有不怕热的还在远远观望,还在对场内指指点点……

自始至终流汗如瀑的赵按察用一只袖子擦着满头满脸的油汗,在刑台下仰头看过来,对杨嘉谟二人笑道:"你俩不简单哪!能让侯公公大动干戈,还能请动陈总兵亲自赶来搭救。"

杨嘉谟睨了眼台下,刚想回撑一句什么,突然想起陈总兵临走时说的话,便收起不屑敷衍着拱手道:"不敢不敢。多谢大人刀下留情。"

杨嘉臣冷眼看着赵按察,连个虚礼都懒于应付,恨恨的眼神中难掩鄙夷。

赵按察打个哈哈:"俗话说大难不死必有后福,杨指挥……哦不,你如今只是一个刚被豁免的死囚,到了甘州府城看看是到什么地方去,不管到哪里,肯定是小兵一个,就好好地干吧,说不定哪天还能把你们杨家世袭卫指挥的荣光赚回来呢!"

说罢,不顾杨嘉臣那吃人的眼光,大笑着转身离去。

杨嘉谟牢牢拽住伯兄的一臂,盯着赵按察的背影冷冷道:"世易时移,他说的不错,我们会有那么一天的。大哥,我们走吧!"

杨嘉臣狠狠啐了一口,回头看向杨嘉谟:"明宇,总兵大人送了你什么?"

杨嘉谟松开伯兄,解开锦囊往手心里一倒,一枚亮灿灿的铜钱躺到了手上。

"铜钱?"杨嘉臣不解,往杨嘉谟的脸上看去,"这是什么意思?当盘缠也不够啊!"

杨嘉谟捻起铜钱，对着烈日看去，一缕刺眼的阳光射进了他的黑眸。

"憨直本无错，自在方与圆。"杨嘉谟重复着陈总兵说过的话，细细体味片刻，然后小心翼翼收起这枚铜钱装好，将锦囊揣进怀里，对杨嘉臣道："今日如此闷热怕是有场大雨要来，大哥，咱们这就走吧！赶在大雨之前离开这是非之地。"

杨嘉臣抬头看了看天色，点头道："此等腌臜之地，离了也好。"

兄弟二人大步走下刑台往场外去，迎面早有等候的两名小兵上前，各自递上一只薄薄的包袱后自顾离去。

二人接了包袱在手，杨嘉臣突然脸上变色，捏了捏包袱底部，伸手从内里掏出一只小小的布包来，打开一看却是两锭足色的十两白银，新崭崭展现在兄弟二人的眼前。

"这是……"杨嘉臣不解地问道。

杨嘉谟却是十分了然，对着早就离去多时的陈总兵驰马远去的方向深深一揖，眼中突显湿润，良久无语。

他明白，这两锭白银是陈总兵的馈赠，给他们兄弟在路上作为盘缠使用。如今的世道谁都不容易，军中已经大半年没有见过饷银了，陈总兵作为甘肃镇的总兵，既要敦促兵将们练武抗敌，又要督垦屯田，还管着一镇十二卫所和四个守御千户所数万军户们能不能吃饱肚子的事情。在侯太监的盘剥下，他能够尽力维护着大家，当真非常不易。

锦上添花易，雪中送炭难。兄弟二人突遭冤屈，在断头刀下重生，又得总兵大人赠予盘缠，真的是九死一生，想一想更是百感交集。这下一步是到甘州去报到，甘州甘州，甘甜之州，难道有苦尽甘来的意思？

杨嘉谟拜完，背起包袱往城门走，青色的胡茬中两片薄唇紧紧抿出坚毅的弧度，令原就年轻出众的容貌平添了几分成熟的魅力。

杨嘉臣收起银子，追着兄弟的脚步赶了上去。

不论在军中还是家里，杨嘉谟从来不管银两花费的琐事，都是由下属的指挥佥事署理总管，现在这件事恐怕就要全部落在杨嘉臣身上了，而且以后也将成为杨家兄弟间的默契和习惯。

过了午时，风云突变，一声声闷雷从天边滚过，果然连日反常的闷热是在酝酿着一场声势浩大的雨霾风障。

一直到出了城，那些跟来监督的官兵才返回，杨嘉谟知道他们两兄弟想要和家里人告别的机会都不可能有了。此去山高路远，也不知道什么时候才能回来，想想年迈而又耿直的祖父，再看一看眼下的境遇，兄弟二人一时沉默，脚下如同坠了巨石一般沉重。

行不到十里，狂风裹挟着大滴雨水纷乱而至，杨嘉谟拉着伯兄急赶往路边并不怎么茂盛的树林里躲雨。

才进林子边，还没找到足以短暂避雨的地方，杨嘉谟悲剧地发现，他们落入了一个包围圈。二十多个蒙面人虎视眈眈，似乎正是算准了他们必会来此，一直在这里好整以暇地守候着的样子。

杨嘉谟下意识地护在杨嘉臣前面，毫不畏惧地吩咐："大哥，你先走，我来对付他们！"

第三章
甘州方向

杨嘉臣不甘示弱，目露不屑地轻笑道："几个剪径的小毛贼罢了，你我兄弟联手还怕他们？"

杨嘉谟微一沉吟，傲然而笑："说的是。"说罢，对蒙面人朗然问道："诸位好汉，我们往日无冤近日无仇，不知为何要阻拦刁难？"

蒙面人中为首的不是别人，正是之前隐在古槐树间欲要搭救杨嘉谟兄弟的箭手陆九。他扯下面罩，朝着杨嘉谟面无表情道："杨指挥是吧？我等受人所托，在此等你多时了。"

杨嘉谟错愕："等我？如果没有记错，在下与兄台从无交集，却不知诸位用意何在？"陆九探手入怀取出一样物事向杨嘉谟扔来，骄狂道："看看这个不就什么都明白了。"

杨嘉谟稳稳接住，展开看时不禁惊疑："这……这是……"陆九嘲讽一笑："认出来就好！我们只认腰牌不认人，你现在知道欠了谁的人情也不晚。"

握着铁制的腰牌，杨嘉谟的表情肃穆起来，沉声而问："我想知道，王指挥的腰牌怎么会在你的手上，你和他有何渊源？"陆九并不急于回答杨嘉谟的询问，盯着他好一通审视，挑剔的目光明白无误地显露出他的谨慎来。

风雨渐次柔和下来，绵绵密密洒向大地，濡湿的衣衫紧紧贴在身上，令杨嘉谟原就不够壮硕的身躯显得略有些单薄。

杨嘉臣睃了眼那枚躺在杨嘉谟手心里的腰牌，忍不住气愤地挖苦道："还真是没想到，官匪勾结竟连一点掩饰都懒得顾忌了。"陆九面色不变，嘴角挑起一抹不屑的冷笑来："差点忘了，杨家人是几百年都不知道变通的人，是只会拿性命博功名的迂腐之辈了。我便说老王他枉做好人，果然被你们再一次验证了。"

"你这厮是在找死！"杨嘉臣勃然大怒。

杨嘉谟挥手拦住伯兄，掂了掂手上的腰牌忽地一笑，望着陆九道："你说的老王想必一定是杨某麾下那位同知王指挥吧？不知道他还给了你怎样的计划，是劝我兄弟跟你们一道走，还是在遭到拒绝后痛下杀手呢？"这回轮到陆九惊异了，他定定看着杨嘉谟目中寒光凛凛："难怪老王看重你，你确实通透非常。"

杨嘉臣闻言大怒骂道："原来是他！一个小小的指挥同知，以我等兄弟的本事，还轮不到他看重！"陆九也恼了，语气不善道："真是忘恩负义！你知不知道，要不是老王提前有所安排，陈克戎再去得稍微晚那么一点，你们兄弟俩此时怕已经是两具无头尸体了！"

杨嘉臣冷笑："杨氏子弟宁可站着死，也决不和匪贼同流合污，你们的情我兄弟二人可承受不起。""你……"陆九语结，想了想冷冷道，"真是愚蠢，不知好歹！"

杨嘉臣还待再说，杨嘉谟却出言打断，含笑问陆九道："恕杨某眼拙，此时方才认出阁下，你是陆九，是那个啸聚莲花山的陆九对吧？"

不待陆九回应，杨嘉谟又道："我记得，这两年都是王指挥负责剿匪，竟不想你们倒惺惺相惜了。我很好奇，你是怎么说服他入伙的？"

陆九打量着杨嘉谟的眼光愈发警惕起来，矢口否认他和王指挥的关系："他并没有入伙，你少在这里臆测。这次，不过是他看不得你死，才请了我来救你而已。"

"是吗？"杨嘉谟却不相信，盯着陆九闪避的眼神笑道，"我现在已经不是凉州卫指挥使了，你也不用紧张，我大概能猜到王指挥让你在这里等我的用意了。"

看着陆九半张了嘴惊讶的神情，杨嘉谟敛起笑容深深一揖，再抬头已是满脸严肃："回去告诉王指挥，我杨嘉谟虽然落了难不是他的官长了，但只要我活着一天，就势必会为大明守好疆土一天，外抵鞑虏、内肃匪患是我的责任。如果有一天，他敢做出对不起家国，祸害边疆安稳之事，我都会找他清算一切，不论多远，必取他性命。"

陆九的面色从惊讶转为愠怒，愤慨叫道："杨嘉谟，你怎么能如此无情冷血？王大哥……老王他为了救你可是煞费了苦心！现在看来，你真是一个忘恩负义的无耻之辈！"

杨嘉谟面沉如水，淡淡道："内情是什么样的你比我更清楚，你们商议了什么我不管，只消回去转达我说的，一字不落地告诉王指挥就成。"

"好！"陆九咬牙恨声，"但愿你不后悔。"

杨嘉谟粲然一笑，看了眼气急败坏的陆九，转身就往林外走，并不忘喊上杨嘉臣：“大哥，我们走吧！”杨嘉臣狠狠瞪了眼陆九，跟着杨嘉谟往外走。

围住两兄弟的蒙面人下意识要阻挡，陆九黑着脸大声喝道：“让他们走！”蒙面人让出道路，杨嘉谟笑笑，头也不回地大步走到了淋漓的雨幕中。身后传来陆九赌气的声音：“杨嘉谟，你的话我会带给老王，外面我们准备了一辆骡车，就当是最后送你的人情了。”

杨嘉谟没有回复，状若无闻地走出了树林。

在看到陆九手握王指挥的腰牌那一刻，杨嘉谟就霎时猜出了事情的大概，若王指挥没有与陆九同流合污，身为武将进出军营所必须随身佩戴的腰牌又怎么会随随便便出现在一个外人手上，更莫说是陆九那样一个臭名昭著靠打家劫舍为生的匪类手上？所谓的人情，想必也是陆九和王指挥合谋欲要招揽自己入伙的借口罢了，他怎能看不出来。只是，想到一向得自己信重的得力干将竟甘心沦落至此，让杨嘉谟忍不住阵阵心寒。

杨嘉臣赶上前，从道旁的树下解下破旧的骡车，提着缰绳看过来：“明宇，你说要还是不要？”

杨嘉谟任由脸上的雨水涔涔而下，重重点头：“要！为什么不要？否则王指挥在往后的日子里还怎么睡得着？”杨嘉臣咧嘴而笑，笑容里依然有着浓浓的不忿，言语却尽量装得轻快道：“也是，这骡车破是破了一点，好赖也是人家的一片孝心嘛。”

杨嘉谟的脸上看不出喜怒，走近来坐进了敞篷的湿漉漉的骡车：“大哥，我们走。”杨嘉臣点点头一跃跨上车辕，驾起骡车直奔细雨绵绵中雾蒙蒙的前路。

骡车离开不久，突然出现的王指挥和陆九并肩站在道边远远眺望。斗笠下，王指挥紧紧抿着嘴唇。陆九抹了把脸上的雨水，不满道：“赔了夫人又折兵！你也看到了，他们并不领情。”

王指挥一眼不眨地盯着道路尽头模糊的骡车，深深叹口气：“杨嘉谟还是那个杨嘉谟，是我错估了他啊！”“你不怕他告发你？”陆九担心地问。

王指挥摇摇头，笑得十分有把握：“他不会，不然便不收我们替他准备的骡车了。何况……”

他转身往回走：“他现在自身难保，还不至于翻脸不认人。”陆九跟上来，转头看着王指挥：“那你呢？接下来你有什么打算？”

王指挥顿住脚沉思，良久无言……

与此同时，杨嘉谟兄弟俩驾着骡车一路向西，已经走出了阴暗的雨天。再西行二百多里，就是他们此行的目的地——甘州。而甘肃镇总兵府衙门，就坐落在甘州府城的中心东大街。

一场大雨后的秋天像极了一位德高望重的老者，两个儿子特立独行，泾渭分明：一个是广袤、内容丰富的金秋，一个是一望无垠、莽荒苍凉的戈壁。

秋收过后大地满目浑黄，良田里多了金黄色，再加上绿色装点，与戈壁形成了鲜明的对比。树木、草原、水塘，色彩斑斓，争先恐后地呈现着秋天的累累果实。间或有几只黄羊和野兔在戈壁滩上出没，于乌澄澄的水洼里照出不甚清晰的身影来，看上去呆滞而无力。

夕阳斜斜挂在天际，习习凉风中夹杂了沙砾，吹到人的嘴里咸咸的，带有骆驼草的味道。

骡车上，杨嘉谟眺望着南面祁连山那一抹青黛和山顶白雪，尽管此行被称之为"发配"，但并不影响他逐渐舒朗的胸臆。与原卫所周边群山环绕的逼仄不同，在向着甘州进发的路途上，视野一下子开阔起来，即便黄沙千里人迹稀少，但无拘无束的那种粗犷辽阔，才最符合他此时此刻的心境。

"大漠孤烟直，长河落日圆。"谁说河西无美景？眼前这番恢弘的景色也只有身临其境，方能全身心领略其美了。

暮色苍茫，远方夕阳坠下地平线，白蒙蒙的晚霭缓缓升起，眼看夜幕就要降临了。

杨嘉臣赶着骡车四顾，忧心道："明宇你看看，这里四野无人，夜间露宿太不安全了。"

杨嘉谟收回目光，顺势看了看周边，满不在乎道："大哥，这你可就说错了。这里顶多也就是沙漠狼多，危险一些，凭咱们的身手还怕了那些畜生不成？兽类觅食原为充饥，总好过连畜生都不如的两脚禽兽吧？"

杨嘉臣失笑："这话我爱听。比起侯太监那般卑鄙小人，虎狼之类是要可爱许多了。"

说罢又回头看着杨嘉谟笑道："你说侯太监可笑不可笑，一个太监连'鸟'都没了，也敢叫什么侯大鹏？大鹏，那可是只大鸟啊！"

杨嘉谟被其兄逗笑，两个人朗声大笑起来。

笑声惊扰了道边枯草堆里栖息的一窝野鸟，大小四五只鸟儿"扑啦啦"振翅飞往荒野深处，倒也别有一番景致。

眼看着是必须得露宿了，兄弟二人瞅准一个沟沿边上一块比较开阔的沙地，将骡车卸下，把骡子拴到水草丰茂的沟沿上，让吃着草，准备过夜。

杨嘉谟在拴骡子的时候，就发现了稍远处沙地边上一个隐蔽处的兔子洞，照顾好骡子后的第一件事就是去捕猎。而杨嘉臣则拾柴火，用石块搭建炉灶，准备生火。

二人各自忙碌配合默契，等杨嘉臣生好了火，杨嘉谟也如愿捉到了一只肥美的野兔，剥了皮就穿上木杈子放在火上开始烤。虽然在沟沿上，可沟里没有水。实际上，戈壁滩上最缺的就是水源，因此处理食材也是马马虎虎，在野外生存，就讲究不了那么多了。

兄弟两个正在忙乎的时候，远远地传来了狼嚎声。也许是狼闻到了兔肉的香味吧？他们不管不顾狼的叫声，在翻烤兔肉的同时，议论着到甘州后会被总兵府打发到什么地方去？甘州及其周边有五个卫所，除了甘州中卫，还有前后左右四个卫，除去这五个卫外，还有一个最远的卫所，就是甘州西北边的肃州卫。实际上，肃州卫是杨嘉谟最向往的地方。那里是大明的边界线，是前线，是瓦剌人时常出没的地方，也是男子汉最能建立功勋的地方。好男儿只有到了用武之地，才能发挥出超常的作用，才能实现自己心中的抱负。

兄弟两个饿了大半天，早已是腹鼓如雷，一闻见肉味儿更是馋涎欲滴，恨不得连生带熟地即刻把兔子吞下肚去。

杨嘉臣用刀子分了一半兔肉给杨嘉谟，另一半自己先下嘴咬了一口，又烫又馋的样子顿时破坏了他向来老成持重的面容。

杨嘉谟笑了笑，对准肥嫩流油的兔子腿就要下嘴时，远处冷不丁的一声惨叫自晚风中传来。

听风辨声，惨叫声就来自不远处那条黄沙起伏中蜿蜒而去的官道之上。

此时他们身处的正是河西道上最为荒凉的一段，在这人烟稀少的地段发生些拦路劫掠的行径早都不是什么新鲜事了，想必是错过宿头的客商遭遇了抢劫吧？杨嘉谟骨子里磨灭不了的那份急公好义瞬间觉醒，他放下兔子肉就起了身。

杨嘉臣淡然地啃着半边烤野兔，头都不抬地含糊道："吃吧，再不吃就凉了。"

"大哥，你听见了吗？"杨嘉谟指着官道的方向。

杨嘉臣抬眼看过来，火光闪烁中脸上的神情有些怪异："那又怎么样？吃一堑长一智，我以为你该吸取教训，对陈总兵的提示有所警醒才是。"

杨嘉谟听闻当即怔住，直觉怀里揣着的那枚铜钱在胸口灼灼生焰发起热来。总兵大人为什么要送他一枚铜钱？不就是告诉他做人要圆滑一些吗，不就是在间接提醒他少管闲事以免惹祸上身吗？之前若不是因为管了一桩闲事，也不至于得罪了侯太监因而被他借着庄浪卫之事落井下石，整治到今日削职充边的下场了。

想到这些，杨嘉谟的一腔豪情委顿下去，像是被人兜头泼了一盆凉水，所有的热血冲动都顿时消解了。

杨嘉谟缓缓地低垂下头，重新坐到火堆旁抓起油亮的烤肉大口咀嚼起来，饕餮之状倒好似是在跟谁赌气一般。

杨嘉臣不动声色睨了一眼，转头取过酒囊掂了掂扔向杨嘉谟："荒野露宿需防寒气侵体，喝口甘州老烧就什么都好了。"

杨嘉谟稳稳接住，拔开酒囊的塞子仰头"咕嘟嘟"灌下好几口，又报复性地开始大快朵颐。

杨嘉臣看得微微皱眉，他熟知其弟的脾性，看他的吃相就清楚杨嘉谟此刻其实是味同嚼蜡的，以他的性子要做到见死不救简直堪比剜心。可是……杨嘉臣不愿去回忆刚刚经历的那场牢狱之灾和断头台上险些丧命的那一刻。

一切都应该以活着为前提，且以好好活着为首要目的，不是吗？想到这里，杨嘉臣决定把心硬到底。

"起风了，吃完早些歇息，明日天亮咱们就赶路，过了这片戈壁就离甘州不远了。"杨嘉臣起身去把骡子又往草密的地方拴了拴，骡子快活地打个响鼻，向主人表示感谢。杨嘉臣拍拍骡子的脊背笑着说："对，好好地吃你的草，就是天塌下来也不要管！"杨嘉臣指桑说槐，话语之中的意思表露无遗，就是不让杨嘉谟多生事。

杨嘉谟不知其味地吃完了兔肉，颇不甘心地又喝了两口甘州老烧，然后便对着眼前不大的火堆独自出神。

杨嘉臣侍弄好了骡子继续回到火堆旁，熟练地往上添了两根木柴，拨着火焰道："去睡吧，咱们轮流守夜。"

杨嘉谟没有答话，只顾盯着火苗看。

"明宇，不是我非要拦着你。"杨嘉臣叹口气，语重心长道，"以你我现在这样的处境，多一事不如少一事的好。"

杨嘉谟眼神微动，执起酒囊作势要饮，仰头才发现酒已经喝完了，瘪瘪的皮质酒囊里涓滴不剩。他悻悻地扔了酒囊，默默起身上到一旁的破车上和衣躺下，动静有点大，本就破败的车子发出一阵"吱呀"乱响。

戈壁上起了风，裹挟着沙砾和高高低低的狼嚎，一声声刮过来，为漆黑的夜色浸染上了独属于荒野的寂寥。

杨嘉臣伸长脖子看了眼辗转反侧的杨嘉谟，摇摇头苦笑着咧了下嘴。

官道上星星点点的灯火越来越近了，隐约还混杂着吆喝和谩骂，甚至还有皮鞭抽打空气荡出的尖锐之声，以及车轮碾过地面的独特声响，都毫无遮挡地回荡在旷野中。那些声音，仿佛就在耳边……

"啊——"又是一声凄厉的惨号，划破夜的安静直直刺向杨嘉谟的耳膜。

杨嘉谟再也忍受不住了，一翻身从破木车上起来，抽出藏在车底的长剑就往声音来源处奔去。

杨嘉臣几步上前拽住他，带着丝丝恳求劝道："明宇，你就听大哥一次吧！这闲事咱们管不得，你知道那都是什么人吗？"

杨嘉谟咬牙恨声回道："大哥，我知道那是肃王的征粮队，也知道肃王府惹不起，可是你听！"

他长剑指向官道，义愤道："大家都是人生父母养的，何苦这般作践他人？百姓是干活的，不是用来挨打的。"

杨嘉臣无言以对，却并不肯就此撒手。

杨嘉谟武艺本就精湛，一反手甩脱杨嘉臣的钳制，提着剑便直奔灯火方向而去。

"明宇，明宇，你给我回来！"杨嘉臣的呼喊苍白而无奈，索性一跺脚也取了车底的兵刃追了上去。

既然阻拦不住，那就只有共同面对了。这种时候，总不能眼看着自家兄弟吃了亏不是？

第四章
王府粮队

官道上逶迤而来的正是肃王府的运粮队伍，除了少数的骡马驾车外，大多的车辆居然都是用人力承担着这繁重的劳动。这些拉车人的后面，是骑着马拿着皮鞭、骂骂咧咧、凶神恶煞的王府督运队队员。服苦役的都是衣不蔽体的穷人，他们就像牲口一样拉车，可挨打的次数比牲口还要频繁，稍有不慎，就是狠狠的一皮鞭，打人者看上去好像打的是牲口，或者是石头，且一鞭比一鞭狠。有些苦力禁不住一鞭，被打趴下了，还要急速地起来，否则的话等来的将是更狠毒的一鞭……

杨嘉谟赶到道旁一处沙丘边，借着夜色掩护暂藏了身形往道上看过去。

真是不看犹可，一见愤怒无比！

道路正中一辆辆严重超载的木轱辘大车缓慢前行，驾车的尽是穿着破烂、骨瘦如柴的民夫，车后面推搡助力的却是一些半大的孩子，还有一部分妇女和老人。而负责押运的王府官兵则衣着光鲜，骑着高头大马为两边监督催促，个个手里提着三尺长的皮鞭，看到哪辆车行得慢了就是一顿劈头盖脸的抽打。

在一辆车的后面，有一个看起来约莫只有十二三岁的孩子一瘸一拐极其艰难地推着车往前走，他衣衫褴褛瘦骨嶙峋，显然是体力到了极限的样子。

王府兵丁的眼睛很是毒辣，与杨嘉谟几乎同时发现了这个孩子。想是兵丁熟能生巧了，马速不减而一鞭子稳稳就向那孩子当头抽下来，杨嘉谟正准备出手可鞭长莫及。

"啊——"那孩子尖厉地惨号一声，便抱头跌倒在了道路正中。

有同车相伴的人想要去搀扶，却听兵丁大声呵斥道："谁敢帮忙跟他一样的下场！"

前后两辆车上的民夫都不敢再动，一任挨了打的那孩子在地上抽搐哭号，众人心有不忍却唯有沉默而已。

兵丁马鞭一指，残酷下令："你们两个把他拖到路边扔掉，其他人继续赶路。"

民夫们谁也没有动手，显然是不情愿去做这样残忍的事情。

如此境地里扔下这个孩子，无疑就是给狼群奉送的夜餐，等车队走后不消片刻，饥饿的野狼们就会将他撕碎……

兵丁很不满，甩开胳膊在空气中抽出一道响亮的鞭哨，恶狠狠道："你们都他娘的想死是不是？每年这个时候死个把人算什么，为王爷而死你们都应该感到荣光！"

"呵呵，是吗？"静静的黑夜里，一道突兀的笑声传来。

兵丁警惕地看向身后荒野，民夫中有两个人大着胆子趁机抬走了受伤的孩子，一群人很有默契地站到一起组成一道不甚起眼的人墙，将那孩子掩藏起来。

杨嘉谟在沙丘后正要出手，身旁杨嘉臣却赶忙拉住，低头撕下一块衣襟递上前，示意杨嘉谟蒙上脸。

杨嘉谟会意，推拒了其兄的好意，自己动手快速撕了衣襟蒙住面部，便仗剑跳上沙丘，隔着道路中间的运粮车指向那打人的兵丁。

"为肃王而死你也应该感到荣光对吧？"杨嘉谟冷冷问道。

兵丁终于找到了声音的来源，他并不急于答话，而是嘬起唇打了个悠长的呼哨，这才轻蔑地对杨嘉谟道："还真有不怕死的宵小之徒，有胆量来劫车却不敢露出真容，看来也就是个毛贼而已吧？"

杨嘉谟当过卫指挥使自然清楚，这样庞大的运粮队伍按照常理至少有五百人护送，而刚刚那兵丁打呼哨就是在招呼同伴，他必须速战速决。原也并不想做什么惊天动地的大事，救回那个受伤的孩子，再给仗势欺人的兵丁一个教训也便罢了。说实话，这么多民夫仅凭他一己之力根本就管不过来，热血上头是一回事，公然对抗肃王府自问还没有那份实力。

想到此处，杨嘉谟脚尖一点纵身跃上高高的粮车，再一个起纵便直扑马背上的肃王府兵丁，锋锐长剑直刺对方胸口。

这兵丁也是颇有几分身手，长鞭一扬迎向杨嘉谟，想要借着鞭长的优势逼退攻势。

杨嘉谟适才暗中观察已经知晓这兵丁擅长使鞭，剑刃一翻削向鞭身，左脚一点右脚脚面，趁兵丁门户大开脚尖直袭兵丁胸口。

正所谓"一寸短一寸险"，宝剑虽不及长鞭的远攻优势，但胜在锋锐之利可断其身。

杨嘉谟身经百战岂是一个狐假虎威的王府兵丁所能相比的，他一剑削断了长鞭的同时，右脚也结结实实踢中了兵丁的胸口，在马背上的兵丁被踢了下来，"哇"地吐出一口浊血来。

一招制敌迅疾而干净利落，杨嘉谟宝剑抵住兵丁的咽喉，冷声道："我可以饶你不死，但往后你要再敢欺侮穷苦之人，我必取你狗头。"

兵丁捂着胸口不敢稍动分毫，生怕一点头宝剑就要割断他的喉管。

杨嘉谟抬头扫了眼浩浩荡荡的运粮队伍，看见前后急速奔来的兵丁甲胄上映出的火把亮光，扭头对才赶到道路上来的杨嘉臣道："大哥，带那个受伤的孩子走。"

杨嘉臣拨开人群抱起孩子，对突然围拢过来阻住去路的民夫们道："这孩子我们兄弟自会照料，伤好之后也由我们送他回家，你们尽可放心。"

民夫们犹豫着不敢轻易答应。

眼看王府官兵到了眼前，杨嘉谟沉声大吼："他这样跟着你们必定是死路一条，交给我们或许还有活下去的希望！"

民夫们被说服默默退开，看着杨嘉臣抱了只剩一口气的孩子在黑夜中隐去身影，都纷纷转身看向杨嘉谟。

杨嘉谟一脚踢晕兵丁，沉重道："我能帮的也只有这一点小事了，你们都好自为之吧！"

肃王府官兵策马而来的马蹄声近在咫尺，民夫们却不理会，不约而同地跪了一地向杨嘉谟磕起头来。

杨嘉谟无奈，只好去扶这些形容枯槁的民夫："大家快快请起，不必如此，在下所为不过举手之劳，当不起这样的大礼。你们这样，真是让我万分惭愧！"

民夫们都不说话，兀自磕头，间或有抽泣声夹杂在内。

杨嘉谟急于脱身，正待离去时却听一声大笑在身后响起。

"兄台好义气，不如你我联手干一票大的，可敢吗？"一道略显阴柔的声音透着满不在乎的调侃。

杨嘉谟转身看去，一个同样蒙着面但不甚魁梧的人怀抱长剑站在道边，面容看不到，但一双细长的丹凤眼精光熠熠，一看就知道身手不弱。

蒙面人睒着杨嘉谟揶揄道："我说兄台，这种时候可不允许你发愣，官兵说话便到眼前了。"

听这言辞便不难判断，此人大约就是专好打抱不平自命侠义的江湖中人，想是将自己也当做了江湖同道。

杨嘉谟本想转身就走不予理会，奈何蒙面人再次开口相激。"哼！还道是我辈中人，原来也是一个畏首畏尾胆小如鼠的懦夫。"蒙面人嗤之以鼻道。

杨嘉谟胸中一丝热血再也按捺不住，长剑一划挽出一个漂亮的剑花来，气恼道："官兵来了又有何惧，是龙是虎稍候自有分晓，我倒要见识见识阁下有多大能耐。"

蒙面人呵呵一笑对杨嘉谟竖起大拇指赞道："好胆识！看得出兄台功夫不赖，等此间事了在下请你喝酒赔罪。"

杨嘉谟不答，转头对身后的民夫们道："刀剑无眼，大家各自藏好了，看我为你们出这口恶气。"说完这话，肃王府官兵已经到了面前，打头的一声大喝便率领数十骑兵冲了过来。

杨嘉谟仗剑而上与兵丁战在一处，以他的身手自然是狼入羊群，几个回合便扫倒了数名兵丁。蒙面人与杨嘉谟背向而战，官道另一头赶来的兵丁，交手之后也是被他打得落花流水，哀号不断。

打斗继续，更多步行的官兵闻讯赶来，火把闪耀处甲胄闪亮、兵器挥舞，显然是押运队的部分兵丁到了。

和杨嘉谟此前的判断没有多大出入，这是一支由五个百户所的兵力所组成的粮车押运队伍，从兵丁们的穿着打扮看应该来自于同一个卫所，如果猜得不错，一定是供肃王驱使的甘州中卫的兵将无疑了。其他卫所也不具备如此鲜亮的衣甲配备。其他的卫所，是没有银子置办这些行头的。这个年头能吃得饱都不错了，哪来多余的银钱花费在军服的购置上？

尽管两人都是艺高胆大，但到底寡不敌众，随着官兵不断拥来，杨嘉谟和蒙面人的战圈被逐渐缩小，战了小半个时辰已是背对背互为倚仗才能应对四面八方的杀招了。

杨嘉谟沉着应战，他看得分明，与自己交手的一队兵丁中有一个功夫十分了得，看服饰不见特别，但出手凌厉攻防有度，不是个百户也起码应该是个军中总旗。

长剑刺出，化解了对方的攻势，杨嘉谟借着火把的亮光打量这个敌手，一眼看出此人年纪不大面容清秀。这样十七八岁的年纪有这样好的武功，若真的是个百户，哪怕是个总旗也罢，应该是前途无量。

"看来肃王虽跋扈骄奢，却还是一个重视人才的藩王，此去甘州若能投身甘州中卫这样的卫所，便不愁没有东山再起的那一日吧？"杨嘉谟边战边暗自思忖。

官兵越来越多，杨嘉谟能听得见身后蒙面人的喘气声。

"阁下，你我势寡不宜久战，还是想办法脱身为上策。"杨嘉谟出声建议。蒙面人逼退身前兵丁，忙里偷闲回头道："怎么，你怕了？要是兄台肯像我一样下狠手，区区小兵在你剑下还不是砍瓜切菜！"

杨嘉谟微恼："他们只是些受命于人的普通军士，况也是穷人家的孩子，无谓多增杀戮。"蒙面人耻笑一声，扬手刺伤了一名兵丁，大声道："妇人之仁！"

说完，不待杨嘉谟回应，蒙面人长啸一声，竟然不顾包围改守为攻，冲进了官兵阵营开始拼杀。

"勇猛有余谨慎不足！"杨嘉谟腹诽道。

对蒙面人的打法，杨嘉谟持不屑态度，但眼下的处境由不得他置之不理，某种意义上来说，他们两个人现在是伙伴，应该互为援助才有全身而退的把握。

杨嘉谟全力以赴逼退正面的年轻小校，急速向后掠去救援蒙面人。那小校也是反应迅速，剑尖点地稳住身形，稍一停顿又继续向杨嘉谟直刺而来。

正在这时，官道旁的黑暗中"咻咻"几道破空声突兀响起，数支利箭挟着劲风直射道上的运粮大车。箭矢遇阻即燃，不知用了什么厉害的东西，那箭刚落车上，火焰便"轰"的一下炸开了，紧接着，青蓝红相间的火苗，瞬间便蔓延了整个粮车。

事情发生得太突然，追杀杨嘉谟的小校微愣了一瞬，果断放弃继续追击，停下脚步对着身后的兵丁大声吩咐道："贼人有埋伏，赶快救火护粮！"

兵丁们早看到了被引燃的运粮车，一听小校下令都停止追击，用手中的各类兵器向就近的粮车拍打下去，试图扑灭火势。

小校吩咐完并不前去救火，而是满面怒气地盯着杨嘉谟再次冲杀过来，嘴里喝道："敢劫肃王府的粮车，你死定了！"

杨嘉谟打落了几个兵丁的兵器，接住小校的杀招厮杀起来。不得不承认，他的这个对手功夫是不赖的，招式灵活多变、出手刁钻难防，看得出来，他受过高人指点。

随着又一波箭雨穿云破雾飞至，更大的火势自官道各处亮起，许多粮车都被大火吞没。

官兵们首尾不顾，已然放弃了擒拿杨嘉谟和蒙面人，纷纷扑向粮车去救火，一时间人喊马嘶，在旷野的官道上狼狈奔忙，尽显慌乱。

能不慌乱吗？粮车有失必定难逃肃王责罚，说不定就会因此掉了脑袋。谁都知道，为肃王做事，如履薄冰，哪一个不是战战兢兢！

几轮箭雨过后，黑暗里杀出一群黑巾包头裹面的人来，他们的目的很明确，就是那些忙着救火顾不上其他的押运官兵。

这群人训练有素，扑上前二话不说就是一门心思的杀人，片刻工夫就杀得官兵惨号连连，尸身遍野……

而那些运粮的民夫在火起时被呵斥着装模作样敷衍了一番，此刻看到激战都抱头鼠窜，各自找着能藏身的地方躲起来了。他们知道，跑是不敢跑的，大家都是有名有姓征调来运粮的普通庄户人家，今夜要是跑了，将来被肃王府清算那可就生不如死了。

俊秀小校与杨嘉谟缠斗良久，见始终奈何不得对方也是犯了倔，咬牙怒喝着步步紧逼。不管身边天塌地陷，只紧紧盯住杨嘉谟不放，大有不死不休的决绝意味。

杨嘉谟出身军门世家，对官军本就下意识的亲切，原本并不愿意过分为难这小校，但对方如此纠缠，就连粮车失火都弃之不顾，反而对自己穷追猛打，这便让人十分不舒服了。

一剑破掉小校的凌厉杀招，杨嘉谟与之错身而过，趁势说道："小兄弟，我只是一个过路人，无意与肃王府结怨，你何苦这般不依不饶？"

说罢，二人错开分站两边，杨嘉谟扫了眼已成火海的官道，提醒对方："你再不想办法救火，这些粮食恐怕都要化为灰烬了，肃王能轻饶了你吗？"

小校听了不以为意，嘲讽道："别猫哭耗子假慈悲了，这样的结果不就是你们想要看到的吗？粮食没了不要紧，我只需将你这个枭首抓住，便不愁肃王跟前没法交代。"

杨嘉谟着实无奈，早知这小校顽固至斯就不该被蒙面人的激将法所动，热血一上头参与其中，却无故成了官兵眼中的"枭首"，导致现在脱身不得，麻烦缠身。他倒不是怕事，关键碰上一个死缠烂打、自以为是的对手，杀之不忍心、不杀难走脱，这才让人无奈。

二人沉默对峙，小校也自知不是杨嘉谟的敌手，双眼虎视眈眈盯着杨嘉谟，到底没有不管不顾地再扑上前来。

蒙面人还算有良心，杀人放火祸害了一番又杀了回来，几步外招呼杨嘉谟道："兄台，我来救你。"

说着从身后袭向小校，一把长剑直刺小校后背要害。

小校微有动容，侧身避过蒙面人的袭击，亦是不肯让步，反击蒙面人时杀招频出，自是毫不手软。

杨嘉谟冷眼看着二人厮杀，越看越觉得小校武艺不凡，正好见蒙面人长剑正面对敌，左手中却暗暗扣了一枚短刃准备偷袭，杨嘉谟惜才之心大作，急忙张口提醒："小心暗器！"

话音才落，蒙面人左手中的短刃以迅雷不及掩耳之势袭到小校身前。饶是小校反应灵敏躲过了胸口要害，却最终还是避之不及，那短刃稳稳扎进了他的一条臂膀。

小校身形晃了一下，快速拔下短刃掷向蒙面人，怒斥道："暗器伤人，算什么英雄好汉？"

蒙面人单手前伸，两根手指轻松夹住沾血的短刃，嬉笑地回敬道："女扮男装，怕是也好不到哪里去吧？"

"你……无耻！"小校怒骂一声，一手按住受伤的臂膀冷声道，"有本事不要让我查到你的真实面目，否则定教你死无葬身之地！"

蒙面人哈哈一笑："一个黄毛丫头口气倒是不小，想抓我？倒是令在下好生期待呢！"

小校气得没办法回嘴，调转视线把枪口对准了杨嘉谟，一股怒火尽数发泄出来，骂道："还有你，别以为刚刚那样做我就会对你网开一面。"

杨嘉谟耸了耸肩表示无所谓，反正他也没打算跟这个女扮男装的小校发展出一点什么来，适才出言提醒不过都是看在同为官军出身，单纯的惜才爱才之心罢了。况且，此刻被蒙面人点破，知晓了眼前人是个姑娘家，杨嘉谟更是对此敬谢不敏，绝对不指望让她承情。

"哼！咱们走着瞧！"小校丢下一句狠话，转身疾步奔向另一厮杀处，火光里，那边还有几辆未曾着火的粮车，数名官兵全力抵挡着黑巾蒙面人的冲击……

杨嘉谟遥遥看了眼凌乱的运粮长龙，收剑准备走人。

"兄台这就走了？"蒙面人还是那副漫不经心的慵懒口吻，看着杨嘉谟问道。

杨嘉谟睨了他一眼，略一拱手答道："在下原就不是好事之人，告辞了。"

蒙面人低笑着挥挥手："知道兄台跟我们不是一路人，否则也不会对肃王府的女护卫处处袒护了，但愿再见是友非敌，你我之间不必刀剑相向，成为对手！"

杨嘉谟一凛，难道此人看出了他的真实身份？按理说不会的，他虽做过几年的卫指挥使，但并未与江湖中人有过交集，如今也只是一介遭受贬黜的罪将，又是离着原卫所几百里之外的荒野中，应该没有人认识自己才对。但是，听蒙面人的口气，似乎有看破他身份的嫌疑，倒也是奇了。

"既然这样，那你我还是后会无期的好！"杨嘉谟不再多说，转身便往黑夜里遁去，脚尖轻点已是离开官道扎进了荒漠之中。

辨了辨大致方向，杨嘉谟往之前他和杨嘉臣整理出的露宿处赶去，将身后的喊杀和烽火都远远甩开。此时冷静下来方才感觉大哥说得对，以他目前的身份的确不适合沾染多余的是非，而应平安到达甘州换取名牒，然后继续到下面的卫所戍边。当然了，他现在还不知道会被总兵府打发到哪个卫所去。但不管怎么说，到边疆最前沿的沙场里奋力杀敌，以图再起才是正事。只有那样，将来才有可能扳倒侯太监，澄清自己的冤假错案。作为杨家将的后裔，金刀令公的子孙，总不能一直背着罪将的污名任人诟病，从此一蹶不振吧！这对于杨嘉谟来说，是绝对不能允许的，即便含冤受屈，也要一往无前不是吗？

杨嘉谟一头扎进夜色里飘然离去，身后目送他的蒙面人双眸中突然有了一丝丝严肃。

"行伍出身？倒可以相交。"蒙面人自言自语，他果然看出了杨嘉谟是官军出身，言语之中颇具兴味。

第五章
甘州府城

此后倒也平静无事，杨嘉谟兄弟赶着破骡车晓行夜宿，不过几日便赶到了他们此行的目的地——甘州府城。和离开凉州卫不同的是，现在的车上还多载了一个半大小子，自然就是他们深夜从肃王运粮队伍里救回来的孩子。

在城外排队等候检查的空当儿，杨嘉谟下车仰望着甘州城门。

由青砖垒砌的城墙古朴而坚实，巍峨的城门惯例留有拱形的城门入口，中间大两边小的三道门常年都有守城军士把守，素日只开两边为百姓人等出入所用，中间那道红漆铆钉金光闪闪的大门，只有在遇到大型事件时才会开启，比如督抚出行，或者是迎接钦差巡按时，开了正门表示尊崇和重视。

"甘州，甘之如饴，还是甘心情愿？"杨嘉谟看着城门上方两个石雕大字"甘州"暗自咀嚼。这让他想起了他们兄弟俩出发时，脑海里涌现出的那句"甘州甘州，甘甜之州，难道有苦尽甘来的意思？"来……

这里既是陕西行都司衙门、镇守太监衙门驻地，也是甘肃镇总兵府的所在地，更是肃王藩地王府大本营的坐落地。尽管第一任肃王担忧战火波及，早早便迁了新王府到千里之外的兰州去了，但他的根基和产业还在甘州，甘州是肃王藩地的中心，这是铁定的事实。

因为甘州集合了如此多的重要官署衙门，这座城池便成为了大明西北边塞最为繁华富庶的地方，仿佛所有人都在挤破头似的拥向甘州府城，令甘州府城活像一只不停吞咽又不断反刍的巨型怪物。

人群蠕蠕而动，终于挨到杨嘉谟兄弟俩接受检查了。

守城军士一贯的粗暴蛮横，冷冰冰的几个指令，简单，且不容置疑。

杨嘉臣早有准备，在军士命他们张开双臂受检之际，从袖子里快速拿出一包散碎银子，含笑塞到一个看起来像是头目的军士手中。

那军士不动声色收起了银子，眼神里总算有了一点温度，用刀柄拨开正在杨嘉谟身上摸摸索索的兵丁，不耐烦地喝道："进去吧！"

杨嘉臣赶忙抱拳谢过，赶着骡车快速通过关卡往城中走，还不忘对车后跟随的孩子招呼道："小林，跟紧了！别东张西望！"

他们救下的这个孩子叫小林，已经十五岁，严格来说不能称之为孩子了，不过因为家境不好，长期吃不饱饭看着瘦弱才显小罢了。

小林是个机灵的少年，一边回应着杨嘉臣答了声"是"，一边偷偷觑眼看向杨嘉谟黑沉沉的脸，见杨嘉谟表情冷峻，又急忙收起小眼神跑到杨嘉臣身边去了。

进了城门，是一条直通内城的大道。

和大多数大型城池一样，内城修筑了三丈宽的护城河，只在四门留有行人来往的石桥，河内有暗绿浑浊的水静静波动，一看就知道是人工注入的死水，积存久了散发着一股腐臭，无端地破坏了城池的整体品位。

"甘州城外不是就有黑水流经此地吗？为什么不将活水引流进城？"杨嘉谟皱眉想道。

有赖于同为甘肃镇下辖的卫所，杨嘉谟虽没有来过甘州，但并不影响他了解这里。作战舆图看了无数回，他早就知道甘州城外有着一条堪称西北命脉的大河流——黑水。神话传说和古文献中将黑水叫做弱水，《山海经》记载："昆仑之北有水，其力不能胜芥，故名弱水。"又有《海内十洲记·凤麟洲》说："西海之中央，地方一千五百里，洲四面有弱水绕之，鸿毛不可浮，不可越也。"

这些都是有着神话色彩的传说，不足为信。但在《书·禹贡》里确有记载说道："黑水西河惟雍州，弱水即西。"又有"导弱水至于合黎，余波入于流沙"之说。可见，弱水便是指甘州城外的黑水无疑了。

正所谓"蓬莱不可到，弱水三万里"，黑水有着如此洪流巨势，不加以利用为民造福，反而任其白白浪费汇入流沙，岂不是暴殄天物吗？

闻着腐臭的水汽，杨嘉谟脚步沉重地踏上了通往内城的石桥。

进内城又是一番搜检，杨嘉臣如法炮制，在塞了银子后顺利被放行，三人一破车终于到达了甘州的中心——甘州府城。

内城中人们摩肩接踵，沿街叫卖的小摊小贩利用一切兜售的机会，向来往的行人推销自己的货物，不外就是一些自家种植的菜蔬瓜果之类，和从牙缝里节省下来的米粮谷物，卖力兜售也只为换了银钱好去采购家中必需的油盐等物。稍有家资的商贾是不必如此的，他们大多坐在店堂里喝着茶，静等顾客登门选购就是，顶多奉上笑脸多说几句恭维奉承哄人高兴的话，货品便能卖个好价钱。自然，那一部分商家做的买卖也是专意针对富贾名流、高门显户的体面行当，只需巴结好了那么几家富贵大户，就断不会沦落到沿街乞讨般的叫卖队伍中来。任何时候，受苦受穷的永远是最底层的百姓罢了。

国之不兴，百姓何辜？

杨嘉谟本就不快的脸色中，又涌上一份沉重的无奈。外族欺侮侵扰边民，朝政腐败苛捐日重，试问这样的国家该如何去挽救？

穿过熙熙攘攘的人流，杨嘉臣将骡车赶到比较偏僻的一条巷道口上，左右张望半晌才指着一家门庭破旧的院落道："到了，就是这里。"

杨嘉谟一脸凝思地顿住脚，抬眼看着杨嘉臣所指的门户，眉头更深地皱起来道："这就是甘州驿递所？"

杨嘉臣明白这话的意思，苦笑一下道："门口那不是有牌子吗，确实便是甘州驿递所，咱们今夜就在这里借宿，然后明日去都司衙门办理户籍，完了才能知道我们到哪个卫所去。"

杨嘉谟不答话，只黑着脸默默上前，先行迈步进了甘州驿递所的破落门户。

小林歪头看了看杨嘉臣的脸色，小声问道："杨大哥，明宇大哥是谁惹着他了吗？"

杨嘉臣和蔼一笑，往前扬了扬下巴道："不该问的别问，前面先走吧，我卸了车就来。"

小林非常听话乖觉，知道是杨嘉臣让他跟上去随身服侍杨嘉谟的意思，一对大眼睛眨了眨就进了驿递所去追杨嘉谟。

杨嘉臣赶着骡车到驿递所旁边的拴马桩前，将骡子从车辕里卸下来拴好，又给了负责喂马的驿递所小厮几块碎银子，安顿好牲口才拖了拖衣服往里面走去。

刚走进驿递所就听到一阵争辩声，杨嘉臣面色微变，紧赶几步往声音来源处走去。

甘州驿递所是一座小三进的院子，前院接待上门来谈递运货物的官民，中间一进院落里设了一间挨着一间的库房，用于存放即将运出去或者已经收到还没有送到货主手上的物品，最后面就是驿递所官差的住所和骡马等牲畜的圈舍了。

过去驿递所只负责为官家运送东西，官差们的薪俸自有公家发放，包括驴、马、骡子、牛等脚力的饲养所需也一概由行都司衙门供给。但是，自打到了万历朝这个规矩变了，驿递所这个原本作为官驿的分支机构被划出了官家的圈子。所内一应嚼用花费由各驿递所自负盈亏，行都司衙门不再承担发饷资费，每处驿递所只设置一名驿递官总负责，其他人员则交由驿递官自行雇佣。

这样的革新就意味着原来捧的公家饭碗被打碎了，驿递所里几十号人将没有饭吃。正所谓"穷则生变"，有人便想了主意，把驿递所从官家专有改为对外开放，只要拿得起递运银子，不论官民一视同仁。如此一来才算是没让驿递所倒了，大家都有饭吃不说，驿递所的口碑倒比以前好了许多。

近几年来百姓生活日益艰难，驿递所勉强维持着运转的同时，又开设了一项新营生，那就是简易客栈。当然，驿递所不比真正的客栈方便舒适，也没有饭菜提供，只是利用空置的房间赚取几个小钱，房屋简陋、价格低廉，只有住不起客栈的人来投宿罢了。

杨嘉臣走进前院，就见一个穿着粗陋的汉子正在和杨嘉谟争论什么，一叠声的吵嚷惊动了前后院里十数人围拢来看。

汉子明显是做惯了苦力的，赤着的上身肌肉虬结，黑红的脸膛被浓密的络腮胡子遮去半张，看形貌像是个蛮不讲理的粗豪之人。

杨嘉谟是久经沙场的武将，身形也算魁梧了，但在这个汉子面前却顿显单薄。

汉子堵在内院门口粗声粗气嚷道："你讲道理倒是去住客栈呀，谁请你来这破落户了？八成也是猪鼻子插大葱——装象，还神气什么！"

杨嘉谟一张俊脸气得通红，愤而骂道："果真是虎落平阳被犬欺，人心不古啊！什么时候竟沦落到被一个无知莽汉瞧不起的境遇了？小林，咱们走！"

说着就要转身而去，却被那汉子一步跨上前挡住了去路。

"你敢骂我是狗？也不打听打听我郑三彪的名号，在这甘州城里便是都司、巡抚也要给我几分薄面，由得你这穷酸在此撒野！"汉子炫耀般地拍了把自己精赤的胸膛大声道。

原来这汉子叫郑三彪。不管他有多大的名号，对于初到甘州的杨嘉谟来说并不构成威胁，因为无知所以无畏。

杨嘉谟冷哼一声，盯着比自己高了半头的郑三彪怒声道："我希望你不要因为今天的所作所为而后悔。"

郑三彪虽是草莽，但也听懂了杨嘉谟话语里的警告，大声耻笑着向围观的其他人道："看到了没有，看到了没有？在这甘州地面上，还真有这种不知死活的人呢？哎，我说，你这是在吓唬谁呢？"

围观者基本都是驿递所雇佣的临时差役，的确对郑三彪十分给面子，都跟着哈哈笑起来，看向杨嘉谟的眼神里写满了自求多福的意味，个个都笑得幸灾乐祸。

郑三彪歪头得意地睨着杨嘉谟，用教训的口吻又道："年轻人，这年头哪有龙虎之人？英雄豪杰谁不想，可不是你这样的。我劝你还是跟祖父虚心认个错，念在你一个外乡人，我也便不跟你计较了，怎么样？"

杨嘉谟越听越是恼怒，直直对上郑三彪的眼神，一脸无惧道："那我要是不答应呢？"

郑三彪听闻顿时怒了，往后退一步摆出应敌的架势，瞪着一双牛眼喝问："嚯？这是要跟爷动手吗？好呀！就让我来教你几招，好让你这不知天高地厚的家伙清醒清醒！"

面对挑衅，杨嘉谟自然无惧，双拳一握"咔咔咔"爆响，说话就要出招了。

杨嘉臣赶到看到的正好就是这一幕，他急忙上前拦住杨嘉谟，转头对着郑三彪抱拳赔笑道："郑大哥见谅，我这兄弟初来乍到，有什么误会咱们尽可以坐下来慢慢解释。"

郑三彪瞪眼看着杨嘉臣，上下打量了一通不确定道："你是那个谁？杨什么来着……"

杨嘉臣含笑答道："小弟杨大郎，杨嘉臣啊！郑大哥莫非忘了大松山？"

郑三彪猛拍了一把自己乱糟糟的头，恍然大笑："自然记得，自然记得。那年在大松山得杨贤弟相助，一直铭记五内不敢相忘，说要再寻贤弟酬谢却苦于没有机会，不想你竟来了甘州了。太好了！"

说着，热情地上前拉住了杨嘉臣的手臂，咧着大嘴高兴地要请杨嘉臣入内去说话。

杨嘉臣笑呵呵地指着杨嘉谟介绍："郑大哥，这位是我兄弟明宇，适才多有得罪，我代他向你赔个不是。"

郑三彪扬手捋了一把大胡子，哈哈笑道："不碍事不碍事，俗话说不打不相识嘛！我原也不知道这位是贤弟你的兄弟，不然又何至于起了纷争，怪我怪我！"

杨嘉谟见其兄与郑三彪攀谈，还这般熟络地套交情，颇感意外之余也有些不好意思。又见郑三彪虽然言语莽撞形容粗豪，倒也算得是个性情中人，便心下释然，脸上带了笑道："见过郑大哥，适才多有得罪，还请海涵！"

郑三彪摆摆手大度地走到杨嘉谟面前，上下打量一通笑道："嗯，兄弟这通身的气派真不愧是杨氏门中人，难怪适才能说出那一番话来，倒是郑某无礼言语冲撞了恩人的兄弟，还请你不要和我这莽汉一般见识啊！"

"哪里哪里，郑大哥乃性情中人，小弟仰慕得紧。"杨嘉谟亦是诚心实意地夸赞。

二人经杨嘉臣居中调停，互相达成谅解，一场龃龉就此化解。

郑三彪一手一个，拉着杨嘉谟兄弟往内院居处走，热情率直的性子倒也颇令杨嘉谟感到可亲。

到了内院正房入座，听杨嘉臣和郑三彪寒暄，杨嘉谟这才知道，郑三彪就是甘州驿递所的驿递官，而他与杨嘉臣之所以有交情，也是因为前年郑三彪运送货物途经大松山遭遇山匪，恰巧被正在大松山驻守的杨嘉臣所救，成了郑三彪的救命恩人。

官办的驿递所沦为与镖局抢饭吃的地步，还不得不开设简易客栈来增加进项，从而才能维持生计。而偌大的行都司衙门却养活着好大一帮子可有可无吃闲饭的官员，这难道不是朝政腐败的一个标志吗？

杨嘉谟耳边听二人谈笑风生，粗粗扫视了屋内一圈便看了个八九不离十，甘州驿递所的买卖并不好做，且不论外面那些衣着破旧的差役，便是唯一享有薪俸的郑三彪手头怕也是拮据得很，否则又怎么会穿着一双打了补丁的类似官靴样的鞋子？看步靴的颜色少说也得有两三个年头了，也亏得郑三彪这样体形的人，一双靴子还能坚持这么久而没有露了脚趾。

应该是杨嘉谟过于直白的眼神让郑三彪立即就明白了他的所想，郑三彪毫不避讳地伸脚往前，指着自己脚上已经失去了本来颜色的靴子朗声笑道："兄弟是在奇怪我这双靴子吧？说真话，毕竟是都司衙门发下来的，我也时常夸赞它足够结实呢！哈哈哈！"

郑三彪说笑完，又翘起脚尖以便让杨嘉谟能看得到鞋底，自我嘲笑道："如今也只有这双官靴能证明，我老郑是个还在吃官粮的末等小吏了。"

这话并不好笑，倒听得人无端一阵心酸。

杨嘉谟习惯性地皱起眉头，问道："驿递官应该是从九品吧？看郑大哥的情形，似乎也过得不甚宽裕。"

郑三彪耸耸宽阔的肩头，苦笑道："倒让兄弟耻笑了，品秩尚能缀个最末，但这年头的从九品官吏跟普通百姓也没什么分别了，左右不过就是个穷苦之人罢了。"

杨嘉谟眉头皱得更深："郑大哥总爱说个这年头，是近几年生计才艰难起来的吗？"

郑三彪还未回答，杨嘉臣抢先截住只管使眼色道："明宇，要不你先去歇息歇息，等我和郑大哥打听好了路径，好去行都司衙门签押入籍。"

杨嘉谟理解，这是兄长变相在嫌弃他话多，便默不作声地站起来，脸色不豫地转身就走。

郑三彪一见，连忙起身阻拦，又拉着杨嘉谟坐下，反而埋怨杨嘉臣道："杨贤弟这是做什么？老郑落魄不假，可还不是那等病入膏肓了还讳疾忌医的人，既然小兄弟好奇便跟他实话实说又怎了，怕个什么？"

杨嘉臣尴尬地笑笑，又向杨嘉谟递去一个只有兄弟间才能明白的眼神。

杨嘉谟自然领会，适才不过是兄长担心他问得详细，唯恐令郑三彪没面子难堪才出言阻拦，此时见郑三彪并不在意，兄弟俩都放了心，终于可以开诚布公了。

"郑大哥，您既然把我留下了，我就斗胆问一个问题。"杨嘉谟笑问郑三彪。

郑三彪拍拍杨嘉谟的肩头："小兄弟，有什么话你尽管问。"

"驿递所担负着战时解运军粮、传递军情的重任，如今沦落至此，都司衙门竟然都不闻不问吗？"杨嘉谟大胆问出了自己心中的疑问。

郑三彪长叹一口气，无奈而又愤慨道："这年头的都司衙门哪里还管我们这等人的死活，早就成为肃王专用的私人衙门了，他们只知从百姓身上榨油水去巴结王府，便是有多的银子那些督抚尚嫌自家仓廪不够大，谁还能看到下面人的疾苦？"

杨嘉谟听得也是义愤难忍，原以为在自己曾经驻军的那块地盘上就够糟心了，没想到就连行都司和巡抚衙门所在的甘州府城里面，也依然少不了官吏压榨、民不聊生的乱象。九边重镇兵家要塞，域外的瓦剌和鞑靼从未停止厉兵秣马对大明用兵。可以这么说，外敌一直对大明虎视眈眈，而朝内却抑武扬文，有些自命风流之辈尚且在那里鼓吹盛世繁华，吟柳颂风歌舞升平，而武将则基本上没有用武之地。吏治如此腐败，只有走进贫苦的最底层才能切身感受到真实的国情啊！

"商女不知亡国恨，隔江犹唱后庭花。"说的便是大明如今的情势了，只可恨却没有人意识到危机，但凡有此见识的也大多遭到嫉恨，早早地便被打压罢黜，生怕这长在大明躯体上的脓疮被别人看去而暴露什么。暗室屋漏、不见舆薪，这都是那些把持着朝政大权者的所为，其中宦官群体最为可恨，他们在朝野有着不可小觑的势力和顶天的权力。

窥一斑而知全豹，从自身受到陷害差点含冤被斩一事中就可以看出，宦官的权势已经到了能够随意操纵军政的地步，尤其是东厂一众得势的太监，还被人们称作"内宰相"，由此不难理解，宦官群体猖獗到了何等地步。

堂堂一个皇朝，竟然要靠一群连男人都算不上的阉宦来主断军国大事，而一干官员，甚至内阁大员也要看太监的脸色，凭他们的喜恶来治国理政，而皇上竟然形同虚设，只需赏花养鸟、沉溺美色便可……如此种种，想一想怎不令人呕血愤恨？

杨嘉谟恨声一叹，忧愤而唱："大风起兮云飞扬，威加海内兮归故乡，安得猛士兮守四方！"

方一吟罢，郑三彪拊掌大赞："唱得好！这歌子难得老郑能听懂，也常听戏园子里唱起，猛士豪杰不能镇守四方却整日里为三餐愁苦奔波，活在这样的朝代，真是让人憋屈！"

杨嘉臣微微担忧地看着杨嘉谟，郑三彪都能喊出口的憋屈他却不敢轻易去附和，便是有着一样的襟抱又能如何？刚刚经历的那场噩梦就是前车之鉴，身为三品指挥使和五品镇抚使的自家兄弟俩都只能引颈就戮含冤莫辩，发牢骚又能改变什么？

其实，杨嘉谟也是一样，他自己何尝不知，嘴上这般说的充其量就是牢骚无疑，真正能够做的实在有限，自身尚且难保，还谈什么男儿志气、匡扶社稷？

第六章

邂逅甘州

一番相谈宾主尽欢，郑三彪本与杨嘉臣是旧识，却和杨嘉谟更为投机，倒像他们两个才是久别重逢的故交，不消半日便亲亲热热地称兄道弟了。杨嘉谟隐去夜袭肃王府粮队的一段，只说小林是半路上意外所救的孩子，郑三彪听了十分热心，主动应承了送小林回家的事情，正巧递所有人出去，他便吩咐了将小林带上顺路送回家去，算是帮了杨嘉谟一个大忙。

驿递所里因为费用便宜有很多人前来投宿，后院空置的房间住得满满当当，哪怕大通铺都塞不下一个人了。郑三彪看着粗鲁却是个周到人，连忙腾出自己在这里的办公用房给杨嘉谟兄弟安置，他则回家住去了，言说家中还有个瞎眼的老娘需要侍奉，这让杨嘉谟和杨嘉臣感动之余又都颇觉过意不去。

郑三彪走后，杨嘉谟叫了驿所的差役来打听，才知道郑三彪在甘州城内根本就没有家，自己老大不小了还是光棍一条，而他所谓的瞎眼老娘，不过是原来在驿递所行走的一位差役病死后，剩下的一个孤寡瞎眼老妇人罢了。自打那差役死了，郑三彪就默默承担起了照顾其母的责任，这一侍奉就是好几年，直到如今。

原来郑三彪粗犷的外貌之下还有一颗柔软善良的心，这便让杨嘉谟更加觉得其人可亲可敬了。

二人在甘州驿递所落了脚，纵然白日里与郑三彪相谈甚欢，可杨嘉谟依然没有表明自己的身份。倒不是有什么不能言说的隐秘，只不过此次罹难终究是杨嘉谟的一块心病，每每想起来都愤恨难平，他轻易不愿提及。若是让郑三彪知晓杨嘉谟的遭遇，以他的脾性少不了又是一通"这年头"如何如何的感叹，如今的杨嘉谟委实不愿意再添一份消极情绪了。因此上，那般不平之事与其说出来徒惹烦恼，还不如三缄其口来得清净。

一路风尘而来，总算到了一个比较踏实的所在，尽管驿递所简陋，杨嘉谟睡得却十分安然，这是他自打被侯太监拿了入狱到现在，大半年时间里睡得最为安心的一夜。

杨嘉臣亦然。

翌日，兄弟二人睡饱醒来已是日上三竿，出门一看院子里静悄悄的听不见半声喧哗，只有院子一角的葡萄藤下，郑三彪正仰头仔细地盯着叶子捉虫，轻手轻脚的样子与他那壮硕的身形极为不符，看得人无端好笑，心情也便随之舒朗开来。

"郑大哥，请进屋里来坐。"杨嘉谟笑着招呼道。

郑三彪扔掉捉到的一只虫子，拍拍手笑着走过来关心道："杨兄弟昨夜睡得可还好？"

说完，不待杨嘉谟回应，又自顾言道："老郑这里条件简陋，倒教兄弟受委屈了，招待不周，实在是惭愧啊！"

杨嘉谟拉了郑三彪进屋，含笑道："郑大哥莫要如此，我们兄弟鸠占鹊巢累得你还要另觅住所已经叨扰太过了，你再这样客气可就是不把我们当朋友了。"

郑三彪难得扭捏，搓着手进了屋，嘿嘿笑道："杨兄弟到底是读书人，说起话来让我这大老粗竟无言以对了呢！"

杨嘉谟笑笑，陪着郑三彪落了座。

"郑大哥来了。"杨嘉臣正好端了两碗白水从内间出来，向郑三彪打了招呼，递给杨嘉谟一碗笑道："喝点水咱们就去都司衙门，如果顺利下晌就知道我们的去处了！"

郑三彪接上说："但愿把两位兄弟派到甘州五卫中的任意一个卫，我们兄弟见面就容易多了。"杨嘉谟接上说："我感觉还是到远一点的卫所去，到了边关机会也多呀！"杨嘉臣不置可否："兄弟呀，要是留到甘州的任意一个卫所，我看没有什么不好。"

杨嘉谟轻轻地啜了一口开水，举手投足间仿佛喝下去的不是白水，而是一杯上好的香茗似的："好吧好吧，都听大哥安排。"

郑三彪歪头看着杨氏兄弟的举动，抿了抿唇犹疑着问道："二位贤弟，有句话不知当问不当问？"

杨嘉臣和杨嘉谟对视一眼，含笑回道："郑大哥有话尽管说就是。"

郑三彪其实并不像他自己说的那般是个大老粗，他斟酌着语句小心翼翼道："我前年在大松山初遇杨贤弟，那时贤弟便是镇抚使，往那里一站威风凛凛，山匪们一听镇抚使带兵来了，均都望风而逃。我们因此捡了一条命，才得以顺利把货物递运到了目的地。哈哈！"

干笑两声，郑三彪觑着杨嘉臣微笑的脸孔又问："不知贤弟如今荣升到什么品阶了？这次到甘州来是公干还是……"

杨嘉臣微笑不变，放下手中的水缓缓回道："郑大哥何必如此谨小慎微，你是想问杨某如今为何如此落魄吧？"

郑三彪急忙摇手否定："不不不，贤弟误会我的意思了。我只是不解，不解……"

到底不解什么，郑三彪半晌没有找到合适的字眼来表述，倒惹得杨嘉谟先笑出声来。

"郑大哥豪爽之人，怎么也吞吞吐吐起来了？"杨嘉谟接上道，"其实我大哥说得不错，我们兄弟若没有落魄恐怕也不会到这里来，小弟我也便没有机会结识你这样一位朋友了。"

杨嘉臣接着补充："是啊！可见落魄也不一定是一件没有好处的事情，否则和郑大哥怎么可能再次遇见呢？"

见杨氏兄弟都没有忌讳，郑三彪松了一口气，大大咧咧道："我就说嘛！以杨贤弟的品阶，再怎么也不可能到我这寒酸门户来落脚嘛。"

"不过……"郑三彪又颇为好奇地问道，"贤弟沦落至此，到底发生了何事？你是正经的五品武将，像我这般人见了是要磕头参拜的，因何就到了如此境地了？"

杨嘉臣苦笑一下，莫说五品的镇抚使，他的身边还坐着一个正三品的卫指挥使呢！一朝落魄成为罪囚，虽然捡回了一条命却落得个充边的下场，世袭的军职被褫夺不说，连普通小兵都不如了，想想自己和弟弟的境遇，真是比那窦娥还冤啊！

郑三彪问完观察着杨氏兄弟的神情，见杨嘉臣一副有口难言的样子方觉自己失言，忙起身拱手道："对不住，对不住！我这人说话不过脑子，原不该这般失礼，还请杨贤弟勿怪！"

杨嘉臣摆摆手，睨了眼旁边看不出情绪的杨嘉谟，叹口气道："正如郑大哥常挂在嘴边的那句话，这年头有理也说不清，横竖都怪自己没成算才会遭了算计沦落至此，内中是非不提也罢！"

郑三彪一听，瞪大了眼睛惊讶道："遭人算计？这么说军中也有构陷诬赖之事不成？"

杨嘉臣压压手臂示意郑三彪稍安勿躁，感慨道："军中又如何？只要有人的地方就有是非，便也难免发生不平之事，这就看你的运道好赖了。"

郑三彪点头认可："贤弟不愧是当过镇抚使的人，说出来的话句句都有道理啊！"

杨嘉臣无奈耸耸肩，这些道理还是他在大牢里悟出来的，那半年的牢狱生涯憋屈又愤懑，对着牢里那堆数了无数遍的茅草，他只有这么想着才能安慰自己，否则早都疯了。

"哼！"杨嘉谟突兀地发出一声轻哼，俊脸生寒道，"'仰天大笑出门去，我辈岂是蓬蒿人。'我从不信运道之说，偏要和这世俗搏上一搏，一时落魄又如何？只要活着，总有扬眉吐气的时候。"

此话一出，郑三彪更加手舞足蹈，崇拜地看着杨嘉谟道："杨兄弟，你这话我虽然不是太懂，但一听就莫名地让人热血沸腾，我原也是这么想的，但就是说不出这般文绉绉又长精神的诗句来，二位贤弟真是让老郑佩服得五体投地了。"

杨嘉谟本不想提及自身的遭遇，说到这里也是适可而止，起身对杨嘉臣道："大哥，我们这便去都司衙门吧！"

郑三彪不明白杨嘉谟为什么突然就不高兴了，只好也跟着起身热心相问："去都司衙门可要我来引路？"

杨嘉谟默不作声抬脚便走了出去。

杨嘉臣无奈一笑，对郑三彪客气道："不敢劳烦郑大哥，我们兄弟自去就是了，那么大的衙门街面上打听着也就寻到了。"

说完，向郑三彪拱拱手追着杨嘉谟赶紧走了。

郑三彪跟出门来，目送杨氏兄弟的身影拐出驿递所大门，自言自语道："奇怪，看着这小杨兄弟倒比镇抚使还牛似的……唉，这官家子弟看不懂！看不懂啊！"

念叨罢又去葡萄架下捉虫，忽地想起一事狠狠拍了一把大腿叫道："糟糕，我怎么忘了告诉那兄弟二人，今日青崖郡主来甘州，一大早便张贴了告示要禁街的……"

郑三彪顾不得捉虫了，拔腿就追出大门去找杨嘉谟兄弟。

跑到门外早不见了杨氏兄弟的人影，郑三彪着急也是无用，只得挨着巷子出去再慢慢找寻了。

却说杨嘉谟好端端的心情，怎么一下子又晴转多云了？看他一脸不快只顾低头行路的样子，杨嘉臣也不敢多说什么，只是默默地随在身侧往街面上走来。

出了巷子就是四通八达的大街，青砖铺地的街面今日犹为干净，零零散散开门营业的商铺前门可罗雀，更不见了昨日他们初到甘州时的那番人声吆喝，满城处处透着奇怪的清冷。

正愁找不到开口词的杨嘉臣眼神闪了闪，带着一丝刻意的讨好对冷脸的杨嘉谟道："怪了，今天的甘州府城咋跟昨天咱们来时不一样了，明宇你看到了吗？"

杨嘉谟这才抬眼往街面上看去，环视一周点头回应："确实。"

总算开口了！杨嘉臣暗暗吁了口气，他了解杨嘉谟的脾性，自小就是那种不高兴了就独自生气的闷葫芦，有时候他能一连好几天都不说一句话，直到自己想通了才愿意搭理人。

还记得小时候杨家各房同住在一座府邸中，年纪相当的兄弟姐妹也有四五个，大家一起上族学，在一张桌子上吃饭。毕竟都是小孩子，尽管先生常常在学堂上讲兄友弟恭和血浓于水的道理，但大家都没有什么必须遵守的意识，小打小闹和口角就不免时常发生。再加上祖父那时总是对杨嘉谟颇多偏爱，兄弟们便有些小嫉妒，暗中联手使个小坏，或是偷偷换掉杨嘉谟写好的书帖，或是故意打翻他的砚台溅他一身墨汁……总之就是希望祖父能不要光看到杨嘉谟的优点，而把目光多分散给其他人一些。

那时，杨嘉谟一被捉弄就是眼前这样的情形，阴着脸谁也不搭理，低头走路时像极了斗场上怒气冲冲却苦于无对手泄愤的斗牛。祖父曾说过，他们是金刀杨令公一脉相传的英雄门第，而众多孙子里，他独独只对杨嘉谟赞赏有加，说将来杨家满门前程如何全看杨嘉谟出息有多大。这话莫说他们小辈兄弟不服，便是各房的长辈们听了也嗤之以鼻，人人都觉得祖父言过其实了，已经能跨马上阵的几位兄长在军中都有了职务，难道还不如一个排行最小乳臭未干的幼童？

杨嘉臣不敢去回忆，就在之后的若干年里，杨家的儿郎们不断被送上战场，又不断运回来一副接着一副的灵枢，有些甚至连最后的尸首都没能带回来，只有轻飘飘孤零零的一尊灵位……大伯、二伯、三叔、四叔都战死沙场，连他们最喜爱的小姑姑也再没回来。祠堂里从高到低一排排的灵位便是祖父最骄傲的谈资，可是直到自己也跨马走上疆场，杨嘉臣才切身感受到，所谓的骄傲，所谓的英雄，那都是用鲜血换回来的，失去的亲人便是再多的荣耀也换不回来的，再多的赏赐也难以赎回的，哪怕高官厚禄位极人臣，对于死者来说，都是一场空。

相信杨嘉谟看到和感受到的应该也是一样，甚至更为深刻吧！杨嘉臣想。他们两兄弟本不在一个卫所守边，同为世袭军职，同年进了军中，起点一样所得却终有差别。杨嘉臣不得不承认，祖父眼光是真的了得，杨嘉谟才华横溢文韬武略非常出众，还不到二十岁便荣升为正三品的卫指挥使，成为杨家将后代中传奇样的人物，而自己升任镇抚使还是在不要命的一次次冲锋陷阵中才得来的，可见杨嘉谟付出的比他是多多了。

这时候，杨嘉臣彻底相信了祖父的断言，杨家未来的希望和荣辱确确实实都系于杨嘉谟身上。对此，他没有嫉妒，更没有不服，鲜血洗礼过的人才明白疆场的残酷，本事越大的人职责和肩上的担子也就越重，他确信。

若没有这次的灾祸，没有侯太监的恶意加害，庄浪一战便不会那么惨烈，秦指挥也不会白白牺牲。如果不是那种情况，杨嘉谟也不会情急之下擅离职守私动兵马去援助他。要是杨嘉谟不管不问这件事，他现在还在指挥使的位子上干得好好的……这样做的后果他一清二楚，自己也是再明白不过了。可是，杨嘉谟却不顾后果地做了，这才落得削职充边的下场。而自己，如果对庄浪卫的安危不管不顾，那他杨嘉臣啥事都没有，正如杨嘉谟所言，他现在应该升任千户了……

说起这一切，杨嘉臣又一次在心里怨怪自己，是他连累了杨嘉谟啊！可偏偏杨嘉谟却非要把责任揽到自己身上，这让他这个当兄长的怎么过意得去？当时那种情形下，杨嘉臣除了选择和兄弟一起担当，也想不出什么有效的办法来弥补自己的过失了，即便庄浪最终成功守住，杨嘉谟功不可没，可面对侯太监的追究和军律的严苛，导致这个结果的原因却还是自己派人向杨嘉谟求援啊！

看着杨嘉谟眉宇间的抑郁之气，杨嘉臣深深自责，若是能够重来一次，他宁愿选择战死也不会派人去找杨嘉谟了。

"大哥，往那边走。"杨嘉谟下巴一指前面说道，这才打断了杨嘉臣的思绪。

杨嘉臣往前张望了一下，点头："好，听你的。"

二人一边奇怪着甘州府城的异样，一边快步往街那头走去。

刚走出眼前的街面，一骑快马飞驰而过，马上一个小校打扮的官兵高声呼喊着往前驰去。

杨嘉谟侧耳细听，那官兵喊的是："郡主车驾已到城外，百姓人等尽皆回避！"

"郡主？难道是肃王的千金来了？"杨嘉臣好奇道。

杨嘉谟点点头："应该是了。肃王子息众多，却不知道来的是哪一个郡主？"

杨嘉臣猜想，以杨嘉谟的官职品阶，再加上或许曾到兰州的肃王府去谒见过肃王，对王府的事情应当也是有所了解的，便感兴趣地问道："传闻说肃王自来由王府庶子承袭，不知道什么原因？"

杨嘉谟想了想道："你这一说倒还真是，这一任的肃王就是庶出，能以庶子承袭王位的人，大概都有这种心结，所以也愿意在选立世子的时候挑庶出来继承吧！"

难得见杨嘉谟说个玩笑话，杨嘉臣给面子地笑了出来："你这是什么说法，听着还蛮有歪理的。"

杨嘉谟不禁也展颜笑道："不然呢？除此之外我可想不出，那王府的高墙大院里为何还有这般不同寻常的规矩了。"

二人正说着话，又是一名官兵骑马跑过，嘴里喊着和之前那名小校同样的口号，飞也似的驰过街头往城中心去了。

杨嘉臣撇撇嘴道："好大的排场！我算是知道今天城里为什么清冷了，原是肃王的不知哪个小妾所出的庶女来了。还让百姓回避，城外的戈壁滩里倒是没人，嫌人多干吗不在那儿修一座行宫去？"

话音才落，头顶传来一声轻笑。

杨嘉谟首先听到，反应极快地拉着杨嘉臣依墙而立，抬头往上方看去。

他们身处的这里是街道的尽头，形成一个十字路口，头顶上方高高挑着一帘酒旗，却是一家两层高的酒楼。而此刻临街而开的二楼窗户边，一个白衣翩翩的年轻男子正擎着一杯酒好笑地俯视着杨嘉谟兄弟俩。

"我说这位大哥，你若够胆敢不敢跑到这条街上，大声吼一遍你刚刚说的那些话？"年轻男子笑嘻嘻地说道，一双好看的丹凤眼里盛满了笑意。

杨嘉臣想要回话，被杨嘉谟挥手阻拦住。既然全城戒严来迎接一位郡主，可见来的就不是杨嘉臣嘴里挖苦的那样，是个不怎么受肃王看重的郡主，而是在王府里颇得宠爱且地位尊崇的人物了。而楼上这人虽然笑脸相对，但话语里大喇喇的，有着挑弄是非的嫌疑，不知对方是何居心，还是少理睬为妙。

杨嘉谟向杨嘉臣使了个眼色，示意马上离开此地。今日既是郡主驾临，那他们去办理入籍必将无功而返。没看到满街之上除了他们兄弟俩，再不见任何闲人露头吗？再往前走说不定还要受到斥责和驱赶，那便没什么意思了，还不如先行回去，等明天再往都司衙门去得方便。

刚抬脚准备离开，楼上的男子又出声道："兄台这么急着走是在怕那些官兵吗？这可不像你的做派吧？"

杨嘉谟感觉出了什么，倏然变色，仰头看着男子沉声道："是你？"

男子双眼一眯笑道："这位兄台并非贵人忘事的那种人，看来却还记得在下呢！相请不如偶遇，既然如此有缘，就看在那天并肩战斗的分儿上，不妨上楼来一叙？"

杨嘉谟犹豫着没有急于答复，心中急速盘算衡量着要不要和这个人继续交往下去，以及交往之后会带给自己什么麻烦。

见杨嘉谟不答，年轻男子又看向杨嘉臣道："这位大哥说话我爱听，可有兴趣一起来小酌几杯，顺便骂骂大街笑笑别人呀？"

杨嘉臣一直以杨嘉谟马首是瞻，闻言也没有理睬男子的邀请，双目向杨嘉谟看去，等他拿主意。

"呵呵！还道高山流水，原来竟是知音难觅。想不到兄台是这般的拘泥之人，全不见那夜一番豪气凌云，当真无趣！"男子继续刺激着杨嘉谟，"呲溜"啜饮了一口杯中佳酿，神情幽怨地偏过头去。

看此人做派杨嘉谟很清楚这是在故意相激，想想自己如今既不是官身，更无余财在怀，倒也不必顾虑太多，便仰头微微一笑道："阁下这般盛情相邀，我若不应承难免失礼，那便恭敬不如从命了。"

男子挑了挑眉笑道："那兄台还等什么，这便移步上来吧！在下恭候大驾。"

酒楼虚掩的大门从里打开，一个长相秀气大约二十来岁的妇人笑盈盈立在门中招呼道："二位里边请。"

杨嘉谟笑笑抬步就要走过去，却被杨嘉臣轻轻一拉。

"明宇，你认得此人吗？会不会有什么猫腻？"杨嘉臣担心道。

杨嘉谟看了眼二楼好整以暇的男子，提高嗓音有意让他听到自己的言语："萍水相逢，有过一面之缘，再次邂逅不可不见。"

说罢，自顾走进了酒楼。

听说他们认识，杨嘉臣放了心，随在杨嘉谟身后也踏进门去。

第七章

风流雅士

二人刚进去，酒楼大门"咣当"一声便重新关闭，这次不是虚掩，而是结结实实地锁了起来。

杨嘉臣转身盯住妇人，双手暗暗蓄势戒备地问道："青天白日朗朗乾坤，我劝你们最好别打不该打的主意。"

妇人愕然，继而掩嘴大笑起来："客官，你怎么这么想呢？人家做的可是正经买卖。"

杨嘉臣拦住准备上二楼的杨嘉谟，挡在他身前依然提防不减，冷声问道："正经买卖？我看未见得吧！为什么要把我们锁起来？"

妇人好笑地指了指身后："外面全城都是官兵，我这家店又刚好在最显眼的地段，便是想卖人肉包子也施展不开的。"

说着上下打量杨嘉臣一通，又笑道："再说了，你一个七尺大汉，还怕我这柔弱小女子不成？"

杨嘉臣被问得无言以对，但总归戒心难消，只瞪着眼前的妇人一脸质疑。

头顶上传来木地板与硬底鞋相磕的清脆声响，之前那丹凤眼男子倚着栏杆看下来，语气里带着三分责备七分宠溺道："鱼丽，怎可对贵客如此无礼，还不请客人上来？"

原来这妇人叫鱼丽，倒是好一个别致的名字。

杨嘉谟闻言转身先行走上木阶，边走边吟道："平明偃月屯右地，薄暮鱼丽逐左贤。"

丹凤眼男子在楼梯口迎接杨嘉谟，抚掌大笑："不错不错！我便说是知己到了嘛，果不其然。"

杨嘉谟缓步到了二楼，拱手淡笑："见笑了。"

男子今日没有蒙面，一头披散的长发半数飘在胸前，好看且男女莫辨的面容与这双眼睛一经搭配，往人前一站，露齿而笑的样子突显出奇异的俊美，却又刚柔并济恰到好处。只是……

杨嘉谟扫了眼对方一身洁白的衣袍，再看他脚上穿的高底木屐，这副打扮让人真是没办法品评，说句不客气的话，倒像极了戏台上扮作地府勾魂使的那位白衣差官。

男子并不介意，任由杨嘉谟打量审视，非但没有不舒服，反倒笑眯眯地一撩长发，挥手道："兄台，请！"

杨嘉谟收回视线，表情淡淡地往窗口那张桌案走去。

二楼布置十分雅致，不像别家酒楼的大敞式铺排，而是用精美的雕花隔断分割成一间一间风格迥异相对独立的客座。这些客座沿用了河西独具特色的卧榻形式，高出地板尺余打制的座位上铺着西域毡毯，中间用黄花梨木做成的案桌不张扬却尽显豪奢，匠心独具而造价不菲，显然不是普通人能够来得起的地方。

丹凤眼男子趿拉着木屐走近，对杨嘉谟笑道："兄台不必拘礼，随意坐便是。"

杨嘉谟看着这样奢华的布置，难得窘迫地微微红了脸，只觉得自己十个脚指头在靴子里头都不安起来。天知道他这一路风尘仆仆而来，有多少天没有洗澡了，多少天不曾穿过一双干净的袜子了。从阵前被侯太监带走的那天算起，两百余天的不堪经历，他早就忘了自己还是正三品指挥使时也曾锦衣华服脚不沾尘。如今，对着一个"劫匪"嫌疑人，他竟然连脱掉靴子都觉得难堪……

丹凤眼男子眼神微眯，看出了杨嘉谟的为难，爽直地笑道："兄台随意就是，不必在意这些俗物。"

说着对后面随后上来叫做鱼丽的妇人道："去把我的靴子拿来。"

鱼丽福了福下楼。

很快另一名十七八岁长相更为秀丽的女子托着一双步靴上来，走到男子跟前弯腰道："爷，您的靴子。"

男子伸手拿了鞋穿上，对杨嘉谟笑笑，一转身连鞋踏上客座，坐定后招手道："兄台，这样可还为难么？"

杨嘉谟心下颇为感动，他不指望有人能够感同身受，但总归被理解被照顾还是让人十分愉悦的。当下也不做作，抬腿迈上铺设着华丽毡毯的客座，一双沾满灰土的旧步靴瞬间在座上留下了一个大大的脚印。

丹凤眼男子毫不在意，哈哈大笑着为杨嘉谟斟上一杯酒，双手奉上道："这才是我心目中兄台你该有的豪气，就当这浮一大白也！"

杨嘉谟接过，看了眼碧绿的酒杯和杯中琥珀色的酒液，轻轻嗅了一口赞道："好酒！"

丹凤眼男子微笑着点头："不是佳酿怎敢相邀贵人？'葡萄美酒夜光杯，欲饮琵琶马上催。'此间还有擅弹琵琶的绝色佳人，稍候兄台可以边听曲子边品佳酿。"

杨嘉谟不多话，慢慢啜饮品咂，体味着酒水的醇美心下不禁暗叹：这确实是最醇正的葡萄美酒，用祁连山泉水和西域紫葡萄酿造而成，但近年来因为西域和大明冲突不断，剑拔弩张的局势下已经很少产出了，却不知道这家酒楼有着怎样的背景，竟还能尝到如此地道的佳酿？

喝完一杯，杨嘉谟对在各处转悠着看了一圈才来到身旁的杨嘉臣道："大哥，来一杯吧，确实是难得的好酒！"

杨嘉臣也不落座，自己动手取了一只酒杯，用握惯了刀枪的大手执起精巧的酒壶倒了一大杯，二话不说便牛饮般灌了下去。喝完，袖子一抹下巴撇嘴嫌弃道："还是不如甘州老烧来得痛快。"

"牛嚼牡丹！"丹凤眼男子毫不客气地挖苦。

杨嘉臣一听就要发作，被杨嘉谟及时出声打断："大哥若喝不惯不妨另要一壶甘州老烧。"

说着看向对面的男子笑问："相信阁下不是吝啬之人吧？"

男子瞥了眼杨嘉臣，挥手招来秀丽的佳人吩咐道："玄襄，为这位客官另置雅座，上一壶咱们当地的甘州老烧来。"

叫玄襄的女子声口清脆地应下，向杨嘉臣矮身一福道："客官请随我来吧！"

杨嘉臣不放心把杨嘉谟单独留在这里，推辞道："不必了，我不喝酒只在这边看看便是。"

玄襄见状用眼神向男子请示。

"既是如此便不必强求了，你且下去吧！"男子温柔地挥挥手。

玄襄一双大眼睛扫了扫杨嘉臣，嘴角含笑退了下去。

杨嘉臣自觉无趣，装作观赏酒楼布置的样子，往隔壁的客座边去转悠，心神却时时注意着杨嘉谟这里，看得出他还是不放心这个丹凤眼的男子，总是处在警戒状态。

男子自然看出了杨嘉臣的想法，摇摇头便由他去了，目光移向缓缓品酒的杨嘉谟笑道："兄台不打算问一问在下的名讳？"

杨嘉谟抬眼看向窗外空旷的街道，淡淡道："'事了拂衣去，深藏身与名。'阁下若想让人知道自然会说，否则我问了有用吗？"

"哈哈哈！"男子闻言大笑，"兄台真是一个妙人！只不过承你谬赞在下实在惭愧，那夜之事非同小可，真面目示于人前到底多有不便，还请勿怪！"

杨嘉谟收回视线，看着男子严肃道："阁下好像也没有要问我名讳的打算，却是什么缘故？"

男子了然一笑，然后微微前倾了身子，低声而正经地说道："若我说在下认得兄台，你作何感想？"

杨嘉谟并不意外，那夜在官道上蒙面人最后说那句话的时候，他就猜测对方怀疑自己的身份，是有的放矢。

"阁下希望我有什么样的感想？或者说，你认为我应该是怎么一副表情？"杨嘉谟略有不快地问道。

男子是个天生自带笑脸的相貌，见问低笑着打趣："兄台你看起来好像不太高兴了呢！好吧，算我没问。"

说完又接着补充："阁下、兄台的称呼到底是生分了些，咱们还是以真名实姓来相处得便当，说起来你我在五百年前还是一家子呢！"

杨嘉谟听得惊诧，这人难道真的认识自己？当下不疑有他，张口便问："这么说你也姓杨？"

男子好笑地回答："还真有这么巧的事，原来你也姓杨。"

杨嘉谟这才知道自己上了当，被人家三言两语就套出了姓氏。

"你在诈我？"杨嘉谟黑了脸，十分不快地问道。

男子眼睛眨了眨，狡黠地笑起来："谈不上谈不上，只是一个小小的试探罢了，可巧咱们还真就是一个姓，在下杨俊，字启民。不知兄台大名叫什么？"

杨嘉谟心里头不爽快，沉着脸并没答话，他不想把自己的名字告诉这个叫杨俊的人。一来气恼杨俊刚刚诈他，二来那夜联手祸害肃王的运粮队牵涉匪浅，他不准备在一时热血上头之后继续招惹是非，如今的自己还是越低调越好，不被任何人惦记，才是最安全妥帖的生存之道。

见杨嘉谟不答，杨俊也不着恼，斟上两杯酒颇为真诚地道歉："我知道兄台必定不是小心眼的人，适才一时无状多有得罪，这杯是赔罪酒，还请兄台不要见怪。"

杨嘉谟其实也没有那么生气，见杨俊真诚便暗暗消了火气，不甚热络道："无妨。"

杨俊双手捧了夜光杯奉上，满眼都是笑意："既如此，请兄台喝了这杯中酒，咱们便一笑泯恩仇了。"

杨嘉谟无奈，接过酒杯在对方的注视下喝干了杯中酒。

美酒下肚，一股醇厚的浓香从舌根蔓延上来，只觉齿颊留香余味悠长，当真不负佳酿之称。

杨俊觑着杨嘉谟的脸色好转一些了，便又旧话重提："此情此景，兄台真的不愿实名相告吗？总是这样叫着好不疏远呢！"

面对亦正亦邪、亦柔亦刚的杨俊，杨嘉谟也是没了脾气，只得敷衍道："我姓杨这你知道了，就叫我明宇吧！"

"明宇？"杨俊很有些玩味地重复一遍，忽地盯住杨嘉谟的眼睛敛容询问，"我怎么觉得这个名字在哪里听过，貌似是个官家子弟还是个显贵人物来着，就是这个名字呢？"

杨嘉谟神情微动，避开杨俊探究的目光，含混其词地否认："不会吧？我却是从未听说。"

杨俊再也撑不住，双肩耸动极力憋着笑道："我再敬一杯赔罪酒，明宇兄不可推辞。"

"你……你这个人怎么如此无聊！"杨嘉谟这回真的生了气。不知不觉间他又上了杨俊的当，还当杨俊真的识破了自己的身份，想不到他又是故技重施，连诈带蒙地来唬人。

杨嘉谟不肯再接杨俊奉上的酒杯，怒冲冲地站起来作势要走。

杨俊放下酒杯急忙阻拦，拉住杨嘉谟的袖子连声劝道："明宇兄莫恼，小弟再也不敢了，我保证这是最后一次好不好？"

杨嘉谟还是盛怒难消，一把甩开杨俊恼怒道："你若无聊尽可自寻乐子，何须拿我消遣，是可忍孰不可忍！"

杨俊嘴上忙应是，又上前拽住杨嘉谟不让他走，指了指窗外一本正经道："明宇兄你听，现在你怕是想走也走不成了。"

杨嘉谟侧耳一听，似有为数不少的骏马从街面上行过，间或还伴随着盔甲上铁页碰撞的独有声响，车轮辘辘碾过青砖地……突然，一声尖利的呼喝飘进了敞开的窗户。

"郡主出行，闲人回避！"紧接着，却是一个类似宦官的高声大嗓。

杨嘉谟听着这声呼喝，顿时就想起了自己被押上刑场那日官差的声音，尖利中满含刻薄。

杨俊敛容正经道："明宇兄，你愿意眼看着肃王府欺压百姓而袖手旁观吗？"

交浅言深，杨嘉谟不愿意随便发表意见，冷着脸问道："那又如何，甘州本就是肃王的藩地，胳膊还能扭过大腿去？"

"那也不尽然！"杨俊眼睛里闪烁着一簇火苗，神秘道，"河西多义士，大约还有一些不甘于受奴役的人奋起反抗吧！"

杨嘉谟听出了这话里有话，出于本能地提醒："你们不要胡来，这种事稍有出格可就是谋反，那要掉脑袋的。"

杨俊嘴角掀起一丝笑意，嘲讽道："明宇兄的出身跟我们这些草莽之人到底不同，此话虽为好意，但总是听着官腔十足呢！"

杨嘉谟一怔，盯着杨俊的眼睛："你对肃王府有什么企图我不管，但从头到尾百般试探，对我意欲何为不妨直言相告，无需打哑谜。"

话音才落，杨嘉臣亦适时上前，一把推开还拽着杨嘉谟的杨俊，横眉冷对地指责道："我从一进门就发现这地方很可疑，原来竟是一个贼窝！你要造肃王的反别拉上我们，我们可是世代忠良之家。"

杨俊甩了甩手臂，扫了一眼杨氏兄弟，自顾端起酒杯慢慢饮着，不疾不徐道："我知道你们是名门之后，我又何尝不是？"

"你？"杨嘉臣不相信，不无嘲笑地挖苦道，"就你这样的也敢说是名门之后，哪个名门？黄巾还是绿林？"

杨嘉谟并不打算制止伯兄，尽管身陷囹圄差点砍头，最终得到一个死罪可活罪难逃的下场，但骨子里烙印的精忠报国思想却绝不会因为这个就轻易改变。那夜于肃王府的运粮队中救了小林，也不过是看不惯兵丁奴役百姓，夜里不让休息还要负重劳作而生出的愤懑，不得已与官兵动手已经让杨嘉谟十分不舒服了，又怎么能与杨俊的有意针对肃王相提并论？说到底自己便是没了官职也还是军户，不是江湖中意气行事的草莽。

被杨嘉臣一顿挖苦嘲笑，杨俊再好的涵养也是受不住了，"噌"一下站起身来，指着窗户外的大街愤慨道："你们自己来看看，肃王府一个郡主出行是多大的阵仗？这都是民脂民膏堆起来的荣华富贵，我们只是要拿回属于我们应该拥有的那一部分，黄巾绿林的名声我可是背不起。"

"从来王侯将相都是百姓供养，骏马貂裘、金鞍华盖也是平常，若人人都像你这般去想去做，这世界岂不是永无宁日了？"杨嘉谟淡淡道。

他这么说并不是想要打击杨俊，而是在陈述一个既定的事实，历朝历代不甘心的人为数不少，造反成功的也不是没有，但结果是什么？生灵涂炭、民不聊生，饿殍遍地、十室九空……等下一个王朝建立，新的君主升座，休养生息体恤民情又能坚持多久？到了后来还不是照旧重复了上一个失败的王朝，而真正长治久安的太平盛世只存在于史官的笔墨中，存在于文人的吟诵里。

杨俊好看的面容因气愤而略略有些扭曲，不得不承认杨嘉谟说的都是事实，但一股不甘屈服的执拗和对杨氏兄弟的失望，令他已失了理智，冷笑着回敬道："你们出身官宦之家，自然觉得一切都是理所应当，喝着百姓的血、吃着百姓的肉尚不嫌腥膻，又怎么会怜悯百姓之苦？最可恨奴役我们的身体也就罢了，却偏偏还要用道统教条来奴役我们的心智。什么天命所归，什么人臣顺命，都是愚弄人心的狗屁！"

杨俊越说越有些口不择言，杨嘉谟皱眉不悦。

杨嘉臣却勃然大怒地质问："你再说一遍？信不信我打得你满地找牙？"

"来呀！你出手呀！谁打谁还不一定呢！"杨俊针锋相对。

杨嘉谟瞥了眼风度全无的杨俊，一拉杨嘉臣道："大哥，咱们走！"

"道不同不相为谋！"杨嘉谟说着，一脚跨出客座就要离开酒楼。

这次杨俊没有阻拦，气恼地立在座位上冷哼道："是我有眼无珠，早看出你们和我不是一路人，却还要心存幻想，此时知晓了我的根脚再翻脸，想来就来想走就走，当我是好相与的吗？"

杨嘉谟拦住冲动的伯兄，寒着脸问道："那你想怎么样？非要扣着我兄弟跟你去造反，还是想杀人灭口？"

杨俊显然也没想好怎么收场，见问略一愣怔，气恼着没有立即回答。

正在这时，楼梯口一个女子的声音响起："爷，曲子你们还听吗？"

杨嘉谟转头看去，一位长相清丽的佳人怀抱琵琶站在楼梯口，惊讶而又怯生生的样子任你再大的脾气见了都会烟消云散的。

面对如此佳丽，三个男人都觉得尴尬起来。

尤其杨俊，平素都是风雅自持翩翩君子的模样，此刻面红耳赤地争执，还穿着靴子高高站在本用来坐卧、价格不菲的座位上，让他在大家眼里分外另类。

女子眼波流转，目光依次从三人脸上掠过，最后盯住杨俊又柔柔问道："爷，曲子还唱吗？"

杨俊懊恼地坐了下来，瞥了眼杨嘉谟两兄弟，赌气道："唱！因何不唱？把你看家的本事都拿出来，让客人见识见识重霞姑娘的风采。"

又是一个以阵法名而取名的女子！杨嘉谟暗暗感到讶异。

这个杨俊外表风流，粗看似乎是个附庸风雅之人，但那夜亲眼见他劫掠肃王府粮车，杀人毫不手软，显然并不是他表现出来的这么简单。而且，这个人眼光毒辣颇有心计，虚虚实实连蒙带骗就把自己的身份套问了个七八分。最为可笑的就是，明知自家两兄弟是公门中人出身，还要软硬兼施地强求他们加入，去对付肃王府。这样的人敬而远之也就罢了，委实不必倾心结交。

杨俊看出了杨嘉谟的心思，便大声道："那好吧，事到如今，我就实话实说了。我杨俊的先祖就是当年给大宋朝立下赫赫战功的金刀令公杨继业！"

"什么？"这下令杨嘉谟兄弟两人惊讶了，"你居然是金刀令公之后？"

杨俊理直气壮地道："怎么？不相信？我的先祖金刀令公有两个儿子，我是第二个儿子的后裔！坐不改姓行不更名，姓杨名俊，字启民！"

杨嘉谟把杨嘉臣挡在了身后，意思是稍安勿躁。因为眼前这个自称是杨家将后裔的杨俊，他还是有点信不过……

第八章
甘州杨俊

重霞见状轻移莲步缓缓上前，在离客座两步远处站定，微一矮身福了福向身后紧随而来的玄襄点点头。

玄襄端着一方绣凳放好，便却步退了下去，临走还不忘瞪了眼杨嘉谟二人，不知道是在为杨俊出气，还是在怪责他们不识抬举，或许两者皆有吧！

杨嘉谟虽然无奈，也实在觉得浑身不舒服，但此刻他反而不想走了。既然杨俊自称是金刀令公之后，那就和他杨嘉谟兄弟是一家人。凉州杨家将到了甘州，好巧不巧，居然遇上了甘州杨家将。作为杨家将的后人，他十分有必要弄清楚，这个杨俊究竟是真的杨家将后裔还是假的？要是真的，他有义务把他引上正道，成为杨家将的中坚力量；要是假的，他有责任把他的谎言戳破，让其无处遁形。无论真假，他都有必要搞清楚。

想必杨嘉臣也有着同样的考量，低声对杨嘉谟提醒道："明宇，肯定是假的，我感觉这里是是非之地，还是早走为妙！"

杨嘉谟还想试一试真假，便故意点头赞同，看看这个杨俊有什么反应。

兄弟二人才刚走出一步，就听杨俊低斥一声："当真该死！"

杨嘉臣隐忍不住，双拳猛地握紧，刹住脚步回身喝道："你骂谁？"

一声大喝声音奇大，杨俊不由转头来看，奇怪道："走便走了还想怎样？莫非以为我真拿你们没办法是不是？"

杨嘉臣恼怒道："你说得倒轻巧，既然你是杨家将后人，应该是光明磊落之人，为何如此出口伤人，你说谁是该死之人？"

也难怪杨嘉臣生气，试问一个才从刽子手刀口下获救的人，岂能受得住别人死啊活啊的恶语相向。

杨俊愣愣地看着盛怒的杨嘉臣，还有一边同样脸色不善的杨嘉谟，突然好笑着咧开嘴道："二位莫非是误会了？我刚说那话指的是窗外街面上的不平之事，哪里针对你们了？不信，二位自己过来瞧瞧，我若胡说八道，情愿跪地认错。"

杨嘉臣将信将疑，扭头向杨嘉谟看去等他定夺。

杨嘉谟不是个喜欢惹是生非的性子，但看杨嘉臣颇有不肯就此罢休的意思，便扬了扬下巴指着窗口道："大哥不妨去看一眼，我就在此处。"

这话的意思再明显不过，既是告诉杨嘉臣自己会盯住杨俊谨防他搞什么小动作，也是在提醒杨俊别耍花招。

杨嘉臣领会，抬步往窗口边的客座走去。

杨俊则眯眼睨着杨嘉谟笑道："明宇兄如此提防，令小弟真是伤心。我本只为钦佩你侠肝义胆才有意亲近，而你却不肯折节相交，早知如此我又何苦自取其辱？"

杨嘉谟淡淡回道："你又说错了，所谓的侠肝义胆非我本意，我只是一个俗人，做不来仗剑江湖快意恩仇的事情。"

"这倒也是。"杨俊又恢复了他的风雅，仿佛适才脸红脖子粗气急败坏的那个人不是他。

杨俊轻佻地向重霞抛去一个眼神后，嘴角扯了扯吩咐："重霞姑娘，怎么还不开唱？"

重霞害羞一笑，回以多情的一眼："爷，您想听什么？"

杨俊丹凤眼向杨嘉谟一瞄，低笑着问道："明宇兄要走也不必急于一时，既要分道扬镳了，何不耐心听完一曲，也算是好聚好散了。"

杨嘉谟点点头，停在了原地，决定听完曲子再走。

他刚刚已经大致衡量了一遍杨俊，和他这间酒楼中已经照过面的几位女子的总体实力，不管是眼前这位故作柔弱的重霞，还是那个眼神犀利的玄襄，抑或是笑里藏刀的鱼丽，纵然功夫在身也绝不是自己两兄弟的对手。而仅凭杨俊，想要做些什么杀人越货的勾当，他也不是没有应对之法。大不了就跳窗而出，外面满街的官兵肯定也绝不允许在他们眼皮子底下有反贼潜藏吧？到时候被动的可就不是自己，而是他杨俊了。

再说了，如果杨俊真的是杨家将后人，留下来搞搞清楚也未必不是一件好事。

打定主意，杨嘉谟缓步走回客座，依然穿着靴子跨上了毡毯。

杨嘉谟从容坐在杨俊对面，冷淡道："开始吧！"

这简单三个字却不自觉带着浓浓的威严，仿佛他还是那个正三品的指挥使，正在赴一场无足轻重的宴会。

杨俊目中精光一闪，扬手吩咐重霞开唱。

铮铮乐音响起，重霞弹的却是一首《十面埋伏》，开始便有金戈铁马热血激荡的气势，听得人心神都为之昂扬不已。

乐声一起，杨俊收起那故作风雅的一套做派，满面肃容地和着琵琶声吟唱起来，唱词却也并不陌生，乃是被誉为"诗鬼"的李长吉名作："男儿何不带吴钩，收取关山五十州。请君暂上凌烟阁，若个书生万户侯？"

杨俊嗓音醇厚低沉，再配上重霞炉火纯青的琵琶技艺，唱得顿挫激越而又清傲愤懑，真就如同长吉附体一般，把那种家国之痛和身世之悲都酣畅淋漓地唱了出来。

一曲唱罢，《十面埋伏》还未奏完，在琵琶铮铮之鸣中杨俊眼睛里头微有潮意，满面诚恳地对杨嘉谟道："明宇兄，你真的不相信我是金刀令公之后吗？"

杨嘉谟没有回答，只是定定地看着杨俊的眼睛静待下文。

杨俊郑重道："我杨俊对天发誓，我绝对是金刀令公后裔。"

说完，不顾杨嘉谟微微皱起的眉头和眼睛里不可思议的质疑，又自顾接下去颇为惋惜地说道："你可能不信，那也无所谓。祖上是令公一脉没有任何问题，只是排行老二，再加上其他种种原因，自然不能和凉州杨府相提并论，因此难免凋零没落。"

这倒真正出乎意料！杨嘉谟自己毫无疑问是令公嫡传一脉，也知道杨家旁支族人散落各地的事情，若是不出五服的亲族则一直保持着互相来往，却没有听说过在甘州还有杨俊这一支。杨氏乃是武将世家，族中各家基本上都是军籍，子弟们也是刚有长成便都自发前往军中，或承袭祖职或自己发奋稳步晋升，总之都在军中效力，鲜少有像杨俊这样沦为"劫匪"，眼下还预谋着"造反"的族人。

杨嘉谟端详着杨俊的样貌，质疑道："天下姓杨的何其多，你说你家是凉州杨府的旁支，拿什么证明？"

杨俊苦笑着回道："我便知道你会有此一问。说实话，我拿不出任何证明，但我祖父、父亲活着时都曾说过，我家真的是凉州杨府的旁支，祖上也是军户，只不过子息单薄又没有显赫的军功，慢慢便没人记得了。"

"原来如此。"杨嘉谟淡淡道，心下却暗自思忖：若杨俊真的是杨府旁支，那就是杨家将后裔无疑，何不趁机劝他及早回头归入正途，令公之后沦为匪贼委实说不过去。

见杨嘉谟肯于相信，杨俊脸上有了明显的欣喜，急忙又斟酒敬上："明宇兄也姓杨，且是凉州口音，一定是杨府正统的后代了吧？"

杨嘉谟接住酒杯，含混道："应该算是吧！"

杨俊一听拊掌笑道："看来我的眼光不错，那夜见你出手是军中招式便猜到你是军中之人，今日再见得知是同姓，我便猜了个八九不离十了。"

杨嘉谟饮了酒，面上也有了一丝浅笑，想着要劝杨俊走正道，便有意亲近，微微透露了一点自己的身世："你猜得不错，我家的确是军户，实话实说，你若有认祖归宗的想法，我倒是可以从旁引荐。"

"真的可以吗？"杨俊显然对认祖归宗很是期待。

杨嘉谟颔首："只要你愿意，当然可以。"

"不是我愿意不愿意的问题，"杨俊丹凤眼里光彩熠熠道，"这可是我父亲一辈子的遗憾，他一直想得到杨府的认可。"

看来还有救。杨嘉谟判断杨俊还没有到不可救药的地步，又打探道："既然祖上也是军户，那你为何……"

说了一半，杨嘉谟顿住留出余地，直接问人家为何做了匪贼，怕杨俊面子上也过不去。

"唉！说来话长了。"杨俊长叹一声。

杨嘉谟一听便明白，关于杨俊这一支的过去，恐怕又是一个很长很复杂的故事了。

既然打定了主意要劝杨俊，只能耐心听他述说，也好找出这一支族人混到如今这个境地的缘故。没办法，谁让自己就是杨府之人，且是正宗嫡系继承人的身份呢！召集约束杨氏族人，继承弘扬先祖遗志，让他们明理知事、自强上进，有担当、能托付，最重要的是具备精忠报国、匡扶正道之心，这都是他应该承担的责任啊！

只是，正当杨嘉谟做好了聆听的准备，打算安心在这里耗时耗力来扳正一棵歪脖子树的时候，杨嘉臣的一声喝骂突兀传来。

"当真该死！"杨嘉臣指着窗外怒不可遏地骂道。

杨嘉谟和杨俊同时向杨嘉臣那边看去。

杨嘉臣在隔壁客座中一脸愤慨，兀自指着外面的街道示意二人去看，十分气怒道："这是个什么郡主？我看就是母夜叉来了也没有这般凶恶的。"

闻言，杨嘉谟和杨俊同时伸头往外看去。

酒楼敞开的窗户视野开阔，地理位置也是极佳，完全可以看得清街面上发生的一切。

只见离着酒楼不远的大街上，两队威风凛凛的军士守在一驾六匹骏马驾辕的豪华马车周围，个个利刃出鞘刀锋生寒，摆出如临大敌的架势。而在马车前面，准确说是在辕马前面一丈远的街面上，一个穿着破旧的年轻妇人怀里紧紧搂着一个约莫只有五六岁大的孩子，满面惊惶，浑身发抖地跪在当街。

此种情形一看也不难猜测，大约是这对母子不留神冲撞了郡主的车驾，然后遭到王府随扈官军为难了。像这样的情景并不是什么了不得的大事，妇孺之人便是借他们十个胆子也绝不敢和堂堂王府作对，估计就是无知顽童不听大人的话，跑出来玩耍而惊扰了行进中的车驾，如此而已。

一般遇上这样的事情呵斥几句，要是卫队官长是个暴脾气的，顶多甩几鞭子教训教训也就过了。但偏偏是肃王府的车驾，偏偏又是个性子极为暴躁的卫队长，这对母子便难逃厄运。

穿着校将服饰的一名军官手中提着鞭子立在母子身前，一声断喝犹如晴天霹雳："来人，给我拖下去斩了！"

妇人一听惶惶而泣，一边拼命磕头哭叫着求饶，一边依然将怀里的孩子死死护在身前，那孩子小小的脸蛋上有一道带血的鞭痕，眼睛木呆呆地状若痴傻，而小脸惨白得就像是一张白纸糊就。倘若不是真傻，那这个孩子八成就是被吓坏了，或者是打坏的了，以至于成了这般面色。

妇人号喊不断哀求不断，但丝毫不能使得军官消气，从马车旁走出去两名军士，一人一个拉扯这对母子。见妇人不肯松手，一个军士照准她的后心就是一脚。妇人吃痛，往前一倾猛地呕出一口血来，却依然抱着孩子不撒手。

本来已经禁街的两面商铺、房舍的门窗不知何时悄然打开，许多双眼睛都或近或远地旁观着街面上残忍的一幕，但谁都不敢说一句话。肃王府啊！在甘州，那可是比皇上还要令人敬畏的存在，这里是人家的封地，他们都是肃王治下的蝼蚁。

外面鞭打还在继续，哭喊也在继续，酒楼里的《十面埋伏》已经奏完。重霞和另外两个女子也一同挤在另一扇窗户向外张望，三张美得不同的俏脸却有着同样的忧愤，都在为街上的一幕暗暗摩拳擦掌。

杨俊转回头看向杨嘉谟，义愤道："看到了吗？这就是百姓们流汗劳作辛苦供养着的主子，将士们流血牺牲拼死保卫着的藩王。敲骨吸髓尚且不够，还要作贱老弱妇孺，不把百姓当人看。"

杨嘉谟无言以对，也无意辩驳，毕竟一切就在眼前不容抵赖。别说是杨俊了，就是自己也气愤得恨不得跳下去救了这对母子，再把这些王八羔子教训一顿。

"明宇兄。"杨俊喊道。一双凤眸之中风云涌动，沉声询问："这样的藩王如何服众？你告诉我，怎么就不能反了他？"

是啊，这样的肃王怎么让官民爱戴敬服？可是，即便如此，也不是杨俊要造反的理由啊！

杨嘉谟痛苦地思索着说服杨俊的措辞，被杨嘉臣强行拉过来坐下后，缓缓问杨俊道："你现在可还有军籍？"

杨俊讥讽冷笑："你是不是想说我若还是军籍就不该去做那些事情？那我很遗憾地告诉你，明宇兄，我杨俊早就被踢出军户籍了，如今是一个闲云野鹤之人，靠着一帮江湖朋友帮扶才有今日。"

见杨嘉谟皱眉，杨俊更为刻薄道："我知道你看不起我们这些江湖中人，在你们眼里我这样的人也早划入了草莽匪贼之流，你大概还会耻于和我为伍吧？"

"不会，你莫要妄自菲薄。"杨嘉谟严肃道，"你是杨府的旁支也罢嫡系也罢，到底咱们还姓着同一个姓氏，我没有看不起你的意思，只是觉得你行事有些偏激罢了。"

杨俊定定地看着杨嘉谟的眼睛，神情复杂地追问："是吗？你真这么想？"

杨嘉谟重重点头，唤着杨俊的字真诚道："启民兄，我说过只要你愿意，我会帮你认祖归宗。可若你有其他想法，我便不会管这一档子事了。"

大家都是聪明人，杨俊尤其是。听到杨嘉谟这样说，他竟突然生起一丝酸涩，眼眶微湿着笑了笑道："你说的我信，可杨府的当家人怎么想？他们一定会以有我这样一个子弟而感到面上无光吧？整个杨府可都是正统持家，出了名的百年忠直氏族。"

原来他在担心这个？杨嘉谟听闻暗暗有点小欣喜，只要杨俊还有自卑，对得到宗族认可还有期待，那他就有很大希望成为杨家的优秀子弟，毕竟杨俊看起来还很年轻，孺子可教在他身上也是可以勉强一用的。

不过，杨俊此人，身上还存在着很大的变数。他身手不凡头脑精明，这是优点，但同时也会因为这份聪明而过于自负不服管束；虽行事不羁自命风流，但还算风雅。对于这样一个人，品行多有瑕疵难免被人诟病，肯定在所难免。最难办的还有一点，就是他性子偏激喜怒无常，自视侠义不遵礼法，看不惯的人和事就要插手去阻挠破坏，甚至是纠结聚众，杀人放火……

这样一个人想要彻底改造必定是不容易的，但既然他也是杨家子弟，杨嘉谟便没有置之不理的道理，无论如何必须把他引入正途，最差也得消除他脑子里时时刻刻想着要造反的危险思想。

杨嘉谟因为杨俊，强忍着放下了窗外正在发生的禽兽之举。实话实说，如果不是在杨俊目前，他很有可能已经从窗户跳下去了。可是，他不能这么做。这个时候，陈总兵送他的那枚大钱又出现在了眼前。陈总兵的意思非常清楚，做人要圆润，就像大钱的外圆一样，该忍的时候一定要忍，该让的地方一定要让。你今天忍住了，就是保存自己，到达更高的位置，然后为国家出力，解救更多的穷苦人。想到这里，他慢慢地、长长地呼了一口气。就在这时，杨俊望着窗外又一次愤然而怒骂出了声，而那三个女子则同一时间发出了一声惊呼，生生地打断了杨嘉谟的思路。

"爷，你快看哪！"娇滴滴的女声里尽是气怒。

杨嘉臣到了窗前，竟然也气得砸起了窗台："这样的场面，我真的是看不下去了！"

杨嘉谟缓缓地站了起来，再次把眼神转向了窗外。

第九章

街头施暴

肃王府的官兵连续对这对平民母子拳打脚踢，那妇人倒在血泊中已是气息奄奄了。她痛苦地蜷缩着身子却仍然搂着孩子不肯放手。而孩子却任由官兵扯着胳膊，连一声哭喊都不曾发出，刚才还木呆呆的眼睛此刻已经轻轻合上了，脑袋软塌塌地左摇右晃。在人们的眼里，在官兵拉扯下的孩子好似一只破旧的皮偶娃娃，无声无息。

玄襄抹了一把眼角，愤恨道："我们刚刚都看见了的，这个孩子是被那个当官的踢了一脚才……"

这姑娘恨恨地握拳，几步跑到杨俊这边来，红着眼睛怒声道："爷，你还要犹豫到什么时候？你若怕了便只在这里看着，我一个人下去向这个什么郡主讨个说法，这当街行凶打死了人，她总得给甘州的老百姓有个交代吧！"

说着，"刺啦啦"抽出腰间隐藏的软鞭，一转身就直奔楼梯口准备下楼了。

重霞和鱼丽也走过来，二人对视一眼齐齐向杨俊一福，也不多说什么便转身追着玄襄而去了。

"三位姑娘等等，在下随你们一起去。"杨嘉臣已经忘记了自己在杨嘉谟面前说过的那些话，他大步追到了楼梯口，回头瞥了一眼杨嘉谟，略有心虚而又十分坚决地下了二楼。

杨嘉谟想要阻拦，张了张嘴还是没能说出话来，眼看着杨嘉臣跟三位佳人一起走掉，一时竟感到莫名的无力。

杨俊觑着杨嘉谟的脸色，淡而又淡地问道："你不拦着他？"

杨嘉谟没有回答，手中握着的夜光杯原本冰凉渗骨，此时却渐渐开始发烫，令杯中的琥珀色酒液越发馥郁芬芳。

酒香醇厚，而杨嘉谟的心情却异常惨淡。就在刚刚，他还蛮有把握地在盘算着怎么说服杨俊放弃造反，放弃与肃王府为敌，可是眼前的一幕深深地刺激到了他的神经。必须承认杨俊说的虽然偏激但有一定的道理，肃王府的普通官兵都这般视人命为草芥，那高高在上的主子品行又能好到哪里去？奴役百姓也就罢了，可当街为难妇孺行凶杀人，就真的是令人发指不可原谅了，也难怪连一向谨慎的伯兄都大喊着奔出去讨要公道了。试问，面对正义之举，自己怎么张嘴阻拦杨嘉臣，又拿什么说辞来劝说杨俊？

"明宇兄，"杨俊敛容正色道，"我知道你在想什么，而你也知道我要做什么。劝阻的话你且先保留，等我解决了眼下这件事再来言说，到时候你若还觉得我是匪贼，那你就忘了之前我们说过的那些话，什么凉州杨府，什么认祖归宗，这些话我们便不必再提了。"

说罢，杨俊身子一歪，也不见他发力便从窗口飘了出去，白袍划出的优雅弧线在对面房舍的檐头一顿，眨眼便落到了那对惨遭虐杀的母子身前。

杨嘉谟下意识地就想跟着杨俊飞下去，但想了想还是按捺住了冲动，可手中的酒杯却被他生生地捏碎了。他甩了一下冒血的手指头，大踏步往楼梯口走去，像杨俊那样高调的出场方式，他杨嘉谟可不习惯，也没有效仿的必要。既然杨俊选择出头正面去对抗肃王府，那自己站在人群中当一个振臂呼应的支持者也是极好的。并非害怕，而是前车之鉴啊！

出了门，街面上已经聚起了不小的人群，有胆大不怕事的，和实在看不下去这幕欺凌事件的人都纷纷走出家门，不顾禁街的号令围了上去。

官军一看百姓围上来，更加小心地护着郡主车驾，而之前拿鞭子抽打人的校官瞪圆了眼睛，指着人群大喝："你们这是要造反？"

杨俊白衣飘飘站在最前面，闻言冷笑一声回道："是我们要造反还是你们这些狗仗人势的家伙为非作歹在先？便是反了也是肃王府官逼民反。"

"好呀！你们果然是来造反的！"校官盯住杨俊对手下厉声吩咐，"来人，把这个人，和这一群刁民都给我抓起来，交由都司衙门处置。"

说完又恶狠狠地补充："但有反抗者，一律格杀勿论！"

官军得令，从马车旁分出来一队人马快速上前，很快到了校官身前，兵刃出鞘，齐刷刷地对准了杨俊和他身后的一众百姓。

杨嘉臣其时正站在杨俊侧后方，见状低声询问杨俊道："官军人多，怎么办？"

杨俊自信一笑，不屑地扫了眼官军，对杨嘉臣和他身边围拢过来的玄襄三人说道："你们几个先去看看那位大嫂和孩子，若还有救即刻施药，若是……"

顿了顿，杨俊凤眸一眯，眼神冷冷地射向校官，决然道："若是这对母子罹难，那你们肃王府总得给个说法。"

杨嘉臣和三美闻言都不约而同地狠狠瞪了眼官军，然后走上前去查看倒在地上的母子。

校官大笑两声，鞭子指向杨俊喝问："说法？就凭你也敢让王府给个说法？我看你是活得不耐烦了吧！爷在甘州还从来没见过这么不怕死的刁民，够胆的你别跑，今日我就让你知道知道和肃王府作对的下场！"

"你在威胁我？"杨俊好笑地回道，"果然是一个彻头彻尾、狐假虎威的狗奴才！"

校官挨了骂气急败坏地下令："上，给我先杀了这个带头造反的！"

官军似乎微有犹豫，刀枪对着杨俊却迟迟没有上前。

校官怒极，抬脚踹了就近的一名兵卒一脚，喝骂道："还愣着做什么？不就杀个把贱民嘛，郡主跟前自有爷担着，你们怕什么？"

此言一出，将士们不再迟疑，举着刀枪便冲了上来，直往杨俊一个人的身上招呼。

"哼！"杨俊冷哼一声，主动迎上官兵，双手一伸一探便夺了两名军士的兵器作为自己攻防之用。紧接着身形快如闪电般穿梭在军士间，片刻之间便打得这些官兵们横七竖八，落花流水。

校官一见警惕地往后退了一步，从腰间拔出宝剑颇为心虚地质问："你这厮竟敢对官军动手？你死定了！"

杨俊扔掉手里的兵刃，闲适地拍拍手睨了眼校官，转头问一旁正在替那对母子检查伤势的几个人："人怎么样了？"

杨嘉臣满面担心不置可否，玄襄和鱼丽轻轻摇了摇头，难过地垂下头去。只有重霞淡定回道："孩子若救治得当，还有一线希望，大嫂已经回天乏力了。"

杨俊一听脸色骤变，沉声吩咐："既有希望还不赶紧施救！"

重霞点点头，示意杨嘉臣抱了孩子跟自己走，脚步匆匆地往人群后面行去。而玄襄和鱼丽则扶起了那个妇人："大嫂，你醒醒！你醒醒！"

妇人没有一点点声气，玄襄用手在妇人鼻子下一试，才发现人已经死了……

围观的人们刚才亲眼看到了官军凌虐，此时见人已经死了，都不由愤慨，对着官军七嘴八舌地漫骂起来。

校官心虚地又往后退了一步，色厉内荏地威胁杨俊："你胡说八道蛊惑人心，分明就是故意煽动这些乱民聚众闹事，就不怕郡主问你的罪吗？"

杨俊不屑之情溢于言表，刚要回敬两句，却被身旁一道浑厚的男声抢先截去了话头。

"何不让郡主出来裁夺？"杨嘉谟高声大嗓地说着，缓缓走到了杨俊身侧。在这之前，他在义愤填膺中，冷眼旁观着把周围的形势分析了一番，他发现郡主车驾在不远处，可外面这般大的动静郡主却无动于衷，不闻不问。由此他感觉那辆奢华的马车上根本就没有郡主在座，乃是一驾空车。杨嘉谟想，那郡主便再是铁石心肠、横行霸道，也终究是一介女子，断不会眼睁睁地看着部属残害妇孺还漠然处之，稳坐钓鱼台。

见是杨嘉谟来了，还能和自己并肩面对肃王府的官军，杨俊顿感底气十足，接着杨嘉谟的话题冷笑着嘲讽："是呀！郡主的车驾就在这里，任由府上的奴才当街打杀人命，郡主还能坐得住且一声不吭，可真有一身令我等佩服的隐忍功夫呢！"

说罢，看向杨嘉谟又道："你看，我等这般说都不见郡主露面，这阵仗莫非是个假的？那车里根本就没有郡主的尊驾吧！"

杨嘉谟有九成可以断定郡主不在车上，也明白杨俊这么说打着什么盘算，乐得与他唱一出双簧，便点点头附和道："这也不是不可能。倘若车里没有坐人，或者说坐的根本就不是郡主，那……"

他盯住那个明显心虚到极至的校官，凛然说道："这些人难道都是冒充官军，假借郡主名头却包藏祸心、荼毒百姓的匪贼之流不成？"

"兄台高见！"杨俊夸赞着，假意琢磨道，"如果是这样就说得过去了，若是郡主那般金枝玉叶的身份，怎会容忍麾下肆意败坏王府名声，把自己封地内的百姓不当人看随意打杀呢？"

二人一唱一和，给了彼此一个会意的眼神。

杨嘉谟板着脸："我朝从洪武圣人起历代都最是注重百姓生计，体恤民间疾苦，肃王亦是皇族，不可能做出如此不顾百姓死活的事情来。大约这些人就是冒充的，居然还谎称是郡主车驾，当街杀人嫁祸王府，简直其心可诛。"

"对对对！兄台说得对极了！"杨俊真心认同道。他自己也算嘴皮子厉害的了，但比起杨嘉谟这样思维缜密有理有据的诘问，逼迫得肃王府官兵无言以对，这份反将一军的本事可比他孤注一掷去拼命要省时省力得多了。

杨俊拉着杨嘉谟退了一步，盯住官军正义凛然地喝道："你们到底是什么来路？跑到我甘州地界上冒充郡主名头当街行凶，眼里还有没有王法？"

对面的校官似乎有苦难言，嘴张了几次都没说出什么来，慌慌张张地往后一指马车，口气却隐含妥协道："你们看清楚了，这六驹驾辕的车驾等闲谁敢胡乱冒充？识相的就赶快让开，本将可以当做什么事都没有发生，否则有你们后悔的时候！"

甘州不同于别处，这里自来就民风彪悍，遵从禁令是一回事，但涉及到了底线时他们骨子里那种血性便都被激发出来了。围观的百姓们不等杨嘉谟和杨俊发表意见，自发地往前走了几步将路面完全堵住，此时越来越多的百姓闻讯走上街头拥过来，倒也是好大一副阵仗。

事已至此，总得有个善始善终，既然都站出来了杨嘉谟也就没什么好顾忌的了，他愤然回那校官道："那可不成！你们打杀了无辜妇孺却要当无事发生，恐怕大家伙儿都不答应吧！"

话音刚落，身后一片声讨，百姓们自然是同仇敌忾，连声说着"不答应"，愤怒声一浪高过一浪。

杨俊抱着胳膊凤眼一眯冷声道："说的是啊！你要当做什么事都不曾发生，那这位被你们打杀的大嫂怎么说？刚刚去施救还不知道能不能救回来的那个孩子又怎么说？你这么轻飘飘地就想揭过，我们说什么也不能答应。再说了，万一你们是冒充官军的土匪山寇，我们要是放你们走了，岂不是麻烦？"

"杀人偿命欠债还钱！杀人偿命欠债还钱！……"身后百姓又是一浪高过一浪的声援，直逼得那校官面容扭曲，浑身冒汗。

就在这时，官军后队中一阵骚乱，将士们站成两列让出一条通道来，从外面走进来一位个头不高却一身高傲的清秀小将来。杨嘉谟、杨俊一看，惊讶极了，好巧不巧，来人正是那夜在官道上曾与杨嘉谟和杨俊有过激烈厮杀的，肃王府运粮队武艺高强的年轻小将。

小将缓缓上前站到百姓对面，目光扫过一众百姓，又看了看玄襄和鱼丽一边躺着的死于非命的妇人，转身瞥了眼白衣的杨俊，最后却将目光定格在杨嘉谟脸上，沉声问道："我们是不是在哪里见过？"

杨嘉谟顿觉无言，还真应了那句不是冤家不聚头的话了啊！如果让对方认出自己来那就麻烦了！早知一时的热血上头会招来这么多的是非，自己那夜就不应该不听大哥的话……

算了，如果重来一遍，杨嘉谟还是会毫不犹豫做出救人的选择的，这个毋庸置疑，也无需后悔。只是，这一次说不定就真的要被肃王给砍头了，谁让他跟劫掠肃王府粮车的"匪贼"是一路呢！解释？能解释得清吗？不看当夜的"贼首"就在身旁并肩而立，还口口声声着讨要说法，一再挑衅嘛！

"姑娘，你这般搭讪不觉得很老套吗？"杨俊适时出声，为杨嘉谟化解危机的同时大大讽刺了一通这位女扮男装的小将。

小将闻言顿时恼了，瞪着眼睛怒道："你哪只眼睛看我是姑娘了？招子擦亮了再来说话！"

杨俊笑道："哦？你说你是男人，那敢不敢脱了上衣让大家验证一番？"

小将怒极眼看着就要发作，却眼珠一转狡黠道："好啊！不过咱们打个赌，若等会儿验证了本将是男人不是女子，你拿什么来做筹码？"

杨嘉谟眼见小将是个不好对付的机灵鬼，连忙提醒杨俊："小心上当！"

杨俊听了却不以为意，摆手道："兄台放心，别的不敢赌，要辨认雌雄在下自认还有几分眼力，她是男是女岂能逃得过我一双慧眼？"

杨嘉谟总觉得有什么地方不对，这小将既然自己提出来打赌，那"他"就应该有十足的把握，即便是被杨俊看破身份真是个女子所扮，"他"也一定想好了破解脱衣验身的办法，或是有什么令人意想不到的高明策略来应对，否则便不会有此一赌了。

杨俊不顾杨嘉谟的提醒和警示，硬是要强着应赌，豪气地拍着自己的胸膛道："你若真是男儿身，我废了这双招子立即退走，今日肃王府打杀妇孺之事再不过问。"

说罢，又十分轻佻地打量着小将周身，笑问："那你若输了又该如何呢？"

小将不满杨俊看他的眼神，一脸嫌弃地指了下杨嘉谟道："你这人就是比他讨厌，这双招子今天小爷我要定了。"

"是吗？"杨俊搓着下巴笑得是有那么一点猥琐，"想要我这双眼睛那还等什么，快脱了让我们当场验证呀！"

杨嘉谟在一旁听得直皱眉头，明明是一场追究肃王府残害百姓性命的正义之争，到了这二位手上突然就被带偏了节奏，变成了验证王府小将是男是女的戏码。而且，周围的百姓们竟然也一改之前的愤慨指责，用各种看好戏的兴致满脸期待起来。这到底是什么事啊！难道都看不见已经死了的受害人吗？人命关天都不顾了？对此杨嘉谟哭笑不得。

小将不吃杨俊这一套，含笑慢悠悠地道："你也不必激将，既然答应了我自会照做。只是我这身盔甲颇为珍贵，乃是王爷所赐，就这样放在地上沾了灰土委实不敬，我须得上到马车里去脱下放好，然后再来验明真假。"

杨俊扫了眼马车不疑他，点头答应下来："可以，只要你有资格登上这驾马车，我们没什么意见，别借机跑了就是。"

小将横过来一眼："男子汉大丈夫一言既出驷马难追，我去去就来，你别后悔才是。"

杨俊哈哈大笑着挥手："快去快去，我倒要看看你这女娇娥怎么在大家眼皮子底下大变活人变成个男儿身？"

小将剜了眼杨俊，嘴角却掀起一个优美的弧度，一转身便往马车后面走去。王府官兵自然又是夹道护持，待小将走过便立即恢复队形，严阵以待地守在马车四周。

"你可真会转移目标。放着这样一个声讨王府的好机会，就让你这样轻描淡写地放弃了！"杨嘉谟压低声音责怪道。杨俊不耐烦地说："现在的当务之急是打赌，等我赢了再说如何？"

杨嘉谟见杨俊生气了，就打赌一事提醒杨俊："……好好，不说这个了。等会儿若赌输了你就直接走人，我来替你断后。"

对于杨嘉谟这般不相信自己的判断，杨俊是颇为无奈且略有不满的，但看到杨嘉谟在关键时刻能够挺身相护，他便觉得十分感动，真诚笑道："你且放心，我赌她是个女的就绝对是个女的，若真有意外只能说明我当真是有眼无珠，这双眼睛也就不配长在脸上了，我自该愿赌服输。"

看杨俊说得如此有把握，杨嘉谟微微放了心，但那一丝说不清道不明的异样感觉始终盘旋在心头，让他怎么都不能完全放松心神。

且不论车下二人怎么想，与此同时，小将已经除掉盔甲只着中衣再次来到了大家面前。他一改之前的狡黠之气，一脸阴沉，十分不悦地站在当街，于众目睽睽之下，于午间温热的阳光中，一言不发开始动手宽衣解带……

第十章
以假乱真

和所有人一样，杨嘉谟也注视着"小将"的一举一动。不同之处却在于，其他人都是眼里心里充满好奇地看热闹，而杨嘉谟却一直悬着一颗心，内心里那丝担忧和疑惑犹如急于冲破乌云而出的艳阳，随着"小将"解开衣带的一刹那，杨嘉谟心底里突然一片通透，急忙扬手一声大喝："且慢！"

可是，他终究还是慢了一步，"小将"的手一松，大红色中衣"唰"地滑落，露出"小将"一身洁白的皮肉来，虽然不甚强壮但也算得匀称紧实的上半截身子赤裸裸地暴露在众人面前。几百双眼睛毫无遮挡地看过去，一具真真实实的男子身躯展露在空气里，一点都不假，这是个男人躯体无疑。

杨嘉谟懊恼地拍了一把自己的头顶，他细细观察着眼前这位"小将"的面部表情，这才明白自己之前的不解在哪里。

这个"小将"和之前那个虽然看似是一人，身高体型看着也旗鼓相当，但杨嘉谟向来注重细节，他很敏锐地发现前后不过片刻，"小将"的神情气度是有变化的。很显然，他们并不是同一人。同时，也很不幸地被杨俊言中，他们在众人面前借用马车当做掩护，上演了一出真实的大变活人把戏。

如果现在能够揭开马车，那里面肯定坐着一个正得意偷笑的人，就是之前主动提出打赌的那个狡猾小将，而眼前这个一脸不豫的想必是被逼无奈出来顶包的了。可这就奇了，世界上居然有如此相像的两个人？还是一男一女？莫非他们是龙凤胎，是同一个母亲同一个时辰生出来，来到这个世界上的？除此之外，再没有第二种解释。

"小将"满脸的不快，展露完身子后动作麻利地穿回衣服，狠狠剜了已经傻眼了的杨俊一眼，转身便往马车后边走。

不行！不能让杨俊吃了这个哑巴亏！

杨嘉谟心底冒出这个念头的同时，出声叫住了要走的"小将"。

"请留步！"杨嘉谟踏上一步，审视着对方说道。

"小将"回过头来一脸不耐烦地瞪着杨嘉谟，眼睛里涌起一丝怒火："还想怎样？"

这声音？确实和之前的小将有着不小的区别。

杨嘉谟更加笃定了自己的判断，扫了眼静静伫立的豪华马车，挑眉笑道："不想怎样，只是提醒兄台小心，别着凉。"

他特意把"兄台"两个字说得重了几分，说完又似笑非笑地打量了马车一眼。

"小将"微微一怔，顺着杨嘉谟的眼光也看了眼一旁的马车，然后边系着衣带边走到了官兵包围着的马车边，在众目睽睽之下上到了马车上。

杨嘉谟无奈而好笑地摇了摇头，转头去看依旧是满脸不可置信、已经傻了眼的杨俊。

杨俊的确是蒙了，他好看的两条眉毛都快要拧在一起了，丹凤眼里神采尽失，风流倜傥自然也是顾不得了，只喃喃不解地重复着一句话："不可能，不可能，这绝对不可能……"

杨嘉谟轻叹口气，走回杨俊身边拍了拍他的肩膀安慰："放心，问题没有那么严重，我保证没人能拿走你的眼睛。"

"这不可能！"杨俊一把抓住杨嘉谟的手，急切解释道，"明宇兄你相信我，我真的不会看错，那个……那个绝对绝对是个女儿身，我是不会看错的……"

杨嘉谟当然也知道杨俊没有看错，但现在还不是揭开谜底的时候，他并不打算马上就把自己的想法告诉杨俊。再说，杨俊这个人自负过头，做事不计后果还不听人劝，这是一种很危险的脾性，杨嘉谟也是有意吊着不捅破这件事，他想通过这件事治一治杨俊的毛病，好让这个自以为是的家伙长点记性。

"那怎么办？"杨嘉谟故意垮着脸道，"刚刚我们都亲眼看到了，人家就是个男子。"

杨俊失落地松开手，想了想貌似下了很大的决心，咬牙恨声道："罢了！男子汉大丈夫愿赌服输，既然如此，就把眼睛给了他也就是了，我有眼无珠亦是活该！"

杨嘉谟内心喷笑，但面上丝毫不显，淡定问道："难道你真要舍弃眼睛？没了眼睛你以后怎么办？"

杨俊漂亮的丹凤眼眨了眨，悲怆道："大不了往后隐居家中，再也不出来见人就是。说出去的话已是覆水难收，我总不能当众抵赖，那以后人家会怎么看我？我在这甘州城里还怎么混得下去？"

"说得也是。"杨嘉谟点头认同，"便是我们大家知道你并非是没有信义之人，但这些人可是肃王府的，他们肯定不会善罢甘休。"

杨嘉谟说罢，又接着叹了口气埋怨："你说你，好好地追究他们凌辱百姓当街杀人也就是了，打这样的赌做什么？好了，现在反倒理亏了，自身都难保了，还怎么替那位大嫂伸张正义？"

"我……"杨俊欲辩无言，硬撑洒脱道，"哼！便是没了眼睛我也得把这件事管到底，他们必须得有个交代。"

此话一出，围观的百姓一阵叫好。

有认识杨俊的还鼓动着喊道："杨兄弟你是好样的，我们都支持你，要是你瞎了我们大家伙儿轮流给你端茶送水去。"

杨俊显然是被感动到了，转身对着身后的百姓团团作揖，满含深情地道谢："谢谢诸位父老了，你们放心，今天这个事我管定了，往后再有不平之事，我还愿意替大家出头，眼睛没了还有耳朵，还有舌头和嘴，我杨启民绝不会向权贵屈服的！"

人群里又是一阵高调喝彩。

不得不说杨俊这家伙鼓动人心还是有两把刷子的。杨嘉谟看着眼前群情高涨的场面，心下不由暗笑。

一番煽情过后，杨俊好似重新找到了动力，神情坚定地走回杨嘉谟身边，望着官军队伍豪情万丈地道："我想通了，便是为着不辜负父老们的这份深情厚谊，我也要将这件事情管到底。"

杨嘉谟忍住笑，假意怂恿："我觉得为这事搭上一双眼睛不划算，要不你还是跑吧！"

说着努嘴示意马车，又压低声音道："趁他换衣服还没出来，你赶紧跑，那对母子的事我来替你管。"

"那不行！"杨俊斩钉截铁道，"好汉做事好汉当，我做不出临阵退缩的事来，不就一双眼睛嘛，给他就是了。"

倒也是一条汉子！

杨嘉谟在心底夸赞了一句，他很高兴杨氏子弟当中还有杨俊这般勇于担当之人，哪怕他是杨府旁支，终究还是一根藤上长出来的秧苗，终究还是没有因为出身的差别而失了本心，就算稍稍长歪了那么一点，总还有救不是？

没让大家等太久，小将已经穿好了盔甲再次来到了马车前面。他得意地睨着杨俊笑道："我说，你是自己动手还是我亲自来取？"

他说的自然便是赌约筹码——眼睛了。

这口气，这神态，和刚才那位"小将"对比，才是杨嘉谟不那么陌生的小将，显然，演了一场掉包戏之后，正主儿来履行赌约了。

一见小将回来，杨俊顿时黑了脸，之前那副豪迈的派头也大打折扣，气恼又无奈地回道："随便！"

小将抿嘴笑了两声，目光转而看向杨嘉谟，又问："这位兄台怎么说？要么你来代劳？"

杨嘉谟淡然看着小将，对杨俊之前自夸说眼力好的说法算是持了怀疑。此时眼前站着的不就是那个女儿身的小将嘛，他倒是在关键时刻认不出对方来了。

"为什么要我代劳？"杨嘉谟略带着笑意问道。

小将故作威严，撇嘴回答："你也是带头聚众者之一。"

"哦，这样呀！"杨嘉谟眼神锐利地盯住小将又道，"你不说我还差点忘了，此事的起因原是你们当街欺凌孤儿寡母，不但杀了人还致使那个孩子命悬一线……"

杨嘉谟往街边檐下一指，义正词严道："她已经死于非命，这件事要怎么处置？"

小将顺着杨嘉谟的手指看过去，玄襄和鱼丽的旁边，是那位已经死去的妇人。

杨嘉谟冷着脸上前一步，更加义愤道："只要你能让这位大嫂和她的孩子起死还生，莫说是我兄弟的一双眼睛，就是我的这双也给了你又有何妨？"

小将脸上的得意早就收了起来，抬脚要去查看妇人的伤情，却被杨俊拦在前头。

杨俊横在比他矮了一头的小将面前，恨恨问道："我大哥说得不错，你们要是能让死者死而复生，我心甘情愿任你处置。但若不能，也便不必惺惺作态了，我想大嫂在九泉之下也不愿意看见你靠近。"

小将顿住脚，十分不满地瞪了眼杨俊，回头对杨嘉谟说道："你确定她是被我们的人打死的吗？"

杨嘉谟料想这个小将这么问十有八九是要抵赖了，冷笑一声道："你这是什么意思？难道你还怀疑一个死了的人在讹你不成？"

小将听得一愣，还未来得及分辩，杨俊已经按捺不住。

"大家都听到了吗？他们杀了人还要狡赖不认，大家说，咱们答应不答应？"

杨俊对着人群大声呼喝，立即引来了百姓们的群起而攻之……

"我们不答应，我们不答应……"

……

人群里一阵阵高呼，尽是打抱不平的声音。

杨俊走过来站到杨嘉谟身旁，耸耸肩挑衅地看向小将："你看到了？我们都不能答应呢！"

说完又向杨嘉谟投去感激的一瞥，适才杨嘉谟那一声"兄弟"他听得明明白白，话语之中的回护之意再明显不过。此时此地，面对肃王府的强权杨嘉谟还愿意与他站在一起，这让杨俊十分感动。

小将精致的面孔变得凝重，收起玩闹严肃地向杨嘉谟问道："你确定这件事是真的，是你亲眼所见的对吗？"

杨嘉谟点头："这个自然，我不是个不负责任、信口开河的人。"

小将盯着杨嘉谟的眼睛缓缓道："好，我相信你！"

杨嘉谟坦荡地迎上对方视线，尽管已经看破这小将是个女子所扮，更有非礼勿视的圣训，但他自问心地磊落并没有故意要占人家便宜的想法，便也无需扭捏回避。

小将盯住杨嘉谟视线不挪，面色却冰冷下来，头也不回地喝道："张洪，你还不给我滚过来！"

之前负责护卫的那名校官慌忙跑上前，战战兢兢地拱手见礼："卑职见过大人。"

小将这才从杨嘉谟脸上移开视线，转身一脚踹向这个叫张洪的王府护卫，直踹得张洪"噔噔噔"后退了好几步才勉强稳住身子没有直接倒地。

"我来问你，"小将怒声责问，"为何要当街欺凌妇孺致人死亡？"

张洪没有被踹倒，被问话时自己却先跪下了："大人饶命啊！卑职不过是一时失手，求您饶了这一回吧！"

小将怒容满面，"刺啦"一声抽出宝剑扔到张洪面前冰寒至极地叱道："我饶了你的命，谁去饶了那无辜妇孺的性命？你自裁谢罪吧！"

张洪愕然僵在当场，不可置信地看着小将，半晌没有回神。

这一手雷厉风行果决痛快，倒是谁也没有料到的。

杨嘉谟和杨俊对视一眼，彼此从对方眼睛里都看到了小将的出人意料。

张洪反应过来，惶急地膝行两步为自己鸣冤："大人明鉴，卑职不是故意的啊！是那母子冲撞了您……"

小将面色更寒，重重哼了一声："你说什么？"

张洪怔了怔，又急忙分辩："卑职该死！卑职是说那母子二人冲撞了郡主的车驾，卑职只是想着教训他们一顿，根本没有想要闹出人命，不过打了几鞭子而已，是他们自己不经打……"

"住口！"小将和杨嘉谟同时出声喝道。

张洪茫然地看着面前二人，不敢再说下去。

杨嘉谟冷笑："好一番狡辩推卸，他们不经打是活该没了性命，言下之意是你很能经受得起了？那不妨让我也打上你几鞭子试试？"

张洪哑口无言，看了眼正对面冷脸沉默的小将，赶紧趴在地上哀求："大人，卑职不是那个意思啊！求您看在卑职是郡主娘舅的分儿上就网开一面吧！"

暂且不论小将听到张洪这么说时的反应，杨嘉谟一听张洪是郡主的娘舅不禁皱眉：这可是肃王府的正经亲戚，是皇亲啊！虽然早有王子犯法与庶民同罪的律例，但当今朝中，尤其在肃王封地所在的甘州，一切王法都由肃王府说了算。面前这个人是郡主的娘舅，那就是肃王的小舅子了。如此身份的权贵，难怪横行霸道！莫说打死了一个毫无背景的普通百姓，便是打死了低阶的官员和差役，那也将是一个不了了之的结局。

正义在前却无力伸张，这是最让人感到憋屈的事情。

第十一章
甘州王府

面对突然出现的皇亲国戚，杨嘉谟几乎对为那个妇人讨还公道失去了信心，因为自己就是得罪了上面才沦落到了今日这般田地，况且肃王比起侯太监来权力更大，那可是皇帝的至亲啊！你得罪了皇帝，这不是拿自己的脑袋开玩笑吗？面对肃王这样的强敌，别说是杨嘉谟了，就是换成任何一个人，也会知难而退的。

而杨俊却不然。

"原来是狗仗人势呀！这就难怪了！"杨俊嘲讽道。

人群中也是一阵窃窃私语，饶是此地民风彪悍，但也架不住皇亲国戚的威势啊，为一个不相干的人与肃王府为敌，大家还是需要好好掂量掂量的。这时候，有胆小怕事者已经悄然往后退去，他们很清楚，在这样的主儿面前，显然已经不适于热血上头了。

小将阴沉着脸看了杨俊一眼，又用探询的目光看着杨嘉谟。

杨俊讥讽一笑，抱着胳膊挑眉道："看我们做什么？你若不敢秉公处断就赶紧去逃命！再说了，你难道没发现你今天出头本就是多余吗？"

被杨俊言语相激，小将气红了俏脸，咬唇犹豫的样子分明就是一个女儿家才有的神态。说来也是可笑，偏是这样明显的破绽，杨俊却不敢认定对方的雌雄了。

不管这女扮男装的姑娘是如何混进官兵队伍中的，且官职还不算低，这不是杨嘉谟关心的事情，他现在首先考虑的是保住杨俊的眼睛，然后再追究肃王府爪牙行凶杀人的恶行。如果对方对此事有个妥善的处置，他是不愿意过分为难对方的。

眼下的问题是，张洪是郡主娘舅这样的身份，在杨嘉谟看来这对于小将来说却是异常难办，小将迟疑也就在情理之中了。一般遇上这种事，除非肃王府自身肯于清理门户，将张洪治罪，别人是没有资格插手的，因为分量不够。在藩王的封地上，巡抚和都司虽为朝廷所任命的最高署理官员，但也要看藩王的脸色行事，很多时候还得受藩王节制。在甘州，肃王就是天，就是老虎，等闲谁也不敢去捋虎须、摸老虎的屁股。

看小将为难，杨嘉谟颇为同情，想着好心给他个台阶下，好让他立即放过杨俊，便道："小将军不必为难，此事你量力而行吧，无论是什么样的结果，我们都不会怪你。"

说罢，又趁机提起赌约之事，打着商量道："我看这样吧，你只需取消了和我兄弟间的赌约，在好生安葬死者的同时，解决好那个孩子的善后问题。我看这件事便可以翻篇了，你看如何？"

杨俊在旁边听得暗暗佩服，这小将绝不敢杀郡主的娘舅，那他就势必要为了圆回面子而答应杨嘉谟的要求，自己这双眼睛就轻松保住了。

杨俊想到这里双眼眯了眯顿感安心不少，便悄然向杨嘉谟使了一个感激的眼色，只是那挤眉弄眼的样子看起来颇有些"风骚"，杨嘉谟摇摇头嫌弃地转过了脑袋。

二人的小动作自然全数落进了小将眼中，不过却似乎是被曲解了。

小将俏脸生寒，恨恨地瞪了杨嘉谟一眼，而后扬手一挥吩咐道："来人，先将张洪抽二十鞭，再交由行都司衙门秉公论处。"

话音才落，就有两名军士上前，利落地拿住了张洪。

张洪想要开口呼叫，小将眼明手快，急忙拿出一方帕子堵住了他的嘴。

"执行吧！"小将严厉地命令。

军士在张洪的惨叫声中，执行鞭刑……

围观百姓看着小将居然敢对郡主的娘舅施刑，拍手称快……杨嘉谟也对"小将"刮目相看。不管怎么样，小将这样的行为是值得赞许的。只是，这样一来，对杨俊是极其不利的。杨俊见状，也和杨嘉谟有了同样的感觉，小将如此对待郡主的娘舅，自己的眼睛凶多吉少呀……

鞭刑结束后，围观百姓见张洪的脊背上、屁股上血肉模糊，激动得无与伦比，紧接着，雷鸣般的掌声响起来了……

"押下去吧！"小将摆摆手再一次严厉地命令道。

军士拖着奄奄一息的张洪下去，围观百姓中又一次响起了雷鸣般的掌声……

杨嘉谟审视着面前一脸志在必得的小将只感到无奈，如此一来杨俊的眼睛想要保住就得费一些功夫了。就小将这做派，如果真的是女扮男装，再加上这高高在上、骄傲的样子，那分明就是一个巾帼豪杰嘛！如果他没有猜错的话，说不定就是……

想到这些，杨嘉谟倏然一怔，再看小将的眼神便只剩惊诧了。

"怎么？你觉得不可思议对吗？"小将歪着头问杨嘉谟，而后几步走上来对着围观的百姓团团一礼，朗声说道："各位父老，行凶伤人的罪魁祸首已经送往都司衙门处置了，相信都司大人会给大家一个满意的答复。"

人群里有窃窃私语传来，大都是对小将刚才的作为表示欣慰，至于这后面的结果大家是持有怀疑态度的："肃王的亲戚都司衙门敢治罪吗？""不过就是走个过场，前门进后门就礼送出去的结局罢了，人家该逍遥的照常逍遥，谁还能把皇亲国戚怎么样呢？"……

小将也听到了这些议论，知道百姓们不相信他能做到完全负责，便站到车辕上大声说："父老乡亲们！请大家放心，欠债还钱杀人偿命，天经地义！虽然他是皇亲国戚，但王子犯法与庶民同罪！你们就等着听好消息吧！"

人们半信半疑，似乎不相信小将会有这么大的能耐，都看着小将鸦雀无声。

小将继续说："对于死者，我现在就安排让厚葬，她的孩子我会负责照顾好的，我会安排他去上学，去读书，今后决不让他受任何人的欺侮！"

看着小将眼里流露出的真诚，大家终于相信了，随后，人群中又一次响起了雷鸣般的掌声……

小将下车安排人把死者抬走了，并且当着大家的面交代了如何安葬的事宜。小将再一次上到车上，对着人群重重点头保证："父老乡亲们，我对天起誓，刚刚说的都是真心话，死者的孩子以后就由我来照顾，我一定让他平安长大，若违此誓言，天理不容！"

玄襄、鱼丽红着眼圈默默地看着来人把死者抬到了一块木板上，她们对着死者说道："大嫂，你听到了吧？你放心地走吧，你一路走好！"

两人说完，替死者整了整破旧脏污的衣衫，双双向死者施了一礼。

在场众人也是颇感沉重，有年纪大的还默默掬了一把同情泪……

小将接过手下递上来的一大块白布躬身盖到了死者的身上，然后缓缓地起身，向妇人的遗体深深施了一礼，随后转身面向杨俊冰冷道："我已经说过了，这位大嫂的孩子由我来负责，这下你放心了吧？"

小将说完向官军一挥手吩咐道："带上遗体，我们走。"

这群官兵对小将的命令真是令行禁止，行动迅速的军士快步上前抬起了遗体。

杨俊不依，拦在小将面前道："你说你要全权负责，我们凭什么相信你？谁知道你是不是为了敷衍我们在做戏？我们连你姓甚名谁都不清楚，那正在施救中的孩子又怎么办？"

小将斜着眼睛看向杨俊，用一种看傻瓜的神情鄙视道："你这个人长没长脑子？我用得着费这么大劲去敷衍你？"

杨嘉谟大约已经猜到了小将的身份，忙劝阻杨俊息事宁人："启民，这里没我们什么事了，我们回去吧！"

"什么叫没我们的事了？"杨俊颇为不满，依旧拦住小将的去路不肯让行。

小将一见气极反笑，脸上又挂起那一丝丝痞气，倨傲地问道："也对哦，怎能没了你的事？你不是还欠着我一对招子嘛！"

杨俊闻言变了脸色，脚下不禁往后退了一步，讷讷着一时无言以对。

小将目光灼灼地盯住杨俊，笑着嘲讽："还是丹凤眼呢！一个大男人家长着这样一双风骚的眼睛，一定是个花花公子。我要了你这双眼去，就是为姑娘们除害了。"

一顿揶揄令杨俊恼恨不已，但有火却发不出来，谁让他自己眼拙打赌输了呢，故遭到人家的奚落也无可奈何。

"这么说你是得理不饶人，非要在下这双眼睛了？"杨俊黑着脸问道，但明显的气势已经弱了一大截下去。

小将抿嘴一笑，郑重地点了点头，严肃道："那当然！我这个人向来言必信、行必果。"

杨俊才重新燃起不久的斗志顿时萎靡下去，嘴上也不再逞强了，真到了要履约的时候毕竟还是会害怕，完全没了那副风流潇洒的派头。

杨嘉谟冷眼看着，心内暗笑："到底是个愣头青，还缺点火候啊！"

终究还是不忍让杨俊彻底丢了面子，这样想着杨嘉谟微微一笑适时出声："小将军看来势在必得了是吗？"

小将看过来，倨傲道："你看来又要挺身而出了？"

杨嘉谟无意与对方磨嘴皮子，措辞委婉地警示道："为了手足挺身而出的大有人在，若论情义在下比起有些人来还是稍逊一筹的，小将军你说呢？"

杨嘉谟目光状似无意地移向马车，再收回眼神在小将身上看了一遍，似笑非笑道："在下斗胆，请小将军高抬贵手，今日之事便到此为止吧！正所谓冤家宜解不宜结，小将军贵人事忙，想必也不愿在此多作耽搁的对吧？"

小将一怔，怀疑地盯着杨嘉谟看了看，嘴硬道："那我要是不答应呢？"

杨嘉谟淡淡一笑，笃定道："我知道小将军是天底下难得聪敏之人，你不会不答应的。"

"是吗？"小将略有心虚，但依然勇敢地与杨嘉谟对视，"我若硬是不答应，你待如何？"

杨嘉谟笑意不减，难得玩笑一把："你猜！"

小将绷不住败下阵来，垮着脸无奈苦笑："算了，我原也并不是真想怎么样，只是要让你这位兄弟记住目中无人的教训，如果不是你这个哥哥出面斡旋，那他的眼睛可就真的保不住了。"小将在杨嘉谟的"谢谢"声中点头道："不过，今日之事确实是我们做错了。"

小将悲悯地望向已经抬走的尸体，轻叹口气落寞道："那个孩子还请兄台迟些送到王府别院来，我既承诺了要好好照顾他，便绝不会出尔反尔。"

杨嘉谟对小将顿生好感，原来肃王府还真有出淤泥而不染的人，倒也是难得了。

见小将说得真诚，杨嘉谟拱手肃容道："既如此还请小将军安排好了，迟些我们过去送孩子时该找哪一位？"

小将恍然，拍了自己额头一把歉意笑道："真是对不住，把这个差一点忘记了，你到别院就说是找朱识铉，便没有人与你为难了。"

朱识铉？杨嘉谟默默咀嚼着这个名字，确定是十分陌生不曾听过，也不像是一个郡主该有的名字。想着应该是肃王府中某管事的名字，杨嘉谟放了心，拱手微笑着道："好，小将军，在下记住了。"

小将亦拱手还了一礼，点点头转身往官军队伍中去了。

杨俊见杨嘉谟三言两语就打发了小将，令其打消了要拿他眼睛的主意，心有余悸地摸着自己的眉骨终于松了一口气，衷心钦佩道："大哥，你可真是神了！快说说你那些话是什么意思？你们之间似乎有故事啊！"

杨嘉谟不想说破，自顾往旁边檐下站去，为肃王府的官军让开了道路。

杨俊急忙跟上，兴味十足地追问："大哥，你就跟小弟说说嘛！"

不知不觉，他们二人间的称呼已经变得如此亲近而自然，仿佛天生就是亲兄弟一样。

马车缓缓启动，官军们护持在车驾两侧继续前行，围观百姓见事情得到了解决也纷纷让开道路，街面上官军居中行过时，很有一些夹道欢送的景象。

小将手按着佩剑剑柄威风凛凛走过，在经过杨嘉谟跟前时略一点头，杨嘉谟忙拱手相送。二人各自笑了笑，不禁同时想到了一句话："不打不相识。"

开道鸣锣再次轰轰而起，有嘹亮的呼号划过甘州城的四街八巷："郡主车驾，闲人回避！"

目送一行官军往肃王府的方向而去，杨嘉谟微微叹了口气，与那女扮男装的小将已是第二次见面，从对方的行事气度，还有将士们唯命是从的表现来分析，这位十有八九便是本该坐在豪华马车里接受万人叩拜的郡主本尊无疑。而且，杨嘉谟看得分明，还有一个和郡主长相酷似足够以假乱真的少年。那二人要么是双生，要么就是郡主找来的替身，好为她外出行走时打掩护，如此才能骗过杨俊，完美掩盖自己的身份。

肃王妻妾成群，却不知道这是他的哪位郡主？杨嘉谟暗暗思索。本无意和肃王府扯上关系，但不想纠缠得越来越深，稍后还得到王府别院去送那个受伤的孩子……但愿此事之后，郡主不要再想起有他这么一个人存在吧！杨嘉谟出身虽没有多豪贵，但也算是军门世家，杨府在甘肃镇是颇有名望的大家族。可惜，他天生不喜欢结交权贵，性子又耿直寡言，实在是不愿意继续与肃王府有所瓜葛，只盼着此间事了便赶紧办理了户籍去卫所效力。

因着挂心那个孩子的事情，杨嘉谟催促杨俊一起回了酒楼。

在酒楼后院的一间房外，杨嘉臣闷闷地斜靠在门框上发呆，不知想到了什么，眉头紧紧锁着一脸沉重。

杨嘉谟随同杨俊进来就看到了自家大哥这副尊容。

见二人安全回来了，刚刚送死者孩子从药铺瞧病归来的杨嘉臣如释重负，打量着杨嘉谟问道："明宇，你没事吧？"

杨嘉谟微笑上前："大哥放心，没事了。那孩子怎么样？"

杨嘉臣点点头："暂时没问题了，先让他睡一觉，等一下喝上汤药应该就好了。"

杨嘉谟帮着把孩子安置好，对杨嘉臣说："外面的事情都解决好了，官兵没有为难我们。"

"那就好！"杨嘉臣接下来叹口气道，"这孩子伤势不容乐观，除了吃汤药外，让重霞姑娘为他施针吧。"说这话时，重霞已经拿着针灸包来了："大家放心吧，这孩子现在开始就交给我了，只是你们暂时不能打扰。"

杨嘉谟一听十分悬心，看向杨俊问道："重霞姑娘医术如何？要不要从外面请个郎中过来？"

见问，杨俊眯起丹凤眼颇为自负道："那倒不必！若是重霞都治不好，外面的那些郎中便更是束手无策了。"杨嘉臣点点头："那药铺里的掌柜也这样说。"

杨嘉谟和杨嘉臣对视一眼："哦，原来如此。"说着又看了一眼旁边紧闭的房门赞叹道："想不到重霞姑娘还有高超的医术在身，启民侬手下可真是人才济济呀！"

杨俊自豪地挑了挑眉，笑着邀请杨嘉谟："大哥，咱们去前面边吃酒边等就是，等这里的好消息。"

杨嘉谟又看了看依然紧闭的房门，只得点头应了。

杨俊对杨嘉臣拱拱手："那便劳烦哥哥继续在此地守卫相候了。"

杨嘉臣下意识还礼，看着二人走出后院不见了身影方才觉得不对，自言自语道："哎！这厮什么时候和咱们走得如此之近了？还一口一个哥哥的，叫得好像真是一家子似的！"

与此同时，肃王府却是另一番景象。上至巡抚、都司，下到各县主官，以及永丰仓的大使、判官人等，足有百余人均身着官袍，在王府前院里聚集。一个个拿腔作势，低声谈笑。

王府侍女穿梭来往，不断在内外院之间传递东西，所捧者非金即玉皆是贵重器皿，自然都是来的官员进献给郡主的礼物。

巡抚郑勉年初刚到任，正是受肃王保荐才得了这样一个肥差，因此便常以肃王一系而自傲，对都司常有福说起话来也带着一点颐指气使的优越感。

郑勉斜睨着常有福问道："常都司可知今日莅临甘州的是王爷哪位郡主吗？"

常都司天生一张和善脸，未说话先自带着三分笑意，拱手回道："下官不知，还请郑大人赐教。"

郑勉非常满意常都司的反应，虽然两个人官级都是二品，但官职上郑勉是巡抚，职权要比常有福大一些，常有福自称下官，无疑是在向郑勉卖好的表现。

"常都司不常到王府走动，也难怪不了解。"郑勉夸耀般地对常有福说道，"今日来的这位青崖郡主才是甘州王府真正的主人，乃是王爷最宠爱、排行第十一的郡主，也是王府中唯一得到皇上钦赐，拥有封号的郡主哪！"

常都司一副受教的模样，再次拱手奉承："多谢郑大人赐教，大人不愧是王爷爱重之人，像这般消息下官等绝对是无缘知晓的，我等往后还要仰仗大人多多关照啊！"

郑勉的虚荣心得到了极大的满足，自满地笑道："好说好说！下次再到兰州觐见，我一定在王爷跟前替诸位美言。"

常都司连忙躬身作揖，身后一应属官自是积极效仿，纷纷向郑勉行礼奉承，院内气氛一团火热。

第十二章
双生姐弟

相对于前院的挤挤挨挨，王府后院则要安静许多，侍女们脚步匆匆但都轻快无声，更不见交头接耳，一看便是受过严格训练的。

后院一座雅致的院落内，刚刚沐浴梳妆过后的青崖郡主在女官的侍奉下，正品着一盏养颜补汤浏览桌案上的书卷。她青丝如瀑，斜斜披散在肩背处，只在头顶上用一根碧玉簪绾着个简单发髻，浑身清素，完全不见金玉之物的累赘。

喝完了盏中补汤，青崖郡主素手一推放下玉盏，拿起一本书册快速翻阅着问道："老九在哪儿？"

女官收起玉盏，眼神闪了闪答道："九王子大约是在午睡吧！"

青崖郡主"哧"地笑了一声，放下书册抬头看过来，露出娇美的容颜，正是之前以男子身份出现在大街上的王府小将。

褪去戎装重着衫裙，令她少了几分英气多了一丝娇媚。青崖郡主眼睛笑得弯弯，起身道："又在我面前替他打掩护？老九那别扭的性子都是你们惯的。"

女官不敢隐瞒，但并不见惧怕地笑道："启禀郡主，九王子其实在后花园里生闷气呢！"

青崖郡主笑着摇摇头："我便知道一定是这样的，随我前去看看他吧！"

女官略有迟疑："郡主不去前院了？那些官员……"

青崖郡主摆手不耐烦地吩咐："打发个人过去，就说本郡主今日累了，让他们明日再来。"

女官躬身应了，转头示意一旁侍立的小侍女去办。

小侍女矮身福了福，忙不迭地退出去传话。

青崖郡主提着裙裾走到门槛边，嫌弃道："这衣服太繁琐了，还是没有男装利落，回头让她们重新做几身简单一些的送过来，不必华贵。"

女官答应着，替郡主捧起长长的裙摆跟随出门，大胆进言道："郡主是金枝玉叶，也不宜打扮得过分素淡，免得被人诟病。"

青崖郡主边往前走边不屑一顾道："随他们说去，我偏喜欢简单素净，金银堆砌粉妆玉琢的，那是供人玩赏的器物。"

女官不敢再劝，委婉请示道："前院那边适才送进来了不少贵重物件，还就是郡主最看不上的那些金玉俗物，卑职请问该如何处置？"

青崖郡主顿住脚，想了想道："两个选择，要么原物退还，要么都拿去给老九存起来，等将来他成亲时当聘礼。"

女官抿嘴一笑："郡主，那您自己不留一点当嫁妆？"

青崖郡主微微一怔，继而摇头苦笑："胡说什么！我就老九一个亲弟弟，母亲又去得早，我不为他打算还能指望谁？"

女官收了笑，矮身一福由衷赞同道："郡主说得是，卑职多嘴了。"

青崖郡主继续往前走，神情间略有失意："无妨！我知道你是真心为着我们姐弟好，王府里我能够全心信赖的也就只有你了。"

女官满脸感动，望着青崖郡主的后脑勺真挚地说道："郡主如此厚爱，刘伶唯有以死相报。"

青崖郡主摆摆手，沉默着自顾往前行去，她薄施脂粉的面容上闪过一丝复杂的表情。

穿过几重垂花门来到后花园，远远就见一个身穿玄色锦袍的少年坐在假山上的亭子里，假山四周七八个护卫守着，两个侍女端着茶盘站在阶梯边垂头恭立，似乎像是被罚站的样子。

青崖郡主带着女官上前，护卫们见了正要行礼，被郡主摆手制止了。

"刘女官，你打发人去看看沙枣糕做好了没有，好了就送到这儿来。"青崖郡主吩咐道，并刻意提高了嗓音确保亭子里的少年能听到。

刘女官了然一笑，点点头应下。

青崖郡主提起裙裾缓缓走上石阶进了亭子。

少年与青崖郡主眉眼间有着九分相似，这便是甘州肃王府排行第九的小王子朱识鋐。此刻，他正嘟嘴生着闷气，一见青崖上来更是气哼哼地转过脸去不加理会。

青崖郡主上前坐到九王子对面，好笑地伸头去看他的表情。

朱识鋐赌着气，把头偏到不能再偏的角度，就是不肯理会青崖。

青崖笑道："好了好了，别生气了，你转回头来咱们姐弟好好说话，我给你赔罪还不成吗？你再这样以后可就成歪脖子小王爷了。"

"哼！"朱识鋐别扭着调整了坐姿，气恼道，"别以为轻飘飘说个赔罪我就原谅你了，这回你得发誓，发誓你再也不让我出去做那种事了。"

青崖抿嘴忍住笑，伸出三根手指做发誓状，含笑问道："那说好了，我发完了誓你就不许赌气了。"

朱识鋐怒冲冲地皱着鼻子："还要加上一条，以后不许你再冒充我，拿着我的名字在外面招摇撞骗。"

青崖眨眨眼："这个能不能再斟酌斟酌？"

"不行！"朱识鋐一口拒绝，漂亮到男女莫辨的面孔微微涨红着抗议起来，"你已经无法无天了，从小到大冒充我去做坏事，我替你背锅被父王责骂也就罢了，现在居然还让我当众脱衣服验身，帮你打赌作弊，你你你……你太欺负人了！"

朱识鋐越说越激动，大眼睛里含着两泡泪水泫然欲滴，看起来委屈极了。

青崖忙掏了帕子去帮他擦眼泪，却被朱识鋐一把夺过去。

朱识鋐抖了抖帕子又指责道："还有，你怎么敢真的当众打了舅舅，还把他绑了？那都司衙门是什么所在，随随便便就把他送了进去，万一他老人家出点什么意外，咱们……咱们怎么跟父王交代？"

提起张洪之事，青崖收起笑脸，扳过朱识鋐的肩膀让他正视自己，严肃而冷酷地说道："你听着老九，其他什么事姐姐都可以答应你，也乐意哄着你、包容你，但只有这件事，你不能混淆是非，胡搅蛮缠。"

朱识鋐皱着一张俊脸更显委屈，反驳道："可那是咱们的舅舅，这个世上你我就这一个亲人了……"

"胡说！"青崖打断，沉着脸低斥，"跟你说过多少遍了，父王才是咱们最亲的亲人，你怎么总是置若罔闻。"

朱识鋐颇有些惧怕青崖，闻言垂下眼皮弱弱地不服道："我不过一时嘴快罢了，又不是真的不知轻重。"

"你还敢狡辩！"青崖翻脸松开朱识鋐的肩膀，恼怒道，"朱识鋐你几岁了，你什么时候能让我省省心？我不过比你大了一刻便活该为你操碎了心是吗？"

见青崖真的生气，朱识鋐也不敢再耍小性子了。他觑着青崖的脸色低声道："我记住了，你别生气，我以后绝不再说这种浑话就是了。"

到底是一母同胞，又是孪生的姐弟，青崖责骂过后也是不忍，叹口气劝勉道："老九，我知道你心里是怎么想的，其实我又何尝不懂。咱们的娘出身低微，去得又早，在这偌大的王府里，众多的姐妹兄弟间，你我只有拼命努力才能被父王看进眼里。而也只有得到父王的关注，咱们才能活得稍稍不那么委屈，这你应该都明白的不是吗？"

朱识鋐点点头，认真起来的面孔才有了那么一丝丝英武之气。

他微微攥着拳头坚定道："你放心吧！我知道怎么做。只是……"

朱识鋐咬唇想了想，继续说道："你真的忍心让舅舅给一个贫贱的百姓去偿命吗？"

青崖无奈，恨铁不成钢地瞪着朱识鋐教训他："你什么时候能真正长大啊老九！先生的课都学到狗肚子里去了是不是？"

朱识鋐刚要反驳，青崖又是一记眼刀甩过来，吓得他赶紧住了嘴。

青崖接着说教："民为贵，社稷次之，君为轻。百姓是水君为舟，水能载舟亦能覆舟。国君和社稷都是可以改立更换的，只有老百姓不可更换。从你的嘴里怎么能说出轻贱百姓的话语来？"

朱识鋐像个做错了事的孩子，偷眼觑着青崖的脸色嗫嚅道："我以后肯定不会了。"

"唉！"青崖长叹一声，包容地抚了抚弟弟的头，仿佛自己不是长姐而是一个慈爱的母亲。

"老九，你这个样子以后可怎么办呢？"青崖慨叹一句，无奈道，"等下回房里去，把《孟子·尽心下》抄写五十遍，写好了拿来我看。"

朱识鋐一听苦着脸讨价还价："二十遍，不能再多了。大不了以后我叫你姐。"

青崖睨了他一眼，铁面无情道："你叫不叫无所谓，反正我都是你姐，这个事实谁也改变不了。"

"行，朱青青，算我服了你了！"朱识鋐一撩袍子站起来，食指指着青崖的鼻子说道。说完黑着脸直奔亭子外去，走到台阶中还不忘仰头抱怨："世上哪有你这样的手足？父王都没你狠！"

青崖从亭子边伸出头来，好整以暇地笑道："我发现你最近书法退步了呢！应该多写一写，就练回来了。"

闻听此言，朱识鋐面色一僵，想说什么又不敢真的说出口，最终只恨恨地指了指亭子里那道身影，转身便匆匆下了石阶。

刚好刘女官亲自捧着茶盘送了糕点来，见到朱识鋐忙矮身一礼道："九王子，您最爱吃的甘州沙枣糕来了。"

朱识鋐此刻正在气头上没处发泄，一把掀翻了刘女官手里的茶盘，借题发挥着骂道："吃什么吃？就知道吃！爷又不是小孩子，才不稀罕这玩意儿呢！"

一通脾气发完，兀自感觉憋屈，抬头一瞧青崖也从亭子里下来了，朱识鋐无奈地甩了甩袖子，脚步略显仓皇地往花园外走去，他的随从护卫和侍女一见也匆忙跟上，一行人离开了花园。

等青崖下来，刘女官不解道："九王子这是怎么了？"

青崖看了眼打翻在地的糕点，颇为无奈地摇摇头笑道："沙枣糕做得还有吗？"

刘女官点点头："知道九王子喜欢这个，我特意让膳房多做了一些。"

"那好，"青崖吩咐，"迟些再送一盘过去给他。"

刘女官应下，伺候着青崖往前走，小心翼翼道："郡主，卑职有些话本不该讲，但又不吐不快。"

青崖顿住脚步，温和道："但讲无妨。"

"是。那卑职僭越了。"刘女官赶上两步来到青崖面前，躬身施了一礼才开口道："郡主是否觉得您将九王子保护得太好了？"

"哦，怎么说？"青崖不解问道。

刘女官身子更弯下去两分，直言道："九王子只比郡主小一刻钟，但他比起郡主您却更像是一个长不大的孩子，事事都有郡主在前面护着、提点着，他自己却连一点点风雨都不曾经受过。郡主，卑职斗胆！"

刘女官说着跪了下来，继续进言道："九王子他需要独自长大了，您不可能护着他一辈子，何不放手让他去成长？"

青崖愣住，脸色阴晴不定地变幻着，不知道在想什么。

刘女官也不敢抬头去观察主子的脸色，但料想此刻的郡主应该是颇为震怒了，便干脆跪趴在地，微微颤抖着身子大胆苦劝："郡主，小鹰只有先推下悬崖才能学会飞翔，九王子都已经十八岁了，再不坚强起来可就来不及了。"

说完这话，刘女官额头上的冷汗涔涔而下，郡主姐弟虽然从小就由她侍奉，算是看着长大的，但正因为这样，她才更清楚郡主是个什么秉性。一个王府的庶女，母家本就出身不高，在王爷二三十个子女当中能够独得恩宠，获得御赐的郡主封号，其中的艰难挫折自不必说，但就那份心机手段便不可小觑。只有刘女官明白，原名叫做青青的普通庶女，是付出了多少努力才有了今天这般令人敬畏的身份的，王爷的女儿当中，包括王妃所出的嫡女，会武功的可就只有这一位了……

半晌，就在刘女官闭着眼睛等待惩处的时候，才总算听到了一声幽幽长叹。

"唉！刘女官你起来吧！"青崖郡主淡淡说道。

刘女官悄然擦了擦鬓间的冷汗，磕了一个头才敢站起来。

"谢郡主宽宥！"刘女官谦卑谢恩。

青崖抬手拍了拍刘女官的手臂，缓声安慰："无妨！我说过，我能信赖的也就只有你了，你的建议我会好好考虑的。"

刘女官躬身退后让出道路请郡主先行。

青崖目不斜视从她身边走过，衣袂飘飘漾来一丝异香。

刘女官抬眼看向假山旁的一株秋桂，金黄色的桂花一簇簇开满枝头，阵阵甜香正是来自那里。

微一愣神再看时，青崖已经走出去好几步了。

刘女官急忙追随上前，按规矩落后青崖两步远。

看着郡主高挑清瘦的背影，刘女官微不可闻地吁了一口气，仍然有些心有余悸。

青崖一向利落的步伐此刻有点迟疑，环顾花树葳蕤假山亭阁的王府后花园，突然有种莫名的孤独感漫上心头。

仰头看向头顶的蓝天，青崖突兀地问道："那个孩子何时送过来？"

刘女官白天没有随行，自然不清楚这话的意思，疑惑道："郡主问什么？"

青崖垂下头想了想，再次抬步往前，随口道："无事！"

刘女官满脸茫然，答应一个"是"字，眼见郡主脚下加快了步子，忙小碎步跑动起来不敢掉队紧随而去。

第十三章
虑事不周

杨嘉谟在酒楼中待了半日，终于等来好消息：受伤的那个孩子没有性命之忧了！

他忙推开酒盏起身去看，却见杨嘉臣已然抱了孩子上来，后面跟着重霞。

"大哥，他怎么样了？"杨嘉谟问。

杨嘉臣上前把孩子放到地上，咧嘴笑道："你们看。"

杨嘉谟矮身蹲在孩子跟前，逗他道："告诉叔叔，你叫什么名字？"

孩子长着一双湿漉漉的大眼睛，就像一只受到惊吓茫然慌张的小鹿，脸上的鞭痕已经上过药，因为母亲舍命保护，他除了惊吓过度还没有恢复过来，身上其他部位的伤口包扎处理得及时，总算是捡回了一条小命。可是，他的母亲却再也回不来了……

看着面前可怜无助的孩子，再想到那位大嫂，杨嘉谟依然悲愤难抑，但自己到底能力有限，所能做的也不过是帮他找到了一个还算可靠的依赖，希望他的未来可以在那个人的保护下平安顺遂，他就满意了。

不忍心让这么小的孩子再受刺激，杨嘉谟尽力绽出一个温柔的笑来，温和道："叔叔问你，叫什么名字呀？"

孩子盯着杨嘉谟看了半晌，突然像是受到了什么刺激，惊恐叫了一声便转身扑进了重霞怀里，再也不肯面对众人。

杨嘉臣无奈，给杨嘉谟解释道："他自己说叫小豆子，今年五岁了。唉！我还以为这就好了，看来是白高兴一场。"

杨俊在一旁看到了全过程，听杨嘉臣这样说便问重霞："到底是怎么回事？"

重霞安抚着小豆子，叹口气回道："身上的伤痛好治，但心病难医，只怕他这辈子都未必能彻底好起来，现在这样已经是不幸中的大幸了。"

"怎么做才能让这孩子彻底恢复？"杨嘉谟询问。

重霞看了眼杨俊才缓缓道："这个恐怕只能靠他自己了，只有自我战胜内心的恐惧，才算恢复。但是，彻底恢复的希望很渺茫，他母亲的惨死已经给他留下了阴影。"

"这么麻烦吗？"杨嘉谟惊讶。

杨俊沉着脸接过话头："对。甚至比重霞说的还要严重。因为我就是过来人。"

"你？"杨嘉谟颇为讶异，打量着杨俊问道，"看不出来你有什么不正常呀？"

杨俊挥挥手示意重霞领了孩子下去，邀请杨嘉谟兄弟俩坐下，才娓娓说起了自己的身世和遭遇。

原来杨俊自小父母双亡，父母亲除了给他留下了五个字"杨家将后代"外，再也没有什么。他也是在最底层受尽了困苦磨难，后来被江湖人士收养，教文习武慢慢有了出息，及至收养他的那位江湖师父去世，杨俊才继承了师父的衣钵，拥有了今天的家业。

讲述完了自己的故事，杨俊沉声道："刚刚那个孩子比我当年受到的痛苦有过之而无不及，但我比他应该要心性坚强一些，若是有人能够悉心教养，帮他驱除心魔恐惧，时日久了随着年纪渐长就会康复。反之，若再受到虐待苛责，他这辈子便就此毁了，莫说彻底恢复，就连正常人也做不得。"

居然这么严重！杨嘉谟兄弟二人听得目瞪口呆。

"我说重霞姑娘刚刚为什么看了看你才说那些话，原来你竟有这般遭遇。"杨嘉臣十分同情地说道。

杨俊饮下一杯酒平复了自己的心绪，很快又变回一贯的潇洒不羁，睨着杨嘉臣道："收起你那些糟糕的怜悯，我可不需要。"

杨嘉臣瞪眼不满道："好心没好报！"

杨俊并不在意，为杨嘉臣斟了一杯酒笑道："看在同出一脉的分儿上，我不跟你一般见识，喝了这杯咱们就是兄弟了，如何？"

"这还差不多！"杨嘉臣端起碧玉酒杯，与杨俊高高兴兴地同饮一杯，就算是认下了这个旁支亲族。

杨府旁支很多，从世祖杨胜、二世祖杨斌自洪武年间到甘肃镇任职，杨家传承八代真是"榆柳荫后檐，桃李罗堂前"。虽然到他们兄弟这一辈，子息不丰略有凋零，杨嘉谟的父亲才二十一岁便英年早逝，但杨府余威仍在，等闲也没有人刻意与他们过不去。可惜流年不利，这次兄弟二人因为不会阿谀奉承，不会请客送礼而落魄，差点命丧刑场，皆是拒绝与甘肃镇镇守太监侯大鹏同流合污的缘故所致。内中起因不过是侯太监克扣粮饷，以提督军务之便盘剥军中，到凉州卫被杨嘉谟强势顶住，没有给那厮"孝敬"才结了怨。

此事不提也罢，杨嘉臣了解自己的兄弟，即便重来一遭，杨嘉谟还是会毫不犹豫地选择硬抗，为了卫所军士以及众多军户们一家老小的死活，杨嘉谟绝不可能截取粮饷去巴结侯太监。

这一点桀骜是身为杨家将后裔必须具有的品格！杨嘉臣正是清楚认识到这一点，才觉得杨俊说话虽不讨喜，但行事却不含糊，他敢于拦截郡主车驾去为孤弱平民伸张正义，单这一条便足以获得杨府认可，确定他真的是杨氏子弟。

二人愉快地饮下一杯酒，便算是互相认可了彼此，可以引为兄弟同胞了。

杨嘉谟在旁看着也是点头赞同，认下杨俊绝对是意外之喜，往后在甘州从头做起还需要兄弟协力，以图大的发展。就冲这一点，杨俊这个亲族他愿意接纳。只是……

想到和那小将的约定，杨嘉谟涌起一丝轻愁，向眼前二人忧心道："那孩子若是这般情形，交到肃王府去可有不妥？"

杨嘉臣并没有全程参与自然不明白这话的意思，闻言惊奇道："为什么要把小豆子交给肃王府？他们打死了老的，还不肯放过这个小的了是怎的？"

"哥哥莫急，"杨俊安抚道，"你先听明宇兄把话说完。"

杨嘉谟这才想起杨嘉臣还不知道这件事的后续处理结果，便解释道："我们已经和肃王府那名小将说好，等孩子醒来就送过去，他答应了要好好照顾。"

"这怎么可能？"杨嘉臣听说有些担心，"那人可靠吗？把小豆子交给他真的能行？"

杨嘉谟微微摇头："眼下恐怕只能这样了，有肃王府的保护，小豆子应该不会再受人欺负。"

"可是……"杨嘉臣迟疑道，"刚刚启民也说了，要有人悉心照料，那小将在肃王府中地位如何？可会照料患病的孩子？"

杨嘉谟轻叹口气没有回答，这个问题正是他适才所担心的，即便猜测无误那小将就是郡主本尊，但看她的年龄也不过十七八岁，最多二十岁，哪里会照料孩子？何况，堂堂的郡主之尊，又如何肯纡尊降贵亲手去照料一个平民家的孩童？大约就是带回去随便指派一个人看护，能保证小豆子一日三餐也就是了，所谓的悉心照料那却是不敢奢望的。

杨俊自然也想到了这一点，斟酌着道："要不这样，我这里虽然不比肃王府豪贵，但还管得起一个孩子的吃喝，与其这般担心还不如把孩子留下来，总比送到那虎狼窝里去稳妥。"

"我看行！"杨嘉臣首先赞同，望着杨嘉谟道："那王府是何等门第，怎肯厚待一个穷人家的孤儿？明宇你忘了小林了，要不是你出手相救，那孩子如今都变成一摊野狼粪渣了吧！"

杨嘉谟听了更为犹豫，是啊！肃王府是什么所在？说他们吃人不吐骨头一点都不为过，小豆子要是进了王府，将来到底如何谁也不敢预想。便是郡主心慈答应照顾，等她嫁出王府又将由谁接手？

"唉！"杨嘉谟懊悔道，"这事怪我没想清楚，当时贸然便答应了那小将，如此一合计，小豆子交到王府实在不是一个好的选择。"

杨嘉臣疑惑："明宇，你们总说小将小将，也不打听清楚便要把孩子交出去，总不会连人家姓甚名谁官居何职都不知道吧？"

"这个……"杨嘉谟还真没问，他只是凭猜测判断对方是郡主女扮男装后的王府将官，既然有此断定，人家叫什么名字就没有必要问了，再说了你就是问人家也不会告诉你的。

而杨俊更为尴尬，那时打赌输了，光操心自己眼睛能否保住，连对方掉包换了身份都没看出来，还哪来的多余心思去管人家是个什么官职呢？

一见二人面面相觑答不上来，杨嘉臣拍着大腿埋怨："你说说你们两个，这样就敢把孩子交给人家，万一出点事将来你找谁去要人？你们看看，这事办得也太粗糙了吧？"

杨俊难得狼狈，挠着鬓角尴尬道："当时那个情况很特殊，一两句话也说不清楚……"

杨嘉臣不满，毫不留情地揭着杨俊的疮疤道："有多复杂？不就是你打赌输了要保眼睛嘛！那也不能敷衍了事，不顾孩子的死活胡乱答应啊！"

一顿指责不分青红皂白，杨俊自然不甘承受，出言辩解道："你没看见当时的情形，就别胡乱怨怪，这又不是我答应的，你骂我也骂不着。"

"不是你答应的那是谁……"杨嘉臣说了一半突然打住，此时也意识到了这个决定应该是杨嘉谟做出的，于是便不好再继续埋怨便讪讪住了口，只赌着气不再说话。

杨嘉谟瞥了眼一脸不满的伯兄，看向杨俊问道："启民，那小将曾说过把孩子送到王府别院找一个叫朱识鋐的人去交接，你久在甘州知道不知道这个人？"

杨俊思索一阵，摇头回道："肃王府的高级府将我倒是认识几个，但这个名讳还真是第一次听说，难道是那个娘娘腔的名字？"

娘娘腔说的自然便是杨嘉谟一再提起的那个王府小将了，杨嘉谟知道，杨俊说的一定是那个以假乱真的假小将。

杨俊说罢又好笑着道："那娘娘腔面嫩个儿矮，居然也敢用这么阳刚英武的名字，这也太名不副实了吧？"

"朱识鋐？"杨嘉谟再一次咀嚼这个名讳，总觉得哪里听过一般，但想了半天还是想不起来，只好提醒杨俊，"你先别急着笑人家，莫非你没有听见那个小将说的话？他年纪轻轻的，便敢处置郡主的娘舅，你想想这是个什么人？"

杨俊一听倏然僵了笑容："也是啊！他说让找姓朱的，这朱姓可是皇家御用，又是在肃王府当值的，莫非是肃王子侄？"

杨嘉谟缓缓点头："那也不是没有这种可能。"

"你瞧你瞧，这不是捅了马蜂窝了嘛！"杨嘉臣一听更是大加埋怨，"这还敢把小豆子送去？别是人家的缓兵之计，到时候再把咱们趁机抓起来都杀了，那才叫冤呢！"

杨俊凤眼一眯冷笑："若是那样，我便反了他就是，哪里就轮得到他们来杀人了，我还正愁没个造反的由头呢！"

听二人这般说，杨嘉谟顿时沉下脸来训斥道："都胡说什么！事情还没确定就这般沉不住气，这样能解决问题吗？"

杨嘉臣虽年长但习惯了听杨嘉谟的号令行事，闻言也不敢再回嘴。

杨俊到底是江湖出身，草莽气十足地反驳道："官逼民反民不得不反，若是肃王府真要动了杀心，那也怨不得我。"

"混账话！"杨嘉谟怒容满面地呵斥，"再要说这种造反不造反的浑话，你就别说是我杨氏子弟，就当咱们从来都没有认识过！……你不用解释了，有句话我给你放这里：你要再说这样的话，我即刻就走。"

杨俊自知说错了话，连忙赔礼道："大哥别恼，我就是那么一说，又不是真的造反，咱们杨家先祖代代忠烈满门英豪，哪能说反就反呢？"

"亏你还知道'忠烈'二字！"杨嘉谟虎着脸训斥杨俊的样子俨然已成带头大哥，言辞做派仿佛又回到了过去，那是朝廷正三品武将凉州卫指挥使不苟言笑、一言九鼎的威严。

杨俊一副受教了的乖巧样，觑着杨嘉谟的脸色赔笑说道："大哥消消气，你也知道小弟出身草莽，这话常作撒气之用说顺嘴了，心底里肯定是不那么想的。"

杨嘉谟其实也明白杨俊的性情，真让他造反也未必就敢毫无顾忌地去蛮干，但总这么口舌无忌迟早必会闯祸，正好借着这个由头敲打敲打他，让他言行上先有个规范也是好的，将来真要认祖归宗了，别因为一张破嘴给杨府带来横祸。

眼见杨嘉谟动了怒，杨嘉臣和杨俊赶忙收起牢骚抱怨，生怕挨训而一本正经地坐好，静等杨嘉谟作部署。

"这样吧！"杨嘉谟收了脾气，和缓语气慢悠悠地道，"到底肃王府小将打着什么主意咱们还不清楚，他的底细咱们更不了解，贸然把那孩子送去也是不妥。但是，既然已经和人家有过协议，不如我立即就去王府别院会一会他，到时候再见机行事。"

说完看向二人问道："这样处置，你们觉得怎么样？"

杨俊连连点头："甚好甚好！"

杨嘉臣也没有异议，只是出于本能叮嘱道："那你去了可一定要小心，但有异动先设法脱身，余事容后再说。"

"好，我都知道了。"杨嘉谟应道。说着便起身向二人吩咐："事不宜迟，我这就去王府别院探探底，具体怎么决断回来再议。"

想到跟肃王府打交道，杨俊颇不放心，正色道："大哥，要不要我们陪你一起去，也好有个策应？"

杨嘉谟摇摇头："不必！事情还不至于到危险的地步。"

说罢，他大踏步往楼下而去，简素的衣衫掩不住一身豪气，让跟随身后的两人无端生出一股崇拜来：真不愧是咱杨家将的代表人物呀！

送杨嘉谟离开酒楼，杨俊和杨嘉臣又一同回到楼上静等消息。

"哥哥，你平日都是这般过来的吗？"杨俊好奇地询问。

杨嘉臣从窗户里伸头目送杨嘉谟的背影消失在街口，回头嫌弃道："你以为人人都像你似的动辄喊打喊杀要造反哪？说话口无遮拦，活该挨训！"

杨俊殷勤地替杨嘉臣斟酒，笑着打探："相处了这半日，我只知二位哥哥都是凉州杨府子弟，可以肯定的是，你们就是杨家将后裔。可是，你们的正经名讳却还不知道呢，哥哥可否相告一二呀？"

杨嘉臣也不是鲁莽之人，想着杨嘉谟始终没有对杨俊表露身份一定是有所考量的，便也不肯将他们的真实身份告诉杨俊，只故作恼怒着岔开话题道："你这是不相信我们？还是设套问了我兄弟的名讳要向哪里出首去，你是想要害我们吧？"

杨俊自诩聪明，但遇到杨嘉臣这般胡搅蛮缠的主儿也是无奈，笑着道："行行行，我不问了还不成嘛！既然认了亲族，迟早你们还不得告诉我。我就纳闷了，你哪里就能想到谋害上面去？"

说完又故作幽怨地长长叹了一声，吟诵道："唉！'我本将心向明月，奈何明月照渠沟'啊！罢了罢了！祸从口出，从今往后我听哥哥们的话，还是管住嘴为好！"

杨嘉臣看得直皱眉，更为嫌弃着道："这吟诗作对呢，你酸不酸？哪有我杨家将子弟的一点点风范？"

"我告诉你，杨家将可是文武全才！"杨俊也摆出一副嫌弃的表情来，不客气地回敬，"你这人真是的，明宇兄也吟诗你怎么不敢说？人人都像你似的成一介武夫，岂不辜负了这世间至美的风花雪月？"

杨嘉臣说不过杨俊，也懒得再跟他争论，挥挥手指使道："我不想跟你咬文嚼字的拽八股了，酒没了还不再上？！"

"真是，我欠你的了还。"杨俊虽然嘴上不饶，但眼睛里盛满笑意，对着楼下喊了一句，"玄襄，上一壶酒来。"

话音才落就见玄襄端着茶盘上来，人未到酒香已至，依然是馥郁的葡萄佳酿。

"爷，这酒可不是这么糟践的，他会品酒吗？"玄襄放下酒壶，嘲讽着杨嘉臣道。

杨嘉臣跟玄襄天生地脾气不对付，才见了几面就成了针尖麦芒的冤家对头。

"你这丫头太是无礼！我怎么得罪你了，值当你这般出口伤人？"杨嘉臣黑下脸来问道。

玄襄正要呛回去，被杨俊轻咳一声打断。

"该打！"杨俊轻斥，随即吩咐，"让鱼丽准备饭食，我要款待二位哥哥。"

玄襄一看就是个刁蛮惯了的，闻言哼了一声，然后又瞪了一眼杨嘉臣转身便走了。

杨嘉臣黑着脸有气发不出，不计较吧又觉得憋屈。唉，罢了罢了，跟一个黄毛丫头较劲不划算！只得把满腔不开心化作酒量，抓起酒壶自斟自饮，连饮了三大杯才压下火气。

"我若还是千户，谁敢如此怠慢！"杨嘉臣不由自主说道。

杨俊一听倏然变色："哥哥原来官居千户？"

杨嘉臣情知冲动之下说了不该说的话，再去否认想必已是来不及，便假意醉酒跌躺在客座中含混不清道："我不是千户，我是总兵，我是都司……"

杨俊看着杨嘉臣装模作样的样子，无奈轻笑道："随你是个什么官吧，混淆视听的手段也太拙劣了，我看你们还要瞒我多久？"

杨嘉臣当然知道瞒不了多久，但关于身份之事要说也得由杨嘉谟来开口，否则又得挨训。如此，他还是继续装醉的好。

第十四章
别院是非

在甘州，肃王就是天，没有人不知道王府的大门朝哪边开，也没有人不知道王府的别院在哪里。

杨嘉谟一路打听着，很容易就找到了王府别院。他看着眼前恢弘巍峨的王府门楼，有种到了京师陛见皇上的错觉。这只是王府的一座别院，那肃王府又该是何等的气派何等的威严呢？杨嘉谟不敢想象。

大哥杨嘉臣一直以为他这个兄弟到兰州谒见过肃王，其实杨嘉谟并没有去过。据说，肃王远在兰州拥有一座异常豪阔的王府，名下各种大小不一的府邸更不知几何，在甘州又有这样规模宏大的别院，这些个居所，还拥有那么多的土地，完全可以用穷奢极欲来形容了。

看来传言说历代皇上都对肃王宠爱有加是真的了，若没有特别的恩遇，肃王也不敢为自己修造这许多豪奢府邸和别馆了吧？

杨嘉谟瞻仰了片刻王府别院的气象，竟有些脚步迟疑了。倒不是自惭形秽不敢进门，只是想到要和权势滔天的肃王府打交道，而且对方很可能就是一位郡主，他便浑身不自在起来。檐下楼头多风霜，官前马后不上凑。世态炎凉自古同理，如今自己正是最落魄之际，不比当日身为三品指挥使时有身家，就这样找上门来，恐怕就连王府那些下人都要随意折辱了……面对王府别院的气派，让人又如何底气十足地来交涉那个孩子的事情？

踌躇归踌躇，事情还得继续。杨嘉谟抖了抖灰扑扑的衣袍上前，向守门的王府兵卫拱手道："敢问府上可有位叫做朱识鋐的官爷？"

两个兵卫诧异地对视一眼，其中一个打量着杨嘉谟问道："你找他有何事？"

杨嘉谟礼仪周到地回道："今日郡主车驾进城偶遇王府小将军，是他跟在下说来王府别院找一位朱识鋐官爷的，还请劳烦通报一声。"

兵卫甲审视了杨嘉谟一番，向兵卫乙使眼色让其入内通报。见兵卫乙进了大门，方才面色不豫地说道："你要找的人不一定有空闲，在此等着吧！"

杨嘉谟听闻抱拳答是，退后一步在府门一侧站定静等，上门求见规矩如此也是无可厚非。

这座府邸虽然称作别院，但毫不逊色于勋贵之家的正宅，门前下马石、停轿台一字排开，两座镇宅石狮威风凛凛蠢立两边，青条石铺就的台阶光可鉴人，一看便知乃是谈笑有鸿儒、往来无白丁的显赫门阀。

谒见勋贵从来都是耗时耗力的一件麻烦事，除去必要的规矩，其中还有诸多不成文的条条框框，这一点杨嘉谟再清楚不过。他知道这事急不得，必得耐下性子来等待，就这还不一定能见得到正主儿。所以，来之前杨嘉谟便做好了久候的准备，甚至连久候不见无功而返的结果也想到了。见或不见，全在那个神龙见首不见尾的朱识鋐一念之间，面对这样的情状，除了等待别无他法。

且说入府通报的兵卫乙，一开始，见有人对九王子直呼其名求见也是大吃一惊，敢这么连名带姓叫王府小王爷名讳的除了府中王爷、王妃，和几位年长的王子、郡主，怕是再找不出其他人来了。若依着平时，遇到这样不识体统之人他们都不用请示主子就可将其拿住问罪了，但来人说得明白是受王府小将的差遣，这便不敢怠慢了。王府小将？那不就是青崖郡主扮了男装之后的身份吗？而且，这个兵卫正是常跟随青崖郡主出行的护卫之一，在这别院临时充当守门兵卫的。仔细一看，他这才认出了来人就是今日堵截郡主车驾的刁民带头人，来王府别院正是郡主应下的。既然是郡主叫人家来的此地，还报出了九王子的名讳，也就难怪这人大不敬了。

"也是个糊涂蛋，连九王子的名讳都不知道就敢直接上门来，是嫌命太长了吗？"兵卫乙边走边嘀咕，觉得颇为可笑。

迎面走来一个穿着不俗文士打扮的中年人，见兵卫乙闷头而来，不觉皱眉低斥一声："混账东西，走路不用眼睛的吗？"

兵卫抬头一看急忙顿住脚，拱手弯腰行礼道："见过詹大人。"

原来此人乃是王府别院的大管事詹德贤，所谓宰相门人七品官，何况是权倾西北的肃王府门人？能做到别院大管事这个职务，詹德贤身上还有着王府官员的品级，是个可以和县令平起平坐的七品职级。因此，詹大管事在别院有着说一不二的话语权。

詹德贤喝住兵卫不悦道："说话郡主和九王子就过来了，你不在门上好好守着，闷头瞎闯进来干什么？"

兵卫不敢辩驳，躬身回道："只因门上来了一个愣头青，直呼着九王子的名讳要求见，且还是得了郡主的吩咐而来，小的们不知道怎么打发便来禀告，还请詹大人示下。"

"哦，还有这么回事？"詹德贤想了想问道："郡主常以九王子的身份出去行事，那这人求见的应该是郡主了？"

兵卫点头："八成是的。大人，他就是今日拦截车驾的刁民带头人，您看要不要先抓起来？"

詹德贤摆摆手，不屑道："贱民而已，抓他作甚？你去随便找个借口打发了，让他别再给郡主添堵就是。"

"是。"兵卫答应了转身就走。

詹德贤又叫住他，吩咐道："此事不必上禀主子了，郡主若问起就说没有人来过。"

兵卫精明一笑："小的明白。"

詹德贤挥手让兵卫去了，摇摇头自语："蝼蚁小民也敢企图讹诈王府，真是笑话！"

杨嘉谟在门口一侧等着，原以为得要一半个时辰才能有个确切的回话，却没想到兵卫乙去得快来得也快，一刻钟不到便从门里出来了。

"你，过来。"兵卫乙站在台阶上傲慢地叫杨嘉谟过去。

杨嘉谟懒得跟一个兵卒计较，上前拱手问："可是府上有了回话？"

兵卫居高临下睥了眼杨嘉谟，冷淡道："府里并没有你要求见的这个人，把姓名弄清楚了再来吧。"

杨嘉谟纳闷，狐疑道："你确定没有一个叫朱识鋐的？"

兵卫乙一听顿时沉了脸，盛气凌人地呵斥道："说没有就是没有，我还能骗你不成？快走快走，王府别院也是你这样的人随便来的地方吗？"兵卫甲见状，也过来赶杨嘉谟："小子，也不撒泡尿照照，像你这样的人也敢到这里来？赶快滚开吧！"

见此情景杨嘉谟不禁热血上头，虽然已经做好了受气的打算，但眼前这两个兵卫说话实在不堪，令人恼火。

"我这样的人是什么人？"杨嘉谟冷冷问道，盯着兵卫甲、乙的眼神里满是怒火。

兵卫乙自认杨嘉谟就是一个普通的百姓，自然不把他放在眼里，闻言恶狠狠地叱骂道："你说你是什么人？自己几斤几两心里没数吗？还不快滚！"

杨嘉谟长这么大还从没受到过这般折辱，饶是他够隐忍克制，此时也难抑恼怒，冷笑着问道："我要是不走呢？"

兵卫乙得了詹德贤的嘱咐便觉得鸡毛也是令箭，被杨嘉谟这么一挑衅，瞬间就炸了，"哗啦"一声抽出腰刀指着杨嘉谟喝道："你找死是不是？"

杨嘉谟丝毫不惧，一把撩起袍角掖进腰带里，摆好了迎战的架势道："好呀！那就让我再来领教领教王府的盛气凌人。"

见没有唬住杨嘉谟，兵卫乙终于恼羞成怒，招呼了兵卫甲拔刀冲下石阶，扑向了杨嘉谟。

王府别院坐落在甘州城北，与肃王府隔着还有一段距离，已经到了府城边上接近乡野的地段，来往行人倒也没有几个，看见这边打斗都远远地观望，并不敢近前来瞧热闹。

杨嘉谟的身手是自小练的，尽皆来自杨府中历代战将疆场拼杀得来的实战招数，肃王府两个普通小兵自然不是对手，只三两个回合便都被杨嘉谟撂倒地上没有还手之力了。

不过，这些兵卫平素狐假虎威惯了，仗着是肃王府的兵卫没人敢惹，今日被杨嘉谟扫了面皮不说还结结实实地挨了打，这一口气便觉得难以下咽，躺在地上兀自骂骂咧咧不肯罢休。当然了，杨嘉谟也没有下死手对付他们，否则的话，两个家伙恐怕早就呜呼哀哉了。

杨嘉谟早知这些豪门显贵家的陋习，拍拍手抻平了衣袍好整以暇地问道："我再来问你们，府上可有一位叫朱识鋐的？"

两个兵卫正满腹憋屈无处发泄，开口哪有半句好话，嚣张着骂道："便是有，你这穷酸也休想觐见，告诉你小子，你连给我们爷舔脚趾的资格都没有！"

被骂穷酸杨嘉谟也是无奈，本朝重文抑武，即便自己还是凉州卫指挥使，在这王府门前的地位恐怕也还是个大头兵，勋贵们一直都看不起他们这些舞刀弄枪的武将。近年来上面克扣军饷，层层盘剥之下军户们糊口都难，可不就是名副其实的穷酸嘛！

只是，王侯贵戚们看不起也就算了，同为行伍出身的小小兵卫也敢这样辱骂，就不能姑息了。

杨嘉谟上前一手一个提起吵骂不休的二人，冷声询问："你们不说也就罢了，还要如此辱骂，信不信我让你等从今日起就变成哑巴？"

二人背后有肃王府撑腰，再加上杨嘉谟手轻，没有让这两个家伙知道他的厉害，所以他们自是不信，依然嘴硬地骂道："有本事就杀了我们，看你又能活得过今日不能？"

还真是有恃无恐呢！杨嘉谟岂能傻到在肃王的别馆门前打杀王府兵卫？这个道理他懂，眼前两个小兵更是清楚，因此他们才敢强横叫嚣。

打得骂得却杀不得，面对蛮不讲理的两个王府兵卫杨嘉谟一时竟有些束手无策，想着大约真是被那小将的缓兵之计给骗了，他只得自认倒霉。算了，大不了就把那孩子留给杨俊照顾好了，自己原就不该对这王府抱有任何幻想才是。

想通其中情由，杨嘉谟松手放了兵卫，但总归心有不甘，虎着脸对二人喝道："暂且饶你二人不死，回去告诉朱识鋐，他若真要当缩头乌龟没人拦着，就怕他良心不安。"

兵卫正要还嘴却突然变了脸色，齐齐弯腰躬身低下头去，像是见到了什么了不得的人物似的。

杨嘉谟略感讶异，但也算见多识广的他立即反应过来，转头看向身后，就见一个脸色阴沉得快要滴下水来的少年，正恶狠狠地盯着自己。而这张面容他不算陌生，正是街头打赌掉了包瞒天过海的"小将"无疑。

"你刚刚在说谁？""小将"满面冰寒地问道。

杨嘉谟此时已经可以肯定，面前的这位身份高贵，既然不是郡主那就是王府的某位小王爷了，否则兵卫也不会噤若寒蝉，毕恭毕敬了。

来者自是朱识鋐本人，也就是刚刚杨嘉谟言语之中形容为缩头乌龟的那位。今天是他最为郁闷的一天，先是被姐姐逼着当街脱衣服验证男儿身，而后又在王府内被姐姐训斥，还要罚抄文章，他气不过才提前跑到别院来躲懒，却没想到刚到门口就见有人指名道姓地骂他。哼！这口恶气总算找到了发泄对象。

朱识鋐一腔恼怒像火一样喷了出来，盯着杨嘉谟厉声喝道："有种把你刚才的话再重复一遍！"

重复一遍？笑话！杨嘉谟暗自腹诽，打量人还没有识破你的身份是怎么着？

杨嘉谟眼珠一转，急忙躬身下拜："参见小王爷。"

朱识鋐愣了愣，杨嘉谟的面貌他当然也认出来了，想到此人是今日见证自己裸身的刁民，火气便一浪接着一浪不可遏制。但是，这个刁民是如何识得自己，还知道他是小王爷的？

"大胆！"朱识鋐更加生气，气得脸都绿了，细瘦的食指指向杨嘉谟呵斥道，"你这刁民，还敢跑来这里招惹是非！你怎知道本王子的身份？"

见朱识鋐发火，杨嘉谟反倒一点都不担心了，眼前这位分明就是一个还没有长大的孩子。看他麻秆样细胳膊细腿，脸面苍白毫无血色，倒是跟那大门不出二门不迈的深闺小姐有得一比，看上去竟全没有一点点男子威严，瞪眼骂人的样子不但不可怕，反似受了委屈胡乱叫骂的小女子一般。

"小王爷气度不凡，我等一见惊为天人，福至心灵便知道您的身份了。"杨嘉谟忍着笑打官腔，这套说辞于他并不生疏，往常在人前人后没少敷衍，都是现成的词汇。

到底好话谁都爱听，朱识鋐初出茅庐猛一受人奉承觉得大为受用，心头火气便消了大半，只是还碍于面皮依然端着架子问道："你既已认出了本王子的身份，那适才的谩骂作何解释？"

杨嘉谟又拜了一拜，斟酌着词句回道："小王爷有所不知，在下原为来找贵人求助，可这府上的兵卫不问青红皂白就要抽刀杀人，要是让他们得逞，肃王府仗势欺人、滥杀无辜的恶名可就坐实了，小王爷可愿背这污名吗？"

朱识鋐不谙世事，偏又是个极其要强且好面子的人，在王府中从小被青崖郡主护着没有他表现的机会，这次来甘州就是憋着劲想要证明自己的。此时听杨嘉谟说出这番正词严的话来，便敏感地抓到了属于自己的机遇，当下微微一抿嘴，拿出自认为足够震慑他人的威严气度来，缓缓走到两名兵卫面前抬腿就是一脚踢过去。

"反了你们了！"朱识鋐一脚一个踢完兵卫，瞪着眼睛呵斥道："我就说王府总被人骂欺压良善是怎么回事，原来都是你们这些借着主子权势作威作福的宵小惹出来的。"

两个兵卫皮糙肉厚，朱识鋐一副小身板也没啥力气，挨了一脚不痛不痒完全不必在意，但到底是主子训诫，二人不敢怠慢，忙跪了下去乖乖听训。

朱识鋐骂了两句全了自己的面皮大事，自信心空前高涨，微微陶醉在自我虚荣里心情都变得好了许多。

他转身看向杨嘉谟问道："你说找贵人求助来的，莫非说的是本王子？"

杨嘉谟很乐意哄着这位孩子气十足的小王爷开心，闻言笑道："自然便是小王爷您了，这府里还有谁能担得起贵人的称号！"

朱识鋐满意地点点头，一双眼睛纯真无辜地看着杨嘉谟，略有微词道："那你刚刚不是还骂朱识铉是缩头乌龟的？看你也是一表人才，怎可胡乱污名于人？"

杨嘉谟有理说不清，对方一看就是个不谙世事的少年，却又身份显赫不容小觑，说话真是深不得浅不得，生怕一个不小心就惹到这位小王爷，那自己接下来想要交涉的事情就更增困难了。

想了想，杨嘉谟只得如实以告："原并不知晓那就是小王爷您的名讳，只是今日王府那位小将军吩咐在下来找，还以为是府上一名普通兵卫，因此被那二位大哥责难之后便一时冲动口出恶言了。"

说罢又赶忙补充道："倘若早知这是小王爷的名讳，就是借来十个胆子也绝不敢冒犯，这确实是一场误会，还请小王爷明鉴。"

朱识铉不是不通情理的人，长期的被漠视反倒让他颇为善解人意，对人对事也多了一份体谅和感同身受。

见杨嘉谟说得明白，他暗自揣摩一下也觉得很有些道理。打量打量杨嘉谟的装束，料想以这样的身份是真的不会知晓了王子名讳还敢公然叫骂的，由此看来的确不是有意冒犯。何况，自己的名字别人是怎么知晓的？还不是他那个自以为是的姐姐随意说出去的吗？若论是非，青崖得负一半责任才对。

确认是一场误会便释然了，朱识铉微微绽出一抹笑容，对杨嘉谟和颜悦色道："好了，此事本王子就不计较了。你还是说说来找我是什么事吧。"

杨嘉谟松了一口气，对朱识铉也顿生好感，真诚地拱手一礼回道："启禀小王爷，日间王府小将军曾答应要收养一个孩子，在下便是来问问，这事可还作数吗？"

既然郡主没有点明身份，杨嘉谟也不便戳破，还是以王府小将军来代指郡主，希望小王爷能听得明白。

朱识铉当然清楚，所谓的王府小将军便是自己那个一母同胞的姐姐，虽然他从来都不曾叫过一次，但内心里还是认可的，这么些年要不是有青崖在，还不知道自己能不能在虎狼群中好好长大呢！只是，有一个过于强势的姐姐，压力之大又有几个人能够体会得到啊！

默默吐槽几句，朱识铉一歪身坐到石阶上，对杨嘉谟招招手道："这事我知道，你过来坐这里，咱们商议商议。"

杨嘉谟暗笑，小王爷真是单纯，也不想想堂堂小王爷当众脱衣服的事传到外面，他这张嫩脸如何承受得住别人的奚落？

不管怎么说，朱识铉没有架子又通情达理，这一点让杨嘉谟十分喜欢。迟疑一瞬，杨嘉谟走过去坐在低于朱识铉一级的台阶上，拱手道："小王爷，我是这么想的……"

才张嘴说了这么一句，却突然被一声娇喝打断。

"大胆刁民，还不跪下！"青崖郡主杏眼圆睁，素手指着杨嘉谟边往前走边大声呵斥道。

杨嘉谟的确够大胆，他盯着已经换了女装的青崖看了片刻，才缓缓起身故作不解道："不知小姐是何人，为什么要呵责在下下跪？"

青崖郡主并不答话，瞪了一眼杨嘉谟，绕过他走到朱识鋐面前，恼火道："起来！坐在地上成何体统？"

朱识鋐眯着眼偏头看向杨嘉谟，给了他一个安抚的眼神，不但没起身还歪倒在石阶上仰脸笑道："嚯！青崖郡主不愧是王爷最宠爱的女儿，好大的威风呀！"

青崖没料到朱识鋐当着外人就戳穿了她的身份，略一愣神间就听朱识鋐继续嘲讽："这位大姐麻烦让让，你挡着我晒太阳了。"

青崖向来拿这个弟弟无可奈何，尤其是在他故意要无赖的时候。但眼下有杨嘉谟在场，她还是得维持着郡主的形象，维护着王府的体统。当下不假辞色地一挥手，对扈从而来的一干兵卫吩咐道："来人，送九王子先进去。"

兵卫们都是听惯了青崖差遣的，相对于正得宠风光无两的郡主，他们并不惧怕色厉内荏的九王子，一经得令便上来四个军士，毫不客气地就扛起朱识鋐进了别院大门。

朱识鋐挣扎着大声斥责，但没有人理会，他的叫骂声很快消失在深宅大院的府邸里面。

青崖挥手让跪在地上的两名兵卫起身，扫了一眼阶前抱着胳膊看热闹的杨嘉谟，皱皱眉脸色阴晴不定道："你，跟我进去再说吧。"

杨嘉谟笑了笑，颇不正经地向青崖拱手道："谨遵郡主吩咐。"

青崖高傲地又瞪了他一眼，率先向府中而去。

紧随在后的刘女官审视着杨嘉谟，冷冰冰警示道："年轻人，你若还想囫囵出来，最好收起你那不怀好意的嬉皮笑脸。"

说罢，气哼哼地从杨嘉谟前面走过，追赶她的主子去了。

杨嘉谟怔了怔，抬手揉了一把自己的脸颊拾阶而上跟了进去。

"一定是受了杨启民的影响了。"杨嘉谟心内暗忖，自己何时被人嫌弃过不正经了，真是！

第十五章
稳妥之法

王府别院里的建筑雕栏玉砌、亭台楼阁、雕梁画栋，处处彰显着富贵，很是气派、庄重，威风八面。

青崖郡主脚步不停，一路引着杨嘉谟来到前厅，刘女官示意杨嘉谟在外等候，自己则侍奉主子进了厅中。早有王府官婢收拾好了坐褥等物，大管事詹德贤带着阖府仆婢跪了一地，磕头请安道："恭迎郡主凤驾。"

青崖郡主威仪天成，大袖一挥淡淡道："免礼，都起来吧！"

仆婢们谢恩起身，詹德贤躬身回禀："卑职已为郡主备好了一应所需，也安排了下人随时听调，郡主尽可差遣。"

青崖郡主抬眼扫视一圈，对詹德贤颇为客气地吩咐："詹大人是这别院的老人了，做事最是稳妥不过，这段时日便辛苦你多操持了。"

詹德贤急忙拱手："郡主莫要折煞了卑职，这都是我们应该做的。"

青崖郡主收起客套，肃容道："先这样吧！你等且退下，如有召唤再来回话。"

詹德贤领着众仆拱手应"是"，然后有序退下，行动间轻快无声，看得出都是经过严格训练的。

杨嘉谟站在庭院里看人来人往，暗赞王府下人的训练有素，却没有注意到詹德贤出门来经过时对他投来的深深一瞥，那一眼审视之余还带着丝丝恼火。

青崖郡主在婢女的服侍下进了厅堂，不一刻刘女官出来站在阶前招呼杨嘉谟："郡主召见，你可以进来了。"

杨嘉谟整了整跟光鲜毫不沾边的一身旧衫，抬腿迈步上了汉白玉台阶，顶着门口侍立两边的王府官婢等人的鄙夷登堂入室，走进了华丽前厅。

八个婢女静静侍立在两侧，青崖郡主端坐在紫檀木圈椅里贵气逼人，气质风度与之前装扮后外出走动的小将完全不同。

杨嘉谟上前拱手一礼："参见郡主。"

青崖对杨嘉谟已经不算陌生了，点点头淡然道："既然来了便请入座吧！"

杨嘉谟正色谢过，在侧旁同样是紫檀质地的木椅中落座。他不便直视郡主，但坐定后却发现几个婢女程度不同地流露出对他的审视和不屑，还有王府仆婢特有的千篇一律的那种倨傲，眉眼间总是对旁人有着莫名其妙的鄙视。当然，在她们的主子面前除外。

青崖优雅地端起茶碗抿了一口茶水，一边从一个婢女手上拿过巾帕细细擦着手指，一边看向杨嘉谟冷淡道："你和九王子看起来挺投缘的。"

杨嘉谟揣摩着青崖的心思，笑了笑回道："小王爷纯真温和，又肯纡尊降贵折节相交，这是在下的荣幸。"

青崖目光如炬，说话的声音更冷了一些："你倒是很会体察别人的性情，但我警告你，九王子不是你想攀交就能攀交的，最好别打他的任何主意。"

杨嘉谟无奈之中微微有些气恼，敛容正色道："郡主是不是误会了什么？我与小王爷只不过意外邂逅，且在下来此还是遵您的令而来，为的也只是白天那件事罢了，郡主和小王爷都是天潢贵胄，在下自知位卑从不敢有攀交的想法。"

青崖不说话，扔下手中的巾帕，端详了杨嘉谟片刻才缓缓开口，冷冰冰地道："你知道就好。"

杨嘉谟不禁气结，这位郡主穿上女装跟男装的区别太大了，就像是两个完全不一样的人，连性情都变得大相径庭了。难道人人都喜欢趋炎附势攀交豪门不成？他忍着郁卒暗自生气，有些话想得却说不得，尤其眼下的场合。

"说正事吧！"青崖揉了揉眉心淡淡道，"我知道你是为那个孩子来的。"

杨嘉谟也不想跟这位喜怒无常的郡主多废话，简明扼要道："那孩子叫小豆子，经过治疗，现在已经苏醒没有性命之忧了，但他受了很严重的惊吓，郎中说他心智受损，痊愈恐怕需要很长的一段时间，这还是在得到爱抚的情况下，反之，可能会终身难愈。"

"这么严重？"青崖略有动容，语气当中有着一丝担忧。

杨嘉谟如实道："我们商量了一下，打算把那孩子留在民间收养。"

青崖定定地看着杨嘉谟，粉面涌起薄怒，不满道："什么意思？你不相信我，还是觉得堂堂王府管不起一个孩童？"

"那倒不是。"杨嘉谟解释，"主要是考虑到郡主身份高贵，又兼事务繁忙，怕是没有多余精力来照管一个心智受损的孩子。"

青崖皱眉想了想，和缓了口气问道："原来你早就识破我的身份了，那为什么之前答应把孩子送过来？"

杨嘉谟懒得编谎，实话实说道："之前是我没有考虑周详，光想着郡主有权势可以护那孩子平安，但回去之后认真权衡，还是觉得应该让他待在民间更利于成长。"

"还是不相信我对吗？"青崖很善于发现话题要点，抓住杨嘉谟话里的漏洞不满道，"我一个王府不利于孩子成长，那你又有什么优势就敢说一定能照料得好？"

杨嘉谟自然不能说是怕郡主嫁人了没人负责，只得换个说法委婉解释："郡主行事敢作敢当在下深感佩服，您已经处置了行凶之人，又厚葬了那位妇人，百姓们都大赞郡主高义。只是那孩子病症比较麻烦，我也是怕拖累郡主，故此才斗胆违拗，还望郡主理解。"

青崖听完不置可否，目光挪向侧下方站立的刘女官问道："长史可愿意接下这件差事？"

刘女官波澜不惊，永远都是一副克己板正面无表情的样子，闻言躬身回答："听凭郡主安排。"

青崖点点头，再次看向杨嘉谟时脸上有了神采，微微扯出一丝笑来道："你看到了，于本郡主而言，这连举手之劳都谈不上。既然当众承诺了，我便得遵守践行，孩子在哪里？我这就派人去接。"

这个结果早在杨嘉谟的意料之中，他想到过郡主一定会假手他人，但看对面刘女官那张不苟言笑的面孔，实在不像是个善于教养孩子的脾性，便忍不住为小豆子担心。

见杨嘉谟不答话只顾打量刘女官，青崖立时就明白了他在想什么，瞥了一眼刘女官的脸色，青崖顿时觉得有些好笑。

"你放心，这位刘女官是王府后院的长史，便是本郡主自小也是由她看顾长大，难道还教导不好一个普通人家的孩童？"青崖没好气地对杨嘉谟说道。

话都说到这个份儿上了，杨嘉谟也没有不答应的道理，假如王府好好地看待那个孩子，那是最好不过了。他是整个事件的见证者，出于义愤管了这桩事情，王府是整个事件的责任人，孩子的去留应该尊重当事人的意见。这个青崖虽然刁蛮，但看得出还是一个善良之辈。那孩子要是能得到郡主照料，某种意义上来说也是一番造化，最起码不必再受饥寒交迫之苦，要是郡主肯用心调治，他的病也不是不可能康复。至于将来前途如何，那也不是杨嘉谟此时能够管得了的。

想到此处，杨嘉谟起身对青崖深深一拜："如此便由郡主全权做主就是，在下代那孩子谢恩了。"

青崖摆摆手："罢了，原就不是为了施恩，你也不必奉承于我。"

说罢又颇感好奇地问道："正事定了，不如说说你自己吧！到现在为止我还不知道你是谁？"

杨嘉谟略微犹疑，终究纸是包不住火的，只得老实回答："禀郡主，在下姓杨名嘉谟，无名之辈耳。"

"杨嘉谟？"青崖咀嚼着这个名字，思索一瞬又问，"总兵陈克戎大人你可认得？"

杨嘉谟苦笑一声回道："劳郡主动问，陈大人原是在下的上司官长，杨某一直在他麾下效力。"

青崖脸上探究意味更深，恍然笑道："原来如此，难怪你敢于不畏强权出头拦截我的车驾。"

杨嘉谟不解："听郡主话里有话，莫非竟知道在下？"

"呵——"青崖轻笑一声，态度越来越和蔼道，"力克瓦剌保住了庄浪卫，却因为私调兵马问了死罪的不就是你嘛！"

杨嘉谟有一丝丝难为情："郡主连这个都知道，真是博闻广记，倒令杨某十分惭愧。"

青崖还待再问些什么，却见詹德贤在门口拱手禀道："启禀郡主，巡抚郑大人求见。"

青崖面上浮起不耐烦的神色，肃了脸吩咐："让郑大人到书房稍候片刻。"

詹德贤应了转身离去。

杨嘉谟也忙拱手辞行："郡主事务繁忙杨某这就告辞了。"

青崖刚刚阴转晴有了笑容的脸色恢复严肃后，令她精致的面容多了一些制式化的刻板，到底不如扮作王府小将时生动。

"也好，你且先回去吧！"青崖说道。然后又对刘女官叮嘱："长史派个人跟杨指挥去，把那孩子接来府里悉心照料。"

刘女官躬身应"是"，向身侧一名婢女使了个眼色，意思就是她了。那婢女低头应下，只等杨嘉谟离开时跟随同去。

吩咐完这些，青崖起身走下高座去接见巡抚，在经过杨嘉谟身边时顿住脚，真心诚意地劝勉道："既捡回了性命便好生珍惜，也不枉了陈总兵为你在我父王那里跪求宽赦的苦心了。"

"谨遵郡主教诲。"杨嘉谟低头施礼，嘴上打着官腔，心里却顿时打翻了五味瓶般难受。

原来陈大人为了他能活命，还曾求到肃王门下。跪求宽赦？这事从没有人向他提及，要不是郡主说起，谁能知道陈大人为他付出的这些努力？两家上一辈是交情不赖，杨嘉谟一直认为那是锦上添花的往来，却不承想堂堂总兵为着他这个落魄后辈奔波搭救，到了不惜跪求肃王出面调停的程度。这是真正的雪中送炭之情，虎口活命之恩啊！郡主说得不错，便是为着不辜负这份情谊，自己都得好好活着，创出一番事业来以报答陈大人的关怀和护持。

摸了摸怀中焐得滚烫的那枚铜钱，杨嘉谟深感责任重大。

"再不能蹉跎光阴耽搁时间了。"他在心底默默提醒自己。

青崖已经领着随侍女官人等出了前厅，那名被指派了跟杨嘉谟去接孩子的婢女上前道："杨指挥，你这就带路吧！"

见郡主都对这个衣着不显眼的人礼遇有加，婢女见风使舵说话也客气了许多。

杨嘉谟点点头往门口走去，看着拐上游廊向内而去的那道背影，他的心头无端便替青崖生出一缕孤独感来。都说高处不胜寒，这位郡主人前人后两副面孔，明明年纪不过十七八岁，处事说话却暮气沉沉，想必也是一个不能舒心畅意的富贵傀儡吧？也难怪她喜欢扮做小将了，有时候高贵的身份不一定是好事，跟桎梏有着本质上的共性。说到底，像自己和青崖郡主这样的人，从出生便注定了要背负身份带来的责任，也注定了孤独。

只不过，世袭指挥佥事这样的微末小官，和王爷千金还是有着很遥远的等级区别的，看看眼下的自己，又哪里有资格杞人忧天去为别人感叹呢？杨嘉谟一阵苦笑，暗骂自己不自量力，抬脚离开了王府别院。

回到酒楼，杨嘉臣和杨俊早已是望眼欲穿，还有甘州驿递所的郑三彪也寻到了这里。三人正倚门而望商议着去王府别院探消息时，见杨嘉谟安然归来，都喜出望外地迎了上来，拉着他就是一通嘘寒问暖。

"明宇你可算是好好地回来了，担心死我了。"杨嘉臣摸捏着兄弟的胳膊，唯恐他遭到肃王府打骂似的。

杨俊拉开杨嘉臣，打量着杨嘉谟问道："怎么样，他们没有为难你吧？"

杨嘉谟还没有回答，郑三彪便接过话头说道："杨兄弟，你胆子也太大了，竟敢孤身一人跑到王府去交涉事宜，怎么着也等我找门路托了关系你再去，才能保证毫发无伤地回来呀！"

"就是就是，我到现在还心有余悸呢。"杨嘉臣拍着胸口说道，一张嘴一股子浓烈的酒味扑面而来，难为他喝了许多酒还能清醒说话。

杨嘉谟赶忙阻拦三人的喋喋不休，尽管那王府真不是什么舒适的去处，但他身后还跟着郡主的婢女，还有她叫来接孩子的两名兵卫，这样说话已经算是大不敬了，要是人家一个不高兴，免不得又要徒惹是非。

背对着王府来人，杨嘉谟向杨嘉臣三人频频使眼色制止道："我这不是好好的回来了吗！没有那么凶险，放心放心……"

才刚说了一半，郡主婢女拨开杨嘉谟上前，杏眼圆睁着训斥道："还不住口！王府也是你们这等人随意编派猜测，胡乱议论的吗？"

三人这才注意到杨嘉谟身后还有人在，而且这个婢女的穿着打扮和另两个兵卫的服饰都有着鲜明的标志，果然是肃王府独有。

"这是……"三人面面相觑，茫然不解地向杨嘉谟看来。

杨嘉谟也是无语，没来得及阻拦兄弟们的一番拳拳之心，让他们一时嘴快惹上麻烦可就是自己的责任了。

当下，只得拉下面皮揽下罪责，对着王府婢女作揖道："女官见谅，我们兄弟都是粗人，出言无状其实并无恶意，你大人大量就不必计较了吧！"

婢女原也只是个狐假虎威的角色，又有杨嘉谟出来说情给足了面子，考虑到这个人能得郡主召见便乐意卖个好，闻言傲慢道："既是杨指挥说了话，那我就不再深究了，不然他们三个是一定要受惩戒的。"

"那是那是，多谢女官大人高抬贵手了。"杨嘉谟笑着道谢。

婢女倨傲地撇了撇嘴，不耐烦道："孩子在哪里？带出来我们这就回去复命了。"

杨嘉谟看向杨俊："启民，把小豆子交给这位女官吧！郡主已经安排专人照料了。"

杨俊听闻并没有立即答应，与杨嘉臣对视一眼才犹疑道："不能留下来由咱们照顾吗？"

"是啊明宇。"杨嘉臣也不想把孩子交出去，帮腔道，"小豆子那样，交给旁人真的能行吗？"

生怕二人再说出什么冲撞肃王府的话来，杨嘉谟眼睛一瞪对杨嘉臣严肃道："不要多说了，按我说的做吧！"

杨嘉臣无奈，一转身回了酒楼去抱孩子。

杨俊和郑三彪看王府婢女在此，虽有不甘也不愿多说话，一时大眼瞪小眼地静默下来。

不一刻，杨嘉臣抱着睡着的小豆子出来，满脸不情愿地交到了杨嘉谟手里。

杨嘉谟看着熟睡中的孩子也是不忍，但这本就是无奈之下相对来说比较稳妥的办法了，刚刚杨嘉臣说交给郡主是交给了旁人，但他们几个人于这个孩子而言又何尝不是旁人？一开始，自己也对把孩子交出去没有信心。与郡主近距离接触后，才打消了这样的想法。他感觉郡主是一个心地善良之人，只要郡主关注小豆子，她身边的女官肯定不敢有半点马虎。如此一想，便再没有留下小豆子的理由了。

王府婢女挥手叫兵卫上前接过了孩子，对杨嘉谟还算客气地说道："孩子我们带走了，既然郡主亲口说了交给刘长史教养，那就不会错。告辞。"

说完，自己先上了马车，紧接着兵卫也把孩子放进了车厢。在杨嘉谟兄弟的注目下，马车掉头驶上街道，往王府别院方向而去。

待那马车走远，杨嘉臣落寞道："把小豆子交到王府去，不知道怎么的，我这心里不是个滋味呀。"

杨俊笑了一声，拍了拍杨嘉臣的肩膀道："这么喜欢孩子赶紧娶媳妇呀，孩子嘛总归还是自己的亲，何苦在这里嗟叹。"

杨嘉臣瞟了一眼杨俊，没好气道："你自己都还没媳妇儿，也好意思多嘴说别人。"

"哈哈！开玩笑开玩笑！"杨俊笑着拱了拱手，又对杨嘉谟道，"明宇兄，先进去吃点东西再说吧！楼上都备好饭菜了。"

杨嘉谟收回目光，颇不好意思道："那怎么敢领受？这一日已经十分叨扰了，我们这就和郑大哥一起回驿递所，明日办了相关事宜才能知道我的去向，今日就不劳启民破费了。"

"明宇兄不必见外。"杨俊上前一步拉住杨嘉谟的袖子，诚恳道，"莫非忘了咱们是亲族？若是你还认我这个兄弟就请入内，让我尽一尽地主之谊。"

话已至此由不得杨嘉谟推辞，何况还有郑三彪在一旁笑道："杨兄弟就不要推辞了，老郑原不知你们与启民贤弟还是亲族，倒是费了一番功夫才打听到你二位在这里认了亲，还以为你们不晓得禁令，上街冲撞了郡主凤驾被抓起来了呢！"

杨嘉谟这才听明白，郑三彪来这里是为了找寻他们兄弟二人，且听他话里所说貌似还与杨俊早就相识，这一日诸多巧合倒也算得上是奇缘了。眼下小豆子的事情得到解决，青崖郡主不打推托的接收乃是颇为稳妥之法，此事虽有不尽如人意处，但以自己的能力也不能多做什么，这件事情就此便翻篇揭过不提了。

杨嘉谟想通了这些，心下顿觉舒朗，便也不再扭捏，痛快地应下邀约，四个人亲亲热热地进了酒楼叙旧去了。

第十六章
意气相投

四人来到酒楼二层，一番推让之后各自落座，杨嘉谟还没有坦承自己的身份，杨俊和郑三彪便推杨嘉臣坐了首座。

杨嘉臣虽年长，但杨嘉谟是杨府嫡长孙，承袭着祖上指挥佥事一职，即便是被褫夺了世袭军职，可他原来凭军功升迁到三品卫指挥使，乃是杨府不世出的青年才俊，往后更是杨府的继承者，未来的杨氏族长，自己也早就习惯了这个弟弟的听调，便为难着不愿意坐首座。

杨嘉谟了解伯兄所想，在还没有公开自己是谁的情况下，他便是"杨二哥"，理应守礼对兄长尊敬。于是，他在杨俊和郑三彪不注意的空当儿向杨嘉臣使了个安心的眼神。

既是杨嘉谟认可，杨嘉臣只得勉为其难地坐下，只是想不通他这个兄弟为何到现在还不肯报出真名实姓，便频频以眼色询问。

两兄弟你来我往在那里打眼色，早被眼尖心细的杨俊发觉还不自知。等菜都上齐，杨俊望着杨嘉谟兄弟笑道："二位哥哥远道而来，难得与我又是一脉相承的亲族，有什么话不能放在人前说还用眼风交流，看来是不拿我当兄弟，更不拿郑大哥当自家人哪！"

郑三彪也是个外表粗放其实内心细致的人，见杨俊挑破便也笑道："启民贤弟说得对，论理咱们都不是外人，若不是了不得的隐私话题，倒不妨明着说一说，说不定我们还能帮得上忙呀！"

杨嘉谟苦笑着望了一眼伯兄，用早知会这样的表情示意杨嘉臣对二人解释。

杨嘉臣无奈，起身向郑三彪和杨俊拱手道："二位，我兄弟席间失礼了，但请海涵。"

杨俊眯眼笑道："哥哥先别忙着赔礼，还是说说你和明宇兄的真实来历吧！总不至于到了现在还瞒着，让我们一直猜谜下去呀！"

"这个……"杨嘉臣为难地看向杨嘉谟。

杨嘉谟见状也站起身，叹口气道："郑大哥，启民，其实我们兄弟的事情并无不可对人言的隐秘，不过是我还存有几分心结才没有及时相告，说出来只恐扫了兄弟们的雅兴。"

"杨兄弟但说无妨。"郑三彪大手一挥，毫不介意地说道。

杨嘉谟点点头，按了杨嘉臣先坐下，沉声缓缓道："说来惭愧，我本是凉州卫指挥使，只因得罪了上官被夸大罪名下狱，夺了军职发配来甘州，等办好了户籍事宜才能知道下一步的去向。也许在甘州的某一个卫所，也许继续西去，到肃州卫去戍边。"

说罢，不顾杨俊和郑三彪满脸惊诧，苦笑着又道："我大哥嘉臣亦是受了牵连同罪论处，不然他如今该稳稳地擢升千户了。落魄至此，又令我兄弟如何言说？不提也罢。"

沉默着听杨嘉谟说完，杨嘉臣也是心有戚戚然，从高处坠落跌入尘埃，还为此差点被杀了头，这样的遭遇每每想来都是噩梦，的确没有什么值得向旁人说起的理由。

杨俊和郑三彪怔怔地看着杨嘉谟，颇有些不可置信的震惊。

短暂的震惊过后，杨俊忽然眼神狂热地问道："大哥，你的名讳是不是嘉谟二字？"

这回轮到杨嘉谟惊讶了："你怎么知道？"

杨俊猛地站起身，两步跨出客座对着杨嘉谟纳头便拜，拜完方才欣喜笑道："哥哥，原来你就是死守庄浪卫义薄云天的杨嘉谟啊！兄弟真是有眼不识泰山。"

"启民快起来。"杨嘉谟走出去搀起杨俊，摆手道，"惭愧惭愧！不必如此。"

杨俊扶着杨嘉谟的胳膊回到座中，诚挚道："哥哥以两千军士力拒瓦剌万余精骑，硬是没让蛮夷踏入庄浪卫半步，你的神勇事迹早就在道上传开了，当真不愧是咱金刀令公之后，兄弟我是与有荣焉啊！"

郑三彪此时也回了神，拍着大腿笑道："昨日初见我就觉得杨兄弟气度不凡自有威仪，原来竟是鼎鼎大名的杨指挥！启民贤弟说得没错，你在庄浪一战真是给咱们长了精神。"

"唉！二位谬赞了。"杨嘉谟受到赞扬并不开怀，反而更为落寞道，"说什么威仪荣耀呢，能够捡回一条命已经是造化了。"

杨嘉臣也慨叹着接道：“是啊！我们兄弟二人身陷囹圄大半年，差一点就被侯太监斩首，若不是陈总兵去得及时，哪还有此时听你们颂扬的机会呀！”

杨俊狠狠拍了一把桌案，义愤道：“二位哥哥切莫灰心，有道是‘将相本无种，男儿当自强’。有哥哥这般神勇，只消你振臂一呼，立时便有无数英雄豪杰来投效，咱们先去杀了那个什么狗太监，然后再杀上京师讨个说法，定叫你洗清冤屈……”

“住口！”杨嘉谟厉声喝断，严厉地看着杨俊道，“再要说这种浑话，我们就当不认识，就是陌路人！”

杨俊讪讪住了嘴，觑着杨嘉谟的脸色尴尬笑道：“哥哥莫动怒，你知道我是有口无心，往后绝不再说这些浑话便是。”

杨嘉谟黑着脸训斥：“‘千淘万漉虽辛苦，吹尽狂沙始到金。’是非如何我自心里有数，便是真的受刑被斩那也只怪佞臣弄权，并非朝廷负我。一个真正的男儿，为了一己之私置道义于不顾，置社稷和百姓于不顾，这种事并非我们杨家将所为，杨府百年清名更不可毁在我辈之手！”

一番慷慨陈词直说得杨俊连连称是，再不敢把自己那套江湖做派快意恩仇的所谓侠义拿出来说事了。

郑三彪听罢拊掌大赞：“妙妙妙！杨指挥真不愧是忠烈之后，有这般志气纵然一时受屈也必有将来腾飞之日，可敬可佩！”

说着，抄起酒壶逐个斟上酒，举杯豪迈说道：“杨指挥，先前不知你就是名动甘肃镇的杨嘉谟，但有失礼之处请多担待，老郑我借花献佛，用启民贤弟的美酒敬你一杯。”

杨俊也急忙起身执杯笑道：“郑大哥说得是，刚刚小弟一时失言惹得哥哥不快，这杯就当是我向你赔罪了。哥哥慢饮，我先干为敬。”

说罢一仰头喝尽了酒，将杯底亮给众人看。

“启民言重了。”杨嘉谟端起酒杯，向杨俊举了举和缓说道，“我原就说提起这事恐扫了兴致，结果还是没能控制得住说了重话，我当自罚一杯。”

杨嘉谟说完也是痛快一饮。

甘州老烧入喉消愁解忧，放下酒杯几人哈哈大笑，一切龃龉尴尬都消散无踪，有的只是男儿之间惺惺相惜彼此信任的兄弟之情。

落座继续，郑三彪目光依次扫了三人一圈，提议道：“老郑有个主意不知道当讲不当讲？”

“郑大哥但讲无妨。”杨嘉谟微笑道。

郑三彪爽直一笑："早前受杨贤弟恩惠，在甘州又与启民结识已久，今日再见杨指挥，想来老郑合该与你们杨氏有缘。既然如此，你们何不接受我做个外姓兄弟，以后也好相互扶持共同创一番事业，为家门增光添彩呢？"

看到杨嘉谟和杨嘉臣兄弟二人还蒙着，杨俊率先笑着问："郑大哥是说要和咱们结为异姓兄弟，对吗？"

郑三彪点点头，期待地看着杨嘉谟："正是这个意思，不知道老郑可有这个福缘，杨指挥会不会嫌弃我出身寒微妄图高攀呀？"

杨嘉谟终于反应过来，连忙笑道："郑大哥这是在嘲讽杨某不成？莫说在下如今落魄，便是还为指挥使也断没有嫌弃之理，说到底我们和你一样，都是军户出身，哪来的高攀低就之说。"

"这么说杨指挥答应了？"郑三彪的欣喜之情溢于言表。

杨嘉臣乐见其成地笑着接过话头："这事好倒是好，不过咱们是不是得捋一捋排行了，郑大哥到底是大哥还是三哥，明宇到底是大哥还是二哥，这都得重新序齿而论，不然可是够乱的。"

此话一出其余三人又是一阵大笑，杨嘉臣所说正符合大家所想，当下便按照年纪大小列出个长幼，竟是郑三彪为大，杨嘉臣行二，杨嘉谟和杨俊好巧不巧还是同年，杨俊比杨嘉谟小了五个月，便排行最末为老四。

四人趁着酒劲摆了香案磕头结拜，彼此间约定了有难同当、有福同享的结义誓言。接下来便大哥二哥地叫起来，令整个酒楼里欢声笑语不断。这些天虽然发生了不少事情，但对于杨嘉谟来说，这是他大半年中感到最为畅快的一天。

酒过三巡菜过五味，郑三彪已经略有醉意，他拍着桌案大声道："三位兄弟，老郑这辈子活了快三十了，人言三十而立，可是我到现在为止还是一个不入流的驿所小吏，立身立业的大事从来没有想过，也不敢去想。但今日却不同了！"

郑三彪摇摇晃晃着站起身，大手一指杨嘉谟问道："今日我跟杨指挥结了兄弟，往后我就是你的大哥了，是也不是？"

杨嘉谟不喜贪杯，此时还十分清醒，闻言笑着点头："这是自然，你是大哥，我是三弟。"

"好！"郑三彪竖着大拇指扬了扬，又一把拍着自己的胸膛道，"我郑三彪快三十了还一事无成，早都不想在那破驿所蹉跎年华了，你杨嘉谟要是认我这个大哥，我从现在起就做你的马前卒，咱们兄弟一起去军中，一起杀鞑子，建功立业，拜将封侯，三弟，你答应不答应？"

杨嘉谟没敢贸然表态，他看着郑三彪被甘州老烧熏蒸得赤红的脸膛，在判断他说这些话时是否清醒。

杨俊本是海量，此时虽有醉意但还不至于理智全无，闻言笑道："郑大哥，老郑，你真是喝醉了。那军中有什么好的？上有镇守太监管着，还有都司等等官僚以及肃王府为首的'皇亲国戚'盘剥，将士们吃不饱穿不暖的情况时有发生。再说了，咱们去了是从小兵做起，何时能混出个人样来？我不敢说。所以，我认为你的话不妥！非常不妥！"

郑三彪不同意，摆手道："这是胆小鬼懦夫才说的话，老郑我不怕他们压榨，只要跟着三弟，让我多杀几个鞑子也是好的。这也强如待在驿所，还时不时地被人呼来喝去、混吃等死强百倍吧？"

郑三彪干脆不理杨俊了，他一把拉住杨嘉谟就要个确定的答案："三弟你说，你要不要老郑这个大哥？"杨嘉谟看着醉醺醺的郑三彪，又看看身旁喝得东倒西歪的杨嘉臣，和一直叫嚷着唱反调的杨俊，不禁一阵头疼。不是不能答应郑三彪，关键自己现在还只是个比囚犯稍微多那么一点自由的犯官、罪臣，哪有资格决定别人的去留呢？若他还是指挥使，麾下还有数千兵马可以调动、指挥，像郑三彪这样的好汉巴不得多来上那么几十上百个才好。但是，眼下自己尚且前途堪忧，又能为兄弟们带来什么呢？由此，他没有办法为兄弟们决定什么啊！

"郑大哥，你醉了。"杨嘉谟无奈地扶住郑三彪，想将他安顿到一旁醒酒。

郑三彪推开杨嘉谟，一脚踏在酒桌上红着眼睛吼道："你们都看看我这双靴子，这可是官靴啊！"

因为这一声吼喊，杨嘉臣惊醒怔怔地看过来，不明所以地说着醉话："怎么了？是谁？是谁要官靴？"

杨俊目光复杂地看着郑三彪破败脏污的"官靴"，微微叹了口气。

杨嘉谟更是感慨，张了张嘴想说点什么，却又什么都说不出来，只望着郑三彪沉默不语。

郑三彪抚了抚自己的破靴子，颇为伤感道："这是我刚刚升了驿递官那年自都司衙门领下来的官靴，这么多年过去了，毛头小子变成了老郑，驿所的骡马换成了毛驴，咱大明朝的沙州和玉门关也被鞑子占走了。而只有穿着这双官靴，我才能偶然想起自己还是个末流小官吏，因为小，不能为保家卫国做点哪怕是小小的事情，这样一想，我便会彻夜睡不着觉。"

杨俊和杨嘉谟对视一眼，谁也没有说话。

郑三彪继续道："我也是军户出身，祖上也曾是跃马疆场立过战功的，你们说说怎么到了我这里就沦落到如此境地了？我不甘心啊！"

听郑三彪说完，杨嘉谟不由热血激荡，慨然道："郑大哥你别说了，若真有此心我也不便阻拦，咱们兄弟便一起往军中去守边杀敌建功立业也是痛快。只是，你确定要随我这个半囚之人去受罪？你就不怕受牵连吗？"

"有何惧哉？"郑三彪拿下脚去，傲然说道，"能配得起老郑决意追随的，也就只有你杨嘉谟这等样的真英雄了，能跟你一起并肩杀敌，老郑便不枉了是军户人家子弟，就是马革裹尸亦不白活。"

杨嘉谟大受感动，上前握住郑三彪的手点头道："好！郑大哥有此大志我定不甘其后，等我明日办完交接，咱们便一同去杀鞑子，保家卫国扬我军威！"

郑三彪激动万分，一抬手抹掉眼睛里涌起的水雾，双手握住杨嘉谟笑道："往后老郑唯杨嘉谟马首是瞻，你叫我往东我决不往西，一切都听你的。"

"大哥，你抬举我了，兄弟一心勠力奋进，咱们当共勉才对。"杨嘉谟谦逊道。

郑三彪狠狠点头，然后隔着杨嘉谟的肩膀对观望良久的杨俊招呼道："启民，你这家伙还不滚过来，难道甘愿贪图安逸，在这富贵窝里消磨志气，而不敢与咱们到疆场拼杀干一场去？"

杨俊最是受不得激，别看他常装作风雅文士，其实内里从来就是一个不安于室、惹是生非的性子，否则也不会时时喊着要造反了。

被郑三彪言语一激，杨俊顿时热血上头，一步跨过来按在杨嘉谟和郑三彪相握的拳头上，豪气干云道："走就走，杨家将的后代，没有一个是孬种！"

看到杨俊肯于参军，杨嘉谟心下欣然，下巴扬了扬指着酒楼奢华的布置笑道："这些，你都舍得下？"

"有何不可？"杨俊不在意地道，"钱财如粪土，富贵是浮云。这些身外俗物原本也不是我的，是继承我义父而来，我双手双脚俱全，何愁不能打拼来一份属于自己的家业？舍便舍了，千金散尽还复来嘛！"

杨嘉谟点头笑道："好志气，果然有我杨府子弟风范！"

三人相对齐声大笑，杨嘉臣这才后知后觉跌跌撞撞地跑过来，连声叫道："还有我，还有我，兄弟一心怎能把我落下。"

四个人八只手紧紧握在一起，诠释着意气相投的最高志趣，热血和豪气在各自胸中汇聚，此时此刻，他们立下了同一个志向，那便是驱逐鞑虏复兴华夏。

只是，当杨俊幽幽说出一句话后，如此郑重而感染力极强的氛围瞬间便被破坏了。

"哎呀，我真的要散尽千金去当穷大头兵了吗？那我的这些个美人们怎么办？"杨俊颇为愁苦地说道。

说完，眨眨眼看向三张完全蒙了的脸，坏坏一笑又道："要不你们一人一个领走吧！修身齐家治国平天下，完成一样是一样，你们说呢？"

"杨启民，你这个没正经的！"杨嘉臣首先反应过来，一把按到杨俊头上笑骂道。

郑三彪也是大笑着追了杨俊过去按上一掌："还齐家？你敢不去我打得你满地找牙你信不信！"

杨俊一边躲着二人袭击，一边狂笑着回骂："你们这些人不解风情也就罢了，还不懂道理。真是狗咬吕洞宾不识好人心……"

看着三个年龄加起来直追古稀老人的兄弟在那里孩子气十足地打闹笑骂，杨嘉谟揉了揉眉心笑叹："我这是认了些什么人当兄弟啊！"

楼梯口闻声而来的三位美貌佳人都不由抿嘴而笑，原来男人幼稚起来跟顽劣孩童也没多少差别的嘛！

第十七章
阴魂不散

正所谓乐极生悲，就在杨嘉谟认了兄弟满怀豪情打算奔赴军中去重新开始的时候，一件对他来说十分败坏兴致的事情却接踵而至。他们在甘州，遇到了不该遇到的人，故而也就发生了不少意想不到的事情。

因为跟郑三彪和杨俊商议好了一起参军，四个人一大早便高高兴兴地去行都司衙门报到，办理军籍。

一夜欢聚四人都有些宿醉萎靡，来到行都司衙门专管军户籍册的局署，里面已经有先到的军士在问询办理事宜，他们只得排队候着。

揉着隐隐生疼的额头，杨嘉臣嘀咕道："有这么多需要交接户籍的人嘛！平素领饷倒没见几个人头呀。"

郑三彪低声劝道："少说两句吧！这军中吃空饷虽然早都不是什么秘密了，但到底那些人还不想被揭尾巴露丑，让他们听去又是是非。"

"郑大哥说得对，这不是逞口舌之利的地方，咱们都小心一些。"杨嘉谟非常赞同郑三彪的话，官署衙门本就是是非之地，多看少说、谨慎从事总归不会错。

杨俊什么时候都不忘装风雅，摇着一把精致的折扇不以为然道："从上到下都腐坏完了，偏个个都看得明白却说不得，这样的吏治朝廷那些阁老大员不管不理会，就会算计老百姓兜里的那仨瓜俩枣，真是……"

杨嘉谟狠狠瞪来一眼，阻止了杨俊的牢骚。

"这家伙就是屡教不改，总说这些犯忌讳的闲话，要是不及时扳正了，迟早必会因为这张嘴惹来祸患。"杨嘉谟暗忖。

四人站在太阳底下等了很久，终于能够看得见前面那个穿绿袍戴官帽的金书局都司大人了。杨嘉臣数着人头计算还有多久能挨到他们，还没数完却见几个差役从衙署里面出来轰赶人群，看意思是今天停止办理了。

等了这么久就快排到了却停止办理？这怎么能让人甘心！

杨俊"啪"的一声合上折扇，气恼道："这算怎么回事？才巳中而已，还没到时辰就关门停办，岂不是白白浪费咱们的工夫嘛！"

说着就要上去兴师问罪。

杨嘉谟拉住杨俊，生怕他去了说不好又惹是生非，便自告奋勇道："你们在此等候，我去问问是怎么回事。"

三人只得听从，顶着太阳巴望杨嘉谟出马能够顺利解决问题。时值八月，眼看都到中秋节了，但午时前后的这一段时间阳光还是很有些炽烈的，晒得人一阵阵心烦气躁。

杨嘉谟来到衙署门口，挤开围在前面吵嚷不休的一群军户，向差役一抱拳客气地问道："敢问差大哥，今日还没到时辰为什么不办公务了？"

许是看着杨嘉谟模样端方又守礼儒雅，差役微微收起恶劣的嘴脸，没好气地回道："今日有上官驾临甘州，都司大人令全数官员到城门迎接，你等不过都是小事，多等个一两日有什么打紧？还不赶紧散了！"

军户中有的是粗鲁不怕死的，有人叫喊着起哄发牢骚："昨日来说是要迎接郡主，今日又要接上官，这衙门只知接客都不做正事了？"

"对啊！我们已经候了两日了，谁知道明天来你们又有什么推托，我们在这城里吃住不要银子的吗？"又有一人不满地质问。

差役不耐烦解释，喝骂着驱赶上来："滚滚滚！休要啰唣，再不散去小心治你们一个聚众造反的死罪！"

军户们大多穿着破旧满脸菜色，本就是被压榨欺辱着强忍过来的，见衙署差役蛮横无理便都激起了骨子里的血性，不约而同地拥上前叫骂起来。

"老子们流血流汗在前线拼命，官老爷们才有得富贵享受，一贯盘剥也就罢了，办个小事还要这般刁难，这还有没有天理了？"一个支肉黑红的军户嚷道。

众人一听都纷纷附和："就是就是！我们那边已经半年没有发过粮饷了，饿着肚子还要跟瓦剌人打仗，这些官老爷却一个个吃得脑满肠肥，还真当咱们军户是冤大头啊！"

"让你们都司出来，我们今天就要个说法！"黑红脸膛的军户振臂高呼。

瞬间就有一群人响应，都举起手臂大喊起来："都司出来，都司出来……"

几个差役没料到竟真的遇到了不怕死的，边往后退边色厉内荏地呼喝，言语警告着军户们，并打发人往里面禀报去了。

杨嘉谟一看事态不好控制了，只得从人群里挤出来，走回三人正等着的墙边，摇头无奈道："看来今天真是白费工夫了，咱们先回去明日再来吧！"

郑三彪不解："前面到底发生了什么，看着不像是小事啊？"

杨嘉谟摆手不想多说的样子，只催促三人："走吧！"

说完已经向外面走了。

余下三人面面相觑，杨俊耸了耸肩膀也跟了出去。

郑三彪想了想，对杨嘉臣道："二弟你先走一步，我去打听打听出了何事就来。"

杨嘉臣应了，嘱咐郑三彪小心便追着杨嘉谟和杨俊的脚步往衙署外面走，一直来到衙署门边才追上了二人。

杨嘉谟回头一看问道："郑大哥呢？"

"他说让我们先走，他自己去打听事情缘由了。"杨嘉臣回道。

眼见前面军户们和差役闹得声势越来越大，杨嘉谟唯恐郑三彪也被卷进去，"嗨"了一声又折返道："此地不宜久留，我去叫郑大哥回来。"

话音刚落，衙署大门口忽然拥进来一队官军，执刀执枪地守住了门庭，一部分则呼喝着直奔人群聚集处。

杨嘉谟刚想出声询问，就见一个官军头目大约是个总旗之类的军士刀尖一指厉声喝道："你们几个站到墙边去！"

三人同时愣怔一瞬，杨嘉臣忍不住问道："我们怎么了，这是发生了什么？"

军士蛮横叱骂："休得废话，赶紧靠墙去站着，违者一并论处！"

杨嘉臣还想争辩两句，被杨俊一把拉住微微摇了摇头。

"走吧！"杨嘉谟面露不快，说着已经走到了一旁的墙根边站下。

杨俊和杨嘉臣见状也只得顺从而去，三个人站成一排都程度不同地黑着脸，看官军在都司衙门的大院里耀武扬威。

金书局办事门房那边被官军包围，军户们也停止了吵闹，似乎是被官军的阵势所摄，一个个被喝骂着抱头蹲下，官军手里的兵器在阳光下看起来格外锋锐。

"都反了你们了！"官军总旗高声骂道，"哪个是带头的，给我绑了！"

差役引领着军士揪出了那个黑红脸膛的汉子，指着他对总旗官道："就是这个穷大兵，就是他带的头。"

总旗官轻蔑地打量了汉子一眼，吩咐道："敢在都司衙门寻衅简直是狗胆包天！来呀，把他和身后的几个全押下去，先关起来再说！"

说罢又环视其他人等，盛气凌人地喝问："还有不怕死的没有？一并站出来，爷们带你去见识见识行都司大牢的景致？"

见到这样的阵势其他人哪敢再露头，抱着头蹲在地上连大气都不敢喘一口。

郑三彪刚巧也被圈在里面，还没有来得及打听事情的缘由便被押在这里，想着自己并没有参与便满不在乎地抬头问道："敢问军爷，他们到底犯了什么法，要被送去大牢？"

总旗官循声望去，见说话之人衣着普通不像是个有权势的，且长相粗豪似是个苦力出身，便冷笑着走近了郑三彪，趾高气扬骂道："我看你也不是什么好人，怕也是带头人其一了。来人，绑起来！"

话音未落就上来两个军士要捆绑抓捕。

郑三彪忽地站起身，孔武有力的身躯站直了比总旗官还要高出一头，镇得提着绳索欲要抓他的两个军士齐齐往后退了一步。

总旗官出手迅捷抽出腰刀一指，大声喝道："拒捕反抗格杀勿论！"

郑三彪有些蒙了，上前一步试图解释："军爷，你听我说……"

总旗官警惕地后撤一步，根本不给郑三彪澄清的机会，挥手下令道："弟兄们动手，杀了此贼我为你们去请功！"

官军们得了命令答应一声便围了上来，眼看就要对郑三彪不利，却听一旁已经被绑的黑红脸汉子高声道："且慢！他是冤枉的，我可以作证！"

总旗官冷笑着敦促官军："如此回护一定是一伙的无疑了，上！"

郑三彪真是有理说不清，只得摆出架势应战，无奈地向杨嘉谟三人的方向大叫："兄弟们，老郑怕是不能跟你们一起去杀鞑子了，保重！"

才说完，十多个官军便亮出兵刃直扑郑三彪……

都司衙门建筑占地颇广，大门口与衙署门庭尚隔着百步远的距离，等杨嘉谟三人听到郑三彪这声呼喊时，那边已经交上了手。

"是郑大哥！"杨俊面色阴沉地喊道。

杨嘉谟也看清了战团当中赤手空拳应对官军的那道身影正是郑三彪，不禁一阵愤怒，当下也顾不得其他，疾步赶过去救场，一边还对杨俊和杨嘉臣叮嘱着："你们两个别动，不许生事，我去去就来！"

前方战况激烈，杨嘉谟眼尖已然看到郑三彪空手迎战吃了亏，大腿上飙出的一抹殷红深深刺到了他的心底，也便忽略了身后二人，非但没有听从嘱咐还不甘示弱也赶了上来。

杨俊轻身功夫要高于行伍出身的杨嘉谟兄弟，飞步掠过杨嘉谟身边恼恨着咒骂："敢伤我兄弟，找死！"

杨嘉谟知晓杨俊的脾性，别看他外表斯文真要出手那就是个杀人不眨眼的煞神，这在官道劫粮那次已经显露无疑了。

"启民不可鲁莽！"杨嘉谟急忙叮嘱。但是，好像收效甚微，杨俊已然冲到了郑三彪身边。

杨俊的武艺习自江湖，与排兵布阵制式化训练出来的官兵自然不可同日而语，近身交手几个回合间便打得围攻郑三彪的几个军士倒地不起，没了还手之力。

"四弟你来了。"郑三彪感动地说道，一手捂着被扎伤的左腿强忍疼痛，额头上却冷汗直冒。

杨俊看了看郑三彪不断涌出鲜血的伤处，满脸阴寒地盯着总旗官问道："你下的令是不是？"

总旗官正经官兵出身，自然不将普通人看进眼里，闻言傲慢道："是我又怎样？你们这些贱籍胆敢在都司衙门寻衅，就是自找死路！"

杨俊冷哼一声，身形一闪眨眼便到了总旗官身前，在对方惊愕之际就掐住了他的脖子。

"你再说一遍！"杨俊眯起眼睛，嘴角牵出一丝残酷的笑意，轻蔑地对满面惊恐的总旗官说道。

一众军士见长官被擒都呵斥叫骂，但又投鼠忌器不敢杀上来，只戳刀戳枪的在那里虚张声势。

变故发生得太快，以至于郑三彪和刚刚赶来的杨嘉谟兄弟二人都有些瞠目结舌。

"启民，快松手！"杨嘉谟急忙呵斥。

杨俊却不肯轻易罢休，一手掐着总旗官的脖颈，一手指向郑三彪愤慨道："他们不问青红皂白便出手伤人，咱们要是晚来片刻郑大哥性命堪虞，这口气我非出不可。"

郑三彪到底年长，虽为官吏末流毕竟也懂得官场上审时度势那一套，闻言忙摆手制止："启民不必为我多惹麻烦，还是听三弟的快放了这位军爷吧！这都是误会。"

杨嘉谟欣慰于郑三彪息事宁人的做法，瞪着眼睛又敦促一声："还不放人！"

杨俊无奈，松手一把推开总旗，过去搀扶郑三彪走出官兵包围圈，兀自不甘心地道："无缘无故吃这种哑巴亏，真是晦气！"

总旗官得了解脱在一边大口喘气，赤红着脸愤恨道："你们……你们聚众闹事，还打伤我军士意图弑杀官长，今天一个都别想活了。"

杨嘉臣帮着搀扶郑三彪，忍不住回道："一个小小的总旗也算官长？笑话！"

总旗官恼羞成怒，喝骂身边一个小兵道："你们都是眼瞎的不成？还不赶紧回营调派人手来助，还要任由这些穷酸骑到老子们头上来拉屎拉尿吗？"

那小兵得了吩咐一溜烟地跑了出去搬救兵，杨嘉谟想解释都来不及。

杨嘉谟无奈向总旗拱手劝道："军爷，你这又是何必？我敢担保这是一场误会，此事还是不要闹大的好。"

总旗不依，跳脚骂着杨嘉谟："你是个什么东西也敢担保？今天你们都他娘的死定了，一个都别想跑！"

听到这话，杨俊和杨嘉臣顿时气怒不已，二人齐齐冲上来就要动手，被杨嘉谟一手一个拦了下来。

不过一个总旗，比普通小兵稍微有那么一点优越，便敢如此嚣张断人生死，这要放在过去，杨嘉谟肯定第一个先怒了，说不得还要上前扇几个大嘴巴子，再跟这样蛮不讲理的兵卒论理。但是，毕竟今时不同往日，英雄落魄就难免要遭受虎落平阳被犬欺的难堪，这份折辱杨嘉谟早从被侯太监自战场上解甲送往大狱那一天就体会到了。

阻止了怒火中烧的二兄弟，杨嘉谟甚至淡淡一笑，对躲在军士身后色厉内荏的总旗和气开口："这位兄弟，我不跟你争论，也不会对你动手。但是，你看……"

指着蹲在地上的军户们和被捆绑的那名黑红脸汉子，杨嘉谟好言好语地说道："我们兄弟几个，包括他们，大家都没有要寻衅滋事的想法，更没有要跟衙门对着干的理由，你何不查问清楚了再给我们定罪，真的没有必要喊打喊杀。"

"是啊是啊！"见有人出头替大家论理，军户们七嘴八舌地附和着，但是都没了之前吵嚷时那般锐气。谁都不是傻子，这种时候还是赶紧服软洗脱嫌疑才是上策，谁能担得起在都司衙门聚众滋事的罪名。万一被官军拿住了，那可就真的是在找死了。

被绑在一边的黑红脸汉子见状也忙申辩："这位大哥说得不错，我们何曾有过那等样不怕死的想法，只不过情势所迫发了几句牢骚而已，你们还讲不讲王法了？"

杨嘉谟笑笑，向总旗拱手继续说着好话："你看事情就是这样，完全用不着动刀动枪，说到底大家都是行伍出身，本该亲如一家共抗外侮才是，哪里就成了不死不休的冤家对头了？还望明察。"

按理说这边服软对方应该见好就收，事情就能平息了。但是，杨嘉谟等人作出的让步并不足以令那个总旗消解怒火，见到众人有了胆怯退缩之意，此人反而更加嚣张，呵呵冷笑几声越发不依不饶起来。

"你们这些个夯货，别以为这般说老子就当什么事不曾发生过，怕了是吧？怕就对了！告诉你们，今天这事没完。"总旗显然是个得理不饶人且听不进人话的蛮牛。

好话说了不管用，杨嘉谟也是无奈，叹口气拉着杨俊和杨嘉臣退到郑三彪身边，蹲下身去查看伤势。

"明宇，怎么办？"杨嘉臣低声道，"这事看来麻烦了，想走都走不脱了。"

杨俊不以为然道："怕什么？我这就放出信号，让道上的好汉赶来救场，这几个官兵压根儿就不是对手。"

郑三彪龇牙咧嘴地向二人使着眼色，示意他们不要莽撞，让杨嘉谟拿主意。才相处一日，郑三彪已经用行动证明他的确唯杨嘉谟马首是瞻了。

杨俊当然也不例外，杨嘉谟身上总有一种使他敬畏的东西，让人不由自主就将他当做了主心骨。

杨嘉谟撕下衣服内襟帮郑三彪包扎伤处，淡淡道："到了这种时候，顺其自然吧！"

"这……"三人不禁愕然，什么叫顺其自然？

绑好布带，杨嘉谟直起身瞥了一眼还在那里对军户们骂骂咧咧的总旗，十分坦然地嘱咐三人："如果我料得不错，等下就会有大批的官兵赶来，咱们不想惹事却已在是非之中了。我杨嘉谟不惹事但也不怕事，稍后大家见机行事，能脱身就尽快脱身，总之不要闹出人命来，凡事就还有转圜的余地。"

郑三彪颇为赞同杨嘉谟的意见，自是完全遵守。

杨嘉臣便更不用说了，听令行事早就习惯了。

唯有杨俊略有微词，不服气地道："这样也太被动了吧？"

杨嘉谟轻声感慨道："那也没办法，除非你真的要造反。"

"那……还是算了吧，都听你的。"杨俊弱弱回道。被杨嘉谟昨天刚刚教训了一通，他绝不敢再提这个话题了，乖乖闭嘴站到了一旁。

倒是杨嘉臣突然惊呼一声："明宇你看！"

杨嘉谟转身往后看去，只见一队衣甲显赫的军士开道，一大群官员簇拥着一个白胖魁梧的人跨进都司衙门，一步一晃、威风八面地走来，此人身着内官服饰，正是甘肃镇镇守太监侯大鹏。

"这怕啥啥就来了！"杨嘉谟不禁低声感叹，"还真是阴魂不散啊！"

第十八章
再受折辱

侯太监在众官员簇拥之下而来，白胖的脸盘上堆着一贯伪善的慈爱笑容，看起来仿佛与庙里供奉的那尊弥勒般喜乐无忧。

"哼！道貌岸然！"杨嘉臣看见，不禁怨愤道，"一个太监，居然监起军来了！真是滑稽！"

杨嘉谟知道伯兄杨嘉臣有分寸，并没有阻止，只拉着几人默默退后站在了一边。他不想让侯太监看到自己，他知道，要是侯太监知道了他们兄弟几个是衙门闹事的"罪魁祸首"，那今天这麻烦就大了。

侯太监眼高于顶，自是没有看见杨嘉谟一行，只被庭院里官军押着军户们的情景所吸引，便一径走到了衙署门前，想看看这里发生了什么。

"常都司，这是怎么回事？"侯太监疑惑地向身侧陪同的常有福问道。

常有福是陕西行都司的都指挥使掌印一把手，下面还有数名负责主理各个政务的副手，都统称为都司。

此时常都司也是一头雾水，目光在人群里快速一扫，找到了金书局主管都司，十分不快地问道："王都司，这是你金书局的衙署，侯公公问你发生了什么事？"

王姓都司慌忙上前，躬身作揖回道："禀侯公公，禀都司大人，卑职适才忙着出去迎接官驾，并不知道这里发生了什么，请容卑职查问清楚再来回禀。"

常有福点头示意王都司赶快去查，王都司前行两步叫了一个差役来，两个人交头接耳说了几句，众人听不到他们在说什么，但看王都司的脸都绿了，便猜测一定是出了麻烦了。

"王都司，查问得如何呀？"侯太监亲自发问，虽然满脸堆笑，却令王都司沁出一脑门的冷汗来。

王都司回转，对着侯太监深深一礼，硬着头皮扯谎道："启禀公公，并没有什么大事，不过几个军户出言无状和差役发生了一点摩擦，已经处置妥当了。"

"是吗？"侯太监貌似并不相信王都司的说辞，指着前面鼻青脸肿的一排官兵笑道，"一点摩擦便把军士打成这个样子，那要是再严重一些可就要出人命了呢！"

王都司悄然拭去额间汗迹，讷讷回道："这倒不至于的，毕竟是都司衙门官家重地，等闲一二十年间也没有那等不要命的亡命之徒来滋事。"

侯太监打量着王都司，笑容不变地对常有福说道："常都司手下真是人才济济，咱家看这位王都司就是其中翘楚，不需要防患于未然，原来是有此等自信，前途不可限量哪！"

这一番明赞暗贬的指责依然是侯太监惯用的手法，看着笑容可掬，却已经判定了一个官员的失职，比直接开口叱骂还要后果严重。

"公公恕罪！卑职错了！"王都司瞬间双膝一软跪了下去，苦苦哀求道，"卑职再也不敢大意了，求公公再给卑职一次机会吧！"

侯太监笑眯眯地瞥了眼王都司，把这个得罪人的事情抛给了常有福："常都司，这是你们行都司的地盘，此事怎么处置咱家就不越俎代庖了，总之不要罔顾律法就是。"

常都司拱了拱手笑答："这个自然，公公放心，下官一定依律严惩决不姑息。"

侯太监很满意，腆着肚子往头上一拱手严肃道："哎，这话不该这么说。大家都是为圣上、为社稷、为百姓同殿效力的臣工，按着朝廷法度依律处置便好，要的不过是让圣上放心，咱家可不敢僭越。"

常都司忙躬身回道："公公说得极是，下官受教了。"

说完，对身后军卫一招手吩咐道："来呀！金书局都司王禄罔顾国法办事不力，先行羁押起来容后究办。"

几名军卫答应一声上前按住了王都司，除官帽的除官帽，剥官袍的剥官袍，顷刻便将人押了下去，丝毫没有人顾惜王都司一路高呼着求饶的惨状。

陕西行都司隶属朝廷，总理陕甘，辖制甘肃镇全境和固原镇，以及宁夏镇所属边防军政，如此庞大的军政衙门当然不可能只有一位都司。除过常有福这个正二品的都指挥使，下设各分管部门还有数位协理都司，比如负责签发文书的掌印都司、管军户屯垦事务的都司、专意施行拘捕职责的都司，以及战时调度军需的都司和督查军务坐镇中军的都司等等。说起来常有福这个二品都指挥使也算真正的封疆大吏了，但在皇帝钦命的镇守太监面前，依然是个对宦官低头哈腰、不敢有所违拗并时常蒙受屈辱的朝廷"大员"。

处置了王都司，常有福心下其实是很不痛快的，旦朝廷规矩由来已久，镇守太监提督军务更是朝廷明诏，谁又有那个魄力去硬抗皇命胆敢不遵呢？何况，面前这个笑里藏刀的侯太监，刚刚升了三边总督，一跃成了权柄盖过三司正儿八经的封疆大吏，正有着风光显赫无出其右的火热势头，跟他对着干岂不是自找不痛快吗！

想通其中关键，常有福自我调整了心态，笑容更真诚三分地奉承道："说来我等也要改改称呼了，公公如今荣升三边总督，可是名副其实的督公了呢！"

说着深深一揖弯下腰去，高声拜道："下官参见督公！"

其余随行官员一见纷纷效仿，争先恐后地躬身参拜，顿时一片"督公"的呼号声，在院内几乎掀了房顶去。大家都是官场浸淫出来的老油子了，拍马逢迎那一套谁还能比谁弱呢！

侯太监受到这般极致的推崇也是心花怒放，偏面上却还故作矜持着假意推托："诸位快快免礼，这叫咱家怎么敢当呢！侯公公被叫了许多年，一时改了称呼生分得紧，还是别称督公了吧？哈哈！"

"那怎么行！"一声大喝传来，人群自动分出道来，却是巡抚郑勉到了。

郑勉大笑着上前，向侯太监也是深深一拜，而后才阿谀道："督公大喜，下官来迟还请海涵。今日便由我做东，为督公接风洗尘，一并庆贺您荣升之喜可好？"

侯太监伸手搀住郑勉，做出诚惶诚恐的情状来推辞道："郑大人、常都司和咱家本就是同一品级，二位这般尊崇咱家真是愧不敢当，莫要折煞我了，还是原来那样称呼的好呀！"

"哎！督公您过谦了，当下谁不知道您是皇上最信任的亲近臣工，我等以后还指望着督公多多提携哪！"郑勉是万历十八年进士及第入的官场，文笔自是不差，这份口才更加了得，直奉承得侯太监满心满肺熨帖不已。

常有福见状也连忙表态，只是他行伍出身嘴巴不够利索，搜肠刮肚半天才凑出了自认为还算得体的一句谏言来："郑大人说得对！督公就勉为其难接下吧！"

同时获得了巡抚和都司的认同，着实让侯太监暗自得意万分。见满院子大小官员都躬身哈腰满面敬慕，侯太监强忍狂妄，故作无奈地叹口气笑道："既是诸位的一片心意，咱家便恭敬不如从命，这就厚颜接受了，惭愧啊惭愧！"

话落又是一片回敬之声，一片弓腰之状……

不远处，杨嘉谟将这场虚伪看了个清楚听了个明白，就像吞了一只苍蝇一样，吐又吐不出来，咽又咽不下去。难怪在行都司衙门能看到侯太监，难怪甘州大小官员出动，整个官场都去迎接他，原来这阉宦已经坐上了三边总督的宝座！如今这厮权势更大，名正言顺地凌驾于三司之上，可不就是"上官"了嘛！这样的朝廷，这样的皇帝，就这样下去，如何得了啊？

再想想今天军户滋事的起因，不正是因为那个已经沦为阶下囚的王都司要忙着去巴结侯太监，而丢下正事不办理才惹起来的吗？要真究查起来，王都司固然有错，但侯太监才是真正的罪魁祸首，却不想这阉狗杀鸡儆猴，收拾了王都司不算，还要在这里耀武扬威，提醒甘州官场，我侯太监在甘州就是天，谁要想在仕途上发展，就得找我侯大鹏！

看着前面被一众官员围绕奉承志得意满的侯太监，杨嘉谟暗暗攥紧了拳头。庄浪之围狼烟未散，秦指挥使和数千将士血溅边墙余温犹在，而致使卫所官兵孤立无援、被夷寇屠戮惨死的始作俑者却升迁高位了，这份仇恨要怎么才能消解？

杨嘉谟铁青着脸，恨不得吃人的表情惊到了身边三人。

杨俊顺着杨嘉谟的眼光看出去，恍然问道："三哥，那就是害了你们的那个太监对吗？"

杨嘉谟没有言语，他不敢确定自己一张口会不会呕出血来。

"对！就是他！"杨嘉臣咬牙切齿地愤恨道，"害得我庄浪卫将士全军覆没，秦指挥死不瞑目就是那个阉狗！"

郑三彪惊讶一瞬，也义愤道："这都是什么吏治？流血流汗的任人欺辱，图财害命的反而升官发财了！"

"我早说过，这天下必不久矣！"杨俊冷笑着嘲讽。

郑三彪和杨嘉臣已经熟知杨嘉谟的脾性，见杨俊又说这样的话，急忙使眼色拽袖子的制止，但已然被杨嘉谟听进了耳朵里。

杨嘉谟狠狠瞪了一眼杨俊，似是找到了说服自己的理由，缓缓松开拳头低沉道："我们走吧，离开这里。"

三人看出杨嘉谟心绪不佳，又兼郑三彪受伤在身也需要治疗，便都不再多说，急忙跟着杨嘉臣和杨俊扶了郑三彪准备回去。

一行四兄弟刚转身欲走，却听身后一声断喝传来："站住，你们几个往哪里走？"

杨嘉谟等人回头看去，乃是之前嚣张、不可一世的那名总旗。

总旗喝住了杨嘉谟等人，跑到侯太监前面单膝跪地禀报："启禀督公，各位大人，那边几个便是今日在衙门闹事的军户们的带头者，就是他们打伤了军士，可千万不能放跑了他们呀！"

"哦，还有这等事？让咱家看看，这是些什么人？"侯太监抬了抬肥肉堆叠的下巴示意总旗起身，然后眼睛一眯向杨嘉谟这边看过来。

四目相对，虽然隔着还有一段距离，但彼此间眼神相会已是气氛微妙，剑拔弩张。

侯太监脸上的笑容僵了僵，继而笑得更为灿烂，满含嘲讽地说道："哟！这不是杨指挥嘛！在这里都能见到你咱们还真是有缘哪！"

杨嘉谟盯着侯太监的眼睛几乎就要喷出火来，但还是强忍着愤恨开口回道："侯公公这么快就升迁了，也很让在下意外呢。"

"大胆，还不参拜督公！"郑勉并不认识杨嘉谟，见他对侯太监说话颇为无礼，不禁大声斥责。

侯太监摆摆手制止了郑勉，往杨嘉谟跟前走了几步，连带着一行大小官员也浩浩荡荡跟了过来。

"杨指挥，有一个消息你可能还不知道吧？要不要咱家告诉你？"侯太监幸灾乐祸地睨着杨嘉谟，慢悠悠道。

杨嘉谟俊眉深锁，从侯太监的神情语气间他便可猜测一定不是好消息，可这是一个什么样的消息呢？杨嘉谟不由得皱眉暗自担心起来。

侯太监颇为享受地看着杨嘉谟眉间的愁容，笑得不怀好意，也别有用心："陈克戎陈总兵，就是你那位大恩人，因为指挥不力导致庄浪卫死伤惨重，已被降职调往辽东戍边去了。那可是个苦地方啊，比咱们西北更凄寒。"

"什么？"杨嘉臣按捺不住，冲到前面恨声道，"你们竟敢颠倒黑白？"

数名军卫护在侯太监身前拦住了杨嘉臣，杨俊急忙上前劝阻。饶是他不惧怕官兵，但此时的处境之下若翻了脸对他们是相当不利的，最好还是选择暂忍一时之怒。

侯太监推开一名军卫走出来，眼神犀利地扫了眼杨嘉臣，目光移向杨嘉谟轻哼一声警告道："杨指挥，可要看好你的弟兄了，今天咱家高兴，自然不与你等计较，下次要是再这么冒冒失失的，本督可就不会这般好说话了。何况……"

他从袖子里抽出一方绢帕擦了擦嘴角，微微冷笑着又道："陈克戎远调，你的护身符怕是没了，听说新任总兵达云可是个不徇私情的人呢！你们还是好自为之吧！"

杨嘉谟心内翻江倒海，想不到侯太监在杀自己兄弟不成后，又对陈总兵下了黑手，说什么指挥不力降职调任，分明就是这厮推卸责任，借机扳倒陈总兵而找的无赖说辞。杨嘉谟早就知道陈总兵与侯太监是对头，而诸如战死庄浪的秦指挥和自己，都是陈总兵最为信重的卫所干将，且都是看不上这个太监胡作非为，不肯与其同流合污的一群人。

时至今日，秦指挥已死，自己削职充边，就连陈总兵也降职远调辽东去了。侯太监以公谋私排除异己，把甘肃镇敢于反对他的人都清除干净，又手眼通天谋到了三边总督的高位，这回可真的成了一人之下万人之上的权奸了。看看他身边巡抚、都司为首的一帮子官员们那副如出一辙的谄媚之相，试问还有什么人能抗争奸佞，又有谁敢去抗争？而自己的出路又在何方？这个阉宦如此下作，不用想便能肯定自己往后想要在甘肃镇出头，怕是难上加难了。

至于新总兵达云，那个盛年便有威名屡次击退鞑靼和瓦剌犯边，以战功卓著闻名西北的勇将，杨嘉谟并不陌生。那年达云擢升为署都督同知，其子达奇勋荫授世袭凉州卫指挥使时，还曾与自己有过一点小摩擦。因为杨嘉谟是世袭凉州卫指挥佥事累升的指挥使，而达奇勋被授予凉州卫指挥使乃是荫封，二人同级却各有倚仗，论出身高低杨嘉谟逊色半筹，但他能胜任指挥使也是凭军功实打实干出来的，且吏部行文中并没有对凉州卫出现两个指挥使有所交代，这就难免尴尬了。

杨嘉谟还记得达奇勋第一次到卫所去的时候，被自己麾下将士嘲笑还因此闹得大打出手，那场矛盾时隔不远也就是前年初的事情。虽然之后很快弄清楚了原委，杨嘉谟也代表众军士赔礼道歉了，但达奇勋离去时那句满含怨气的话却让人至今想来还言犹在耳。达奇勋说："杨嘉谟你给我等着！"这话里的潜台词不难理解，大约是这位军中新贵觉得受了折辱，以后将会还以颜色的意思了。毕竟当时他的父亲刚升了从一品的五军都督府都督同知，正是意气风发壮怀激烈的时候，闹出这样一件乌龙事来，也是十分没面子的。

唉！真是流年不利啊！杨嘉谟默默感叹，既为陈总兵的冤屈，也为自己的前途堪忧。希望达总兵还没有与侯太监同流合污吧！那样他的未来才不至于一片灰暗……

各种念头在心底盘旋，看似浩繁其实焦点只有一个，那就是这个侯太监。有他在甘州官场的最顶端，杨嘉谟的未来实在是堪忧啊。

听完侯太监明显嘲讽挑衅的警告，杨嘉谟略带锋芒地回道："多谢侯公公提醒，我会尽力约束兄弟们莫做暗杀偷袭之事，你尽管放心高卧便是。"

侯太监笑容微敛，斜瞪着吊梢眼问道："你这是在威胁本督吗？"

"不敢！"杨嘉谟眼睛里闪过一丝寒芒，不动声色地顶回去，"如今我兄弟二人仍是戴罪之身，当然对你构不成什么威胁了。当然了，侯公公若还揪住那些陈芝麻烂谷子的事不放，一来未免有失你三边都督的胸襟，二来有句话侯公公一定记得，兔子急了也会咬人的！"

侯太监被噎，一时间竟找不到合适的言辞来回答。他不得不承认杨嘉谟几句话说到了要害，现下身后有数百官员的眼睛盯着他，要是在此处破了功，毁坏了自己笑面弥勒的固有形象，别人会怎么看？侯太监比谁都清楚，这些穿红着绿的官员们，最擅长的就是见风使舵两面三刀，表面上毕恭毕敬那都是假象，说不定心里都在羡慕嫉妒恨，诅咒他早死早点腾地方呢！

想到此处，侯太监再次堆起笑来，得意地扬手笑道："说得不错！你杨嘉谟如今就好比本督脚下一只蝼蚁，想要踩死你还不容易？但是，本督可不屑与弱小计较，还是那句话，你好自为之吧！"

说完，侯太监哈哈大笑着转身往衙门里边走去，一众官员自是急忙趋奉跟随。适才听得明白，眼前这个衣着破旧形容落魄者竟是侯太监厌恶之人，众官僚便都恶其余胥地对杨嘉谟憎厌起来，或出言警示，或冷眼相加，俱都要表现一番，以表明他们绝对是侯太监一边的忠实追随者。

内中唯有一人深深打量了杨嘉谟一眼，然后摇摇头叹了口气。此人约莫三十多岁的年纪，看服饰官职并不高，长得白白净净，一副标准的书生相貌，面容上就可看出是个温文尔雅的敦厚之人。

杨嘉谟也看到了对方的眼神，他很确定那里面是与众不同的意味，没有鄙视，也没有轻慢，而是悲悯和一丝丝无奈。就是这一眼，让杨嘉谟慢慢拾起了信心，对这个官场、对当朝吏治的一点信心。不论世态炎凉抑或人心不古，只要还有人看得见不平，就会有是非曲直的争议，那这个国家就还是有复兴的希望。

向对方回以善意的一笑，杨嘉谟微微点了点头算作答谢，此时此地他身无长物，能作谢礼的也只有这个表情了。

对面之人看到杨嘉谟的笑脸猛地怔住，随后微不可见地拱了下手便匆匆而去。

杨嘉谟笑容略扩大了一些，心情也随之好转很多，前路坎坷在所难免，但活着一天总得努力走下去不是吗？"莫愁前路无知己，天下谁人不识君？"他不信这个世道没有光风霁月的那一天。而今日遭受的这番折辱，连带着之前受到的那些迫害，也总有连本带息讨回来的时候。

此时，杨嘉谟根本想不到，这个书卷气十足的低阶小官乃是名门之后，不久将会与自己成为莫逆之交，而他的儿子在若干年后官升礼部尚书东阁大学士，总督五省军务为保家卫国壮烈捐躯而名动西南。此人便是一代名宿王锡衮的父亲，时任陕西布政使司经历司从六品的经历，专掌出纳文书事务的王劝士，一个出生于云南却远行西北来当官的读书人。

"弟兄们，咱们走！"杨嘉谟坦然说完，扶着郑三彪先行离开。

身后杨嘉臣和杨俊对视一眼都觉得不可思议，原以为他会郁闷很久的，怎么还能笑得出来？二人也不敢出声询问，忙跟着杨嘉谟的脚步向都司衙门外面走。任凭那个挨了打的总旗在那里顿足不服，到底总督大人都没有追究的刺儿头他对其也是无能为力，只剩干号几声、咒骂几句撒撒气便无可奈何地去了。

第十九章
西去路上

杨嘉谟等翌日再到都司衙门时，这里出奇地平静。办理好了户籍事宜，四人才知道，杨嘉谟被发配到了甘州总兵府下属卫所——肃州卫戍边。他们约定午饭后就出发西去，立刻离开这个是非之地。

杨俊家大业大还能抛下富贵跟着自己去卫所吃苦，杨嘉谟对其十分赞赏，出了都司衙门，杨俊一再邀请三人继续到他那里去用饭，被杨嘉谟婉言谢绝了。

杨嘉谟嘱咐杨俊好生安置他那些属下，然后兄弟二人跟随郑三彪回到了驿递所。衣物行李虽简单寒酸，但继续西去这些东西必不可少。杨嘉谟兄弟二人拾掇完自己的，还顺带帮郑三彪包扎伤口，收拾行李。

郑三彪在驿递所很有些人缘，听说他辞了驿递官去卫所当兵，一帮子曾受他照拂的差役和苦力都来送行，内中多有不舍得让郑三彪离开的人，难分难舍的场面竟令人颇为感动。

杨嘉谟拉着杨嘉臣先行来到驿递所后院套车，把时间留给郑三彪去和亲近的人话别。

杨嘉臣一边套车，一边笑道："原来并不觉得分别有什么，看着郑大哥他的这些朋友们，倒是挺让人感动的。"

"是啊！"杨嘉谟轻叹，"世界上最难得的便是情真意切，这一去也不知道什么时候才能回到家里。"

杨嘉臣回头看了眼杨嘉谟，也跟着叹气道："明宇，你是不是想祖父了？"

杨嘉谟目光悠远地看向凉州方向，略带一丝伤感道："咱们已经很久没有在他老人家跟前尽孝了，出了这档子事，也不知道祖父会如何气恼？"

杨嘉臣停下手里的活，开解道："别这么想，祖父一直都看重你，他不会生咱们气的。"

"大哥，你别宽慰我了。"杨嘉谟苦笑道，"祖父的脾气你还不了解吗？他若不生气又怎么能不打发个人去狱中探望你我？他老人家一定觉得你我不够争气，才不愿意看见我们。"

杨嘉臣洒脱一笑："事到如今想这些也没用，等咱们把属于杨府的荣耀重新争回来，到那时祖父肯定就气消了。"

说完又撇撇嘴嘀咕道："说起来也是无奈，咱们两兄弟差点就被侯太监给砍了头，祖父他老人家不但从头到尾没有露上一面，而且还带信不让我们回去看他，这也太铁石心肠了吧？"

同样的抱怨杨嘉谟不是没有，曾经遭受过的那些委屈和折辱都不算什么，便是被送上断头台的那一刻他都不曾皱过一下眉头，唯有家里的不闻不问每每想来都难以接受。翻遍从小到大的记忆，祖父都是那个不苟言笑不擅钻营的铁汉子形象，在家里甚至对儿孙都难得露个笑容，这几年赋闲下来更是满面冰霜，除了杨家子弟立下为数不多的几次战功得到封赏时见他笑过，其他时候大多是眉头紧锁，动辄黑了脸训斥人的情景。

杨府众人都知道老太爷心气不顺，无事谁也不敢主动靠近，但每当受到老太爷训斥之后都把气转嫁到杨嘉谟身上来，杨嘉谟明白府里人等对他不满的原因，只好默默承受下来。

这件事的起因还要从杨嘉谟袭职开始说起。

四年前，也就是杨嘉谟年满十六岁那年，杨府当家人老太爷杨鳌考虑到孙子已然长大，便向吏部上表请求袭授军职。其时，吏部综合各军镇及地方官的空缺奏与内阁，但推补官员章疏没有得到朝廷批准，杨嘉谟袭职一事也因此搁浅下来。杨鳌对这个在襁褓中便丧父的孙子寄予厚望，不甘心就这么耽搁了杨嘉谟的前程，想了又想便给远在四川播州任宣慰使的杨氏宗亲杨应龙写信求助，并打发门下差役带了银钱去为杨嘉谟的袭职一事打点奔波。杨应龙其时位高权重，接到杨鳌的书信当即便修书于京师豪门，托了开国功臣刘伯温的嫡传后人诚意伯刘世延请他代为举荐。

京师离播州相去甚远，几个月过去，杨嘉谟袭职的事情还没有着落，杨应龙却因为拥兵自重起了反叛之心，公然于播州举兵叛乱，并因此牵连到了与他关系莫逆的刘世延。万历皇帝下令将刘世延撤职查办，在勘查杨应龙和刘世延一案时，意外发现了杨鳌往二人处送金银的凭证，这便不可避免地把杨鳌也纳入了"谋反"一系，进而被有司拘捕下狱。

虽然后来查证澄清了杨鳌没有参与谋反，朝廷中又有杨府的打点斡旋，皇帝念及杨鳌乃是忠臣之后，再加上杨鳌送金银确实与谋反没有关系，便开释出狱了。但是，这样的遭遇到底令杨鳌感到心灰意冷，便具折陈奏以自己年老为由请求卸任，而后回到杨府过上了解甲归田的安稳日子。

许是杨鳌一番有惊无险的遭遇，和他自请卸任的落寞牵动了某些人的同情，在上一任巡抚大人的亲自过问下，杨嘉谟的袭职一事竟然异乎寻常地敲定下来，他终于顺利承袭了凉州卫指挥佥事的军职，杨嘉谟自幼学的一身本事这才有了用武之地。可是，自此之后，老太爷终是落下了郁郁寡欢的心病，阖府人等便将这个因果全部算到了杨嘉谟的头上，故对他们孤儿寡母多有非议。

唉！说到底还是自己不够争气啊！杨嘉谟深深叹口气。即便他拼命努力不惧生死地去奋斗，用祖父担着风险，拿杨府全部身家换回来的机会，摸爬滚打着好不容易升到了指挥使，却又再次被打落尘埃，丢官撸职不算还差点断送了性命，把府上世袭的荫封也给弄没了……面对这样的结果，祖父他老人家生气也在情理之中。

这大半年来，不论是在大狱里还是在刑场上的鬼头刀前，抑或是在前往甘州的路途中，杨嘉谟一遍遍回想，如果事情重来一次，他还是会毫不犹豫去支援庄浪卫，还是会义无反顾地私动兵马，没有第二个选择。这是身为一个军人的职责，他没有理由眼看着蛮夷的铁蹄踏进大明国土，在那里劫掠人口财物，袭杀边军将士而无动于衷。而造成这一切的罪魁祸首，却在荣升、却在肆无忌惮地嘲笑……

杨嘉谟不敢再继续想下去，他怕继续想下去自己没了往西走的勇气和信心。于是，他拿出陈总兵在刑场上送给他的铜钱，细细摩挲良久，等再装回胸口的时候，他长长地呼出了一口浊气，强迫自己找回了勇往直前的动力。

……

郑三彪在一群昔日同伴的簇拥下走出驿递所，杨嘉臣也已套好了骡车，三人看着彼此笑了笑，大踏步地迈出小巷去找杨俊会合。

出了甘州府城，继续往西就是肃州，肃州卫归甘州总兵府管辖，杨嘉谟此行的目的地所在，也是大明西陲最边远、直面外族的前沿阵地。

一路往西人烟越发稀少起来，入眼尽是茫茫戈壁，青灰色的焦石嵌在灰黑色的地皮上像是刚刚被一场大火焚烧后的残败遗留，几只土灰的蜥蜴贴近地面极速跑过，与戈壁近乎一色的身躯要不是移动而暴露，让人根本都看不出这是个活物。

西风乍起，散落在戈壁滩上偶尔一两簇残绿中泛黄的低矮草稞子随风摇摆，一副岌岌可危的孱弱样子，仿佛随时都会被拔地卷走……这就是西北边塞，博大广袤，贫瘠而荒凉。

坐在破旧的敞篷骡车上感受着风沙的粗鲁，杨俊撇嘴不满道："我就说往西去是要吃苦的，应该用我那辆大马车，你们偏是不听，这不是自己找罪受吗？"

杨嘉臣负责赶车，闻言回头没好气地说道："你一路叨叨个没完了是吧？嫌我这车破烂那你下去自己走就是了，正好给我的骡子减轻负担。"

"你别激我哈！"杨俊拿手里一枝芨芨草挠着杨嘉臣的后脑勺笑道，"我偏不上你的当。"

郑三彪见状乐不可支地取笑二人："看这天地也是糟心，若一路上没有二位贤弟斗嘴笑闹，这趟路行得还真没什么趣味了。你们继续，别停下呀！"

杨嘉臣一听也乐了："不是大哥，你听听他说那话，时时处处都在跟咱们炫耀富贵似的，我猜老四到了肃州卫挺不过一个月就得跑路当逃兵！"

"胡扯！"杨俊手里的芨芨草挠上杨嘉臣的脸庞阻止他继续往下说，然后眼神看向坐在车头的杨嘉谟故作无奈地苦笑道，"说得谁还没有吃过点苦一样。有明宇哥哥在，我就是想当逃兵他也不能答应的不是吗？"

郑三彪也看了眼杨嘉谟的侧脸，笑道："总算不敢动辄要造反了，这年头能有一位让你杨启民忌惮的人，倒也稀奇！"

杨嘉臣听得一阵大笑："他这叫卤水点豆腐—— 一物降一物！"

杨俊作势又要去逗杨嘉臣，却听杨嘉谟沉沉地叹了口气。

"你们真的都不后悔？"杨嘉谟脸上并不见一丝笑意，转头看了眼杨俊，又看向郑三彪道，"其实我这一路都在想，将大哥和启民一同带去卫所吃苦是对还是错？"

郑三彪与杨俊对视一眼："明宇，你是不信任我和启民，还是有其他什么顾虑？"

杨俊也不解道："三哥，都走到这儿了你还说这话。"

杨嘉谟抬眼看着前方灰蒙蒙的路途，沉重道："肃州卫虽说是甘州总兵府的地盘，可不比甘州府城繁华舒适，此去注定是要吃苦了，我是不忍心让你们跟我一起落魄啊！"

杨俊想了想，正色道："三哥，你是不是担心那个侯太监会对你不利，怕牵连我们？"

不待杨嘉谟回复，杨俊斩钉截铁地又道："如果是这样那你更不用有负担了，正好我也看着那厮不爽利。这么说吧，只要你明宇哥哥一句话，我让江湖上的那些兄弟出手灭了他，岂不是一劳永逸？"

杨俊自顾说得痛快，却见杨嘉谟的脸色又阴沉下去："启民，你跟我说句实话，你身后那些江湖帮派的弟兄们，你到底是如何安置的？"

"这个……"杨俊心虚地移开目光不敢与杨嘉谟对视，勉强镇定地回答，"自然是按照哥哥你的嘱咐安排好的。"

杨嘉谟不信，继续盘问："前后不过一日你就都安置好了？酒楼归谁负责？可别说都交给那三位姑娘了，你知道这取信不了我。"

看杨俊闪烁其词地回避，杨嘉谟又接着问道："还有，你麾下那些个敢截击肃王府的豪杰们呢？他们又是如何安置的？"

杨俊转头看向别处，尽量避开杨嘉谟的审视，兀自嘴硬道："他们当然各回各家了……"

"启民！"杨嘉谟猛地提高声音，指着车后严肃地说道，"后面那些人已经跟着咱们一整天了，你来解释解释这是怎么回事？"

后面？郑三彪和杨嘉臣急忙往后看去，伸长了脖子却什么也没有看到，不禁大感疑惑。

四人当中唯一没有回头去看的就是杨俊，此时见杨嘉谟已然识破，垂着眼帘无奈道："好吧！既然都已经被哥哥发现了，那我只能如实招认，他们都是我让跟来的。"

杨嘉谟一脸我就知道是这样的表情，而郑三彪和杨嘉臣还是十分不解。

"他们？他们是谁？"郑三彪看着车后空荡荡的路面奇怪道，"后面什么都没有啊！"

杨嘉谟直直盯着杨俊道："既然是你的兄弟们，还躲躲藏藏的做什么，让他们都跟上来吧，我有话说。"

说完又对杨嘉臣道："大哥，把车赶到路边，我们等一等后面的人。"

杨嘉臣吆喝着走骡停了下来，扫了眼车上低头不语的杨俊道："杨启民你可真会添乱，还带着你的弟兄们一起，是去伺候你的还是耍排场去的？"

杨俊不敢对杨嘉谟放肆，但对杨嘉臣却一点都不客气，闻言丹凤眼一立瞪过来回怼道："我不也是一片好心嘛！想着侯太监昨天那副嘴脸，怕他路上下黑手，我才特别安排的。"

"哼！"杨嘉臣质疑着发牢骚，"我就说你是怎么认得明宇的，现在才知道是怎么回事了。那天夜间截了肃王粮队的那伙强人，应该就是你吧？"

杨俊嘴角掀起一丝得意，眯着好看的丹凤眼笑道："哟！终于反应过来了？"

杨嘉臣不屑道："还得意呢？小心被肃王府抓到把柄拉去砍头，你那可是等同谋反，你知道不知道？"

"哈哈！"杨俊不以为意轻笑道，"把柄？那也得他们能拿到才行，没有真凭实据又能奈我何？"

杨嘉谟听不下去了，重重咳了一声止住二人拌嘴，慎重提醒道："这个话题以后都不要再提起了，不论什么场合下都不许再说起，一个个的还嫌头上的屎盆子不够臭吗？"

杨嘉臣和杨俊挨了一顿训，彼此瞪了一眼都住嘴不敢再说，只静静立在秋风中等待后面的人现身。

郑三彪这才有机会插言，向杨嘉谟问道："明宇，你们刚刚说的事情可是真的？我与启民认识时间也不短了，倒还从不知道他敢打肃王府的主意。"

杨嘉谟瞥了眼杨俊，对这个比自己大了不少的结义大哥颇为敬重地回道："郑大哥不知道只能说明他平日里装好人装得像了，任谁也想不到酒楼的风流掌柜其实是个江洋大盗。"

"我……"杨俊不服张嘴就要辩解，却被杨嘉谟一个严厉的眼神制止。

杨嘉谟板起脸来训人的样子，十足就是带头大哥的架势，明明年纪不大仅只弱冠，身上散发出的威势却令人敬畏，这与他在军中上阵杀伐有着直接的关系。不怒自威已经渐渐成为他气质里的一部分，即便现在被削职发配，但长在骨子里的东西已然成型，只会随着阅历的积累而加深。

郑三彪打量着杨俊惊讶道："看不出来呀启民！原来只当你急公好义罢了，想不到温文尔雅的杨公子竟有着这般生猛的一面哪！"

"画虎画皮难画骨，知人知面不知心！"杨嘉臣趁机挖苦，乐得给杨俊抹点黑。

杨俊已经习惯了和杨嘉臣成为"损友"，嘴里咬着根芨芨草笑道："郑大哥如今知道也不迟啊！说不定你还曾受过我的帮助也是有可能的。"

郑三彪叹口气，向三兄弟深深拜了一拜，感慨道："唉！要是早知道启民你还有这样的实力，我是打死都不敢提结义的，咱们四人当中，说来说去就老郑我最势弱，真是承蒙三位贤弟肯折节相交了。"

杨嘉谟急忙还礼："郑大哥，这话见外了，兄弟之间只有意气相投相互提携，哪来什么折节还是高攀之说。"

杨俊适时大笑："我算看明白了，咱们中一个三品指挥使，一个本该升四品的千户，大哥原本以为我和他是一个层面的，这才拉着我来高攀二位，现在得知我的根脚了这是在后悔吧？"

郑三彪急忙分辩："没有没有，何来后悔之说？只是……只是……"

沉稳如郑三彪在口才上自是不如杨俊，一时间也没办法准确表达他内心里那一团矛盾，只得讷讷无言着去斟酌词汇。实际上，他没有那么多的弯弯绕，只是看到杨嘉谟为人做事十分地妥帖，且骨子里有一种高不可攀的东西，故而有了攀交之意，但一想自己出身低微不好贸然张口，正巧见杨俊对杨嘉谟也是仰慕非常，便顺势提出了结义，结果他因为年长还做了四人中的大哥……

尽管杨嘉谟一开始就说过兄弟间不论贫富贵贱，可事实却并非如此，杨嘉谟兄弟出身凉州杨府，那是几世簪缨之家，根底摆在那里不容小觑。而自己有什么呢？一副臭皮囊罢了。便是咬牙舍弃了驿递所那等小小官吏之职，在他郑三彪来说就是赌上了全部身家，这个选择郑三彪无怨无悔。可是，直到杨俊的根脚暴露，郑三彪才猛然发现，饶是自己倾注所有，不论财力名望还是武艺头脑，连杨俊这样的隐形"大盗"都没法比，更别说杨嘉谟兄弟了。这才是真正意义上的高攀了，面对现状，他多多少少还是觉得有些自惭形秽。

面对三位比自己年纪小而实力出众的结义兄弟，郑三彪的自尊心不可避免地被打击到了，而他纠结的却是，打从一开始就明了的高攀，为何在知道了杨俊也比他强的时候竟受不住？这可真是一件奇怪的、没办法宣之于口的事情啊！

见郑三彪一脸纠结，杨嘉谟用眼神严厉地警告杨俊，继而对郑三彪郑重说道："郑大哥莫要疑虑，我杨氏子弟绝不是嫌贫爱富之辈，更不是轻佻无信的薄情之徒，大哥能在我落魄之时还一力扶持追随，小弟已是万分感动，将来或有起复之日定不敢辜负你今日这番心意。"

"三弟，我……"郑三彪感动得无言以对，只抱拳又是一拜。

杨嘉谟虽然不是很明白郑三彪内心的想法，但也算略有猜测，便搀住郑三彪一臂含笑道："郑大哥莫要多说，再这样我也只有对天盟誓了，你知道我这个人也是口才欠佳的，跟你一样。"

跟你一样！这无疑是最为巧妙的拉近关系的一种语言表达，看似轻描淡写但威力不小，瞬间便能令人心灵贴近。

郑三彪果然感动更甚，红着眼眶真挚道："三弟，老哥我实在是惭愧呀！罢了罢了，这年头能遇到诸位兄弟，还结下八拜之交，这是老郑的造化，原是不该胡思乱想心存杂念的，是我多想了。"

杨嘉谟拍了拍郑三彪的手臂表示安慰，目光却移到了官道的远处，那里正有一队人马不疾不徐地缓缓行来。

　　看到远处的一行人，杨俊一点都不意外，那正是他在江湖门派中的弟兄，从他们踏出甘州府城那一刻，就暗中跟随而来，正是杨嘉谟口中的"豪杰"们。

　　看了眼郑三彪魁梧的后背，细致如杨俊并没有急着说破，也没有上前招呼那些兄弟的打算。或许杨嘉谟不懂，但杨俊十分了解郑三彪之前那份矛盾的由来，毕竟表面上还是甘州城里比较成功的酒楼掌柜，杨俊察言观色和洞察人心的本事还是很有些在行的。郑三彪的纠结来源便是自以为差不多的他，却意外暴露出超过原估量的身家来……郑三彪这心思，是打破了那份微妙的心理平衡而来。

　　这是一种特别复杂的心理，是生长于每个人内心深处的阴暗面，从古至今牢不可除，表现于外在各有强弱，区别在于每个人自身的修养、学识、胸襟、认知等等因素。大体举例便是，人们大多对比超越自己很多的人是仰望并追捧的，都愿意看着那一部分"能人"高高在上，但是却绝难忍受跟自己差不多，或者还不如自己的人突然超越。若是身边刚好有那么一二原本同样资历之人发迹了，那他迎来的并不是祝福，而恰恰相反则是质疑、挖苦，甚至愤恨和远离……这样的事由来已久了。

　　杨俊苦笑一下，在心底对自己说了一句："恭喜你，着相了！"

　　罢了，郑大哥这个心结怕是只有靠他自己才能解开了，而他可没有兴趣跟人家掰开来探讨这些，闹得不好自讨没趣不是？

　　且不论各人心里都有什么样的想法，官道尽头那群人却是越来越近了，可以互相看清容貌了。

　　杨嘉谟回头看向杨俊，眼睛里有着意味不明的一丝笑意，令杨俊没来由地心肝颤了颤。貌似，有一种聪明反被聪明误的错觉。

第二十章
命中夙敌

来的这群骑马人很快靠近，本来想若无其事地过去，但为首的汉子看到杨俊的一个眼色后，明显地迟疑了脚步。

这是一个中年汉子，他确定杨俊是让他们停下来时，急忙扬手喊停。但他转过身来时，却发现杨俊倚着骡车叼草而笑，脸上闪过一丝茫然和为难，然后吩咐身后一行人等："呃……这个地方看着景致还不错，大家不如歇歇脚再走。"

话音刚落，立刻就有人高声附和："对对对！骑马这么久了，弟兄们是该歇息一下了。"

说着就见这支约有二三十人马的队伍纷纷下马驻足，还各自挤眉弄眼地互相打着掩护尬聊，这个说："哦啊，这地方景致还真是不错，值得一观、值得一观。"

那个道："瞧啊，那块石头确然别致，捡回去擦擦洗洗说不定就是块传家宝呢……"

又有人难得风雅，诗兴大发，对着空茫茫的戈壁高吟："大漠孤烟直，长河落日圆。行人刁斗风沙暗，公主琵琶幽怨多。……"

看着眼前这群人，自己都感到尴尬的演技，杨俊捂住脸不忍直视。

杨嘉谟不禁嘴角咧开，好笑道："启民麾下还真是人才济济，各有所长啊！"

杨嘉臣和郑三彪终于忍不住大笑出声，看杨俊沦落到这般尴尬境地，让他们真心愉悦。

杨俊终是看不下去自己手下继续出丑了，清了清嗓子忍着丝丝羞耻向对面喝道："你们几个还不赶紧闭嘴，都给我滚过来！"

对面一群人愣了一瞬方才反应过来，也是十分不自然地挨挨蹭蹭走上前来，一个个羞耻感不由上身，都扭捏着颇为不好意思。

杨俊借着训斥掩饰尴尬，板了面孔再喝一声："一个个傻了吧唧的，都穿帮了还顾忌什么？都给我站好了！"

一群人看杨俊恼了脚下不再磨蹭，三两步赶上前俱都低头抱拳，齐声喊道："参见帮主！"

顶着杨嘉谟三人意味不明的目光，杨俊挥挥手走上前出手如电地摁了一把带头汉子的肩膀，埋怨着说道："都是老江湖了，怎么就尽丢本帮主的脸？"

汉子错愕一瞬便极快地回答："属下等行事不周，请帮主处罚！"

"算了！"杨俊没好气地道，"处罚就不必了，回去帮里上下每人给我把《孙子兵法》抄写一百遍。"

汉子双腿很明显地抖了一下，苦着脸应下："是，属下遵命。"

杨俊嘴角弯了弯，背着手走回杨嘉谟面前笑道："哥哥，你看这样处置可还稳妥？"

杨嘉谟摆手淡然道："这是启民你的从属，我们没有置喙的余地。不过嘛，罚抄《孙子兵法》这个主意倒是值得提倡。"

"哥哥觉得好那我便没做错。"杨俊颇有一点讨好的意味。

杨嘉谟颔首笑问："然后呢？你打算让诸位兄弟就此回程，还是……"

杨俊丹凤眼一挑，一口白牙笑得格外璀璨道："前方肃州在望，眼看就到地方了，既然都这样了，不如就让我这些兄弟继续护送，等到卫所去安置好了再回也不迟。哥哥以为如何？"

"这个嘛……"杨嘉谟摸着下巴斟酌考量，顿了顿才缓缓道，"既是启民你的一番好意，那我们盛情难却了，那便劳烦诸位兄弟了。"

杨俊闻言顿觉满意，回头对他帮派的一众下属高声道："一百遍《孙子兵法》先记着，好生护送我几位兄长到肃州卫，或可免罚。"

"帮主英明！"数十汉子兴高采烈，齐声应道。杨嘉谟看上去，发现个个脸上露出如释重负的轻松表情来，看来他们还是比较头疼抄书这样一个惩处方式的。

杨嘉谟笑了笑吩咐："那便继续赶路吧，希望赶在入夜之前抵达。"

其余人等自是没有什么意见，杨嘉臣驾起骡车就要出发时，却被杨俊的一名属下拉住。

"杨二哥，我们骑了快马来的，咱们换一换。"这是一个看起来年纪也不大的精干少年，咧嘴笑的时候还有两颗可爱的小虎牙，十分讨人喜欢。

杨嘉臣已然看到了杨嘉谟递来的眼色，顺势把骡车的驾驭权交出去，好奇地笑道："你还认得我？"

小虎牙挤挤眼睛回道："那当然了，帮主交代我们随行扈从，我和另外几个大哥就是专门负责照顾杨二哥的呢，怎么会不认得。"

原来杨俊还是这般有心之人！杨嘉臣心底默默夸赞一句，对小虎牙客气地一拱手："那便多谢了！"

小虎牙忙还礼，抱拳道："杨二哥无需客气，这都是我们应该做的。"

杨嘉臣本想拍一拍小虎牙的肩膀以示感谢，但想到这是杨俊的人也不便过于亲近，抬起的手又放下去，笑了笑便转身去牵马了。

和杨嘉臣一样，杨嘉谟也有人送上骏马，却是杨俊亲手牵来的。

"想要赶在天黑前到肃州卫，哥哥恐怕还缺一匹快马。"杨俊痞痞地说道。

杨嘉谟也不跟他客气，接过马缰翻身而上对还在骡车上坐着的郑三彪道："郑大哥腿上有伤，不宜骑马可缓缓而行，小弟先行一步在卫所等你。"

郑三彪颔首应下："贤弟自去，我这里无碍的。"

杨嘉谟笑着点点头一提马缰率先而去，杨嘉臣向郑三彪抱了抱拳拍马追上。

杨俊也翻身跨上马背，对驾车的小虎牙吩咐道："你们几个好生照顾郑大哥，不能出纰漏……"

话还没说完，小虎牙机灵地抢过去，拍着胸脯保证道："帮主放心，但有差池帮规处置，这个属下知道的。"

"算你机灵！"杨俊笑着夸赞，说罢也向郑三彪抱拳一礼，便追着杨嘉谟绝尘而去了。

身后一干兄弟自是相随，纷纷上马追赶扈从，马蹄翻飞卷起一股尘烟。

郑三彪一手扇着面前的尘土，看了眼留下来的三四名汉子和赶车的小虎牙，笑着问道："小哥，我怎么称呼你？"

小虎牙忙拱手："郑大哥，您叫我小刀就行。"

"小刀？"郑三彪含笑看向这个自称叫"小刀"的少年人，"如此看来你们就是金刀帮了？"

小刀一笑，虎牙尖尖地满面愉悦："郑大哥也知道金刀帮？"

郑三彪颔首："有听说过，咱们不妨边走边说。"

小刀爽脆地答应一声，身子灵巧一蹿跳到车辕上甩了甩鞭子，熟练地驾起骡车往前行去，并颇有兴致地与郑三彪说起了他们金刀帮的一些趣事。

经过之前一场纠结，郑三彪开始面对现实，存在于心底里的那一丝复杂情绪慢慢回落下去。每个人际遇不同，所得就有差别，本质上没什么可比较性，更无须妄自菲薄。他清醒地认识到，不管是自卑、是嫉妒还是别的什么想法，都不应该在这种时候于自己的身上发生，属于大丈夫的事业和前途只有打拼而来，没有捡现成的。

郑三彪抚着自己受伤的腿笑了，作为四兄弟中的大哥，他怎么可以被这样的心情局限了胸襟？离开驿递所是与浑噩告别的终点，也是重新开始的起点，与三位义弟一样，眼下他们站在了同一起跑线上，前路如何奋斗过了才知道，原本不应该在还没出发时就自我否定才是。

基于这般认知，再去听小刀谈杨俊、谈金刀帮，郑三彪竟是从未有过的豁然开朗。原来杨俊也不容易啊！

金刀帮在江湖上只是一个很小很小的门派，从上一任帮主创立，传到杨俊手里满打满算也只有三十年的时间，且杨俊接手仅仅几年而已，若不是金刀帮一直秉持着劫富济贫的行事准则，做过几件比较得人心的事情，郑三彪还真的未必知晓江湖上还有这样一个组织。

听小刀在那里自豪地吹嘘着他们的门派，并对杨俊满含敬佩的样子，郑三彪对金刀帮也好奇起来，向小刀打听了许多关于杨俊的事迹，心底渐渐生出一个大胆的想法：如果金刀帮能够归于杨嘉谟麾下，那他们是不是会更有作为？而杨嘉谟有了这支力量，东山再起是不是也会更有希望？

想到这些问题，郑三彪顿时迫切起来，催促着小刀赶快行进，他要把这个自认为很绝妙的主意赶快跟杨嘉谟分享。呃！这样的做派，才是一个男子汉大丈夫具有的……

却说杨嘉谟一行，因为有金刀帮的好马代步，在黄昏最后一缕余晖隐去的时候，轻松地赶到了肃州卫大营的驻地。

边墙之外黄沙漫漫，天地浑浊，卫所驻地也好不到哪里去。落满尘沙的屋顶和前方雄峙的关隘除了高低之别，看起来灰蒙蒙的一副破败景象，衣甲更为脏旧的一队军士负责值守大营门口，麻木的表情配上松垮的站姿，要不是眼珠子偶尔动一动，与那些被丢弃在荒田的稻草人也没什么分别了。

这就是自己往后要戍守的边关重镇，大明西北门户第一关的卫所？杨嘉谟简直不敢置信。窥一斑而知全豹，从门口这一队兵卫身上就可看出，不论是精神风貌还是军士体质，与他原来练出来的凉州卫那一支兵马相去甚远。就凭如此兵马如何抵挡蛮夷铁蹄？难怪大明山河一寸寸内缩，连沙州都尽归蛮夷所有了，更遑论原属大明被誉为西域襟喉、中华拱卫的哈密等八个羁縻卫，失却那般重要的门户之地，大明与西域早就断了关联，无险可守很久了。

可是，这又有什么办法呢？杨嘉谟暗叹一声。莫说他如今只是一个免死发配而来的小兵，即便还是卫指挥使，面对侯太监那样误国误民的权奸，还有朝中自上而下的腐败气象，自己能做的又有多少？杨嘉谟绝难忘记在都司衙门看见甘州大小官员迎接侯太监的那一出丑剧，官场之中若只有谄媚阿谀、溜须拍马，他一直向往着的河清海晏便是一个妄想，这就叫上行下效，换言之就是上梁不正下梁歪。

杨嘉谟正在暗自痛心疾首时，却见卫所驻地的大营栅门缓缓打开，一队小兵簇拥着两骑从内跑了出来。当先一人跨坐在马背上，身穿甲胄衣着很是光鲜，胯下骏马更是难得一见的狮子骢，神威健硕的体格彰显着名马神驹的不凡，只是马背上那名将领样貌稍欠那么点意思，气度绝对不足以与这般好马相配。

杨嘉谟是武将，对良马的爱重自是非比寻常。

"没想到如此荒僻的地方竟有这等神驹隐藏，真是大饱眼福了！"杨嘉谟赞叹着对身后的杨俊和杨嘉臣说。

杨俊并不认得狮子骢，看了眼前面不以为意道："哥哥要是喜欢我想办法弄来给你，反正那人看着也不怎么样，没得糟蹋了好马。"

"住口！"杨嘉谟低斥，回头瞪了眼杨俊道，"这里是大军营地门口，再不把你那副江湖调调收拾起来，就立马回去当你的帮主去！"

杨俊挨训也不着恼，嘻嘻一笑道："我就那么一说，哪能真做呀！"

杨嘉臣趁机调侃："要是我告诉你那匹马是名驹狮子骢，你敢不敢真抢？"

"狮子骢？"杨俊惊诧地看过去，打量着正缓缓行来的一行兵将，和那将领胯下的战马问道，"你莫骗我，那真的是狮子骢？"

杨嘉谟向往地看着狮子骢没有回答。

杨嘉臣略有得色地回道："当然！狮子骢我还不至于看错，再说……"

他顿了顿又道："便是我看错了，明宇那双眼睛可精着呢！"

听杨嘉臣如此断定，杨俊已知那就是狮子骢无疑了，不禁啧啧称羡道："常听闻狮子骢乃是大宛所出神驹，有日行千里夜行八百的神速，真正见到真面目，今天却是第一次。"

杨嘉谟仍然目不转睛地看着那匹骏马，缓声说道："是啊！《朝野金载》所记，狮子骢朝发西京暮至东洛，可不就是千里马么！隋文帝时大宛进献的第一匹狮子骢，在隋亡后自解鞍辔离去竟无影无踪了，端的是神奇。"

"还有这等奇事？"杨俊听着有趣笑问道。

杨嘉臣瞥了眼杨俊毫不留情地损他："别跟我说你其实就是一只绣花枕头哈！不是素日里常以风流雅士自居吗，怎么连这个也不知道？哎呀呀，我且问你，你是如何给重霞姑娘她们取名的呢？"

杨俊颇不服气地哼了一声，丝毫没有被"损友"挖苦的不快，聪明地转移了话题，反而笑问："你倒是把我麾下那几位姑娘的名姓都记得清楚，难道在打什么不该打的主意不成？哦，这也不奇怪嘛！二哥就从来没有见识过什么叫女人嘛！哈哈……"

杨嘉臣突地红了脸，气咻咻地骂道："纯属污蔑！谁像你似的不正经。"

杨俊指着杨嘉臣涨红的脸哈哈大笑，完全不顾这是在卫所的大营门口，他的大笑已经引起了对面军士的注意。

骑着狮子骢的将领远远地一扬马鞭喝问："何人在此放肆？"

说着便跨马走了过来，身后两队军士更是小跑着赶过来，转眼将杨嘉谟一行包围，大有一言不合就地擒拿的架势。

杨嘉谟把手里的马缰递给杨俊，跨上一步抱拳道："参见指挥使大人。"

马上将领年约三十余，虽其貌不扬但双眼锐利，扫视着杨嘉谟和他身后二十余金刀帮兄弟，倨傲道："你竟认得本将？"

杨嘉谟微微一笑谦虚地回道："末将不才，只是看着将军的衣着应该是三品武将的装束，而这大营里能享三品秩禄的便是指挥使了。"

将领听了面无表情，张口就知道他对杨嘉谟的回话是不怎么满意的："以貌取人！"

杨嘉谟轻皱了俊眉，淡然又回："末将不敢。"

将领一手控着并不安分的狮子骢，一手指着杨嘉谟冷声询问："废话莫言，你是何人？到此地有何事？快讲！"

杨嘉谟拱手正色道："末将杨嘉谟前来卫所报到，请将军示下。"

"什么？杨嘉谟？……真的是你？"将领勒住狮子骢，似笑非笑地看过来，"原来竟是大名鼎鼎的杨指挥使到了？"

杨嘉谟感受到了这人对自己的不善，但还是尽量谦逊有礼地说道："将军说笑了，杨某如今前来乃是将军麾下一小兵罢了，但有差事悉听吩咐。"

"哈哈哈！"将领大笑，言语之中的嘲讽不加掩饰，"我单泽竟也有让杨嘉谟恭听吩咐的一日，哈哈哈！当真痛快！"

单泽？听到这个名字，杨嘉谟不禁怀疑地向对方看去，如果他眼前的此人并非重名重姓，而是自己脑海里还有一丝印象的那个单泽，那大明的吏治腐败就将再一次刷新他所认知的底线了。

单泽笑得肆无忌惮，在马背上居高临下道："杨嘉谟，你也有今天！人言三十年河东三十年河西，这才不过三年而已呀，杨嘉谟，你不会就认不得本将了吧？"

杨嘉谟皱眉不想再说其他的了，他确定这就是那个和自己有夙怨的单泽。他深知此人的脾性和为人，明白此时此地与单泽之间已经不是简单的言语交锋要分出高低，更应该担心的是往后在此人的辖制下将会发生什么，或者说，单泽将会用什么样的手段来给他穿小鞋，故意刁难。

世易时移，因为昔日嫌隙成为今天的夙敌，这种事情何其讽刺，又何其无奈？杨嘉谟苦笑了一下，直觉千疮百孔的心上更添沧桑。这就叫离了虎口又进了狼窝啊！虎口是远了一点，可侯太监这只虎就在你身后，说不定哪一天就会狠狠地咬你一口。这虎口的威胁还没有解除，又鬼使神差一般进入了狼窝，天哪！这"屋漏偏逢连阴雨，船迟又遇打头风"的遭遇竟然又一次落在了杨嘉谟身上。

单泽笑够了，一扬马鞭吩咐军士："来人！"

一个品级稍低的小校上前抱拳应道："末将在。"

单泽指着杨嘉谟笑道："你等都认清楚了，这位就是前凉州卫指挥使杨嘉谟，从断头台上捡回了一条命，如今沦落成了低等小兵的杨嘉谟将军。哈哈哈！"那小校身后有人也夸张地笑着："哈哈哈……"单泽笑过了继续说："今日起交由知事官负责安排营务事宜，给我把他伺候好了！"

"伺候"二字在单泽牙缝间蹦出来的时候格外加了两分力道。

小校闻言高声应下："末将遵命！"看来他就是卫所的知事官了。

单泽提了马缰朝杨嘉谟走来，一脸嘲讽道："杨嘉谟，过去你给予本将的，从今日起我定会双倍奉还，希望你笑纳咯！"

杨嘉谟挥手示意身后众人让开道路，站在一旁从容笑道："单指挥使的赐教，杨某自是全力接纳。"

单泽冷哼一声，放开早就烦躁不安的狮子骢，骏马前蹄人立而起，"嘶律律"长鸣一声，而后蹿了出去，奔向黄昏……

两队军士见单泽出发，丢下杨嘉谟等人，疾步跟了上去。单泽及其手下军士，霎时走了个干干净净。

杨俊扇着面前滚滚沙尘，嫌弃地"呸"了一口道："小人得志！"

杨嘉臣难得正色提醒："启民，慎言！"

说罢又向杨嘉谟低声问道："他怎么会在这里，还做了指挥使？"

杨嘉谟早已收起笑脸，摇头沉声回道："树欲静而风不止啊！大哥，你说得对，咱们往后不谨言慎行肯定是不行了。"

"这都是什么事呀！"杨嘉臣叹息着狠狠地捏紧了拳头。

杨嘉谟抬头看了眼沙尘氤氲中的大营，脚步沉重："这样的人都能当酒泉卫的指挥使，可见吏治腐败到了什么程度？"杨嘉臣接上说："明宇，这个朝廷看来真的没救了！"

杨嘉谟答非所问："走吧！该来的挡不住，不该来的求不来！这样的事情既是命中注定，我们应该坦然面对就是。"

大家沉重地看着杨嘉谟，缓缓地跟着他走进了肃州卫营地。

第二十一章
边缘小队

黑夜里的卫所更显混沌，知事官带着杨嘉谟一行进了营地，走到最边缘的一排破旧不堪的低矮房舍前。

"杨指挥，就委屈诸位在这里安置了。"知事官颇为抱歉地说道，从表面上看，他对杨嘉谟倒是十分客气。

杨嘉谟含笑拱手："不敢当，杨某现在只是一个普通小兵，叫在下名字即可。以后还请知事官多多关照了。"

知事官连忙摆手："杨指挥莫要折煞小人，您的事迹我们早就听说了，庄浪卫一战打出了咱大明军士的威风和骨气，您是我们大家心目中当之无愧的英雄啊！"

杨嘉谟苦笑："惭愧惭愧！不知道知事官怎么称呼？如果不嫌弃，你我兄弟相称就是。"

知事官很有些受宠若惊的欣喜，忙抱拳回道："小人名为知事官，但却是一个不入流的微末小卒而已，您叫我张致即可。杨指挥，我真的可以和您兄弟相交吗？"

"有何不可？"杨嘉谟正色道，"君子之交贵在知心，倒是兄弟你适才想必也看到了我与单指挥之间的嫌隙。要是遇上别人，别说是和我交往了，唯恐避之不及呢。可你，还敢与杨某相交，就不怕被你们的指挥使为难吗？"

张致洒脱一笑："单指挥的为人小人不作评价，但这个世上也不是人人都爱做那墙头草的，我张致人微言轻没有什么大出息，可是选择和谁交往都要看人脸色，那就不丈夫了。"

说完又随之压低声音笑道："大不了暗中来往就是了，杨指挥您说对吧？"

"这……"杨嘉谟感动得竟无言以对了。说实话，刚刚还感觉进了狼窝，现在看来，这肃州卫像张致这样正直正派的好人，还是为数不少的。

杨俊在一旁全程听到了二人的对话，笑着插言："张大哥真是性情中人，我们兄弟往后就请你关照了。"

张致拱手笑道："那就这么说定了，还有几位相熟兄弟也是我这般性情的，一直都对杨指挥勇克瓦剌的事迹交口称赞，改日找机会带他们来拜见杨指挥。"

话说到这个份儿上由不得杨嘉谟再行推拒，只得笑着应下："全听张大哥安排就是，只有一点，众弟兄切不可再称杨某指挥了，免得别人听了不痛快。"

张致爽快地点头："都听你的，杨指挥……"

杨嘉谟无力扶额，怎么又是"杨指挥"。

杨俊眨眨眼，对搓着头傻笑的张致笑道："张大哥自去忙，我们收拾好了住处，再请你来叙话吧！"

张致是卫所知事官，品级不入流但身上担着许多杂事，早有前来问事的小兵在几步远处等着了。

"那我去了，诸位兄弟担待一二。"张致客气地向杨嘉谟一行团团拱手说道。

杨嘉谟抱拳还礼："张大哥请。"

张致笑盈盈地转身离去，领着几个小兵脚步匆匆。

杨俊瞧着他的背影对杨嘉谟笑道："单泽不堪，但肃州卫还有这般热血正义之人，也算是虎狼之地中的一股清流了。"

杨嘉谟不置可否，看了眼七手八脚帮忙收拾房舍的金刀帮兄弟，敛容正色道："启民，你的这些弟兄打算如何安置？"

杨俊挑眉，满不在乎地说道："天涯何处不容身。等咱们都安置好了再议吧！到时候想留的就留下来，不想留的还回去就是了。"

杨嘉谟盯着杨俊的眼睛，严肃地问道："你是要把你的金刀帮渗透到军中来不成？"

杨俊心虚地笑回："哪有的事？"说着觑了眼杨嘉谟黑下去的脸色，收起笑讪讪道："其实也没那么严重，我只是觉得咱们兄弟势单力薄，多一些帮手也好助你早日东山再起。"

"胡闹！"杨嘉谟背着手走到一旁，指着正在从马背上卸行李拿东西的一行人不悦道，"这里是军中，他们都没有取得金书局批文，按照大明律是不能在军中行走的。倘若单泽有意刁难，他们的安危你我如何负得起责任？"

杨俊闻言愕然，显然他之前根本没有考虑到这个问题。

杨嘉谟见状，和缓了语气，接着道："今日天色已晚只能这样了，明天就让他们回去吧！军法不容情，莫要因为我的缘故令弟兄们受到单泽的刁难。"

"好，我知道了。"杨俊苦笑道，"还以为带着他们能给你助一臂之力，没想到竟成了画蛇添足。"

杨嘉谟拍了拍杨俊的肩膀，语重心长道："启民，我明白你的用意，其实从弟兄们随后护送的那一刻我便知道了。实不相瞒，我当时私心里也跟你有一样的想法，便默许了他们一路跟来。只是，没想到这里有个昔日的冤家对头，唉！"

杨俊眼睛一眯，十分希冀着道："这么说，哥哥也有收金刀帮进军中的想法了？"

杨嘉谟点头："这是自然，一个好汉三个帮，我也不是那等自负过头之人。况且江湖帮派毕竟不如军中出身来得根脚清正，对你们来说也有好处。不过，眼下情势似乎并不乐观，在这里单泽不会允许我有权力的。"

杨俊没有继续再问，但眼睛里隐隐闪过一道光华，似是已经有了什么盘算。

正巧杨嘉臣前来，打断了二人之间的交流。

"明宇，房舍都收拾好了，可以入住了。只是……"杨嘉臣愤愤道，"单泽肯定是故意的，这些房舍早已腐旧不堪，看样子很久没有人住过了，四面漏风、摇摇欲坠不说，还不在肃州卫营区，实在是……"

杨嘉谟挥手，洒脱笑道："无妨！沙场对敌时比这更恶劣的条件咱们不也照样过来了？"

说着看了眼杨俊又道："启民说得对，天涯何处不容身。走吧，进去再说。"

杨嘉臣微微释然，转身带着二人去了已经收拾出来的一间低矮房舍。

三人弯腰进了屋里，一股发霉中裹挟着灰土的陈腐味道扑面而来，此时天已尽黑，简陋的木桌上点着一支蜡烛，小小的房内因为这一丝光明映照，多了些微不足道的温馨。

杨嘉谟试着坐在房屋一角的简易床铺上，对兀自站在门口满脸不忿的杨嘉臣和杨俊笑道："还不错，比野外露宿强多了，还愣着干什么，过来坐吧！"

杨嘉臣已经过了盛怒之时，见杨嘉谟能够做到这般安贫若素的坦然，不禁欣慰，用实实在在的长兄疼爱口吻道："委屈你了，明宇。"

"大哥，开心一些。"杨嘉谟拍了拍床板示意他们过去坐，笑着开解道，"你忘了？在大狱里的时候咱们最向往的不就是一块干燥的床铺吗？你看，这都有了。"

杨嘉臣背过脸去强忍下即将涌上的泪意，再抬头已是光风霁月般的若无其事了。

他两步迈向床铺边，大笑着坐下道："是啊！知足常乐嘛，我知道的。"

看着两兄弟在那里互相安慰开解，杨俊只觉得鼻头微酸，这是自己心悦诚服追随的大哥，是他们杨府当下的才俊、未来的顶梁柱……现在却落到了这种地步，真是虎落平阳被犬欺呀！想到未来的艰难，还有人为的刁难，杨俊摇摇头，不敢往下想了……

　　"哥哥，你们等着！"杨俊咬牙扔下这一句，一扭头出了屋子而去。

　　杨嘉臣担忧道："他这是……别惹出什么祸事来。"

　　"出去看看！"杨嘉谟也不禁忧心，赶忙起身追了出去。

　　杨俊是个什么性子杨嘉谟太清楚不过，就怕他快意恩仇的江湖那一套在这军中惹出祸事。

　　二人紧追慢赶出了门，已经不见了杨俊的身影，金刀帮跟他一起过来的二十余兄弟也被带走了一半。余众中一个瘦弱而上了年纪的，杨俊曾向杨嘉谟做过介绍，这是他们帮派里的军师，绰号叫做老轮子。

　　杨嘉谟叫了老轮子问杨俊的去处，老轮子也是一脸茫然，只说他们帮主带着人一言不发就走了，也道不出个所以然来，所幸还有个大致的方向指给杨嘉谟。

　　杨嘉谟一看更为着急，这名兄弟所指方向并非大营，而是沿着这排房舍后面黑黢黢的一片石山。大营驻地选择在此地修建，多有背靠山势避风稳固的考量，但不知何故后来舍弃了山下这排房舍，整体前移到开阔地段驻扎了。

　　如此黑夜，他们几人又是初来乍到，对这里的地形根本就不熟悉，要出去找回杨俊便无从谈起。

　　看着错落凌乱的山峰，杨嘉谟也是束手无策。他叹着气担心着杨俊的安危，本自强颜欢笑的洒脱却是再也装不下去了。如今方才真正领略到了由奢入俭难的心理落差是何等巨大，让他这个原本并不觉得富贵、地位有多重要的人，都差一点就骂娘了。

　　正在这时，有兵丁押着三四个人近前，黑暗朦胧中依稀竟是迟来的郑三彪和杨俊特意留下照顾他的小刀等人。

　　郑三彪一瘸一拐地走来，身后是押解军士。

　　杨嘉谟忙迎上前问道："郑大哥，你们这是……"

　　有金刀帮的兄弟点了两支火把来，小刀一张愤愤不平的脸在火光中渐渐清晰。

　　"杨指挥，他们太不讲理了！"小刀看见杨嘉谟，气哼哼地抱怨道。

　　郑三彪忙拉住小刀，一臂挂着拐杖夹在腋下，对身侧几名军士拱手笑着，然后才对杨嘉谟解释："三弟，我们来迟了，这都是误会，误会！"

说着又颇为圆滑地向那几个军士作揖："诸位现在可相信了吧？我们是和杨指挥一起来戍边的，可不是什么奸细呀！"

一个看似小头目，大约就是个小旗之类的军士挥手让其他人收起兵器，走上前斜着眼睛打量杨嘉谟几眼，随即对郑三彪冷声道："既然你们是一起的那就算了，否则乱闯军营就是死罪。"

郑三彪拱手诺诺连声："恕罪恕罪！"

小头目不搭理郑三彪，转头看向杨嘉谟哼道："我不管你们之前有多高的身份，当过什么级别的官，既然到了这里那就乖乖把你的架子放下来，在这营里除了单指挥，可再没有人能担得起这个称谓，明白吗？"

杨嘉谟淡淡地盯着这个小头目没有言语，自从落魄以来这样的人他见得不少了，大多就是狐假虎威之辈，以践踏别人的尊严来满足内心里那份因极度自卑而产生的变态自尊。对这样的一群人，杨嘉谟不想过多计较，更不屑与之废话。

小头目没有得到回应，顿时沉下脸来不悦地呵斥："说你呢，你没听见还是怎么着？"

杨嘉臣受不得他们杨府最骄傲的子弟被呼来喝去，说话就要上前理论，却被杨嘉谟制止了。

郑三彪见状，急忙拄着拐杖上前，对小头目点头哈腰道："小兄弟别见怪，我们都知道了，以后断不会再犯，谨遵你的吩咐就是……"

"滚开！"小头目一把掀翻了郑三彪骂道，"你是个什么东西，也敢跑到老子面前来指手画脚！"

郑三彪本就腿上有伤，一个不防直接跌倒在地，伤处崩裂直疼得他龇牙咧嘴。

看到这个小兵如此蛮横无理，饶是杨嘉谟隐忍克制也终于忍不住了，一步踏上前踹翻了小头目，俯身去搀扶郑三彪，关切道："郑大哥，你没事吧？"

郑三彪不忍杨嘉谟因为自己开罪了这些人，担心道："三弟，不可意气用事啊！"

搀起郑三彪交给小刀和赶来帮忙的杨嘉臣，杨嘉谟转身看着半躺在地的小头目，沉声道："我可以容许你们一时放肆，但最好不要触碰我的底线。"

浓浓的警告意味不言而喻。

小头目爬起来，气急败坏地指着杨嘉谟恨声骂道："好你个杨嘉谟，你给我等着，单指挥不会放过你的！"

说罢，领着几个小兵骂骂咧咧地离去，脚下匆匆与嘴上的逞强完全不符，到底对杨嘉谟还是存有忌惮的。

郑三彪被搀扶着缓缓走过来，看着杨嘉谟黑沉的脸色歉意道："三弟，我是不是给你添麻烦了？"

杨嘉谟摇摇头，坦然道："郑大哥别这么想，我是不如从前了，但即便如此也决不容许这些宵小欺侮我的亲人。如果有人故意挑衅，那就更不必退让了。"

郑三彪忧心忡忡："闹得太僵终归不妥，人在屋檐下啊！"

杨嘉谟忽地大笑，指着身侧破旧的房舍自嘲道："大哥错了。咱们哪有屋檐，不过一边缘小队耳！既然屋檐都没有了，你我还怕什么？"

"这……"借着火把，郑三彪这才看清了他们即将落脚在此的容身之所。杨嘉谟说得不错，他们果然是被这座大营排斥在外的一支边缘小队，远离大营不说，有可能还要接受源源不断的打击和刁难。从刚刚那个小兵离去时的叫嚣就可以看出，往后他们的日子定不会平顺了。

第二十二章
惹是生非

半夜时分，令杨嘉谟一直牵肠挂肚的杨俊回来了。

一进杨嘉谟的屋子，杨俊身后膀大腰圆的兄弟便从肩上卸下来一条口袋扔到地上。

杨嘉谟掌灯过去，等解开袋口一看不禁倒吸一口凉气，口袋里装着一个人，正是傍晚时分在大营门口耀武扬威的单泽。而此时，这厮软塌塌的浑如一条死狗，不知怎么被杨俊和他的兄弟们迷晕了装口袋里擒了过来。

抬手试了试单泽的鼻息，杨嘉谟微微放了心，直起身走回桌边沉声问道："到底怎么回事？"

杨俊挥手示意兄弟出去，也走到桌边坐下，略有疲惫道："我能为你做的便只有这些了，要杀要剐不用哥哥动手，我保证做得滴水不漏。"

杨嘉谟双眼之中蕴起盛怒，冷冷道："你还不如先把我剐了的痛快！"

杨俊讶异地盯住杨嘉谟："这是什么意思？难道我还做错了不成？你不知道这厮……"

"你走吧！"杨嘉谟冷漠地打断，克制着自己即将爆发的火气，不由分说道，"我原不该对你抱有任何幻想，带上你的那些弟兄离开此地，就当你我从来都没有遇见过。"

杨俊瞪圆了他那一双极其好看的丹凤眼，指着地上兀自昏迷的单泽，不可置信地问道："你要赶我走？就为了你的冤家对头？"

杨嘉谟猛地拍了一把桌子，起身低吼："对！你走吧！你要是继续留下来，不出三天我杨嘉谟的人头就得高挂在辕门外的杆头，被人骂反贼了。"

"想不到你竟是如此贪生怕死之人！"杨俊语带嘲讽地站起身，斜睨着杨嘉谟冷笑，"我若是你，杀了单泽取而代之，何苦还要受他奚落，还要提防这小人的暗算。"

杨嘉谟简直快要被杨俊的江湖论调气吐血，气恼至极道："杨启民，你给我滚！能滚多远就滚多远！"

杨俊不服正待辩解，木门吱呀一声响，杨嘉臣闻声进来问道："大半夜的你这是刚回来？咋咋呼呼什么呢，让人不得安睡？"

杨嘉谟黑着脸不说话，杨俊更是桀骜不驯的一副架势，抱着胳膊也不愿张口回答。

杨嘉臣往前走了两步，借着灯光看清了地上躺着的单泽，顿时惶惑道："你……你们……这是？"

"怕什么，没死，是个活的！"杨俊颇为看不上杨嘉臣的"大惊小怪"，满不在乎的口气似乎眼前躺着的是个阿猫阿狗。

杨嘉臣回神，这才明白为什么杨嘉谟会黑着脸了。

俯身试了试单泽的鼻息，杨嘉臣直起腰来看着杨俊："你从哪儿弄来的这人？"

杨俊挑眉，没好气道："还能是哪儿，被窝里呗！"

"你胆子也太大了！"杨嘉臣黑下脸来也颇有威严，恼怒着斥责杨俊，"这里是军营，不是你的金刀帮，胆敢绑架指挥使，你是嫌我们兄弟还不够麻烦，想再送去断头台砍一回脑袋是不是？"

杨嘉臣说完，气得呼哧呼哧喘着粗气。

见杨嘉臣也这般生气，杨俊终于有点重视起来，迟疑着问道："真的这么复杂吗？"

杨嘉臣盯着杨俊的面孔打量，怒声回他："你以为呢？！现在的大营里谁都知道这厮是三弟的冤家对头，你想想看，这厮突然失踪了，侯太监他们会放过我们吗？杨启民，你告诉我，你不会是谁派来故意害我们的吧？"

杨俊涨红了脸，气哼哼地辩解："你少这般诬赖人！我只不过是看这厮嚣张就想教训教训他，哪里能想到别的。"

"亏你还自吹自擂是大门派的帮主呢！"杨嘉臣总算逮到了杨俊的把柄，不遗余力地贬损道，"这么爱冲动！就这惹是生非的性子，留在这里，你迟早会连累我们的。"

杨俊此时也才回过味来，认识到绑架单泽不是简单打一顿，或者心一横杀了的事情，但就此认错面子上又觉得下不来，便硬撑着犟嘴道："我们金刀帮从来就这样，谁跟咱过不去就打到他服为止，谁知道你们官家是这么个路数？要早知道我也懒得出手了，费心费力还事与愿违。"

杨嘉臣又要出言数落，杨嘉谟一摆手制止了二人的辩论。

"启民，我知道你是一番好意！"杨嘉谟叹口气道。说完又是深深一叹："我早该跟你说清楚的，这军中不比江湖，这里是讲法度的地方，江湖上那一套行不通，很可能还会自找麻烦。你知道吗？要是单泽醒来知道是你绑的他，就完全可以拿绑架朝廷命官来给你定罪，到那时逃不过一个死字。"

"可我……"杨俊想要反驳，又被杨嘉谟打断。

杨嘉谟继续说道："即便咱们一不做二不休杀了他，你当这事就能神鬼不知了？你仔细想一想，此事可有破绽留下？"

杨俊不禁深思，想了想道："金刀帮出手我自信还是没有纰漏的。"

"是吗？"杨嘉谟摇了摇头，俯身从单泽身上取下一颗球状物件，举到灯火前示意杨俊来看。

杨俊和杨嘉臣齐齐围上，认真观察着杨嘉谟手里跟鸡子差不多大小的金色小球，疑惑道："这是什么？"

杨嘉谟把金球递给杨嘉臣："大哥，你来告诉他。"

杨嘉臣接过，细细端详一阵又放到鼻前轻嗅一下，却突然变了脸色。

"这……这是芙蓉香？"杨嘉臣骇然，不确定地看向杨嘉谟问道。

杨嘉谟缓缓点头："对，就是它！大哥还记得那一年七房的叔伯，因为倒卖芙蓉香被祖父从家谱上除名的事吗？"

"这怎么不记得！"杨嘉臣肯定道，"就是从那次，祖父命咱们开始辨识这个叫做芙蓉香的东西，生怕我们以后走了七房的老路。"

杨嘉谟笑笑："大哥记性真不错！那你知道这东西价值几何吗？"

这回杨嘉臣却答不上来了，摇头道："不知道，听说是很贵的，可以和黄金等价。"

"这么神奇？"杨俊听到这里不由惊讶出声，从杨嘉臣手里接过金球端详着道，"什么芙蓉香，不就是鸦片膏嘛！现在居然这般值钱了？"

杨嘉谟凝视着杨俊的侧脸问道："你也认识这东西？"

杨俊把金球扔还给杨嘉臣，拍拍手满不在乎道："何止认识，小时候我们庄上还曾种过这玩意儿，花开的时候满田满地或红或白的一片花海好看极了。"

"那是什么时候的事？"杨嘉谟更为重视，仔细询问着。

杨俊想了想回忆道："大约是我四五岁的时候吧，已经过去十多年了记得不是很清楚，就从那时候听说了这个东西叫做鸦片烟的，村里人种植了然后有专门的人来收割，具体怎么收割的我们却是无缘得见，因为还没成熟我们村上就遭了大火灾，整个村子活着出来的没几个人。”

说着，杨俊自嘲："我就是那个比较幸运的逃生者，爹娘发现逃不出去时将我丢进了家里的菜窖，还嘱咐我必须吃尽了菜窖中那些生白菜才可以出来。就这样，他们都死了，等我终于吃完了菜窖里那些生菜，费尽力气从地下出来的时候，整个村子早成了一片焦土。"

杨嘉谟听得眉头紧皱："现在你是否已经知道，你们曾经的村庄和亲人之死不是意外？"

"当然！"杨俊恨声道，"你现在应该知道我为什么一直跟肃王府过不去的原因了吧？"

杨嘉臣惊诧："你说是肃王在种植这些东西，然后假借大火杀人灭口？"

杨俊笑得没心没肺，但眼睛里到底难掩两团火焰："我用了十多年时间去追寻这个谜底，还是上一任的帮主，也就是我师父临死前才告诉我的，他死不瞑目，生怕我一心报仇葬送了他创立的帮派。"

"原来如此！"杨嘉谟长吁一口气，再对杨俊说话的时候便柔和多了，"启民，对不起，勾起了你的伤心事！"

杨俊邪魅一笑，用眼神指向地上昏迷的单泽，调侃道："怎么样，知道这家伙也是个吸食芙蓉香的，你还觉得他不该杀吗？"

杨嘉谟转身回了桌边坐下，斟酌道："我突然有个想法，杀一个瘾君子只是治标不治本，不如放长线钓大鱼。"

杨俊非常感兴趣地看过来："你不怕水深翻船？"

杨嘉谟笑笑："若是那鱼够大，大到咱们一家吃不下，大到不但要掀翻我的船，还想拉着龙庭一起沉没的时候，还愁没有想要分一杯羹的人？"

杨俊闻言大笑："我现在就迫不及待了，看在小时候菜窖里啃了那么多白菜的分儿上，你能答应我重新加入吗？"

说完又赶忙补充道："我保证，从今往后一切行动听指挥，决不蛮干瞎胡闹。"

看着这样的杨俊，杨嘉谟有些哭笑不得，大约有能力有本事的人都是难以驾驭的吧！既然杨俊下了保证，那自己就是那个修剪枝枝蔓蔓的园丁，不能看着一棵树长歪，更不能任由他旁逸斜出。

"行，我便最后给你一次机会。"杨嘉谟郑重叮嘱，"往后再发生今日这般自作聪明之事，你也不用再来我面前说什么了。"

杨俊举起三只手指做发誓状，稚气一如顽童，逗得杨嘉谟差点把持不住就笑了出来。

杨嘉谟故作严肃，强忍了笑意低斥道："还不把那麻烦尽快清理出去，要等他醒来找咱们清算不成？"

杨俊正待喊人进来搬单泽，杨嘉谟又叮嘱道："记得让你们今晚接触过这厮的所有人都好好清洗一遍，这芙蓉香应该还有其他配物，有特殊的味道残留，别被有心人察觉了。"

"好，我这就吩咐下去。"杨俊正色应道，接过杨嘉谟手里的金球又装回单泽身上，低头嗅着自己又问："这东西真有这么大的味道？"

杨嘉谟点头："你我自然没什么感觉，我猜像单泽这样常年接触芙蓉香的人，他们的鼻子对这个特殊味道的嗅觉，怕是比狗还要灵敏了。"

杨嘉臣也低头闻了闻自己身上，又深深嗅着拿过金球的手指，一本正经道："谨慎一些总不会错，咱们虽不怕陷害，但总归多一事不如少一事。"

杨俊唤了两名兄弟进来搬抬单泽，当面叮嘱二人送其回原处，不得有误。等一切都安排妥当，房里只剩杨氏三兄弟了，杨俊这才不好意思地搓着下巴凑到杨嘉谟跟前。

"哥哥可还在生我的气？"杨俊讪讪问道。

杨嘉谟此时满脑子都是如何杜绝和清查芙蓉香的事情，虽然之前是对杨俊的自以为是确实十分生气，但真要说起来，今晚能够得到单泽随身携带毒物的重大线索，还得有赖于杨俊这家伙惹是生非的性子，若不是他绑了单泽来，杨嘉谟绝难想象军中带兵将领还会吸食芙蓉香。这可是直面蛮夷的门户之地，需要硬抗瓦剌等部铁蹄入侵的最前沿战地！一个手握兵权的武将，居然自甘堕落染指毒物，不知道那东西吸到后来会掏空人的元气、耗干人的血肉吗？如此，朝廷将这样的武将放到边塞来镇守门户，难道就不怕误国误民吗？

见杨嘉谟只管皱眉不语，杨俊便频频使眼色给杨嘉臣，让他帮自己再说些好话。

一路相处下来，虽然互为"损友"喜欢拿对方取乐，但到底是有了感情的，杨嘉臣挖苦杨俊不假，但终究也不想看他太过难堪。

瞪了杨俊一眼，杨嘉臣坐到杨嘉谟对面斟酌着言辞说道："明宇，你看今晚这件事……"

"你们说……"杨嘉谟抬眼看过来，心思却被芙蓉香的事情填满。

他顿了顿，看着二人问道："一个卫指挥使的俸禄，能买多少芙蓉香？"

这个问题杨俊不知道，但杨嘉臣出身军门却再清楚不过，一个卫指挥使三品武官，每年的薪俸满打满算也就三十石粮米，还要在上面一点不截留，不拿绢布、棉布和其他零七八碎的小物件来抵扣的情况下才能得到。而除去家小开支用度，所剩寥寥无几，即便地方上再分一些火耗，也只够逢年过节时同僚间正常的礼仪往来资费，哪来多余的银钱去购买芙蓉香那等昂贵奢侈的东西。与黄金等价，这可不是夸张，而是实实在在的行情！

杨嘉臣在心底悄然一算，面上便不由讶然："很显然，单泽还有其他赚取银子的渠道。"

"不错！"杨嘉谟肯定道，"你们刚刚也看到了，单泽随身带着的芙蓉香可不是凡品，他既能买得起还有地方去买，说明了什么？"

杨俊的聪明终于有了用武之地，稍一思索便看出了问题的关键，正色道："那厮背后果然有大鱼，说不定他也是直接参与者之一。"

杨嘉谟点头表示赞同："从种植到收获，再到制成品次不等的烟膏去倒卖，没有一套完整的布置可做不到。"

"或许，还得有一个绝对势力的支持，不然也不可能做到这么隐蔽。"杨俊意有所指地补充。

杨嘉谟看向杨俊，迟疑着问道："你在怀疑？"

"对！"杨俊马上确定，"我一直都在追查当年的屠村事件，能够那样明目张胆种鸦片，事后还敢杀人灭口却无人追究的，除了肃王府我不作他想。"

杨嘉臣和杨嘉谟对视一眼，不得不承认杨俊的分析和怀疑正是他们也想到的疑点。

"若是肃王府直接主谋，这事可就真的不好办了。"杨嘉臣颇为忧心地说道。

杨嘉谟目光幽幽，盯着木桌上忽明忽暗的烛火坚决道："越是这样才越要查下去，肃王制售芙蓉香这是在毁坏咱大明的基石，长此以往国将不国，民将不民，被掏空了气血的兵将还如何抵挡蛮夷入侵？"

杨嘉谟说罢，又沉沉道："真要到了难以收拾的地步，我便是拼上一死也要上告御前颁布禁令，否则鸦片之毒必会祸国殃民！"

铿锵之声令杨俊动容不已，见状热切地盯着杨嘉谟的面孔说道："有哥哥这句话，我杨启民必然生死追随，不把当年那件事查个底朝天就枉为男儿。"

杨嘉臣一见自然也是不甘示弱，一手一个握住杨嘉谟和杨俊的拳头，郑重道："二位弟弟的决心我亦有之，但能否听我一言？此事非同小可，咱们一定要从长计议，做不到一击必胜也得保证全身而退呀！"

见杨俊挑眉质疑，杨嘉臣急忙解释："你别这么看我，这可不是胆小怕事，难道除了扳倒那些人，你我就再无可做的事了？鞑靼和瓦剌可一直都在虎视眈眈觊觎大明的大好河山呢！"

杨嘉谟闻言叹息道："大哥说得不错，剪除芙蓉香只是内忧，边墙外的鞑靼、瓦剌，还有海部等蛮夷的崛起，才是我们往后的大敌。咱们要是折在这件事上，便是将肃王拉下马又能如何？说到底不过是自家肚里疼，强敌说不定还要弹冠相庆呢。"

"攘外必先安内！"杨俊不服道，"就连宋太祖都曾说过，'外忧不过边事，皆可预防；惟奸邪无状，若为内患，深可惧也'。不除掉肃王这个大毒瘤，咱们在这里跟外敌拼死拼活，他要是在背后给你我捅暗刀子，到时候后悔可就来不及了。"

杨嘉谟欣慰于杨俊还有这等见解和思考，但还是不得不纠正他有些偏激的观点："内忧外患何其复杂，大宋一直奉行的国策最后如何？人人都道是百年基业却毁于契丹之手，殊不知正是被'中国既安，群夷自服'而误导，才致亡国啊！"

杨俊犹自不认同，争辩道："难道说你打算高举轻放？还是不敢跟肃王撕破脸皮？"

杨嘉谟淡然一笑："我无惧生死，这你应该知道的。只是，有些时候也要考虑值不值当，外敌环伺而内耗惨重，这对我们没有任何好处。"

"我不听！"杨俊愤然起身，愤愤道，"你们考虑的还是官场那一套，什么孰轻孰重不过都是托词，既然如此这事我一个人去查，反正我这样的小人物生与死都无所谓，能够拉着肃王府垫背，值了！"

杨嘉臣一看因为自己的一句话惹出这么大的争议，赶忙起身劝慰杨俊："启民，你急什么？凡事都要谋后而动，这样才能增加胜算啊！我也是为了大家都好……"

杨俊冷声打断："忙了半夜徒劳无功也便罢了，我累了先回去歇息，你们慢慢谋后再动吧！"

说罢，头也不回地走了出去，将本就吱呀乱响的旧木门磕得几乎就要破碎掉落了，可见他有多大的火气。

杨嘉臣还想追出去劝一劝，杨嘉谟却挥手挡了下来。

"让他去吧！"杨嘉谟无奈道，"匹夫之勇难成大事，慢慢他会明白的。"

杨嘉臣也是一脸无奈："我是怕他给你惹麻烦。"

"无妨！"杨嘉谟淡笑，"都已经这样了，再坏还能坏到哪里去？有些人需要不停碰壁才能圆润，让他折腾去吧！"

杨嘉臣皱眉慨叹："这个杨启民，倒是有几分血性，若能磨掉那些坏习气，将来还是可以留在你身边助力你事业成功的。"

杨嘉谟微笑着沉默下来，哪一个人不是跌跌撞撞中学会的成长？反观自己，若不是这次的牢狱之灾打磨，还不照样是个遇事就沉不住气的冲动性子？即便到了现在，他身上也还有许多要去不断完善和努力的地方。抛过这些不提，眼下对杨嘉谟来说最重要的却不是教导杨俊和反省自己，如何在卫所立足才是他要考虑的头等大事。而单泽，在不打算马上就揭穿他吸食芙蓉香的事实下，他肆无忌惮的报复和打击已成定局，这也是颇为烦乱的糟心事。

送杨嘉臣出去已是后半夜，回到简陋的木桌边，杨嘉谟睡意全无，耳边还回响着杨俊带着怨愤的话语。小人物的生死真的无所谓吗？杨嘉谟细细咀嚼，竟觉得这个问题深思起来会令人生出无尽的丧气和悲观。他及时止住了自己的思绪，小人物怎么了？这个大千世界不就是靠着无数的小人物才撑起了这般繁盛的天地吗？有了这千千万万的小人物，这世界才得以生生不息，若每个人都以自身渺小而无视其他，人活着便真的没有希望了。

想到此处，杨嘉谟不禁释然，他就是要用自己小人物的身份去做大事，与那些高高在上的、牢不可破的大势力去搏一搏。

输赢不计，只求一个无愧于心！

第二十三章
小人心径

因着对单泽性情的了解，杨嘉谟早早起床静待着必然而来的报复性行为，并走到房外认真打量着肃州卫的营地。

正值秋分后天气转寒的时节，一大清早，混沌的天边弥漫起白茫茫的一片秋雾，与阴沉沉的天色不分界线，仿佛天地连成了起始之初的一个整体，入眼尽呈朦胧苍茫。

昨日来到这里已是夜幕降临，对周遭环境也看不出什么来，天明来瞧还真是有些一言难尽。难怪枕卧于床榻中有冰河入梦金戈铁马之声，却原来是后半夜变了天，风沙飒飒吹动的缘故。西风劲急，裹挟着冷冽粗粝的尘沙充斥在这片天地里，萧瑟而肆无忌惮，充分诠释着什么叫做边塞苦寒。光秃秃没有一丝绿色点缀的卫军大营就矗立在不远处，坐落于离自己栖身的这排矮旧房舍大约百步之外的旷野上。围绕在营地周边的那圈木栅栏只高出地面三尺不到，一抬腿就可随意进出，怕是连只鸡都圈不住，完全可以忽略不计，有不如无。而身后，单泽特殊"照顾"给自己的这排房舍更是不堪入目，墙角下大小便的痕迹随处可见，能够想象昨夜金刀帮的兄弟们，是如何忍着恶心把这里收拾出来的……

这就是肃州卫大营，他信心满满要东山再起的地方？跟预想中差着十万八千里。比环境更糟糕的还有单泽，他太了解这个人了，他会寻找机会，或者是创造机会睚眦必报的！

杨嘉谟与单泽的龃龉，是来自四年前自己刚刚入伍的时候，那时单泽是凉州卫中一名百户，而他只是一介普通小兵，正分属单泽麾下进行历练。其实以杨府的底蕴和安排，杨嘉谟在没有得到袭封的时候就提前入伍只是为了预热适应，他作为嫡长孙，本就拥有指挥佥事的承袭权。指挥佥事那可是要比百户高出好几个品级的官吏，在卫所中仅次于指挥使，且高出千户一级。

大约是杨嘉谟有意隐藏自己的身份，而单泽原本就是一个品行不端之人，两人很快便因为一些琐事闹得水火不容。这厮仗着自身是百户，长期对麾下一众小兵挨个盘剥压榨，除了饷银上的克扣，时不时还以手头急用的借口要求将士们筹钱借他用度。当然，所谓的"借"是肉包子打狗一去不回的那一种。

普通军户之家原也没几个富裕的，军中发下来的那几个饷银又时常不足数，经过层层盘剥之后落到军士手里原就所剩无几。便是因为这样，有几个胆大又不堪压迫的兵卒合力一处开始对抗单泽的欺凌，见杨嘉谟第一天到军中就敢顶撞单泽，便也偷偷拉了他入伙。杨嘉谟这才得知了单泽的一系列恶行，对其不齿之余更是深深同情普通兵卒们的不易和艰难。于是，他决心帮这些可怜的军户们抵制单泽。

众兵卒在杨嘉谟的主谋下设置了一些小手段，将单泽逐步引到陷阱里，在之后不久总兵大人莅临检验军伍的时候，大家依照计划假意昏迷，倒在总兵大人的眼前……

总兵吓了一跳，这是怎么回事？兵卒们怎么一下子昏倒了这么多？叫来的医官经过诊脉告诉总兵：这些军士营养不良，是长期不能果腹饥饿所致。总兵下令彻查，这才查出了上官克扣粮饷的黑幕。紧接着，单泽被执行军法，撤职查办。当时的凉州卫指挥乐得有人做了替罪羊，在总兵大人面前一场作秀下来，所有军中舞弊之事尽皆由单泽一人承担。单泽出事后，卫指挥稍加粉饰，便抹平了整个凉州卫层层克扣粮饷的事实。

凉州卫上自从杨嘉谟做了指挥使后，大力清查贪墨贻害，用尽一切关系去保障将士们的粮饷供给，甚至不惜自掏腰包填补亏空，为的只是让那些拼死戍边的将士在奔赴疆场的时候，可以后顾无忧，心无旁骛、一心一意地对付蛮夷。虽然只有短短的两年时间，可是杨嘉谟硬是将凉州卫打造成了甘肃镇唯一没有逃兵，且能征善战的卫所。在整个甘肃镇，凉州卫一度成了军士心目中值得向往和乐于奉献的好去处。

可眼下，这一切都与自己没有了一点点关系……

唉！好汉不提当年勇。如今还想这些做什么呢？跟驰援庄浪的事件一样，即便再有机会重来一次，他杨嘉谟还是会不改初衷去做那些事。面对强权，决不妥协，更不后悔。做该做的事，一切交给良心，仅此而已！这就是杨家将的性格。

中午时分，跟杨嘉谟的猜测一模一样，单泽骑着马摆足了姿态来到了杨嘉谟面前，人还未至，一声鄙夷至极的话语便先声夺人了。

"哟！这不是鼎鼎大名的杨指挥嘛！你站在这屎尿堆中缅怀曾经的辉煌历史哪？"单泽一如既往的刻薄，哈哈大笑着说道。

随行的一众兵将自然也是十分配合地卖力笑着，似乎是听到了这个世间最好笑的事情。

杨嘉谟安之若素，并没有多理会单泽的言语，倒是多看了几眼他的坐骑。单泽今天骑的是一匹军马，常见的枣红马与昨天看见的狮子骢自不在一个层次上。

杨嘉谟并不羡慕单泽的地位，那是他曾拥有过的，失去了还能再拼回来，但像狮子骢那样的神驹却是难得一遇，令他昨日匆匆一瞥便梦回萦绕心痒难耐了。

"如此小人竟有福分得配狮子骢？"杨嘉谟在心底愧惜，目光从坐骑移到了单泽的脸上，一时无语。

单泽笑够了，眼珠一转计上心来，用马鞭指着杨嘉谟狂傲道："杨嘉谟，你现在既然只是一个普通小兵卒子，就该有当小兵的觉悟，从今日起每天操练三个时辰，不得有误。"

说罢，又马鞭一扫指向杨嘉谟身后厉声道："还有你那些个喽啰们，从哪里来的就给我滚回到哪里去！这里是军中，可不是某些人衣来伸手饭来张口被伺候着享受着当大爷的地方。"

杨嘉谟耳边听着单泽的颐指气使，紧紧抿着唇角没有回应，他真怕自己一张口就笑了出来。面对这样一个小人形似泼妇般骂大街的做派，除了可笑和不屑，杨嘉谟不知道该如何应对。

单泽见杨嘉谟不吭不哈，脸上却明显挂着不在乎的表情，顿时更加来气地吼道："杨嘉谟，我说话你没听见是吗？不要以为自己还是那个有点小聪明的杨府贵公子，你现今就是一个只配住茅厕的落水狗，本将只消动动手指你就会死无葬身之地，你信不信？"

"单指挥好大的威风！"杨嘉谟终于忍不住出言，嘴角牵起一丝笑道，"曾经还有人也如我今日这般境遇，却照样咸鱼翻身了，有此榜样我自然是不该气馁的，你说是吗？"

单泽当然明白这是杨嘉谟在暗讽于他，嘲笑他当日被赶出凉州卫的那件事了。此事不提便罢，一经提起就像撕开了结痂的伤疤，令单泽不由得一阵痛恨。

"杨嘉谟，你会为你的无知付出代价的！"单泽从牙缝里缓缓蹦出这几个字。虽不似之前张牙舞爪的嚣张，但却有着更深层次的愤怒和浓浓的杀意，吓得随行一帮军士赶紧收起了笑脸。见他们噤若寒蝉的样子杨嘉谟就更为肯定，单泽在这里依然重操旧业压榨军士，否则这些兵将断不会见他发怒就如遇蛇蝎般地小心翼翼。

杨嘉谟淡然笑着，高洁的气度不因身处乌糟之地而减损半分。他背着手，微微仰头看向单泽："单指挥，咱们彼此好自为之吧！"

单泽有一瞬被杨嘉谟的气势所迷惑，不禁暗自怀疑："这厮真是发配来赎罪的？该不会又是装模作样潜藏进来清查军中贪墨的吧？"

随即，又赶忙否掉这般荒诞的念头，莫说他杨嘉谟得罪了势力如日中天的侯公公，便是真的卧底来查探的又能如何？他单泽今时不同往日，早已不是谁想动就能动得了的人物了，也不看看他背后是谁在撑腰？就凭一个小小的杨嘉谟，借他十个胆子也绝不敢在太岁头上动土，除非他嫌自己命太长活腻味了。

想到此处，单泽冷笑一声吩咐随行之人："你们几个从今日起就专门负责监督杨嘉谟操练，若有松懈同罪论处！"

马下数十名军士急忙应了，个个都用虎狼盯着猎物的眼神看向杨嘉谟，生怕他一转眼就会凭空消失似的。内中只有昨夜带他们一行来过这里的张致，敢怒而不敢言地立在一侧，将一份同情隔空送上。

外面的动静惊动了屋内所有人，杨嘉臣率先出来，杨俊亦随其后站到了杨嘉谟身后，满脸嫌弃地皱眉捏了下鼻子。金刀帮兄弟还算淡定，比他们的帮主有忍耐力，只是冷着脸看向单泽一行，显然单泽之前的嚣张言语他们都听到了。

杨嘉臣握紧拳头克制着怒火，大声喝道："姓单的，你不要太过分！"

单泽扫视了众人一眼，不屑道："这叫过分？我想你们是没见过世面了。杨嘉谟，你来告诉你的这帮子虾兵蟹将，相比于你当初带给本将的耻辱，这算什么？"

杨嘉谟长臂一伸拦住暴怒的杨嘉臣，坦然回道："你不提我倒忘了，当初的单指挥可是被扒掉裤子打了三十军棍的。如此对比，你加诸给杨某的还真是也算不上什么了。"

"哈哈哈……"身后爆发出一阵大笑，金刀帮兄弟们笑得那叫一个痛快酣畅。

杨俊更是扶腰大笑，惯常风雅公子的形象都不管不顾了。

"不知道单指挥的臀伤可全都恢复了？要不要我们大家一起勒紧裤带筹措一些银两来给你祛疤呀？"杨嘉臣轻易不挖苦人，一旦认真起来当真也是句句直指痛点，既嘲讽了单泽最丢脸的事迹，又连捎带打揭露出他压榨军士的丑恶行径，直讽刺得单泽脸色铁青目眦尽裂，而他身后随行的那些军士则拼命忍笑，不堪其苦。

偏偏杨俊最是一个喜欢火上浇油的性子，他上前拍了拍杨嘉臣的肩膀，故作指责地接口道："二哥这可就是你的不对了，单指挥此等丢脸之事你怎么可以随随便便就宣之于口呢？即便人家尊臀之上瘢痕丑陋，也并不影响床榻间的风流呀！"

说到此处，杨俊佯装恍然地惊叫："如此想来，难道单指挥身边那些个红粉艳质左拥右抱，竟都是只看屁股不看脸的？哎呀，委实唐突佳人哪！"

此话一出笑声更响，就连单泽那边跟随前来的军士也终于忍不住笑出了声来。可见，有些时候笑脸相对的讽刺比愤怒指责更有杀伤力，也更加解恨。

单泽恼羞成怒在前，此刻又被杨氏三兄弟当众接连耻笑，已是恨意滔滔怒不可遏。他一挥马鞭抽翻了身侧一名笑得双肩抖动的兵丁，望着杨嘉谟冰冷而满含杀气地说道："杨嘉谟，咱们骑驴看唱本——走着瞧！"

说罢，拨转马头疾驰而去。随行的军士见状也急忙跟上，仿佛身后有狼撵着似的，一霎时走了个干干净净。

看着满地沙尘里远去的一行人，杨嘉谟无力再多说什么，只摇摇头罢了。

郑三彪腿伤受限，出门晚了一些，等他来到杨嘉谟身后，也只看到了单泽撂下狠话离去的背影。

各自瞪了眼杨嘉臣和杨俊，郑三彪拿出大哥的派头低斥二人："那单泽小人本就有意为难，你们又何苦再去火上浇油？这不是给了他一个更加肆无忌惮的理由了吗？"

杨嘉臣和杨俊适才只图一时嘴巴痛快，便是郑三彪不说也已略觉不妥，此时只得讪讪着不敢作答。

杨嘉谟缓缓转身，对着大家坦然一笑："罢了！是福不是祸，是祸躲不过。既是夙敌，也无所谓浇油还是点火了，横竖他也没打算放过我。"

"可是……"郑三彪还想再说，被杨嘉谟抬手制止。

杨嘉谟指了指面前一排被单泽称为"茅厕之地"的矮房子，扫视了一眼众人，慨然说道："诸位弟兄都看到了，咱们今日受辱不得不在这等腌臜地方栖身。但是，大丈夫在世，生来就有不可推卸的守土卫国之责，这种志向威武不能屈、贫贱不可移，即便身陷泥淖也当志存高远！"

说着，往前走了两步，杨嘉谟向众人深深一揖，敛容严肃道："诸位弟兄，感谢你们一路护送。现在杨某已经到达卫所，接下来的路无论艰难困苦都是我自己必须要独立面对的，还请诸位即刻离开此地，以免受到牵连。"

众人闻言都沉默下来，金刀帮兄弟不约而同看向杨俊。

杨俊摸了摸鼻尖，不动声色地给兄弟们递去一个眼神。

之前在路上带头的那名汉子接到信息，当即越众而出，向杨嘉谟抱拳大声道："杨指挥，我等都不怕牵连，帮主在哪里我们就在哪里。"

杨嘉谟转头看向杨俊，严肃道："既然这样，那启民你也离开吧！"

"我不走！"杨俊毫不犹豫。

说着，气恼地瞪着他的这名属下，没好气道："你说说你，还能指望你什么？会不会说话？"

骂完了兄弟，杨俊回身对杨嘉谟抱拳道："哥哥这话说得就太过见外了，你我兄弟没有牵连不牵连的说法，你在哪里兄们就在哪里。咱们有福一起享，有难一起当，既是彼此照应，也能全了这份兄弟情。何况……"

杨俊顿了顿，向杨嘉臣和郑三彪使了个眼色，又道："何况哥哥如今正是用人之际，如果不嫌弃我等弟愚笨，还请不要遣我们离开。"

金刀帮兄弟惯于以杨俊意志行事，听帮主都这么说了连忙表态，纷纷单膝跪地抱拳齐声道："请杨指挥准允我等留下！"

杨嘉谟看着杨俊和他的兄弟们，一时间感动不已，但军中自有规矩，而且以单泽的行事，他太清楚自己接下来将要面对些什么，怎能忍心让这些无辜之人也跟着自己吃苦受罪？一念及此，杨嘉谟张嘴就要婉拒，却被郑三彪先行出声打断。

"三弟，众弟兄也是一片赤诚之心，要不就让他们暂且留下来吧！"郑三彪劝道。

他在来的路上本就有意要帮杨嘉谟延揽这些江湖之士到麾下效命，适才杨俊使来眼色简直让他喜出望外，作为帮主的杨俊都愿意了，这些人留下来成为杨嘉谟东山再起的一股力量还有什么可拒绝的呢！

杨俊见状，也忙补充："郑大哥说得是，姑且让他们留下，要是哥哥使着不顺手了，随时可以遣他们离开，保证决不给你添麻烦。"

"这……"杨嘉谟依旧犹豫。

在杨俊的再一次眼色示意下，杨嘉臣也插言相劝："明宇，既然如此就留下诸位好汉吧！启民这家伙虽然有时候不着调，但我看着诸位好汉还是值得信赖的。"

"杨嘉臣，你又糟践我是不是？"杨俊连名带姓地喊了出来，气恼地瞪向杨嘉臣，连二哥都不叫了。

眼看二人又要掐起来，杨嘉谟只得先调停道："好了好了，你们两个怎么老是三句不是好话就要吵嚷，也不怕众弟兄看见了笑话，以后还怎么给大家做表率！"

杨俊从来机敏，眼珠一转笑道："这么说哥哥是答应我们都留下了？"

环视一眼所有人都充满期待的表情，杨嘉谟到底不忍心拂却众人的好意，缓缓点了点头算是应下了。其实，他的心里怎能不明白，大家都是真心为他好，而自己只能更加努力尽快摆脱眼下的困境，往后也好带着他们建功立业。

　　见杨嘉谟答应，众人都兴奋起来，一张张笑脸给阴霾的天色倏然增添了些许畅意。

　　在杨嘉谟的搀扶下，金刀帮兄弟起身站了起来。

　　"大家既然留下了，那我有一个请求，还望诸位能够遵守。"杨嘉谟说道。

　　那名带头的汉子笑着道："杨指挥您尽管说，莫说一个，就是十个八个的要求我等也必定领命，谁要是不听话，我广毅第一个不答应。"

　　原来这名金刀帮的兄弟叫做广毅，看来他在帮中地位也不低。

　　杨嘉谟微笑着朝广毅点头："第一件，这杨指挥的称呼不用也罢。为了以后少点麻烦，希望大家兄弟相称就是。"

　　广毅虽豪爽，但眼前还有一个正规的帮主在，闻言便看向杨俊用眼神请示。

　　杨俊笑着上前："看我做什么？既然我家兄长都这么说了，那便依令行事。"

　　广毅当下咧嘴大笑，痛快道："行！以后我们就都叫杨指挥杨大哥了。"

　　身后一众二三十金刀帮兄弟也连声附和，不论年纪大小都向杨嘉谟见礼口称"杨大哥"。

　　杨嘉谟愕然，好笑着问道："你们都叫我大哥，可怎么称呼其他两位哥哥，还有你们的帮主呢？"

　　广毅愣了愣，然后大手一挥笑道："英雄不拘小节，郑大哥、杨二哥继续，至于咱们帮主嘛，那便还是帮主了。"

　　话音刚落，小刀调皮地凑上前眨着眼睛道："要是帮主乐意，我们叫他杨四哥也是一样的。"

　　杨俊故意板起脸训斥小刀："你这鬼头，才攀上高枝就不认旧主了，小心我半夜去割了你撒尿的玩意儿，让你一辈子做太监。"

　　小刀年纪小，一听这话赶紧捂住腿间往后退去，吓得小脸都白了："帮主您饶了我吧，我再也不敢了，您别让我当太监，别的做什么都成！"

　　众人见状哈哈大笑起来，只笑得小刀一张圆脸像个烧红了的烙铁，难为情地抠头挠发不知所措。

　　等笑够了，杨嘉谟抬手压下喧哗，做着简单的分派："弟兄们，事到如今我便不客套了，既然大家决议留下，那咱们接下来就得做好吃苦的准备。刚刚话说了一半，我们再说回正题。大家留下可以，但这里毕竟是军中，有诸多军规律条约束，诸位需当把各自身上的江湖习气收敛一二，以免让别有用心之人抓到把柄横加刁难。"

说着，又指派了杨嘉臣道："关于大明军规律条，我让我大哥来慢慢讲给大家知晓，还请诸位谨记。"

广毅代表众人答应下来，但言语中却还是满不在乎道："杨大哥放心，我等行走江湖知道什么该做什么不该做，况且大家自保还是没有一点问题的。"

杨嘉谟见广毅答得这般干脆倒有些担心起来，江湖中散漫自由惯了的人，要求他们适应军中按部就班的操练，以及单泽必然会带来的打击报复，让他们忍气吞声怕是很困难的一件事。

许是见杨嘉谟表情不对，杨俊赶紧上前打乱话题，驱赶着广毅等人道："好了好了，不要再啰嗦了。想要长留下来就赶紧接着收拾去，难道还真要在屎尿堆里住下去不成？"

广毅笑着拍了把胸膛："帮主别愁，我保证赶在晚饭前把这里收拾得干干净净，你就等着看旧貌换新颜吧！"

"还不快去！"杨俊嫌弃地皱眉道。

广毅哈哈笑着，一挥手带了兄弟们去收拾周围环境去了。

杨嘉谟嘴角露出一丝笑，看了眼搀扶郑三彪过来的杨嘉臣，又看着风度翩翩的杨俊，笑问："你们刚刚演的那场戏挺有默契呀！什么时候商量好的？"

"这个……"杨嘉臣讪讪笑道，"主要还是郑大哥和启民的主意，我不过稍微提了一点点建议。"

杨俊剜了一眼杨嘉臣，嘀咕着道："我就知道你会见面就招，果然不出所料。"

二人又是一阵眼风厮杀……

郑三彪笑了笑，对杨嘉谟诚恳道："三弟，我们原本不该瞒你的，但相处虽短已经深知你的脾性，也是怕你不愿麻烦别人的那般性情，要是提前说了你一定不会同意他们留下来。"

"所以，你们早就商量好了的是吧？"杨嘉谟含笑淡淡道。

杨俊笑着回道："其实不算早，也就是快天亮的时候，我们都被臭气熏得睡不着，才到外面简单地聊了聊。"

杨嘉臣忙点头："这倒是真的。"

杨俊一手扇着鼻端，嬉笑着又问杨嘉谟："哥哥我问你，这种地方你居然能睡得打呼噜？你是嗅觉不灵，还是真的已经做到了久处茅厕不闻其臭了？"

杨嘉谟轻笑着回道："这有什么？我们在大狱时还不如这里呢！坚持吧，时间长了习惯了就好了。"

闻言，杨俊不禁动容，收了笑脸愤愤道："哥哥受苦了，往后只要我杨启民在你身边，就决不容许旁人再这般欺辱于你。那个单泽是吗，且让他嚣张几日，到时候让他吃不了兜着走！"

郑三彪也接口安慰道："正所谓兄弟一心其利断金，咱们受委屈只是暂时的，我相信跟着三弟你，往后我们的事业一定会蒸蒸日上的。"

杨嘉谟再次感动，拍了拍杨俊的肩膀，又握住郑三彪的胳膊，真诚道谢："郑大哥，启民，谢谢你们！这辈子何其有幸能结识两位，这份情来日容我慢慢回报吧！"

郑三彪笑着点头："这也是我们的荣幸。"

四兄弟正温情满满地说着话，却有单泽麾下的军士去而复返，在离着杨嘉谟等人几步远的地方停下脚步，高声叫道："单指挥有令，命小兵杨嘉谟及喽啰即刻出城巡边，现在就出发，不得有误！"

出城巡边？难道是有外敌来袭？

杨嘉谟顿时警惕，走过去询问："可是有瓦剌来犯？"

军士态度恶劣，傲慢道："遵令执行就是了，你问那么多干什么？赶快出发，违者按抗命论处！"

杨嘉谟懒得跟一个传话的小兵计较，转身走回来对三人说道："收拾停当走吧，郑大哥你有伤在身，就留在营中！"

杨俊点点头，和杨嘉臣一起去招呼他的兄弟准备出发，边走边气恼道："喽啰？哼！迟早让你知道知道喽啰的厉害！"

杨嘉臣摇摇头表示无语。

郑三彪看了看天色，担心道："这样的天气让你们出城巡边，难保那单泽打着什么坏主意，三弟，你可千万提防当心啊！"

杨嘉谟也抬头看向天空，正色道："放心，我都省得。秋深草枯，又到了瓦剌储粮过寒冬的时节了，说不定还真的是有敌情，出去看一看也是有备无患。"

郑三彪担忧更甚："我总觉得这是单泽在搞什么阴谋，总之一切小心，边墙外什么情形咱们都不知道。"

"多想无益。"杨嘉谟坦然道，"出去一看便知。况且我对此地也不了解，趁这个机会看看周边，对将来防范敌情有所助益也是好的。"

说话间，杨俊二人已经组织了兄弟过来，听说是出城去巡边，众人脸上并不见忧虑，反倒一个个的跃跃欲试，踌躇满志。

传令军士又开始催促，杨嘉谟简单叮嘱两句便带着这一队，包括自己在内的三十余人走过去，随了那小兵向大营中心地带而去。从驻地最边缘的西北边出大营，还有一段不小的路程。

目送一行渐渐在风沙肆虐中模糊了的背影，郑三彪皱眉，深为忧心。

"不知道那单泽会不会用了什么无耻的手段在报复呢？唉！"风沙越发劲疾，将郑三彪的叹息淹没在漫天的阴霾里……

第二十四章
歹毒陷阱

杨嘉谟和他的兄弟们出发的时候，彻彻底底地变天了，大风漫卷，黄沙淘浪……

大家在杨嘉谟的带领下，顶风行走在灰蒙蒙的沙地里，在天地融为一色的混沌中，形似蝼蚁般渺小，却自有一种不屈和倔强。

风沙太大了，劈头盖脸而来，直往人的眼睛、鼻子、嘴巴、耳朵里面钻。

走过一道风浪劲疾的沙梁，一行人拐入一弯小小的凹形沙槽，随着地势的下移，风沙暂时被隔绝了不少，大家都停住脚步稍微放松了一些。乘着这当口儿，各自抖搂着衣帽上的沙土。

杨嘉谟取下简陋的包头巾，喘了口气一边观察着周围的地形，一边喊道："大哥，舆图在你那儿吧？"

杨嘉臣答应一声，"呸呸"啐着嘴里的沙子从怀里掏出舆图递给了杨嘉谟。

这是一张绘在布帛上的简易地图，上面用粗细不一的线条描绘着地形走势，简单的几个文字标注了几个地名，从用料到绘制无一不在彰显一种叫做粗陋的东西。

拿着舆图仔细辨了辨方向，杨嘉谟手指前方对众人说道："弟兄们，根据舆图来看，胭脂堡在那个方位，距此倒是不远了。大家伙儿歇歇脚继续出发，到了地方再慢慢休息吧！"

杨俊拉下蒙着口鼻的布巾，瞥了眼杨嘉谟手里所谓的舆图，苦着脸嫌弃道："这东西能信吗？如果我是单泽，给你的一定是相反路径，不然怎么能算报复呢！"

杨嘉谟笑笑，将舆图递还杨嘉臣，一边包着头巾一边道："别事事都往坏处想。单泽心胸狭窄是不假，但我想军情大事还不至于如此儿戏，我与他应当还未到不死不休的恶劣地步。"

杨俊撇撇嘴："但愿你不是以君子之量度小人之腹。"

杨嘉谟拍了拍杨俊的肩膀，笑着催促："走吧！哪来这么多的歪理邪说。"

杨俊招呼了一声其他人，继续拉起布巾蒙上了口鼻跟着杨嘉谟往前走，嘴里兀自嘀嘀咕咕着抱怨："让爷们来巡边，最起码也该给咱们一人一套盔甲吧？衣甲不配，就一人一个粗粮馒头打发出来了，这不是欺负人嘛！"

杨嘉谟听在耳里并不理会，只管当先探路找方向。没什么可说的，想他如今的身份不过小兵一个，对于军饷吃紧的卫所来说，没有衣甲再正常不过了，何况还是在单泽麾下，被他特殊"照顾"的人。

杨嘉臣从后面赶上来，对杨俊大声道："是不是还应该给你配上一匹坐骑？"

杨俊哈哈一笑回道："那当然最好不过了，那匹狮子骢嘛还凑合能用。"

杨嘉臣亲昵地砸了杨俊一拳，笑道："知道这叫什么吗？这叫白日做梦！"

杨俊捂着自己的肩膀，捏着嗓子夸张叫道："你又借机占我便宜！"

杨嘉臣听得一阵恶寒，一扭头直追杨嘉谟去了，跟杨俊说话他就没占过上风。

二人笑闹，逗得后面跟着的广毅等人忍俊不禁，嘻嘻哈哈的打趣，倒也为这趟苦寒的路途增添了些许轻快。

一行人在杨嘉谟的带领下又走了约莫半个时辰，前方能见度越来越低，风沙虽然没见减弱，但天色却愈发阴沉下来。

杨嘉谟驻足在一处地势较高的沙坡上观察前路，放眼望去真是前不见人烟，后不见来者，满目皆是风沙的世界，不辨清浊。在杨嘉谟的认知里，如此恶劣的天气，正是瓦剌人最喜欢搞偷袭的时机，他们最擅长的就是出人意料、不惧险恶，越是在这般极端的天气里，越容易偷袭成功。这是他在当凉州卫指挥使时总结出来的经验。

看来单泽还算有几分见识！杨嘉谟在心底暗暗称赞。单泽能够如此了解瓦剌人的作战习性，先行派他们来巡边，单从一个指挥使的眼光来评价，这一举动倒是让人肃然起敬。只是，瓦剌以骑兵见长，真要发现了敌情，就凭他们两条腿跑回去报信，怕是会贻误战机了。这样一想，单泽其人总还是难改不顾大局的狭隘思想，公报私仇竟然用到了这么重要的事情上来。

正想着歇口气继续前行，杨嘉臣带着广毅赶上来道："明宇，广毅说有问题。"

"哦？"杨嘉谟看向广毅，示意他说明。

广毅拉着杨嘉谟走下沙坡，来到稍微背风的地方，这里是众人暂时避风歇脚的一处沙槽，说话不怕沙土进嘴。

"杨大哥，这条路有问题！"广毅开门见山道，"咱们不能继续往前走了。"

杨嘉谟疑惑："为什么？是哪里有问题？"

广毅示意杨嘉谟跟着自己做侧耳倾听状，听了听风吹的声音，解释道："我家原本并不在甘州，是在如今被鞑子攻占的沙州，我从小就是在沙窝窝里打着滚长大的。小时候家里的老人教过我们辨认大沙暴来临时的天气异象，我刚刚已经听出来，今天会有一场不得了的大沙暴刮过来。"

"是这样？"杨嘉谟微微有些吃惊，盯着广毅严肃道，"你确定不会弄错，真的有大沙暴要来？"

广毅认真地点点头："我确定！而且……"

他顿了顿，又仔细听了听风声，沉重道："此地距离大沙暴最猛烈的风力中心已经很近了，沙暴的走向恰好就在咱们身处的这里，它是不停移动的，风速又极其迅猛，咱们怕是来不及躲过了。"

众人一听齐齐倒吸一口凉气，生于斯长于斯，作为地地道道的西北汉子，谁不知道大沙暴的厉害？大沙暴过境那是绝对巨大的灾难，掩埋村庄、拔树断流，摧枯拉朽的威势绝对有移山倒海之能，是西北沙乡人从小的噩梦。

杨嘉谟当然也不例外。

"广毅，有没有什么办法躲避？"杨嘉谟此时面色亦是沉重忧虑。

众人都看着广毅，期盼从他嘴里听到希望的表情如出一辙。

广毅艰难地咽了口唾沫，低沉道："暂时我还没有什么办法，是时间来不及，除非咱们都有沙鼠那样打洞的本事躲到地下深处。"

扫了眼众人颓丧的样子，杨嘉谟沉声问道："这么说咱们生还的可能几乎没有？"

广毅缓缓点了点头，紧抿嘴唇一脸茫然。

风声愈发大起来，像是什么不知名的巨大猛兽在嘶喊发狂，天色更加阴暗，大颗的沙粒卷着沙漠里稀有的浅根系植物在头顶呼啸而过，大沙暴的触角已经伸向了这片混沌不明的天地，以极其疯狂嚣张的姿态一步步靠近……

杨俊恨声骂道："我就说这是单泽的阴谋诡计，他是想利用这场大沙暴把咱们都灭杀在这里，而他自己还手不沾血。当真算计得够深啊！"

"哼！如果让我活着回去，第一件事就是找那龟孙子算账，定叫他生不如死！"金刀帮里一个魁梧的汉子大声吼骂。

其余人亦是群情激愤，都在恨声诅咒着单泽的卑鄙歹毒。

杨嘉谟一扬手制止了骚乱，镇定地安慰众人，鼓舞道："大家听我说，现在还不是咱们绝望的时候。有句话叫做尽人事听天命，还没有做出过最大的努力，谁又能知道最后的结果到底是怎样的呢？"

　　见众人安静下来，杨嘉谟又继续道："是不是单泽的有意算计，此时先不去管他，眼下，摆在咱们面前的当务之急是先要想办法活下来。只有活着回去，才有清算查问的机会，大家说对不对？"

　　杨俊双眼灼热，一咬牙道："哥哥说得对！咱们一定得活着回去，气死那个奸诈恶贼。"

　　一把拽过广毅，杨俊接着命令道："赶快想办法，只要能让大家逃过此劫，你就是金刀帮的副帮主了。"

　　"我……我只能试一试了。"广毅应道。此话说得毫无底气可言，但在众人看来却不啻为一道曙光，大家的情绪有了很大的提高。

　　广毅边听风声边判断方位，片刻之间作出决定，指着一个方向道："我们可以试着从这边走，如果运气足够好，说不定能躲过大沙暴的中心风力，不过……"

　　他犹疑着看向杨嘉谟和杨俊："我并没有多大的把握，若是……若是出了偏差……"

　　杨嘉谟要来舆图比对了一下方位，稍加思索确定道："为今之计只能是死马当做活马医了，就按广毅说的往这边走吧！若我猜得没错，他判断的这个方向应该是沙暴的垂直方向，只要我们脚速够快躲过了中心风力，那大家活下来的希望还是很乐观的。"

　　听了杨嘉谟的鼓舞，广毅这才有了信心，伸出大拇指赞叹："杨大哥真是博学，我说的就是这个意思。"

　　杨嘉谟微微一点头，简短下令道："事不宜迟，大家两人一组互为援助，这就出发吧！广毅，前面带路！"

　　话音一落，众人两两一组自发成队，跟着广毅便直奔沙漠深处。等众人渐渐前行，杨嘉谟才赫然发现小刀还一个人茫然四顾，没有结成自己的小组，而按照他刚才所说两两一组的话，只剩了自己与小刀结伴了。风势越来越大，莫说站着不动，只怕跑得慢一点就有被沙子活埋或者是卷走的危险。

　　杨嘉谟二话不说，一把拉起小刀就往众人离去的方向追上去。

　　小刀单薄的身子在风沙与杨嘉谟的拉扯之间艰难保持着平衡，一双大眼睛里满是惊恐外加感动，让他看起来可怜极了。毕竟还是个半大少年，两大颗眼泪瞬间涌出眼眶，又极快地消逝于风中，在残暴的大灾害下，眼泪或许是最不值得一提的东西了……

同一时间的卫所大营里，单泽正仰躺在一张摇椅中闭目养神，脚下有小兵在拨弄着一只大大的火盆，他已经提前用上了炭火来取暖。别人只当是单指挥怕冷，岂不知这畏寒背后却是大量吸食芙蓉香，再加上好色，被掏空了身子的外在体现之一。

单泽裹着一件价值不菲的皮裘氅衣，在暖融融的房间里打着瞌睡，间或嘴角轻扯露出一丝丝迷之微笑，满脸都是惬意舒畅。

门帘一掀，走进来一个全副甲胄的人，向单泽低头抱拳道："大人，您料得不错，现在真的起了大沙暴了。"

单泽睁眼坐起来，小兵忙奉上茶水。

他慢悠悠喝了一口，清了清嗓子得意笑道："那是当然，本将门下那人可是出了名的擅察天象，他说今天有能卷走大树的沙暴呢，这不，这大沙暴果然就起来了。"

对面之人生有一张圆脸盘，周正颇有义气的相貌，见单泽这么说担心道："既然如此，大人为何还要派杨嘉谟他们出去巡边？他们要是进了碛口腹地，可就真的被大沙暴卷到天上去了。"

单泽面色一沉，眯眼冷冷道："董同知这是在质疑本将？"

说着"噌"地起身，站到这名董姓同知面前，口气不善道："我要提醒董同知一下，你只是副指挥使，本将如何行事还轮不到你来指手画脚。"

董同知眼中暗芒乍起，但又很快掩了回去，脸上堆起一份歉然恭顺回道："是。末将逾矩了，还请大人莫要见怪。"

单泽甩了一把袍袖，不耐烦道："你只管守好边墙就是，别忘了，这样的天气可是瓦剌人最善于偷袭的时机，其他事情不该你操心的就不必理会。去吧！"

董同知脸上表情变了变，抱拳应道："末将遵命！"

在单泽更加不耐烦的一声冷哼中，董同知却行着退出了房间。到了外面单泽看不见的地方，董同知"呸"地啐了一口，咬咬牙挺直脊背向营房外面走去，远处有小兵牵着一匹骏马迎上来，马尾、马鬃被大风吹得根根直竖，活像他此刻内心里憋着的怒发冲冠的愤慨。

"单泽，如果杨嘉谟活着，总有一天，你会有跪下叫人家大爷的时候！"董同知暗自咒骂着，牵了马去布防戍守事宜。

而在他的身后那间炭火熊熊的房间里，单泽又躺了下去，接过小兵双手送上的一支红铜烟锅，深深吸了一口又吐出个大大的烟圈后，满足地叹息道："这样的天气里围炉品香真是神仙都向往的好日子呀！"

　　小兵谄媚笑着奉承："大人说得极是，要是再有天香楼的姐姐们相伴左右，那就更锦上添花了。"

　　单泽用烟锅敲了一下小兵的头，咧嘴笑道："不错嘛，还学会锦上添花这样的说道了。不过，要把眼光放高一点，天香楼里都是些庸脂俗粉，清音阁的姑娘那才叫人间绝色，今晚去清音阁你就跟着我随身伺候着吧！"

　　小兵忙不迭点头，更为殷勤地替单泽端茶递水，极尽阿谀之能事。

　　单泽吸着烟又叮嘱道："你给我机灵一点儿，可不要学小三子那滑头，昨夜一进花楼就找不到他人影了，等他回来看爷不扒了他的皮！"

　　小兵点头如捣蒜："大人放心，小的清楚自己几斤几两，除了伺候大人，别的决不敢妄想。"

　　"好小子，是个可造之材！"单泽夸赞着，撂下烟锅精神饱满地站起来说道，"既然如此，你即刻就去备车吧，咱们现在就去城里锦上添花去！"

　　小兵应了，兴高采烈地出去备车备马。

　　单泽伸了个懒腰，走到窗边看着外面黄沙淘浪的天色，阴狠一笑自语道："杨嘉谟，待明日风沙过后，本将会亲自去为你收尸，但愿你运气好不会尸骨无存。嘿嘿……哈哈……"

　　阴毒至极的笑声里，回应他的是怒吼更甚的风鸣之声，犹如百兽咆哮，恶魔现世……

第二十五章
下落不明

大沙暴持续了好几个时辰，还不见有丝毫的减弱……

到了第二天上午，虽然大沙暴过去了，但仍然是恶劣的天气。从暗无天日、狂沙怒卷中渐次平缓下来，直到这天下午没有风沙了，天空还是灰蒙蒙的不见太阳。天穹像极了一只倒扣下来的巨型锅底，低矮而凝重，似乎一伸手就能触摸到它。

沙漠里一片安宁，土色的世界加上沙土的味道，让人感觉置身于另外一个世界。这样的天气，若不是亲身经历，任谁都不敢相信，大沙暴刚刚光临过这里。沙蜥蜴在沙梁高处翘头仰望，一只雄鹰展开双翼优美地盘旋在空中，"唳——"一声尖啸中俯冲而下，定是找到了它的猎物。

高高的沙梁底下，沙浪勾画着奇妙的脉络，在被风暴抹平的沙地里有几片零散的衣角突兀地呈现在阳光下，一动不动。

忽然，沙地动了。衣角窸窣，浮沙滑落，渐渐显出一个人的轮廓来。这人挣扎着爬起来，抖落一身沙尘，大声啐着嘴里的沙子，拾起破烂的衣襟抖去灰土，然后用手背去擦拭眼睛。

在离这个人两步远处，又有人坐了起来，咳嗽着环顾四周，等看到前面的那人后惊喜大叫："帮主，你还活着？太好了！"

"广毅？"杨俊这才看清是广毅在跟他打招呼。

抹了把脸上的沙尘，充满了劫后余生的庆幸，杨俊走过来问道："其他人呢？你看见他们了吗？"

广毅站起身顾不上抖掉满身的沙尘，指着前面的几片衣角两眼放光道："看，那里还有人！"

说罢便大步跑过去，用手刨挖沙尘掩埋的人去了。

杨俊见状也急忙赶上前，两个人一起动手很快挖出了昏迷的另一个帮中兄弟。

广毅又是掐人中，又是拍背的施救，杨俊则逡巡着沙地，继续寻找其他人的踪迹。还好，他在沙漠中接连又发现了几个在浅沙中趴伏的身影。

随着清醒的人越来越多，加速营救的节奏也快了许多，不过半个时辰，已经找到了二十多名金刀帮的兄弟。杨嘉臣早就醒过来了，此时正在周围疯狂地找寻着杨嘉谟的下落。

杨俊走过去，跟杨嘉臣一起搜寻，安慰着道："你也别太着急了，我刚刚清点了人数，就差明宇兄和小刀了，大家都好好的，他们两个肯定也不会有事的。"

杨嘉臣焦灼道："可是他们在哪里？这儿都快翻遍了还是没找到，他们要是被大沙暴卷走了可怎么办？"

是啊，这是一个问题。是被大沙暴卷走了还是走散了？杨俊望了眼茫茫的大漠，在如此浩瀚的沙漠里找两个人，还是不知生死的两个人，无异于大海捞针，希望何其渺茫！

想了想，杨俊招手叫过广毅着急道："你不是最擅长沙漠里找人的嘛，赶快想办法找啊！"

广毅摇摇头无奈道："帮主，我们慢慢找吧，我们都没事，杨指挥应该也没事。另外，你也看到了，大沙暴过后整个沙漠走向都被改变了，别看现在我们都活着，但要是赶天黑走不出去，我们也有危险呢。"

杨嘉臣一听，跌跌撞撞地跑过来，抓着广毅恳求道："兄弟，明宇还没有找到，你就帮帮忙吧！我不能丢下他自己去找活路，就算是死我也得找到他。"

广毅搀住杨嘉臣，为难地说道："杨二哥，对不起，我们这就找，尽力找吧。"

杨嘉臣一把推开广毅，焦躁地吼道："那好，你们都走吧！我一个人去找我的兄弟。死怕什么，没心没肺才是最可怕的。"

说着，也不顾杨俊的劝阻，转身就往沙地里没头没脑地冲了出去。

杨俊无奈，黑着脸训斥广毅："你就不能先不说那些丧气话吗？"

广毅无辜道："可这都是事实啊！大沙暴下能有这么多人到现在还活着已经是侥天之幸了，就这，还得成功走出去才算真正捡回了一条命啊！"

这些情况杨俊岂能不明白，一天一夜滴水未进口、粒米不沾牙，再不找对方向往外走，他们很可能因为焦渴和饥饿而耗尽体力，最后还是会死在这片不知名的沙漠里。

抬眼看了看白刺刺的天空，再看一看沙地里状似疯癫般到处挖沙子的杨嘉臣，杨俊一狠心吩咐道："广毅，你先想办法给大家整点水和吃的，我去帮二哥找人，要是……"

杨俊顿了顿，咬牙又道："要是一个时辰后还找不到三哥明宇和小刀，咱们就打昏了二哥撤出这里。"

"是。"广毅沉重应答，带着几个人去找食物和水。

其实，众人的心情都是一样的，尤其是在共同经历了一场生死考验之后，没有谁愿意有人掉队或者罹难，更别说是杨嘉谟那样的英雄人物了。但是，现实就是这么残酷，广毅说得对，他们也只是暂时还活着而已，能不能走出这片沙漠还是个未知数，再要耽误下去很可能会全军覆没……在等待死亡，还是活着走出去找始作俑者报仇之间，众人默契地达成了一致。不是他们不肯搜救杨嘉谟，而是现实不允许。

此刻若杨嘉谟在这里，相信他很快就能洞悉这些人的心思，说不定还会苦笑一声、嗟叹两句，毕竟相处时日尚短，他们之间还没有建立起生死相随的铁血情义，别人如何选择他无权强行干涉。因此，在这个小团体第一次遭遇生死考验之时，所暴露出的这些问题也是理所当然的，因为没有人告诉过他们真正的袍泽之情该是什么样子。

金刀帮兄弟们茫然四顾，都各怀心思沉默不言，或站或坐在沙坡上遥遥观望着眼前沙地里忙碌着的两个身影。这两个人不是别人，就是杨嘉臣和杨俊。除此之外，竟没有一个人主动前去帮忙，都想着为接下来走出沙漠而积蓄足够的体能。而此时的杨俊也没有了一点点力气了，他居然坐下就起不来了……

杨嘉臣漫无目的匍匐在沙地里找寻杨嘉谟，干热的沙粒散发着干旱的气息，将空气里为数不多的一点点潮润吸收殆尽，令人愈发焦躁。

"明宇，明宇你在哪里？你赶快出来呀！"杨嘉臣喊得嗓子都快要哑了，可沙漠里依然静悄悄的没有任何回应。

已然耗尽了体力，杨嘉臣颓唐地跪坐在沙地里欲哭无泪，要是找不到杨嘉谟他该如何跟祖父交代？如何在死后面对杨府列祖列宗的责问？从令公起到如今，几百年风云变幻，杨府不管是兴盛还是衰落，任何时期只有枪尖对外共御外侮的杨家儿郎，可从来没有弃兄弟亲长于不顾的先例。

不知不觉，杨嘉臣已经将自己定位于誓死保护杨府嫡系血脉的侍卫身份了，却浑然忘了他自己也是杨氏子弟的一分子，也是兴盛杨府的嫡系传人。此刻，他双手机械性地挖着沙子，急于找到杨嘉谟确定他还好好的活着，除此之外没有别的任何想法。什么是兄弟？在这一刻得到了最淋漓尽致的说明，他不能把兄弟扔在这里自己去求生，就算是一具尸骨，他也必须找到。

看着几近癫狂的杨嘉臣，杨俊觉得内心里有一根弦突然间便绷断了，那些说不清道不明的情绪缠绕着他，令他在心底不断地肯定又接着否定，循环往复五味杂陈。这就是兄弟？这就是亲情？自己身边也有一大帮称兄道弟之人，往日呼朋唤友觥筹交错只当那就是知交，如今看来，总归没有血脉相通的人，永远都缺少一份生死不计的牵挂和付出啊！

扫了眼坐在沙坡上冷眼旁观的兄弟们，杨俊有失望也有一丝释然，回想自己几年来自认为快意的人生，竟有种浮生若梦的落寞。也许，他真的该换一种活法了呢？他这样想着，再看看还在四处挖沙搜寻杨嘉谟的杨嘉臣，他爬起来，跌跌撞撞地走了过去。

"二哥，咱们一定要找到三哥，你放心，我会一直陪着你找下去。"杨俊坚定地说道。

杨嘉臣抬头看了眼杨俊，感觉这个喜欢和自己抬杠的家伙有什么地方不一样了，却又一时间看不出到底哪里变了。何况，此时除了关心杨嘉谟的下落和安危，他也顾不得其他的事情，便点点头诚恳道："谢谢！"

杨俊笑笑，指着前面尚未搜寻的一片沙地道："我们到那里再找找看。"

杨嘉臣二话不说，起身便扑向了下一块沙地……

看着杨嘉臣的后脑勺，杨俊笑着摇摇头，放弃了打昏他撤走的想法。

广毅带着人两手空空地回到了众人身旁，自然又是一阵集体颓丧。

"帮主怎么还没有打昏杨二哥？"广毅问一名兄弟。

这人摇头，带着很大的情绪抱怨道："好好的日子不过，跑到这儿来受这份罪，倒霉催的。"

广毅皱眉不满道："此时此地说这些屁话不是马后炮么？都收拾收拾准备赶路，我去喊帮主回来。"

见广毅大步下了沙梁，那兄弟嘴一撇冷哼一声："还真当自己成副帮主了，活着出去再说吧，哼！"

其他兄弟并不答话，不知谁低声叹了口气，众人的情绪又从之前逃脱大沙暴的劫后欣喜中跌落千丈，一个个愁容满面唉声叹气。

广毅下了沙梁跑到杨俊跟前，低声问道："帮主，我没找到水和食物，但勉强辨出了方向，要我帮你去打昏杨二哥吗？"

杨俊挥挥手洒脱一笑："你带他们走吧，我要留下来找我的兄弟。"

广毅微微一怔，诧异道："你是说你不走了？帮主，我不是说笑的，这沙漠里没吃没喝，白天热死人，夜里冻死人，还有野狼出没，再不走可就真的来不及了。"

杨俊只顾挖沙找人，淡然回道："所以我说你带他们走吧！既然这么危险，我就更不能把我的哥哥独自留在这里了。"

"帮主……"广毅焦急地喊了一声，可是杨俊已经从他面前跨出去，又跑到远处去搜寻了。

见杨俊如此执着，广毅眼神闪了闪跟了上去，趁杨俊不注意猛地出手砍向他的脖颈，将杨俊成功放倒。

侧旁杨嘉臣刚有察觉，要出声质问之际，广毅又是出手如电打昏了杨嘉臣。

对着软瘫在地的二人，广毅歉然道："抱歉了二位，我也不能看着兄弟们去送死呀。"

说完这句，广毅挥手喊沙坡上的兄弟前来帮忙，可那些人却都一个个脚步迟疑不肯援手。

见此情形，广毅顿时恼怒，仰头大声吼道："你们这是什么意思？要是想活着出去就来搭手帮忙。我告诉你们，只有我才能带你们走出去，见死不救不如不走，要死都死一块儿算了。"

一番叱骂在情在理，关键广毅掌握着能让人活着走出去的本领，众人不敢违拗，有腿脚快的赶忙下来帮忙，四个人一组抬起杨俊和杨嘉臣，在广毅的指挥下行动起来，跟着他去找生路。

……

又是一个暮色四合的夜晚，赶在天色黑尽之前，终于看到了远处的树木和村舍，广毅脸上露出了如释重负的笑容，他们总算活着走出了沙漠。

众人欢欣雀跃，更有甚者直接跪在地上流下了激动的泪水，回想前路恍如隔世，此时才明白了活着是一件多么让人感动的事情。

听着耳边的欢呼，广毅轻轻吁了一口气，走到人后笑着看向用布条绑起来的杨俊和杨嘉臣。

"帮主，你瞪我也没用。"广毅伸手取下杨俊嘴里的布团，笑嘻嘻地说道，"你看，属下幸不辱命，带着大家总算走出了沙漠。"

杨俊恶狠狠地盯着广毅，恼恨道："你死定了广毅，居然敢对帮主下手。还不赶紧给我松绑！"

广毅动手为杨俊解绑，心情颇好地笑着说道："帮主，只要大家都没事，你怎么处置我属下都乐意接受。"

杨俊甩了甩手臂，一伸脚踢翻广毅，黑着脸骂道："大家都没事？那你告诉我，我三哥和小刀人在哪里？"

广毅脸色一暗，改坐为跪垂头道："对不起帮主，我自会为杨大哥赔上这条贱命。"

杨嘉臣在一旁看得着急，挣扎着示意杨俊来为自己松绑。

杨俊这才上前取下杨嘉臣嘴里同出一条破衣的布团，然后给他松了绑，歉意道："二哥，这件事的责任主要在我，你要是恨就恨我吧！"

杨嘉臣喘着粗气调整呼吸，眼睛看向跪着的广毅。

广毅急忙揽责任，抱拳道："杨二哥，不关帮主的事，这都是我一意孤行，冒犯了你们还狠心撇下杨大哥和小刀没有继续搜救，你杀了我为他们赔命吧！"

杨嘉臣收回目光，活动了一下手臂缓缓站起来，一言不发便走向广毅。

杨俊见状有意无意地护在广毅面前，劝慰道："二哥，你先别激动，咱们这就组织人手还回去找明宇哥哥去，广毅他还有用，进沙漠找人离不了他不行……"

杨嘉臣顿住脚，瞪了一眼喋喋不休的杨俊，手臂一伸推开他来到广毅面前。

金刀帮兄弟欢欣过后也意识到了此前他们受困时的自私行为，都默默看着杨嘉臣不知道该说什么好。

广毅抬头，一脸坦然地看着杨嘉臣，已经准备好了接受怒火洗礼。没能救回杨嘉谟他也很惭愧，但是虽有遗憾他却无怨无悔，能够让更多人活下来，他愿意以死谢罪，这是在他作了决定打昏杨嘉臣和杨俊时就预料到的结果。

天色更暗了，这一定是夜晚快来了。杨嘉臣定定地看着广毅，二人对视片刻，夜色阻挡不了他们看清楚彼此的表情。

"唉！"杨嘉臣终是沉沉叹了口气，伸手搀扶广毅道，"广毅兄弟快快请起。"

广毅有一瞬的怔愣，木呆呆地被杨嘉臣搀扶起来，一脸不明所以。

金刀帮兄弟更是面面相觑，都有些出乎意料的惊讶。

杨嘉臣扶起广毅，接着后退一步，向广毅深深一礼，然后才缓缓道："谢谢你救了大家！"

这……所有人都蒙了样地不知所措。

杨嘉臣拜完继续说道："之前在沙漠里是我太自私，没有考虑到大家的感受。没能找到明宇我很着急，但不该为了自家兄弟就忽略了众弟兄的性命安危，要不是广毅兄弟当机立断果决出手，今天我们可能都得困死在沙漠里了。"

说着，杨嘉臣向众人团团一揖，慨然叹道："诸位弟兄，感谢你们这一路而来的帮助和扶持，也请原谅我的自私。看着大家好端端地站在这里，我想若是明宇在这里，他一定也会感到欣慰的。"

一番话说得众人不由心下惭愧，受困时和现在早已是两种完全不同的心境，再想白日里的所作所为都有些不堪回首的赧然，又哪里还敢承受杨嘉臣的一拜。

众人纷纷抱拳还礼，被杨嘉臣的言语浇灭了得脱大难的欣喜，心上沉甸甸的反倒不知道该说点什么好了。

杨俊本想说点什么，但看到杨嘉臣转身之间眼睛里涌起的水光，却一句安慰的话都说不出口了。此时此地，他们这些活着的人，无论说什么都显得矫情，没有血脉相连的亲情维系，到底不可能做到真正的感同身受，横竖他们是欠了杨嘉谟一条命，还是那种还都还不起的亏欠。杨府的嫡系传人，未来杨家的族长，文武全才、力拒胡虏的大英雄就这样走了……这样一个真英雄，他们赔不起！

杨嘉臣拜过了广毅的救命之恩，又感谢完金刀帮兄弟们的一路帮助，转身走向杨俊抹了把脸，淡淡一笑道："启民，兄弟一场我很感激，带着你的弟兄们回甘州吧！剩下的事，我想独自完成。"

杨俊握住杨嘉臣的臂膀，皱眉道："独自完成？你确定你一个人就能杀了单泽？还有那个侯太监，若不是他，你们兄弟俩何至于沦落至此？不行，你一个人去报仇，我不放心。"

"是啊杨二哥。"广毅在杨嘉臣身后说道，"独自一人去报仇谈何容易？我广毅这条命本就该赔给杨指挥，为他报仇我当仁不让。"

"还有我们！"金刀帮兄弟齐声回应，经过了这次劫难，此时方才有了同仇敌忾之意，与沙漠中各自存私惜命不肯合力救人的心境有了翻天覆地的转变。

杨嘉臣缓缓转身，看着面前这一群才从死亡边缘爬出来，此时灰头土脸狼狈不堪的人们，心底的感激汹涌翻卷，几乎就答应了他们的要求。可是，经过这大半日的冷静和思考，杨嘉臣已不再冲动鲁莽，痛心归痛心，仇恨归仇恨，但要他拿着这些无辜之人的性命去冒险刺杀仇人，这种有违道义的事情，也不符合杨府祖辈的家训。此时此刻，杨嘉臣没有办法再留他们。

又是一揖到底，杨嘉臣诚挚道："诸位兄弟，你们的深情厚谊我杨嘉臣心领了，但请恕我不能答应。"

顿了顿，杨嘉臣接着说道："我死过一次了，算上这回的沙暴，已经是死过两次的人了，这证明我杨嘉臣命硬，连老天都不肯收。既然如此，还有什么好怕的？大不了还是一死而已！为自家兄弟报仇这事我必须要去做，而且也是我现在唯一想要做的事情，与诸位并无相干，还请大家体谅。"

拒绝了金刀帮兄弟们的相助，该说的也都说完了，杨嘉臣毅然决然向着远处已经亮起灯火的村舍走去，背影倔强而悲凉，看得人眼底发酸。

杨俊攥着拳头追上两步，就要效仿广毅再次砸晕杨嘉臣，却听有人轻飘飘说了一句："没找到就一定是死了吗？"

此言一出众人同时愣住，杨嘉臣走出去的背影也是一顿，僵硬地立在那里微微出神。

广毅最先回神，左手猛地砸向右手手心，大声道："对啊！俗话说活要见人死要见尸，没有找到人也不一定就是坏消息，这反倒说明杨大哥和小刀有一半的希望还活着呀！"

"对呀，对呀！"众人纷纷附和。

杨嘉臣扭头，满怀希冀地问道："广毅兄弟，你说有几分希望？"

广毅笑着上前："杨二哥，一半啊！杨大哥他有很大的可能还活着。"

杨嘉臣已经懒得去计较其他了，这时候满心都被杨嘉谟还活着的推断填塞，顿感人生又重新拥有了色彩，激动地握住广毅的手说道："我……我们去找他！"

广毅点点头笑着应下："好！我们再多找点人，准备上厚实衣服再进去。"

杨嘉臣迫不及待，抬眼看向仍然举着拳头傻笑的杨俊，急声嘱咐："启民，赶快走，到那个村庄去借人借东西，咱们再去找找明宇。"

杨俊收起拳头笑道："这真是山重水复疑无路，柳暗花明又一村呀！那还等什么呢，事不宜迟，我们快走吧！"

二人一同往村庄走，杨嘉臣后知后觉地狐疑着问道："你刚刚是不是又想打晕我绑我走？"

杨俊微一愕然，打着哈哈道："那哪能呢！肯定不会的，你看错了吧？"

杨嘉臣不信，但此时也顾不得纠结，脚下加速，恨不得转眼就飞到沙漠里去继续找杨嘉谟。是的，兄弟杨嘉谟不会死，他那么好的人，怎么可能说死就死了呢？当然了，这仅仅是杨嘉臣的一厢情愿，还有一种可能，那就是杨嘉谟已经走了……

第二十六章
歪打正着

不提杨嘉臣等人如何向村民求助，杨俊又如何许以重利说服了村里人，组织人手趁夜进沙漠搜救。

在沙漠深处，一道奇怪的身影此刻正于清冷的月光中摸索着行走，仔细看上去，才发现是两个人，其中一个人背着另外一个，在沙漠里艰难地走着……

这两个人正是杨嘉谟和小刀。他不敢停下脚步，生怕一坐下便再也不想起来，就此睡死过去而成了野狼的腹中餐。在大沙暴中迷失了方向，与大队人马的行进路线出了一些偏差，从而彻底失散了。

虽然也同样侥幸在沙暴中活了下来，但大沙漠里生存还要面临重重考验，随着夜色的覆盖，很多白天没有遭遇的危险渐渐露出狰狞，一群野狼已经盯上了他们，尾随着杨嘉谟和小刀跟了不短的路程了。除此之外，严重的体力透支和饥渴也在消耗着他们的精力，小刀年幼体力弱，要不是有杨嘉谟的一路护持，他便是不被野狼们活撕了，也难逃饥寒交迫冻饿而死的下场。

沙漠的夜晚太冷了！

小刀颤抖着嘴唇，被杨嘉谟半拖半背着往前走，在杨嘉谟后背上，他迷迷糊糊地问道："杨大哥，我好像看到我娘了，你看，她就在前面对我笑呢！"

杨嘉谟脊背一僵，咬牙将小刀往上托了托，直接让小刀爬到了他的背上，就势转移着他的注意力问道："是吗？说说你们家吧！"

小刀微微睁开眼睛有了一丝清醒："其实，我们家也没什么好说的，我娘在我很小的时候就死了，我甚至都不记得她的样貌，而我爹，也被坏人害死了，我也没爹了。"

杨嘉谟怜惜之心顿起，为了不让小刀伤感，强自笑着打趣道："傻孩子，哪有人没爹的，爹娘都变成了星星在天上看着你呢。"

"嗯，我知道。"小刀歪头看向天空低沉地应道。

杨嘉谟不敢让小刀睡着，尽力找话题为他提神："那你再跟我讲一讲是怎么成了一个大侠的呢？"

小刀低声笑了出来，话语间多了一些精神，向往道："杨大哥，你说我能成为帮主那样的大侠吗？"

"会的，只要你肯努力！"杨嘉谟不假思索地回答。

小刀眼皮颤了颤又无力合上，悲观道："可是，我怕没有机会了，我可能快要死了。"

"胡说！"杨嘉谟抖了抖背上的小刀，安慰他，"男子汉不说这种丧气话，你要相信杨大哥，我一定会带你走出去的，你不许睡着知道吗？"

小刀缓缓点头，尽力睁着眼睛往前看去，却依然没多少信心地说道："杨大哥，我数了数那些狼，不算后面跟来的，周围还有九只。你说，像我这个体格，够它们吃一顿饱饭吗？"

杨嘉谟不禁苦笑，故作严厉道："不够！别瞎想了，我不会扔下你不管的。"

小刀抬头注视着杨嘉谟的后脑勺，眼睛里两大颗泪珠子滚了出来，嗓子眼里像是突然被什么东西堵上，一句话都说不出来了。他其实是想提醒杨大哥，要是用他这个累赘去诱开狼群，那杨大哥活下来的几率就会大很多啊！可是，杨大哥他没有那么做，一边苦苦挣扎一边还顾及到了自己的敏感，这是得有多大的胸怀才能做到啊？

"当大侠有什么好的？要做就要做杨大哥这样顶天立地的将军才够爷们儿！"小刀在心里暗自立志，只要不死，他就正式参军，从此跟随杨大哥建功立业跃马疆场，做一个真正的英雄豪杰。

轻轻贴上杨嘉谟的肩背，小刀偷偷擦掉眼泪咧嘴笑了笑，杨大哥这般人物迟早一定会扬名天下的，他相信。

半晌没有听到小刀的回应，杨嘉谟顿住脚转头来看，一边抖着肩膀喊道："小刀，小刀你醒醒，不许睡觉听见没有？"

刚刚哭过，小刀不愿意让杨嘉谟看见自己的狼狈，伸手拍了拍杨嘉谟的肩应道："我听见了杨大哥。"

杨嘉谟放了心，打起精神又要继续前行，却无意间看到了后面一队人影。时近中秋，虽然看不到月亮，但月亮的影子似乎就在头顶。暗夜里，那一队人马走得迅疾而又轻快，显然是惯常于沙漠中行走的架势。

小刀偷眼看去，见杨嘉谟面色凝重便顺着他的目光回头看，这一瞧顿时慌了，低声惊慌道："杨大哥，那些人……他们是瓦剌人，是瓦剌兵！"

杨嘉谟放小刀下地，目不转睛看着渐行渐近的那队人马，已然能够确定真是瓦剌人的骑兵队伍，看他们的穿着打扮还是一支装备精良的骑兵精锐，人数约莫在两三百左右，倒不是很多，但胜在行动迅捷整齐划一，一看就知道对方不容小觑。

"你还能认出是瓦剌兵？"杨嘉谟夸赞着小刀，心下却急速盘算接下来该如何应对。如果他的判断没错，这些瓦剌骑兵是直奔肃州卫去的，因为此刻他脚下要去的正是根据月影确定的肃州方向，而那些瓦剌骑兵正朝着他们而来。沙漠里，深夜的沙漠里，若说这支瓦剌骑兵不是去搞偷袭的，简直连鬼都不信。

野狼群见势不妙早几声干嚎之后一哄而散了，就像是连它们也惧怕瓦剌人骑射功夫精妙似的。

杨嘉谟一臂扶着摇摇欲坠的小刀，淡定地站在原地等瓦剌兵前来，还不忘低声嘱咐小刀："等会儿瓦剌人来问你什么都不要开口，一切由我来应付就是，别害怕！"

小刀两股战战，既有恐惧也有寒冷，紧紧攥着杨嘉谟的衣襟不敢撒手，仿佛看到了世上最可怖的东西一样。

杨嘉谟低头看了看小刀的样子略感狐疑，想问什么但已没了多余的时间，瓦剌人已经风驰电掣般地来到了面前。

瓦剌兵显然都是能征惯战的精锐，勒马站定时形成了一个半圆的包围圈，将杨嘉谟和小刀圈在可控范围内。这支兵马的头目提缰超出一个马头，马鞭一指喝问，出口自然是叽里咕噜一阵瓦剌语。

杨嘉谟虽然听不懂对方在说什么，但依情形猜测大约应该是询问他们是什么人，为何会在深夜的沙漠里行路这样的一些问题无疑。

关于这些事情的应对杨嘉谟在适才刚刚看到瓦剌兵的身影前来时就早有准备，考虑到瓦剌兵中或有能听得懂汉话的人在，他正想着装作迷路的行商应付几句，却被小刀稳稳拉住了手臂。

小刀本已虚弱不堪的小身板忽然间就有了力量，他拉住杨嘉谟，从他背上溜下来，稍稍踏上一步大有护持之意。就在杨嘉谟感到讶异时，小刀张口说出了一串流利的瓦剌话，熟稔程度仿佛他天生就是一个瓦剌人一样。

也不知小刀说了些什么，瓦剌兵头目听完小刀的言语，定定打量了二人片刻，手臂一挥喊过来两个兵卒，又是一番叽里咕噜的交流，似乎是安排嘱咐的意思，就见其中一个瓦剌兵下马往后走去，很快从队伍后面牵来了一匹健马。

头目往前一指，兵卒牵着马径直走向杨嘉谟二人，来到近前竟把马缰递到了小刀手里，还颇为友好地笑了笑才退下去。

小刀接了马缰，向对面的瓦剌头目行了一个标准的瓦剌礼，简单几句话虽然杨嘉谟听不懂，但不用想便知道无非就是一些感谢感激的言语了。

杨嘉谟冷眼旁观，对小刀能说一口瓦剌话十分好奇，更为他此时表现出来的这份从容而惊讶，明明在刚看到有瓦剌兵来时，他惧怕惊恐不似作伪，杨嘉谟甚至还感觉到了他手心里沁出的冷汗。

"看来还是一个有秘密的孩子呢！"杨嘉谟暗自思忖，等找到合适时机他得认真了解一下小刀，若根脚清正便不妨收为己用，那这个少年将会成为今后抗击瓦剌犯边时的很大助力。

瓦剌兵头目接受了小刀的致谢，吆喝一声便当先开道继续前行，剩余兵马依次跟上，井然有序的队列让杨嘉谟都忍不住心下一阵赞服。都说瓦剌骑兵全靠勇猛善战，看他们的行军指挥却并不简单，内中多有与大明军相似之处，且还有远胜于明军的骏马为坐骑，难怪他们敢常以数千兵马便大肆攻取城池、劫掠人口，其中肯定不乏通晓军法的能人了。

跟在瓦剌人后面，二人共乘一匹战马，杨嘉谟对瓦剌良马有了更深的认识。大明不缺马匹，像此刻胯下战马这般骨骼健壮、力大匀称的也不在少数，离甘州不远的山丹卫内有着传自大汉的皇家军马场，那里甚至喂养着纯种的汗血宝马。

但是，本该驰骋疆场啸傲边关的良种战马，却都沦为了达官权贵的玩物，除了每年定量向皇室供养的名马神驹外，但凡是匹稍有些不凡的好马，绝对也派不上真正的用场。名马良驹骈死于槽枥之间，虽有金玉雕鞍为装饰，战场上的王者却成了林苑中赏玩品评的玩物，终究物不尽其用，埋没者何止百千，当真也是马的悲哀了。譬如，他那日见到的单泽所骑的那匹狮子骢，匆匆一瞥便再也没见过踪影，肯定是被单泽拿去讨好上官巴结权贵所用了吧……

一通感慨、十分无奈！那样的现象早已不是个例，也并非隐秘了。朝廷在边镇设了茶马司，尤其西北边陲的甘肃镇紧靠西域，自古就是茶马互市的重要贸易之地，设立在甘州府城内的茶马司每年都有朝廷专门下拨的茶叶、粮食、丝绸等物品囤放在永丰仓内，用来向西域诸国换购马匹充作战马。只是，随着大明与瓦剌、鞑靼等部连年作战，从西域已经很难换到好马了，百姓手里的马匹大多都被各部头领们管控，优中选优先行配备各自部落的军队，剩下孱弱老病的才会用于和大明茶马互市，换取西域诸部所需的物品。而大明也一样，对战马的管控亦是十分严格，百姓用于耕作家常的马匹也一定是未被选中，或者是军中退役下来的伤残老弱之流，谁要是敢拿战马私用那绝对会被砍头。

当然，也有那手眼通天之人，与军中高层以及专管马政的官员相互勾结，两下里借着每年检验军马良性替换之机，将好马打上病残的标记，暗地里偷梁换柱弄到马市上去赚黑心银子。这样的人不在少数，杨嘉谟还是凉州卫指挥使时，就曾经亲手处置过几个军中蛀虫，对此自是深有体会。

有了健马代步，确实省力非常，瓦剌人为了便于在沙漠里行军，给战马的蹄子都包着专用的兽套，模仿骆驼脚掌的样子，别致又实用。

月影幢幢，沙地里战马走过的痕迹清晰可辨，杨嘉谟微微赞叹一声，心上顿时有了主意，等回去要赶紧写信给家里，请祖父将瓦剌人沙漠走马的经验方法推荐到边镇守军当中，往后再与他们交战就不怕一进沙漠束手无策了。自己上疏？还是算了吧！以他如今的处境，还有一心要置自己于死地的顶头上司单泽，他的上疏恐怕还没到指挥使的桌案上，就早被当做厕纸擦了屁股了。

看了眼默不作声闷头行路的瓦剌骑兵，杨嘉谟心下稍安，这些人不论是去做什么的，此刻却可以将他们看做是自己的扈从，至少没了野狼群的威胁和极度体力透支的疲惫，他就能有足够的时间来关心别的了。搂着摇摇欲坠的小刀，杨嘉谟嘴角微微一笑，这个少年此时心神放松，在舒服的马背上竟打起了细细的呼噜，可见这两日来他已是硬撑到了极限。

也不知道大哥和启民他们怎么样了？有没有顺利摆脱大沙暴，活着还是……杨嘉谟不敢设想，从自己九死一生的遭遇里就可以想象，他们，每一个人要想在这场要命的沙暴肆虐中逃生，肯定都是扒皮剐骨般的艰险困苦。而这一切，都是拜单泽所赐！

杨嘉谟细细思索着他们被派往关外的一系列遭遇，包括那份被杨俊嫌弃质疑过的所谓舆图，内中布局可谓处处精心、环环相扣。先是用正大光明的巡边理由迫使自己出关，之后利用他初来乍到不熟悉地形的缺憾，塞过来一张改动过的舆图，从而将他们成功引入沙漠腹地。如今想来，那场几十年都未必一遇的大沙暴，恐怕也是有人早就观测到了，其目的就是借用沙暴绞杀自己。手不沾血就能除掉仇家，策划这一切的人若肯将这份心力用在对抗外敌上，倒也不失为一个人才。

自然，杨嘉谟并不认为单泽有这份算计和谋略，那厮狗肚子里有几两黄油他还是比较了解的。杀人，单泽可以不择手段，但筹谋之道定是背后高人指点。

"单泽，既然如此就别怪我釜底抽薪了，咱们的游戏才刚刚开始！"杨嘉谟拢了拢衣领，低声说道。

许是杨嘉谟的低语惊醒了小刀，他睡意蒙眬地扭了扭身子，含混不清道："杨大哥，你别管我你先走，他们又要去杀人了。"

杀人？杨嘉谟替小刀掩了下衣襟，安抚地拍了拍他的背示意他继续睡。瓦剌骑兵出击，哪一次不是去杀人放火的？大明衰微，曾经四海臣服的威势和八方来贺的盛世繁华已不复当初，但边民、军士还依然在坚强捍卫守土卫家，即便流血流泪绝不轻言放弃，都只为中华尊严神圣不可侵犯！

这支瓦剌骑兵不管他们此行是去干什么的，只要遇到了他杨嘉谟，他们的麻烦就来了，就休想沾大明半分的便宜。不信，走着瞧！

杨嘉谟眯眼注视着前面的兵马，心思急转已是想了好几套御敌退敌、保卫边关的策略，趁着还有一段路程，他收敛心神仔细谋划推敲，在尽力找一个以最小的代价取得最大胜利的办法。只身一人，要杀退一支瓦剌精锐小分队，貌似并不容易。但也必须全力一试，谁让他歪打正着遇上了呢！

第二十七章
边境小村

出了沙漠再往前行，很快一片村舍便遥遥在望，那里是属于大明边境的一个小村子，叫王家庄。正是这些瓦剌骑兵今夜出击抢劫的目的地。这样的信息也是小刀刚才悄悄地告诉他的。他问小刀，他们是怎么说的？小刀说，他们刚才说了王家庄这个地名，还说了今年王家庄的庄稼长势最好。杨嘉谟恍然大悟。秋收刚刚结束，正是家家户户颗粒归仓喜贺丰收的大好时节，瓦剌抢掠可算是抢出经验来了，知道这个时候必会满载而归。

杨嘉谟暗中观察了一路，确定这支瓦剌小分队不是大队攻城的先锋兵马，从他们有余有剩地带了空乘马匹来就可以断定，这是某个部落专门瞅准机会来抢掠粮食财物。瓦剌兵虽然兵强马壮行动隐蔽，看似做好了完全的准备，但是，凭着杨嘉谟依照月影做出的方位判断，这处村舍大约是在肃州卫西边偏北地带，若是在瓦剌抢粮的时候村民能够抵挡一二，那等来官军救援的几率还是很大的。毕竟是最前沿的关隘险要，单泽再混账无能，也断不敢在秋收前后玩忽职守，对防范蛮夷抢掠不作任何布置，何况还是在这种最边缘、最容易受到侵略的村庄。

瓦剌兵警惕性向来很高，尤其在实施抢劫的时候，也必定清楚这个时节明军御敌是最紧张的。但他们还是挑了此时来，这种颇具危险的做法只能说明一点，那就是他们的部落今年吃粮短缺、收成薄淡。如此论证，是不是可以大胆猜想，塞外西域诸地普遍减产、各部都程度不同地存在缺粮的问题呢？如果是这样，那眼前这支小分队可就成了未来一年西域各部侵扰边境的缩影了，若假设成立，大明西陲很可能在接下来的这一年将要面对一股又一股的蛮夷犯边，甚至将会引发大规模的战事。毕竟民以食为天，本就不擅种植米粮的西域胡族，在饥荒驱使下只能无数次地向大明伸出锋利的魔爪了。

想到此处，杨嘉谟忧虑顿生。保住一个村舍不受劫掠，打退这支为数不多的瓦剌强盗容易，但要保住边墙沿线数千里境内的村舍可就是个难题了，一个卫所兵马满员也才不足六千人，加上高台等守御千户所的兵力，不足一万军士，布防数千里，那跟一块大饼上零散撒落的几颗芝麻没什么差别，纯粹是中看不中吃啊！

杨嘉谟咽了口唾沫，暗恼自己打的这个比方太不明智，此时此刻莫说是块撒了芝麻的面饼，便是最平常不过的糠菜团子于他来说也不啻为美味佳肴，还说什么中看不中看？瓦剌人送了一匹坐骑倒是省力，但饿了两个日夜早已前胸贴后背，对食物的渴望和向往岂是用一两句话就能说清楚的。

算了，还是跟着这帮人先进村子再想办法找吃的吧！这时候，小刀又一次睡着了。杨嘉谟摇醒了小刀，低声告诉他马上到王家庄了，很快就有吃的了。

小刀迷迷糊糊睁开眼睛，一眼看过去经不住浑身颤抖。经过一路的歇息精力有所恢复，他指着远处的村庄激动道："我们……我们终于活着回来了？"

杨嘉谟含笑点点头："当然！我说过，我不会让你一个人喂狼的。"

小刀眼睛里光芒闪烁，狠狠掐了一把自己的大腿，疼得直抽冷气却咧嘴笑了："活着真好！"

是啊，活着真好！杨嘉谟亦有同感，且不是第一次这样觉得了，当初从鬼头刀下获得赦免，他就这么认为的。因此，他比任何人都要珍惜生命，都要尊重人活着的尊严和权利。

到了目的地，眼看就要实施隐秘行动，之前那个给了他们坐骑的瓦剌兵打马走过来，用瓦剌话跟小刀说了几句。

小刀应对之后，转头对杨嘉谟说道："杨大哥，他们说已经出了沙漠这里安全了，要马呢。"

杨嘉谟笑笑，一翻身下了马，又照顾着小刀也下了马背，笑道："那便还回去吧，记得跟人家道谢。"

小刀点点头，牵着马交还给瓦剌兵，行了一个瓦剌的礼后说了几句话，看着那个瓦剌兵牵马走远才回到了杨嘉谟身旁。

"杨大哥，我们接下来怎么走？"小刀问。

杨嘉谟盯着瓦剌兵远去的方向笑了笑道："咱们先找吃的去，吃饱了才有力气干活呀！"

小刀自然唯命是从，跟着杨嘉谟步行赶到了前方的村庄，并颇为忌惮道："杨大哥，我们还是尽量离那些军士远一点吧！他们也是去的这个村子。"

杨嘉谟不以为意地笑道："怕什么！他们做他们的，咱们只管找吃的填饱肚子。再说，你不是还会说瓦剌话嘛！"

小刀闻言抿了抿唇心虚道："之前我跟他们说，我们也是瓦剌人。"

杨嘉谟早有猜测，边走边道："无妨！要不是你这么说，或许你我早就死在沙漠里了，对吗？"

小刀冲着杨嘉谟隐隐约约的面容点头："对的。他们凶残不假，但瓦剌部族有严禁杀害年轻同族的规矩。"

"小刀，你对瓦剌很熟悉呀！"杨嘉谟状似随口问道。

"我……"小刀迟疑着欲言又止，似乎有难言之隐一般。

杨嘉谟掀唇一笑，不用回头他就能想象到小刀此时的表情，一定是心虚胆怯外加一点迟疑的。小刀身上有秘密这已经是不争的事实，只是腹鼓如雷饥肠辘辘，当务之急乃是食物和水，探寻这些并不急于一时。

还未靠近村庄，阵阵呼喝声已然飘到耳边，鸡飞狗跳声里婴孩的啼哭夹杂着妇人的尖厉叫骂，以及各种各样高低不一的动静，为深夜的庄户之地增添了异样的喧嚣和不安。

杨嘉谟眼神一暗，脚下不禁加快了几步，绕过村头一棵半死不活的老柳树，他顺势走进最边上的一户人家。

草泥砌成的院墙向里倒塌了一大片，两扇破旧的木门更是东一块西一块的胡乱扔在院子里，还有一些庄户人家常用的器具散落于小院各处，无一不在说明这里刚刚遭受了怎样野蛮的侵袭和翻捡。

踩着满地狼藉，杨嘉谟缓缓走向中间的堂屋门口，不禁有些气恼地想道："难道单泽压根儿就没做防范？对百姓们做不到保护，连个必要的提醒都做不到吗？"

看这院里的情形，想必有一点吃的都早被瓦剌兵搜出来抢走了，自己怕是还得继续饿一阵子。正自失望着，却见堂屋门口齐刷刷跳出两条人影来。

"强盗，我们跟你拼了！"随着一声大喝，面前便有一股冷风袭来。

杨嘉谟侧身避过，忙出声解释："且慢动手，我们不是瓦剌人。"

冷风散去，定睛一看却是把秃了头的大扫帚，而握着扫帚的是一个脸膛还算白净而身形并不怎么魁梧的庄稼汉子，他的身侧，一个跟小刀差不多年岁的少年手提一把铁锹对门外的杨嘉谟怒目而视。

这父子二人显然是将杨嘉谟当做了去而复返，且落单的瓦剌人，这才果断出手主动袭击。

杨嘉谟见状连忙拱手真诚道："大哥，我们是过路人，不是强盗，你们别害怕。"

门内并排而立的父子借着月光打量杨嘉谟，汉子质疑道："你真是大明子民，不是瓦剌派来抢粮食的强盗？那为何这副打扮？"

杨嘉谟拽了拽破烂的衣衫，苦笑一声："实在是一言难尽，这不刚经历了那场大沙暴，差点就葬身沙海，侥幸逃得一命便成这般狼狈了么？"

汉子将信将疑，踮脚往杨嘉谟身后看了看又问："你和那些瓦剌人同路而来，难保不与他们是一伙儿的，别以为能说几句汉话就让我相信你。"

杨嘉谟一听当真欣慰，边民有这样的见识和警惕，对于抗击蛮夷是非常有助力的一件好事，要是能够在农闲时对他们再加以操练，教会他们基本的战法与武艺，等到外族入庄逞凶时百姓都能进退有度地进行防守，那戍边可就事半功倍了。

念及此，杨嘉谟笑道："大哥你再这么坚持，等瓦剌人抢完东西撤走可就追不回你们的损失了。"

汉子闻言惊诧不已："你是说，我们的东西还可以追回来？"

"不妨一试。"杨嘉谟笑着说道。

门内少年一撇嘴，出声提醒自己的父亲："爹，他在吹牛。"

汉子收起脸上的希冀，挺了挺胸将扫帚往前一立："是啊！我差点就信了。就凭你和你身后那个半大孩子，能打过那么多的瓦剌骑兵吗？"

杨嘉谟无奈，面对如此没有信心的父子二人他也只能言尽于此，只得暂时放弃说服他们听从自己的打算，拱手笑道："既然如此想必我说什么你们都不信了，那能否恳请大哥，给我和我的小兄弟赠予一点吃的？"

话音才落，小刀在后面及时补充："还有热水。"

眼见堵着门的父子二人面露不满，杨嘉谟忙笑道："自然，凉水也可。我们已经两天两夜水米未进了。"

屋内灯火突地亮了，晕黄的光影里，一个怀抱婴孩的妇人款款走到门口来。只比少年高了半个头，刚好露出眼睛的妇人有一双充满母性光辉的眼眸。

她定定打量着这两个不速之客，略有埋怨地对丈夫和儿子道："几个冷馒头、一碗热水我们家还是有的，你们父子还不去拿来，就当是给咱们的小宝积些福缘吧。"

这家人应该是女主人当家，父子二人听闻吩咐不带迟疑地各自回屋去准备。

只是临去之时，少年瓮声瓮气地叮嘱杨嘉谟："你们最好别打坏主意，不然……哼！"

浓浓的警告意味，却终究被他变声期的那种特有嗓音生生弄得带出了很多喜感来。

杨嘉谟笑着应下，见少年转身走了，对门口妇人拱手致谢："多谢大嫂赠以食水。"

妇人笑了笑看了眼小刀，微微挪开两步让出路来，道："外面寒凉，请进来稍事歇息吧，看那孩子与我家小儿差不多年纪也是可怜。"

杨嘉谟扭头示意小刀跟上，一抬腿跨进了这户农家。屋舍简素，但胜在能够遮风挡雨，小小的堂屋桌案上一盏油灯映照出满室温馨，是比外面暖和许多。看得出这家人的小日子过得尚可，简单的陈设旧是旧了些，但不至于家徒四壁，土墙上甚至张挂着一幅不知出自何人之手的书法，字迹一般却平添了些许书香之气。小小庄户之家，竟也有附庸风雅之举，倒是令人颇为意外。

妇人请杨嘉谟和小刀坐到桌案边的条凳上，那父子二人也正好端了热水和食物来放到桌上，尽管只是几个掺了麸糠的黑面馒头，却硬是让杨嘉谟馋得几乎流下口水来。小刀更不用说，看着馒头的眼神跟沙漠里尾随他们的那群狼相差无几。

妇人怀里的婴孩嘤咛两声似是醒了，她轻轻拍打褓褓安抚，然后抬眼对丈夫轻声道："让这两位客人用些食水便好生送出去吧，莫要多生事端。"

汉子点点头挥手道："你先回里屋去吧，我都省得。"

妇人颇有礼数，向杨嘉谟微微颔首致意之后转身进了里间。

杨嘉谟也不客套，伸手拿起一个馒头递到小刀手里，笑着道："快吃吧！"

小刀接住头一低狠狠咬了一口开始大嚼大咽，饕餮之相惹得这家那个少年频频皱眉。

杨嘉谟怕小刀噎着，先倒了一碗热水放到他面前，自己又倒了一碗慢慢喝起来。越是饿得狠了越不能急于贪食，这一点杨嘉谟在军中打仗时已有经验，遂克制着自己不停狂啸的胃肠先用热水安抚着它们。

少年好奇地看着杨嘉谟隐忍的样子，又看看塞着满嘴馒头却直瞪眼的小刀，连忙好心地把水往前推了推示意小刀别噎着。

小刀端水大口猛灌，终于将噎在喉咙口的馒头冲了下去。他伸了下脖颈，一手拍着胸口顺气，另一只手早已又拿起了馒头继续填塞……

眼见小刀都已干下去了两个馒头，杨嘉谟这才不慌不忙用三指捏起黑面馒头送往自己嘴边，动作优雅不失风度，足见中华礼仪之道已经深入骨髓。不管什么场合、什么处境，有些行为一旦形成习惯便再难更改，将会在一言一行当中不自觉地流露出来，让自身有别于他人，甚而凸显身份气度的不凡。譬如此刻！

少年看着杨嘉谟吃馒头，眼里的好奇更甚。夫子教授学业的时候常说"腹有诗书气自华"，莫非说的就是眼前这个人？别看他衣衫褴褛蓬头垢面，但行动间的从容和眼睛里的淡然，自有一番说不出的美好，让人忍不住就想靠近他。

"你真的能打败瓦剌兵，帮我们追回财物吗？"少年不由自主就问了出来。问完了可能又觉得自己这个想法幼稚，讪讪着反倒不好意思起来。

杨嘉谟抬眼看着他，不紧不慢地吃完手里的馒头，将白水喝出了香茶的姿态，才缓缓道："如果你们肯一起出力，我保证可以。"

"需要我们做些什么呢？"男主人颇感好奇地问道。

杨嘉谟手指轻轻叩着桌案，认真道："你们村有多少人家？像你们父子这样可以出力帮忙的大概又是多少呢？"

看对面的父子二人同时狐疑，杨嘉谟只好补充："我要依据人数的多寡安排一些谋划，争取用最小的代价截住瓦剌兵予以消灭，把他们抢走的粮食夺回来。"

少年眼睛里闪着亮光："你说让那些强盗有来无回？"

"对！"杨嘉谟收掌成拳，在桌上狠狠一砸，"敢于入境抢掠，总得给他们一点回馈才对。"

吃饱喝足力气已是全然恢复了，这一拳下去直震得桌上碗盏都跳了三跳。

小刀打着嗝歪头看过来："杨大哥，我吃饱了，能帮你做好多事。"

杨嘉谟微笑着点点头，招手让这家父子二人坐下，开始一边了解村舍的基本情况，一边安排部署对付瓦剌兵夺回财物的一系列注意事项。在这个过程当中，杨嘉谟也才得知了这家男主人姓王，还是本村中威望比较高的一个人。这个叫做王传礼的庄稼汉还兼任着村里小学堂的教书先生，能够营务得了庄稼还识文断字，倒也颇为难得。难怪屋内还张挂字幅，原来也算小村庄里的书香之家了。

杨嘉谟从王传礼这里了解到，本村拥有一个很传统的名字——王家庄，而王家庄共有四十六户人家，老少男女全数三百余口，算是人丁比较兴旺的村庄了。但是，听着人口虽多，除去妇孺老弱和被征调入伍的，能够组织起来勇敢对敌的壮年男子大约也才只有六十人左右。瓦剌骑兵接近三百，而己方仅有六十人，不论人力还是实力都处在绝对的劣势。但是，杨嘉谟本就没想过要正面对抗瓦剌兵，他早就想好了利用村里各家各户的庄院和没什么规则的巷道，打一场让瓦剌兵摸不着头脑的伏击战。瓦剌兵深入村庄，又是趁夜来抢掠，他们必然不如生长于斯的村民熟悉地形，再加上瓦剌人骨子里对大明百姓战力的不屑，正好能够打他们一个措手不及，这样就有很大的把握拖住他们，然后等待官军的驰援。

安排了王传礼赶紧通知各家组织人手，杨嘉谟叫过那名叫王秋官的少年，严肃问道："秋官，你知道咱们这里最近的官军驻扎在哪里吗？"

王秋官颔首，跟着小刀称呼杨嘉谟道："杨大哥，我知道。离着我们村三十多里地的镇上就有官军，那个百户大人与我爹还是好朋友。"

杨嘉谟起身，拍了拍秋官的肩膀，郑重嘱咐："我让小刀陪你去，你们二人务必用最快的速度通知官军前来驰援，赶在天亮之前必须打退瓦剌骑兵，否则等天一亮咱们就不占任何优势了。能做到吗？"

闻言，小刀起身拍着胸脯保证："杨大哥你放心，我现在已经有力气了，可以和秋官一起去镇上，三十里路保管一个时辰就能到，两个时辰可以打一个来回。"

秋官比小刀文弱，但看着年龄相当的小刀这样说，也不甘落后地说道："也就是在夜里，要是放在白日里，一个时辰我就到了。"

"你们不能从路口出村，要想方设法躲过瓦剌人的哨兵！"杨嘉谟笑着鼓励二少年，"另外，吹牛说大话不可取，三十里路说远不远、说近不近，我不要求你们回来的时间，你们只需安安全全出村，将此地情形速速报与官军，他们有马有车，自是能够及时赶来。"王传礼从门外进来接上说："快去吧，从老八家的后院翻出去，那里没有路，瓦剌人肯定不会有哨兵。等会儿一旦交手伤亡大小可就全看你们的脚程如何了。"秋官颇不服气地看了眼小刀，而后二人领命出门而去。杨嘉谟问王传礼："王大哥，你赶紧去通知村里人呀！怎么又回来了？"

王传礼笑着说："杨兄弟，放心吧，已经通知到了。"

杨嘉谟很是惊讶地看着王传礼问道："王大哥，你，这么快就通知到位了？"

王传礼略有得意地笑道："这有何难！我们村里可是专门设置了紧急情况下通信的特殊办法，我都不用出院子就能告诉大家伙儿准备些什么。"

"竟有这般神奇？"杨嘉谟不敢置信。

正说话间，内室门帘一掀，王传礼的夫人已是哄完了孩子重新出来。她笑着上前，睨了眼丈夫嗔怪道："是你的功劳吗，就敢这样在客人面前自吹自擂往自家脸上贴金了？"

王传礼不好意思地笑笑，对杨嘉谟尴尬道："杨兄弟见笑了，内子批评得没错，这样的办法并不是我的功劳，乃是岳丈大人所授，我就是出了一些苦力罢了。"

杨嘉谟十分感兴趣，拱手问道："不知道是怎样的一件神奇物事，居然足不出户就能把我们要做的事情告诉全村的人？这样的宝贝，可否让在下一观？"

　　王传礼看了看自家夫人，得到对方点头认可才笑着一扬手道："杨兄弟，我这便带你去瞧瞧，岳丈大人曾有交代若能遇到有远见之士，此物说不定就能推广开来为更多人造福了。请随我来。"

　　杨嘉谟向王夫人微一颔首致意，便跟着王传礼出了堂屋到得院中。对于这样的神秘物事，杨嘉谟充满了空前的热情和好奇。

第二十八章

墨家听瓮

月光下，王传礼从倒塌的葫芦架下揭开一方石板，露出一个约有铜盆大小的圆形地洞。

指着地洞，王传礼笑道："杨兄弟，你瞧。"

杨嘉谟俯下身子凑近地洞细看，然后伸手摸了摸地洞的边沿，眉头一挑问道："这是一只瓮？"

王传礼点头，口中低诵："令陶者为罂，容四十斗以上，固顺之以薄革，置井中，使聪耳者伏罂而听之……"

不等王传礼继续说下去，杨家谟已是恍然大悟，双眼放光地打断："是听瓮，原来竟是听瓮！能传到几十里外的听瓮？哈哈，墨家的技艺真是精妙绝伦！"

听杨嘉谟一语道破，王传礼倒是很感意外："杨兄弟居然这么快就识破了此物？这的确是根据《墨子·备穴》中的方法制作而成的听瓮。"

杨嘉谟匍匐着把耳朵凑近洞口听了听，直起身子赞叹道："王大哥，真的是尊夫人的父亲，你的岳丈教授大家这个方法的吗？"

"不错！"王传礼亦是满眼崇拜地回道，"不瞒兄弟，我那岳丈于我看来乃是不逊先贤的一代大儒，他学识渊博满腹经纶，最可贵的是品德高尚，从不以贫富来判定一个人的贵贱。如此，我这样的普通之人才能成为他老人家的东床啊！"

虽然未曾谋面，但从王传礼的神情和话语里就能断定，那位将听瓮的使用方法教会村民的老先生，必是博览群书受人爱戴的儒士无疑了，说不定还是一位隐居此地的高人。

想到此，杨嘉谟心中的敬重更甚，拱手道："不知道贤岳翁是否也在此处？这般大贤尊者我当亲自拜望。"

王传礼又着重细致地端详了杨嘉谟片刻，笑道："杨兄弟此刻行事言语，一瞧便知道是读书之人出身，又兼知晓听瓮，我岳丈若是在此必定喜爱。只是可惜了，他老人家远在甘州府城，一年里头只有春秋两季来督导教学之事才来寒舍盘桓几日，其余时间却是抽不开身的。"

杨嘉谟略有失望，又问："听大哥的意思，贤尊翁身上还有官品？"

王传礼的骄傲并不加以掩饰，与有荣焉地笑道："正是。他老人家乃甘州府儒学教授，甘州府城的甘泉书院就是他一手创办，素日于书院中亲力亲为教授学子，是受到朝廷数次嘉奖、桃李满天下的丁大先生。"

"丁大先生？"杨嘉谟微微有些茫然，于甘州而言他只是一个外地人，除了诸如行都司、巡抚衙门、甘州府衙等官家署地和办事机构，对于其他方面的人事并不了解，王传礼口中说的这位老先生更是第一次听说。

不过，听瓮之事已经足够抵消这份陌生了。一位能够将古人智慧推广应用到民间，在日常生活和防范敌情中发挥最大效用的老先生，就这样带着神秘的光芒在杨嘉谟的心底留下了深深的印记。

王传礼见杨嘉谟谈吐不俗又有见识，已然完全放下疏离与之亲近起来，拉着杨嘉谟回到屋内又详细介绍道："杨兄弟，听瓮不但可以监听到几十里外大宗马匹车辆行进的动静，还能在邻里之间互通消息，只需要设定一些专用的方式，大家听到声音就知道是什么意思，简直太方便了。"

接着又自豪地说道："就比如这次的瓦剌骑兵偷袭我们村，我们负责值守的村民发现有马队靠近的动静，就先行通知全村让老人孩子躲到地窖去了，多的粮食也转移了一部分，只是时间紧张还没来得及全数藏起来鞑子便进了村。"

"原来如此。"杨嘉谟由衷赞叹，"这听瓮的确是防患于未然而必不可少的好物事啊！"

杨嘉谟从小也算好学，练武之余在兵家典籍的攻读上亦是下了大功夫的，武将世家嘛，这都是必备技能，需要熟练掌握的。因此，他一见王传礼家的地洞就看出是听瓮了，而对如何通过这个物件来互相通信却略有存疑，便不禁问道："是通过敲击瓮口的力度，或是特别制定了只有你们村里人才懂的敲击次数吗？"

"哎呀！杨兄弟，"王传礼拊掌惊奇道，"你怎的这般聪明，我还没说你都猜到了？"

杨嘉谟微笑不言，只要知晓了是听瓮，怎么传话还不是举一反三的事情？

王传礼扭头看了眼灯下为他们沏茶的妻子，大笑道："芷兰，为夫愈加佩服你识人的眼光了，你怎么就看出来杨兄弟是我辈中人的？要不是你，我可就错过结识他的机会了。"

原来这位年轻的夫人闺名叫做芷兰，一听就是有学问的人家所出。

芷兰瞪了一眼丈夫，薄嗔着笑道："看你，也不怕杨兄弟笑话。"

王传礼挥手一笑："笑就笑呗！你能嫁我本就是明珠暗投了，还不兴我夸赞几句的。"

芷兰浅淡微笑，素手端了一盏茶放到杨嘉谟面前，又给了王传礼一盏便起身告退，对二人轻声道："我先带着小宝去暗室，稍后战事一起他又该睡不安稳了。"

王传礼温声安慰几句，目送芷兰进内室去躲避了。

杨嘉谟也算是在边镇戍守过的，原本以为打仗就是沙场对阵，兵来将挡水来土掩，还真的没有深入百姓家里了解过他们应对战事时的样子。但是，今夜在这个陌生的村庄，遇到这户此刻已不算陌生的一家人，在见识了他们传递信息的方法的同时，家家户户还准备有家用的暗室。这一切，都颠覆了他对边民普通百姓防御侵袭的认知。这样很好，起码在蛮夷来时，他们不会抱头鼠窜或是任人宰割了。

正要再仔细了解一下家用暗室的使用情况时，王传礼家的院中有人进来了，从脚步声可以断定来者有好几个。

杨嘉谟和王传礼极快地对视一眼，起身闪到门边各守一侧，然后向外面看去，村庄里正在实施抢掠的瓦剌人还没有撤走，难保不是他们又折返回来进行二次"扫荡"。

"传礼，传礼，我们来了。"一个汉子当先向堂屋而来，在走到门口时驻足示意身后的几个人停下脚步，一边低声喊着王传礼的名字，又对身后的人说道："他们家有小孩子，这深更半夜的大家就都别进去了。"

这是一个十分贴心，懂得为别人着想的人。杨嘉谟微微点头称赞，和王传礼一起走了出去。

刚一露面，之前说话的汉子迎上一步低声问道："传礼，你让大家此时过来，真的决心动手了？"

另一个汉子气愤道："你说吧怎么打？我已经受够这帮孙子的欺辱了，杀一个够本，杀两个还赚一个，咱们再不能老这么被胡虏打上门来占便宜了。"

四五个汉子你一言我一语，都表达出对瓦剌劫掠的愤慨和决意一战的无畏，这一切都看得杨嘉谟信心大增。这些人倒比他刚进到这个院子见到的王传礼父子，要感觉有血性多了。

王传礼抬手，做出一个噤声的手势示意众人安静，这才侧身一让把杨嘉谟介绍给大家。

　　"各位乡邻，这位杨兄弟是个难得一见的有远见之人，他有办法带领我们打退瓦剌强盗，所以叫大家过来做个商榷。"王传礼对众人说罢，又转头对杨嘉谟道："杨兄弟，这几位都是本村人士，平素村里大事都有决定权，你们认识认识。"

　　杨嘉谟含笑拱手："见过诸位大哥。"

　　对面几人错愕者有之，懵懂者有之，惊讶者更有，总之各有不同的表情相对，唯独之前和王传礼说话的那个汉子盯着杨嘉谟打量几眼，颇为意外地叫道："杨指挥？你是杨指挥，我没认错吧，你怎么来了这里，还……"

　　他上下打量杨嘉谟，不敢置信地又接着道："杨指挥，你这是打哪儿来，怎么还弄成了这副形容？"

　　确实，杨嘉谟此刻的形象是十分之狼狈的，着装之破烂跟一个乞丐没什么差别。

　　见这汉子居然一眼就认出了自己，杨嘉谟也是很有些意外，不禁问道："你认识我？请恕杨某眼拙，你是？"

　　汉子激动地一把拽住杨嘉谟破烂的袖子，凑近了指着自己的脸盘子道："杨指挥你仔细看看，是我啊！咱们在甘州府城的行都司衙门曾有一面之缘，当时我被那些衙差和府兵拿了，要不是你硬撑那个没有鸟的什么太监总督，说不定我就再也回不来了。"

　　"原来是你呀！"杨嘉谟恍然笑道。他已然认出了这个汉子，正是当日在都司衙门被衙差和府兵当成聚众滋事的首脑给绑了的那名黑红脸汉子，却想不到再次见面竟是在这个偏远的小村庄里了。

　　汉子显得很兴奋，跟满脸疑惑的王传礼等人介绍："大家都别愣着了，这位就是我跟你们说过的死守庄浪卫，以两千军士打退瓦剌万余大军的杨嘉谟杨指挥啊！"

　　"你就是杨嘉谟？杨家将的后代？"王传礼率先反应过来，拱手一礼笑着赞叹，"难怪看一眼就能识破墨家技艺，原来是大英雄来了，真是失敬失敬！"

　　众人一看眼前这位正是边民军士都崇拜的英雄，尽皆上前与杨嘉谟见礼，言说着对他那一战的肯定，和之后受到贬斥的不满，令杨嘉谟深深感受了一把来自底层的最朴实真挚的温暖。

　　架不住众人的热情，杨嘉谟拱手笑道："诸位诸位，我个人的事情咱们能不能暂且先放一放，眼下尽快组织人手阻击瓦剌兵，最大可能保住大家的损失才是当务之急呀！"

黑红脸汉子叫做王传仕，与王传礼乃叔伯兄弟，闻言阻住众人的七嘴八舌，对杨嘉谟肃容道："杨指挥，怎么做你吩咐就是了，我们庄子里基本都是军户出身，打仗杀敌绝不含糊。"

杨嘉谟也不客套，想着时间宝贵便直接吩咐："如此最好不过了。大家想必已经安顿好家小了，这便各自出发去尽可能多的组织人手，然后选取村里各个方位的院落为据守，每处人数不限多少，利用一切可以打击敌人的方式，把这一股瓦剌兵拖在村里，等咱们的军士一到围歼这些蛮夷便不在话下了。"

嘱咐完了，杨嘉谟又特别叮嘱："咱们的任务是拖住瓦剌兵，他们是骑兵，我们尽可能地在马不能走的地方袭扰他们，最好用箭，不到万不得已不要使用刀。我们的任务是尽量消耗他们的精力，不到万不得已绝不可直面打斗，瓦剌这次来的人数虽不多但却是一支精锐骑兵，凭咱们这些人，没有趁手兵器和战马绝不是他们的对手，造成伤亡委实不值，都明白了吗？"

王传仕点点头："行，我们都知道怎么做了，就按杨指挥说的办。"

杨嘉谟颔首，又对王传礼交代道："王大哥，你熟悉村里听瓮的传声方法，就专门负责向各处传达指令，我与你一起坐镇此处，随时调整部署负责全盘调度，你看可好？"

王传礼哪还有什么意见，敛容应下："好！我这就通知大家，按杨指挥的部署都安排起来。"

王传仕身侧一名也是王姓的汉子眼含期待地笑道："哎呀！好久没有这么痛快过了，终于再不用眼看着鞑子抢掠，只会躲在暗处痛惜不甘了。"

另一个村民也满脸激动："这次，咱们一定得让那些鞑子知道一下王家庄的厉害，让他们有来无回，打得他们再也不敢到咱村里来。"

本是军户出身的一帮汉子，过去很长一段时间忍受着蛮夷的抢掠，眼睁睁看着自己的财物被抢夺而无所为，他们并不是天生懦弱不敢反击，而是缺少一个足以点燃怒火和勇气的契机。杨嘉谟的到来无疑便是那根引火的线，串联起了一颗颗不甘侵略的热血之心。而这样一群人，将在接下来的时间里绽放出属于他们的光彩，重新燃起军户之家应有的不屈斗志，以暴制暴守家卫国。

第二十九章
疑兵之计

杨嘉谟的部署和谋略无疑是成功的，在王家庄所有青壮的并肩携手反击下，瓦剌兵刚开始狼入羊群的一面倒劫掠行为开始有所收敛，他们已经顾不得抢来的粮食等物品，把重点放在了防守村民偷袭上。

开玩笑，粮食财物哪有性命重要，不可能为了几颗粮食先把小命搭上，部族之中远远还没有到饿死人的地步，他们不过是奉命来打秋风为后面预料到的饥荒做贮备，并不值得此时就以命相搏。

因为有杨嘉谟的协调指挥，王家庄众军户汉子对此次主动打击瓦剌侵犯之敌具有极度的信心，也抱有绝对的兴奋，于村中各处据守点上打得游刃有余且花样百出。没有趁手的兵器，他们就用箭和土办法对付敌人，除此之外，还有石头、土块、木棒、犁头，还有麻绳设置的绊马索等等一切可以利用的工具。经过几个时辰的搏斗，他们硬是凭着不到百人之力，把这股精锐的瓦剌骑兵拖在村里到处乱窜。鞑子虽然有战马，但战马在这里没有用武之地。所以，这些强盗再也顾不上抢粮夺物了。在没有规则的村庄小巷道里、院落里，瓦剌兵原本自恃人多马精的优势一点都发挥不出应有的效用，多带来的用于驮运粮食的马匹反倒成了绊住他们的累赘，困成一团的骑兵和马匹互相牵绊挡道，在狭小的巷道中便成了村人活生生的靶子，随便扔出去一块石头都能轻松砸中，偏偏敌人还找不到袭击之人藏在哪里。

村民们辗转于各家各户，所有可以精确打击敌人的地方，都被他们充分利用起来，灵活的打法和不停变换的攻击地点，极为有效地迷惑了瓦剌人的判断，让他们一致认为受到了远超于己的大明不知名势力的围攻……

这就是杨嘉谟想要看到的效果，只要再多拖一段时间，官兵应该就能赶来支援了，到时候弓箭刀枪齐上，这支不知道来自瓦剌哪个部族的精锐骑兵再是勇猛又如何，即便不能全歼，也必将折损惨重，往后再像这般如入无人之境一样地来抢掠民财，那就得好好掂量掂量了。

算算时辰，秋官和小刀应该早到镇子上了。杨嘉谟一边关注战事，一边看着偏西的月亮计算官兵赶来的时间，虽然目前王家庄村民占了上风，但到底没有足够杀敌的兵器支撑，困住瓦剌兵也是一时的，官兵若是再不来很可能会被瓦剌人冲破困局扬长而去。想到这里，杨嘉谟不禁有些着急，正猜测着两个少年是不是路上耽搁了，或是出了什么意外，却见村外远远的有灯火闪烁。

杨嘉谟纵身跳上王传礼家未倒的一截院墙向外张望，细瞧之下真真切切便是灯火的亮光，在月影偏西不甚明亮的夜色中，那一队明明灭灭的火光正向这个方向鱼贯而来。

"杨指挥，怎么了？"王传礼来到墙下问道。

杨嘉谟又确认了一遍，笑着回道："王大哥，秋官和小刀俩孩子不负众望啊！应该是援兵到了。"

王传礼顿时大喜："那就太好了！他们再不来，咱们可就顶不住了，你瞧，我这里的箭早就没有了，院里的南瓜都打完了。"

杨嘉谟跳下院墙，拍拍手笑道："给你家南瓜记一大功！"

说着又颇为严肃地交代王传礼："说真的王大哥，此战之后你把村里各家各户用于困敌所消耗的工具等物品做个汇总，然后到州府衙门去奏请补贴吧！"

王传礼迟疑了一下，缓缓点头："好，我知道了。"

"走，咱们去村外看看来了多少军士，也好把村里的情况给他们详细言说了，以便更好更快地结束这场战事。"杨嘉谟心情很好地邀了王传礼出门……他们没有通过原有的大门出去，担心瓦剌会有探子盯梢。就像四面八方的出口处，一定会有敌人探子，因为瓦剌人也担心村人会去给官军通风报信。所以，杨嘉谟王传礼是踩着倒塌的院墙豁口而去。

二人走出村子，在一棵老柳树下与前来支援的官兵相遇。与杨嘉谟之前的预料差不多，这是一支百人小队，由一名百户率领，两个总旗统御。

两下里见了面，王传礼向百户贺茂介绍了杨嘉谟，又简单说了村里的情况。

贺茂也是几代军户出身，一听杨嘉谟的名号自是敬爱有加，原来也早就听说了他在凉州卫时的英雄行为和遭遇。

"杨指挥，你既到了这里也该在军中才是，怎的却这副打扮？难道竟是有谁苛待于你？"贺茂打量着杨嘉谟的衣装很是不解，言语中多有为其打抱不平的愤然。

杨嘉谟轻笑着摇摇头,对三十岁出头的贺茂道:"此事说来话长,贺大哥若感兴趣可否等堵住了闯进村里来的蛮夷,把他们抢走的粮食财物追回来,再听小弟一一奉告?再者,贺大哥若觉得小弟可交,不妨兄弟相称就是。"

贺茂大笑,拍了自己的大腿一把,痛快道:"那我可就恭敬不如从命了。杨兄弟,走!咱们这就并肩一同杀鞑子去。"

杨嘉谟笑着拱手,和王传礼引着军士通过隐蔽的小道急速向村子开进。在路上,杨嘉谟又提了一些实战性的策略,只听得贺茂连声叫好,便直截了当地奉杨嘉谟为首,让他指挥战事,消灭瓦剌强盗。余者众军士都是普通军户子弟,见百户贺茂都对杨嘉谟如此推崇,自是没有任何意见,都抖擞了精神按照杨嘉谟的部署,快速地铺排开来,让一半的军士一一进入到了指定地点。

瓦剌来抢粮的虽然只是一支小股骑兵,但杨嘉谟绝不敢轻视对方,能够在风暴之后穿越沙漠来大明边境村庄抢劫,可不是只靠血气之勇就能办到的事情。

当下,杨嘉谟除了派出到指定地点的军士外,又把剩下的军士一分为二:贺茂带一半在村口设伏,另一半则由他率领去村中接应困敌的村民。眼看就要天亮,瓦剌人势必急于突围而去,便免不了有一场短兵相接的恶战。

在王传礼的指引下,大家七拐八拐神不知鬼不觉的来到了村中,此处正是王传仕等王家庄众汉子围敌之处。

此时此刻,东方渐明,面对瓦剌骑兵的连番突围,村民们已经没有任何优势可言,正感到吃力时见杨嘉谟率官兵来援,无疑是给了他们新的鼓舞。虽说来人不多,但军士手上有官家统一配发的刀枪兵器,比之他们粗制滥造的那些砍柴刀、掘地锄,却不知道要好上多少倍了。

不用多问什么,只消看一眼战场,杨嘉谟便对战况了若指掌。他吩咐王传礼道:"王大哥,按照咱们刚刚的部署,你带大家赶去村口与贺大哥会合设伏,我留在这里牵制瓦剌兵。"

王传礼应下,正色叮嘱:"我把传仕留给你,等下那边都布置妥当了还用听瓮传信,瓦剌悍勇,咱们势弱,杨兄弟莫要死拼。"

杨嘉谟颔首,命村中汉子都跟着王传礼撤下,贺茂带来的几十名军士接替村民与强盗对阵,在杨嘉谟指挥下死死拖着瓦剌兵,让其不能动弹。他得为村口设伏的贺茂他们多争取一些时间,让他们准备越充分,取胜的把握才能更大,而伤亡也就会越少。

瓦剌兵被困半夜早已耐心尽失,时间一长他们也发现了这里面的蹊跷,这些人只是想方设法地拖延，却并没有多高的战力敢于正面与他们交锋。村民这样做，显然是在等待救援。有了这一认知，瓦剌兵醍醐灌顶，顿时醒悟，在为首者一阵叽里咕噜的吩咐下，他们重新调整了队形，将驮运粮食等物的马匹归拢一处牵至旁边，让出适合行军作战的一条路来。然后，辨明了方位，认清了杨嘉谟等人藏身偷袭的地点，这才组织几十骑兵猛冲而上，大有将之一举击溃的势头。

杨嘉谟躲在一堵土墙后面指挥军士对抗，他知道在这样的情况下，没有必要和强盗死拼，能多拖一刻就多拖一刻，想要全歼这支瓦剌骑兵可不能仅凭血气之勇，何况百人之数的边军小队，不是杨嘉谟缺乏自信，而是正面交锋时，根本就不是瓦剌骑兵的对手。所以，眼下的当务之急不是硬拼，而是智取。

杨嘉谟见瓦剌兵冲上来了，果断下令转移，放弃了他们做偷袭的这个院子，由王传仕带着快速撤去另一处临时袭击强盗的伏击点。瓦剌兵纵马横冲直撞，很快踏平了小院却发现里面空无一人，便更加躁狂起来，大声喝骂着"缩头乌龟"，来发泄心中的窝火。

杨嘉谟俯身趴在才转移过来的土墙上，看着瓦剌兵在那里打砸泄愤，冷冷一笑对王传仕道："按照原计划把他们引向村外，要注意隐蔽，保护好自己，这群强盗正到了有气无处使的时候，小心他们狗急跳墙。"

王传仕领命，低笑一声："我刚已经通过听瓮确定了，村口基本布置完毕，我这就引这帮孙子过去，保管够他们喝一壶的。"

"那就好！"杨嘉谟吩咐，"你带一半人当诱饵先去，我在后面瞅中机会消灭一部分，把剩下的交给贺茂和你们'包饺子'。"

王传仕无异议，当下领了二十来名官兵和村民绕去前方村道之上一阵呼喝，成功吸引了瓦剌兵的注意。强盗果然上当，急急地追了过来。王传仕边战边退引着敌人往伏击地点而去。而杨嘉谟也带了剩下的官兵悄悄潜伏在了土墙后面，等大股的瓦剌兵被引开，他才趁着对方不备，带着官兵翻出墙头摸到了骑兵后面驮运粮食、财物的马队和企图逃走的瓦剌兵身后。

杨嘉谟见王传仕成功地把强盗的主力吸引了过去，立即带着大家出手。在运粮强盗惊讶之际，杨嘉谟短刀划过，一名瓦剌兵脖颈间多出一道伤痕，被他悄然放倒在地。其余官兵也不甘示弱，朝着各自的目标纷纷动手，转眼间便和十多个负责运粮的瓦剌兵短兵相接，战在了一起。

瓦剌强盗善战，这是杨嘉谟早有领教的，连续袭杀了数名瓦剌兵后，己方官兵亦有所伤亡。虽说打仗难免伤亡，但杨嘉谟此时虽然在指挥作战，可并非真正的指挥官，没有资格和能力承担一场战事的损失，唯有拼命杀敌，尽可能少地避免官兵流血牺牲，这才是王道。就是在这样的情况下，已经有七八名官兵倒下了。杨嘉谟看到这些，大喝一声，一刀刺中了强盗的首领。紧接着王传仕带着人马又折返回来了，加上熟悉村中地形，招呼了几名官兵和村民穿插袭扰，牵制住了几乎一半的敌人，成功地分散了杨嘉谟的压力。趁着这般情形，杨嘉谟使出浑身解数，又一连击杀了几个比较强横的瓦剌兵，然后在王传仕等人的配合下，彻底地剿杀了押运财物的马队，成功地夺回了被抢的粮食财物。

王传仕抹了把杀敌时溅在脸上的血液，笑着对杨嘉谟道："杨指挥，跟着你杀鞑子就是痛快啊！"

杨嘉谟淡然一笑："先别急着高兴，咱们这就赶去村口助力贺百户他们，等那边获胜才算彻底胜利了。"

王传仕兴冲冲地笑道："好，都听你的。"

杨嘉谟看了眼地上横七竖八的尸首，微叹口气吩咐："眼下村里已没有多大的危险，让受伤的人留下来，联络各家出来收拾战场吧！"

王传仕敛容应了，跑到一旁去敲击听瓮传信，等再转回来时杨嘉谟已经带着官兵和村民赶去了村口。他忙嘱咐了听到消息从各处密道里聚拢来的村民几句，便也甩开膀子直追杨嘉谟而去。多久没有这么痛快过了呀！王传仕感觉自己身体里那份血性一夜间沸腾起来，让他有了一种急于去厮杀，为国家建功立业的冲动。

来到村口，战事正在最激烈的时刻。瓦剌骑兵有组织、有条理地策马突围，尽管一次次被埋伏在此的贺茂带人打了回来，但他们有精良的战马和兵器，除过半夜受到暗算损失了部分兵马外，其整体战力还是并未削减多少，与贺茂等人打得有来有往，仍不露败迹。

杨嘉谟从后面赶上，看着眼前的战况眉头微皱。到底不是正规官兵，在与瓦剌精锐强悍骑兵的对阵上，双方优劣高下立显。如果照着这样的打法进行下去，莫说全歼，便是围困也难做到，说不定瓦剌人一旦发现押运小队全军覆没，还有可能厮杀回村中去行凶报复。如果是这样，那王家庄可就真的有麻烦了。

不及细想，杨嘉谟回头对赶上来的王传仕道："王大哥，你赶紧回村挑拣瓦剌人带来的好马牵过来，没有战马咱们始终不是鞑子对手，要越快越好！"

王传仕也看清了前方战事并不乐观，当即领命返回村中牵马去了。

杨嘉谟掂了掂手中从瓦剌人处缴获的一把长枪，转头对身后几名官兵道："诸位可就近折了树枝故布疑阵，务必制造出有大批援军赶来的气势，若稍后我方落败，你们自可离去。"

一名军士不解："杨指挥，我们走了你怎么办？"

杨嘉谟攥紧长枪边往前走，边冷肃回答："现在天已经亮了，越往后拖战况对我方越不利。能否杀了强敌保境安民，唯有靠自己了。"杨嘉谟看了一眼官兵期待的眼神继续说："真到了那时，你们所能做的就只有赶快逃命了。"

几名军士恍然，看着杨嘉谟向瓦剌兵中冲去的身影，都面露崇拜。

"走，我们去布疑阵。既为军人就没有不战而退的道理，不能让蛮夷看了咱们的笑话。"一名小旗慨然言道。

余者都同仇敌忾，在小旗的带领下，迅速散向周边去砍伐树枝。

而杨嘉谟这边，他持枪冲入瓦剌军中，迅速击杀了一名瓦剌骑兵夺下他的战马，然后抡起长枪抵挡着团团围上来的敌人。瓦剌人见杨嘉谟从后方杀来以为是明军的援兵到了，但几个回合之后发现只有杨嘉谟一个人，便分了数名骑兵应对，其他人继续去冲击贺茂等人组成的封锁线。他们也非愚蠢，岂能不知道夜长梦多的道理？真要被拖到明军来援，只怕就死无葬身之地了。强盗头领一边咿里哇啦着什么，一边组织着下一次冲锋。

虽然没有小刀在侧，杨嘉谟听不懂强盗说的原话，但他知道瓦剌首领一定在下达什么命令，那一定是："冲出去，不惜一切代价，为了土尔扈特而战！"

杨嘉谟发现，瓦剌骑兵高声叫嚷着，个个都拿出了悍不畏死的气势，前赴后继地朝着选定的方向突围。杨嘉谟毫不畏惧，单枪匹马就几乎拦住了强盗的去路。然而，饶是他再骁勇，面对凶恶的敌人也渐渐感到穷于应付，手臂等处都挂了彩。再看整体战局，贺茂带着几十个官兵，外加王家庄的青壮人等也仅有百人之数，且大多都没有趁手兵器在手。这样一支缺枪少将的队伍，不客气一点说简直就是乌合之众了，想要歼灭精良的瓦剌骑兵，哪怕是眼前这股小队骑兵，那也十分不现实。

难道是自己的战术出了问题？杨嘉谟边战边生出一丝质疑，蓦然发现他的策略或许真的不够细致，把眼下这些人的战力当做原来率领过的那支麾下卫军了。倘若因此打了败仗，且还致使军士及村民损失惨重，那他的罪名可就大了。此时此刻，杨嘉谟毫不怀疑，到时候单泽绝对会抓住这个把柄置他于死地的。怎么办？如今箭在弦上，强敌当前，唯有死战，别无他路！

正所谓擒贼先擒王。杨嘉谟已然看出了瓦剌骑兵的那名指挥者，是个擅用谋略，且懂得审时度势的家伙，擒下或者击杀了他，瓦剌兵势必就会如无头苍蝇，然后再想办法剿杀剩余残敌，阻力或许能小很多。想到此，他咬牙迎上，一枪磕飞了面前敌兵的长刀，拨转马头杀向前方正高声指挥着战局的瓦剌兵首领。

虽然整体战况略处劣势，但杨嘉谟自来勇武，挺着一杆长枪所向披靡，接连挑翻了数名瓦剌兵杀到那指挥者跟前，使出杨家祖传的枪法直取对方胸口。

瓦剌首领也是个久经战事之人，见杨嘉谟杀来便架起长刀来迎，二人即刻搅在一起厮杀。虽战了几十个回合，但不分胜负，双方武艺竟在伯仲之间。

杨嘉谟在战场上鲜少遇到敌手，不想在此地还能逢着这般身手的敌人，便下定决心，专意较量，发了狠地要拿下这名瓦剌首将以挽救即将出现的战场败局。

瓦剌骑兵虽急于突围，但并不将明军放在眼里，倒是骨子里好勇斗狠的气性被杨嘉谟和他们首领的拼杀所吸引，更有甚者竟停了冲杀退到一旁大声助威起来。

"真是蛮夷之族！"杨嘉谟不禁低斥一句，继续催马攻取瓦剌首领的要害，自然又是一场难得一见的高手厮杀场面。

二人激战正酣，取了战马的王传仕业已赶来。他揪住拖着树枝也恰好赶到的一名军士问道："你们这是要做什么？"

军士将杨嘉谟嘱咐的事项一说，王传仕顿时明了，笑道："既然要布疑阵何不做得更逼真一些，来来来，让这些战马也给杨指挥助助威。"

当即，将牵来的五六匹战马分给军士，在马尾巴上绑好了树枝，然后专找了尘土厚重之地跨马奔跑起来，弄出大军行军时灰土遮天蔽日的阵仗，间或吆喝几声以增其威。

瓦剌兵中亦有稍稍懂得汉语之人，看到这般阵仗，又仔细辨别了一番吆喝声，操着瓦剌语高声示警，提醒正与杨嘉谟激战的首领有大批明军赶到了。

那首领架住杨嘉谟的长枪，抽空瞥了一眼后方。看太阳已经升起，朦胧中看去，那边尘烟滚滚，确是有大军奔袭而来的架势，不禁大惊失色，低声喝骂了一句什么，拨开杨嘉谟的攻势便带头冲向村口。看着强盗惊慌失措的样子，显然是被王传仕他们的疑兵之计吓着了，急忙忙想要逃脱而去。

杨嘉谟缓了口气，往后看了看不由苦笑，瓦剌兵此时俨然成了惊弓之鸟，这般拙劣的疑阵都没看出蹊跷来，可见也并不尽是当真不怕死的亡命之徒啊！

第三十章
不速之客

果然是兵败如山倒，强盗知道大批的援军到了，就跟着首领不顾一切地冲进了官兵和村民们防守的阵地。在敌人不要命的全力冲击下，防线最终还是被冲破，瓦剌骑兵以丢失全部抢来的粮食财物和损失一半人的代价突围而去。

贺茂不甘心想要组织人马追击，被杨嘉谟拦下。

"穷寇莫追。"杨嘉谟言道，"再说，咱们的马匹和兵力也不足，短兵相接难免吃亏。"

王传礼深以为然："杨兄弟说得不错，这次能打得他们落荒而逃，对于我们来说，已经是胜局，谅那蛮夷以后来抢掠也要仔细掂量掂量了。"

贺茂这才作罢，招呼了军士打扫战场，然后对杨嘉谟拱手笑道："杨兄弟智勇双全，不愧是当过指挥使的人，适才见你与那瓦剌首将一战，当真令我等大开眼界。"

杨嘉谟微笑着摆摆手，正要自谦几句，却听贺茂忽地叹口气，带着三分遗憾、七分愤慨说出一番话来。

贺茂一手指天愤然道："你说这老天爷公道何在？像杨兄弟这般有勇有谋、年轻有为的人物，正该委以重任着力扶持才是，明明大功劳在身上偏遭贬黜，却任由那些胸无点墨的绣花枕头稳坐高位，那些人懂什么打仗，又有几人能像杨兄弟这样阵前厮杀身先士卒的？这不是欺负人又是什么？"

杨嘉谟笑着摇摇头不做评论，对当下官场吏治他还能多说什么呢？

贺茂继续义愤填膺："这样的朝廷，这样的一群贪官污吏，我们还护着他干什么？"

杨嘉谟马上打断了贺茂的话："贺大哥，这样的话还是不说的好！你想想看，你要是这样的话，我们的国家怎么办？我们的百姓怎么办？"

王传礼为人谨慎一些，见贺茂如此直白，笑着打岔道："鞑子虽然撤走了，但村中还是一地狼藉，你还不帮我去拾掇安抚，倒有空说起这些没有用的话来了。杨指挥说得对，你甩手不管了，我们这些无辜的老百姓怎么办？"

贺茂与王传礼本为至交，遭了好友数落也不在意，爽直道："好好好！我也没说甩手就走啊！连你这平素斯文的家伙居然也拿刀动武来，倒叫人刮目相看呢。"

二人说笑着邀了杨嘉谟一起走，看看天空中刺眼的日影，此时业已晌午了，晚秋的微风中一阵凉爽袭来，将士们俱都忍不住呼喊起来："我们胜利了！我们胜利了！……"

杨嘉谟穿着最为单薄，又加上在沙漠里一番生死折腾，衣衫褴褛跟要饭的花子几乎没什么分别。他掩起破烂衣襟擦了一把脸上的汗水，跟王传礼二人客套两句，就大踏步地朝着村里走去。也就在这个时候，身后的马蹄声骤起，动静不小似有兵马疾驰而来，三人顿时齐齐变了脸色。

"莫非鞑子去而复返？"贺茂惊疑出声。

杨嘉谟亦感诧异，忙转身看去。若瓦剌骑兵不计生死再来抢掠，他还真没有把握再打跑他们一次。现在的问题是，明军战力太弱，仅凭他们一二人的勇猛那也是匹夫之勇，自然难堪对敌。

王传礼目力甚好，望着远处尘烟弥漫里影影绰绰的兵马笑道："二位莫疑，我瞧着此番来的却是咱们自己人，那纛旗上写的分明是个汉字，只是看不大清具体是个什么字。"

贺茂松了一口气，继而撇了嘴角不无嘲讽道："来得还真是时候，不早不晚呀这是！"

杨嘉谟好笑："贺大哥似乎对来人有些不满？"

贺茂哼了一声："不瞒杨兄弟，昨夜接到秋官贤侄报信，我即刻着人快马赶去禀报卫大营，向指挥使那里求援了，只是没想到，我们把强盗都赶走了，他们这才来了。"

"哼！若不是杨兄弟你勇武，此时怕咱们这些人早都成了死尸，所谓援军也就只能做些收尸的粗活了！"贺茂愤愤不平。

杨嘉谟望着渐行渐近的一队兵马，摇摇头并不言语。贺茂所说的不是个例，边军但凡肯人人死战、令行禁止，又何至于蛮夷频繁寇边，使得大明疆土严重内缩百余年呢！

腹诽而已。杨嘉谟抿唇静立，军士已是顷刻而至来到了近前，果然并非瓦剌去而复返，而是衣甲鲜明的大明边军。那纛旗上的名号也清晰明了，写着方方正正一个篆体的"达"字。达？杨嘉谟不禁稍有狐疑。在甘肃镇达姓官将并不多见，而那个威名赫赫的总兵达云正是此姓，与他有过一点小小龃龉的钦封世袭凉州卫指挥使达奇勋也是这个姓。莫非竟是他家近支来了？

在三人注目当中，将士们煞有介事地列好阵势、摆好队形，迎来了威风凛凛的边军。官兵见到杨嘉谟等人停下来了，从队列之中缓缓走出一位骑马的将官来。此人兽面吞头下一对英挺的眉眼，双目炯炯有神透露出一丝轻傲，年纪跟杨嘉谟倒也差不多，都是二十出头的样子，却正是杨嘉谟相识而并不熟识，勉强算作故人的总兵达云长子达奇勋。

杨嘉谟嘴角不禁扯出点点苦笑来，果然不是冤家不聚头啊！当初达奇勋在凉州卫撂下的那句"咱们走着瞧"还言犹在耳，今日一见二人身份已是判若云泥，还不知道他会如何得意，如何嘲讽自己呢？

达奇勋勒马，端坐在马背上，没有看杨嘉谟、贺茂和刚刚打完仗的官兵，只是看着王传仕等村民沉声询问："此地谁是里长？前来答话。"

王传礼只得前行一步拱手作答："草民王传礼见过将军，在下是本村的塾学教授。"

达奇勋面含霜雪地问道："接报说这里有瓦剌入境抢掠可是真的，那些蛮夷强盗此时人在何处？"

王传礼如实回禀："蛮夷越境抢掠确有其事，乃是一支二百余接近三百人的骑兵小队。从昨夜到今天，我等困了他们在村中战了半夜，今天又战了半个上午，因为我们无力再阻挡，已被他们强行突围而去了。"

"困了这么长时间？"达奇勋不敢置信。

说完又着意打量了王传礼一番，不假辞色道："王先生是吗？你可知道谎报军情是什么罪名？又是否知道对本将撒谎会有什么后果吗？"

王传礼十分不解："将军因何有此一问？草民岂敢谎报军情，又何来诓骗将军之说？"

达奇勋冷笑一声："就凭你等能将一支差不多三百人的瓦剌骑兵困了半夜加半天，简直是大言不惭！若一个小小村舍之地都有这般勇武之人，那我大明何需百万军士戍守镇边？"

王传礼自然不认识这位年轻的将官就是大名鼎鼎的总兵达云之子，见对方言语之中对自己又是质疑又是讥讽，便也当即冷下脸来，用文人特有的傲气不客气地回敬道："是啊！草民等也很是困惑。朝廷倾举国之力斥巨资打造百万雄师守土定邦，可大明的疆域还是不断减小，边塞各地依然金戈不休，致使我边民百姓每年都要面对蛮夷劫掠，惶惶不可终日。不知这其中有什么说道？"

"你……"达奇勋被问得一阵恼火，马鞭指着王传礼就要发作。

杨嘉谟见此情形也顾不得其他，急忙上前拱手道："将军容禀，昨夜到今天确实有一支瓦剌骑兵前来抢掠，王家庄阖村人等联合贺百户所率官兵与之作战，一直到了现在才将其赶走。现下鞑子的尸首就在村中，将军尽可核实查验，此事我等并无欺瞒，还请明察。"

贺茂也忙开口佐证："正是这样。若将军不信尽管到村中一看便知，虽然赶跑了鞑子，可是村中青壮和末将的麾下也有不小的伤亡，村民的院舍毁坏也不在少数，正该请将军做个见证，稍后也好向州府报明毁损请拨资补。"

达奇勋并没有认出杨嘉谟来，倒是对贺茂着重看了两眼，这才稍微缓和了口气接着问道："你是此间驻军？"

贺茂抱拳朗声而答："末将肃州卫下胭脂堡驻军百户贺茂。"

达奇勋也不下马，居高临下看着贺茂："你派去求援的兵卒我正好在半路遇见，这才星夜赶来此处。既然瓦剌已撤，你率部回营吧！"

贺茂不认得达奇勋，对"正好半路遇见"的话也存有疑惑，但看其服饰品级和言语气度都不是自己可以随意冲撞的，便试着打探："敢问将军何来？末将眼拙，似乎从未在卫内官长中见过尊驾？"

"哦？倒还颇具警惕。"达奇勋眼神中带了一丝浅笑，总算有了点和蔼的表情，言道："本将达奇勋，昨日刚到肃州卫任指挥同知。往后，你将会在卫内时常见到本将，依军令行事就是。"

指挥同知？那就是副指挥使了。

这一回答杨嘉谟并不意外，而王传礼和贺茂俱都吃了一惊。达奇勋？不就是新任总兵达云的长子吗？据说，此子十岁便跟随其父征战沙场，乃是难得智勇双全的青年才俊，系甘肃镇军伍之中和杨嘉谟并称"甘镇双杰"的另一佼佼者。

贺茂一双眼睛在杨嘉谟和达奇勋身上扫了一个来回，心内暗暗将二人做了个对比。许是和杨嘉谟并肩一战的感情在，任凭达奇勋此时威风凛凛衣甲鲜亮，比杨嘉谟看起来神气多了，但他还是觉得杨嘉谟更为优秀。原本同样身世地位的杨嘉谟现下落魄蒙难，还受了不公的待遇，尤其更惹人怜惜。

"原来是达指挥，末将久仰大名。"贺茂半真半假地敷衍一礼。

王传礼心中还在为适才达奇勋的盛气凌人而气恼着，但听达奇勋报出名号便也不得不施了虚虚一礼，而后静默着站在一旁不打算开口了。

三人并排而立，贺茂和王传礼都施了礼，杨嘉谟若没有表示就未免显得突兀了。

达奇勋的目光果然聚焦到了杨嘉谟身上，微笑地看着杨嘉谟夸赞道："看来你等为了反抗瓦剌抢掠还真是无所不用其极，连叫花子都发动起来了。"

叫花子？贺茂和王传礼同时皱眉不满，张口就替杨嘉谟申辩："达指挥，这位正是筹谋、指挥我们打胜仗的……"杨嘉谟不想让贺茂说出自己的名字，便及时地截住了他的话，淡然笑道："达指挥久违了，在下肃州卫小兵，并不是什么叫花子。不过，军中贫苦，兵卒生计艰难跟叫花子是没什么分别。"

达奇勋终于有了表情，讶异地盯着他眼里的"叫花子"看过去，满脸的不可置信："你是杨……"

杨嘉谟见对方认出了自己，抱拳笑道："正是在下。"

达奇勋在马上愣怔片刻，方才从震惊中回过神来，他极快地收敛好自己的面部表情，冷傲着腔调淡漠道："很好！本将会跟单泽说，让他记你一功。回营复命吧！"

杨嘉谟笑意更深，拱手应道："是。"

达奇勋深深看着杨嘉谟，忽地解下自己的披风胡乱揉了一把扔向杨嘉谟的怀里："赏你的！"

被迫接住衣袍，杨嘉谟正欲开口拒绝，达奇勋已经拨转马头，高傲地丢过来一句："我们是熟人，不用言谢！"

说完，达奇勋又勒马回头略带嘲讽道："既是你筹谋驱逐了鞑子，本将命你一并负责善后，此间事了再回卫所。"

杨嘉谟还没有来得及应答，达奇勋一扬马鞭便原路返回了。

看达奇勋策马而去，杨嘉谟抚着手上的衣袍不禁苦笑，原来之前是他错估了对方。刚才对方恐怕是同情怜悯更甚于挖苦打击了。瞧啊，只需轻飘飘一句"本将命你"便高下立显，又何须再多言呢？到底今时不同往日了，在达奇勋眼里，他杨嘉谟不过只是一个提前被驱逐出场的竞争者，或许连对手都称不上，已经让他不屑计较了吧！

贺茂一扭头，见杨嘉谟望着怀里的大红披风出神，不满道："哼！不就是仗着老子威风在这里逞能嘛，还真当自己是将军了。"

王传礼一听觉得不妥，摇头示意他住嘴，充分照顾着杨嘉谟的心情笑道："杨兄弟莫要灰心，正所谓'天将降大任于斯人，必先苦其心志，劳其筋骨，饿其体肤，空乏其身'。兄弟眼前的困局只是暂时的，凭你的本事和为人，一飞冲天也不过是早晚之事。"

"对呀！自己打拼来的功名才值得炫耀。"贺茂不知怎么就是看不上达奇勋，哪怕这是第一次见，也毫不掩饰他对杨嘉谟的偏爱。

杨嘉谟抬眼看着二人笑了笑："无妨！二位哥哥无需担心，我是死过好几次的人了，还在乎这一点点心理落差吗？"

说着，收起衣袍夹在腋下，转身往村中边走边云淡风轻地说道："走吧！咱们还得去帮忙拾掇毁损的民房村舍，尽快罗列出受损数量来报与州府，不能让大家打跑了鞑子，还要自负亏损。"

贺茂急忙跟上，大笑道："就是就是，还是杨兄弟你实在，我们不理上头那些投机钻营、脑满肠肥的贪官污吏了。但是，关心那些饿死了的百姓和普通军户，是我们的责任。"

看贺茂套着近乎跟了杨嘉谟进村而去，王传礼颇为无语，尽管也赞同贺茂说的话，但像他们这样的普通百姓能保住自家温饱已是大幸，又哪来的气力去和那些损公肥私的贪官污吏攀比？

他这样想着，在后面嘀咕了一句，便也追着杨嘉谟的脚步进村去勘损了。

且说达奇勋一行，赶了半天路疾行而来，却不想瓦剌兵已被杨嘉谟带领村民和胭脂堡的那些个老弱军士给打跑了，这对他来说既感欣慰又莫名地觉得不舒服。因此，他尽管"施舍"了杨嘉谟一件衣袍，但依然心里别扭，所以没有给杨嘉谟好脸色。离了王家庄来到官道上，达奇勋放慢马速前行，一双俊眉紧紧蹙着，思索着自己不开心的缘由。按理说看到杨嘉谟落魄，他应该感到快意才是，可为什么状若叫花子的那人的影像时时在眼前晃动，让人憋闷得好似自己受了委屈一样？

此时的达奇勋不想承认他对杨嘉谟的遭遇是感同身受了，除此之外还有着惺惺相惜和打抱不平的复杂情绪在里头。当日那点龃龉曾经令他耿耿于怀了一年多之久，在听说了杨嘉谟被削职下狱的时候，减弱了一点点，又在杨嘉谟被判问斩的时候消了一大半，然后今日一见，当他认出来那人是杨嘉谟时，心底里那仅剩的残存气恼一瞬间便冰消瓦解了。但是，就此握手言和达奇勋却是不大愿意的。凭什么？你杨嘉谟不是很牛气，很能拉拢军心自以为是的吗？如今沦落得连个叫花子都不如了，看你还怎么逞能！

唉！达奇勋默然叹了口气，对身边副将没头没脑地问道："你说，英雄末路和美人迟暮哪一个更为可悲？"

　　副将是个比他大了很多的中年汉子，看形貌就知道没什么文墨，属于糙汉之流。听闻达奇勋问出这般莫名其妙的话来，一时间竟回答不上来。

　　达奇勋问完了并不看副将，自说自话地又道："但愿你还能有东山再起的那一日，也不枉我将你当做对手一场。"

　　副将更为困惑地看着年轻的上司，迟疑着劝慰："少主你这是怎么了？有什么烦心事吗？"

　　达奇勋又是一叹，颇有些不得知音的惆怅，幽幽回道："无事，不过遇到一个旧日的熟人而生出些感慨罢了。传令回营吧！"

　　副将迷惘地目送达奇勋先行打马而去，挥手命小兵去传令，嘀咕着道："一个熟人也值当这样？还英雄美人的，真是搞不懂。"

　　自然，这话他也只敢自己悄声说说，看达奇勋已经行到前面去了，便忙拍马追赶而去。开玩笑，他能到少主身边听用，可都是总兵大人一手提拔，为的不过是就近伺候少主，顺带混点军功升官发财，还不得尽心竭力鞍前马后的殷勤一些吗？

第三十一章
大难不死

又忙碌了一日，等杨嘉谟告别王传礼要回卫所的时候，王家庄的村民人等都颇为不舍地送他到村口，有上了年纪的老婆婆还拉住他的手千叮万嘱，仿佛是在为自家子侄送行一般，依依惜别。

看着如此热情而又纯善的王家庄老幼，杨嘉谟深觉感动，自从获罪以来家人不得相见，刑场上被发配到此也没有来得及和府里告别，还不知道母亲如何忧心牵挂，更不知道祖父又是怎样郁卒不快？杨府两位嫡系子弟同时遭贬，对一向好强的祖父来说一定打击不轻，只希望他老人家能看得开，不要过分失望气恼才是。

辞别了王家庄众乡邻，杨嘉谟跨上从瓦剌兵手里夺下来的骏马，带着小刀直往卫所而去。按照王传礼给的路线，这里距肃州卫大营还有一段路程，与他之前被打发出来时军中给的那张舆图方位上大有出入。果然单泽是故意要置他于死地，说是去往胭脂堡却将他们一行引进了沙漠，如今看来毫无疑问就是想要借沙暴之威谋害自己了。所幸，那场大沙暴下，他杨嘉谟幸免于难，这才有机会回去兴师问罪，为死在沙漠中的杨嘉臣和杨俊，以及那些金刀帮的弟兄们讨一个说法。此时的杨嘉谟并不知道杨嘉臣等人还活着，且还组织了人手连夜又进了沙漠腹地去找寻自己，而他们出了沙漠见到的那个村庄与王家庄只隔着不到三十里地，却因为时间有了出入两下里都觉得对方已经葬身沙海了。

离了温情满满的村舍人家，杨嘉谟顿时笑脸全无，黄昏的余晖中那张英俊刚毅的脸庞上满是恨怒，他顾不得王传礼挽留一夜的好意，早已等不及要赶到卫所去和单泽对质了。从小到大，杨嘉谟鲜少有这般愤恨的情绪外露，哪怕狱中那段难熬的日子，还有被宣判斩首的时候，他都没有像此刻这样有将奸恶生啖其肉的恨怒。尽管自己现在只是一个与官长曾有嫌隙的小兵，单泽那厮竟敢公报私仇、明目张胆地坑害下属兵卫，难道真的是目无王法军规？还是说他背后的那些势力已经到了将人命当做草芥，看谁不顺眼就随意抹杀的地步？不管是什么缘由，也不论对方有着怎样的豪横，就算那股势力形同千年乌龟壳一样坚不可摧，谋害自己也就罢了，居然对无辜的杨启民一干人等出手，那他们也别想轻易揭过。现在，单泽手上的芙蓉香，便是撬开乌龟壳的绝好武器。

盘算着如何将单泽和他的靠山一锅端的主意，杨嘉谟心头一阵阵悲愤，便是杀了那厮终究也换不回自己的一帮子弟兄了。我不杀伯仁，伯仁却因我而死。说到底还是因为自己才连累了那几十条无辜性命惨死，他深深觉得与单泽所做阴谋残害的恶事，不过是主次之分，区别仅在直接和间接罢了。

杨嘉谟不禁在内心责问自己："明知单泽不是善类，也预估到他会想尽一切办法来打击报复，却还不够防范警惕，致使大家殒命沙漠，你杨嘉谟简直呆蠢如猪！"

小刀觑着杨嘉谟的脸色，小心翼翼道："杨大哥，你有什么打算吗？"

杨嘉谟闭了闭眼，将外露的情绪极力收敛于内心，但依然有部分难以控制的愤怒显在脸上，简短地恨声道："杀人偿命！"

"我们要回大营去找那狗官报仇是吗？"小刀也是一脸愤然。

杨嘉谟没有作答，双腿一夹马腹径直前行。

小刀见状也加速跟上，望着杨嘉谟的后背大声道："杨大哥，我不怕死，要报仇算我一个。"

杨嘉谟在前高高竖起大拇指，表示对小刀的夸赞和对他提议的赞同，而眼眶却缓缓红了。此去九死一生，在杨嘉谟心里没有玉碎瓦全的侥幸，为了揭露单泽的恶行，还有那见不得人的芙蓉香黑色勾当，他已经做好了和那些人同归于尽的准备……

黄昏时尽，一行百余人疲惫地走出沙漠，个个无精打采，像是被霜打了似的蔫败委顿。这群人正是进沙漠去找杨嘉谟一天一夜而不得踪影的搜寻队伍。

杨嘉臣满是焦裂的嘴唇上挂着血珠子，望着沙漠欲哭无泪。

自诩风流儒雅的杨俊也早没了气度，看了眼失魂落魄的杨嘉臣，他忍不住气急败坏，对着金刀帮兄弟们和请来帮忙找人的村民大吼道："不行，我们还得回去接着找，我大哥在沙漠里多待一刻便多一分的危险，他肯定就在哪个犄角旮旯里猫着等我们去救援呢，只是我们找得不够仔细，走得不够远。回去，回去找，我承诺过的找到人我给你们一人一个银元宝，现在我再加一个，两个元宝你们务必给我找到他。"

村民中有人听到这样丰厚的酬劳不禁眼冒金光，但随即又黯淡下去，银子谁不想要，可总得有那个运气才行啊！大沙漠里找人和在大海里捞针相差无几，哪是说找就能找得到的，何况还是在黑沙暴中失踪的人。说不定早就被风沙掩埋到随便哪里去了，或者即便没被风沙吞没，也早已成了野狼和其他野兽的腹中餐，却要如何去寻找呢？

见村民们无动于衷，杨俊大为光火："你们这些愚蠢的人，两个银元宝你们一辈子都挣不到，为什么还要装出这样一副不在乎的样子来，是不信我能拿出那么多银子来吗？你们给我回去，进沙漠找人啊！"

一个年纪稍大点的村民叹了口气，对杨俊言道："杨公子，并非我们不尽心，也并非大家伙儿不肯信你，这不是银子多少的问题。"

"那是什么？"杨俊气恼，"你说你是什么意思？"

村民实事求是道："那样一场大沙暴下你们能够活着跑出来已经是稀罕事了，你不能指望落了单的人也和你们一样幸运。我的意思是，就是再找三天三夜也是枉然。"

杨俊正待发作，一旁的杨嘉臣早按捺不住了，他冲过来一把揪住这位说话的村民，恶狠狠地骂道："你胡说！我兄弟福大命大，他不可能就这么折损在风沙中，你敢诅咒他信不信我打得你满地找牙？"

村民被杨嘉臣震慑，吓得战战兢兢不敢再多说，但另外几十个同村的人却不答应了，都纷纷围了上来指责杨嘉臣和杨俊无礼，硬是拽了挨骂受威胁的这名村民过去。这样一来，原来同心协力找人的一帮人，顿时划作壁垒分明的两方阵营了。

另一个有些年纪的汉子站出来，对同样被金刀帮兄弟们劝住的杨嘉臣道："这位兄弟，我们也很同情你失去亲人的心情，但是大家已经进沙漠找了一天一夜了，啥也没有找到，我看你还是节哀顺变吧！至于你们说的银元宝不银元宝的，我们也不贪那个心，就当是交了个朋友帮个忙算了，我们这就回去了，大家以后见面还是朋友。"

说罢，一众村民呼啦啦远去，尽管个中尚有一些为没有得到酬劳而不甚甘心的人，但在这个汉子的吼喊之下也不情不愿地乖乖走了，看来此人在村里是颇有威信的。

话说到了这个份儿上，杨嘉臣也是无可奈何，一屁股跌坐在地上狠狠捶了把自己的脑袋追悔莫及道："你说你怎么就脑子不够使的？明知道单泽那厮不怀好意，还任由他吆五喝六，怎么就不知道拦上一拦别让明宇出去呢？"

众人看杨嘉臣这般悔恨也是心有戚戚然，杨俊上前与他并排坐下来，愤恨道："你先别着急，我说什么都不会撂下这事不管的，若明宇兄还活着我是他的马前卒，若他真的惨遭不测，我定取了单泽的狗头来给他报仇。"

说完又不禁喟叹一声继续道："原来我杨启民果然被算命的算准了，那家伙说过，我是六亲不靠的孤寡命，刚刚认了个兄弟，我也由此便有希望认祖归宗了，可是还没高兴几天就出了这档子事，真是造化乃天定，半点不由人啊！"

杨嘉臣只顾沉浸在莫大的悲悔当中，一把又一把地薅着自己的头发。一个堂堂七尺汉子颓废无助到这般田地，让看着他的人都忍不住想要撞墙哭号一番。

天色缓缓暗了下来，金刀帮兄弟们也不敢请示杨俊是走是留，更不敢提一句关于杨嘉谟的话语，只各自用眼神偷偷交流，意欲推选一个人出来进行劝慰，最后大家都把目光统一盯向了才被杨俊任命为副帮主没两天的广毅。

迫于无奈，广毅硬着头皮上前，看了眼苦闷至极的杨嘉臣，才对垂头丧气的杨俊道："帮主，您要是气不过就打我，或者骂几句也行，可这么干耗着也不是办法，接下来怎么办您得拿个主意啊！"

杨俊闻言一眼剜过来怒道："打你，骂你？能顶什么用？都是你无能，号称沙漠飞鹰却连一两个人都保护不了，我要你何用？"

广毅一脸惭愧，单膝跪地诚挚道："帮主骂得对！从今往后我再也不敢用沙漠飞鹰的名号了，传出去没得让江湖中耻笑。可是帮主，您即便现在杀了我也于事无补，还不如留着属下这条贱命去为杨大哥报仇雪恨，等杀了那狗官，我自会在杨大哥墓前自刎谢罪。"

杨俊突地红了眼眶："连你都这样说了，难道三哥他真的已遭不测，彻底没有希望了？"

广毅垂下头悲痛道："还请帮主节哀。"

一旁的杨嘉臣缓缓抬起头来，一双眼眶里蕴着浓浓的化不开的仇恨，低沉而悲伤道："此事不怪任何人，都是单泽那厮歹毒，我这便赶回卫所去杀了他为明宇报仇！启民，你带着你的弟兄们回甘州去吧！"

杨嘉臣说完利落地起身就要走，杨俊急忙拉住他："你这是什么话？既然咱们拜了把子，本身又是同出一脉的杨氏子弟，为兄弟出头怎可少了我杨启民？"

说着对广毅一挥手扔出去一件物事，豪爽道："我死之后你就是金刀帮第三任帮主，这是信物且收好了，兄弟之中但有不听号令者凭此物或杀或逐，都随你处置。"

广毅捧着一只仅有两寸余长赤金打造的精巧小刀犹如被烫到了手的山芋，急忙又是单膝点地，把小刀高高奉在头顶，惶急道："帮主，此事万万不可如此轻率，属下断不敢有这等心思，还请收回成命。"

金刀帮兄弟们一见也都跪地抱拳，齐声道："请帮主三思而行。"

见此情景，杨嘉臣凄然一笑拍了拍杨俊的肩膀道："还是回去吧，莫要辜负了弟兄们的一片诚意，杀单泽那狗贼我一人足矣。"

杨俊气恼地甩开杨嘉臣，又一脚踢翻了广毅，气咻咻地骂道："我还没死呢你们就不尊号令了，还当我是你们的帮主吗？你们都给我听好了，这件事就这么定了，你们若还愿意待在金刀帮就好好听广毅的，多杀几个贪官，多救济一些贫困百姓。若是不愿意留在帮里的，按照帮规可以领了薪俸好聚好散，但不论到了哪里都得记住义字当先，去吧！"

说罢，拉了杨嘉臣要走。

广毅翻起身来再次拦在杨俊面前，苦苦劝道："帮主，既然你主意已定，那何不带我等一起去？杀狗官不单单是你们杨家的事情，您别忘了小刀那孩子是和杨大哥在一处的，为帮中兄弟报仇我等义不容辞啊！"

"这……"杨俊无法拒绝，但明知此行很有可能有去无回，他又怎能眼看着这一干兄弟跟他一起去送了性命？想了想还是一咬牙道："都给我滚！你当杀狗官是那么容易的？那厮敢这么做难道还没有准备善后，等着咱们万一有幸存的去找他拼命吗？说不定此时已经张网结阵，想要将咱们一网打尽了，你们甘心跟我一起去送死不成！"

广毅十分坚持，满不在乎地笑了笑道："死便死耳，又有何惧？！咱们金刀帮劫富济贫的事情也没少干，一直听帮主说要造反，可从来都没有真的杀过当官的，这回就让我等跟您一起把这个名声坐实了吧！杀贪官，扬威江湖，咱们金刀帮在英雄帖上可就榜上有名了。"

"杀贪官，扬威江湖！杀贪官，扬威江湖！"金刀帮兄弟们高声齐诵，一时间倒搞得热血澎湃，令杨俊感动之余不禁颇为自豪。

杨俊无奈，挥挥手道："如此，那便一同行事罢了。"

广毅起身，笑着将象征帮主身份的信物金刀捧给杨俊："帮主，这个还是您收好了，属下委实不敢沾染。"

杨俊气笑不得，夺过金刀揣进怀里兀自恼道："眼瞎不识货，你知不知道仅这物事若变卖了就够你一辈子的花销了！"

广毅坚定道："眼瞎不要紧，人心绝不能瞎。等哪天属下没了吃饭的本事再来向帮主讨要就是，到那时您还能看着属下饿死而不管吗？"

杨俊看了广毅一眼，叹口气："废话少说，走吧！但愿你不要后悔。"

"得令。"广毅痛快地应了一声，率先快步上前指着前方道，"属下已经探明了方向，顺着这里出去三十里地就是官道，咱们走得快些赶天亮就能回到卫所。"

杨嘉臣此时只比傀儡多一颗心脏，所思所想皆被仇恨填满，广毅的话还没说完，就已甩开腿直奔前方。

杨俊见此连忙赶上，还不忘吩咐："广毅，打发两个腿脚快的去找点吃的来，我们在前面歇脚等待，今夜辛苦弟兄们了。"

广毅应了，从容不迫地安排两个兄弟去附近村口找食物，然后才整肃队伍追赶杨俊和杨嘉臣而去。连日来的辛苦奔波外加一场死里逃生的艰险遭遇，他们都疲累不堪了，但谁都知道还远没有到安心休息的时刻，只得咬牙坚持继续奔赴前行。不必多说，大家都明白此去危险重重，很可能真的如同帮主所说有去无回，但他们都无怨无悔，撇开杨嘉谟不算，单泽胆敢阴谋坑害草菅人命，这件事就不是单纯的个人恩怨了，德不配位的歹毒狗官必须杀之而后快，留着他也是荼毒百姓而已。

自然，他们也料不到，广毅所说的那条官道上，大家都以为已经遇难的杨嘉谟和小刀二人，此刻正策马疾行，也和他们一样抱着同样的目的，要去为兄弟们报仇雪恨。

第三十二章

花楼内幕

肃州城内，最大、最红火的花楼莫过于"清音阁"了，据说这间花楼有着极其雄厚的背景，有大人物为其撑场面，等闲可不是有点银子就一定能光顾的地方。而那里面的姑娘个个国色天香，且都擅诗文会书画，眼界更是非寻常之人不屑与之相交的高傲，想要做她们的入幕之宾，没有几分财力不可得，没有品貌更不可得，最重要的，没有厉害的背景实力和显赫官职，也绝难一亲芳泽。听说在那里叫姑娘过夜，便不是头牌的也以百两白银为底线，生意好的时候甚至要竞价来论，谁出的银子多才能得眠那里的姑娘一夜。

有着这般噱头在，清音阁莫说在肃州境内，便是在整个西北那也是高不可攀的所在，于平头百姓而言更是想都不敢想的奢靡销金窟。

站在清音阁对面的檐下，杨嘉谟一边慢吞吞啃着王家庄村民送的干粮，一边听小刀把打探来的消息娓娓道来。

听到这里，杨嘉谟皱眉问道："一个勾栏妓馆，竟有这般大的排场，你没打听出来背后是谁为其撑腰吗？"

小刀摇头撇嘴道："我去探问的都是些小买卖人，平常之家哪里能得知那些个隐秘？不过，肯定无疑这不是个一般的地方，杨大哥真决定在这里动手？"

杨嘉谟吃完了手中的干粮，轻轻拍着手："只要确定那厮就在里头，我便舍了一身剐，也要叫他给众弟兄偿命。"

小刀崇拜地看着杨嘉谟："杨大哥，我做别的不行但打探消息绝对是一流的，那狗官的确进了这间花楼。"

说着努嘴示意斜对面一家卖零嘴的小商铺，鄙夷道："喏，那边那个猥琐不堪的就是他身边跟随侍奉的小卒子，清音阁进不得就只能跟那些暗门子里的女人动手动脚了。"

顺着小刀指的方向看过去，斜对面昏暗的灯火下，一个半老徐娘卖弄着风骚正跟一个约莫二十出头的年轻人挤眉弄眼地调笑嬉戏，竟完全不管店铺临街从半敞的门扉里探过去的路人目光。

杨嘉谟对此也颇多鄙夷，但世风如此也是无奈，在清音阁旁边开门撩客做皮肉生意的，应该多多少少在地方上有点背景，否则的话，谁敢在这里胡骚情？

"那个小卒子，你去帮我引他出来。"杨嘉谟吩咐小刀。

见小刀为难，知道他还没想到办法，杨嘉谟又低声道："看到他腰间那只荷包了没？趁其不备抢了就跑，他肯定要追赶，你只管将其往僻静之地引过去，剩下的事就交给我来做，明白了吗？"

小刀眼神一亮，轻笑一声："放心，这是我的强项，你就瞧好吧！"

说完，装作要买东西的样子直奔店铺而去，进了门也没容女店主嫌弃出声驱赶，就趁单泽的侍卫涎着脸讨好女人之际，瞅准机会一把拽下荷包来，反身跑出了店门。

侍卫情急之下伸手往腰间摘刀，一摸才惊觉自己今日乃是便衣而来，虽说打着护卫单泽的名号，但往常也没有发生过类似的事件，疏忽中根本就忘了他原该是侍卫的职责。没有长刀不要紧，这厮急忙伸手入怀攥了短刃，也顾不得再纠缠女人，发足了劲儿追赶小刀而去。

杨嘉谟在对面檐下看得清楚，一边暗赞小刀腿脚利索，一边盯住侍卫的身影跟了上去。转过几道街角，前面果然越来越偏僻，随着夜幕的降临街面上已看不到什么行人踪迹了。

小刀拐进一条幽暗的小巷，侍卫追到巷口犹豫起来，看样子略有些担心，驻足不前却大声呵斥道："小毛贼，快把爷的荷包还回来，我便饶你不死。"

小刀有意引他进去，转身站下晃了晃手里的荷包，嘻嘻一笑故意撩拨道："有本事来拿呀！这荷包蛮重的，里面差不多有四五两银子吧？啧啧，够小爷我喝一个月甘州老烧的了。"

侍卫见状气怒难当，快速打量下周围发现并没有小刀的帮手，便放心大胆地追进了暗巷里，心下思忖对付一个小毛贼他还是有把握的，却完全没注意到杨嘉谟隐在暗处，等他进了巷子也快步跟了上来。

进了昏暗的巷子，侍卫一步步逼近小刀，亮出手里的短刃威胁道："小毛贼，我可以给你一个机会，现在乖乖把荷包扔过来我就当什么事都没发生过，否则别怪我手下无情。"

小刀不跑不躲，依然笑嘻嘻地回道："为着区区几两银子你至于追上几条街吗？难道银子比命还值钱？"

侍卫不愿和他眼里的一个小毛贼多废话，短刃往前一指就要发难，却听身后一道声音突兀而来。

"你若伤他必死无疑。"杨嘉谟冷冷说道。

侍卫骇然，急忙转身正对杨嘉谟，待看清了对方的容貌，他惊疑莫名的表情像是活见鬼般不可思议。

"你……你怎么会……"侍卫紧盯着杨嘉谟的脸孔结结巴巴问道。

杨嘉谟冷哼一声："认得我？看来你没少跟着单泽做恶事。"

这侍卫当然认得杨嘉谟，作为单泽身边最殷勤的狗腿子，主子的喜恶他自是一清二楚，也少不了偶尔帮着出个馊点子啥的以博主子欢心。比如这次，单泽要置杨嘉谟于死地，这侍卫亦是知情人之一，因此见杨嘉谟突然出现在这里，他便觉得超出预料而难免惊骇了。按照原计划，明日一大早单泽就会组织人去装样子找寻杨嘉谟，然后宣布他的死讯，定性为巡边遭遇沙暴意外身死，再追授其一个戍边壮士的荣誉称号也就翻篇了，却绝没有想到计划中必死无疑的杨嘉谟居然在这里出现，怎不令人惊惧。

"杨……杨指挥……"侍卫的恐惧不是装出来的，看看四周环境，再联系前两天的计划一想，他聪明地预感到杨嘉谟不会轻易放过自己，便见风使舵换了口气，意欲讨好对方。

杨嘉谟缓步上前，紧盯畏畏缩缩的侍卫命令道："把你的衣服都脱了。"

侍卫更为惊疑："脱……脱衣服？"

杨嘉谟没有耐心跟他多说，眼睛一瞪不耐烦道："怎么，你不愿意？"

侍卫闻言骇在当场，一瞬间关于"断袖""分桃"之类的字眼充斥了他的大脑，思想顿时跑偏。没想到杨嘉谟竟是这样的人？可是，转念又想，若一番折辱能换得性命在，那还是可以考虑的。当下，这厮急忙扔了手上的短刃开始动手解衣，而脸上倒难得展露出一副慷慨就义的表情来。

杨嘉谟一件件接住侍卫扔过来的衣服，寒着脸并不说话，与小刀一前一后紧紧盯住此人以防生变。

侍卫脱得只剩一条中裤，抱着光膀子在深秋的寒凉中哆嗦道："杨……杨指挥……真的……真的要全都脱光吗？"

杨嘉谟自是不明白这侍卫的心中所想，一眼扫过去看到了侍卫脚上那双半新的靴子，扬了扬下巴接着命令："靴子也脱了。"

侍卫无奈，只得弯腰脱了靴子扔到杨嘉谟脚下。若是在白天就可发现这厮此刻面红耳赤的样子，但此时此地幽深的巷子里半明半暗，天上一轮朦朦胧胧的月亮洒下清辉来，虽可看清大致景物，但脸红这样的细微表情却是难以分辨的。即便能看清又有什么用？杨嘉谟要他衣服的用意和他自己臆想出来的情景可完全是风马牛不相及的两回事。

杨嘉谟捡了靴子，抱着衣服走过侍卫身旁，毫不理会这厮一下子双臂交错抱住自己的可笑动作，径直往巷子深处走去，顺便低沉地吩咐小刀："把他绑起来先撂这里冻一个晚上再说。"

小刀领命，拿出不知从哪儿顺来的一条脏污绳索上前，手脚利索地套住了侍卫，三两下便将其绑了个结实，然后推倒在地拽下他一只袜子去塞其口舌。

拿袜子塞嘴？即便是自己的那也没办法接受，想想就令人作呕。侍卫挣扎着不肯就范，一边连连摇头躲避，一边大声求饶："杨指挥我错了，我以后再也不敢了，求你饶了我这一回，我保证不喊不叫任你为所欲为还不行吗？求你……呜呜……"

小刀毫不客气将一只袜子成功塞进侍卫的嘴里，止住了他的喊叫。

"哼！好好尝尝自己臭脚的味道吧！"小刀拍拍手鄙夷地嘲讽，起身又不忘威胁道，"你给我记住了，没当场杀你是你的造化，以后若让小爷再看见你，就不会这么便宜你了。"

侍卫强忍着作呕连连点头，比起嘴里被塞臭袜子这种事自是保住小命更要紧。听对方没有要杀他的意思，这已经是莫大的幸事了，只等挨过今晚得逃一命，他就远远地离开此地隐姓埋名过日子，绝不敢在这方地界露头了。

正这么想着，见杨嘉谟穿着自己刚扒下来的衣服从暗影里走出来，侍卫立即醍醐灌顶般地明白了。原来杨嘉谟要他脱衣服并不是要……而是借他的服饰乔装打扮了要去做别的事情，不用想也知道定是冒充了自己去单泽身边。至于到底要做什么，这不是他所能想象的，或许刺杀、或许还有其他盘算？总之绝不是什么好事。看来单泽要倒霉了，杨嘉谟大难不死活着回来，就代表着单泽的阴谋暴露了，还不知道接下来将会有怎样一场腥风血雨的较量呢？还是及早躲了的好。

不理这侍卫是怎么想的，杨嘉谟拽着并不十分合身的衣衫走过来，颇为不屑地瞥了眼倚在墙根下狼狈不堪的侍卫，转头招呼小刀："走吧！"

小刀帮杨嘉谟拽了拽衣襟，乖巧道："杨大哥，要蒙面吗？"

杨嘉谟边往前走边回道："不需要，此地认识我的人没几个。"

二人边说边出了暗巷而去，仿佛绑在墙根下的那侍卫真是一条无人理会的流浪狗……

清音阁的顶级豪华厢房内，一桌精致的菜肴还未动筷子，桌边围坐着四个人，其中一个长相富态面白无须的正是新晋三边总督侯大鹏侯太监，侧首一个中年文士打扮的也不是陌生人，乃是甘州肃王别院的管事詹德贤，而下首作陪的则是单泽和一个形容枯槁之人。席间还留着一个空位，在侯太监右侧。看桌上的菜肴和座次排列，空位上还未落座的人一定是个身份显赫，或是颇得侯太监赏识之人了。

厢房里垂着一方琉璃珠子穿成的珠帘，其后有歌伎抚琴，朦胧中那道窈窕身影若隐若现，在婉转悠扬的琴声里端得引人遐想，颇有种销魂的意味在里头。

侯太监闭目听着琴曲似乎完全陶醉其中，詹德贤目光沉沉不知道在想些什么，看起来满面不快的样子，而单泽和另一人却脸现谦卑不敢稍有动静，生怕打搅了侯太监听琴的雅趣。寂静之中琴声更为纯澈，从外面偶尔传进来一两声的莺声燕语和各种声响，在这样的情境中显得俗不可耐。

一曲终了，侯太监缓缓睁开眼睛，拊掌笑赞："不错不错，红绡，你的琴技已臻化境，只听得咱家飘飘欲仙欲罢不能了，不愧是清音阁的头牌姑娘哪！"

抚琴的女子在帘后轻笑一声："督公谬赞，奴家有今日全赖您老人家栽培，红绡万死难报大恩。"

红绡娇滴滴的嗓音宛如天籁，简短几句话直听得人骨头都酥软起来，单泽贼眉鼠眼直瞪着珠帘，恨不得眼神变成实质，好一睹这位驰名西北的红绡姑娘之芳姿。他来这清音阁本是不够资格坐在第一等厢房，还得红绡亲自抚琴伺候的，这都是沾了侯太监的光。只是，在这之前，他并不知道清音阁的背后东家就是侯太监，而这里的姑娘们都是侯太监一手培养用来敛财和收集消息的。

单泽尤为庆幸攀上了侯太监这棵大树，让他在位居高官的同时还能尽情享受芙蓉香，且有绝色美人作陪。这可真是十八辈子都修不来的福气啊！

一念及此，单泽拿出十二分的谄媚本事，极尽所能地拍起了马屁："原不知督公乃是乐中大家，今日可是令我等开了眼界了，适才那首曲子想必就是督公所作的吧？真正'此曲只应天上有，人间哪得几回闻'呢！"

一言出口，顿时引来一阵讥笑。

詹德贤目不斜视，但说出来的话却一点情面都不留："听说单指挥是出了名的风流之人，原来竟不知道《高山流水》这般千古名曲出自何人之手？看来你素日里那些所谓的眠花宿柳之行，也只是在牛嚼牡丹暴殄天物了。"

上座的侯太监一贯慈祥的笑脸维持着原样，状若无意地睨了眼举杯饮茶的詹德贤，又将目光对准单泽，笑着道："单指挥行伍出身不通音律也是情有可原，适才那首曲子叫做《高山流水》已经很久远了，却不是咱家这样的俗人所作，倒叫詹管事笑话了。"

这话说得并无歧义，侯太监脸上也是如沐春风，但却让单泽的额头无端沁出滴滴冷汗来，连忙起身拱手道："督公恕罪，卑职孤陋寡闻了。"

侯太监摆摆手轻笑："无妨，坐下说吧。"

单泽重新落座，瞪了眼侧首极力憋笑之人，不满道："高知府想笑便笑罢了，小心不要憋出内伤来。"

原来此人是肃州知府高觉，听单泽点明不禁咧嘴露出一口黑黄牙齿来笑道："按说单指挥是这清音阁的常客，当也听过不少雅音妙曲的，怎么竟连这名曲都不晓得，本官觉得不可思议罢了，实非有意取笑。"

拍马屁没有拍到点子上，平白丢了脸面事小，单泽就怕侯太监因此而厌恶自己，眼珠一转借着高觉的话哭起穷来："我是清音阁的常客不过讹传，这里头的事别人不知道，难道你高知府也不清楚？是，我是常来这里，但那不都是为了大家共同的那点买卖吗，所为皆是公干，又哪来的闲情逸致眠花宿柳？"

说罢犹嫌不够，紧接着嘟囔："再说了，我一个穷大头兵，哪有银子消受美人呀？"

高觉摇头苦笑，大约是在为自己一句话招来这许多怨念而觉得不值，并不再接单泽的话。

侯太监也笑了笑不做理会，接着闭目养神去了，却不知道心底里在盘算什么。

倒是詹德贤略有不耐烦的样子，动作稍大地放下茶盏，望着门口问道："他到底来还是不来？现在的年轻人也未免太过自恃清高了吧？"

单泽自不敢得罪肃王府的这位管事，对詹德贤嘲笑他的事情自动忽略，赔着笑脸道："再等等吧，他接了帖子就是答应赴宴的意思，肯定会来的。"

詹德贤讽刺道："果然是新贵不知天高地厚呀！别人便不提了，侯公公亲自宴请还这般摆谱，他当自己是谁了？"

单泽不敢接话，高知府更是不好随意置评，都干笑了两声算是响应，屋内再次安静下来，气氛颇有些尴尬。

话音刚落，屋外传来三下叩门声，红绡从珠帘后转了出来，绝色美貌中带着一缕精明对侯太监笑道："督公，客人到了，可要奴家继续作陪？"

侯太监也不睁眼，挥挥手："不必了，你且退下吧！"

红绡福了一福款款退下，身姿曼妙明眸善睐的姿容直看得单泽一双眼珠子几乎拔出眼眶跟了上去。

詹德贤鄙夷地哼了一声，才算是提醒单泽回神，把那一副色中饿鬼的形貌收敛起来。

红绡才刚离去，就见厢房门从外轻轻推开，门口站着的两个汉子一看就是武艺精湛的高手。二人同时做出邀人入内的手势，一位身着锦衣样貌英挺的年轻人便笑嘻嘻地走了进来，他就是刚刚到任肃州卫任指挥同知的达奇勋。

侯太监和詹德贤并不起身，单泽和高觉却不约而同起身相迎，满含热情地将达奇勋迎到了桌前。笑话，他们两个能跟人家比吗？侯太监和詹德贤一个是权倾西北的三边总督，一个是肃王府里得王爷信重的实权派管事，他们可以不将甘肃镇总兵达云放在眼里，但自己和高觉却不论官职品级还是军功威望都与之相去甚远，哪敢慢待了达云的公子啊！

达奇勋来到桌前，大大方方向侯太监施了一礼笑道："卑职参见督公，军务繁忙一时难以脱身，来得晚了还请督公见谅。"

说罢又向詹德贤拱手一笑："见过詹管事。"

侯太监惯会应付场面，见达奇勋谦逊有礼，笑着招手道："贤侄不必多礼，快请入座吧！"

睁大了一双鱼泡眼，侯太监不吝夸奖地又道："真是虎父无犬子啊！一瞧贤侄的模样，咱家便想起你还小的时候，那时你曾淋过我一身热尿呢！"

此话一出无形中就拉近了彼此的关系，加之侯太监天生一张慈祥样貌，并不刻意摆谱以自己是三边总督而自居，看起来倒也是一位和蔼的长者了。

达奇勋落座，不好意思地笑道："督公切莫提起此事了，那时卑职若知您乃如今总督三边的封疆大吏，便是借我十个胆也断不敢造次的。"

侯太监哈哈大笑，心情愉悦道："看看，这孩子多会说话，那时候你才一两岁而已，哪里就知道这些了？何况，童子尿多金贵呢，说不定就是你那一尿让咱家有了如今的官运也不一定呀！"

达奇勋受宠若惊地站起身又是一礼："督公这是折煞卑职了，您总督三边乃是实至名归，卑职哪里敢有半点居功？这话若让旁人听去借机鼓舌生事，卑职可就有口莫辩了。"

侯太监点头赞许，示意达奇勋坐下，转头对詹德贤道："詹管事可看见了？我就说这孩子是个知礼的，达总兵教子有方不是吹的吧？"

詹德贤微一颔首，打量着达奇勋终于舍得挤出一丝笑来道："原是我小瞧了达指挥，小将军果然气度不凡。"

二人对达奇勋一顿猛夸，席间气氛顿时活跃起来。

单泽见机起身斟酒，在侯太监面前极力表现，面上一团和气，心下却对达奇勋颇有微词：仗着你老子的势抖威风罢了，有什么了不起的？在我面前要性子，你姓达的还嫩了点！我若有一个打仗厉害的老子，也不必对这样一个初出茅庐的小子点头哈腰了。

在职务上，单泽比达奇勋还高着一品，他是指挥佥，达奇勋虽有世袭指挥使的荫封，却在他麾下任了指挥同知一职，严格来说他才是官长，却不得不沦为斟茶倒水的"小厮"，这让单泽很感到憋屈，但这却是没办法的事情，因为接下来的商谈中达奇勋的意见至关重要，将关系到他以后有没有免费的芙蓉香来吸食，也关系到将来能否往前迈一步到富庶的甘州城里去谋个肥差。因此，在这些人面前，他只能委曲求全装孙子了。

厢房里酒宴热热闹闹地开席了，房中五人并不担心他们的谈话和行踪被别人窥探。在清音阁，这个看似花楼的勾栏场所里，侯太监自有他引以为傲的一套经营办法。不明底细的人进不来，身份低微的人进不来，不是侯太监一系的人更进不来，即便进到里面了，不得上面首肯也休想接触到核心位置，像此刻他们所处的这间厢房，四周都安排着不下数十名的暗卫，在明松暗紧的有序护卫中，恐怕连只苍蝇想要靠近都逃不过护卫的视线。身处此间，你可以畅所欲言、阴谋策划，不用担心谈话会被不相干的人听了去。

所以，尽管清音阁酒水是天价，姑娘是天价，可达官贵人们还是趋之若鹜。在这个天高皇帝远的地方，老百姓是穷，吃了上顿没下顿。但他们靠贪污腐化却有的是钱。由此，在这里玩，不仅仅是追求享受，所图的是身份和一份绝对的安全感。

当然了，越是号称绝对安全的地方，实际上越可能是不安全的。就比如此刻，神不知鬼不觉当中，杨嘉谟已然以单泽跟班小兵的身份混过了第一道盘查，借口递送紧急军情进了清音阁的大门，然后大摇大摆向通往二层的楼梯间走去。在这个地方，除了单泽和侯太监本人，是没有人认识他的。所以，他打着单泽跟班的旗号是没有人盘查的。但恰恰就是在这样一个地方，他居然遇上了达奇勋。埋伏在暗处的暗卫们正在虎视眈眈地盯着杨嘉谟，如果达奇勋翻脸不认人，叫出他的名字来，那杨嘉谟的麻烦就大了。

第三十三章

只可意会

　　杨嘉谟走到楼梯口抬腿就上，却被一名花枝招展的妓子拦了下来。

　　"哟，公子，你这闷头瞎闯的要去哪里呀？"妓子嗲声嗲气笑道，一边伸手推了一把杨嘉谟的肩膀，竟将杨嘉谟生生迫得往后退了两步。

　　这看似柔弱的妓子显然是身上有功夫的，杨嘉谟刚刚并未在意也没有防范，被推之下才警醒起来，着实领略了一把什么叫做卧虎藏龙。

　　当下，杨嘉谟只得假做无知，佯装并未发觉对方有武艺在身的样子，诧异道："姑娘好大的力气！"

　　妓子拿绣帕半掩口鼻，打量着杨嘉谟咻咻笑道："看你的穿着打扮是没有资格到上面去的，有什么着紧的事可以告诉姐姐我，我愿意替你跑腿传话的。只是……"

　　她顿了顿，素手纤纤伸到杨嘉谟面前："你要拿什么来给我当酬劳呢？"

　　杨嘉谟无奈，不是装出来的那种无奈，而是真的囊中羞涩。见这妓子坚持，只得解下才从单泽侍卫那里得来的荷包递到妓子手上："我只有这么多银子，若姑娘不嫌少就请笑纳吧！"

　　"嗯，倒是个知情识趣的。"妓子掂了掂荷包，轻笑着问，"说吧找谁，有什么事？我这就帮你去转告一声。"

　　在楼梯口跟这个妓子耽搁了这一会儿工夫，杨嘉谟已然觉察到来自不同方位的数道眼神打量，有一二处甚至隐隐透出一股杀气，只消他稍有不妥之处引起对方怀疑，这些或明或暗的人顷刻间就要出手群起而攻之了。

　　杨嘉谟不动声色，继续扮演着单泽跟班的角色，客气地对妓子道："劳烦姑娘转告肃州卫指挥使单泽大人，边墙外有敌情，事态紧急，请大人速速回营。"

　　妓子闻言神情稍稍正经了一些，一甩帕子转身上楼还不忘叮嘱杨嘉谟："你先在这里等着，以防大人们问话，不得随意瞎走乱看明白了吗？”

杨嘉谟应了，在周围数道眼神的监视下，他所能做的本就有限。看着妓子上了楼，他状似随意地将自己掩入灯火稍暗的地方，顶着时不时扫过来的那些目光，在心底快速思索着接下来的应对办法。因为对此地不熟悉，进来之前他绝难预料到这里就连一个普通的妓子都身怀武艺，更不会想到一间艳名在外的花楼，里面竟招揽了许多高手来充当暗卫。显然，自己是低估了清音阁和它后面的那个人了，能够延揽江湖中人做打手，而往来消费一掷千金的俱都是达官豪贵，这份手笔才是最令人感到震惊的。

对于之前的计划，杨嘉谟不得不作出调整，他在权衡稍后单泽出来时该采取何种方式擒住对方。在这里他属于初来乍到，还是一张生面孔没什么人认得，但单泽面前却不行，两下里只要一经照面那厮绝对能第一眼认出自己，倘若过早暴露身份擒拿单泽的事情就会多出许多麻烦来，很可能他的计划将要付诸东流，且还会引发无数的波折。从花楼里那些暗藏的气息上，杨嘉谟已经分辨出了不下五位高手在暗处坐镇，他并没有十足的把握能够一击得手擒获单泽，而一旦单泽发难，自己势必处于被动，只怕到时候为兄弟们讨个说法的正义之举就变成了有意行刺朝廷武将的行径，他自己死不足惜，却还要背上反叛谋逆的污名，如果是这样，那可就得不偿失了。

到底怎么做才能达到一击必中，控制单泽且不被暗处的高手们发现不对……究竟如何出手对付他呢？杨嘉谟犯了难。盘算良久想出了很多条主意，却又一一否定，身处清音阁，他才发现自己还是过于莽撞了，把祖父曾耳提面命的“君子报仇十年不晚”的教导浑然忘到了脑后，在还没有彻底弄清楚花楼背景内幕的情况下贸然行事，又有几分成算？可是，如今情势已是箭在弦上，根本就没有退路了，也只能硬着头皮往前闯，不然还能任由单泽那奸恶小人白白害死了那么多无辜的好兄弟而不闻不问吗？大不了就是一死，这要看怎么死？在死之前，要是拉着那厮垫背偿命，那就是最好的结果了。杨嘉谟这样默默想着，做好了最坏的打算，只待单泽被自己的假情报诓出来，就与他做个了断。

这样一来，倒是可惜了，终究没时间也没机会去查芙蓉香乱军害人的黑暗内幕了，这是杨嘉谟做好必死的准备后感觉遗憾的一件大事。另一大遗憾则是没来得及当面向祖父磕个头，向他老人家说一声“对不起”，辜负了祖父一心要栽培他成为杨府中兴力量的期望，愧对英年早逝的父亲和孀居二十年含辛茹苦养他的母亲……

杨嘉谟掩藏着自己的心事，在灯影里像尊石像静默等待，于莺歌燕舞的清音阁，显得是那么地格格不入。

再说楼上的厢房内，不知道说起了什么话题，达奇勋勃然变色，"腾"地一下放了酒杯站起身，怒冲冲地说道："不可能！其他的条件我都可以答应，唯有这一条我和我的父亲都不会妥协，也决不允许讨价还价！"

侯太监微微变了脸色，但瞬间便恢复了笑面虎的面目，依然保持和蔼，笑容满面地劝道："贤侄稍安勿躁，有什么不当处坐下来慢慢谈嘛！没必要脸红脖子粗的。"

詹德贤却是斜了眼睛看过来，冷哼一声道："达指挥想必还没有搞清楚，莫说你了，便是你父亲也不过小小的一个总兵，他不答应就能左右了王爷的心意？陈克戎可是前车之鉴，我劝你还是好好掂量掂量后果，再来说话。"

"你在威胁我？"达奇勋针锋相对地回道，"我不管陈总兵是怎么被撸职的，但我父亲，我达氏边军能到今日，绝对是凭着自身流血流汗得来的荣耀。"

詹德贤眼神犀利地盯住达奇勋："这么说，你是不承认令尊有受王爷提携之恩的了？"

达奇勋噎了一下，气恼地辩解："我并没有这般说过，詹管事莫要强扣帽子，这种事可开不得玩笑。"

詹德贤冷冷一笑："你知道就好，那便乖觉一些继续议事吧！"

达奇勋一张俊脸被憋得黑成了锅底，但身在局中也由不得他率性而为，只得暗暗忍下满心憋屈，又重新坐了下去。

下首的单泽和高觉各自盯着自己面前的酒杯目不斜视，仿佛他们是两具透明人，压根儿都不敢引起任何一方注意的样子要多滑稽就有多滑稽。这俩都是官场老油子了，面对三家争论眼看翻脸的场面，他们太懂得明哲保身的道理了。

看着两家斗得差不多了，侯太监这才呵呵笑着打圆场："这就对了嘛，有话慢慢说，争吵僵持多不值当！此事牵涉咱们三方，甚至更高层的利益分配，原就需要慢慢协商拿出个切实可行的章程来，这便免不得有所分歧嘛！"

詹德贤并不肯卖侯太监的面子，不客气地嘲讽道："你少稀泥抹光墙假装糊涂！好话都让你一个人说尽了，倒让人觉得我家王爷是恶人一样。这事到底怎么办你得有个明确的意见，王爷还等着回信呢！"

侯太监一贯长袖善舞，但此时被堵了话头也是无奈，詹德贤在逼着他站队了。

"其实，以咱家所想，事情还是照着往年的规矩来就是了，何苦今年要突然改了呢？"侯太监难得收起架子，斟酌着小心翼翼道："当然，王爷的意思咱家也能猜个几分，他定是想着达总兵新晋高职，多分一成以示庆贺的。可是……"

看了眼俊眉紧拧的达奇勋，侯太监笑道："按照之前的规矩，达总兵并没有参与今年的种植，就算后期对芙蓉香的外销有所助力，那也分不到三成，更遑论此时贤侄提出来竟要再多一成了。这实在令人为难哪！"

听闻此言，詹德贤总算缓和了脸色，眼里充满得意，换上殷勤的口气接道："督公这话倒还说得公正，王爷之所以答应达总兵多分一成，那也不过是酒后戏言，他老人家高高在上，哪里晓得底下人等担着风险的艰难？却没想到达总兵竟然当真了。"

见达奇勋又要翻脸，侯太监忙伸手按住他的肩头，故作烦恼地叹了口气道："正是如此啊！芙蓉香的收益是很让人动心，但这两年曾经拥护张居正的那帮子人又沉渣泛起，在朝堂上下到处鼓吹此物会危及江山，皇上那里虽然没有吐口封禁，但犹豫之意却让人悬心，说不定哪一天就突然一道敕旨降下来了。咱们是真的担着随时被杀头的危险在做这事，其中苦恼贤侄你又哪里体会得到呢？实实地跟你们沙场搏命不遑多让呀！"

见侯太监明显偏袒地站到了肃王这边阵营，单泽和高觉也立马"苏醒"过来，跟着风地一阵诉苦，口口声声都在言说他们的困难险阻，真真假假一通说辞令达奇勋也是无力反驳，只得黑着脸坐在那里不再言语。其实达奇勋完全可以拂袖而去，但想到父亲的叮咛和军中的实际困难，他不得不强忍怨气继续跟这些自己看不上的人周旋。

房内气氛陷入尴尬，达奇勋的沉默就代表了坚持不让步，这让詹德贤很有些恼火，而侯太监更觉得下不来台，适才一番言语得不到回应就显得他是在惺惺作态了，一时间谁也不愿再主动开口。

正在这时，外面响起了叩门声。侯太监倏然盯向门口，眼神锐利地喝问："何事？"

门外一女子的声音轻轻柔柔回答："禀大人，有个自称是单大人侍卫的，说边墙有紧急军情，来请单大人回营的。"

侯太监扫了眼单泽正要发话，却见达奇勋"忽"地站了起来。

不待在座之人多问，达奇勋双手一抱拳严肃道："既是军情卑职当回营处置，就先告辞了。"

说罢又看向准备开口的单泽，谦逊道："作为大人的副手，卑职应当代为分忧，大人不必客气，我这便赶回营去，若有难以决断之事再来回禀。"

单泽怔怔无言以对，完全被达奇勋有礼有节的言语堵得说不出其他话来，只得点头应了："那便有劳了。"

达奇勋笑着对几人团团一圈拱了手，也不理会侯太监和詹德贤二人满脸不豫，转身就走向房门，一把拉开走了出去。

"目中无人！"詹德贤见达奇勋走远了，气恼地拍了把桌子，震得碗碟一阵轻响。

侯太监极快地掩饰掉不满，换上和蔼笑容道："年轻人嘛，可以理解，可以理解。"

詹德贤瞪着侯太监没好气道："什么理解？就这么让他走了，那接下来还怎么谈？"

侯太监耸耸肩："那有什么办法？达云现在正是新贵得势的时候，就连王爷都要卖他几分面子，上下嘴唇一碰就许出去了一成红利，你又何必替他老人家舍不得枉作这个小人呢？"

詹德贤无奈，颓然苦笑着道："说得也是，我真是咸吃萝卜淡操心，自己个儿的腰包里能进几个大子呢，没得惹人反感。"

"你呀！"侯太监笑道，"好了，别说这些不愉快的事情了，我让红绡都安排妥了，既然来到这儿了就放开身心好好玩上一场，所有一切花费全算在咱家头上，你看可满意否？"

詹德贤闻言终于露出笑脸，对侯太监拱手道："那我可就恭敬不如从命了，多谢督公盛情款待。"

侯太监依旧笑得人畜无害，双手拍了三下，门外进来的正是红绡。

"督公您唤奴家吗？"红绡矮身一福道。

侯太监吩咐："请了詹大人去吧，好生伺候着莫要慢待了。"

红绡言笑晏晏地应了，做出相请的手势对詹德贤媚笑道："詹大人请随奴家来吧！"

詹德贤也不推托，起身绕出桌椅昂头走了出去，好像此间他就是理所应当的大爷似的。

等詹德贤和红绡退下，侯太监略冷下笑脸，肃容对单泽和高觉道："你们二人不必艳羡旁人，我知道你等一向乖觉，既然来了那就今晚留下来吧！还是老规矩，一应花销……"

还没等侯太监说完，单泽急忙讨好地笑道："花销我等自理。督公放心，这些规矩卑职都明白的。"

高觉也是连忙附和："无规矩不成方圆，理该如此，理该如此。"

二人神情间的喜色倒像捡了多大便宜似的，并不在意侯太监对詹德贤的特别优待，于他们二人而言，能得侯太监发话在清音阁留宿玩乐，哪怕所费奢靡也甘之如饴。没看到外面那些削尖了脑袋，怀揣大把金银来讨侯太监欢心的官员们都进不了这间花楼的大门嘛！这就叫人和人的差别，为了彰显这份荣耀，便是变卖了家产全扔进来也值得。自然，跟着督公尽心竭力地干下去，这一点点花费又算得了什么？马上不是就分红利了嘛，今年鸦片丰收，虽然自己这般小角色所得不能和肃王府与侯太监相提并论，包括达云父子在内，但那些大人物只消从手指缝中漏下一点点来，都尽够他们挥霍的了。

个人心里都有一把算盘，眼看将会有大笔进项，自是各家欢喜不屑斤斤计较的。

侯太监懒得应付二人，起身自往外面去了，在这里他有属于个人极其私密且安全的住所。

单泽和高觉几乎躬身成虾子弯腰相送，绝对的权势面前，三品武将和四品知府都不如一个深得侯太监信任的妓子，或许这没什么可比性，但却是事实。

不提厢房里的长长短短，且说达奇勋从内出来顿觉胸口憋闷有所缓解，但随之又皱起眉来，花楼里充斥的靡靡之音和脂粉气息让他依然很不习惯。下意识地整了整衣衫，他抬步走向楼梯间，不禁思忖："紧急军情？难道是蛮夷又来抢掠边境百姓了？"

就这么琢磨着下了楼来到大厅，却见灯火暗影处走出来一个俊眉修目的人，衣着打扮再普通不过，但那熟悉的眉眼却自有一份独特不凡，正是前天在王家庄才见过面的杨嘉谟。

二人隔空对视，达奇勋一阵疑惑，继而又涌上一股鄙薄来。想不到与自己同负盛名的杨嘉谟竟是个贪花好色之辈，当真令人失望！原来达奇勋竟将杨嘉谟当成了来这里寻欢作乐的花花公子，而浑然忘了自己此时也身在清音阁，却不想杨嘉谟又会怎样看待于他。

杨嘉谟其实注意到达奇勋有一会儿了，从他皱眉下楼那刻，总算心头的千般纠结得到稍微松快的缓解了。找单泽报仇不假，但他还想通过单泽揪出参与芙蓉香制作贩卖的那些幕后之人，并不仅仅只为杀一人而来。清音阁的势力超出原本预判，本已做好了必死准备的杨嘉谟，在看到出来的是达奇勋时有那么一瞬的讶异，但更多的则是希冀，他快速而大胆地决定在达奇勋身上押宝赌一赌。因为凭直觉，杨嘉谟不相信达奇勋是那种甘愿和单泽之流为伍的人，与自己齐名之人应该有着一份清高才对。尽管看到达奇勋在这里出没，他的心下和达奇勋一样，略有惋惜。

"卑职于明参见达指挥。"杨嘉谟快人一步，上前拱手说出了那个被他和小刀捆在暗巷中的小卒子的名讳，希望达奇勋够聪明能领会这份刻意的提醒，也希冀着他愿意陪自己演好这场戏，以便脱身。

达奇勋略感不解，习惯性地皱眉瞥了一眼装腔作势的杨嘉谟，鼻子里冷哼一声表示不屑，却不由自主顺着杨嘉谟的话接道："什么军情让你跑到这里来找人？太不懂规矩了！"

没戳穿就好！

杨嘉谟暗自庆幸，凑上一步挨近达奇勋压低声音道："据可靠情报，鞑子要兴兵犯边，就定在这两日。"

达奇勋眉头皱得更深，一来不喜杨嘉谟这般装神弄鬼，根本不相信他嘴里所谓的情报；二来也突然感应到了来自周边各处的那些监视他们的眼神。他与杨嘉谟功力相当，杨嘉谟能发现的暗卫他自然也察觉到了，只是却比杨嘉谟少了一份谨慎小心，直到此时才有所感应。

"回营再说。"达奇勋忍着不适，脸色冷漠地走过杨嘉谟身旁，直往花楼外大步而去。

杨嘉谟低着头急忙跟上，直到身后诸多眼神撤去才暗暗松了一口气。这算是欠了达奇勋的一次人情吧？他不禁想到。由此可见，他的感觉应该是没有问题的，这个达奇勋和花楼里的那些人是不一样的。

出了花楼，自有跟随的兵卒送上马匹。

达奇勋接过马缰却不急着跨马，牵了骏马又往前走了几步才顿住脚，转身对紧随而来的杨嘉谟冷着脸道："说吧，你找我什么事？"

杨嘉谟有些无奈，一边腹诽着达奇勋的自作多情，一边感念着刚才花楼里他的乐于配合。看四周无人，方才实情相告道："其实，我去那花楼遇见达指挥也是意外，在下要找的是一个仇人，准备杀了他为我的兄弟们报仇雪恨。"

达奇勋怔了怔，很快反应过来："你要杀单泽？"

这回轮到杨嘉谟惊讶了，他不禁反问："你怎么知道？"

达奇勋撇嘴一笑，语气却十分淡漠道："我虽才来赤州卫不过三日，但关于这里的人事却关注已久，岂能不知道你和单泽有旧怨，而他也势必不会轻饶了你。"

"那不足以成为我非杀他不可的理由。"杨嘉谟强调后，满目悲痛地愤慨道，"他故意给了我一张伪造的舆图，引我进入沙漠腹地，然后想借沙暴置我于死地。我虽是侥幸活着回来了，可我大哥，还有那些从甘州一路追随我而来的无辜兄弟们，几十个兄弟呢，却再也回不来了。"

达奇勋恍然询问："难怪前天在王家庄见你还不如个叫花子，竟有这般隐情？你大哥莫非是杨嘉臣？"

"正是。"杨嘉谟眼睛里闪着水光沉痛道，"他随我一同入狱，一同被判斩首，然后又一同发配来戍边，除却手足血脉之情还有袍泽之谊，更遑论我在甘州结识的两位金兰兄弟，以及二十多个江湖义士。他们尽皆遭到单泽坑害葬身沙海，大义当前，我誓要手刃单泽给他们一个交代。"

达奇勋脸上缓缓涌起感动和敬佩，一咬牙道："大丈夫理该如此，换做是我，我也会这么做的。你说吧，需要我帮你什么？"

杨嘉谟定定看着达奇勋，似是在估测对方话语里有多少可信度。

达奇勋受不了杨嘉谟的眼神，略有气恼："你这个人怎么如此不识好歹？我若有心害你，刚才在清音阁就不会替你遮掩了，你当那些暗中埋伏的高手都是吃素的不成？"

"原来你也发觉了？"杨嘉谟释然，向达奇勋深深一拜，起身又道，"等我报了兄弟们的仇若还有幸活着，定在城中最大的酒楼设宴相谢，届时还请达指挥务必应约。"

达奇勋突然生了气，瞪了杨嘉谟一眼翻身上马，冷冷丢下一句："需要帮忙知会一声，最好别让我替你收尸。"

说罢，一扬马鞭疾驰而去。

杨嘉谟目送达奇勋远去，露出一抹苦涩的微笑，喃喃道："只可意会的默契，但愿我和你还有相知的机会。"

第三十四章

弃车保帅

单泽再回到军营的时候，是作为阶下囚被绑在马上来的，醉生梦死之后过度消耗的躯体在绳索的捆缚下，看起来委顿不堪，似一摊烂泥。

军中兵将围拢而来，里三层外三层地看稀奇，平日里对单泽有怨的自是幸灾乐祸，也有一部分原为亲信的拿腔作势吼喊着，一路围住杨嘉谟却也不敢率先发难，保持着不远不近的距离跟随，试图找机会救出他们的主子。

单泽被塞了嘴也说不出什么话来，横驮在马背上让他的胸腹中一阵阵难受，眼前更是直冒金星。事到如今，单泽也害怕了，为之前算计杨嘉谟的事很有些后悔，但更多的还是对自己算计不够严谨的悔恨。早知如此，他就该再加派一支人马埋伏在沙漠边缘，便是杨嘉谟活着躲过了沙暴，也定要将他斩杀了以绝后患，又何至于受他凌辱，当着数千军士折了颜面？更不敢去设想的是，杨嘉臣和那帮子乌合之众都死在了沙漠里，杨嘉谟为了给他们报仇保不准就会杀了自己，这才是他此刻所惧怕的。好死不如赖活着，性命若不在了那一切就都没了，官位、银子、美人、芙蓉香……他舍不得呀！

"不行！我得想办法活着！"单泽思忖。一路而来有件事他看得分明，杨嘉谟本可以在第一时间就杀了自己，但他并没有当场行凶，却是绑了他来到大营，看样子杨嘉谟的所图并不仅仅只为让他抵命，应该还有什么更深层次的盘算，他到底还想做什么呢？难道……单泽不敢接着想下去，侯太监的名讳卡在他的喉咙呼之欲出。杨嘉谟不会是受了刺激疯了吧？侯太监的确是他的仇家，但人家现在可是权势滔天的三边总督，就连肃王都要礼让三分的人，你杨嘉谟有什么能耐就敢大胆去摸老虎屁股？而他绑了自己来留着不杀，绝不是因为心慈手软，定是想要在他身上入手，找到侯太监的软肋，然后伺机以牙还牙。

能想到此处，证明单泽此人并不愚笨，若杨嘉谟能听到这番入情入理的分析，恐怕得赞他一句聪明。可是，此时的杨嘉谟无暇理会单泽的所思所想。他双眼蕴着无尽的恨意，昂首阔步行走在被无数将士们围观而营造出的夹道上，身后的小刀也挺胸抬头毫不畏惧地跟随，手里牵着骏马的缰绳，而马背上就是只穿着中衣又被绑了手脚横驮着的单泽。

将士们一看之下已经猜了个大概，单泽这般狼狈绝对是从被窝里拽出来绑了来的无疑，而他好色的名声在军中亦是人尽皆知，却不知道是在哪家花楼妓馆里遭了劫？倒也是好一番精彩戏码呢！

耳边到处都是嗡嗡嘤嘤的议论声，间或还夹杂了幸灾乐祸的窃笑，让单泽不禁又怒又羞。此番过后自己不论生死，俨然已成军中笑柄，在这里是没脸再待下去了，这和当年在凉州卫受辱是何等相似？一样熟悉的场景，令他莫名的心悸。好一个杨嘉谟，这辈子我与你势同水火，只要我不死，你就休想活得顺畅！单泽暗暗打定了主意，现在他必须得想方设法活下来，哪怕要出卖一些人，也得活着。下半辈子，他活着的唯一目标和理由，就是让杨嘉谟生不如死！

没有人在意单泽这扭曲了的价值观，至少在这座大营之中，越来越多的人是抱着看好戏的态度而来的，他们更乐意看到昔日骑在大家头上作威作福、说一不二的官长出丑。由此可见，单泽在这里并不受人爱戴，就连起初那些个咋咋呼呼着喊叫保护指挥的散兵游勇们，也逐渐没了声息隐入众人当中作壁上观了。

杨嘉谟脸色冷峻、脚下坚决，一步步靠近了大营中心，这里是卫所的最高指挥所在，往日单泽发号施令的地方。而此刻除了单泽之外的一干卫所官将都聚在一起商讨对策，正吵闹不休争执不下。

一个指挥佥事愤愤道："杨嘉谟简直太无法无天了，他怎么敢明目张胆地劫持朝廷三品指挥使？莫说如今他仅是个戴罪之人，便还是卫指挥使，也不能用此等手段对待同级别的属僚吧！我的建议就该立时把他抓起来，交由总兵府处置！"

按建制卫所通常都配备四名指挥佥事辅助佐理营务，见这位如此极端，另一个佥事不赞同道："张佥事你这就未免武断了些，我猜想这里面肯定有什么咱们不知道的内情，不如等杨嘉谟说明原委再行决断吧！"

张姓佥事横眉立目，恼怒反驳："李佥事你这是妇人之仁！正所谓无规矩不成方圆，军中更比不得民间，最是讲究铁律，重典治乱猛药去疴，不管他杨嘉谟有什么隐情也不该如此行事。"

李佥事好笑地看着怒气腾腾的张佥事，慢悠悠开口道："张佥事，听说你与单指挥私交甚笃？今日这般失态只是单纯为了军律，还是别有深意呢？"

"你这是污蔑！"张金事涨红了脸，指着李金事骂道，"倒是你，这般维护杨嘉谟才让人值得怀疑。"

李金事笑笑，无所谓地耸耸肩："正如你所说，杨嘉谟现如今只是一个戴罪之人，你莫非觉得我会从中图利？嘁！我一不贪杯好色，二不赌钱狎妓，至于什么芙蓉牡丹的更不敢沾染半分，不过说了一句公道话而已。"

芙蓉？牡丹？这是在暗指张金事也吸食芙蓉香了，众人一听便瞬间了然。军中底层兵卒或许还不知道，但到了四品指挥金事这个职位上的，谁没有被单泽兜售过芙蓉香，有的人甚至被强行高价售卖过。李金事自是受害者之一，逮到这样好的机会，还不得冷嘲热讽好好发泄一通。

张金事被噎得哑口无言，却也拿不出其他言语来堵嘴，剜了眼李金事然后跌回座中生闷气。心虚没用，谁让人家刚好戳中了他的要害了呢！

上座的达奇勋一手撑着下巴，颇为好笑地看着几个人争论。卫所之中除了单泽他就是最高将官，某些时候他这个世袭卫指挥使、新晋总兵的公子，要比单泽更有发言权。而另一个同为指挥同知的副指挥使则是形同虚设，在后台背景强大的单泽和系出名门的达奇勋之间，他在小心翼翼找寻平衡，尽力降低自己的存在感，生怕一不小心得罪了其中一方从而被针对。看不上单泽是一回事，但总不好在事情没有明朗之前彻底撕破脸皮，大面上的样子还是要做全的。这位自然就是董副指挥了。因此，像这般敏感的话题，他是绝不主动参与发言的。还有两名金事也和这位没什么优势的副指挥使一样的想法，凡涉及到此般需要站队的话题，他们选择明哲保身，做起了锯掉嘴的葫芦。

"都吵够了？"达奇勋淡漠而问。

见底下五个人都不再言语，他坐直了身子恢复冷肃："既然吵够了，就把他们二人带进来，我们听听，究竟是怎么回事？"

四位金事目光一致对准了从始至终都在沉默装透明人的董副指挥。

达奇勋顺着他们看过去："如此便劳烦董兄了。"

董副指挥脸带微笑，客气地起身拱手道："达指挥有命，董某自当遵从。"

达奇勋亦是客气地拱手还礼，看董副指挥出门而去。

"杨嘉谟，但愿你不要让我失望。"达奇勋心下默念。

不一刻，董副指挥引着杨嘉谟进来，颇为无奈地往后看了一眼，然后摇着头走回自己原本的座位。

房内四金事齐齐看向门口，各人脸色顿时鲜活起来。杨嘉谟除满面阴沉倒也还算正常，只是跟在他后面的单泽却依然被塞着嘴巴、绑着手脚，一蹦一跳往前来的样子滑稽且丑陋，而绳索的一头还牢牢攥在杨嘉谟手上，像极了习惯于被人牵引而行的某种动物。这幅画面，饶是一群武将看来也有辱斯文了，简直不能直视。

达奇勋自也看到了这一幕，板正的面孔极力维持才没有爆笑出声。闭了闭眼睛，把一丝笑逼回去，达奇勋握拳在嘴边轻咳一声，这才敛容喝问："大胆杨嘉谟，你如何敢将单指挥劫持了当做玩物来戏弄，你可知罪？"

杨嘉谟眼神冷冽扫过在座几人，昂然回道："那我请问达指挥，单泽以出城巡边为由，伪造假舆图故意引我走入沙漠加以残害，致使同去的三十几位兄弟葬身荒漠尸骨无存，这又该当何罪？"

"哦？竟有这等事？"达奇勋配合地露出一脸难以置信，"一入卫所便是兄弟手足，堂堂三品指挥使，如何会用这般下三滥的招数残杀军士？杨嘉谟，你莫要信口开河。"

董副指挥本来是眯着眼睛做打盹状的，听闻此言不禁撩起眼皮看向达奇勋，然后又微不可察地扯了下嘴角。不说话、不参与，不代表他就是个真傻子，这位年轻的达指挥，分明就是在偏袒杨嘉谟，在为杨嘉谟递刀子。嘁！不关自己的事，继续看热闹。

果然，杨嘉谟顺势拿出了一张皱皱巴巴的图纸回道："这是单泽那日交给我的舆图，真假一辨即知。还有……"

杨嘉谟又拿出一封供状呈上："我手上还有单泽亲信侍卫的招认，他亲口承认单泽在大风天气下派我等出去巡边，就是算好了那日沙漠中会起沙暴，想借风沙之力置我等于死地。"

在场众人顿时来了精神，齐齐看向杨嘉谟手里的东西。

达奇勋挥手示意杨嘉谟拿到近前，接过细细看了一遍脸色蓦地沉下来，在桌案上猛拍一把气愤道："这还了得！"

说着转头吩咐董副指挥："董同知还得继续辛苦一趟，去单指挥府上带一个人前来对质。"

董副指挥虽名义上和达奇勋是平级，但深知自己的地位在哪里，只是略一犹豫，同情地看了眼单泽便痛快应下："诸位稍候，董某去去便回。"

自始至终，单泽嘴上的布巾都被无视了，没有人提醒或是建议既然对质也该让当事人出言申辩。聪明的官场老油子们，并不因常年在军中便失却察言观色的本事，他们已然看出，达奇勋这位名义上的指挥同知实际上就是来取代单泽的，而他的作为，是明显向着杨嘉谟的。试想一个圣上钦封的世袭卫指挥使，又是炙手可热的新晋勋贵，你单泽何德何能敢压在人家头上？还不赶紧把窝腾出来滚蛋！既然是属于上层的权力更迭矛盾，他们可没必要上赶着凑热闹，反正谁胜出也离不开他们这些人佐理不是？

单泽被彻底无视自是不甘心，往前蹦了两步"呜呜"乱喊着表示抗议，同时示意一旁端坐的张金事来为自己松绑。

张金事为难地看着单泽，在李金事玩味的目光里站起身，硬着头皮对达奇勋拱手道："达指挥，即便单指挥有不妥之处，但他衣不蔽体也着实不成个样子，还是先与其松绑然后您再慢慢问案也不耽误什么吧？"

说罢瞪了眼杨嘉谟又道："况且，是非曲直到底如何还有待查证，仅凭一面之词就置单指挥于如此境地，未免有失公允。"

达奇勋并不理会张金事的意见，看向杨嘉谟道："这个权力我交由你来执行，要不要给单指挥松绑你说了算。"

"这是什么道理？"不待杨嘉谟回应，张金事抢先叫道。

达奇勋一脸不悦："张金事你想越俎代庖吗，要不要本指挥把这张座椅也一并让给你？"

张金事一怔，红着脸嗫嚅："那……那倒不必。哦……下官失礼了。"

屋内传出几声低笑，又强行憋回去的那种。

达奇勋翻了个白眼，换上一个比较舒服的坐姿，再次看向杨嘉谟略有不满道："我给你一个特殊权力是因为你葬身沙暴的三十多个兄弟，不论是否有人刻意加害，逝者为大理应得到尊重。但你须明白，按大明律在尚未明确定罪之前，你今日的所作所为已经触犯了国法，劫持官长目无法纪可是重罪，这些可想过吗？"

杨嘉谟依然不改初衷："此来我并没有想过全身而退，只为我三十多个葬身沙海的弟兄讨还血债，为这天下剪除祸患，我个人死而无憾。"

"天下祸患？"达奇勋扫了眼疯狂向他挤眉弄眼"呜呜咽咽"的单泽，不解又不屑道，"你确定你是在说单指挥？他有那么大的能耐成为你口中威胁天下的祸患？"

杨嘉谟面色凝重，盯住达奇勋的眼睛问道："若我有证据能证明他就是个祸患，达指挥是否能够顶住压力秉公而断？"

看达奇勋听到这话时变得严肃起来的面容，杨嘉谟善意提醒："因为这件事一旦揭露，有可能令行都司上下都震动，甚至甘肃镇乃至西北官场都会有所动荡。

这样的后果，达指挥能扛得住吗？"

"杨嘉谟，你知道自己在说什么吗？"达奇勋似乎明白了什么，身子前倾带着一点警告的意味道，"你最好想清楚了再说，什么话说得，什么话提都不可提。"

二人隐晦的对话，别人或许听得云山雾罩，但单泽却再明白不过，他又一次肯定了自己之前的猜测，断定杨嘉谟探得了他们的隐秘，要做捅破天的事情了。原本一心想着解开捆缚的单泽，在有了这个认识后奇异地安静下来，虽然被绑很不好受，但这种时刻他也无奈而聪明地选择了最大可能降低自己的存在感。嘴被塞着正好，免得等下说出什么不合适的话来错上加错，原还想着推卸责任，若面对杨嘉谟非人折磨时要不要如实招认，但看达奇勋的态度，他突然明白，那件事并不如自己想象的那么简单，达奇勋父子虽才参与进来，却绝不会任由真相公之于众，否则他们的军饷从哪里来？没有充裕的银子，便是达云再有韬略还能自己扑上去独自打胜仗不成？既然如此，把这个锅甩给达奇勋去背就是对自己最好的开脱，反正这厮也从不把自己放在眼里，别以为他看不出来，适才那二人你问我答的一番行事大有作秀的意味，猜得不错他二人确凿无疑是穿了一条裤子，他们这样做的目的只有一个，都是想整垮他单泽。

"哼！达奇勋，我倒要看看，你是不是真的视金钱如粪土！"单泽腹诽着，悄然立在边上，再也不闹着让人给他松绑了，反而眼含戏谑地看起了热闹。

杨嘉谟并不打算妥协，冷酷道："大丈夫有所为有所不为，我已将生死置之度外，只要对他人、对大明有益的事情，还有什么不能提、不能说的？"

尽管达奇勋已经这么明显地偏袒自己了，但他却有自己的想法，国为大家为小，在揭露芙蓉香和为杨嘉臣等人报仇的问题上，应该先选择前者。这是杨家将从金刀令公杨继业以来，一直都遵奉的铁律。在这样原则性的问题上，怎么可能因为达奇勋的一两句话而改变初衷呢？

达奇勋眼神犀利地瞪视着杨嘉谟，突然就有了一丝懊悔，或许不该如此冲动地纵容这个家伙，从昨夜的清音阁到今天这件事，他居然不由自主地一再地出手帮他，替他打掩护，还公然存了私情偏袒于他。可是，貌似自己做的这些并没有得到回应，杨嘉谟依然如同前两年一样自恃清高不愿意就坡下驴，这是个不懂得圆滑、变通的家伙，是一个彻头彻尾、地地道道不懂官场规则、不懂得领情的犟牛！

再看看单泽那副心虚的德行，这厮在杨嘉谟这样的真人面前，说不定早就把什么都告诉给杨嘉谟了吧？早知如此，就应当听张金事的，在杨嘉谟刚进大营的时候把他给逮起来，也免得自己投鼠忌器了。

这个时候，达奇勋有种搬起石头砸自己脚的懊恼，对杨嘉谟这样一个不懂人情世故的家伙也失去了信心。这样一想，他按下了心中的烦恼，不禁起身，踱着步子衡量得失。

两利相衡取其重，两弊相权取其轻。达奇勋定了定心神，隔着书案换上了语重心长的口吻道："杨兄弟，我理解你此时此刻的心情，任谁遭了如此不公都难免胸中不平，我真心为令兄和你的那些江湖兄弟们的不幸而感到难过。可是……"

他语气里下意识地带了一丝央求，满面真诚地又道："我还是要劝你一句，凡事三思而行，有好多事你没有了解清楚内幕之前，最好不要轻易下结论。凡事要动动脑筋，多想一想……我的意思是说，对有些事光靠血气之勇是行不通的。"

杨嘉谟不解中夹杂愤懑："你想说什么？让我罢手，当做什么事都不曾发生过吗？"

达奇勋连忙摆手："你知道，我并不是那个意思。如果你愿意，此事了结之后我慢慢跟你言说，你要是信得过达某，我必不叫你委屈就是，也断不会令你的兄弟们白死，你看可好？"

杨嘉谟怀疑地盯着达奇勋看了半晌，沉沉道："你是在教我委曲求全！"

"不不不，绝无此意！"达奇勋还在做最大的努力劝说，但当着一干旁人的面有些话他确实不能明说，只得保证道："稍后若查明单指挥的确指使人谋害于你，我支持你杀人偿命，哪怕上头有人干涉，我都替你站出来扛着。至于其他事，咱们完全可以换一种方式或者是地点言说，这样你可放心了？"

杨嘉谟不禁犹豫，他印象中的达奇勋是目下无尘的，他不该如此的低声下气……对，就是这种感觉，此时的达奇勋态度和语气里显然恳求多于其他，尤其在自己决意要揭露那件事的时候，达奇勋便开始极力阻挠劝解，甚至明白无误地暗示着他支持自己杀单泽报仇。这是什么意思？他在掩盖！很显然，达奇勋如此费尽心思地明示暗示，就是想用这样的条件来让自己闭口禁言的意思。可是，这又是为什么？除非……

看着满面诚恳的达奇勋，杨嘉谟有了一丝领悟，除非他也是那件事的获利者，才会想方设法的粉饰太平大事化小。而刚刚达奇勋说换一个地点说，就是私下言说，这是提醒他只要不公开抖搂，私下里将开诚布公。他这么做难道还有不为人知的、更深的打算？或者是难言之隐？不论什么目的，杨嘉谟看得出，达奇勋对那件事是知晓的，应该比自己掌握到的更多，只是不明白他下一步有什么计划，达奇勋一反常态的处事态度，让杨嘉谟不由得陷入了思考。

这二人打哑谜似的谈判了半晌，房内诸人越发糊涂了，唯有单泽是除杨嘉谟和达奇勋之外的第三个知情人。

见达奇勋居然为了严守秘密要弃车保帅了，单泽再次急躁起来，哪里还顾得上看戏，蹦跳着绕过杨嘉谟冲到达奇勋跟前，双眼大瞪地表达着他的不满和愤怒。

达奇勋正发愁劝不动杨嘉谟改变主意怎么办，看到这么不堪的单泽顿时气不打一处来，低声冷斥：“堂堂三品武将成何体统！”

单泽不服，事关生死，在性命面前什么都不重要好不好。他呜呜咽咽一阵含混不清的叫嚷，只惹得达奇勋更为气恼和厌烦。

“来人！”达奇勋生气的大叫了军士进来，正待吩咐人先把单泽押下去，却见董副指挥吊着一贯苦哈哈的脸回来了，他身后的军士押着一个很有一把年纪的老者跟了进来。

众人的目光齐刷刷聚向门口，董副指挥上前拱手：“达指挥，董某幸不辱命，在单指挥的府上找到了这老家伙，他见面就招了。”

董副指挥抬眼看了看依然狼狈不堪的单泽，极快地作出决定站了队，接着又道：“这老家伙说，的确是单指挥听他预测会有大沙暴，这才制定了谋害杨嘉谟兄弟的一干勾当。”

“还真的是你所为！”达奇勋几乎怒吼起来，先于杨嘉谟发难斥责单泽，继而对他才招手叫进来的军士吩咐，“把这个人先押去校场好生看管起来，但若走脱了唯你等是问！”

两个军士不敢妄动，眼睛从达奇勋身上移到单泽身上，非常为难地又看向董副指挥，这间屋里高品级的官长都在，可偏偏要他们押出去的却是最高位的那个。个个都是大爷，这谁敢轻易上手啊！

有这般想法的又岂止是普通军士，除了杨嘉谟和达奇勋，一屋人通通屏住呼吸不敢发表意见，就连张金事也装了死人。没办法，这事不好评说……

第三十五章

无言结局

达奇勋眼睛一瞪："怎么，还要我再说一遍吗？"

两军士一个激灵，在董副指挥及时传递来的眼色示意下，大着胆子咬牙上前拿住了单泽，说话就要推出去押往校场。

单泽自是挣扎着不肯就范。

达奇勋见状又要呵斥军士强行押解出去，却见杨嘉谟忽然出手挡住。

杨嘉谟面色阴沉得能够滴出水来，一臂拦下单泽，转头看向达奇勋："达指挥，你杀得了他吗？你即便是杀了这个小喽啰，他后面的人你敢杀吗？"杨嘉谟的意思非常清楚，你达奇勋不让我揭露芙蓉香的事情，这就说明你和单泽一样，你们和芙蓉香的幕后老板是一丘之貉！

达奇勋十分恼火："杨嘉谟你够了！我还要怎么做你才能消停？"

他能低声下气对待的人真没几个，可杨嘉谟并不领情，一而再再而三地冥顽不化，这让他的颜面往哪里放？

"你适可而止吧，杨嘉谟！"达奇勋负气的样子与他英挺的外貌奇异地重合在一起，竟有种……楚楚可怜的况味。

杨嘉谟也渐渐红了眼眶，咬牙愤慨道："人人都在要求体谅和理解，我的弟兄几十条人命也可以忽略不计，可数以万计的人命，你要我如何视而不见？你我都知道，一个小小的单泽，是吃不下那么大的馒头的！"

达奇勋略有心虚："杨嘉谟，我答应你，为你的兄弟们伸张正义主持公道，甚至可以向总兵府和行都司奏请，给予他们丰厚的抚恤。还有……"

达奇勋顿了顿，慷慨应诺："至于你自己，在王家庄反击瓦剌抢掠、保护百姓安宁，以军功计自当有所升任。我可以现在就升你为百户，不用向任何人上报。以你如今的处境，连升三级已算破例了。"

"呵呵！"杨嘉谟不禁冷笑连连，"你在施舍我？然后想拿这些来跟我谈条件，对吗？"

杨嘉谟厉声怒吼："我告诉你，我杨嘉谟是杨家将的后代，是金刀令公的子孙！这样不管不顾大明生死存亡的事情，我杨嘉谟做不了！"

屋内一众人都被杨嘉谟的气势震慑，虽然其中知情有所猜测断定的人没几个，但见杨嘉谟如此激烈也意识到了问题的严重性，看他和达奇勋之间的言语态度，大约是杨嘉谟掌握了什么了不得的证据，真的能捅破天的那种吧！可是，肃州卫就这么大，能有什么事是涉及大明朝生死存亡的事情呢？

见劝不住杨嘉谟，达奇勋也是火冒三丈，一改之前的态度大吼着回敬："杨嘉谟！我告诉你，你要死可以，我不拦着你。但是，触及底线的事情我一样不会任你胡来。来人！"

达奇勋又召来几名军士，指着杨嘉谟怒道："把这个无视军纪律法的杨嘉谟给我抓起来，也一并押赴校场。"

军士们知道达奇勋是此地最有地位的人，自不敢亢命，上前来就要抓捕杨嘉谟，有的甚至做好了拔刀应对的准备。

看到这样的情形，董副指挥等人再也不敢状若无睹下去，纷纷起身想要调解，却听门外一阵喧哗，数道高喊声传了进来。

"三哥。"

"明宇。"

"杨大哥。"

……

纷纷攘攘的叫喊声中，一个军士快步进来回禀："禀指挥，外面一群人说是来找杨嘉谟的，属下等阻拦不住……"

话音未落，以杨嘉臣打头的一群二三十人呼啦啦地挤进了房里来。

杨嘉臣一把推开挡在身前的军士，冲上前拽住杨嘉谟的胳臂上下打量，惊喜交加着喊道："明宇，明宇你还活着，真是太好了！"

杨俊也赶了上前，咧嘴笑着却欠抽地说道："这回好了，我算是省下了一副上好的棺材板了。"

看着眼前活生生出现的杨嘉臣和杨俊，还有个个笑容满面的金刀帮兄弟好汉，杨嘉谟半晌才从惊呆中回过神来，原来他们也都活着回来了，这个巨大的惊喜让他瞬间泪目，比自己当日从鬼头刀下被救还要激动。

"大哥，启民，你们……你们……"杨嘉谟一手抓住一个，激动得简直不敢相信这是真的。

杨嘉臣也不禁红了眼眶："明宇，我们都没死，我也不相信你会死在大沙漠里，果然，咱们兄弟还是活着见面了。"

杨嘉谟快速抹了一把双眼，点头感慨："没事就好，没事就好。"

杨俊笑着拍了拍杨嘉谟的胳膊，不怀好意地看向达奇勋，眨眼笑道："还好我们来得及时，否则哥哥你恐怕就被有些人押到校场再挨一刀了呢！"

一旁被杨嘉谟杨嘉臣等人的兄弟情感动了的达奇勋闻言，顿时尴尬，哭笑不得道："看在杨嘉谟为了兄弟情义不惜个人生死的分儿上，我可以恕你无礼之罪。"

"嘁！"杨俊不以为然，挖苦道，"我又不是你的麾下，谈不上恕罪与否，不过嘛……"

他掉头看了眼自始至终都塞着嘴捆绑而立的单泽，笑里藏刀地提醒："达指挥是不是得过问一下这个人蓄意谋害我等兄弟的事实呢？"

"这个……"达奇勋刚想表态，又被杨俊截过话头。

杨俊笑眯眯地问道："达指挥是否要说既然我们都活着回来了，这事就要不了了之了？"

达奇勋一怔，他的确是这样想的。之前准备杀单泽其实是一个无奈之下的取舍，若是能够以单泽的性命平息杨嘉谟的怒火，并促使其放弃揭露那件事的意图，那单泽就必须死。而且，他敢于先斩后奏也是捏准了后面那两大势力不会因此而追究自己擅作主张的责任，毕竟护住那件事不被揭露比一个成事不足败事有余的窝囊废要重要得多得多。

而现在，虽然杨嘉臣等人活着团聚了，但看杨嘉谟这些弟兄的意思，似乎并不愿意就此罢休，看来单泽这厮死罪可免，活罪却是绝难逃脱了，不然他以后就将失去威望无法服众。至于怎么处置，他还得顾虑杨嘉谟的感受。或者说，他得看看这些人活着归来的惊喜，能否令杨嘉谟打消那个可怕的想法。

达奇勋的目光移向杨嘉谟，拱手客气道："死里逃生兄弟重逢，恭喜你了。"

杨嘉谟亦拱手回礼，面对达奇勋时脸上笑容却淡淡的完全可以忽略不计，没有了悲痛愤懑填膺，他顿时头脑清明起来，稍一思索已然明白了达奇勋的想法。适才自己满怀悲愤而来，选择暂时把弟兄们的血仇放在后面就是为了先行揭露芙蓉香的黑幕，因此不能任由达奇勋打着为他伸张正义的幌子而杀了单泽灭口。现在，虽说众兄弟大难不死活着回来了，惊喜的同时杨嘉谟也意识到，他失去了最为有利的发难先机。以目前的情形猜测，达奇勋势必将会更加不遗余力地阻挠他去揭发那件事，而自己的处境和如今的身份地位，对上达奇勋以及他后面的那些势力，并没有什么胜算，哪怕豁出命去干也不一定能如愿。

很不甘心！也很无奈！这样的意识让杨嘉谟有点颓然。之前不计生死还有失去兄弟的悲愤在，但随着杨嘉臣等人的回归，他再拿性命去硬赌就显得很不成熟了。自己可以置生死于度外，其他兄弟的安危却不得不去仔细酌量了。

因此，惊喜过后，杨嘉谟并不开心。

想明白了这一切，杨嘉谟冷下脸来淡漠回道："原本就下定决心以死明志，又何来贺喜之说？"

达奇勋的笑容僵了僵，杨嘉谟难道还不肯妥协？

他极快地收拾了一下情绪，笑得如沐春风："当然！我说过不会委屈了杨兄弟，何况你还有功劳在身。我这就向总兵府和行都司上疏，请有司衙门论功行赏，现阶段就还请你屈尊暂做百户吧！"

从发配来戍边抵过的罪臣，短短几日就连升三级当了百户，倒是非常优厚的待遇了！这若放在普通军户身上不啻为一个做梦都要笑醒的际遇了，但对身上背着世袭指挥佥事入伍的杨嘉谟来说，却充满了讽刺。他冷冷淡淡地站在那里不置可否，令屋内气氛颇为诡异。

这种时候还是杨俊最擅长发挥，他嗤笑一声，看似无意却实在故意地嘲讽道："哦？百户呀！是几品来着？想不到单大指挥就值这个价码，还真是让人觉得廉价呢！"

金刀帮兄弟们配合地嬉笑起来，他们帮主的一张嘴从来都不会让人失望呢！

包括达奇勋在内，卫所一干将官都被噎得老脸一红。

李金事也是个素来嘴不饶人的，虽说对单泽不怎么看得上，但涉及官家品级的事情却绝不容一群江湖之人耻笑，闻言不满地回敬道："不论几品也是官家授予、朝廷认可，走出去堂堂正正，不怕天上飞来刀子扎后心。"

"嘿！你这是什么意思？"广毅首先不答应了，气咻咻地叫嚷起来，"你这官儿竟敢诅咒我们，也不怕出门真真被暗算扎了黑刀子！"

李金事讪讪着再没敢接话，说到底金事只算军中的文职，算盘打得顺溜但身手差强人意，嘴快说这话是仗着在军中大营，要是一个人单独出去还真怕有人背后使坏。尤其在这些个不讲律法的江湖草莽面前，他绝对相信对方中有人一冲动就敢下黑手，那可就得不偿失了。

达奇勋敛容喝退了李佥事，眼风扫过一脸痞笑的杨俊又盯向杨嘉谟，叹口气无奈地问道："杨兄弟你自己说，单指挥就在这里，你绑也绑了，折辱也折辱够了，此事到底打算如何处置你才肯罢休？"

杨嘉谟心下苦笑，深知达奇勋此时不过是在做样子，名义上征求他的意见看似是给了自己很大的面子，但亦是把锅重新甩回来了。既然杨嘉臣等人没死，单泽就可以不用去赔命，而此事也注定会不了了之。那么，在保证芙蓉香不被揭露的情况下，单泽只需承受一点惩处，结果对他们来说就是皆大欢喜，而不用去死的单泽往后就将和自己是死敌，他们正好拿这厮来当枪针对自己，令他以后想要做些什么都束手束脚。达奇勋不怕单泽，但现在的杨嘉谟却不得不忌惮，他又不是杨俊，能够全凭心情而快意恩仇。

单泽更不是蠢笨之人，见到杨嘉臣等人进来时便用眼神示意张佥事过去帮他解了绳索，此时喘匀了呼吸便闹开了。他一把推开身边的人，甩着酸麻的胳膊来到人前，已是恢复了一贯的鼻孔朝天。

"笑话！什么时候本指挥的生死荣辱轮到别人来决断了？"单泽愤怒道。

说着拿起桌案上的茶水灌了一口，润润喉看向杨嘉谟怒声质问："杨嘉谟，你劫持朝廷命官，诬蔑并折辱本指挥，按律是要凌迟处死的知道吗你？"

不等杨嘉谟应声，杨俊抢先冷笑着警告道："是啊！不去单指挥府上做客还不知道你家底丰厚，不去清音阁还不知道那里的美人个个身怀绝技芙蓉如面呢！"

杨嘉谟也淡淡接道："凌迟处死？太轻了吧？某些人所做的某些事，一旦公之于众便是剥皮楦草也不为过了。如果真要到了那等地步，我杨嘉谟乐意陪你一起挨那千刀万剐。"

"你……你们……"单泽颤着手指向杨嘉谟，"你们这是在威胁本将！"

杨嘉谟从容淡笑："对！你也可以这么理解。而且……"

他顿了顿，看向达奇勋又道："达指挥，我答应你，但你也得答应我一个条件，不然我不能保证下次再遇到这样的情况还能妥协。毕竟，你也不能保证会不会有人再来故意谋害我对吧？"

这个回答显然早在达奇勋的预料之中，看他闻听此言露出释然一笑就是明证。

"说说你有什么条件，如果在我职权范围内能应允的，我一定尽最大可能满足。"达奇勋心情颇好地笑道。

杨嘉谟负手而立，肃容道："那件事情，你得帮助我。"

达奇勋怔了怔，略略有些犯难的样子："这个嘛……恐怕我做不得主。"

"做不得主你跟我们谈什么条件？"杨俊毫不留情地截过话头。

杨嘉谟并不阻止，也不见恼怒，一双眼睛盯着达奇勋静等他的答复。

达奇勋苦笑一声："其实，我不说你也知晓，此事牵涉甚广，我只是一个小小的卫指挥使，有些事根本办不到。"

"我当然知道。"杨嘉谟面色淡淡，"可是，不能因为办不到就置之不理，我相信你有迫不得已的缘由，但那东西于民为害、于国不利，你难道眼睁睁地看着他们祸国殃民？"

单泽跳脚大喊，生怕达奇勋答应似的抢先叫嚷："杨嘉谟，你有什么资格要求我们这么做？我们凭什么要答应你？真以为别人奈何你不得了不成！"

对单泽，杨嘉谟没有一点好感，闻言冷下脸来沉声回道："单泽，你做了什么事你心里明白，你要不信黑河里的水是黑的，那你尽可试试。"

一旁的杨嘉臣总算找到了能帮腔的机会，大声喝骂起来："单泽，你这没脸没皮的夯货破落户，当日光屁股从凉州卫被赶出来就早该自寻了断了，还有脸在这里作威作福给爷们耍横，你自己做了多少丧尽天良的事心里就没一点数吗？再敢满嘴喷粪信不信我打得你满地找牙！"

听到此时的杨嘉臣自是明白了事情的原委，那夜杨俊带人偷偷绑了单泽来发现了芙蓉香，便知这厮是个"食香成瘾"的家伙了，很有可能还全程参与了制售并从中牟利。那时不过是猜测，但今日见他这般样子，杨嘉臣再耿直、不善谋略也看得出来，单泽是绝对的参与者，不但自己吸食芙蓉香，还是把那祸害极尽所能往外售卖的无良之辈。

芙蓉香？叫得好听，可那到底是什么？是毒啊！是能够杀人于无形，敲骨吸髓的隐形恶鬼。一旦染上那物，到了最后谁是真正的吸食者可就说不清了，没见那些沾染上瘾的人卖儿卖女倾家荡产吗？都是被这东西给拿捏得身不由己了。杨府七房的那位叔伯，死了都被祖父除名，就是因为在这上面栽了跟头的。杨嘉臣没忘，杨嘉谟肯定也记忆犹新，这才要想方设法地阻止。

单泽被骂自是不甘，正要开口还击却被达奇勋喝止。

达奇勋喝住了屋内的吵嚷，在地上来回踱了几步，方才在杨嘉谟面前站定无奈道："世上没有绝对的是非，有些事情也不是非黑即白的，我可以应允你提出的条件，但希望你能给我一些时间。你知道，很多事情我们都有着人微言轻的无奈，你和我是一样的。可以吗？"

不可以！杨嘉谟真想就这么断然回绝。但，不现实。正如达奇勋所说，人微言轻的何止是他们，在那些不用查证就可想象的势力面前，除了叹一声无奈，他们什么都做不到。当然，就像杨嘉谟之前那样豁出性命去搏一搏或者是有机会的，但谁敢断言即便那样做了就一定能得到圆满？更有可能的一种结局，恐怕也只是被推出来一堆替罪羊，而背后的黑手不会伤及分毫。如此看来，单泽之流不过是可有可无，随时都能被取代的存在罢了。拔除毒瘤为民除害，说起来轻松，而真正想要做到并非一朝一夕能就，也并非一二之人能成。

看着达奇勋满面诚恳，杨嘉谟轻叹口气，最终缓缓点头吐出两个字："可以。"

达奇勋也跟着叹气，紧跟着换上笑脸如释重负道："杨兄弟，我便知道你还是你，绝不会不顾大局。"

说罢，也不管单泽情不情愿，也不管杨嘉谟高不高兴，一手拉起一个把二人的手强按在一处，大声笑道："正所谓冤家宜解不宜结，二位看在我的薄面上就此和解吧！往后大家还是并肩御敌共抗蛮夷的好兄弟，切不可上下离心让鞑子看了笑话呀！"

达奇勋兀自做着和事佬该做的事情，言语中极力维持着不偏不倚，全然无视了被他强行拉在一起的二人那恨不得吃了对方的脸色。

这一幕来得有些突然，更具有出人意料的惊诧，满屋人不管在这之前是什么立场和想法，此刻都像被思想清零似的傻愣愣地呆住了。还可以这样？喊打喊杀你死我活的仇怨，就这么云收雾散皆大欢喜了？

杨俊毒舌依旧，适时地咧嘴嘲讽道："原来好兄弟是背后捅刀子才算关系铁的嘛！呵呵！"

一阵鄙夷之声自金刀帮兄弟们嘴里发出，显然他们都对此结果嗤之以鼻，并表达着不满。

杨嘉臣也是感到不能接受，说话就要上前再行理论，却被姗姗来迟的郑三彪拉住了胳膊。

"退而求其次吧！听我的。"郑三彪低声对杨嘉臣道。

说完又急忙补充："再僵持下去也就这样了，你忍心明宇为难吗？"

杨嘉臣无奈，捏紧了拳头又松开，看一眼脸色铁青的杨嘉谟，他阻住愤愤不平的杨俊等人，低沉而短促地下令："咱们走！"

郑三彪刚刚说的话杨俊也一字不漏地听到了，虽有很多的不甘和愤懑，但他亦明白官场到底不同江湖，杨嘉谟对他们的情义已然看在眼里、记在心里，为了不让他为难忍一时之气又何妨？再说了，今天也算是喜事连连，先是三哥杨嘉谟还好好的，紧接着是三哥升任了百夫长，凭着这个职务，他带来的兄弟们就能够名正言顺地留在军中了。想到此，杨俊抬手应了："是。"

接着吩咐兄弟："都听杨二哥的。"

兄弟们可以不服从杨嘉臣，但杨俊说了话他们就得无条件去执行，当下冷哼的、冷笑的，丢下了几声不忿便在广毅率领下退出门外去了。

见这些人都退了出去，那些识趣的军士也跟着退下了。

四位佥事互相使了个眼色，由李佥事出头言说："达指挥，几位，既然此间事了，我等就退下了。"

董副指挥本就不愿掺和，见机也忙道："这话说得正是，差点忘了还有军务堆在案头，董某也告辞了。"

达奇勋并无异议，点头笑道："既有事务在身，各自去忙便是。"

达奇勋一边说着话打发几位属下，一边两手暗自月劲死死握着杨嘉谟和单泽的手，极力营造出化干戈为玉帛的和谐表象来。

一干人等陆续退下，屋内顿时空阔了许多。

达奇勋扫了眼还当庭而立的杨俊三人，含笑问道："你们不走是不相信本指挥了？"

杨俊正在为没能收拾掉单泽而生气，见问自是没有好口气，且不留一点情面地问道："达指挥，您值得我们信任吗？"

郑三彪阻拦不及，只得尽力转圜着圆回来："达指挥勿怪，我们兄弟几个也是在为明宇担心，没有别的意思。毕竟，我们现在都只是普通小兵，有人欺侮也只能抱团抵挡或许才保得住这条小命。"

俗话说：会惹人的惹一个，不会惹人的惹一群。郑三彪出身底层，对这个道理可谓领悟到位。之所以这么说，一是对杨俊一竿子打翻整船人捎带上达奇勋的弥补，更是示敌以弱借此寻求达奇勋庇护的想法。

以达奇勋的聪明怎能不明白这几层意思，既然站出来要做这个和事佬，他就必须得把这件事完满解决了，免得留下什么隐患影响自己将来的威望。如果不出所料，此事过后单泽是不可能继续待在指挥使的位子上了，而自己就是最没有争议的接替之人。指挥同知升任指挥使，其实于达奇勋来说没什么大的区别，反正单泽这草包也不敢指派他，但是，有机会撸了单泽下去自己来当一把手，他也乐意稍稍用点力气、添一把柴火。

"呵呵！好说好说。"达奇勋打着哈哈笑道，"这位兄弟说得是有几分道理。不过你放心，本指挥既然出头了就敢保证不会再出现那样的事情。"

说着使劲捏捏杨嘉谟的手，又道："或许你们并不将一个小小百户放在眼里，但我已经答应了，就必须说话算话。大家放心，我会即刻向总兵府和行都司具文呈报，为杨兄弟在王家庄计退瓦剌请功，正巧卫所之中可能会有一个指挥同知的职位空出来。不知明宇兄可愿屈尊襄助达某？"

既然选择了妥协那就不在乎再多一次，况且这样的结果是杨嘉谟没有预料到的，因此他被小小地感动了。

"达指挥赏识是在下的荣幸，那末将便厚颜领受了。"杨嘉谟眼睛瞪视单泽，嘴角却微笑着回道。

这样的回答有着明显报复的意味在里头。达奇勋能料到的事，杨嘉谟当然也能提前预知，单泽这厮虽然捡了一条命，但谋害未遂的罪名却难逃惩处，继续做指挥使是断然不可能了。再说，以达奇勋的骄傲也绝不会让这么一个品行不端的家伙压在自己头上。严格来说，达奇勋这次借机赶走单泽还要算他杨嘉谟的一份功劳才是，那他顺势擢升杨嘉谟为副指挥使也是应当应分的了。

不理单泽那副吃了屎的表情，达奇勋哈哈大笑，慷慨道："好好好！这事圆满了结，咱们该当摆酒庆贺呀！"

单泽终于憋不住了，一把抽回自己的手，羞愤难耐地吼道："好一个狼狈为奸！姓达的，你要爷爷挪窝何必费这周章？你与杨嘉谟分明就是商量好了来给我下套的，你真当爷爷是好糊弄的吗？"

达奇勋佯装不解："咦？这是如何说道？单指挥可莫要血口喷人，我到卫所之时，你已经打发杨嘉谟等人巡边去了，我有机会跟他合谋吗？再说了……"

达奇勋好笑而不屑道："请你挪窝，我至于大费周章吗？你该知道的，我身上有世袭指挥使的荫封，压根儿不值得为这么个小职位费神。"

"你……那你荫封的是凉州卫指挥使，跑到这里来跟我抢什么饭碗？"单泽愤愤不平。打死他都不相信达奇勋在这件事上没存私心，姓达的从头到尾都在回护杨嘉谟，且一度还曾试图推出自己去平息杨嘉谟的怒火。别以为他看不出来，这两个人即便没有见面谋划，也早已取得了某种默契，目的就是为了赶走自己，好把肃州卫的指挥权夺走。

达奇勋更为好笑："单指挥最好考虑清楚了再说话，我在哪里任职这可不是你说了算的，除非你当上甘肃镇总兵。哈哈，就像你，当时离开凉州卫也不是自己的意愿吧？"

打脸！赤裸裸地打脸！离开凉州卫到此戍边这件事，是单泽一辈子的耻辱，也是他最不堪回首的污点，自己都选择性地忘记了，却被这几个人在今天三番五次地提及，他们绝对是故意的。

单泽涨红了脸无言以对，一转身就要拂袖而去，却看见跪坐在角落里的那位白发幕僚，他无处宣泄的怒火一下子便找到了出口。只见单泽一弯腰捞起一把粗木打造的椅子，兜头就向那名须发斑白的幕僚砸去，嘴里还吼道："连你也敢算计爷爷我！"

众人不防他还有这一手，想要阻拦已是来不及，椅子"轰隆"一声在那人身上散了架，碎木屑四散着迸开，可见这厮用了多大的气力。

杨嘉谟离得较近，等他赶上前看时，那人早已在木屑之中轰然倒地，花白头颅贴近地面的一侧暗红色的血液缓缓铺陈蜿蜒，眼看已经无可救药了。

"单泽，你这厮当真狠辣，如何就下得去这般重手？"杨嘉谟不禁义愤质问。

单泽不以为意，拍了拍手冷哼一声："死有余辜！他是我的人，要死要活与你何干？"

杨嘉谟怒视反驳："蝼蚁尚且偷生，这可是一条活生生的人命，还是一个老人家，你岂可视为草芥？！"

单泽也是憋了一肚子气，此时怒极反笑地咧嘴大笑起来，满眼怨毒地盯着杨嘉谟，恨声骂道："杨嘉谟，你以为你是谁？别觉得攀上了什么高枝老子就奈何不得你了，咱们骑驴看唱本——走着瞧！"

说罢还不忘瞪了眼达奇勋，然后一肩膀撞开郑三彪，摇摇晃晃地出门而去。

杨嘉臣急忙伸手扶住打着趔趄的郑三彪，关切地观察了一眼郑三彪的伤腿，转头对杨嘉谟道："那就是个疯狗，明宇，咱们可要当心了。"

杨嘉谟面容冷峻，不屑道："让他尽管放马过来就是。"

达奇勋旁观一切并没有出言阻止，直到此刻才开口笑道："如果我没记错，你还欠我一顿酒，对吧明宇兄？"

杨嘉谟正要回答，又被杨俊抢了过去。

"达指挥，好像我家哥哥还没有与你熟悉到这种程度吧？烦请换个称呼！"杨俊说话总是很欠抽的，能打脸就绝不会留情面。

达奇勋也不气恼，将他们几个扫视一遍，拉长了声调故作恍然笑道："哦，我明白了。明宇兄看来是没有银钱付酒资，然后想要赖账了。"

杨俊的嘴下鲜少遇到对手，这回却是被达奇勋气到了，想他堂堂金刀帮的帮主，享誉江湖的"玉面书生"何时缺过银子？自然，没进帮中以前可以忽略。

见达奇勋如此看不起他们兄弟，杨俊将手中捻弄的一缕黑发撩到脑后，眯眼一笑道："达指挥，你想饮什么样的佳酿？只要你能叫得出来的，我家哥哥尽数拿得起，而且还管够。银子算什么？在我等兄弟眼里，与粪土无异。"

杨嘉谟了解杨俊的脾性，知道他有一掷千金的豪气和资本，但这件事是他和达奇勋之间的约定，就算自己暂时身无分文也不能让别人掏腰包。更重要的一点，他还有事和达奇勋要说，比起盘桓在心头的那件大事，其他都无关紧要，起码在现阶段、在此时此刻，所有事务都得暂时靠后了。

一念及此，杨嘉谟挥手阻住杨俊，转头对达奇勋淡淡笑道："自然没忘。不过达指挥也看出来了，末将如今囊中羞涩，上好的美酒我是管不起的，如果不嫌弃，甘州老烧我倒是有几坛。"

达奇勋眼里闪出惊喜："怎么，你也喜欢甘州老烧？我可是馋这一口好久了。"

杨嘉谟也是没想到达奇勋居然喜欢甘州老烧，闻言笑容绽放得稍稍灿烂了一分，回道："对！这酒够烈够劲，是血性男儿的无不喜爱那份痛快酣畅！"

"那还废什么话，走吧！"达奇勋眼神灼灼，一把拉住杨嘉谟就往门外带，"你有酒，我管肉，咱们这就进城到最好的酒楼饕餮去。"

杨嘉谟脚步迟疑："现在？"

达奇勋转头来看："就现在。"

"那我换身衣衫再……"杨嘉谟话未说完已被达奇勋大力拉着走了出去。

达奇勋大笑："换什么换？我又不是没见过你更狼狈的时候。"

见二人有说有笑地离去，杨嘉臣略为担心地嘀咕："这个姓达的不会耍什么花招吧？"

杨俊不屑道："他敢？！你们顾忌他的身份我可不怕，在我眼里不过一狗官而已。"

郑三彪拍了拍杨俊的肩膀，严肃道："慎言无大错！这里不是说话的地方，回去再议。"

三人再不多话，搀扶了郑三彪出门自去不提。

第三十六章
推心置腹

清音阁的厢房里单泽一把鼻涕一把泪地向侯太监哭诉遭遇："督公，您可得替卑职做主哇！他达奇勋这么做就是不将您放在眼里，俗话说打狗还得看主人的呀！"

侯太监闭目静静听着，脸上早没了惯常的伪善笑容，显得戾气十足而又老态垂垂。

单泽跪在两步开外，偷眼瞧了瞧侯太监的脸色，更加卖力地哭喊起来："督公，您还不知道吧？杨嘉谟已经得知了咱们在做芙蓉香，他还说要把咱们一锅端……"

果然，此话一出侯太监终是坐不住了，鱼泡眼一睁沉声低斥："就凭他？"

单泽见机赶忙膝行上前，火上浇油地怂恿："督公，杨嘉谟是不足为患，可他已经与达奇勋联手了，这才是卑职最担心的呀！"

侯太监居高临下斜睨着单泽，突然抬脚猛地踹过去，结结实实踢在单泽的肩膀上，盛怒难禁地骂道："都是你这蠢货做的好事！"

单泽跌翻在地却不敢稍有反驳，忍着疼痛爬起来再次跪好，一颗头颅低到了侯太监的脚背上："卑职死罪，给督公丢脸了，我这条贱命就在这里，任由督公处置。"

侯太监怒火稍稍平息下去，但一张脸还是十分阴沉，瞪着单泽的后背道："我只是让你给杨嘉谟一点苦头吃，让他再无翻身的余地，谁让你自作聪明去谋害于他了？最可恨的是，你既谋害他就该斩草除根，结果呢？你难道不知道除恶不尽后患无穷的吗？"

单泽脊背轻颤一下，心下倒是暗自松了一口气，原来督公生气的不是我自作主张算计杨嘉谟，而是没把那厮斩尽杀绝啊！如此说来，督公对杨嘉谟也是恨之欲其死的，那他就不会眼睁睁看着达奇勋和杨嘉谟为所欲为，而自己也不用担心以后没有好去处了。

虽然挨打受气，跪在侯太监脚下尊严全无，但单泽并不觉得委屈，有侯太监撑腰他依然底气十足。想到这里，他不禁在心里暗觉畅快，达奇勋再能再傲，杨嘉谟运气再好，能及得上三边总督侯大鹏的权势和手段吗？单泽几乎就要笑出声来，他已经能够预见，未来的达奇勋和杨嘉谟日子必然是不好过的。

侯太监稍作思考，缓声道："起来吧！"

单泽收拾好情绪慢慢爬起来，躬身立在侯太监面前聆训，诚惶诚恐的样子极尽谦卑。

侯太监恨铁不成钢地教训道："你也是老大不小的人了，不要每次一有点事就跑来咱家这里哭哭啼啼，我不可能在此地久留，说话就要到别的卫所去巡察了，就你这烂泥扶不上墙的样子，我若离开还不定要惹出多少麻烦来呢。"

单泽忙弯腰请示："还请督公教导。"

侯太监无奈，叹口气道："我思量了一下，卫所你是待不住了，那就到高觉身边去当个同知吧！"

"知府同知？"单泽一脸不情愿，"五品官卑职还能做什么？"

侯太监眼皮微抬看过来："我倒是想让你去当甘肃镇总兵，可你有这个能耐吗？"

单泽噤若寒蝉不敢再说什么，垂头丧气地立在那里看起来更加猥琐了。

侯太监收回目光，嫌弃地撇了撇嘴角，却换上一副语重心长的和善面孔循循善诱道："你不要看不上知府同知这个位子，不说高觉能耐如何，他总归是没有你与我这般贴心，让你去他身边也是要让你帮咱家看住他的意思。再说了，本朝重文抑武，五品文官不比三品武将差，你难道不明白？"

听侯太监这么一说，单泽简直受宠若惊，原来在督公眼里自己才是心腹亲信，这让他顿时喜出望外，感动得急忙又跪了下去："督公厚恩卑职没齿难忘，卑职听凭您老人家的安排。"

侯太监脸上堆笑，一臂托住单泽的手肘令他起身，笑道："我便知道你是最能明白我心意的。"

单泽感激莫名，一时间竟找不到合适的言语来表达他此时此刻的心情，只傻愣愣地咧嘴而笑。

侯太监满意地点点头："很好！那接下来的几日詹德贤那边的一应事体都交由你去办吧！等今年的账目交割完毕你再去知府衙门履职。"

单泽应了："可是督公，杨嘉谟和达奇勋那边就真的不做理会了吗？万一他们……"

侯太监一摆手打断："无妨！一个小小的杨嘉谟不足为惧，没有真凭实据谅他也翻不起多大的浪来。至于达奇勋嘛，按你适才所说他既然肯主动交好杨嘉谟压下事态，就说明在这件事上，他们父子与咱们即便不是完全一心，起码眼下还有着同样的目标。达奇勋不像杨嘉谟那样一根筋，他不会在这个当口上生事的。"

单泽琢磨着回过味来："督公的意思达奇勋是友非敌，他那么对待卑职其实是在为大局着想了？"

侯太监笑得意味深长："那也不尽然。达云父子为的不过是王爷许诺他的那三成红利，而这些红利是为了解决军饷问题，而不是装进自己的腰包，所以现在论敌友之别，还为时尚早，你往后行事还得多留个心眼子。"

"是，卑职谨遵督公教诲。"单泽躬身应道。

话虽如此，但他对杨嘉谟那样折辱自己依然耿耿于怀。他觑着侯太监的脸色试探道："卑职私心里想着，那杨嘉谟留着终究是个祸患，他来卫所才几日工夫就搞出这么多事来，达奇勋居然还许诺说提升杨嘉谟为肃州卫指挥同知。督公，同知就是副指挥使，达奇勋这么做难保他不会与杨嘉谟有所勾结，还是及早防范的好。"

侯太监抬手捏住单泽一侧的肩头，笑容里有着浓浓的警告："既是私心那就好好藏回去，我不希望在账目交割完成之前再生事端，若出了纰漏，你便是把自己熬成了芙蓉膏浆也无用了。"

单泽听得不寒而栗，乖乖低头保证："卑职遵命，卑职再也不敢了。"

侯太监松开单泽，幽幽道："我知道你心里有气未平，等大事毕了我特许你放手施为。不过，下一次你给我记住了，斩草务必除根！"

单泽得了这般命令顿觉心上阴霾尽除，大喜过望道："卑职断不叫督公失望。"

侯太监颔首而笑，挥挥手吩咐："行了，下去吧！咱家都快被你给聒噪死了，去办交给你的差事去吧！"

单泽惶惶然躬身请罪："扰了督公清静，当真该死，卑职这就滚了。"

侯太监闭上眼睛假寐，再不做理会。

单泽却步退下，出了侯太监的专用厢房殷勤地关上门，向门边侍立的两名护卫点头哈腰一番才告辞离去。

房内侯太监缓缓睁开眼睛，鄙夷地低斥一句："蠢货！"

内室帘子一撩，红绡袅袅婷婷地走出来，手中捧着一方茶盘笑道："督主何需跟一个饭桶计较。"

侯太监就着红绡的素手喝了一口茶水，心情略好了一些："督主，督公，就这一个简单的称呼亲疏立分，毕竟不是咱家一手养起来的人便是如何喂也喂不熟。"

红绡放下茶碗，乖巧地站到侯太监身后替他捏肩，一边柔柔笑道："督主无需烦恼，您忘了还有奴家等一干姐妹为您分忧解劳呢！若哪一个不长眼的惹您不开心了，保管让他看不到第二天的太阳就是。"

侯太监舒服地闭上眼睛，享受着美人的揉捏，一只胖手斜伸上去握住红绡的柔荑满足道："有你们姐妹在，咱家心安得很，这几年辛苦你了。"

红绡另一只手覆上侯太监的胖手，诚挚道："督主这话就见外了，当年若不是得您收留，奴家早就成了茫茫戈壁中的一缕孤魂，奴家感激您都来不及，何敢言说辛苦二字？便是粉身碎骨也无以为报。"

侯太监抽出手拍了拍红绡的手背以示安慰，半睁了双眼嘱咐："不需要粉身碎骨，咱家将你们安置在这阁中是为了享福的，往后咱们的日子也必将前程锦绣，只要你们乖乖听话。"

红绡绝美的面颊上略有情绪变动，但她还是极快地掩饰下去，走到侯太监身前来肃容道："督主尽可安心，奴家姐妹等俱都无有异心，但有差遣甘愿为您赴汤蹈火在所不辞。"

侯太监听到了最满意的答案，笑眯眯地抬了抬手："你们的心意咱家当然从未怀疑，去吧，把那个人招待好了咱们大家才有饭吃。"

红绡乖巧应了，却行着款款离开，一双剪水秋眸在转身之后，谁也看不见的角度闪烁了一下，抿着唇退出厢房。

……

在离着清音阁两条街远的闹市中，是城里最负盛名的酒楼"新乐食坊"所在。酒楼经营着全西北最有特色的酒菜美食，总店在富庶的甘州城中，此处虽是一家分店却也酒客盈门，生意兴隆。

临街的二楼雅间之中，桌上菜肴已然齐备，一只喷香流油卖相极好的烤全羊正散发着浓郁的香气，搭配几样色泽艳丽的佐酒小菜，都是典型的西北特色美食，让人一瞧就食指大动。

杨嘉谟取过一坛酒拔掉塞子，"哗啦啦"倒满两大碗，端起酒碗对达奇勋道："达指挥，这第一碗酒末将敬你，我们之间虽说有些不尽如人意的地方，但还是很感激你肯帮我主持公道。我先干为敬了！"说罢，仰头几大口甘州老烧下肚，面不改色地抹了一把唇边的酒渍，把碗底亮给达奇勋："达指挥请。"

达奇勋也不客套，执起酒碗嗅了嗅大赞一声"好酒"，便也大口饮了一碗。

杨嘉谟继续斟酒，却被达奇勋按住了酒坛。

"明宇兄，此处没有指挥使，也没有末将卑职的说法，你我当以兄弟论序，不然很是辜负这般美酒。你说呢？"达奇勋微笑着问道。

杨嘉谟顿了顿，执着地斟完了酒，这才缓缓道："既是兄弟之交，在下尚有一事未明，不知达兄愿意坦诚相告否？"

达奇勋笑得真诚："这个自然。明宇兄要问的事，不妨让我来猜上一猜。"

杨嘉谟抿唇不语，盯住达奇勋的眼睛便是在静等他的回答了。

达奇勋手指点着桌面笑道："你是要问我为何参与那件事，还想问我知道多少内幕，对吗？"

"愿闻其详。"杨嘉谟并不否认。

达奇勋端了酒碗，这回却不急于仰头就干，只是慢悠悠地品了一口，笑着看向杨嘉谟："明宇兄上次拿玉樽分酒是什么时候？"

杨嘉谟愣了愣，他没想过这个问题，或者说从来没在意过这个细节。事实上，他原本并不擅酒，除了场面上的应酬他几乎很少饮酒。

达奇勋慢条斯理又抿了一口，啧啧而叹："好酒！这甘州老烧果然辛辣、够刺激。来甘州之前，明宇兄只怕没有随身带这甘州老烧的嗜好吧？"

杨嘉谟微微皱了皱俊眉："达兄，你到底想说什么？"

"嘘！"达奇勋示意杨嘉谟噤声，笑着递上筷子，"日月常常在，何必把人忙坏！听说烤全羊要趁热吃才不失其真味，而配上这般甘州老烧那可是绝顶的人间美味，咱们可以边吃边聊。"

杨嘉谟接了筷子不甚开心地瞥了眼热气氤氲的烤全羊，眼神一闪扔下筷子从小腿一侧拔出一把精巧的匕首来，二话不说就上手割下一只羊腿，自顾咬了一大口便大嚼特嚼起来，全然不理会突然惊讶的达奇勋。

看着杨嘉谟撕咬羊肉就像对待敌人的吃相，达奇勋从讶异中回了神，摇头一笑，也顺手捡起杨嘉谟用过的匕首，效仿他的样子割了另一条羊腿下来，边吃边笑道："你这样子让我有种错觉，仿佛被你吃下去的是我一条腿似的。"

杨嘉谟差点噎住，一手捡起酒碗喝下一大口酒才顺畅了。

咀嚼不停，杨嘉谟并不理会达奇勋，含混道："我都好久没这么痛快吃过一餐饭了，不把你吃穷也太对不起我这饱受苦楚的肚腩了。"

达奇勋举着羊腿不满地瞪过来："又不是我害了你，至于吗？"

"至于！"杨嘉谟吃得满嘴流油，恨恨道，"曾几何时我和你一样也高高在上，没有吃过苦经历过大的磨难，更没有体会过饿着肚子还要拼命的滋味，更不必说大狱里馊水剩饭如何下咽了。"

达奇勋握着羊腿的手停在嘴前，默默看着杨嘉谟狼吞虎咽，忽然就觉得食不知味了。

"唉！各家自有各家的难处啊！"达奇勋叹着气道。

见杨嘉谟不满地回瞪过来，达奇勋笑着揶揄："别把自己说得那么苦哈哈的，好像你不是豪门大家出来的一样。论家世你杨府可比我达家的底蕴深厚得多，到底谁一直高高在上，别昧着良心胡说。"

说话间杨嘉谟已经啃完了一条羊腿，"哨啷"一声扔下骨头后，抹着嘴上的油腻淡淡道："顾左右而言他，你是不打算坦诚了？"

达奇勋放下没吃完的羊腿，提了酒坛子为杨嘉谟斟酒，摇头苦笑："说真的，我们第一次相见那时，你给我的印象是温文尔雅的一个小白脸，这才几年，你如何就把自己作践得比那些糙汉子还要粗糙了？"

杨嘉谟轻哼一声，打着饱嗝自嘲："这不是你一直都想要看到的吗？你巴不得我再邋遢落魄一些，也好平了你当日去卫所的难堪吧？"

达奇勋无奈，没好气道："杨嘉谟，我才发现你这人原来嘴很欠，别以为人人都跟你似的小肚鸡肠。"

杨嘉谟咧嘴而笑，眼神锐利地直盯向达奇勋眼底："那当日是谁扬言'等着瞧'的？"

"你……你居然真的还记着！"达奇勋有一点点恼羞成怒的难堪。

杨嘉谟收起眼神，摇头苦笑："你赢了！我最落魄、最狼狈的样子你没用多长时间就亲眼见到了，是不是很解气？"

达奇勋沉默片刻，感慨道："是有那么一点，这个我不否认。但是，在清音阁见到你，猜测到你的大致谋划时，我帮你打掩护了不是吗？也许在更早以前，听说你被下狱、被判斩刑的那时候，我便不嫉恨了。"

"那我是不是要感谢你的大度？"杨嘉谟淡淡的口气里，却有着刀锋一样的锐利，"还是说，你说这些只是为了安抚我的手段，以便接下来让我不要去阻止你们赚那些个黑心钱？"

达奇勋面上渐渐没了笑容，望着杨嘉谟沉沉道："有些事并不是你想的那样。"

"那是哪样？"杨嘉谟起了火气，质问道，"你知道军中有多少人在吸食芙蓉香吗？民间又有多少人砸锅卖铁去抽那玩意儿？而你又真正深思过我们的军士为何打仗总也不是蛮夷对手的缘由吗？"

一连串的质疑，达奇勋都无言以对。

杨嘉谟继续愤慨言道："从上到下尽皆以吸食芙蓉香为享受，可那东西名叫芙蓉香却实在是穿肠的毒药、附骨的蛆虫，它能掏空人的气血，掏空成瘾者的腰包。我们的军士在战场上软弱怯懦士气全无，我们的百姓家徒四壁食不果腹，皆是因为芙蓉香之祸。我不相信你不知道这些，更不敢相信你也是参与制售者之一。"

一番慷慨，满腔愤懑，杨嘉谟说完仍然意犹未尽，妾着补充道："是，我现在是不如你良多，还要靠你的庇护才能翻身。人称'甘镇双杰'之一的达指挥，我尽管差点死在断头台上，尽管落魄狼狈了，可就这一件事，我就看不上你。除非你能给我一个满意的解释，否则你没有资格与我齐名。"

达奇勋默默听着，不恼不急。他再一次斟满了杨嘉谟的酒碗，放下酒坛抬眼看来："明宇兄我问你，若让你现在做一卫指挥使，五千多军士将近一年没有得到一文钱的军饷，而边墙之外随时都有蛮夷的铁蹄来袭，你要如何解决他们吃饱肚子的难题？如何解决这些军士身后一家比一家更穷困的生存危机？又要如何督促你的军士拿性命去与鞑虏厮杀流血？"

杨嘉谟闻言怔住。这样的情况他一点都不陌生，在凉州卫做指挥使虽然时间不长，但军饷长久拖欠是不争的事实，那时他是怎么解决的？是拿了父亲给他留下的家底去贴补，是靠杨府祖辈结交的那些人脉关系去东拼西凑集兑而来的。杨嘉谟不敢细想，那样的周济不过是权宜之计，短时间可以，要是长期下去，三年五年或者是十年八年，杨府就是一座金山，也将山穷水尽。

"但是，那也不能作为你们赚黑心钱的理由。"杨嘉谟略显无力地争辩着，但气势已不复适才凌厉。

达奇勋呷了口酒，淡笑着又问："我给你两个选择。第一条路，掏空杨府周济军中，最后和那些普通军士一样穷困潦倒，要靠典当兵器军服去换口粮，凑合一天算一天；第二条路，对某些当权派的某些作为睁只眼闭只眼，然后从他们的牟利中抽取三成来作为军费给将士们发粮发饷，他们吃得饱、穿得暖，可以有更多的时间习文演武，没有后顾之忧地去打仗。"

"这两条路，你怎么选？"达奇勋盯住杨嘉谟的眼睛坦然相问。

杨嘉谟挑眉惊疑道："三成？你确定？"

达奇勋点点头："那边是这么允诺的。"

"这……我……"杨嘉谟语结，难以回答。一种针扎般的细碎痛苦袭上心头，面对这样的结果，他异常矛盾无法选择。不得不承认，这是一个令人矛盾到几乎窒息的困局。军中饥寒交迫是他之前经历而确定存在的事实，不单单是一个卫所、一镇兵马，九边重镇普遍都有军饷不足、军士逃散的困扰。这个问题已成了朝廷最头疼、最难办的大事了。这里边除了朝廷拨付不足的原因外，还有上上下下官员的贪墨。尤其是像侯太监这样一级的贪官，根本就不管不顾将士们的死活。

杨嘉谟有这样的反应，似乎早在达奇勋的预料之中，他看着杨嘉谟笑了笑："曾经，我和你一样义愤填膺，知道其中缘由后，也觉得不可思议，可是打胜仗要靠精兵强将，还要靠兵器战马，这些都是不砸银子堆不出来的。当你眼睁睁看着将士们尸横遍野无力阻止蛮夷铁蹄入侵的时候，你就会明白，只有强军才能减少伤亡，而这一切没有银子，根本就无从谈起。实话实说，没有够多的银子是打造不出战胜敌人的边军来的。"

"所以，你甘愿和他们同流合污？"杨嘉谟倔强地问道。他抓住了达奇勋话语里的漏洞，咄咄逼人不留情面："拿那样的银子打造军士，便是阻住了蛮夷入侵，我们的官民百姓却从内里腐烂了，一个丧失了根本的国家，你觉得还能存在多久？"

这回轮到达奇勋语结了。他定定地看着杨嘉谟，他发现这些问题自己从来就没有考虑过："这个……"

杨嘉谟义正词严地接着道："芙蓉香之祸祸及万民，你说说，你怎么可能姑息呢？"

达奇勋神情复杂，一阵阵纠结与自我交战后，最终肃容问道："我可以配合你铲除那些人，但是，你能不能往后延一延？也就是说，先暂时让边军吃饱肚子，然后……"杨嘉谟听到这样的话，望着达奇勋，欲言又止……

顶着杨嘉谟的冷漠眼神，达奇勋赶忙解释："没有别的意思，先等我拿到今年的红利。这个节气该收割的早就收割完毕，该熬制的也已经成品入库，他们的东西藏在哪里连我都不知道，你又能如何？反正离开春再次下种还有一段时间，你也正好可以借此时机将这件事情筹谋得更细致一些，以便到时候将他们人赃并获不更好吗？"

杨嘉谟听着觉得有道理，渐渐缓和了脸色道："你说得倒也在理，只希望你能说到做到，届时莫要再行阻挠，或是跟他们同流合污了对付我才是。"

达奇勋点头保证："这个你放心，我还没有那么不堪，强国强军，保家卫国，我和你有着同样的抱负。"

"那我相信你一次。"杨嘉谟说着起身就走。

走到门口顿住脚，转头看向达奇勋："今日，谢谢你了！"

达奇勋起身，笑着正要客气几句，杨嘉谟已然大步而去。

"这家伙，属驴的！"达奇勋无奈苦笑。

忽然，达奇勋想起了一件很重要的事情，他三步并作两步追出门去，廊上已不见了杨嘉谟的身影。

达奇勋赶到二楼栏杆边伸头看去，杨嘉谟的身影正好出现在一楼大厅。

"嗨！杨兄，还有一事忘了跟你说。"达奇勋大声喊道。

杨嘉谟仰头看来。

达奇勋郑重提醒："你手下那些个弟兄都给我约束好了，小心他们成为你的软肋！"

杨嘉谟点点头后，头也不回地走了出去。

"这就走了？这厮，也不知道听进去了没有？"达奇勋目送杨嘉谟的背影消失在酒楼大门处，嘀咕道。

第三十七章
中秋月缺

杨嘉谟在肃州卫正式升任指挥同知的军令下来正好是中秋，与达奇勋新晋指挥使的任命是一同到的。总兵府、行都司等各部衙门这次办事倒是出奇地效率高、速度快。

虽说西北的气候这个节气已经早晚寒凉，但老天爷若肯给脸，深秋的景致还是颇有看头的。这一天早早收了操练，将士们三五成群地聚在一起盘算着如何过节，大营里难得嬉闹欢笑，不用担心官长呵斥。

达奇勋一手提着马鞭走过来，笑呵呵地问杨嘉谟："给个面子，晚上一起赏月？"

杨嘉谟擦拭长剑上的灰土，淡笑回应："不行，我已经有约了。"

"我就知道。"达奇勋一副果然如此的表情，"其实我是想跟你商议，恐怕今夜的月亮赏不成了，边墙外有动静。"

杨嘉谟不以为意："早料到了。我带人去巡边。"

"你不是说约了人吗？"达奇勋有些过意不去，"要不我去吧！"

杨嘉谟收剑入鞘，挑眉问道："你确定？"

达奇勋怔了怔，咧嘴而笑："怎么什么都瞒不过你？"

"行了，我去巡边。营中主将都不在也说不过去，何况……"杨嘉谟敛容冷酷道，"蛮夷定然觉得我们今晚过节会疏于防范，正好，我也想打他们一个埋伏。"

达奇勋笑着赞同："好主意！你刚说的有约了就是指这件事吧？还跟我打马虎眼。"

杨嘉谟一眼瞥过来："你不是也一直跟我在推太极？是要去会那些人分赃了吧？"

"你这话委实难听！"达奇勋不满，"什么叫分赃啊？我是去领军饷。"

杨嘉谟眼睛里光芒一闪，掀唇笑道："你去吃香的还是喝辣的我不管，能分多少真金白银我更管不着，但是，你要敢全都送去总兵府，我就领着卫所五千将士去达总兵府上讨饭吃。"

达奇勋黑下脸，一把拽着杨嘉谟往旁边走了几步，不悦道："你别胡来！这件事不是你想的那么简单，我做不了多大的主。"

杨嘉谟嗤之以鼻："那我不管，你如今是肃州卫指挥使，将士们能不能吃饱肚子打胜仗，我说了可不算。"

说罢，杨嘉谟抬步就走，语气轻快地鼓励："我们大家都等着达指挥明早发饷领赏！"

达奇勋还想再说，杨嘉谟已经快步走掉，和几个军士谈笑着远去了。

"这头倔驴！就知道抬杠！"达奇勋略有气恼，又略带好笑地瞪了杨嘉谟后背一眼，转身往自己的营房去了。看看天色离约定的时间还早，但从大营去城中的清音阁还有一段距离，他不能迟到，否则又要惹得詹德贤那条鹰犬说三道四了。

至于边墙外的敌情，有杨嘉谟在，达奇勋没什么不放心的，在整个甘肃镇数百将校当中，他能看得上且视为伯仲间的也就一个杨嘉谟了。当然，父亲除外。名震西陲的达总兵，那是他和杨嘉谟的榜样，也是要努力追赶的存在，再过若干年，或许有与之比肩的文韬武略，但现在他们两个还差许多火候。

中秋，是丰收的季节，但亦是百姓最为煎熬的时节，因为过了这个节紧跟着就是官家催秋粮交赋税的开始。经过大半年的辛苦劳作，好容易收到仓中的粮食，自己都没敢放开肚皮吃上一顿，就得转手上交官府了。遇上灾年，上交的官粮都凑不够，自家肚皮便注定了要受罪挨饿，这都是没办法的事情。因此，中秋节并不是多值得期待的一个节日，反而成了压在百姓们头上的一重枷锁。

军户更不例外。地里刨了多少上头一清二楚，听着要比普通庄户百姓少交一点，但收拾完庄稼还有兵役，凡是年龄范围内的男丁通通进大营接受操练，然后被分派到各个营堡去戍守，等闲轮不到休沐难得回家一趟，打仗送死的自然也是这一部分人。

银盘似的月亮升起的时候，杨嘉谟带了五百人踩着月色出营巡边，除去金刀帮二十余众，剩下的几乎全是不情不愿来服役的军户，老少混杂不说，战力更谈不上强盛。没办法，虽然达奇勋举荐他做了指挥同知，是副指挥使才有的武职，但总兵府同时有文书下发，杨嘉谟还需要立下军功才有权指挥卫所大军，实际上能调动的还是一个百户职权内的兵力，让他带五百人出去已经算是破例了。

骑在马上，杨嘉谟转头看了眼身后的队伍唏嘘不已。相比当日刚到这里时被单泽为难，赶到废弃的低矮营房于屎尿堆中的憋屈而言，现在已是扬眉吐气了。但是，这与他胸中隐忍下来的那件事相比，依然还是令人憋屈的。什么时候能够把芙蓉香事件彻底查禁了，杜绝住那些黑暗势力流毒于民的途径那就完美了。虽然达奇勋没有说出背后的主谋之人，也不会轻易告诉自己那些内幕，但杨嘉谟能猜测到，这个主谋一定是惹不起的大人物。因为这个大人物的主导或参与，所以这祸国殃民的事情才能堂而皇之在大明的地盘上横行。那么，这个手眼通天的人很可能就是侯太监。如果是侯太监这样的人物，那作为西北藩王的肃王也必然不干净，只是不知道这件事中还有多少豪贵插手，从中渔利？

这些烦心事让杨嘉谟最近一段时间内，一直寝食难安，偏偏又耽于军中事务分身乏术，根本就没有时间去查证。因此，明知达奇勋今夜进城是去做什么了，可他只能徒叹奈何却是一点办法都没有。这样做倒不是顾忌和达奇勋之间不好翻脸，而是在没有确凿的证据前，杨嘉谟并不能拿他们怎么样。其实，便能拿到证据又如何？以杨嘉谟现如今的身份和地位，不费一番波折他也很难将这件事上达天听。现在可以肯定，甘肃镇，甚至整个陕西行都司辖下，九成官员都打着朝廷命官的旗号，实际上却听命于肃王行事，剩下的一成怕就是侯太监的铁杆狗腿子无疑了。而随着侯太监升任三边总督，这个权力分派势必会有一些波动，但总体上还是以肃王为主的大势不会改变多少，毕竟经营了一二百年，肃王府在自家藩地上的地位已是无人能撼动了。

关于此中形势杨嘉谟不是不清楚，但他还是坚决固守着自己的初衷，坚持不与任何一派有所靠拢，这也就难免要受到打压摧残。经过一次次生死挣扎，杨嘉谟总算稍稍学会隐忍了，他忘不了陈总兵法场相送赠给他的那枚大钱，也时常摩挲着铜钱反复思量，很有些卧薪尝胆的感触和反思。但是，即便看得清当下情势，他还是学不会达奇勋那样的八面玲珑，身在泥淖还能游刃有余，或许他还需要更多磨砺才能做到吧！

杨嘉臣打马赶上，兄弟二人并辔而行："明宇，你说今夜鞑虏真的要来犯边吗？"

说完，不待杨嘉谟回答，接着否定道："鞑虏挑这个时候来侵犯，我觉得不大可能，他们中也有不乏善战善谋之人，岂能料不到越是大节大庆之下咱们的防范越严密吗？"

杨嘉谟抬眼看着前方缓缓升腾起的暮霭，无奈一叹："既是善谋就应该能想到，这个时候正是官家征收徭赋之际，我们的军士满腹怨气有几个是愿意全力征战的？"

"也是啊！"杨嘉臣恍然道，"这么说，今夜来犯和明夜来犯其实都是差不多的，无所谓过节不过节了。"

杨俊从后面赶上，插言道："百姓军民开怀的才叫过节，愁眉苦脸那就叫渡劫了。"

一语中的。虽然听着颓丧一些，但这是事实。大明近几年来北方旱灾、南方水涝，民间越是连年歉收，官家越是贪腐日盛，因此中原一带才会频繁激起民变，大大小小的暴动此起彼伏，朝廷只能征调官军以剿匪的名义进行镇压。这样一来，民怨就越发地四起了。

现在，郑三彪的腿伤业已恢复了，此时亦打马跟在杨嘉谟后面。听三兄弟谈到这个，不禁出声提醒："还是莫谈这些了吧，免得有什么风吹到别有用心的人耳中，那明宇刚安稳下来的日子，又不知会生出什么波折来了。"

杨嘉臣适时接道："郑大哥提醒得对，咱们还是只管打仗莫论朝政了，启民你这家伙以后给我注意点，别因为口舌惹了是非。"

杨俊闻言不禁叫屈："你别胡乱攀诬人，我也不过是话赶巧了发个牢骚而已，又要借故占我的便宜。"

杨嘉臣咧嘴大笑："你那张嘴原本就贱，我可是一片好心。"

含笑看二人斗嘴，杨嘉谟突然想起那日在酒楼中达奇勋最后攥出来的叮嘱，转头看向杨俊道："启民，你那些弟兄们什么时候回甘州？"

杨俊一愣："回甘州？是达奇勋不让他们待在这里了，还是……"

"那倒没有。"杨嘉谟诚恳道，"众弟兄原也并非军中士卒，长留自有不妥。况且，我这一路而来已是带累他们良多，若再遇到危难都觉得无法承其厚谊了。要是你再无要事，就遣了他们回去吧！"

杨俊微微松了一口气，笑道："原来是为这个。那你可就想多了，或许大家都不想回去，就愿意留在你身边效力呢？"

杨嘉谟皱眉，敛容正色问道："你说这话我信。但是，他们大多都是习惯了江湖散漫自在的侠士，怎受得了军中条令铁律？莫不是你拿帮主身份强迫人家的吧？"

"这还真没有！"杨俊笑得坦荡，"不信你亲自问问他们去？"

杨嘉谟瞥了眼嬉皮笑脸的杨俊，略有释然道："没有就好。今天就罢了，等巡边回来我是得问上一问。"

"这个事其实我可以代劳。"杨嘉臣笑着插言，看向杨俊的目光里满是怀疑，"以免有些人欺上瞒下，假借明宇你的名头强行留人。"

杨俊没好气地瞪过去："你这是唯恐天下不乱。我杨启民要留他们还需假借三哥的名头，你当金刀帮的帮规是闹着玩的？真是！"

杨嘉臣拨马往杨俊身边靠了靠，感兴趣地问道："说真的，你那个金刀帮到底有多大，平时都是做什么买卖的？还有鱼丽她们，你都是怎么招纳进去的，都说说呗！"

"想知道？"杨俊十分得意地拿捏起来，见杨嘉臣两眼巴巴一脸好奇，他吊足了胃口邪魅一笑，"偏不告诉你！"

杨嘉臣顿时黑脸："杨启民，你死定了知道吗？"

杨俊大笑："干吗啊还恼羞成怒了？我知道你想当金刀帮的女婿，看上哪个了直说就是，我也好讨杯喜酒吃。"

杨嘉臣涨红了脸，对杨俊龇牙瞪眼却各自骑着马行军打又打不上，无可奈何地转过头去不说话了。正是血气方刚的年纪，虽然经历了一些沧桑说到男女之事到底还是面嫩，居然害羞起来了。

耳听两兄弟斗嘴，杨嘉谟不由心情轻快了好多，笑意盈盈地看了眼并辔的大哥，转头嘱咐杨俊："启民，大嫂能不能娶进门，喜酒什么时候能喝上可就全在你身上了，这件事务必年内办妥，否则军法从事。"

"啊？"杨俊和杨嘉臣一起傻了眼。

杨嘉臣羞恼道："明宇你怎么也跟着瞎胡闹？"

"是啊是啊！"杨俊为难着叫嚷，"就某些人那一根筋的性子，可未必有姑娘看得上，这事我哪里敢承揽？"

杨嘉谟淡笑着，口气不容置疑："无所谓，到时候办不成打你军棍就是。"

"这是坑我！"杨俊不服。

杨嘉谟才懒得跟他多说，一扬马鞭疾驰而去。大哥都二十三岁了，再不张罗亲事，可真没适龄姑娘愿意嫁给他了。

看杨俊吃瘪，杨嘉臣解气地道了句："活该！"

郑三彪却忍不住哈哈大笑起来，边笑边看着遥遥远去的杨嘉谟心下思忖：明宇啊明宇，你为你兄长的亲事操心，那你的亲事是否也得我这个结义大哥来替你操心一下呢？

郑三彪当然不会忘，杨嘉谟今年已是弱冠之龄，也到了成家立室的年纪了。

当日结义报庚序，三位义弟的生辰八字他全都记下了。

将士们沿着边墙巡察，各营堡驻守的军士自是不敢有所懈怠，往年像这个时节正是蛮夷蠢蠢欲动来抢掠的时候，老兵们都有经验了。

上次单泽在舆图上造假的事情给了杨嘉谟一个深刻的教训，现在他对地形方面的问题尤其重视，借着这回巡边又认认真真修订了一张属于自己的地理图，亲手制作的舆图比营里统一配备的要准确细致得多了。

不知不觉已经到了月上梢头时分了，而杨嘉谟带着军士也快走到胭脂堡了。传说中这个地方有一眼清泉，是当年杨门女将之一的杨八妹西征，中途歇息洁面用过的，自那之后泉水就叫了胭脂泉，而周边这一片地域也叫成了胭脂堡。传说不知真假，但对杨嘉谟来说却格外亲切，因为杨门女将正是自己的先祖，而另一重缘由却是上次他在王家庄的遭遇，王家庄正属于胭脂堡的戍守范围内。

既然到了这里，杨嘉谟就想去看一看王传礼等人的近况。顺便，他还想让几兄弟好好领略一下王家庄的听瓮，学会了也好应用在军中。杨嘉谟这几天正在琢磨要把听瓮推广到边墙沿线各个营堡去，这样一个好方法不用在对外御敌的最前沿，简直就是浪费。

信报上说今夜会有蛮夷来袭，可他们一路巡察过来竟是一点异常都没有，看来所谓的信报有时候也难免不准。

辨了辨方向，杨嘉谟手指一处，对杨嘉臣道："大哥，前方就是王家庄了，命军士人等在村外警戒，我带你们去见识一个好物件。"

杨嘉臣自是无有不遵，回到军士中间叫了广毅来照此嘱咐妥当，命他和几个小旗负责整军布置，然后他们骑马的三兄弟追随杨嘉谟先行策马前去。在杨嘉谟的引领下，四人驰马很快来到了王家庄村口。

"这里就是了。"杨嘉谟勒住马笑道。

借着月光打量一眼，杨俊撇撇嘴不以为然："你说的好物件确定是在这个鄙陋的小村子里？"

杨嘉谟下马，边缓步前行边回道："等你亲眼见识了就不这么说了。"

三人再不多说，都纷纷下马跟着杨嘉谟进村，直奔王传礼家。

一年一度的丰收大节，靠种庄稼过活的人家不论是农户还是军户，都异常在乎这个节日。尽管所得大半都得上缴赋税，但短暂的欢悦和必要的仪式还是必须得有的，趁粮食还在自家仓廪之中，这晚所有人家都会准备丰盛的餐饭来以示庆祝。

杨嘉谟来到王传礼家门前时，就闻到了饭菜的香味，隔着门缝看去，院子里南瓜架下支起的一方桌子上有模有样地盛放着馒头、瓜果等几盘吃食，正对月亮初升的东面还摆放着一尊香炉，三支供香燃了一半正在飘散着袅袅轻烟，这一定是献月的排场无疑了。

走了许多路正有些饥渴，杨嘉谟也不客套，拍着门大声喊道："王大哥开门，在下杨嘉谟又来叨扰了。"

门还没有开，王传礼大笑着从屋里走了出来，人还没到院门口，便热情招呼："杨兄弟大驾光临，寒舍真是蓬荜生辉啊！"

隔着门扉，杨嘉谟笑着回应："又是夜间叨扰，还怕王大哥不欢迎呢！"

门开了，王传礼一张粗糙但带着书卷气的面孔笑意盈盈出现在大家面前："这话说得可就见外了，杨兄弟能来说明没忘了我们这些乡野小民，听说你升迁了指挥同知，我们阖村人等可都正为你高兴着呢！"

王传礼十分喜悦地迎接杨嘉谟，见后面还有三个人，便落落大方地拱手道："几位想必是杨兄弟的袍泽了，快快一并入内到寒舍一叙吧。"

三人被王传礼的热情感染到了，俱都客客气气还礼后报上各自名号，与对方一通谦让之下，踏进了王传礼的家门。

屋内，秋官已经收拾了几只简朴的茶碗过来，因着来的都是男子，王家娘子也提前避入内室去了，只隔着帘子跟杨嘉谟打了招呼，一番温雅娴淑的对答倒令杨俊三兄弟着实惊讶了半晌。与当时杨嘉谟初见这家人一样，他们显然也是没想到在这穷乡僻壤间，还有如此知书达理的人家。

王传礼招呼着四人落座，并不因自家简陋为意，与杨嘉谟说起这几日家里和村庄的近况，坦然地侃侃而谈，颇有魏晋隐士甘居乡野的悠然之风，自是再一次让杨嘉臣等人为之而折服。

"杨兄弟如今差不多算是官复原职了，当真可喜可贺！"王传礼拱手笑道。

杨嘉谟谦逊一笑："小弟惭愧，这还有赖于当日王大哥敢于带着全村人等打退瓦剌敌寇的功劳。"

王传礼摆手："哎，此言差矣！要不是杨兄弟你运筹帷幄，我等手无寸铁又无善谋善断之人领头组织，岂敢跟那人高马大的瓦剌骑兵交手。你升迁了是实至名归，我等可不敢居功。"

彼此推让客套，再说下去就成车轱辘话了，杨嘉谟不愿虚伪，笑了笑直言问道："那日匆忙一别，庄子上被毁坏的屋舍和其他损失，县府那边可有着落了？"

一说这个王传礼顿时没了笑容，深叹口气摇了摇头："谈何容易啊！"

"怎么？有人为难大家？"杨嘉谟狐疑询问。

一旁的秋官抢在他爹前面愤愤道："他们说让我们自己想办法，官家也没银钱，便是有钱也不可能给我们修房子。"

"有什么说道吗？"杨嘉谟看着秋官负气的样子又问。

秋官正待要说，王传礼一挥手打断："莫要生事。"

阻住了秋官，王传礼勉强笑着对杨嘉谟道："童言无忌，杨兄弟不用在意。房舍毁了我们大家一起动手重新修筑就是，原本也只是土墙泥瓦值不了几个大钱，就不必去求人了。"

秋官一听父亲这么说，气咻咻地转身跑了，显然是在用这样的方式表示反对和抗议。

看到这里，杨嘉谟还有什么不明白的，当下敛容正色道："王大哥，有什么难处是不能对我言说的？我看得出来，你们肯定是遇到刁难了，不妨直言相告，看我能否帮得上忙。"

王传礼依然摇头："没有的事，你别瞎想了。来来来，先吃点月饼再说，大过节的你们从卫所而来一定饿了，尝尝你嫂子的手艺。"

说着热情地把切好的月饼端上来，招呼四人吃喝，极尽地主之谊。

杨嘉谟还待再问，坐在他侧面的郑三彪暗中碰了碰他的腿。

"王大哥，那我等弟兄可就恭敬不如从命了。"郑三彪抓起一块表皮上画着彩画，中秋节农户家里土制的月饼，对王传礼含笑道。

王传礼豪爽地倒上一碗酒推过来："无需客气，尽管把舍下当自己家就是。"

郑三彪谢了，低头时悄然使了个眼色给杨嘉谟，示意他稍安勿躁。

杨嘉谟无奈，微不可闻地叹口气，捧起酒碗轻轻抿了一口，总觉得心里很不痛快。到底王家庄发生了什么事，连他都不能说的呢？

正自胡思乱想之际，猛听院门被人大力敲响，还伴随着阵阵吵闹喧哗。

王传礼起身，歉意道："诸位安心，我出去看看就回，许是村里有什么杂事来寻在下调停的。"

杨嘉谟颔首，看王传礼出门对其他三兄弟讲了王传礼任村里塾学教授的事情。三兄弟听了也和那日杨嘉谟初次踏进王家一样的感觉，虽是庄户人家但王传礼家处处显露的是书香之气，不容忽视。

第三十八章
丁大先生

　　兄弟几人走了这么远也是真饿了，渐渐放开拘束吃喝起来，间或说笑几句倒是一点都不见外。

　　门外喧闹声更加嘈杂，人声吵嚷更是清晰可辨，其中一道声音并不陌生却是广毅。

　　杨嘉谟听了皱眉起身就要出去查问，杨俊也早听出了广毅的声音，丢下酒碗跟着起身。

　　"走，出去看看。"杨嘉谟迈步而行，三兄弟也忙跟了上去。

　　门外月色清朗，微微寒凉中十几道身影扎满了王传礼家的小院子。

　　"怎么回事？"杨嘉谟沉声喝问。

　　吵嚷声止歇，一个军士上前拱手道："禀杨指挥，抓到了三个形迹可疑之人……"

　　话未说完，旁边一老者愤然截断，怒气冲冲道："一派胡言！大明百姓行走在大明的疆土上也叫形迹可疑，这是哪门子的道理？"

　　军士不甘示弱："你说你是大明百姓就是大明百姓了？那你姓甚名谁、从哪里来要往何处去？为什么不报？"

　　老者气恼："真正是秀才遇到兵了，你等蛮横无理，见面就要搜检，我尚有女眷随行岂能容尔放肆？"

　　军士争辩："我们奉命在此地巡查，搜检也是例行盘查。大半夜的谁知道你们是不是蛮夷装扮了的奸细。"

　　"纯属无稽之谈！分明是尔等觊觎财物，借机盘剥罢了，还敢在此巧言令色！"老者更怒，与军士言语争锋，竟让别人都无法插言。

　　军士不服还待再辩，却听杨嘉谟一声厉吼："退下！"

喝退了军士，杨嘉谟上前一步，看向满脸不忿却一直搀扶老者的王传礼，和颜悦色问道："王大哥，敢问这位老人家可是你的亲眷？"

王传礼这才有机会出声回复，恼恨地瞪了眼方才那名军士，面色不豫道："此乃在下泰山老岳翁，杨兄弟麾下军卒未免太过无礼了些。"

杨嘉谟闻言也是一惊，原来这位就是王传礼的岳父，教会王家庄村民用听瓮来传信的甘州大儒丁大先生！

"老先生恕罪，学生不才没有约束好麾下士卒，冒犯了先生实乃罪过。"杨嘉谟深深一揖，用文士之礼致歉尽显诚恳。

丁大先生愣了愣，打量着身穿甲胄的杨嘉谟，脸色稍霁地问道："你认识老朽？看将军着装并非儒门士子，不必以学生自谦。"

杨嘉谟含笑："先生若如此说，想必还是不肯原谅我这些军士了？"

丁大先生也不客套，余怒未消地回道："士可杀不可辱。将军言谈气度倒不似粗鲁武夫之流，可你的麾下行径与抢匪无异，相去甚远矣！"

"哦？"杨嘉谟不太相信，扫了眼广毅等人又看向丁大先生，"老先生如何就将他们比作了抢匪之流？"

这回不用丁大先生亲自回话，王传礼早就按捺不住，气恼而鄙夷道："杨兄弟或许还不知道，这些军士借口盘查，搜走了岳翁身上一应财帛不算，居然还妄图对女眷动手，实在是粗鄙无状。"

"竟有这等事？"杨嘉谟不禁冷下脸来，转头吩咐杨嘉臣道，"大哥你现在马上替我查问，我杨嘉谟麾下决不容许有欺侮百姓、贪财好色之辈，一经查实，执行军令，就地正法！"

杨嘉臣亦面色冷峻，大声回道："遵指挥令。"

说罢，腾腾几步走到军士中间，一声喝令整好队形带出了王家小院。

郑三彪和杨俊对视一眼，也默默跟出门去。

杨俊边走边问一旁跟随的广毅："你们几个没有参与吧？"

广毅忙摇头："没有没有，我等亦觉得不齿与他们起了口角，这才跟来的。"

"没给我丢人就好。"杨俊略有得色，快速扫了眼小院一侧相扶站立的两道身影，低笑一声走出院门。

那边站着的二人乃是一位老妇人和一位年轻女子，正是丁大先生的夫人和小女儿。

见院子里没了那么多的外人，丁小姐微微吐了口气，帷帽遮掩看不清容貌，但一双素手在月光下显得白瓷一般光泽柔嫩。此刻，这双手缓缓抚着老夫人的背，意在安慰受惊的母亲。

杨嘉谟雷厉风行的手段令王传礼顿觉安心，换上笑脸对丁大先生拱手道："岳翁受惊了，您来怎么也不打发人提前知会一声，小婿也好亲自出村去迎接，当可避免今夜这番波折。"

丁大先生还是不大高兴，捋了一把长髯不满道："你的意思是我来得不是时候？"

王传礼挠着头赶忙解释："不敢不敢，小婿盼您老人家来盼了好久了，这您知道的不是吗？"

丁大先生睨了眼女婿，抬步往房中走，气呼呼地叱骂一句："不当人子。"

王传礼无奈，赔着笑小心翼翼上前搀扶，却被丁大先生拂袖拒绝。

"让你这位将军朋友让让路。"丁大先生看着杨嘉谟，很有些不悦地对王传礼说道。

王传礼好像对他老岳父十分敬畏，闻言尴尬地看向杨嘉谟，满含歉意道："杨兄弟，你看……"

杨嘉谟赶忙让开一步，拱手笑道："是学生失礼了，先生请。"

丁大先生轻哼一声，抖了抖袍子迈步走上堂屋门前的台阶，然后才回头招呼院落里的母女："汀兰，和你母亲过来吧！"

原来丁小姐闺名汀兰，杨嘉谟知道王传礼的夫人叫芷兰时就曾暗赞过，见丁小姐母女过来，出于礼貌微欠了欠身以示礼遇。

丁夫人面容和蔼不似丁大先生威严，看杨嘉谟知礼，笑了笑并点头致意，十分娴雅中给人一种如沐春风的亲切感，看行为做派想必也是出自书香门第无疑的。

礼让丁夫人母女走过，杨嘉谟鼻端忽地飘来一阵淡雅的香气，他很自然想到是来自丁小姐身上的，便不禁看了眼那道袅娜的身影。没想到本是无意之举，却正好被丁大先生看在眼里，老先生顿时又黑沉了一张脸恼怒起来。

"圣人言非礼勿视，将军一定要让老朽轻视武夫不成？"丁大先生吹胡子瞪眼地喝道。

杨嘉谟很有些意外，更多的则是百口莫辩的无奈，当下肃容正色回道："先生大约是误解什么了，学生虽戎马粗糙比不得雅士学富五车，但亦是熟读诗书之人，自不敢唐突贵眷惹骂名，还请先生勿要动辄轻贱武人。岂知，若没有我等武夫拼死流血，士子们雅室问道怕也难以安然。"

说罢，杨嘉谟一步跨下台阶，对王传礼抱拳又道："王大哥，多谢你的款待，杨某告辞了，改日再来拜会。"

王传礼尴尬着，看看自己的岳父又看看杨嘉谟一时为难，看得出来杨嘉谟也是恼了。

杨嘉谟是有些生气，他本对这位甘州府甘泉书院的山长满心崇敬，还想着要当面请教一下丁大先生听瓮的布置事宜，却不想被这老学究劈头盖脸一顿苛责，看不起武夫也就罢了，甚至质疑自己对他的女儿有不轨意图，这如何能忍？但考虑到是王传礼的岳父，不得不给他留一些颜面，便忍了这口气及早抽身。

走出几步，堪堪到了院门口，身后传来王传礼略有些不满的声音。

"岳父大人，您真的误会杨兄弟了，他并非普通兵将，乃是一个智勇双全的大英雄呢！前不久……"王传礼急切地为杨嘉谟辩解。

杨嘉谟下意识地顿住脚步，却听丁大先生截断王传礼的话头，不屑地哼了一声。

"哼！世无英雄，竖子成名耳！"丁大先生话语里极尽鄙夷。

杨嘉谟彻底没了任何希冀，握了握拳头一言不发地跨出王家小院，他真怕自己再待下去会忍不住冲上前去骂这老顽固一顿，那可就真的有辱斯文了。算了，跟一个迂腐老家伙计较什么，等他走了再来问王传礼也是一样的。杨嘉谟伸手入怀，摩挲着那枚铜钱自我安慰。

看杨嘉谟出去，王传礼十分难堪地叹了口气，对丁大先生无奈道："岳父，请进屋歇息吧！"

丁大先生看了眼王传礼，不悦道："怎么，你对我有怨气？"

王传礼忙拱手："岂敢。"

丁大先生甩了甩袖子，抬腿走进屋去。身后丁夫人母女来到王传礼面前。

"我们先进去看看芷兰和孩子，你岳父就那个臭脾气，莫要往心里去。"丁夫人含笑安慰女婿。

王传礼苦笑着回道："小婿深知岳父一直都看我不上，这些都能理解，只是不想因为我而让杨兄弟受到冷眼罢了。"

院里都是自家人了，丁小姐终于不用顾忌什么，揭开帷帽笑道："姐夫在为那位杨指挥使抱不平，看来你与他交情匪浅了？"

王传礼点点头："是啊！他可是个不可多得的大英雄，大明若多一些杨兄弟那样赤胆忠心的武将，边疆自可稳固。"

丁小姐轻笑："姐夫可莫要在父亲面前说这个了，你知道的，他老人家一向喜文厌武，你与那位杨指挥私交甚笃，且还如此推崇，父亲怎能不生气？"

王传礼闻言也笑了："小妹说得是，岳父本就在文武之道上与我有分歧，今夜又被那些军士无礼冒犯，看到杨兄弟在我这里便难免气恼。"

在门外偷窥院内的杨俊目不转睛地看着丁小姐，他发现丁小姐眉眼五官并无特别惊艳之处，但温婉娴雅与老夫人如出一辙，莞尔一笑正如春风拂面，再加上言语轻柔和满身的书卷气，马上令杨俊心情舒朗起来。

王传礼笑着迎请母女二人进了门，自己反身去收拾院门，虽说岳父不大看得上自己，但岳母和妻妹对他们一家向来亲热，他没什么可怨怪的了。

院门外阴影下杨俊的身影静静站立，听到脚步声响起才抬脚大步离去，王传礼闭户锁门也没有往外查看，自是毫无察觉。

杨俊走出王家庄，杨嘉谟等人正在等他。

"你又进村里做什么去了，让我们好等？"杨嘉臣不满地问道。

杨俊接过马缰咧嘴笑道："做什么让你管？我瞧上这庄子里一位姑娘了，偷偷回去看一眼不行吗？"

杨嘉臣嫌弃地撇撇嘴："你少祸害良家女子吧！"

杨俊翻身上马，不理杨嘉臣的挖苦，转头对杨嘉谟低声道："那个老家伙委实不通情理，要不让兄弟们去绑了来好好吓他一吓替你出气？"

杨嘉谟本就不甚好看的脸色更加阴沉下去，冷冷道："杨启民，你再不改了这等江湖匪气就干脆带上你的人回甘州去，尽早走人我眼不见心不烦。"

说罢，杨嘉谟双腿一夹马腹自顾走开。

见杨俊碰了钉子，惹得杨嘉臣一阵好笑："你刚跑回去该不是就想着绑票吧？还是说，看上了那位丁小姐，想将人家抢回去做压寨夫人？"

杨俊故作颓丧，却龇牙咧嘴笑道："我又不缺女子青睐，只要放出话去，甘州城里的姑娘家都能踏折我的门槛。不过，那丁小姐看着还不错，看那做派倒是适合给你做个弟媳妇。"

"你是说明宇？"杨嘉臣很有一些兴趣，"你看见人姑娘长什么相貌了？"

杨俊捏着下巴回想道："那个老家伙凶神恶煞的，小姐倒是随了老夫人，还别说，我感觉给我当个嫂嫂是真不赖。"

郑三彪听了半晌，插言问道："要不咱们改日再来一趟，不行就让王传礼去说个媒，他们也没什么特别的身家，能把女儿许配明宇还是他们家高攀呢！"

杨俊不禁大笑："玩笑而已，你们还当真了？"

说完，也不管杨嘉臣和郑三彪在身后叫骂，扬鞭打马一阵风似的跑远了。

离开王家庄已是深夜，杨嘉谟总觉得有些心绪不宁，具体说不清楚原因，但总有一种忽略了什么的感觉。三兄弟见他一路沉着脸也不好搭话，整个队伍默默行路，倒比来时那种散漫肃整多了。处置了王家庄外搜刮丁大先生钱财的几个士卒，对其他军士果然形成了震慑，一个个谨小慎微着生怕又被拖出去打军棍。此时，这些军士才算见识到了什么叫与民秋毫无犯，对杨嘉谟这位新来的副指挥使有了忌惮之心。

自然，这些人里头不包括金刀帮的江湖中人，他们只属于杨俊管束，可以随时离开。杨嘉谟现在已经知道，就在他们初来肃州的路上郑三彪曾动过心思，想将杨俊和他的兄弟收入杨嘉谟麾下作为直系亲信来用。而杨俊也说想将这帮人留下来，所以迟迟不发话让他们回去，如果可以杨嘉谟并不反对，以自己目前的职位和与达奇勋的关系，这并不是什么难事。只是，这种事也得看人家个人有什么想法，而他也没有来得及细问。

小刀走在队中，向身旁同行的广毅低声问道："二当家的，你说咱们现在算军士不算？"

广毅边走边笑道："怎么，你想当兵？"

小刀望着杨嘉谟骑在马上的背影，丝毫都不掩饰他的崇拜："我觉得当兵也没什么不好，要是能像杨大哥那样成为人人敬仰的大英雄，我当然乐意了。"

广毅伸手揉了一把小刀的乱发："等你长大了再说，小孩子家知道什么。"

小刀不服气："我都十五了。"

广毅好笑，伸手又要去揉小刀的头发，被小刀机灵地躲避开来。

二人正嬉笑间，突然一阵利箭破空声急速响起，就听杨嘉谟在前方大声疾呼："有埋伏，就近隐蔽！"

广毅拉着小刀扑倒在地，又一滚翻进了道旁干涸的水渠里，才藏好身形。大家也一起扑倒在河沟里，隐蔽起来。杨嘉谟话音刚落，箭雨铺天盖地而至，就在他们身旁，稍微慢了一步的军士，像被镰刀收割的麦子一样一排排倒了下去。

抽刀打掉几支利箭，广毅和小刀一起把两个受了轻伤侥幸活着的军士拖进了沟渠。

"二当家你快看！"小刀惊呼一声。

广毅朝前看去，杨嘉谟四人依然端坐马上抵挡箭矢袭击，一个个舞剑抢刀将利箭或斩断或磕飞，身手敏捷配合默契，足见他们都是武艺精湛之人。

小刀一脸焦灼："我们去帮忙吧！"

广毅按住蠢蠢欲动的小刀，快速观察着周边地形严肃道："别添乱，出去就是送死，我们好像被包围了。"

话音未落，四面八方跳出一群黑衣蒙面之人，粗略估计约有二三百人，比杨嘉谟的军士人数少一些，但看对方出手狠辣刀法娴熟的架势，军士们根本不是对手。

果然，短暂的交锋之后，除了本身武艺强过军士的金刀帮兄弟们，和杨嘉谟等四兄弟，其余军士死伤一大半，而蒙面人伤亡不过数十。

杨嘉谟沉着应战，一剑逼退蒙面人的攻势，扫了眼战场形势大吼着下令："大家边杀边撤，退回王家庄去。"

众人一听立刻会意，此地离王家庄不过几里，以杨嘉谟对那庄子的熟悉他们撤退回去借地势为掩护方能减少伤亡，如果村民愿意，反击这些歹人打退他们也才有可能。

之前的一轮暗箭偷袭下可谓惨烈，队中仅有的四匹战马程度不同地受了伤，杨嘉谟四兄弟也只得步行阻敌，且战且退往村庄方向快速撤去。

蒙面人紧追不舍，听到杨嘉谟的传令也知晓了他的打算，几声呼啸之后分作几队，围追堵截不算，居然还专意分出一队率先奔向王家庄去了，也不知道是去恫吓村民了还是有其他什么诡计。

杨嘉谟看到了那一队人的离开，稍稍一想不禁心生担忧，击退了一个蒙面人，抽空对杨俊等人道："这些人行为蹊跷，他们此去王家庄绝非好事，尤其王大哥家就住在村口，若有危险必定首当其冲。"

杨俊边战边不屑地回道："正好，那老夫子不是很嚣张，看不起咱们武人吗？让他吃点苦头就知道厉害了。"

"胡说！"杨嘉谟与杨俊背向而战，闻言驳斥一句，说完更为担忧道，"那一家人老弱妇孺，王大哥虽豪爽但独木难支，我们得尽快杀出重围回去助他一臂之力。"

杨俊无奈叫屈："大哥，你说得倒轻巧，咱们也是寡不敌众好不好？"

杨嘉臣也在一边奋力抵挡袭杀，抽空叫道："我就奇怪了，这都是些什么人？莫不是遇到剪径的强人了？"

杨俊还有闲心玩笑："若真是剪径的那可算个笑话了，我杨启民是遇到同行了。"

"根据目前的状况，不管是什么人，格杀勿论！"杨嘉谟冷酷道。对方的来路杨嘉谟早有猜测，只是他还没有确凿的证据肯定罢了。敢于伏击官兵的江湖门派不是没有，但能够得知自己一行，且在此地设伏的，就绝不只是江湖中人这么简单，很可能对方早就知道了他的巡查路线，或者是一路尾随而来。要说凑巧，打死杨嘉谟都不信。这里既非险要关隘，更不是商贾必行油水丰厚的道路，盗匪之流怎么会选择在此地设伏？很明显，他们就是有的放矢，是直奔自己而来的无疑。

而一心想要置杨嘉谟于死地的不过就那几个人，屈指可数，侯太监算一个，单泽更有嫌疑。可是，他们真的就罔顾国法军纪，敢于大摇大摆地袭杀军士了？也许是吧！杨嘉谟不想把人心想得太坏，但侯太监如今贵为三边总督，调一支人马来杀自己简直不费吹灰之力，只消他一句话或者一个暗示，排着队讨好的人必然趋之若鹜，而他杨嘉谟一个小小的卫所副指挥，在那些人看来却是不足为惧的。如此一想，答案呼之欲出。杨嘉谟不由冷笑，既然出手了又何必蒙面？是怕自己命大逃脱了复仇，还是害怕他死后化成厉鬼纠缠？当真可笑至极，又可恶至极！

堪堪不到百人的小队，面对百余强敌只剩奋力反抗一条途径，最好的防御就是战斗，除此之外他们无路可选。杨嘉谟十分憋屈，若他的战马还在，若他得意的长枪在手，眼前这百余人未必经得起自己一番冲杀，又何至于被对方逼入绝境？

"欺人太甚！"杨嘉谟低吼一声，剑花挽起逼退了围上来的一众蒙面人，继而再次下令，"不可恋战，撤！"

杨嘉臣手起刀落斩杀了一个敌手，护住战力稍逊一筹的郑三彪大吼："郑大哥你先走。"

郑三彪深知自己身手在众人中不占优势，当下也不迟疑，砍翻了挡道的一名蒙面人后冲向了后方包围比较薄弱的战圈。那里广毅领着数名金刀帮好汉，正在冲杀中渐渐撕裂出一条口子。

血战一路不停，等杨嘉谟带着这支人马退回王家庄村外的大柳树下时，双方各有伤亡，但总体蒙面人还是以人数远超他们而占据着优势地位。交锋良久，杨嘉谟已然看出，对方阵营中甚至有几个身手极好的，论武艺之精湛并不在自己之下，但招数套路却有别于军士，应该来自江湖之中。

会不会是他们？杨嘉谟怀疑这几个人是清音阁暗中潜藏的那些高手，否则没办法解释这帮人中为什么还有军士，还有江湖之人混杂在内。尽管对方全都蒙面而来，但军中人出手他杨嘉谟还是很容易就分辨出来的，而能雇佣江湖高手为打手，再以军士做主力的暗杀行动，一般人还真没那个实力。侯太监一人之力能做到这个地步吗？杨嘉谟微微有些质疑。难道还有一股跟侯太监不相上下，或者要高于那厮的势力也想杀了自己？杨嘉谟不敢深思，仅仅这么粗略估计就已经令他不寒而栗了。肃王府？但愿不是。他与肃王府并没有不死不休的恩怨纠葛呀！除非……

正自胡思乱想间，身后一声尖啸，蒙面人得到指令都停了攻击，迅速撤出厮杀退到了外围，对杨嘉谟等人依然保持着严密的包围。

一个蒙面汉子应该是这群人的头目，只见他手中钢刀一挥，后面数十强人连拖带拽押了很多百姓走上前来，正是王家庄的村民们。内中老弱妇孺不一而足，仔细一看，王家庄他认识的几个年轻人也被绑着在人群里……看他们的衣衫破烂形状，以及头脸等处明显的伤痕，显然是经过一番打斗力有不逮被俘获的。

第三十九章

被迫出关

这些强人离他们不远，就在对面，月色清亮加上火把的照耀，双方面容清晰可见。杨嘉谟打眼看去，他熟悉的那几个汉子都在被俘之列，却独独不见王传礼一家，就连那个顽固的丁大先生也不见踪影。不会已经遭了不测了吧？杨嘉谟完全有理由相信，依照丁大先生那副脾性，惹怒这些人叫他举起屠刀只是几句话的事情。

"禽兽不如的一群畜生，你们想怎么样？"杨嘉谟厉声喝问，因为愤怒他俊美的五官几近扭曲。

头目冷笑两声回道："杨嘉谟，我们不妨谈笔买卖。"

果然，来人就是直奔杨嘉谟的，他能一张嘴就叫出杨嘉谟的名字就是实证。

杨嘉谟怒火填膺但并未失去理智："我知道你们要做什么，放了这些无辜的村民，你我放手一搏就是。"

"就是！"杨嘉臣恼怒地骂道，"有本事就全冲爷爷来，抓一些手无寸铁的老百姓当筹码算什么英雄？"

头目哈哈大笑："我等并不想做英雄，此行只为将你们一网打尽，这个庄子上的人也并非无辜，若不是追踪你们而来，我还不知道杨嘉谟在此地颇有交情。这都是你杨嘉谟连累了他们，死了也怨不到别人头上。"

"放屁！"杨嘉臣怒骂，"藏头露尾连个真实面容都不敢示人，就敢劫持百姓坑杀军士，你们简直枉为大明子民。"

头目冷笑连连："谁告诉你我们是大明子民了？"

说着，此人叽里咕噜说了几句西域话。

"可听出来了？我等来自英雄的草原，可不是和你们一样软弱不堪的明人能比的。"头目嚣张地说道。

小刀出声提醒杨嘉谟："杨大哥，他们在胡说，瓦剌话根本就不是这么说的，他们不是瓦剌人。"

杨嘉臣等一听又要叫骂，杨嘉谟挥手拦住。

看着蒙面的头目，杨嘉谟已然从极度愤怒之中冷静下来，他冷冷地回道："自甘堕落！会说几句外族言语就代表你是外族人，恐怕连自家先人都要气得跳出坟墓来骂一句不当人子了吧？"

那头目一噎，恼羞成怒："杨嘉谟，你死到临头了还敢逞口舌之利，是真要这阖村百姓为你殉葬不成？"

杨嘉谟冷斥："你敢动他们分毫，我保证让你的主子吃不了兜着走，不信尽管试试！"

"你……"头目没想到杨嘉谟这么快识破了他们的计谋，想了想兀自嘴硬道，"我家主子何必在意大明子民的性命，你无需用这样的话来诈我。"

杨嘉谟越来越肯定自己的猜测，灵机一动讥笑道："明人不说暗话，你的背后是哪一个我已经知晓了，今夜除非你们有本事将我和这些百姓尽数屠戮干净无一活口，不然你主子就别想安生，我保证他的所作所为必将为天下人唾弃，从此遗臭万年。"

说完，杨嘉谟瞪视蒙面人又加了一把火继续诈道："你不用质疑，我既然敢这么说就有确凿的证据，我今日副指挥使的官职是怎么来的，想必你们也了解一二，拿那个条件换来的位置我并不放在眼里。"

蒙面人头目闻言似有迟疑，转身与另外二人交头接耳了一番，又回转来对杨嘉谟言道："杨嘉谟我答应你放过大多数的村民，但是……"

他一挥手，指着又押上来的几个人道："这一家人听说与你交情匪浅，我要拿他们的命和你做一桩买卖。"

杨嘉谟一看，这次押上来的正是王传礼一家，包括怀抱婴儿的芷兰在内，一共七口人一个不少。

王传礼和丁大先生被捆绑着塞住嘴巴，秋官站在后面张开双臂护着丁夫人在内的女眷，满脸义愤地紧紧抿着嘴唇。

"说吧，你们要我做什么？"杨嘉谟无奈道。见王传礼一家暂时安然无恙，他微微松了一口气，一边谈判一边心思急转思量解救的办法。

头目呵呵一笑："把你手上所谓的证据交出来，并且自己请辞离开肃州卫，我负责送你出关。如此，这一家人才能活命。"

杨嘉谟极力忍耐，但闻听此言也是按捺不住，怒极反笑地回道："果然好算计！我自请去职，然后逃出关外，你们正好借机安给我一个叛逃的罪名，往后莫说回乡，便是全天下都要唾弃声讨我杨嘉谟投敌叛国人人喊打了。"

"这是你唯一的出路！"头目有恃无恐地笑道，"不然你真忍心这些无辜之人为你丧命？"

见杨嘉谟不吭声，头目身侧另一人威吓道："杨嘉谟，你应该明白，便是屠了这阖村人等对我们来说也并非难事，到那时候你除非战死，否则明日天亮你投敌叛国的罪名照样可以落实。"

杀人诛心，不过如此。

身侧一众人等已是忍无可忍，闻言都纷纷叫骂起来。

杨嘉谟此时反倒坦然了，之前不清楚这些人的目的不好处置，一旦得知他们的算计，应付起来将会少很多顾忌了，尽管目前看似完全陷入绝境，却未必没有转机，当务之急是先得把王家庄的百姓择出来，否则投鼠忌器很多事他施展不开，就难免束手束脚。

阻住众弟兄的吵骂，杨嘉谟淡然一笑，对蒙面头目缓缓道："可以，我答应你了，就按你说的先放了村民再谈。"

蒙面人有些犹豫……

杨嘉谟不失时机又道："你应该明白，若不考虑这些村民，拼死一搏你也不敢保证将我们尽数杀光，只要我们活着出去一人，你的主子将会永无宁日。我和你打个赌，他或许是个不怕麻烦的人，但你却不然吧？"

蒙面头目身侧，另一个蒙面人闻言冷声反驳："杨嘉谟，我奉劝你少要花招，你说的话可能有点道理，但我们为什么要相信？以你眼下的处境根本没有资格提任何条件，只能按照我们说的去做，除非你真的不顾这些村民的性命。"

说罢，这个蒙面人向头目建言："夜长梦多，不宜再生事端了，动手吧！"

头目应该是不能独立做主的，见这人如此一说点点头，也不再和杨嘉谟谈判，一挥手下令道："押了这一家子带走，其他人留一队看守，一个时辰之后撤退。"

蒙面者齐齐应了一声，有人上前拽了王传礼和丁大先生推搡着先行，秋官敢怒不敢言只得在刀剑威逼之下护着家人跟上。

杨嘉谟无奈，眼睁睁看王传礼一家被押解到蒙面人队中成为人质而无能为力。

头目看向杨嘉谟："到你们了，把兵器全都放在地上，排好队一个一个走过来。"

"欺人太甚！"杨嘉臣怒吼一声，紧紧攥着刀柄喝道，"有本事就自己来取，让我们弃械投降，做梦！"

金刀帮一众好汉也是不依，广毅随之怒骂："爷爷宁死不降，有种你就杀光我们！"

郑三彪在众人中算沉稳的了，见此也不禁愤怒，在杨嘉谟身后劝道："明宇，不能一再妥协了，交出兵器我们更被动。"

"是啊哥哥，就像你说的，拼死一战咱们未必没有活路。"杨俊一张俊脸满含冷意。

杨嘉谟低叹一口气："若让他们伤了村民，我便是活着也于心不安，况且……"

抬眼看向蒙面人的阵营，杨嘉谟咬牙恨声道："他们是有备而来，算准了我不会放任百姓不顾，即便真的不管不顾血战一场，你们当真觉得他们没有后手吗？背后那人不简单！"

杨嘉臣反应过来，惊疑问道："你是说，重蹈覆辙？"

"是。"杨嘉谟沉声回道，"庄浪卫御敌，与此时情景何其相似。我便活下来也将被追责，罪名十有八九不会轻。被问责倒是小事，用一村百姓的性命换我一个人活着，往后还有何面目立于世间？"

杨嘉臣气恨非常："我就知道，那个无耻的恶毒小人绝不会这么轻易让咱们翻身，果然在这里挖坑等着你我了。"

郑三彪不敢置信："是他？难怪这些人一眼就认出了明宇，指名道姓地直奔我们而来，看来真的是有恃无恐了。"

"难道咱们就这么束手就擒？"杨俊清冷的口气中很是决绝，"既然注定了是个死局，不如豁出去干一场，多杀几个狗贼我们也不亏！"

听着众兄弟七嘴八舌的言语，杨嘉谟一双俊眉皱了又皱，他在快速计算此中有无胜算的几率。

不论众人如何不服，蒙面人可不会给他们过多的时间来做决定。

头目大声呵斥："杨嘉谟，我的耐性是有限的，现在我数一二三，你们要是还不交出兵器，我就下令屠村了。"

"一！"蒙面头目冷酷地报出第一个数字。

杨嘉谟目光如电倏然看向对面，短促而坚定道："弃械！"

"明宇……"

"杨大哥……"

众人不服叫道，却又无奈地选择了隐忍。杨嘉谟说得对，这是个死局，无论怎么做他们的赢面不大，没必要再搭上一个村庄的无辜村民。

刀剑跌落尘埃，激起一道道灰土，也击打在王家庄村民的心上。

王传仕不顾蒙面人的拳脚，挣扎着高声喊道："杨大哥，杨指挥，你不要管我们，杀了这些狗娘养的就算为我们报仇了。"

"杨指挥，你不能投降啊！他们是骗你的……"又有村民忍不住出声提醒，却被蒙面人一顿拳脚打翻在地。

杨嘉谟急声喊停，扔掉兵器的两手狠狠攥紧："大家听我说，你们都莫要反抗好好活着，我所做的一切就都值得。王兄弟，传仕，带着大家回去。"

王传仕挨了一顿打，佝偻着腰犹自挣扎大喊："杨大哥对不起，是我们连累了你。"

杨嘉谟很有一些心酸，说不感动是假的，而为了这些人他做出多大的牺牲都值了。

"我们走！"杨嘉谟简短下令，赤手空拳带头向蒙面人指定的地方走去。

身后传来王家庄众男女的哭喊声，大约他们也看出了这是一场注定赢不了的死局，而杨嘉谟选择向蒙面人妥协，其实是拿他和这些弟兄们的命换回了大家得以活着的机会。

看着被蒙面人押走的杨嘉谟一行人渐行渐远，王传仕眼里流下滚滚热泪，和着脸上伤口渗出来的血污惨不忍睹。和他一样不忿的村民还有很多，可是面对如狼似虎手提兵刃的蒙面歹人，除了屈服和隐忍他们别无他法。拼死？那也要看你有没有一拼的本事。而杨嘉谟舍命换来的机会，谁又能罔顾这份血色情意？最终，阖村人等也只是含泪默默目送而已。

离开王家庄取道向西，那里是最接近边墙的苦水堡，出了苦水堡再往前就是茫茫风沙地，而隔着这片戈壁百里之外有一座关隘叫做玉门关，偏北方向则是阳关。这两座西塞门户关隘从汉时就归属上邦中华，可惜在大明手上却被蛮夷不断侵袭攻占，前朝到如今都不曾彻底收复，曾经疆域辽阔督率西域三十六国的盛世早已成了传说。

苦水堡外，朔风正劲。才过了中秋，清晨却已经有了厚厚的冰霜，仿佛边墙内外是两个世界。

站在寒意逼人的晨风之中，杨嘉谟只觉得身上的甲胄都格外冰寒，一张口热气化为浓白，形似实质更显冷肃。

看了眼人群中瑟瑟发抖的丁小姐姊妹等人，杨嘉谟对依然蒙面的头目言道："现在可以放了他们了吧？"

走了半夜的路，蒙面头目想是心情不好，冷声道："到该放的时候自然会放，你手上的东西可以交出来了。"

杨嘉谟双手一摊，微微有些无赖地笑道："你看我这是藏了东西在身的样子吗？"

头目生气地眯了眼睛："你的意思是不愿意交出来？"

杨嘉谟摆手，十分配合地解释："当然不是。如果我说根本就不存在什么证据，你肯定不会相信吧？"

见头目眼神冷了下去，杨嘉谟又笑着道："你大可将我的原话传回你主子面前，他相信就够了。"

头目定定瞧了杨嘉谟片刻，最后威胁道："如此那便带上你的人从这里一直往西去，胆敢退回一步……"

手指王传礼一家，头目恶狠狠地又道："他们这几个人就休想活着回去了。"

杨嘉谟配合地点点头，此时倒有了说笑的闲心："往前一步我就是叛出大明永无可赦的罪人了对吧？"

蒙面头目硬邦邦地回他："至少不用死了。"

"也对。好死不如赖活着。"杨嘉谟笑容俊美，盯住蒙面人的眼睛又问，"那么接下来呢？你的主子是不是就要着手将杨府连根拔起了？"

蒙面头目眼神闪了闪："那不是我能过问的事情。"

杨嘉谟还要再说，蒙面头目不耐烦地催促："废话少说，上路吧！"

"慢着！"一声断喝来自王传礼。想是蒙面人觉得胜券在握，不屑于再继续塞着他的嘴巴了。

王传礼急声喊道："杨兄弟不可。你若就这么离开，如何对得起杨家将几百年的清名？你可是杨家金刀令公的后裔啊！"

杨嘉谟看向王传礼低缓道："叛出大明的仅杨嘉谟一人，与杨府何干？与杨氏先祖何干？倒是王大哥你，我担心即便我就此离开，他们也不会信守承诺放了你一家老小，杨某终究还是拖累了你。"

"你真是杨家将子弟？"不待王传礼言语，同样解了绑的丁大先生抢先问道。

杨嘉谟拱手一礼："有劳先生问及，晚辈沦落至此实在愧对杨氏先祖之威名。"

丁大先生摇头一叹："便是金刀令公临世又能如何？匹夫之勇罢了。世易时移，当今天下唯有文治方才可以存续，穷兵黩武只会越发滋乱。可惜无人有此见识，朝堂之上尽是误国误民的莽夫庸碌之辈。"

对这位老学究杨嘉谟算是彻底无语了，因为觉得他是被自己牵连而生起的愧疚霎时烟消云散，也不打算再回复什么了。

蒙面头目早就不耐烦了，沉声喝令："杨嘉谟，你要是再故意拖延，休怪我们不客气了！"

杨嘉谟闻言笑了笑，抬腿往前走去，一边走一边高声吟诵："'劝君更尽一杯酒，西出阳关无故人。'诸位兄弟，咱们走！"

"哈哈哈！说得好！"郑三彪豪爽大笑，跟上杨嘉谟的脚步亦大声附和，"'黄沙百战穿金甲，不破楼兰终不还。'咱们兄弟去会一会关外蛮夷去。"

杨嘉臣和杨俊对视一眼，二人都沉着脸默默跟上，身后金刀帮一众人鱼贯前行追随而去。卫所带出来的一干军士早被留在了王家庄那边，他们本属军中与杨嘉谟也没有什么深入的交集，不必一同驱逐。

风沙弥漫中，一队人很快消失在众人的视线里，再也看不见身影了。

蒙面头目身侧，还是那个比较有话语权的蒙面人不放心地盯着前方道："他真走了？总感觉有些不对劲。"

头目满不在乎："不走就是死路一条，他还有更好的选择吗？"

蒙面人摇头："真搞不懂上面那些人的想法，与其如此大费周章，干脆杀了岂不省事！"

头目低笑几声，言语之中十足讥讽道："杀人还不容易？但诛心才更有趣。难怪你们主子要请我等出手，就像那个老家伙说的，匹夫之勇难成大事。"

蒙面人恼了："你们又能强到哪里去？要真有本事何需费这般事，昨夜就全歼杨嘉谟了。"

头目呵呵而笑，眼神移向王传礼一家道："这就生气了？主子们行事自有他们的道理，你我只消遵令而行就是，有这闲工夫不如想一想那几个人怎么处置好了。"

"杀了便罢，偏还这样多事！"蒙面人说得就像捏死一只蚂蚁般不屑一顾。

头目一双利眼打量着王传礼一家，低声提醒道："那老家伙颇有些来头，暂时还是不动为妙，要让他识破你我身份那可真是会麻烦不断的。"

蒙面人不服气地嘀咕："不过是甘州城里一个穷教书匠，值当怕成这样？"

头目收回目光："你可别小瞧这个教书匠，他是甘泉书院的山长，门下学子中出过几位进士，巡抚郑大人更是他的座上宾，你我惹不起。"

"甘泉书院？哼！我迟早铲平了它！"蒙面人十分狂妄。

头目见此也不再多说，招手叫过一个手下来附耳嘱咐一番，那手下频频点头，表示领会了才大步向王传礼等人走过去。

"你们几个，自己想办法回去吧！"同样蒙着面的手下对王传礼冷冷说道。

王传礼用袖子遮挡风沙，诧异地问道："自己回去？我们走了一夜早已经走不动了，妇孺老幼如何回得去？"

"我管你怎么回呢？"蒙面手下没好气地威吓，"不走就都统统杀掉，别怪我没提醒你。"

王传礼气得欲辩无言，看了看身后惊吓、疲惫、寒冷等等情绪交织正自瑟缩的家人，再看看前方风沙弥漫中早已不见了任何身影的昏黄天空，他颓然叹口气接过芷兰怀里的孩子，红了眼圈道："咱们回家。"

丁大先生不知想到了什么也跟着叹口气："汀兰，扶了你娘回吧！"

汀兰发丝散乱，没有帷帽遮挡，她的容颜一览无余，温婉端方处变不惊的沉静样子，令自来挑剔的丁大先生颇为赞赏和骄傲。反观大女儿芷兰惊慌无措的失态，丁大先生便连看向王传礼的眼神都带着很大的不满，再一次后悔自己当日决意把女儿嫁给这么一个不上进的女婿了。好好的文人清流，不思考取功名竟然整天蛊惑什么武能安邦的歪理邪说，简直有辱斯文！

"不当人子！"丁大先生嘀咕一声，抬起疲累的双腿率先离开，一手按着袍子前襟，一手习惯性地背在身后，仿佛行走在甘州府甘泉书院的林荫道上般安然自在。

王传礼忙着照顾妻儿，自是没看到岳父对他又一次的嫌弃，一旁的汀兰却看得分明，她素知父亲对姐夫恨铁不成钢，快速扫了眼姐姐一家看他们并没有察觉不禁偷偷松了一口气。没来由的，汀兰回头深深看了眼杨嘉谟等人离去的方向，秀眉不自觉地蹙了蹙，然后搀扶母亲往前而去。

蒙面头目远远看着王传礼一家离开，挥手下令："留一队人在此地守着，以防杨嘉谟偷偷跑回来，其他人跟我回去复命。"

一众蒙面者行动迅速，很快分成两队遵照执行。

"我们还要继续蒙面吗？"一个蒙面人不确定地问道。

头目想了想，自己率先揭去布巾，露出一张似笑非笑的脸来："从此刻起我们都是奉命缉捕叛逆杨嘉谟的官军，杨嘉谟但凡敢踏入边墙一步格杀勿论，取得首级者赏银百两官升二级。"

"遵令！"众蒙面者纷纷揭掉面巾，一个个流露出对这份奖赏的极大兴趣来。

头目身后那人也取下面巾，过分阴柔的面孔与那双阴鸷的眼睛让人一看就知道是个阉宦无疑。

"常副将，你确定杨嘉谟不敢回来了？"阉宦阴沉沉地问。

头目原来姓常，还是一名副将。

他含笑卖着关子："苏公公，你若是杨嘉谟还会回来吗？"

苏宦官怔了怔没好气道："行了，我知道什么意思了，这就回去复命吧！"

常副将右臂前伸，心情甚好地让行："苏公公请。"

苏宦官傲然挺胸先行走开，随行而来的同伴有十多人脚步慌忙跟了上去。

"收队，回城。"常副将微笑着下令，盯着苏宦官离去的眼神里却满含讽刺。

第四十章
程氏兄妹

苦水堡外皆为沙漠，西北去原沙州卫现被亦力把里侵占，而偏东北方向嘉峪关外则是瓦剌的地盘，亦力把里与瓦剌这些年也在为争夺土地而冲突不断，最终亦力把里占领了哈密卫为国都，瓦剌只能一面对其用兵，一面又将目光对准了大明，试图突破明边境侵占更为富庶的河西诸地。

站在一座沙丘上，顶着劲风眺望西北，杨嘉谟脑海中浮现的是一张大明西北疆域图。瓦剌和亦力把里像两只獠牙外露的恶狼，各自盯着大明虎视眈眈，而北方更为强悍的鞑靼从来就没有停止过对中原的觊觎之心和明目张胆的侵犯，大明沿边境筑起的长城在这些虎狼一般的强敌面前，就显得颇有些不中用了。

"明宇，我们现在怎么办？"杨嘉臣仰头问道。

杨嘉谟收回目光，从沙丘上跳下来淡然一笑："先找东西吃，吃饱了再说。"

众人都有些愕然，他们原以为杨嘉谟至少会感慨一番，或者用什么方式发泄才是，却不想他不但沉得住气，竟还这般像个无事人似的悠然自得。

"愣着做什么？还不赶紧找吃的，你们都不饿吗？"杨嘉谟含笑催促，的确是难得开怀的好心情，让众人更加摸不着头脑。

在场人等除这结义四兄弟外尽皆都是金刀帮兄弟，杨俊挥手令他们各自分散开去找吃的，自己却留下来看着杨嘉谟抿唇而笑，一脸看透了对方的得意。

"以退为进对吧？"杨俊好看的丹凤眼微微眯起来，笑着问杨嘉谟，"那你想好接下来从哪里入手了吗？"

杨嘉谟故意卖关子道："我什么都不知道，只知又饿又渴，吃饱了才有力气想事情。"

杨俊不满意这样的回答，撇嘴道："又是这样。什么时候了还打哑谜，难道连兄弟们也不相信了？"

"那你觉得该怎么办才好？"杨嘉谟坐在沙丘的背风处，望着杨俊含笑问。

杨俊来了兴致，挨过去坐在杨嘉谟身侧道："若我行事，今夜摸黑返回卫所，打他们一个措手不及，最好是擒了达奇勋那厮当众审他。"

杨嘉谟笑笑："为什么要擒达奇勋？"

杨俊盯着杨嘉谟的脸探究道："你怎么这副表情？莫非是我猜错了，那些蒙面人不是达奇勋的人就是侯太监的人吧？"

"自然不全是。"杨嘉谟眼神冰冷下来，嘴角的笑也带了三分冷酷，"达奇勋顶多算个知情人。"

杨俊想了想，点头道："既如此，那就更该擒了他审一审，也好让我们知道背后到底是什么人一直想置你于死地。"

说罢，杨俊恨恨地又道："我总觉得不止是侯太监在为难，他升任三边总督时日尚短，当没有那么多的精力来筹谋这一切。"

"你说得不错。"杨嘉谟赞同，又补充了一条，"况且，在侯太监眼里恐怕金银要比任何东西都更能引起他的兴趣，达奇勋进城就是去参与分赃的。"

杨俊恍然大悟："我明白了。侯太监来了肃州，而且参与芙蓉香制售不单单是那阉狗，还有更大的势力，而遣人设伏想要杀了咱们的就是那人的人手了。难怪交手的时候总觉得有些似曾相识，原来竟是他们。"

杨嘉谟敛容道："我现在才理解你为何总跟肃王府做对了，他们不顾社稷安危和百姓的死活，一心只知敛财与那些乱臣贼子又有何异？是在官逼民反啊！"

杨俊像是得到了褒奖般高兴起来："终于有人明白我的苦衷了，我看肃王府不顺眼已经很久了，怎么样，咱们这回干他一票？"

杨嘉谟已知杨俊是个惹是生非的性子，正要顺势教导两句却见杨嘉臣带着众人回来了，只好打住话头。

"明宇你快看，我们抓到了什么？"杨嘉臣兴奋地大喊，亮出藏在后面的人来。

广毅和郑三彪哈哈笑着，二人共同牵制着一只体格壮硕的黄羊。

杨嘉谟起身迎上，不可思议道："这样荒瘠的地方竟有黄羊？难为你们赤手空拳还能抓住它，这东西跑起来的速度可不慢。"

广毅笑着回道："杨大哥也太高估它了，你不知道我们可是没费多少力气就将它擒住了呢！"

郑三彪把牵制着的黄羊的一只羊角交给小刀，对杨嘉谟愉悦道："不管怎样咱们是不用饿肚子了，赶快分派了人手拾掇起来，今天可就葩吃到烤全羊了。"

一听烤全羊，众人几乎都要流下口水来。

杨嘉谟笑着点头："不错不错，那就动起来吧！"

众人闻言自发分头行动，杀羊的杀羊，拾柴的拾柴，全然忘记了身处此地的凄苦，欢笑声中大有乐在其中的洒脱。

一番烟熏火燎之后烤全羊熟了，焦黄的外皮赏心悦目，虽然调味品欠缺，但丝毫挡不住肉香四溢。广毅和杨嘉臣主持分食，众人大快朵颐，吃完了整只烤羊还觉得意犹未尽。

"要是再有一只就好了！"小刀用手背抹着油乎乎的嘴巴说道，惹得一众人都笑了起来。

杨俊笑着轻斥："看你那点出息！好像爷没让你吃过一顿肉似的。"

小刀咧嘴嘿嘿笑："那不是感觉不一样嘛！"

"就是就是，要再有一坛甘州老烧就更好了！"广毅舔着嘴唇接道。

杨俊故作气恼地笑骂："以前喝了爷那么多好酒没记住，倒心心念念着甘州老烧，等回了甘州府城我干脆把那烧酒坊盘下来，你们都酿酒去算了。"

"那也不错。"杨嘉谟笑着点头，"这还算个正经营生。"

杨俊略有不服道："这话说的。在哥哥眼里恐怕除了当兵就没有正经行当了吧？"

杨嘉谟果然一副当然如此的表情："这有什么不对吗？"

杨俊颔首无语，众人又是一阵好笑，倒也算是苦中作乐了。

正自嬉笑之际，远远的一阵吆喝声伴随着马鸣萧萧正朝这边奔来。

杨嘉谟一见倏然警惕，看着前方短促下令道："散开，不要聚在一处。"

杨俊敛容皱眉："他们想干什么，追杀？"

"不一定，"杨嘉谟谨慎道，"或许是蛮夷。"

杨嘉臣顺手捡了一根烤羊时剩下的枯树干，掂了掂踌躇道："怕什么，等会儿还不一定谁杀谁呢！"

广毅随之附和："就是。正愁吃饱了没事干，杀一个不赔本，杀两个还倒赚一个，窝囊气都他娘的受够了。"

他所说的窝囊气自然是指被蒙面人胁迫着弃械投降，然后勒令出关之事。

其他人一听俱都义愤不堪，个个摩拳擦掌做好了应敌的准备。

只有郑三彪神色慎重道："不到万不得已还是以保全性命为上，毕竟留得青山在不愁没柴烧。"

杨嘉谟直直盯着越来越近的人马，沉声吩咐："郑大哥说得没错，到时候看我眼色行事。"

众人不再言语，下意识里已经习惯了杨嘉谟的指挥。

片刻间一队人马挟卷风沙奔拥而至，人数不多但声势却不小。

正值午时，一天里戈壁上风沙最温驯的时刻，饶是如此，对方裹挟来的尘沙也浩浩荡荡几乎遮蔽了一方天色。

杨嘉谟等人用手遮挡头脸，等风沙减弱已是灰头土脸形容狼狈了。

对方全都骑马而来，显然知晓这一带的地貌所以做了充足的防护，一个个用特制的布巾包裹着头脸，只露出眼睛来，且目光不善地审视着杨嘉谟等人。

杨嘉谟扇落眼前的沙尘，也打量着对方，见他们穿着打扮不是蛮夷服饰心中略有些放松，但还是戒备着没有主动开口询问。

对面马队之中，一个男子操着当地方言向打头的汇报："就是他们，我看得清清楚楚，你看……"

说着手指地上余烟袅袅的灰烬和散落的骨头又道："我们的猎物都进了他们的肚子。"

看来也不是昨夜交手的蒙面人，杨嘉谟心头更为放松。

杨俊见状不禁嘀咕："这两天怎么了，怎么到哪里都遇上蒙面人，真是流年不利。"

杨嘉谟听到这样的话，想到和杨俊初见，这家伙也是蒙面劫持肃王粮队的样子，忍不住嘴角微翘，觉得好笑。

对面之人，那个位于中间打头的眼神锐利，一下子捕捉到了杨嘉谟的表情，冷哼一声道："吃了我的羊还敢挑衅，不用废话，都杀了！"

话音才落，马背上的人纷纷抽刀在手，一阵利刃出鞘的声音听得人牙根酸痒。

"且慢！"杨嘉谟挥手叫停。看着对面刚刚冷漠下令的人拱手问道："不知尊驾是谁，为何刚一照面就喊打喊杀，这中间是不是有什么误会？"

对面之人有一双大眼睛，看向杨嘉谟的眼神冷漠而不屑："误会？你们吃了我的猎物还想狡赖不认？"

杨嘉谟低头扫了眼地上的狼藉，恍然问道："尊驾是说，刚刚那只黄羊是你的？"

对面之人英挺的眉眼间杀气满满："不然呢？你以为这寸草不生的荒野里会养出那般肥美的黄羊来？"

杨嘉谟登时无言，原来他就疑惑那只黄羊捕来得太容易，听对方所言才意识到，这应该是人家专意饲养了用来打猎消遣的，却不想误打误撞进了他们的肚子，这就难怪人家生气了。可是，这种地方有谁会来打猎？

"如此说来，还真是一场误会。"杨嘉谟不得不硬着头皮解释，希望能化解这份无意间惹来的麻烦，"在下等真不知道那只黄羊是尊驾所有，倘若知晓它有主人，我们就是饿死了，也绝不敢随意捕杀。"

对面之人居高临下瞪视着杨嘉谟，语气之中微微减了怒意，声调也变得不一样了："这么说，你们真不知道是我的猎物？"

杨嘉谟忙笑着回复："那是自然。大丈夫有所为有所不为，偷鸡摸狗的行径我等不屑为之。"

对方眉眼间的戾气又减了两分下去，打量着杨嘉谟又问："听你等口音也是我大明之人，为何在此地耽搁？"

"这个……"杨嘉谟无奈笑道，"还真是说来话长了。尊驾能允许在下保留一点秘密吗？"

对面之人大眼睛一眨不眨盯着杨嘉谟，审视了一番才幽幽道："我想你应该去一个地方，到了那里什么秘密都不再是秘密了。"

说着一拨马头转身就走，喝令手下道："把他们都带回去。"

"是。"手下一人应了，目光不善地看过来呵斥，"你等跟我们回去，胆敢反抗就地格杀。"

杨嘉臣气恼反驳："凭什么？"

那人冷笑："就凭我们手中的刀。不想死的乖乖跟我们走。"

"带走！"那人接着喝令。

马队闻声而动，迅速形成包围圈，将杨嘉谟等人围了起来。

杨嘉臣还要再说什么，杨嘉谟挥手阻住。

"跟他们走。"杨嘉谟淡然说道。

杨俊挑眉一笑，大声应了："是。"

紧接着又凑近杨嘉谟的耳边，低声笑道："哥哥今年是交了桃花运了，这又是一个女的。"

杨嘉谟微一愣怔，难怪刚刚就觉得对方说话声音有些奇怪，还以为是隔着面罩的缘故，却原来竟是个女子。瞪了眼杨俊提醒他不可胡言，杨嘉谟率先走了过去。

"明宇……"杨嘉臣急声阻止，却被杨俊捏着手臂狠狠一掐，止住了他的言语。

不理杨嘉臣的错愕，杨俊跟上杨嘉谟走上前去，顺着马队之人刀指的方向离开。

郑三彪拍了拍杨嘉臣的肩头，给他一个稍安勿躁的眼神，也跟了上去。虽然和杨嘉臣存有同样的疑惑，但他相信杨嘉谟是智珠在握的。

杨嘉谟一行在马队的押解下无奈而去，除了嘴角始终带笑的杨俊和坦然面对的杨嘉谟，其余众人都是满腹憋屈，连续两天被人挟持的窝囊让他们觉得十分屈辱。

绕过一片浅浅的碛漠，马队拐向偏北向东继续前行。

杨嘉谟不禁眉头微动，这个方向颇有些出乎意料，他原以为这群人要么直接往东入大明边墙，要么西去直奔嘉峪关的。虽然对方也是大明口音，但与他们相遇的地方实在充满了不确定，谁知道到底是什么人呢？有可能是出边墙的大明之人，也有可能是早就投靠了亦力把里的原嘉峪关大明籍汉民，究竟是哪种情况，谁都不好说。

不过，偏北往东？杨嘉谟微一思索便得出结论，这个方向去有高台守御千户所。再看一眼这些人的坐骑，马屁股上明显有着军马的持殊印记，杨嘉谟便隐隐生出一股希冀来，但愿这帮人是友非敌，到时候或许可以试试看能否借势那就事半功倍了。即便不能借他人之力，只要对方不过分为难，别动不动就动刀动枪喊打喊杀，他自信吃了他们一只羊的误会是解释得清的。大不了就赔人家羊钱，总之不宜撕破脸就是，要是这样那就太好了，正好为自己迂回入境的计划增添了助力。

两个时辰之后，马队停了下来，驻足在一座高高的堡寨外面。有值守的军卫大声喝问来者，马队中自有人上前回复，对答之中却原来是自己人，堡寨的大门很快从内打开来，迎接这一队人马进入。

杨嘉谟与杨俊对视一眼，各自露出会心的微笑。

高台守御千户所在肃州卫东，离甘州府城可以说是越来越近了。这里的守军，主要守御瓦剌的滋扰和入侵，处于甘肃镇前沿，有着举足轻重的地位，军备力量亦不可小觑。杨嘉谟虽来到肃州卫时日不长，但作为一条战线的主力，他早就听说过高台守御所有位能征善战的千户叫做程槐。这支队伍将他们带到了这里，还真是歪打正着帮了杨嘉谟他们一个大忙。尽管杨嘉谟与程槐没有交集，也还不清楚这人的品行和立场，但就这般顺利地进入边墙之内，至少省下了杨嘉谟等人很大的精力，他们不必为了如何神不知鬼不觉混进境内去而费神多动脑筋了。

继续往前走，入目可见熟悉的演武操练场景，看得人一阵亲切。

有小兵迎上来牵马，打头那人翻身下马将骏马交给兵卒，转头看了眼身后吩咐："把他们带下去。"

马队中跟随的其余人纷纷交了战马卸下面巾，少数几个追随打头的而去，剩下的前来敦促杨嘉谟等人往后面走。

杨嘉臣脚下加了几步，靠近杨嘉谟低声问道："我们到了明军的卫所，这算好事还是坏事？"

杨嘉谟摇头："不知道，见机行事吧！"

军士看见了大声呵斥："不许交头接耳！"

到了军中杨嘉臣胆气很足，瞪眼发威道："爷在军中浴血奋战的时候，你等碎崽子还穿开裆裤撒尿和泥巴玩呢，竟敢这般嚣张！"

兵卒闻言自是不依，赶上前一脚踹向杨嘉臣，骂骂咧咧道："到这儿了还嘴硬……"

杨嘉臣的身手岂是一个小兵可以相提并论的，他随手一捞便抓住了小兵的脚腕，再一推一掀，小兵就被摔了个四仰八叉。

这一切发生得太快，杨嘉谟都来不及阻拦。眼看一群军士抽刀握枪围了上来，杨嘉谟只得将兄长拽到身后，自己挺身在前。

"胆肥了呀你们！给我上！"军士呵斥着就动了手。

杨嘉谟想要解释几句都没有机会，只能空手迎战。

身后众人也是不甘示弱，虽然没有兵器但胜在有闯荡江湖练出的好武艺傍身，三拳两脚便将十数个军士打得跌翻在地嗷嗷呻吟了。

军士一看这还了得，发一声喊，大批兵卒蜂拥而来，个个杀气腾腾不罢休的架势。

杨俊见状对杨嘉臣抱怨道："你可真是成事不足败事有余啊！"

杨嘉臣不服，更不清楚之前杨嘉谟和杨俊之间的盘算，气冲冲地回道："怎么又说我？这般鸟气简直受够了！"

杨俊懒得再说，一脚踢翻围攻他的两个兵卒，靠近杨嘉谟边战边道："赶快想个办法平息干戈吧，此事不宜闹大，小心打草惊蛇。"

杨嘉谟何尝不明白这个道理，但这些军士不问缘由只顾猛冲猛打，让他连个解释和分辩的机会都没有，偏偏自己这边大家本就憋屈着，大有借机撒气的意味在，这就好比是针尖对麦芒，谁也不肯稍有让步，却又如何止息干戈呢？

双方厮斗正酣，杨嘉谟也是有苦难言，随着事态的不断激化，只能先以自保为重了。至于那个计划，恐怕得要从长计议了。

正在烦恼之际，忽然一阵清脆的鸣金之声响起，军士愣了愣顿时收手后撤，在距离杨嘉谟等人五步之外快速整队。在场除了金刀帮的江湖人士外就杨嘉谟兄弟二人是军中人，擂鼓前进、鸣金收兵的号令自是无有不知，杨嘉谟也收起攻势，吩咐杨俊约束了他的兄弟。

一高一矮两名武将联袂而来，都只穿着战甲没有戴头盔，二人看上去面容还有几分相像。

"怎么回事？"高个儿头的武将开口问道。此人不到三十岁的模样，长得十分英武健壮，声音洪亮、中气充沛。

军士抱拳回道："禀大人，这些人不服约束挑衅滋事，已经打伤了我们数十弟兄。"

"哦？"武将不怒自威，眼神凌厉地看过来，打量着杨嘉谟等人问道，"他们是什么人，为何会在营里？擅闯军营者乃是死罪！"

军士为难着偷偷看了眼矮个儿的武将，接触到对方剜来的一眼，欲言又止，赶忙低下头去。

"是我带他们来的。"矮个儿的武将淡淡回道。正是之前马队里那个打头的，卸去面巾身着戎装的的确确是个女儿身。

见对面矮个儿武将果然是个女子且长相不俗，杨嘉谟不禁略有错愕。在苦水堡外的荒漠中初遇之时，若不是杨俊提醒他还看不出对方的雌雄。脑海里倏然浮现出甘州肃王府别院与青崖郡主的见面情景来，下意识地便将这女将和青崖做了个对比，心下苦笑：怎么总有比男儿还要英气的女子呢？

"胡闹！"武将低斥一句，眉眼间微愠道，"来历不明的人怎么都敢随便往营里带？"

女将扬了扬下巴："他们吃了我的黄羊，还是在柳条湖。"

"柳条湖？"武将凝重起来，看向杨嘉谟等人的表情便更多了几分戾色。

女将睐了眼杨嘉谟，手指一点缓缓道："你，出来答话。"

说罢，又对武将介绍："这人是他们中的主事者。"

"二妹，"武将眼睛盯着杨嘉谟，却对女将言道，"你累了一天了去歇着吧，这里交给我就是。"

女将撇嘴，总算多了一点女子的娇态，转身边走边叮嘱："身份不明就杀了吧，若身家清白就先别杀，留着我有用。"

"行，我知道了。"武将挥手应了。

二人言语间像是在商谈杀鸡宰羊般的轻巧，听得杨嘉谟又是好笑又是气恼，更别提杨嘉臣等人的不忿了。

武将面色不豫地盯着杨嘉谟问道："你们是什么人，因何会在柳条湖出没？"

杨嘉臣不禁嘀咕："明明是一方沙漠寸草不生，也敢叫什么湖？"

杨嘉谟用眼神制止了兄长，上前一拱手，笑容淡淡地反问："敢问大人可是此地千户程槐程将军？"

"咦？你认得本将？"显然这人正是高台守御千户程槐无疑了。

杨嘉谟笑容放大了一些，客气道："程将军威名在下可是久仰了，只可惜一直没有机会亲自来拜望，今日算是误打误撞的缘分呀！"

程槐听得云里雾里，却更为质疑地审视着杨嘉谟："少拍马屁！本将不吃这一套。你到底是谁如实招来？"

在没有搞清楚程槐的立场之前，杨嘉谟并不打算说出自己的身份。谨慎起见，他只是笑道："我等只是被人洗劫一空驱逐到荒漠中的商旅罢了，幸得与程将军麾下官兵相遇才来的这里，无名之辈而已。"

"商旅？"程槐一指正搬抬而去的伤兵，恼怒道，"若是正经商旅岂会与官军为敌还出手伤人？我看你们不是蛮夷的奸细，就是江湖上那些杀人放火的流匪响马，一个个长得五大三粗还敢说遭人洗劫？你们洗劫别人还差不多。"

杨嘉谟灵机一动，苦笑着回道："将军真是好眼力，果然什么都瞒不过你的眼睛。实不相瞒，我们是金刀帮的兄弟，因为与仇家火拼战败之后无奈出关逃难去的，不想却被适才那位女将军又俘虏而来。"

程槐闻言怔了怔，突地哈哈大笑起来，笑罢指着杨嘉谟道："瞧你们这副熊样儿！还金刀帮？堂堂七尺男儿自当宁死不屈，打不死拼命还击就是，居然没出息地逃跑，真是丢人丢到关外去了！"

"我们……"听程槐如此嘲讽金刀帮，杨俊脸上挂不住了，上前就要争辩，被杨嘉谟不动声色瞪了一眼阻住。

程槐笑够了，再看杨嘉谟等人的眼神便少了很多如临大敌的戒备，缓缓走近笑道："你说说你们，没事搞什么帮派？岂不闻'男儿何不带吴钩，收取关山五十州'，所谓仇家嘛……"

说着，程槐手臂一指夕阳下的长城边墙，敛容严肃道："我们最大的仇敌就是关外那些亡我之心不死的蛮夷，有力气窝里横就给我守边墙去，把蛮夷抢占去的大块疆土给我夺回来，把西域三十六国打到他们叫爷爷，那才算英雄。别把刀刃对着自己人。"

杨嘉谟听得动容，程槐这话真是说到他的心里去了。眼角看杨俊等人俱都若有所思的样子，他尤为欢欣。也曾想过收编了金刀帮入伍，但并没有征求过他们的个人意见贸然提出来怕杨俊这个帮主为难，二来也顾虑着这些江湖出身的人受不得军纪严苛给自己惹事，所以一直都没应允。倒是眼前这样的境遇下，程槐一番慷慨之语直击要害，杨嘉谟不信金刀帮这群人没有感触。这就叫做"他山之石可以攻玉"。

连骂带训一顿贬损，看着脸现赧然的金刀帮兄弟们，杨嘉谟心情大好，笑着对程槐拱手表态："程将军一席话令我等茅塞顿开，往后一定遵从将军之言，把心思用在一致对外上。"

程槐没好气道："别光说不练。我最是知道你们这些所谓的江湖侠客，多的是目光短浅自命清高之流，有那多余的力气也从不用在正事上，有本事疆场上杀敌去让我们也见识见识。"

"是是是。"杨嘉谟乐得递刀给程槐，借他的嘴来教导金刀帮的人。余光所见，那些人已经浑身不自在了，或许以前也有人说过相同的道理，但却没有像此刻这样被一个正经的武将当孙子似的狠狠骂过，经过最初的不忿，他们是真的有所触动了，这就够了。

程槐不是笨人，骂完了人一转头看到杨嘉谟眼睛里的愉悦，他怔愣片刻眯眼打量着杨嘉谟问道："你不是这个帮派的人吧？"

这回轮到杨嘉谟怔愣了。他很快反应过来，笑道："程将军这眼力还真是毒辣，在下确实并非金刀帮之人，不过与他们的帮主乃结义兄弟。"

说着，杨嘉谟向杨俊递去眼色："启民，快来参见程将军。"

杨俊会意，上前对程槐抱拳一礼："将军见笑了，在下金刀帮帮主杨启民受教了。"

程槐摆手，不屑道："别跟我整你们江湖的那一套。我问你，若是让你等解散帮派来军中杀敌，是愿意还是不愿意？"

有触动不代表立刻答应，这般直接还真是出乎杨俊的意料，不禁迟疑道："这个，在下还得跟弟兄们商议一番才能答复将军……"

"哼！"程槐冷了脸色，"我早知道是这个结果了。江湖侠客不过尔尔！"

杨俊登时气恼，强忍着没有回怼，但脸色也不大好看了。江湖中人怎么了？帮派里可比许多军中干净多了，最起码没有因为饥寒交迫逃跑的人。他自认劫富济贫行侠仗义，做的都是打抱不平替弱者出头的事情。

杨嘉谟察言观色，生怕这二人再话不投机闹僵了不好收场，忙对程槐拱手道："程将军威震一方，启民贤弟也是义薄云天，二位都是有襟抱的英豪，不妨坐下来慢慢商议，无需为此生怨，伤了和气反为不美。"

程槐好笑地看着杨嘉谟："看不出来你这人还能说会道。不过嘛……"

他顿了顿，扫视着金刀帮人等又道："我这军中可不是想来就来、想走就走的地方，你们要想站着出去那也得看我愿意不愿意了。"

"将军想让我等做什么？"杨嘉谟闻音知雅意。

程槐眯眼笑道："急什么？到时候你们就知道了。"

杨俊却没了耐心，略带火气道："不是我们想来，是那位女将带我们来的，程将军这样强人所难恐怕有失风度了吧！"

"哟！还要起小性子来了？我这个人就喜欢刚烈的。"程槐调侃地看了眼杨俊，挥手吩咐军士，"来呀！把这些人都好好安置了。"

军士应声，呼啦啦调整队形重新围住了杨嘉谟等人。

程槐戏谑着嘱咐："你们可得注点意了，这些个大侠们飞檐走壁身怀绝技，非强弓劲弩不可使其留步哪！"

将士们又是齐声呼应，眼神也同时变得不善起来。

杨嘉谟等人面面相觑，强弓劲弩的看守之下，他们不想留也不行了，无奈只得再次憋屈忍下，顺军士指的道往大营后面行去。好在从程槐的态度来看，他们暂时还没有性命之忧，也便没有必要拼死夺路。

程槐目送军士押了一干人走远，拍拍手笑道："好了，回去看看二妹今天都猎到什么野味了。"

身旁随侍的亲兵殷勤笑禀："柳条湖那边能有什么活物，还不都是大人您提前安排了小的们去放的那几只羊和鹿吗！"

程槐拍了一把亲兵的头，瞪眼叮嘱："小点声，要是让二妹听见看不扒了你的皮！"

亲兵揉着脑袋嘻嘻笑："是。大人对小姐真是太好了，小姐便是想要天上的月亮，您恐怕也要想办法给摘了来的。"

程槐笑着叹了口气："那有什么办法，我统共就只有这一个亲人了，当兄长的不疼亲妹子还能指望谁呢？"

亲兵连连点头："大人说得极是，英小姐与您兄妹情深，那是小的们羡慕不来的。"

"毕竟血浓于水嘛！"程槐心情颇好地大笑。

第四十一章
人为刀俎

　　清音阁厢房内陈设依旧富丽奢华，烛火摇曳，琴音叮咚，桌上酒菜丰盛，座中美人相陪，说不尽的惬意闲适。

　　达奇勋顶着一双熊猫眼呵欠连连道："熬了一天一夜了，哪有胃口喝酒呀，不如回去好好睡一觉。"

　　"你们年轻人到底差点火候，战场上几日夜厮杀对峙却要怎么熬得住呢？"侯太监笑言，浮肿的眼泡让他看起来更为脸大。

　　詹德贤鼻翼翕动，眉目间颇为不屑："达指挥本可以不用亲自来这一趟，我们理清楚了账目给你送一份过去，其实也一样。"

　　达奇勋不在意詹德贤的态度，好脾气地笑了笑："总归多一个人就多一份力，哪有坐等分润的道理。"

　　"你也没帮到什么。"詹德贤傲慢而嫌弃，根本不考虑别人的面子。

　　侯太监赶忙端了酒杯岔开话题："不管怎么说，这趟对账算是顺利结束了，值得喝一大杯。来来来，咱家敬二位一杯。"

　　达奇勋瞥了眼詹德贤，举杯与侯太监轻轻一碰，笑道："不敢当，卑职敬督公。"

　　见詹德贤倨傲地端着架子不肯碰杯，达奇勋长臂一伸主动碰了碰他的酒杯，依然好脾气地笑着奉承："我敬詹管事，辛苦辛苦。"

　　说罢，达奇勋率先喝干了杯中酒，咂嘴笑道："还是甘州老烧好！解乏！"

　　侯太监不愿冷了场子，笑眯眯地应道："甘州人厉害，能够酿出这么好的酒来。咱家知道达指挥好这一口，特意让人从甘州运过来的，等你回去的时候可以带上几坛，正好送到令尊处请他也尝一尝。"

　　达奇勋于座中拱手称谢，欣然接受了："恭敬不如从命，那便让督公破费了。"

　　"无妨无妨，"侯太监摆手，开玩笑道，"咱家就是手头再紧，几坛酒还是供得起的。"

说话间瞥了眼满脸不快的詹德贤，笑着问道："我记得王府一直还保留着南京的习惯，偏爱黄酒、果酒的是吧？"

詹德贤鼻孔朝天，一副理所应当的姿态："当然。天潢贵胄，岂是俗流草莽可比？"

这话，显然是在借机讽刺达奇勋父子了。

侯太监一直都在努力调和，但詹德贤仗着肃王府管事的身份不肯配合，让他也很为难，只得朝达奇勋使了个眼色无奈地笑起来。

达奇勋执起座侧美人刚斟满的酒杯，仰头咽下兀自咂嘴夸赞："詹爷说得不错，我等俗人与这俗酒才是绝配，既为俗流原也没必要去和天潢贵胄攀比，咱们得有自知之明不是吗？"

好漂亮的还击！侯太监心下暗自发笑。这个詹德贤总爱狐假虎威，对自己亦多有不敬，让达奇勋损他几句简直太解气啦。

果然，詹德贤闻言黑沉了面目，瞪着达奇勋冷声道："达指挥看来很有自知之明了，那你可知此次对账若没有我的人去挡住杨嘉谟，你那三成能不能落进口袋却是难说。"

"杨嘉谟？"达奇勋不解，"干他何事？我与他早有默契，他不会在这件事上坑我。况且，他带兵去巡边了。"

詹德贤低哼一声："令尊没教过你一劳永逸吗？还有，卧榻之侧岂容他人酣睡？那样一个人你也敢留在身边，万一哪天让他抓到把柄，你们父子完蛋不要紧，可别连累到我们王爷。"

说罢，看了侯太监一眼又补充道："还有侯公公。他可还没把总督的椅子焐热呢！"

侯太监笑着点点头，一看就是轻飘飘的那种，笑在面上却没有到达眼底。

"这厮说话如此嘴损，不知道肃王看上他哪一点了，居然还提拔了做管事？"侯太监不由腹诽。

达奇勋脸色微变，盯着詹德贤的眼睛问道："你把他怎么了？"

詹德贤笑了笑，轻飘飘地说道："大约，他是再也回不来了吧！"

"你别太过分！"达奇勋不禁勃然发怒，一巴掌拍在桌子上震得杯盘俱动。

詹德贤皮笑肉不笑，幸灾乐祸道："达指挥这般着急，很容易让人误会你与杨嘉谟是什么关系似的。"

达奇勋生了气，转头看向侯太监："督公也知道这件事？"

侯太监笑呵呵地和稀泥："略知一二，略知一二。其实詹爷说得也没错，那杨嘉谟留着终究是个祸害。"

达奇勋一把推开凑上来斟酒的美人，起身愤然道："大丈夫一言既出驷马难追，你们这样做是让我失信于人。我答应过杨嘉谟，要护他周全！"

侧旁活色生香的美人惊叫一声，原来一壶酒被达奇勋推倒尽数洒到了她的身上。

侯太监撩起眼皮瞪过来，嘴角虽带笑却硬是吓得美人打了个哆嗦。

"你们几个都退下吧！"侯太监淡淡吩咐。

几位美人诺诺连声，躬身退了出去。

侯太监望着达奇勋含笑劝慰："不至于、不至于，达指挥乃是赤子之心，谁也不敢质疑什么。"

达奇勋脸色稍霁，才要说话，却被詹德贤的一声冷笑打断。

詹德贤嘲讽地言道："知道的说是赤子之心，不知道的还以为达指挥与杨嘉谟亲如手足呢，就连王爷和侯总督都不放在眼里了呢！"

达奇勋素常都是笑脸示人，轻易不怎么发怒，而一旦生气起来却自有冲冠一怒的气势。

侯太监一看达奇勋铁青着脸色，双眼喷火，起身劝慰："这是做什么呢？二位有话好好说嘛。"

"不必了！"达奇勋冷冷说道。他克制着即将失控的怒火，对侯太监草草一礼便转身大步而去。

侯太监看得一阵摇头，蹙眉望着詹德贤道："这又是何苦呢？"

詹德贤也起身，轻蔑地撇了撇嘴："此间事了，在下还得赶回王府向王爷呈报，侯公公自便吧！"

侯太监苦笑着点头："詹管事辛苦了，稍后咱家就着人将王府那份快马加鞭送往甘州。"

詹德贤挥挥手走出去："有劳了。"

目送詹德贤的背影消失在房门口，侯太监倏然垮下脸来，齿缝中冷冷挤出几个字来："狐假虎威。"

身后人影一闪，一个样貌白净的人单膝点地，正是在苦水堡外暗袭杨嘉谟、充当蒙面人头领之一的苏宦官："督主，属下前来复命。"

侯太监揉了揉鬓角淡淡问："都处理妥当了？"

苏宦官迟疑一下："那边的人不肯下杀手……"

"放走了？"侯太监声调猛地变得尖锐。

苏宦官瑟缩着，急忙解释："他们说要让杨嘉谟生不如死，已经把他驱逐到苦水堡外荒漠那边的边墙之外了。"

听了这话，侯太监脸色柔和下来，想了想慢悠悠回到座位上，扯起嘴角笑了："论起阴人的损招来，还是他们够狠啊！"

苏宦官僵直的脊背松弛下来，谄笑着奉承："督主您老人家都觉得可行，那小的便不算渎职了。"

侯太监心情颇好，抬抬下巴道："起来吧！"

苏宦官起身上前两步，殷勤地帮侯太监奉上紫砂壶，又邀功道："小的来时留了两个机灵的在苦水堡守着，还有那边也留了不少人，算是绝了杨嘉谟入关的退路了，您老这回尽可安枕无忧啦。"

侯太监"哧溜"饮了口茶水，提醒道："那也不可大意。虽说詹德贤这阴毒的主意不错，可也难保杨嘉谟狗急跳墙，他和秦放那种粗人到底不一样，肚子里花花肠子多着呢！看不到他的尸首，终归是让人提着一份心。"

"小的明白，"苏宦官谦卑地弓着腰笑道，"秦放那样的不足为惧，活着也是碍了督主您的眼，还是死了让人清净。杨嘉谟虽说难缠一些，但有您老运筹帷幄，捏死他还不跟捏死一只蚂蚁一样简单。"

侯太监得了奉承只觉心下畅快，睨了眼苏宦官笑眯眯地问道："苏德，如果我记得没错，你跟着咱家也有七八年了吧？"

原来此人名叫苏德。

苏德一边帮侯太监续茶水，一边笑回："督主好记性，德子是十二岁上追随的您，今年小的整二十，受您老提携整整八年了。"

侯太监含笑看着年轻的苏德点点头："你这两年越发得力了，看来咱家没有白费力气栽培你，从明天起你就负责肃州这一摊子买卖吧！"

苏德眼睛里盛满了惊喜，感激地跪了下去："多谢督主提拔，小的粉身碎骨也难报您老人家的恩德，若有来世还来您身边当牛做马相报。"

侯太监眼里闪过一丝不屑，脸上却笑得更为慈爱了一些，抬手示意苏德起身道："往后跟着红绡多学多看，我也能轻松一些了。"

苏德躬身领命："督主放心，小的一定唯红绡姐姐之命是从，决不敢怠慢懒惰。”

侯太监满意地颔首："去吧！咱家乏了。"

苏德应了，强掩着喜悦却行而出，还体贴地帮侯太监关上了房门。

"唉！"侯太监轻轻叹了口气，也不知道想到了什么，情绪瞬间低落下去。

内室珠帘轻动，红绡风姿宛然走出来，手上端着一只木盆。

"督主为何叹气？"红绡走近，将木盆放到侯太监脚下，动手为侯太监脱鞋除袜。

侯太监眼神黯淡，颇不甘心道："三成红利，你知道是多少吗？就这样白白让达奇勋拿走了，想想真是不甘呀，也难怪詹德贤鼻子不是鼻子眼不是眼了。"

红绡细心地试了试水温，将侯太监的脚放进木盆，仰脸柔柔一笑开解道："督主这是故意考验奴家对舍得之道的理解吧？"

侯太监撩撩眼皮："哦？你有不同的看法？"

红绡低头帮侯太监擦洗双脚，浅笑着道："人不怕贪只怕无欲无求，达云父子拿了三成不假，却就此成了督主的一条看家犬，往后咱们有很多生意也可趁势由暗转明，还不用担心那些武夫莽撞作对了，这样的买卖奴家觉得很划算呢！"

"不错不错！"侯太监展颜大笑，"肃州有你，咱家到了甘州真的是高枕无忧了。"

红绡取了布巾替侯太监擦脚，嘟嘴嗔怨道："奴家还想把清音阁开到甘州去呢，听督主的意思好像不是时候，让奴家好生失望。"

侯太监的笑变得言不由衷起来，不知无意还是有意一脚踩翻了洗脚盆，水流顿时洇湿了红绡的锦裙。

"嗨！人老了难免迟钝起来，可惜了你的好裙子。"侯太监歉意地说道。

给侯太监穿鞋的红绡突地眼神一凛，忙笑道："督主说的哪里话，奴家这就让人进来收拾，您肯定是这两日对账累着了，奴家伺候您去歇息吧！"

侯太监趿拉了鞋起身，依然很有些过意不去的样子："改天去做几件新衣裳吧，算是咱家赔你的。"

红绡谦卑着应了："多谢督主怜惜，奴家感恩不尽。"

侯太监甩着袖子拒绝了红绡的侍奉，转身往内室走去："让那些贱婢手脚轻点儿，咱家睡觉的规矩你是懂的。"

红绡脸上的血色倏然退去，惨白着一张脸对侯太监的背影屈膝一礼："是。奴家晓得了。"

珠帘轻摇，侯太监在帘后没了踪影。

红绡轻轻咬着唇直起身，低头看着自己的双手，满脸嫌弃地在裙子上擦了几下，转身出了厢房门。

门口依旧是两名眼神阴鸷的汉子守卫。

红绡早已又是笑靥如花的头牌该有的表情，撩了把额前一缕秀发，从两个侍卫狼一样的目光里万种风情地下楼而去。

在高台守御所的大营里，程槐笑意盈盈地望着自家妹子，直望得程英气恼起来。

"哥，你这样看着我干什么？"程英把手中精巧的小刀插在烤全羊上，端了刚才片好的羊肉放在程槐面前，没好气地问道。

程槐啧啧有声地称赞："我这妹子无论怎么看都漂亮，将来肯定是总兵夫人的样貌。"

程英一双大眼睛英气勃勃地瞪过去："总兵夫人？你怎么不说当娘娘呢？"

程槐夹起一块肉丢进嘴里，含糊道："娘娘还是算了，你这样的我怕吓到皇上。"

"你说什么？"程英气恼地叫了一声，作势要去夺了程槐面前的烤肉。

程槐忙按住碗盘，笑着告饶："好妹子，哥哥再也不嫌弃你了还不行嘛！"

程英悻悻地走回烤架旁，拿小刀片着肉吃："对了哥，那几个人你打算怎么处置？"

程槐漫不经心道："你认为怎么处置比较妥当呢？"

"我可不相信他们是客商，"程英撇嘴说道，"苦水堡外柳条湖那一段，从来都不是行商必走的道路。"

程槐含笑看着妹子："那你还把他们带回来，就不怕有人图谋不轨？"

程英斜睨着程槐轻笑："有哥哥在我怕什么？你若是连这点小事都解决不好，那这个千户的职位不做也罢。"

程槐闻言大笑，手指遥遥点着妹妹道："你呀你呀，真不愧是我最骄傲的亲妹妹。说吧，你把那几个人带回来想做什么？"

程英卸下一条烤羊腿来送到程槐面前："才过中秋几天而已，哈喇珠子却接连袭扰咱们两回了，我想打折他一条腿。"

"哦？"程槐接过羊腿咬了一口，饶有兴趣地问道，"这么说你要拿那几个人去当诱饵？"

程英略有泄气："又被你看破了。"

程槐吃得满嘴流油，点头笑道："你是我妹子，肚子里有几根花花肠子我能不知道吗？"

说完这话，看程英嘟嘴不满的样子，程槐大手一挥痛快道："好了好了，都随你。人是你抓回来的，怎么处置也由你说了算。不过嘛……"

程槐顿了顿，思忖着叮嘱："为兄看那些人不简单，你行事可要仔细一些，小心不要反受其害了。"

"我知道的。"程英不以为然，"他们不是不老实交代吗？正好借这个机会试上一试，看看到底是什么来路。"

程槐放下羊腿，郑重道："说归说，我还是要提醒你，哈喇珠子奸猾无比，他手上还有一支让亦力把里人都忌惮的铁骑，你可不许蛮干。"

程英自信一笑，飒然说道："哥哥你这是长他人志气灭自己威风。哈喇珠子再厉害，还不是每年都被咱们死死挡在边墙之外？我这回就是要打折他引以为傲的那支铁骑的一条腿，看他还敢觊觎我大明的疆土？"

程槐无奈，宠溺地看着自家妹妹摇头而笑："行，知道我妹子厉害，是不输丈夫的一代巾帼英豪，那我便等着给你庆功了。"

程英忍不住"扑哧"笑出声来，略有嗔怪道："哪有像你这般夸赞自家人的，也不怕被人笑话是在自吹自擂。"

程槐佯作生气，瞪着眼睛叫道："我夸我亲妹子怎么了？谁敢笑话我剁了他的舌头！"

说罢，在程英好笑的眼神下却再也绷不住了，也不禁哈哈大笑起来。兄妹二人彼此相视而笑，就这样嘻嘻哈哈的，便吃过了晚饭。

饭后，程英叫了两个兵卒准备了食物和水往后营暂押杨嘉谟等人的一间空屋而来。才走到屋外，就听到里面有人高声叫骂，程英蹙了眉看向门口的一列兵卫。

兵卫赶忙上前解释："小姐，这些人从进来这里就开始叫骂，属下们呵斥了几回不但没能震慑得了，他们反而更嚣张了。"

"是吗？"程英冷笑一声，"都成砧板上的鱼肉了还不肯消停，看来他们还是没有饿，那这些吃食就不必送进去了。"

话音未落，就听一道声音穿窗而出："小姐如此狠心又何苦将我等长路带回来拘押在此？"

顺着声音看过去，杨嘉谟微微含笑着，尤其是那双炯炯有神的眼睛隔着破旧的窗户正盯着这边。

程英被他盯得有一点不自在，抬脚走上两步冷声回道："想要自由很简单，看你愿不愿意帮我做事了。"

杨嘉谟笑容不变，甚至颇含调侃意味地笑道："正如小姐所说，人为刀俎我为鱼肉，自然是小姐吩咐什么在下照做不误了。不过……"

盯着程英俊美英气的眼睛，杨嘉谟掀唇笑得意味深长："我们是不是应该来个约法三章？"

程英略有诧异，语气不善道："你一个阶下囚竟敢跟我提条件？"

杨嘉谟不理会程英的态度，自顾说道："一不做卖国求荣之事；二不能残害无辜百姓；三确保我等功成身退没有性命之忧。"

程英越听越凝重起来，她打量着杨嘉谟落魄却不失俊美的面容暗自纳闷，十分怀疑对面这个人是否具有看透人心的本事，见到一个人就能够读出这个人的心思。

杨嘉谟说完，定定瞧着程英笑着又道："不会吧，程小姐这样为难，莫非真是让在下去行那作奸犯科之事不成？"

程英闻言微赧，没好气地瞪着杨嘉谟冷声道："言语轻薄，一看便不是好人！你只消回答我做还是不做便罢。以你眼下的处境，还有什么资格跟本小姐讨价还价？"

杨嘉谟微一沉吟，缓缓点头："我相信小姐是不会让我等做那些作奸犯科的事情的。好吧，程小姐，我应了。"

程英白了杨嘉谟一眼，转身吩咐兵卒："把吃的送进去给他们吧！"

兵卒依言开门端了吃的进去，然后很快退出来又继续关门落锁。

程英施施然反身离开，突然想起刚才杨嘉谟叫自己"程小姐"来。

"他如何得知我姓程？"程英再次纳闷，转而又想应该是从兵卒们的称呼中得知的了，便再不迟疑径直回了自己的营房，却全然疏忽了兵卒们都是相熟的，称呼她自来只叫"小姐"，又何需在这称谓之前冠上一个姓氏。

第四十二章
一触即发

是夜，月明星稀风波不兴，是个难得安宁的夜晚。

程英亲自押送杨嘉谟等人出了守御所大营往边墙处的关隘而来。

何谓押送？乃是将杨嘉谟一行每个人的一只手缚住，串在一条绳索上鱼贯往前。这样的方法是官府用于押解多名人犯时的惯用形式，可以防止犯人队伍中的逃跑者，但凡有人中途脱离，势必就会被所有犯人牵制而难以成功。毕竟人多了在一起，又在官兵的眼皮底下，很难做到每个人都心意相通进而顺利逃脱。

杨嘉谟回头看了眼犯人般的弟兄们，只觉歉意而又无奈，为了避开"投敌叛国"的嫌疑，能够回去悄然查证芙蓉香一事，他不得不委曲求全。杨嘉臣和杨俊，以及郑三彪都且不说了，谁让他们是自己的弟兄，可金刀帮的二十余兄弟却一路跟随吃了许多不该吃的苦，的确很有些对不起他们了。

杨俊正好绑在杨嘉谟之后，见他回头趁机低声问道："也不知道这女将要带咱们去做什么，总觉得不是什么好事。"

杨嘉谟亦低声回他："好事还是坏事到了就知道了。到时候，我们见机行事吧！"

杨俊抖了抖手腕上的绳索，不屑道："她不会真的以为仅凭这条绳子就能让我等兄弟乖乖听命于她吧？"

杨嘉谟轻笑，颇不放心地叮嘱："姑且就让她这么认为好了，不到万不得已别惹事，别忘了咱们还有正事要去做。"

"知道了。"杨俊笑着回道，"我们首要的目的不就是不动声色的入关嘛！"

杨嘉谟颔首，对杨俊的认知和态度都很满意。

二人正低声交谈，押送的军士看见了大声呵斥起来。

杨嘉谟只得转头沉默着继续往前走，一边打量着周围的地形，对高台守御千户所的外围有了一个大致的了解。

程英骑着马走在最前面，闻声回头若有所思地看了一眼杨嘉谟，想了想叫过一名兵卒嘱咐了几句，就见那兵卒小跑着来到了杨嘉谟面前。

"我们小姐说了，只要你们好好配合依令行事，她答应事成之后放你们自去。"兵卒盛气凌人地对杨嘉谟说道。

杨嘉谟淡淡一笑："那就麻烦你告诉你们小姐，若是有违约法三章的事，恕我不能遵命。"

兵卒大约是想不到杨嘉谟这样强硬，愣了愣才跑回去复命去了。有赖于月光的皎洁和明亮，杨嘉谟便看到程英在马背上回头，看着自己露出一个似笑非笑的表情来。

时值此时，杨嘉谟已然肯定程英这般带有挟持性质地押了自己来，一定是让他们做一件颇为危险的事情无疑了。而想到这是以抗击瓦剌闻名甘肃镇的边将程槐的妹妹，杨嘉谟乐观地认为程英做事虽然怪异，但应该不会太过离谱，也乐得装作胆小怕事跟着往前走，看看她到底在弄什么玄虚。

因着这样一份侥幸心理在，直到城关之下，程英命人将一个个土布包袱强行绑到他们身上的时候，杨嘉谟终于明白他们接下来将要面对什么了。或许别人不识得，但作为曾经手握一方兵权的杨嘉谟却再清楚不过，这些个看似平常的包袱里面包裹着的乃是黑火药制成的类似于红衣大炮那样的专用弹丸，而根据大小重量估算，这样一个接近于三斤的弹丸足够覆灭一个正常百姓人家的院落了。

"她这是想干什么？莫非选了我们做死士？"杨嘉谟任由兵卒为自己绑上包袱，心下不禁暗忖。

同样知晓了包袱里是何物的杨嘉臣却没有杨嘉谟能隐忍，一经发现便大声叫骂着抗拒军士施为，仅凭没有束缚的一只手也打得军士不得靠近。

"你这小娘们儿简直无法无天，居然想拿这东西谋害我等？！兄弟们，咱们全力一战，擒了这娘们儿才有活路啊！"杨嘉臣高声怂恿其他人反抗，对程英的做法显然很是恼恨。

金刀帮兄弟也不是没有见过世面的乡巴佬，虽然不知道包袱里面有什么，但看杨嘉臣这副做派便不难猜到是致人死地的物事，便也跟着杨嘉臣抵抗起来，令军士一时近不得身前。

场面即将失控，程英自是大为光火。她弃了马走到杨嘉谟跟前，面色不豫道："看得出来你是带头的，也是最识时务的，要是你再不制止他们胡闹，我可不敢保证那约法三章是否有效了。"

杨嘉谟鲜少跟女子，尤其是年轻的女子调笑，但不知为什么见到程英就无端生出一股捉弄一下的心思来，言语间的一丝丝轻佻更是连他自己都没有意识到。

　　"这么说你答应了在下的约法三章了？"杨嘉谟笑问，并不在意军士和他的弟兄们闹成一团。

　　程英大眼睛一横，略带气恼反问："答应了如何？不答应又当如何？"

　　杨嘉谟好整以暇地笑道："那还不简单！答应了我就乖乖认栽，背着这弹丸去为你拼命；不答应嘛……"

　　他说着掂了掂后背上绑着的包袱，满不在乎地又道："反正都是冒险，还不知有没有命活着回来，在哪儿死可就由我们自己决定了。"

　　"你在威胁我？"程英蹙眉恼怒的样子倒多了一丝女子特有的娇媚。

　　杨嘉谟郑重地点点头："对，我就是在威胁你。当然，要是觉得难以接受，你也可以理解成我们这是在谈条件。"

　　程英的一张俏脸变得凌厉起来，瞪着杨嘉谟的眼神仿佛能将他钉穿在地。不过，很快她调整了情绪，看着杨嘉谟竟眉眼舒展地笑了。

　　"你想激我发怒，然后取消这次的计划？那我告诉你，你的如意算盘必将落空。"程英笑嘻嘻地对杨嘉谟说道，英气的面容更添妩媚，与她板着脸时完全不同。

　　说罢，程英扬着下巴指向打得正欢的杨嘉臣等人，挑衅意味十足道："正好，等他们都消耗得差不多了，我才更方便行事。至于到时候能不能活着回来，那可全看你们的体力够不够了。"

　　杨嘉谟闻言不敢轻慢，结合自己的猜测一想，只觉程英此时的态度虽然可恶，但并不是没有好意，当下脑筋一转便径直上前喝住了杨嘉臣等人。

　　两下里各自退开，郑三彪指挥着绕成一团的众人整理绳索，而杨嘉臣和杨俊则快速站到了杨嘉谟的身后。

　　看着杨嘉谟背上的包袱，杨嘉臣大骇："明宇，你怎么还真听他们的话胡来，你知道这里面是什么吗？"

　　杨俊适才趁乱问过了杨嘉臣，自也清楚了这个包袱的厉害，一边上手帮杨嘉谟去解，一边低声提醒："哥哥，你可别轻易相信女人，她们都是吃人不吐骨头的妖精，这东西还是赶紧扔了的好。"

　　二人并不点明包袱里就是火药，大约是跟杨嘉谟有着一样的顾虑，不想暴露身份罢了。试想，仅凭嗅觉和手感就能得知是什么，除军中之人不做他想。一旦喊明了，或许程英会放他们一马，但势必就会走漏风声，让侯太监的人知道他们已经入关。到时候，破坏了杨嘉谟的计划事小，对方还不定有多少见不得人的阴招在等着他们呢，事态如果发展成那样，他们就得不偿失了。

杨嘉谟明白二兄弟的意思，但还是一侧身避过杨俊的手，不在意地笑道："哎！受人之托自当忠人之事，既然答应了别人，咱们可不能食言呢！"

这话自是有意说给程英听的，故杨嘉谟特意提高了声音。

程英听了笑着走过来，豪气地竖了大拇指夸赞："果然我没有看错你，那还迟疑什么呢，这就拾掇起来听我号令吧？"

杨嘉谟错身挡住欲要争辩的杨嘉臣和杨俊，含笑吩咐："启民，让弟兄们都依令行事。"

杨俊在后眼珠一转，对杨嘉臣轻轻一点头，二人自去传达，很快便在骂骂咧咧中背上了和杨嘉谟一样的包袱。

见已准备就绪，程英收了笑，敛容严肃地对杨嘉谟交代："出关城外一直往北四十里就是你们此去的目的地，我的人会送你们一程。"

"然后呢？"杨嘉谟也凝重起来。往北四十里，他十分清楚那里已是瓦剌的地界。

程英冷静地交代："到了那里，你们就须得相机而动了。赶在天亮之前找到瓦剌人的驻兵之地，然后把你们身上背的东西尽可能投进他们的地盘上去。知道怎么用吗？"

杨嘉谟犹豫一瞬，最终还是点了点头。

程英面色微变，眯眼打量着杨嘉谟，警告道："看来你是真的没有跟我们说实话，倒也无所谓了。既然知道，那我便不啰嗦了，投完包袱把瓦剌人引出老巢，你们的任务就算是完成了。"

杨嘉谟挑眉："就这么简单？"

"呵！"程英冷笑一声，"对我来说就是这么简单，但是对于你们嘛，那得要看你们的腿能不能跑得过瓦剌人的战马了。"

杨嘉谟不以为然地笑回："如果是这样，你的忙我们就帮定了，便是为此丢了小命那也值。只是，你得把陷阱布置厉害一些，否则我等弟兄可就白白牺牲了。"

"你……"程英不敢置信地瞪着杨嘉谟，"你以为能看透我的计划就会让我网开一面？别做梦了，出发吧！还有，我得提醒你一点，路上千万别生事，不然……"

杨嘉谟截断，笑道："这么不自信可不像程大小姐！你不是打发人押送四十里吗？到了那里我等前狼后虎，只有闷头硬闯瓦剌部落了。再说了，瓦剌人是我们共同的敌人，你还担心什么？"

程英眼里闪过一丝激赏，但依然绷着脸道："知道就好，我就喜欢和聪明人打交道。"

言毕，程英一挥手上来一队军士呼喝着押了杨嘉谟等人就走，前方的城门也缓缓打开，从高大的门洞里看出去，外面是一片清寒的夜色，连月光都仿佛被吞噬了一般，有风沙奏鸣的声音破门而入。

当下，杨嘉谟脚下再无迟疑，迈开大步出关而去。身后一众弟兄见杨嘉谟笃定自信的样子，也忐忑着跟了上去，好几个人不由又张嘴咒骂起来。三天之中，两次出关，还都是在别人的胁迫之下，任谁都不会觉得舒爽。

目送一行人出关，程英眼神中透着兴奋，挥手招过一名兵卒吩咐："传令大军夜奔泉儿沟。"

兵卒应了自去传令。

程英又望向关城之外，喃喃低语："但愿你不要让我失望。"

程英已经明确，这个领头的人决然不是普普通通的江湖中人，更不是一个商人。他一定和自己一样曾经是一名军人，现在肯定有不得已的原因，离开军营沦落到了这个地步。如果这次他活着回来，她一定会想办法把这个人留在军中。

程英这样想着，目送着杨嘉谟等人走远了……

离开关城取道往北，与苦水堡外的荒漠稍有差别，这边有沟有壑、有山有水，更有程英为他们特意准备的一队扈从。当然，杨嘉谟即便乐观也不会相信这些军士对他们有多大的善意，在没有到达程英指定的目的地之前，军士更多的责任是押送和监督，他毫不怀疑若自己和弟兄们有所异动，下一刻将面临着流血和死亡。

"程大小姐还真是看得起我们啊！"杨嘉谟看着这支不下三百人的押送队伍，不禁暗自腹诽。

队伍行进早被告诫过不得交头接耳，但挡不住杨俊这一群江湖中人，因为帮派在小是小非上可是出了名的不守规矩。

才走了不久，就听有人兴致勃勃地高谈阔论起来："哎兄弟们，我说那什么小姐你们仔细看了没有？虽说凶了一点，但比起素常那些娇滴滴的姐儿来，可是自有一番韵味哪！"

这样的话题最能引起人的兴趣，尤其是在一个纯男人组成的队伍当中，就连押送的军士都没有第一时间出言阻止。

话落又有人接口："嗨！还别说呀，你这一说我也有同感。要是能绑回去，给咱们老大做个压寨夫人倒是蛮般配的。"

金刀帮兄弟们一阵起哄嬉笑。

杨俊听了亦是半开玩笑地笑骂:"你们这些贱皮没脸的家伙,那样一个母老虎真要成了夫人,也不怕骑在你们头上拉屎屎尿!"

"骑也是骑在老大头上,干我等何事?"有人大笑着反驳。

马上就又有人接话,说开了荤笑话:"到时候谁骑谁还不一定呢!"

话说到这里就有些不堪了,军士中同时几人呵斥,止住了金刀帮兄弟们的笑闹。

杨嘉谟在打头位置,刚才只顾思量今夜行动的细节,没来得及制止他们的粗俗,却听身后杨俊无趣地嘀咕了一句什么。杨嘉谟没听清杨俊的咕哝,心头却莫名涌起一丝不舒服来,说不清为什么,他就是不愿意这些个粗人拿程英打趣。

"都给我闭上嘴巴好好走路,小心祸从口出!"杨嘉谟沉声呵斥,倒是令军士人等微有讶异。

杨俊等人已经习惯了听命于杨嘉谟,见他斥责只得乖乖闭了嘴,一个个垂头丧气地沉默前行。

两个时辰后,队伍停止了行进。

军士认准了杨嘉谟是带头人,径直上前解开了他的手,又命兵卒逐一为其他人解绑,所做嘱咐不外还是程英说的那些话语。等解了众人,军士并不就此撤去,直到看着杨嘉谟等人往北而去看不清人影了才返回。

夜色渐浓,明晃晃的月亮渐往西移,寒气也更深了几分。

一路往北而来,道路早已从平坦转为崎岖,而刚离开关城之外所见到的山水也渐渐被荒漠所替代。杨嘉谟带着众人又行了十里左右,荒漠才变成了稀草覆盖之地。

杨嘉谟知道,这里就是瓦剌人占据的草场边缘了,再往前走很可能就会遭遇瓦剌的巡逻队。

郑三彪一向谨慎,回头看了看身后见军士没有跟上来,方才长舒一口气对杨嘉谟说道:"三弟,我们真要听那个小姐的话去冒险吗?"

杨嘉谟顿住脚步,把其他人全都召集到跟前,郑重道:"诸位,接下来要做的事想必大家都有预估了,是颇具危险的。现在你们尚有回旋的余地,不想继续下去的就把身上的包袱解下来给我,你们就可以走了。若是决定跟我去的……"

杨嘉谟环视一圈,又缓缓道:"我并没有十足的把握,能让大家活着回来。"

众人面面相觑，不解者有之，犹豫迟疑的也不在少数。

见状，杨嘉臣掂了掂背上的包袱，亦沉声言道："诸位兄弟，明宇说得对。这里面的东西，每一包都足够炸毁一座瓦剌营帐，一旦付诸行动，我们就会被鞑子发现，然后面临他们的剿杀。"

"原来是这样啊！"小刀恍然。毕竟年幼，他脸上有着显而易见的惊慌，斜垮了肩膀不敢稍有动作，好似后背上的包袱长了刺一般。

广毅听了却不在意地抖了抖肩，气恼地骂道："我便说那什么小姐不安好心吧？原来真是让咱们去送死的。"

众人七嘴八舌咒骂起来，更有甚者已经动手开始互相解起包袱来。

忽然，杨嘉臣惊呼一声。

杨嘉谟急忙走近去看，就见杨嘉臣一手拽着包袱的系带，满脸惶惶然看着杨嘉谟大声叫道："别过来！"

"大哥，发生了何事？"杨嘉谟关切道。

杨嘉臣刚要回答，看到一旁还在解包袱的杨俊，厉声大喝："启民住手！"

杨俊诧异地看过来："你这一惊一乍的想干吗？"

杨嘉臣将目光移向杨嘉谟，颤着嗓音道："明宇，这东西有机关，只要一解引线自燃。"

"什么？！"杨嘉谟惊骇到变调，错眼看杨俊还在兀自低头鼓捣，忙也厉声叫停。

杨俊不解地看向这边兄弟二人，还没有意识到发生了什么，只好笑地问道："你们俩今晚这是怎么了，一个两个的都大呼小叫？"

杨嘉谟快步上前，一把打掉杨俊握着包袱的手，沉声低喝："别动它，不然你就没命了！"

说完，看着同样困惑的众人叹了口气："这包袱就是机关，解开它里面的东西立即爆炸。"

"去他娘的！"不知谁咒骂了一句。

杨嘉谟无奈自责："这事赖我，怎么也没想到程小姐竟如此算计。"

"那现在怎么办？"郑三彪也是一脸惶然。

这中间杨嘉臣是最了解火药厉害的，月光下面色几近惨白地说道："不管怎样也先帮我想想啊！我解开了它随时都可能触发，总不能一直拽着，万一不小心松了手那可就完了。"

话音才落，众人下意识地都离他远了几步，只有杨嘉谟还站在原地。

杨嘉臣见状更增惶急，跟着往前迈了一步，却听后背上"哧"一声轻响，一缕散发着浓浓火药味的白烟便冒了出来。

"别动！"杨嘉谟骇然大吼，成功阻住了杨嘉臣的脚步。

杨嘉臣自然更清楚地听到了声响、闻到了异味，不由惊慌道："怎么了？是不是它要炸了？"

众人谁也不敢回答，个个惕惕然戒备着，暗自都做好了抽身急退的准备。

杨嘉谟冷静地望着惶急的兄长，尽量和缓地安抚他："大哥，你千万别动，我来想办法，定不会让你有事。"

"我……我……"杨嘉臣结巴着强作镇定，"明宇，你带着众弟兄快走，离我越远越好！"

杨嘉谟不自觉地带了一丝恼怒："然后呢？你难道真打算折在这里？让我回去怎么跟祖父交代，说我贪生怕死弃手足于不顾？"

杨嘉臣眼睛里流露着感动，但依然坚决："明宇你听我说，咱们不能意气用事，这玩意儿说爆就爆，我一个人换大家都安稳活着，那我也不算白死。"

"大哥！"杨嘉谟皱眉低叫，"我不会丢下你不管的。"

郑三彪和杨俊也异口同声叫道："不可！"

金刀帮兄弟见四人兄弟情深，也不禁缓了动作，心有戚戚地看着此时已然眼泛泪光的杨嘉臣。

广毅不禁开口，决然道："行走江湖义字当头，我等也绝非贪生怕死之辈，杨指挥你吩咐吧，咱们接下来怎么做？"

小刀人虽小，但亦豪气满满地接口说道："就是。咱们不能眼睁睁看着杨二哥死在这里。"

杨嘉臣怔怔看着众人已然说不出感激的话来，再次面对生死，有这样一群兄弟不离不弃，就是对他最大的慰藉。兄弟手足，不过如此！

"大哥，你相信我吗？"杨嘉谟思忖良久，定定地看着杨嘉臣问道。

杨嘉臣点头："信。"

"那好。"杨嘉谟缓缓上前，一手按上杨嘉臣的肩头，坚定道，"我数一二三，你尽管撒手就是。"

杨嘉臣困惑："这……"

杨嘉谟淡笑，笃定道："相信我。"

杨嘉臣只得颔首，就听杨嘉谟低沉而短促地数开了。

随着一个"三"字出口，杨嘉谟一把拽住杨嘉臣肩头的包袱摘了下来，在将"哧哧"冒烟的包袱背上自己肩头的同时，顺手一送，杨嘉臣猝不及防踉跄着就往前跌出去好几步。众人还未回神之际，杨嘉谟已经脚下生风窜了出去，沿着草场边缘跑向远处去了。

"明宇——"杨嘉臣转身看清不禁疾呼，拔腿就要追上去。

杨俊和郑三彪齐齐出手拦住了杨嘉臣。

"二弟，莫要辜负了三弟的一番情义。"郑三彪沉沉说道，眼睛眨也不眨地盯着杨嘉谟像风一样远去的身影。

杨俊的丹凤眼里泪光闪烁，攥着杨嘉臣臂膀的手不自觉地一再加力，可见他的内心里是怎样的紧张和担忧。

杨嘉臣颤抖着嘴唇，讷讷道："你这又是何苦，这又是何苦啊……"

第四十三章

瓦剌腹地

就在众人目瞪口呆中，惊天动地的一声炸响，就连脚下的地面都能很清晰地感受到震颤。大家发现，杨嘉谟不见了踪影……

"明宇——"

"杨大哥——"

"杨指挥——"

……

在各种不同的惊叫声里，有一样悲痛的情绪，混在大家杂沓的脚步中奔向杨嘉谟的方向。

杨俊武艺出众，自是赶在最前面追到了事发地。众人三三两两稍有落后，很快聚集到了一起。

眼前灰土弥漫，一个丈余大小的深坑散发着焦土气味赫然入目，而杨嘉谟却踪影全无。

杨嘉臣跌跌撞撞跑来，一把推开身前的一名金刀帮兄弟，扑倒在大坑边上带着哭腔急声大叫："明宇，明宇你在哪里？你可千万不能有事啊！"

众人逡巡着坑底，并没有发现杨嘉谟的踪迹，都不禁露出各种表情来，纷纷猜测着杨嘉谟可能的遭遇。

杨嘉臣跪在地上突然大哭起来："明宇啊明宇！你……你在哪里呀？"

"那有个人！"杨俊突然窜了出去。大家看过去，在离着深坑不远的草坡后面，一个人缓缓爬起来抖落着头上身上的草屑和泥沙。

杨俊三步并作两步跑过去，惊喜笑道："哥哥，你还活着啊？你果然活着！"

看到杨嘉谟好端端在那里，众人也拔腿追了过去，欣喜之色溢于言表。

杨嘉臣扑上去紧紧抱住了抱杨嘉谟，松开手后上上下下地打量着："哈哈！真的是明宇，明宇，我差点以为你被炸飞了呢！"

杨嘉谟被爆炸震得还在发蒙当中，眼神略有迟缓地环视众人一圈龇牙露出笑来，开口间却声音大得出奇。

"大家都还好吧？"杨嘉谟此话一出，众人都捂起耳朵来，有些被他的声音给震到了。

众人呆了呆，顿时一片哄笑。

郑三彪帮着杨嘉谟择除头发上的草屑，一边笑道："好了好了，总算是有惊无险。"

杨嘉谟掏着耳朵、摇着头，想要尽快甩掉爆炸余威带给自己的不适。

"早知要这样做才能摆脱危险，就该我来嘛！"杨俊气咻咻地瞪着杨嘉谟，不满道，"若论脚程，能及得上我的可不多。自己轻功不行还敢以身犯险。"

杨嘉谟耳朵还没恢复过来，自是听不见杨俊的唠叨。

"马后炮！"杨嘉臣捶了杨俊一拳，连笑带骂道，"下回让你去，看你还吹牛皮。"

杨俊也不恼，舒心大笑起来。

大家一边为杨嘉谟的安然无恙而高兴，一边好奇地打量着兀自冒烟的深坑，俱都真诚而轻松地笑着。

忽然，一声声呼哨远远传来，间或还有狗叫声夹杂在内。

郑三彪肃容看向北方，急促道："不好，鞑子来了。"

"来得倒是不慢！"杨俊眯着眼睛冷笑，"肯定是刚刚的动静惹来的了。"

杨嘉臣点头赞同，拉着杨嘉谟晃了晃，凑近他的耳边提高声音问道："明宇，鞑子赶过来了，我们接下来怎么办？"

杨嘉谟闻言捂住耳朵，轻睐一眼埋怨道："大哥，你这么大声做什么？差点没把我的耳朵震聋了。"

"你的听力恢复了？"杨嘉臣含笑而问。

杨嘉谟扭了扭脖子："早好了。"

继而望向北面，郑重道："来的是瓦剌人无疑，但我们现在还不能暴露。走，迂回绕过去，找他们的老巢去。"

杨俊惊讶："哥哥，你还真准备配合那位小姐啊？她可差点就害死了你。"

杨嘉谟淡然一笑："不为配合谁，共抗鞑虏是每一个大明有志之士不可推卸的责任。"

"走吧！"见杨俊还愣在那里，杨嘉谟又轻声说道。言毕，观察了一下地形，率先往草场的西北方向快步走了过去。

杨俊话虽如此说，但脚下却不迟疑也忙跟了上去，并挥手示意金刀帮兄弟们也跟上。

众人再无异议，随上步伐紧跟而去。

杨嘉谟等人离开约莫两刻钟后，一队瓦剌骑兵奔袭而至，百余人的小队个个是体格健硕的青年，马匹更是健壮优良。带头的一看就是个善战之人，他下马观察了一下那方坑洞，挥手命小兵牵了两条毛色黑亮体形堪比小牛犊子的大犬来，示意两犬嗅闻。

不一刻，两条大犬嗅闻完毕，都不约而同地向着西北边狂吠。

带头人一张糙黑的脸膛上咧出个信心百倍的笑来，手臂一挥吩咐兵卒带着大犬先行，他则继续跨马指挥剩余人等顺着疯狂吠叫的大犬指明的方向追赶。

这群瓦剌骑兵十分嚣张，似乎并不担心大呼小叫会惊动了目标，马鞭在空中甩出一个个响亮的鞭击之声不说，还有意地大声吆喝，仿佛他们不是在追嫌疑人，而是在围猎一只迷途的羔羊般欢快嬉笑。

人的脚力无论如何都不能和四蹄奔跑的马匹相比，杨嘉谟一行虽然早出发，但还没走出去多远就听到了瓦剌骑兵的呼啸。战马踏过草地的声音和狗吠声越来越近，要不是已经摸进了密草横生的草原深处，说不定他们就已经被对方发现了。

杨嘉谟抬头看了眼天边的月亮，快速判断一下领着众人改道往正北继续狂奔。如果他的经验不出错，从这个方向走下去就能到达瓦剌部落聚居之处。而听着身后的犬吠一直都没有断过，杨嘉谟断定那是瓦剌专门驯养了用来追踪的猎犬，只要有味道残留，它们就能够通过嗅觉找到任何主人想要找到的活物和物件。

"忘了他们有猎犬那种畜生了，还真是麻烦！"杨嘉谟边跑边低声咒骂。

杨俊回头："要不想个办法甩了那畜生？这样下去我们还没找到鞑子的老巢，就先被他们追上了。"

杨嘉谟微一思索，点头同意："倒也可行。这样，咱们三人一组分散开行动，如此既能扰乱猎犬的判断，也更有几率快速找到瓦剌人的聚居地。"

众人都是艺高胆大者，听了杨嘉谟的分派并无异议，倒是郑三彪比较细心，闻言担忧道："这样一来会不会人力过于分散了？便是有人找到鞑子的老窝，三两个人怕是没多大把握对付。"

杨嘉谟冷酷一笑："无妨！郑大哥忘了咱们身上背的这个宝贝了？到时候只要解下来用最短的时间扔得足够远就行了，既伤不到自己，还能给大家指明方向。"

"对啊！"杨嘉臣笑道，"到时候只消听到巨响就知道鞑子的老窝在哪儿了，其他人就统统往那个方向靠拢，鞑子追兵若知道老巢被端，也便不会对咱们穷追不舍了。"

杨嘉谟赞许地看着杨嘉臣，简短地下令："事不宜迟，诸位这就行动吧！祝大家成功！"

追兵在后，迫在眉睫。众人再不迟疑，自发分了三人组只待一声令下了。

杨嘉谟扫了一眼，三人一组不多不少正好九组，而且这次不像上回在沙漠中遭遇沙暴的时候，像小刀这样相对战力比较弱的也有身手好的兄弟拉进了自己的小组。而郑三彪，也被其中一个小组拉了进去，剩下杨嘉谟两兄弟和杨俊成了一组。

对这一现象杨嘉谟非常满意，点点头下令："出发！"

九组人像扇面一样散开，往不同的方向直行前去。

这次的对策果然对瓦剌骑兵造成了困扰，及至他们赶到刚刚杨嘉谟等人驻足商议的地点时，两条猎犬像是完全失去了方向感似的，一会儿朝这边吠两声，一会儿又朝那边嗅过去，令瓦剌兵卒无所适从。

带头人骑在马背上伸长脖子往草原深处瞭望片刻，扫兴地咕噜了几句什么，便悻悻地往前行去了。还没走多远，就听一声巨响从他们正前方传来，瓦剌骑兵的战马俱都因此骚动起来。

"呜里哇啦"几句鸟语满含愤懑和急切，带头人挥鞭一指，一行不顾草密夜深，急急奔向爆炸声响起的地方。就在这个当口，又是同样震耳欲聋的两声炸响连续响起，瓦剌骑兵控制着受惊的战马，疯了一样地呼啸着狂甩马鞭匆忙而去。

爆炸声自然来自杨嘉谟等人。

三颗"包袱"甩出去掀翻了两座瓦剌营帐，其中一颗因为力道和方向的差距没能成功炸毁营帐，却刚够上瓦剌人蓄养马匹的围栏边缘，巨响声里，马匹受惊嘶鸣，纷纷冲破围栏四散惊逃，好一副噪乱不堪。

根据事先约好的，其他小组一见这边爆炸即刻明了，从各个方向聚集而来，最先到达的是脚力最快的。

杨嘉谟三人赶到，两下里一见面才知道原来引爆火药的正是小刀、广毅和另一个金刀帮兄弟组成的小队，他们如愿找到了瓦剌盘踞的正确位置。

小刀尚有些惊吓过度的小圆脸上隐隐有着一丝兴奋，跑到杨嘉谟跟前邀功般地笑道："杨大哥你们听见了吧？刚才那番动静就是我们搞的。"

广毅挠着头向杨嘉谟汇报:"看杨指挥之前行事还有些不太当回事,刚刚亲手而为才知道那东西的确威力无比,我到现在脑袋里还嗡嗡直响呢!"

杨嘉谟含笑夸赞了他们几句,又敛容嘱咐:"且不说后面的追兵,这般动静已经足够引起瓦剌注意了,咱们再往其他地方找找,争取多弄几处阵势出来,这样在全身而退时才更有把握。"

看着广毅和小刀等人一脸迟钝,杨俊及时做了补充:"这叫故布疑阵,让鞑子摸不着门道,咱们才能囫囵回去。"

这回几人才算明白了杨嘉谟的用意,跟着杨嘉谟又往相距不远的另一处爆炸声响起的地方跑去。

瓦剌人虽以部落为群体,但在广阔的草原上为了放牧方便,彼此之间居住的比较分散,往往一个部落能延展至数十里范围,大一些的部落甚至有着方圆数百里的草场。因此,掀翻他们一二处营帐并不会伤及部落的根本,或者连伤筋动骨都算不上,除非炸毁的是头领的营帐。而想要找到头领的住处何其艰难,没有确切的路线指引和头领身边重要执事认可的身份,即便知道了方位也绝难靠近,瓦剌的兵卒可不是吃素的。

一切只能靠运气了。好在杨嘉谟的目的也不是必须拿下这个不知名部落的头领,而是要引出瓦剌大军,把他们引出草原送去给程英兄妹俩收拾。毕竟双拳难敌四手,面对瓦剌大股敌兵,杨嘉谟不敢盲目托大。只是不知道程英兄妹有多大把握能够拿下瓦剌大军了。

又是接连几处爆炸声起,瓦剌部落中到处人喊马嘶,还夹杂着孩子的哭声和女人尖厉的叫喊。杨嘉谟突然有些不忍,他们的敌人是军士,两军对阵如何厮杀都不为过,而不该对妇女和孩子赶尽杀绝。也许是自己的妇人之仁呢?杨嘉谟甩掉这一点不愉快的想法,专心安排起引敌主力过来的事情。不过,心里到底还是对程英有了芥蒂,对她的行事狠绝颇有微词。

随着不断深入和转移,杨嘉谟终于发现了一座相对比较大而精美的营帐,而此时根据月亮的偏西角度来看,离着天亮怕是不远了。潜藏在营帐几十步远的草坡后面,杨嘉谟通过观察猜测着营帐主人的身份。显然,像眼前这样白色帐顶上还织了黑色"卍"字不断头花纹的毡帐,与他们之前见到的那些颜色驳杂以黑色为主的普通牧民居所大有不同。而且,再看围着毡帐值夜戍守的那些瓦剌兵卒,杨嘉谟断定这里绝非普通人可以拥有,虽不敢确定是否部落头领,但也肯定里面住着一个身份不低的人。

杨嘉谟算到他们带来的火药已经所剩无几了，既然找到了这样一处所在那他和杨俊身上的东西就正好派上用场。到现在为止，瓦剌大军还是没有现踪，说不定炸了这里就能引起恐慌呢？

　　想到此处，杨嘉谟低声耳语吩咐杨嘉臣带着广毅等人绕到另一边去引开毡帐旁的瓦剌兵，他和杨俊则负责炸了那里。

　　杨嘉臣领命，带了几人顺着草坡迂回，在离着那毡帐尚有三十余步的时候起身挑衅，成功吸引了瓦剌守卫的注意。这些守卫有十来个，见到杨嘉臣等人出现，分了一半追着他们而去，另一半继续留守警惕地逡巡四处进行戒备。

　　杨嘉谟和杨俊对视一眼，二人跳出草坡急速冲过去，在瓦剌守卫发现迎上来时业已向前推进了几十步。

　　眼看着离那毡帐不到三十步了，杨嘉谟短促吩咐："炸！"

　　话音才落，二人解下包袱远远抛掷过去，不偏不倚正是毡帐顶的位置。仗着武艺在身，两个人看着扔出去的东西到位才转身全力撤退。刚刚退至原藏身的那处草坡后，两声惊天动地的炸响裹挟着气浪猛烈散开，白毡帐被掀上半空的同时，无数草皮草屑像瓢泼大雨似的洒落下来。

　　待得动静减缓，杨嘉谟抖掉身上头上的泥土草屑，往前一看不禁愕然变色。

　　"那个臭娘们儿这是没准备让咱们活着回去啊！"杨俊一边咒骂程英，一边气恼地抖落满头泥草，倒没注意杨嘉谟的脸色。

　　杨嘉谟此刻也愣住了，他看着被炸毡帐伫立的地方，他的一颗心凉了大半截。

　　"启民。你我这次恐怕真得折在这里了。"杨嘉谟低沉说完，缓缓起身直立。

　　杨俊这才发现了杨嘉谟的异样，顺着杨嘉谟的目光看过去，赫然见到了一幅不可思议的场景。对面，就在兀自冒着烟雾的那方焦坑后面，瓦剌兵卒刀尖上的寒芒在月色中散发出熠熠冷光，骑兵胯下的战马鼻端前面喷射着团团白雾，一支不下千余的兵马正虎视眈眈盯着他们，隔着这么远都无法忽视的杀意扑面而来。

　　"是鞑子！"杨俊强调一声，又觉得这话说了等于没说，身处瓦剌腹地，又专为杀人而来，不是鞑子还能是大明兵将不成。

　　去执行诱敌任务回来的杨嘉臣等人也摸了过来。

　　"明宇，这些鞑子太奸猾了，刚才那毡帐应该是个诱饵吧？"杨嘉臣问。

　　杨嘉谟脸色冷肃盯着对面，回道："如今看来咱们此行的目的是达到了，不管瓦剌是设了陷阱还是诱饵，乘着他们的大军还未出动，咱们要马上撤退！"

　　杨俊不大有信心："鞑子的强弓劲弩就连官兵都不是对手，咱们这回可是遇到硬茬了，只怕是……"

这话杨俊没说完，但大家都明白是什么意思，他们全身而退难了。

几个人正在这里估量有无活着撤走的可能的时候，却听对面瓦剌人扯了嗓门对他们开始喊话。

叽里咕噜一阵言毕，杨嘉谟回头看向小刀："他们说的是什么？"

在众人惊讶当中，小刀脸色很不自然地回道："他们说已经知道咱们是大明派来的人了，之所以在这里设了营帐就是为了引我们聚拢一处，也好一网打尽，让咱们弃械投降并答应帮他们做事，就放一条生路。"

杨嘉谟想了想，吩咐小刀："你跟他们说，大明男儿宁死不降，大不了就鱼死网破，反正我们还有很多火药在身，不怕死的就尽管放马过来。"

小刀微有迟疑，打量着杨嘉谟的四周似乎是在找寻什么。

杨嘉谟淡笑："别找了，我们现在什么都没有，震慑懂吗？你先这样交涉吧，接下来，我再想办法对付他们。"

小刀会意，向对面亦是一阵瓦剌语的喊话，听那口音虽然青涩一些，但内中语调气势倒是颇像那么一回事，自信中隐含嚣张。

杨俊不禁低骂："这小子在我眼皮子底下这么久了，头回知道他还有这本事。"

杨嘉谟看了眼杨俊不置可否，待小刀喊完，笑问："你是个聪明的孩子，知道我是什么用意对吧？"

见小刀点头，杨嘉谟又接着吩咐："你先跟他们谈尽量拖延时间，我们来合计合计如何脱身。"

小刀一脸郑重应了，又站上草坡跟对方用瓦剌语隔空交流。

杨嘉谟招手示意陆续赶过来的众人靠近，点了点人头，众人一个不缺，颇为欣慰道："诸位，我杨嘉谟这次可能要令大家失望了，之前说好的全身而退眼下看来是不能保证了。"

环视着众人表情不一的面庞，他又低沉言道："稍后咱们以自保为上，正所谓八仙过海各显神通，只要能活着脱身不拘用什么办法。但是，有一条大家务必记住，若能脱逃出去的人，必须原路返回。"

"这是为什么？"金刀帮中有人问道。

杨嘉谟坚毅道："因为我们要死得有价值。"

说完，见还有人一脸不解，杨嘉谟只好把话挑明："诸位想想我们这次来是做什么的，不就是为了引鞑子军士出草原吗？如果我们死了，却没能按照程小姐的意愿把鞑子引到陷阱里去，那岂不是白死了？"

"原来是这么一回事啊！"这群人总算明白了。

杨嘉臣再次恼恨骂道："那个什么小姐太不是玩意儿了，早知如此在关内就该坦明身份的，谅她也不敢这么对待咱们了。"

杨俊更是不满："臭娘们儿，若我能活着回去，定要掳了她去卖到勾栏院，如此才能消我心头之恨！"

众人一听都义愤起来，同声咒骂程英的话语颇有些不堪入耳。

杨嘉谟皱眉止住了喧闹，向众人深深一揖，才缓缓道："此事全因杨某而起，连累了诸位弟兄我深感愧疚。但事已至此，恼恨谩骂也是无用，鞑子势众我们不是对手，当务之急是在保命的前提下，把他们引到官兵的口袋里去。"

说罢，杨嘉谟又沉重而歉意道："倘若，到时候咱们大家还能活着见面，杨某自当置酒赔罪。若是，咱们中有人不幸离开，我亦为其披麻戴孝以偿今日之情。"

话落，广毅痛快点头："杨指挥说话可要算数，我广毅孑然一身心无牵挂，真要死了你记得拿甘州老烧在我坟头多洒上几坛才好，平生也就这点喜好了。"

有了广毅调侃性的打岔，气氛顿时轻快了不少，金刀帮兄弟喜欢杨嘉谟的干脆和义气，也被他即将死了还不忘杀敌的大义所感染，俱都豪气满胸地振作起来，在杨嘉谟指挥下定好了撤退计划。大义当前、虽死犹荣，这是杨嘉谟带给他们的精神和思想，从今往后将会长在每个人的骨子里，根深蒂固。

第四十四章
卓力格图

　　与瓦剌的谈判注定了失败，小刀告诉杨嘉谟，瓦剌人虽然惧怕我们带的东西，但他们打算用一定的牺牲来耗空我们的火药，然后再将我们杀了。

　　这是杨嘉谟预料之中的结果，他不得不佩服瓦剌人心狠，也很欣赏对方这么快就想出了应对威力巨大的火药的办法。事实上，瓦剌的心狠手黑远不止如此，据说在部落中一旦有老人丧失了劳动力成为负担，他们就会毫不犹豫杀掉老人，以此来减少食物和资源的分配名额。更有甚者，如果赶上部落间的吞并或者迁移，失去劳动力的老人会由亲生儿女动手剿杀，免得他们拖累了整个部落的步伐，或是成为对手挟持的人质。

　　因此，面对瓦剌言明要拿一部分人的牺牲来消耗对方战力的策略，杨嘉谟是不怀疑的。好在，他已经制定好了计划，不出意外，他们中一定会有人活着逃出草原。至于能不能引得瓦剌人追去，那就要看给出的诱惑够不够大了。

　　杨嘉谟叫过小刀耳语一番，命小刀按照自己的原话说给瓦剌听。

　　小刀表情复杂地看着杨嘉谟微微摇头。

　　杨嘉谟抚了抚小刀的头顶，耐心地笑道："听我的话，只有这样才能顺利完成计划，大家才不会白死。"

　　"可是……"小刀还想拒绝。

　　杨嘉谟冷下脸来，盯住小刀的眼睛严厉道："除非你不想让瓦剌战败，那我就得好好查一查你的身世了。"

　　小刀眼里闪过惊慌，无奈地点点头："杨大哥，我听你的。"

　　杨嘉谟这才露出笑容，安抚他："那就传话吧！"

　　小刀转身又去向瓦剌人喊话。

　　杨嘉谟大手一挥，吩咐众人按照计划行动。依然是三人一组的分队，依然是扇面推行的方式，这次专为撤退，轻装简行动作更快。把杨嘉臣划到广毅一组之中，杨嘉谟把小刀留在了自己和杨俊身边。

"杨大哥，他们不相信，要看你的印信。"小刀对杨嘉谟说道。

杨俊听得糊涂，不解地骂道："什么信不信的，还要印信来看？小刀，你不会觉得我们听不懂瓦剌话就借机起了什么歪心思吧？"

小刀委屈地看向杨嘉谟："杨大哥，我敢对天起誓，绝没有这样的心思。"

杨嘉谟拍了把杨俊的肩头，含笑安慰小刀："我相信你。"

说着左右看了看，从地上捡起一块草皮掂了掂，用手三两下整成一块四四方方的土疙瘩，打量着杨俊就伸手去撩他的袍子下摆。

杨俊护着衣袍后退一步："哥哥，你这是要做什么？"

杨嘉谟不好意思地睃他一眼，吩咐道："把你袍子的里衬撕下来给我。"

杨俊听得更困惑，但还是动手扯下了块袍子黄色的里襟交给杨嘉谟："这可是上好的杭绸，五两银子一匹的。"

杨嘉谟一边用这块黄布包土疙瘩，一边笑道："少啰嗦，等活着回去我赔你一匹就是。"

小刀忍不住偷笑，惹来杨俊一个爆栗子。

"你确定赔得起吗？指挥同知的月俸才有多少？"杨俊低声嘀咕。

杨嘉谟无暇在此时调笑，把包好的布包递到小刀手上，嘱咐道："你告诉他们这里面就是指挥使的印信，可以给他们看，让他们派人来取。还有，这中间不得动其他心思。"

"他们会答应吗？"小刀担心道。

杨嘉谟摇头轻笑："你问问不就知道了。"

小刀半信半疑，用瓦剌话说了几句，听对方传话过后，他高兴地转头说道："杨大哥，他们答应了，说在确认你的身份之前不会动武。"

杨嘉谟点头微笑："东西放好，我们这就撤。"

小刀跳下草坡，摆好了布包。

杨俊越发不解，拽住杨嘉谟问道："鞑子为什么要确认你的身份？你让小刀都跟他们说什么了？"

杨嘉谟快速脱下外衣，对杨俊笑道："你先别问了，把外衣脱下来给我，等会儿路上跟你说。"

杨俊无奈只得脱了外衣交给杨嘉谟。

杨嘉谟早指使小刀找来两根木棒，他将两件外衣挂到木棒上半遮半露地立在草坡后面，制造出有人在此的假象，这才拉了杨俊和小刀从容不迫地矮身撤走。此处密草丛生，掩藏行踪倒不费事，只要瓦剌人的猎狗不追来，短时间内他们还是具有逃脱优势的。

又是一番夺命狂奔，直到小刀脚力跟不上时，三人已经撤离至和瓦剌谈判地点十多里外的草原之地了。而身后正如杨嘉谟的预料，远远地有猎狗吠叫声传来，显然他的缓兵之计已被识破，瓦剌军士追了过来。

"小刀，再坚持一下，咱们还很危险，不能停脚。"杨嘉谟鼓励小刀，自己其实也多有疲惫。

杨俊侧耳听了听身后的动静，又抬头看向天边，担忧道："鞑子遭你戏弄，一定怒火填膺不肯罢休，而再过半个时辰天就大亮了，到时候对咱们十分不利。"

杨嘉谟也看了看天边光晕惨淡的月亮，一把拉起小刀："我背你一段。"

说话间，小刀已被杨嘉谟甩向后背。

"杨大哥，不行。"小刀挣扎着松脱了手，"你和帮主还有大家先走吧，不用管我。"

杨嘉谟盯住小刀的眼睛沉声问道："我们可以把你留下，你确定他们不会杀了你对吗？可是你想过没有，以后你可能就再也见不到我们了，再也不是金刀帮的大侠了。你舍得这份自由吗？"

小刀犹豫着紧紧抿了嘴唇不再推托，任由杨嘉谟重新背了他往前走，这样的情景与沙漠里如出一辙，没有舍弃和嫌弃，这样的感觉既熟悉又陌生，激动得小刀顿时流下两行泪来。

杨俊在一旁看得稀奇，一伸手拂了小刀一巴掌，笑骂道："让堂堂杨指挥背着你逃命，你这小子幸福得哭鼻子了吧！"

小刀不好意思，赶紧抹掉泪水咧开嘴笑了。

杨嘉谟无声地笑了笑，又是时机不对，否则他真想弄清楚小刀这个少年的真实面目，看看他到底是何方神圣了。直觉还是没变，小刀绝对有着一个出人意料的身世。

杨俊已经知晓了杨嘉谟让小刀对瓦剌传话的内容了，原来是杨嘉谟为了拖延住瓦剌追兵，让小刀说出了自己乃肃州卫副指挥使的身份，还谎称大明军中苛待兵将，想要就此归附瓦剌。而瓦剌部落的头领正好听说过杨嘉谟的威名，因此才要查看他的印信来确认。好吧，杨俊不得不承认他这位义兄真是敢于信口开河胡说乱答应，尽管大明军中苛待兵将这件事不是什么秘密，但能够使得瓦剌人相信就连杨嘉谟都会叛国投敌，这的确也是一份本事。怪只怪瓦剌人蠢了，不然哪来的时间让他们逃命呢！

不过，侥幸毕竟只是侥幸，瓦剌追兵有战马、有猎犬，不出两刻钟就一定能追赶上来，到时候便生死难料了，除非杨嘉谟真的投敌，否则他们必死无疑。

"哥哥，你对咱们先祖之中的杨四郎被招了辽国驸马这件事怎么看？"杨俊边跑边问杨嘉谟。

杨嘉谟只顾背着小刀往前跑，闻言没好气地训斥："以后无事就多读读正经书籍，什么五郎八郎的，那都是坊间杜撰而来，咱们先祖令公一脉单传，到了四代之后才人丁兴旺起来。"

"哦。"杨俊嘴上应得漫不经心。

杨嘉谟顿时便明白了他的意思，放下小刀，借喘息之际教训杨俊："你又在打什么鬼主意？趁早都给我收起来。咱们杨氏子弟，只有战死的鬼，没有降敌的奴。你要是敢没骨气，我亲手宰了你！"

杨俊连忙摆手："哪有哪有，我也就是那么一想，万一瓦剌人追来咱们实在逃不脱，也不知道他们缺不缺女婿？"

眼看着杨嘉谟黑了脸，杨俊又笑道："这也是缓兵之计嘛！"

杨嘉谟瞪了一眼嬉皮笑脸的杨俊，拉起小刀重新往前，头都没回道："那你就留下来好了，瓦剌人或许更喜欢你这样的样貌，驸马别想了，做个男妃应该能逃一死。"

话毕，就听小刀已经笑出声来。

杨俊气得丹凤眼闪了几闪，转而又无奈地笑着跟了上去，嘟囔道："死到临头了还不兴开个玩笑，非要苦着脸受死不成。"

且不说三人择路而逃能否成功，先前出发的其他人，脚程快的已跑到了草原边缘地带，眼看胜利在望，却从前方涌出了大批瓦剌敌兵。这些兵将显见是早有准备事先设伏的，一排弓箭手搭箭瞄准，他们守住的正是众人欲要冲出去的草场口。

杨嘉臣作为这群人中唯一带兵打过仗的人，在杨嘉谟没有赶来之前，他就得负责指挥应敌。

广毅问道："杨二哥，怎么办？"

"退！快退！"杨嘉臣急令众人后撤，退到瓦剌兵射程稍远的地方蛰伏下来。

见大家藏好后，杨嘉臣从草色稀疏的土堆后面伸头观察，才刚探头就有几支利箭迅疾而至。

他低头避过继续矮身掩藏，心有余悸道："鞑子看来早有埋伏，免不得要有一场恶战了。"

广毅眼角扫着众人，苦笑："除了杨指挥和我们帮主，我们大家就全在这儿了，若是能战又何须撤退，在鞑子腹地打一场不就完了。"

杨嘉臣微报，挠头道："那你说能怎么办？要是明宇在这儿说不定就有办法，我可想不出来。"

广毅不言，众人更是一筹莫展。原以为摆脱追兵就胜利逃亡了，谁知道瓦剌人狡猾还会想到在这儿伏击呢？如今真是前狼后虎进退维谷，似乎只能指望杨嘉谟赶到再想脱身之道。不知不觉，这群人已经彻底将杨嘉谟当做了主心骨，在他们眼中杨嘉谟仿佛无所不能似的。

当杨嘉谟赶来时，情势已到最危急的关头。此时天色已亮，瓦剌伏兵见杨嘉臣等人蛰伏不动，派人几番试探攻击摸清了他们人数的多寡，便再也没了顾忌，全线压了上来。后面的追兵更是相距不远，在得知了杨嘉谟的身份又遭受了他的戏弄之后，瓦剌人杀意更浓，小刀告诉杨嘉谟，对方阵营之中高喊着的话语正是"活捉杨嘉谟有赏"的口号。

见杨嘉谟和杨俊赶到，虽瓦剌追兵和伏兵两厢里形成合围之势，众人还是觉得安心不少。

"明宇，你们可算来了。"杨嘉臣迎上，将杨嘉谟三人拉进土堆后面，愤愤道，"鞑子什么时候变奸猾了，他们居然事先在这里设了伏兵，咱们这回怕是难以逃生了。"

杨嘉谟业已看清了形势，沉着道："鞑子什么时候都不笨，否则也不会危害大明百余年了。"

"现在怎么办？大家就等你来了。"杨嘉臣又道。

看了眼满脸希冀的众人，杨嘉谟咬咬牙决绝道："为今之计只有死拼罢了，能活着出去几个算几个。当然了，这就靠大伙儿的运气了。"

众人面色黯然，虽然早有预料，但听杨嘉谟亲口说出来还是难免失落。

杨俊看自己的兄弟露出这副表情，很是气恼地大声斥责："人生百年终将一死，你们都给我收起这副哭丧晦气来，便是死也应该死得豪气万丈青史留名，别辱没了金刀帮的侠名。"

说着，杨俊已是直立起身冲出了土堆，大吼一声："不怕死的跟我去杀鞑子啊！"

箭矢飞至，杨俊一个腾空翻身之间双手各接住几支利箭，再落地时已朝着对面的瓦剌兵疾掷而出，顷刻间毙敌数名。真是没有想到，到了关键时刻，这个花花公子倒有一手好功夫。

众人见杨俊如此勇武，胸中热血激荡顿生豪气，纷纷跳出来向敌兵冲杀过去，竟个个都是难得一见的高手。杨嘉谟看得不禁叹气，这般志士要是延揽于军中，不知将会提高多少大军战力啊！可惜此战之后，能活下来的怕是寥寥无几了，这不但是江湖的损失，也是我大明边军的损失啊！

慨叹归慨叹，杨嘉谟手上也并无迟疑，一边接了流箭甩向敌营，一边大声吩咐："冲到他们中间去！和他们搅到一起，他们的弓箭就成了摆设！"

众人很快领会了杨嘉谟的意图，和敌人打成一团，他们的弓箭就会失去效力，远程攻击无效，就看近身厮杀谁更胜一筹了。瓦剌以弓马为强，破掉他们最引以为傲的强项，在擅长近身搏杀的江湖中人面前并没有什么优势，唯一所仗的也就只剩兵员多，杀之不尽这一长项了。

跟杨嘉谟的预料一样，在与敌兵打成一团之前，己方有好几个人丧生在瓦剌弓弩之下，还有多名兄弟负伤仍在坚持厮杀，真正保持全力能战者不过七八之数，而敌兵还在源源不断地围上来。

杨嘉谟手执一柄从瓦剌人手中夺来的长刀横杀四方，紧紧护着身后孱弱的小刀，却全然没有注意到小刀越来越惨白的脸色和茫然错乱的眼神。

"不要杀他，不要杀他……"小刀喃喃念叨，眼睛没有焦点地盯住杨嘉谟的后背。

正在这时，一个瓦剌兵手持大刀杀来，兜头就砍向小刀的头顶。

"小心！"杨嘉谟一声大喝，斩杀了敌兵。那名瓦剌兵脖子上热血喷溅淋了小刀一头一脸。

杨嘉谟拽过小刀，关切地问道："你没事吧？"

小刀吓呆了似的一言不发，任由污血糊脸不擦不拭，只用一双亮得出奇的眼眸看着杨嘉谟的脸庞。杨嘉谟把小刀安置好后，又冲向了敌阵……小刀看着杨嘉谟的背影，缓缓从领口掏出一根乌漆麻黑的链子来，摩挲着那上面挂着的一颗黄灿灿的狼牙形状的东西。

似乎用尽了所有的勇气，小刀手臂一振高高举起手里的东西，用瓦剌语大声说了几句什么。

杨嘉谟正在与敌激战，看到了小刀奇怪的举动，不禁纳闷，不知道他在跟瓦刺人传递什么样的信息，却见瓦刺军中有人高呼，然后众兵将停了攻势快速而有序地齐齐往后退出了十步距离。

"小刀，你做了什么？"杨嘉谟收了兵刃惊讶地看向小刀问道。

小刀惨淡一笑，两颗尖尖的小虎牙格外醒目："杨大哥，你救过我的命，在最艰难的时候，你自身难保的情形下还没有丢弃我，算上这次，我欠你两条命。你放心，我不会让你死的。至少在我面前，我定会护你周全。"

杨嘉谟对小刀的身世早有怀疑，也想要弄清楚他的真实身份，但绝没想到是在这种时候这样的情形下。而看着小刀能够仅凭一件毫不起眼的小物件就令瓦刺退兵，杨嘉谟更加肯定了这个少年有着非同一般的身份。

"小刀，我并不图你的报答，这个你应该明白。"杨嘉谟真诚地笑道，说着又戏谑地看过去，"事到如今，你也该把你的真名实姓告诉我了吧？"

此时的小刀不再畏缩胆怯，但也没了他往日的古灵精怪，缓缓前行的步态沉稳坚定，周身散发着一种神圣不可侵犯的王者气度，尽管形容狼狈但难掩高华。他明亮的眸子里满含骄傲，望了眼正走上前来的瓦刺头领，又环视了一眼杨嘉谟身侧仅存的七八个人，最后将目光迎向了杨嘉谟。

"我的原名叫卓力格图，在我们的母语里是大无畏的意思，而我是成吉思汗的嫡传后裔。"小刀字字清晰地述说着自己的身世，然后又将手里的狼牙展示给杨嘉谟看，"这颗狼牙是我的祖上祖祖辈辈传下来的，它象征着纯正的王族血统，草原部落所有人见了它都要下跪叩拜。"

杨嘉谟讶然："原来你还有这般煊赫的身世，可为何会流落到大明到了金刀帮中？"

小刀，哦，此时应该称他为卓力格图了。

卓力格图眼神悲伤道："传说苍狼和白鹿是我们部族的祖先，他们奉上天之命降临人间，在斡难河源头、不儿罕山前繁衍生息，生下了巴塔赤罕，他就是成吉思汗的始祖。所以，部族之中一直都有两个信物代表王室血统，一个是我手里的这颗刻有我们部族语言的狼牙，另一个据说是一根透明的鹿角，可惜我出生就一直在颠沛流离，从来都没有见过那个东西。"

"然后呢？"杨嘉谟感兴趣地问道，"如果我猜得没错，是不是草原上一直都在为各自拥护的信仰争执不断？"

卓力格图眼神亮亮地看着杨嘉谟，随即又黯淡下去，自嘲笑道："草原上从来都没有停止过争战，他们给我取了一个大无畏的名字，可我的父亲和母亲却从小都只希望他们的儿子能够健康平安地长大，不用去面对那些杀戮。而我……"

他笑得有些冷酷："那年，我六岁，他们当着我的面杀了我父亲母亲，逼我去继承王位，其实就是想控制了我做他们的傀儡。我岂能如他们的愿？便趁着夜里看守打盹逃了出来。最后，跟随一支商队来到了大明。"

"你受苦了。"杨嘉谟真心为这个少年的遭遇感到悲凉，不由安慰道。

卓力格图摇摇头："杨大哥，那些都是旧事了。在遇到你之前我一直都在努力忘记，可是今天，我还是说了出来。你放心，有我在他们不会杀我们的。"

杨嘉谟听闻皱了眉，不忍道："你这样值得吗？为了我，让自己重新回到那些勾心斗角的杀戮当中，你让我们于心何安？"

卓力格图抹了把头发上滴落的血珠，看着指尖变得血红，眸色也染上了那血腥。他幽幽道："我说过，我欠你两条命，欠债总是要还的。况且，我父亲活着的时候曾说过，每个人都有上天赋予他的职责，我又能自欺欺人到哪一天呢？该面对的终究还是逃不过。"

"小刀……"杨俊忍不住酸楚，轻声喊道，"你以前怎么不说？"

卓力格图向杨俊深深一揖："帮主，这几年多谢你的照拂，虽然你不是很靠谱，但我过得很幸福。往后，杨大哥就有劳你扶持了。"

杨俊听了不满："得了便宜还卖乖，我怎么就不靠谱了？真是。"

一番调侃，气氛轻快不少。众人看向这少年的眼神不舍之中满含祝福。

卓力格图团团一揖，继而转身面对瓦剌头领用他们的言语交谈起来。卓力格图冲着瓦剌头领说明了自己的来历，瓦剌头领接过狼牙看了一下，急忙率领一众兵将单膝跪地参拜，他们承认了卓力格图的身份。

卓力格图指着杨嘉谟等人又说了几句，就见瓦剌头领面露难色犹豫着没有立时答应。卓力格图提高了声调话气变得严厉，那头领才勉为其难地低头应下。在卓力格图的一声喝令中，围在杨嘉谟等人身后的瓦剌兵像潮水一样退去，让出了之前被他们守着的草场入口。

杨嘉臣见状不以为然道："早知如此还不如一开始就说明身份，也免得咱们死伤惨重了。"

"大哥，休得胡言！"杨嘉谟及时喝止，对卓力格图抱拳道，"人情温暖，山高水长。王子，我们后会有期。请王子珍重。"

卓力格图颇不习惯这个称呼，略带别扭地还礼，悲怆地回道："杨大哥，今日一别，不知今生还有没有机会再见，你会忘了我吗？"

杨嘉谟突然鼻头酸了，勉强一笑涩声道："自然不会。若有难处你还可以来找我，只要……"

他扫了眼卓力格图身后脸色阴晴不定的瓦剌头领一眼，才道："只要你能传消息出来，不论多难我必设法相助。"

卓力格图欢欣起来，举着狼牙笑道："那可说定了。不如咱们就以这狼牙为信物，真到了向杨大哥求助的时候，我会让人带它去见你。"

"好，一言为定。"杨嘉谟微笑着应了。

瓦剌头领显见不耐烦地看他们彼此依依不舍，挥手做出请卓力格图先行的手势，一众兵将也弯腰恭立，催请王子的意思不言而喻。

卓力格图落寞地垂了手，深深看了眼杨嘉谟等人，然后抿唇转身而去。

"小刀……"金刀帮兄弟还是重感情的，不禁轻叫出声。

卓力格图的脊背一僵，但最终还是没有回头，脚下有些仓皇地快步离开，在众人视线里，他接过瓦剌兵奉上的马鞭和战马，扬长而去了。

秋风萧瑟，黄草连天，一队高飞的大雁不知道发生了什么事，哀鸣着划过了头顶……与此同时，悠长的马头琴声不知从何处传来，听得人阵阵心酸。

杨嘉谟不敢轻视敌兵，挥手命其他人先撤，而他则和那名瓦剌头领静静地对峙了良久，从对方眼中，杨嘉谟分明看到了一丝杀意极快地闪过。

"你就是杨嘉谟？"瓦剌头领突然问道，他居然说得好一口流利的汉语。

杨嘉谟惊疑："你会说汉话？"

瓦剌头领轻蔑一笑："你记住，我叫哈喇珠子，他日再见我必取你首级。"

杨嘉谟坦然回道："彼此彼此！"

哈喇珠子再不废话，笑了笑转身就走。

杨嘉谟又急忙喊道："卓力格图还请你多加照拂。"

哈喇珠子头也不回地摆摆手："他是我们一直在寻找的王子，何须你多管闲事！"

杨嘉谟苦笑，哈喇珠子说得对，从今往后卓力格图就不再是那个他熟悉的小刀了，他从今天起成了瓦剌的王子了，这的确没有他杨嘉谟什么事了。至于和他的约定，杨嘉谟更是无奈，生死仇敌的两个民族，他便是知道卓力格图有难也鞭长莫及，又如何谈得上相助？之所以有了一个不可思议的约定，除了王子和他们的友情外，剩下的不过是为了彼此安心而已。

杨嘉谟带着大家把金刀帮兄弟们的遗体收拢起来，用巨大的石块压住并且掩埋了起来，这样野兽们想下嘴祸害就无能为力了。接下来，他们得赶回高台守御所要了车马来，把这些弟兄们的遗体搬回去好好安葬。

离开草原南归时，每个人都心事重重。除了那些战死的金刀帮好汉外，大家对小刀的身世唏嘘不已。鉴于他的敏感身份，大家一致约定守口如瓶，不对任何人吐露一个字，就当他也随那些好汉一起战死了。从此，小刀和关于卓力格图的身世只能当做一场回忆，封存到心底了。

踏进一处山谷后，杨嘉谟仔细地观察着四周的地形，也不知道程英设定的伏击地点在哪里，要知道，这里可是最好的伏击地点啊！怎么一点点动静都没有？这个可恶的女人，让他们送了命，自己该不会早就溜到千户所去了吧？杨嘉谟这样想着时，突然就感觉到了异样。

"小心，有埋伏！"杨嘉谟的话音未落，嗡鸣声四起，箭雨铺天盖地而来，大家立即趴到了地上……

杨嘉谟藏身于路边一处乱石堆中，捂着中箭的腰腹强忍疼痛往前看去，只见山谷两侧有许多黑衣蒙面人的身影。这样的打扮对杨嘉谟来说并不陌生，追杀他到王家庄的是他们，胁迫他驱逐出关的也是他们，现在看来这群人还是不死心又跟踪到了这里。难道是自己活着回来的消息走漏了风声，抑或是这群人也长了一条瓦剌猎犬一样的狗鼻子？杨嘉谟百思不得其解。

杨俊咬牙拔掉手臂上的箭羽，恨声怒骂："这个臭娘们儿这是要对咱们赶尽杀绝呀！"

杨嘉谟摇头："你错了，要杀咱们的不是程小姐，你看到那些人的穿着了吗？"

杨俊闻言仰头看去，恍然叫道："是他们？"

杨嘉谟颔首："不作他想。否则何须蒙面。"

"咱们伤亡如何？"杨嘉谟忍着剧痛问道。

杨俊沮丧回道："你我，二哥，还有广毅轻伤，郑大哥后背中了一箭，其他人都……"

杨嘉谟鬓角冷汗涔涔而下，怕他们看到担心便没有回头，指着侧方道："从这里攀岩上去或许还有生路，你和广毅照顾郑大哥先走，我和我大哥留下来断后。"

杨俊领命，招呼广毅背上郑三彪去爬山崖。

杨嘉谟这才回头看向杨嘉臣，低声道："大哥，扶我一把。"

惊觉杨嘉谟面色不对，杨嘉臣低头一看，不禁失声惊呼："明宇，你受伤了？"

杨嘉谟做了一个噤声的手势："此地不宜久留，他们马上就会追杀过来，你扶我站到当路去，然后赶快和启民他们走。"

"那怎么行？"杨嘉臣不假思索地冲口而出，"你出去了就是他们的箭靶子。"

杨嘉谟咬牙站起来，一手拉住杨嘉臣，一手撑着身旁的石头，苍白的脸上没有一丝血色。

杨嘉臣终于看清楚了，杨嘉谟不是中一箭这么简单，他折去箭羽的短箭还有两支，呈不规则的品字形赫然插在肚腹之上，从中箭到现在不过是在硬撑而已。

"明宇……"杨嘉臣哽咽着语不成句。

杨嘉谟紧紧攥着杨嘉臣的手急促道："快扶我出去，离得远他们未必看得出我受伤，我还能为你们做的就只有拖延这一点时间了。"

杨嘉臣摇着头不肯答应。

杨嘉谟无力多说，只用眼睛瞪着杨嘉臣短促道："他们的目标是我。快！"

"我不能……"杨嘉臣坚持，不顾杨嘉谟的眼神示意，自己跑出乱石堆站在了路中间，对着两侧的山谷大喊："老子就在这里，你们这些狗娘养的来杀啊！来杀啊！"

杨嘉谟苦笑，他已经感受到了死亡的逼近，却不想最终还是连累了他的兄长，这个一路陪他受尽苦楚的手足。罢了，能死在一起，也不算遗憾了。如此一想，杨嘉谟心下反倒松快，一阵剧痛袭来时他再也无力支撑，便软倒在了石堆中。仰面躺下去的最后一刻，杨嘉谟看到了蔚蓝的天空，那里有一只雄鹰展开翅膀，身形优美地缓缓划过天际……

第四十五章
姗姗来迟

泉儿沟无泉，山大沟深倒是真的，两边是陡峭的山壁，内夹一条南北走向地势奇诡的沟壑，用来设伏最为合适不过，这里就是程英选择了作为伏击哈喇珠子的地点。可惜，哈喇珠子还没等来，倒等来了一群手拿肃王腰牌偏还不露真容的蒙面人。

这群人的出现程英不是没有怀疑，青天白日蒙面行事让人总是很容易联想到不法之徒。可对方手上的腰牌做不得假，再加上他们声称是来袭杀叛逆的，这就由不得别人质疑了，便只能遵从行事把阵地暂时让给了他们。缉拿叛逆为国锄奸，这样的理由不论是冠冕堂皇的作秀，还是真有其事都没有拒绝的余地，否则有可能会被视为包庇以同罪论处。程英跟着兄长待在军中也有不短的时间了，她自然清楚这群人的行事做派，听说肃王手下有一支专事刺探情报，监察藩地的官属，类似于受皇帝直接领导的锦衣卫那样的人马，大约就是眼前这些人了吧！

一念及此，程英略有些嗤之以鼻，堂堂七尺汉子不想着正经杀敌，却藏头露尾去做背后暗探，此种勾当连她这般小女子都当真看不惯，可偏偏人家背后是肃王撑腰，等闲谁也不愿意主动招惹，也便只能睁只眼闭只眼了。

"去看看，他们还要多久才能完事？不要耽误了咱们伏击鞑子。"程英对身旁一名小兵言道。

小兵为难地嗫嚅："那些人一看就不是好相与的，我可不敢去问。"

程英闻言一瞪眼睛，没好气地训斥："他们不好相与，你家小姐就好相与了？瞧你这点出息！"

小兵咧嘴笑了，眨眨眼机灵道："小姐你也就是凶巴巴的故作厉害，心肠却是最软不过的，这谁不知道呀！哪里能跟那些个凶神恶煞的蒙面人去比较。"

看这番言语行事，分明也是个穿了戎装的小女子无疑。

程英嘴角带笑，亲昵地敲了下小女兵的头盔笑骂："尖牙利嘴！"

二人正自说笑着，就见一个兵卒慌慌忙忙赶过来，走到近前向程英一拱手禀道："小姐，达指挥来了。"

"达指挥？哪个达指挥？"程英有一点摸不着头脑，疑惑道。

兵卒忙解释："就是才刚升任了肃州卫指挥使的那个达指挥啊！"

程英恍然："原来是他呀！到这里做什么来了？"

兵卒摇头："不知道，但看着那脸色不像是什么好事。"

程英还待再问，就见一行人以极快的速度顺着山路上来了，带头的正是达奇勋，风尘仆仆满面焦灼，的确不是个好脸色。

"嗨，是什么风把达指挥给吹到我们这小地方来了？"程英笑嘻嘻地迎上，十分熟稔的样子。

达奇勋黑着脸，身后还跟着一脸尴尬的程槐，此刻程槐努力向自家妹子挤眉弄眼，看得程英莫名其妙。

"哥你那是怎么了，眼睛不舒服吗？"程英懵懂地询问。

达奇勋转头去看程槐，恼怒道："看看你干的好事！"

程槐挠头解释："是是是，都是我蠢，跟我家小妹没有关系，她并不知道那个人就是……"

"要是他出了意外，我撸了你的职！"达奇勋不留情面地打断。

见自家兄长被训，程英冷了脸色睨着达奇勋嘲讽道："呵，才多久没见，达指挥就这般盛气凌人了，还真是士别三日刮目相看呀！"

达奇勋顾不得程英的挖苦和不满，询问程槐："人呢？赶快找啊！"

程槐更是顾不得向自家妹子详细解释，上前来拉了程英往侧旁走了两步，低声问道："那个人呢？昨天你抓回来那个？"

"他？"程英疑惑，"我打发他们去引哈喇珠子去了，这你不是都知道吗？"

程槐急忙使眼色阻止程英，苦着脸道："那个……你不知道，那个人他就是原凉州卫指挥，才被发配到肃州来短短几日就又升了指挥同知的杨嘉谟。"

"什么？"程英万分惊奇，"怎么会是他？"

程槐很能理解妹妹此时的心情，他刚听说这个消息时和她有着同样的不可置信，只是眼下不是详细解释的时候，达奇勋就在旁边跟个煞神似的盯着他们要人，必须得保证杨嘉谟活着才行，不然有可能和达奇勋连朋友都做不成了。

"二妹，其他的稍后再说，把人找回来先，赶快去。"程槐郑重地叮嘱程英。

程英则犯了难："找回来？我上哪儿给你找去？这个时辰说不定他们都……你知道他们都带了那东西去的。"

"这可怎么办？"程槐一听也是急了，"杨嘉谟不能死，更不能死在你我兄妹手上啊！"

程英抿着唇低声嘟囔："那你不早说。"

见这兄妹二人嘀咕了半天丕没个答案，达奇勋忍不住了，黑着脸高声喝骂："程槐，你今天要是交不出人来小心吃不了兜着走！"

程槐按住想要上前理论的程英，咬咬牙转身走过来对达奇勋挑眉道："你也别恼，既然事已至此我也没什么话说，要是杨嘉谟遭了不测我给他抵命就是。"

"你……"达奇勋恨铁不成钢，一时语塞。

程槐嘴角咧出一丝笑来，故作潇洒地又道："横竖这是个误会，我若知道他就是力抗蛮夷的杨嘉谟，当爷爷供着都尚嫌不及，又哪里敢算计他？到时候追究起来我自一力承担，绝不连累旁人。只是……"

程槐回头看了眼飒爽英姿的亲妹子，故意大着嗓门笑道："我就这一个妹子，还请达兄莫要忘了咱们两家定下的娃娃亲，只要不亏待了她，我死而无憾。"

"哥你胡说什么？"程英气恼地喝止，快步走过来瞪着兄长，微微红着脸埋怨，"和他们家定娃娃亲的是你，少扯到我的身上来。"

说着，毫不扭捏地看向达奇勋毅然决然地说道："人是我抓回来的，让他们深入瓦剌腹地去诱敌的也是我。跟我哥一点关系都没有，你要是问责冲我来就是。不就是一条命嘛，我赔给他总行了吧！"

"二妹莫要胡说。"程槐急忙阻拦。

达奇勋却已经厉声喝问起来："你赔？你赔得起吗？做错了事情倒还有理起来了？"

程英不服，气恼地涨红了脸反问："你就知道怪我和我哥，也不动脑子想一想，我又没见过他，如何得知他就是杨嘉谟？再说了，他是我从关外柳条湖带回来的，见面又支支吾吾不肯说出真实身份，谁知道是不是鞑子的细作？要是你，怕当场就格杀了也有可能吧？"

达奇勋闻言一怔，铁青着脸倒是没办法反驳了。是啊！杨嘉谟被詹德贤和侯太监联手暗算驱逐关外，以自己对他的了解肯定不会就这么轻易气馁，势必要想方设法回来，且肯定是极力掩藏身份而来，又怎么会在第一次见面的程氏兄妹跟前说出身份？造成这样的误会，的确也不能完全怪到程槐和程英头上。可是，一个大活人，就这么没了总得有个交代，便是不论私人情义，杨嘉谟可还是肃州卫的副指挥使，上了兵部花名册的正经三品武将呀！还有，到时候杨家来要人怎么说？总不能把程氏兄妹真的交出去抵命吧？而不交出他们，难道还要将肃王府和侯太监拖下水？真要到了那时，胳膊拧不拧得过大腿且两说，整个甘肃镇岂不乱了套……

被程英一番诘问，达奇勋也是无言以对，这里面的很多内情程氏兄妹并不清楚，他也无意与他们言说。但是，杨嘉谟这件事绝不能就这么撒开手不管，毕竟自己现在还是他的顶头上司，于公于私都要站出来负责。

一念及此，达奇勋喟叹一声沉沉道："不论生死，先找到他再说吧！"

程槐兄妹对视一眼，神情并不见轻松。

"我亲自去找他！"程英银牙一咬，抬步就往山下走。

程槐自是不放心他的亲妹子去冒险，一把拽住程英的胳膊轻喝道："胡闹什么！要去也是我去，你一个女孩子家哪里是哈喇珠子的对手！"

程英不依，绷着脸叫嚷："你别小瞧人，我也是总兵府花名册上有名有姓的百户！"

程槐当然知道他的妹子是有品级在身的，如果不考虑她是个女子，就凭这几年立下的那些军功，早就该升任千户跟自己平起平坐了。可是，到底是个姑娘家，于军中待久了只知打打杀杀不事女红家务，已经因此耽搁了她的亲事，他还正想着怎么劝说妹子退役呢，现在又怎么会容许她孤身犯险？

"不行！这件事得听我的！"程槐不容分说，拽了程英在身后对达奇勋道，"这里麻烦达兄照看，我这就带一队人去瓦剌那边救人，不论生死一定找到杨嘉谟，给你个交代。"

说着，也不理程英的阻拦，从她手里夺了马鞭拔腿就走。

看着这样的程槐兄妹，达奇勋顿时不忍起来，冷静过后他也明白，这件事是个意外，杨嘉谟已是生死未明，再不能搭上程槐也跟着步上后尘了。

"且慢！"达奇勋扬手喊住了程槐，正想说从长计议的话，却听一个兵卒在山崖边急声大呼。

兵卒急声招呼："大人，小姐你们快来看，好像有人来了。"

程英一愣，随即大踏步走过去："看清楚是昨夜那些人不是？"

程槐闻言也转身走来，望着达奇勋道："走，先看看再说。"

二人跟在程英后面到了山崖边军兵们设伏的地点。

达奇勋目力极好，远远看着山谷口有个人影就笑道："果然是他大哥！有了杨嘉臣，杨嘉谟肯定也在，快打发个人下去迎一迎。"

程槐没看清，但达奇勋既然这样肯定便忙对程英道："二妹，让你的人去接应他们，我和达兄随后就到。"

显见的达奇勋脸上有了笑模样，程槐顿感如释重负。

程英也是心下一轻，正待吩咐兵卒们去接应却突然看见前方埋伏的那些蒙面人都站了起来。程英这才想起把最前沿的伏击点都让给了他们的事。

"住手！快停下！"程英焦声大喝。

但是，来不及了。蒙面人的弓弦震颤声在山风里响成一片……

达奇勋额角绷起根根青筋，恨声大骂："程英，你做的好事！"

说罢，他当先转身往山下而去。

程槐傻愣当场，眼见山谷上空箭雨铺天盖地而去，盯着两侧黑衣蒙面人的身影诧异道："二妹，这是怎么回事？"

程英面色难堪，咬唇回道："他们说是来袭杀叛逆的，有肃王府的腰牌。"

"咳！这回麻烦了！"程槐烦躁起来，挥手命众军兵赶紧跟着达奇勋下山，又将程英拉到一旁叮嘱道："二妹听我说，咱们很可能卷到一场阴谋里去了，那些人你我兄妹都得罪不起，稍有差池自身难保。"

程英不解："哥，你在说什么啊？到底发生了什么事？"

程槐来不及解释，只叮咛道："你什么都别问，这件事就交给哥哥我来处置，往后结果无论如何，你只把所有事都推给我就是。记住我的话，千万别不当回事。"

程英更为困惑，要问却没时间了，程槐已小跑着下山而去。想了想，她也只好命人收队往山下的谷中走，事情究竟如何，她得亲自看看才能解开谜团。至于那些蒙面人，既是肃王府所出，人家的去留可就不是自己这个小小的女百户能够过问的了。不过，他们声称是来清剿叛逆的，怎么又会对杨嘉谟下手？难怪哥哥说这里面有阴谋，莫非这事竟针对的是杨嘉谟？如果是这样那就太可怕了！

怀揣更深的不解和好奇，程英瞥了眼已经开始快速撤退的蒙面人，无声地下了山。

山谷里的乱石堆中，杨嘉臣抱着昏迷不醒的杨嘉谟大声呼唤："明宇，明宇你快醒醒啊！你可千万不能死，听见了吗？明宇……"

杨嘉谟紧紧闭着眼睛，面色惨白完全没有一丝反应。

杨嘉臣的眼泪便大滴大滴掉了下来，恨声哭号："你说说你，怎么就这般多灾多难？咱们还有那么多的事情没有做，你如何舍得死，如何甘心就此死了呀？"

达奇勋赶来时看到的就是这幅哭得肝肠寸断的伤心场面，见状，他不禁大骇：杨嘉谟真的死了？

心下惊骇步调仓皇，达奇勋三步并作两步上前，单膝跪在石堆中查看杨嘉谟的伤势。三支折断的箭羽呈品字形深入杨嘉谟的腹部，随着他微不可见的呼吸偶尔颤动一两下，看起来触目惊心。

"明宇兄，你快醒醒！"达奇勋急声呼唤。

杨嘉臣泪眼蒙眬中看清了面前人的容貌，当下不禁火冒三丈，一把推开达奇勋愤恨吼骂："姓达的你装什么蒜，少他娘的猫哭耗子了，给老子滚！要不是你们，明宇怎么会……他怎么会……"

骂了一半杨嘉臣还是哽咽着说不下去了。

达奇勋从地上翻起来神色复杂地看着杨嘉谟奄奄一息的样子，料想在此刻如同蛮牛一般失去理智的杨嘉臣跟前说不清什么，便也不再往上凑，而是转身对急急追来的程槐吩咐："赶快派人回营找军医准备施救，我马上就送杨指挥过去。"

程槐一见杨嘉谟的伤势也暗暗咋舌，急命麾下兵卒先行回营打点，望着哭得像个孩子般的杨嘉臣提醒道："这位兄弟，你这样光哭也不是办法，还是把杨指挥运回大营再说吧！我营里有军医在……"

"你闭嘴！"杨嘉臣恨声怒骂，"你们害他还不够吗？都他娘的是一伙儿的，我怎么敢把自己的兄弟交到你们手上！"

达奇勋气得脸色通红，恼怒道："你这蛮牛委实不通情理，我们要是想要害死杨嘉谟还用得着救他，看着他流血而死岂不痛快？"

杨嘉臣满心满肺都被愤恨和悲痛填塞，入眼只觉人人都是仇家，个个都想谋害他们，一时间哪里能想到这么多。此时被达奇勋一通斥骂反倒有了醍醐灌顶的醒悟，直愣愣盯着对方的眼睛看去，恍然道："说得是啊！"

达奇勋哭笑不得，一抬手指向杨嘉谟喝道："那你还等什么？莫非真要坐在这里眼睁睁地看着他死不成？"

杨嘉臣忙不迭地抹了把眼泪，也跟着吼喊："那你还不叫人来帮忙？要是明宇有个三长两短我跟你没完！"

达奇勋气结，挥手示意程槐上前帮忙，几个人搬抬了杨嘉谟脚下如风就往山谷外走。

正在这时，程英骑马赶到了，见情势如此忙下马让出坐骑道："靠人两条腿走岂不误事，还是骑马去快一点。"

达奇勋二话不说继续往前，连余光都没有给她一个。

眼看一行擦身而过，程英气得银牙暗咬。

程槐心疼自家妹子，脚下不停却忙出言解释："二妹，杨指挥伤势太重不适宜马背颠簸，我们先护他回营治伤，你留在此间善后，随后赶回来就是。"

程英点头应了，才要叮嘱两句却见杨嘉臣恶狠狠剜来一眼。

"你这母夜叉，要是我兄弟好则罢了，不然你给我等着瞧！"杨嘉臣怨毒地骂道。

见杨嘉臣口出恶言，程槐立时就要发作："你骂谁？你再骂一句试试！"

杨嘉臣自然不怕，索性痛骂起来："怎么？老子骂的就是她，母夜叉，要不是她我兄弟因何会落得这般下场？草原上断送的那数十条人命我还没找你们算账呢！"

程槐闻言也是有气发不出了，达奇勋已经跟他说过杨嘉谟的事情，知道他身边有一帮子江湖义士相随，难怪昨天见面他们那样有恃无恐敢对自己麾下兵卒出手。而现在，除了杨嘉谟兄弟，竟是统统折身哈喇珠子之手，且杨嘉谟伤势危重，能不能救过来还是未知，也便由不得杨嘉臣谩骂了，谁让自己兄妹摊上了呢！不过，饶是自己有错，以程槐疼爱妹妹的心，他还是不能容许有人对程英这般恶言相向，所以他面对杨嘉臣也是满面气愤。

达奇勋忙着关心杨嘉谟的伤势，却见这二人针锋相对不肯消停，忍不住又黑了脸呵斥道："你们还有没有个轻重缓急了？杨嘉谟死了，你们都很乐意是不是？"

"放屁！明宇他怎么会死？"杨嘉臣又把枪口对准了达奇勋，但到底说了这一句之后便闭上了嘴巴，他知道现在的当务之急是救人，再不把杨嘉谟送出去，可就真不知道接下来会发生什么不测呢！

程槐自知理亏，也不敢再多说什么，小心翼翼地抬着杨嘉谟直奔守御所营地。眼睛里看着的是杨嘉谟那可怖的伤势，心下还真诚地默默祈祷，希望杨嘉谟能够转危为安。可以他对杨嘉谟伤势的判断，像这样的情况，恐怕也是无力回天了呀！

第四十六章
梦回甘州

　　甘州城南一条深深的小巷里，有一座三进的小宅院，门口收拾得素净简单，青石条铺就的三五台阶跟小巷里路面上的青砖浑然一色，有一点沧桑的清冷，又有一点沉静的安然。隔墙的院落里，靠近巷道这边种着一棵梨树，看起来有些年头了，枝枝蔓蔓旁逸斜出，长得很有些肆无忌惮。

　　深秋的午间，懒洋洋的风吹过小巷，那一片片树叶便随风而落，慢悠悠地掠过虎头瓦当跌落在巷道里，金黄、浅黄各有各的色彩，各有各的故事，总能引起人的阵阵遐思……

　　巷道口突然而来的喧闹，很不合时宜地扰乱了这份静谧，一行大汉脚步匆忙间，卷起落叶匆匆踏进，很快消失在这间宅院的大门里头，只余那两扇略显陈旧的木门上的黑油兽面铺首衔环，还在兀自晃晃悠悠个不停。这种规格的门环非寻常百姓之家可用，乃是三至五品官的门第，是象征身份和地位的院落。

　　此处正是程槐在甘州的居所，乃他祖上传下来的宅院，虽然不大但是闹中取静，尚算得是个养伤静卧的好去处。适才大汉们抬着送进门的正是身受重伤的杨嘉谟，而跟随伺候的除了程槐亲自拨与的军兵外，就是杨嘉臣和杨俊他们几个了，而郑三彪也正好借着这个便利一同被安置在这里疗伤。

　　进了宅院绕过照壁，直往二进院子的厢房里安置下来，杨嘉谟依旧还是昏迷不醒，脸上一阵红一阵白的，显见是发了高烧的样子。

　　杨嘉臣着急得在地上团团转，烦躁道："怎么办，怎么办？明宇他还是醒不过来，还发了高热了，这可怎么办？"

　　杨俊用白布吊着一臂，好的那只手探了探杨嘉谟的额头，沉声道："这不行，热症再退不下去会烧坏脑子的，要不再去请郎中来，要甘州城里最好的郎中。"

　　郑三彪被安置在厢房另一头，他后背中箭的伤处已经处理过了，好在没有伤及脏腑，包扎好了只需静养一段时间自会复原。见两位义弟没头苍蝇似的不知所措，便忍着疼痛开口相劝："二弟、四弟，刚刚那郎中不是也说了，明宇他伤势太重，拔箭之后又失血过多，难免要有发热症状，咱们不妨坐下来等等看，要是晚上热症还不退，再请郎中来不迟。"

有年长的郑三彪安抚，杨俊和杨嘉臣的心才有了着落，才守着杨嘉谟的床榻坐下来。二人忐忑不安而又笨拙的轮番去拭杨嘉谟的额头，那样子让郑三彪看得更心烦了。

"启民，听说你那里有位重霞姑娘擅长岐黄之术，不如请她来看看？"郑三彪慢慢地坐起来问道。

此言一出杨嘉臣顿时双眼明亮起来，盯着杨俊热切道："对啊！怎么把她给忘了？快点让重霞姑娘来吧，她那一手针灸功夫我是亲眼见过的，医术当真精湛。你快传信，或者我亲自去请一趟。"

说着，杨嘉臣就按捺不住地起身，作势要往外面去请重霞："对了，你那酒楼叫什么名字来着？"

杨俊眼神暗了暗，微微摇头道："别去了，她们已经不在那里了。"

"为什么？出了什么事？"杨嘉臣不由愕然。

杨俊看了看杨嘉臣和郑三彪，歉意道："她们三个我还有大用，早就暗中传信去了别的地方帮我做事，此时突然召回来恐事迹败露，没得给她们徒增风险。"

杨嘉臣不解："你是说她们几个做的事很危险，一不留神就有性命之忧是不是？"

杨俊轻轻颔首："是。"

杨嘉臣恼火地瞪着杨俊："杨启民你可真能啊你，我都不知道说你什么好了！你居然让几个姑娘家去冒险，算什么英雄好汉？还江湖大侠呢！"

杨俊脸上挂不住，气咻咻地争辩："这事你不懂，别瞎说好不好！"

"行行行！杨启民，你又一次成功地让我看不起你了。"杨嘉臣不屑多说的样子，言语一如既往的刻薄。

杨俊早已习惯了杨嘉臣时不时的冷嘲热讽，不以为意地睨了眼他："有说我的这张利嘴就跟程槐和达奇勋嚷去，这件事他们两个难逃干系，便是请郎中也是他们请，你跟我在这儿瞎闹什么！"

郑三彪眼看这二人又要打嘴仗，忙出声调停："你们两个也不要怨来怨去了，这种时候咱们兄弟应当同心协力才是，明宇还没有脱离危险呢，你们想让别人看了笑话去不成？"

"我……"杨嘉臣欲要辩解，却听厢房外一阵叩门声。

"几位，我可以进来吗？"一个女子的声音。

三兄弟互相使着眼色取得了默契，杨嘉臣张口恶声恶气地应道："进来说话。"

门被推开，一个小兵托着只红漆盘恭敬地立在门边，身着女装的程英则款款进门而来。没了冷冰冰的戎装包裹，一身大红色剪裁合身的衫裙依旧难掩她眉宇间的英姿飒爽，硬是把本该婀娜多姿的女装穿出了与众不同的韵味来。

"你来做什么？"杨嘉臣没好气地问道。

程英对杨嘉臣也是不假辞色，满面冰寒地回道："怕把你再饿死，送些吃的来。"

说罢，也不理杨嘉臣一脸愤然，走到杨嘉谟床边看了一眼，转头问杨俊："他怎么样了？郎中怎么说？"

杨俊对程英也没好脸色，轻蔑地哼了一声并不理会。

还是郑三彪圆滑，撑着身子一边坐起来，一边客气道："多谢程小姐前来探视，明宇他在高热中还没有醒过来，郎中也用过药了，但他伤得太重，只能一边用药一边靠自己去扛了。"

说着话，郑三彪不小心扯到了伤口，疼得吸了一口气。

杨嘉臣赶忙跑过去搀扶，亲昵地埋怨："自己还伤着呢偏还废话这么多，赶快躺下来好好养着。饿了吧？我端来喂你吃怎么样？"

郑三彪笑笑："我又不是七老八十端不动碗了还要人喂食，说来惭愧，这一路上尽受伤，拖累你们了。"

杨嘉臣嘴里说着客气互相照拂的话，扶了郑三彪躺下，转头来却见杨俊挤眉弄眼给他，原来程英挽了袖子从床侧的水盆里拧了帕子，小心翼翼地覆在了杨嘉谟的额头上。

午后的阳光斜斜穿过窗棂投射在程英脸上、身上，暖暖的光线里程英神色安然，一张眉眼分明、英气勃勃的脸孔奇异地生出了丝丝轻灵柔婉来，让人一时竟看得呆了。

杨俊眼里极快地闪过狡黠，轻咳一声对程英笑道："烦劳程小姐照顾我家兄长片刻，我们兄弟们出去透透气就来。"

"好。"程英简短应下。

也不管杨嘉臣乐意不乐意，杨俊拽了他就往房外走，临出门还向郑三彪使了个眼色。

郑三彪领会了，微笑着看那二兄弟出去，隔了两张床榻和程英拉起了家常。

"程小姐时常待在军中，不怎么回这宅子里来吧？"郑三彪笑问。

程英一边帮杨嘉谟换帕子，一边回道："是。家里就我们兄妹相依为命，哥哥常年驻守军中，我只有跟在他身边照顾才放心。"

郑三彪看着程英熟练的动作微微点头："程千户看着年纪也不小了，应该成个家了，等他有了夫人，小姐就不用这么辛苦了。"

程英嘴角翘起一个好看的弧度："已经托了媒人帮他物色了一家，不出差错明年这个时候我便有嫂嫂了。"

"哦……小姐是什么时候到的军中？见你领兵，想必是有品级在身了？"郑三彪继续探问。

程英手上一顿，略带自嘲："不过一个小小的百户，还是看在哥哥数次立功的分上，额外犒赏得来。"

郑三彪深知大明军伍之中有不许女子参军的规定，但也不乏像程英这般的巾帼身影存在，便更为好奇道："原来程小姐还真有品级在身，倒是我等失礼了。小姐不畏刀枪还能上阵杀敌，不知要令多少须眉之人汗颜呢！"

程英为杨嘉谟换好了帕子，转头向郑三彪看过来，一双眼眸清澈之中带着三分好笑："郑大哥是吧？你这寒暄句句听来都有试探的嫌疑，到底是什么用意呢？"

"这个……"郑三彪顿觉尴尬，又见程英并不像是着恼，才释怀地笑了起来，边笑边夸赞，"程小姐不愧是带兵冲锋陷阵之人，这么快就识破在下的心思了。"

程英坐在阳光里，并没有素常女子的忸怩之态，坦然地看着郑三彪笑道："郑大哥既是爽快人，小女子也不瞒你，不妨让我将你的用意猜上一猜。"

"哦？程小姐说来看看。"郑三彪益发不敢轻视，认真地说道。

程英浅笑着问他："你这样热心，是想给小女子做媒吧？"

郑三彪知晓程英不是一般的女子，但也绝想不到她竟如此豪爽，说起自己的姻缘之事来没有丝毫的言羞之意，这还真是让他很为震惊。要知道，几乎所有的姑娘家在提及亲事的时候，都要先自脸红扭捏一番，哪里敢如同程英这般侃侃而谈还面不改色的？郑三彪的心下不禁又对程英生出一份钦佩来，看她的眼神便从审视变成了欣赏。

"是在下鲁莽，还请程小姐莫要见怪。"郑三彪由衷致歉。

程英微微颔首："比起那些藏着掖着的人来，我倒更赞赏郑大哥这样坦率直白，总归是我们程家人丁凋零，父母长辈又早早逝去，家里势弱人孤无奈之下才行此一步罢了，等闲人家又有哪个父母愿意把姑娘家打发到军中那等地方去呢？娇滴滴的绣花养草不好吗，总也比刀头舔血、你死我活的战场强吧？"

听程英说得落寞，郑三彪无言以对，他并不擅长安慰，更不擅长和年轻的女子打交道，要不是为着心底里那份想为杨嘉谟打算的主意，断不会去有意寒暄这些话题的。严格意义上来说，像他如此做派已经十分失礼了，不被人家打出门去才怪呢！不过还好，他遇见的是程英这样的奇女子，可见郑三彪识人还是很有眼光的。

说话说到冷场，屋内气氛很有一些压抑时，却听杨嘉谟呓语几句，二人的注意力顿时被吸引过去。

"明宇，明宇，你是不是醒了？"郑三彪翘首询问，话语里难掩欣喜。

程英转身去看，见杨嘉谟惨白的两颊上泛着不正常的潮红，闭着眼睛却眉头紧皱，不知道是因为身体不舒服还是做梦梦见了什么。

杨嘉谟含混不清地喃喃着，程英只得凑近去听，就听见断断续续的几句话："娘，我疼……祖父……不辜负……请你老人家……"

看着在梦中喊疼的杨嘉谟，程英心底里有一块地方瞬间就柔软得一塌糊涂了。这个人，在自己的印象当中，眼神坚定聪明智慧，看他一眼就能看透人心似的，抛开初见时把他当奸细提防的那份戒备，和他与自己讨价还价时的笃定精明。现在想想与杨嘉谟的相识，还是有着不一样的感觉，也就是说，这个人并不惹人讨厌。甚至，在他看穿了那个计划，毅然答应去诱敌的那一刻，他的身上还有着让程英欣赏和莫名安心的信赖。

"细瞧之下他长得还挺养眼的，丰神俊朗眉目如画，嘴唇虽因为受伤而没有血色，但轮廓饱满分明，的确是个难得一见的美男子。"盯着杨嘉谟的面容细细打量，程英一时看呆了，不禁暗自夸赞。蓦然回神，惊觉自己居然盯着人家有一段时间了，便突地红了脸。

生怕被郑三彪看出自己的失态，程英借着去换帕子的动作掩饰尴尬，顺势告诉还在等着回复的郑三彪道："没有，郑大哥，他没有醒，不过是在梦中呢喃呢。"

郑三彪听了十分担忧："三弟他一定很难受，毕竟这样重的伤势，能不能劳烦程小姐去为他再请个郎中来看看？"

程英自是毫无推托，点头道："别担心，我稍后就吩咐人，不，还是我亲自去请个擅长外伤的郎中来。"

郑三彪放了心，感激道："那便多谢程小姐了。"

程英嘴角微翕："不必客气，这件事说到底我难辞其咎。"

郑三彪当然知道他们和程英之间还有些纠葛，但也清楚此时并不适合探讨这些。于是，便转移话题道："也不知道启民他们两个做什么去了？"

程英不作理会，细心地为杨嘉谟又换上了一块凉帕子，便准备起身去换水来，起身才发现她的裙子一侧不知什么时候被杨嘉谟牢牢攥在手里，试了试竟没有挣开。

他肯定是无意识中胡乱抓到的了。程英如此想着，轻轻去掰杨嘉谟的手，又唯恐郑三彪看到多生误会，颇有些难得一见的慌乱。到底是姑娘家，哪怕她在阵前杀伐决断果敢爽利，但这种情形下还是难免羞涩。

郑三彪侧身躺着正看向这边，自是将对面的情形看了个明白，当下微一愣怔便快速反应过来，故作困乏地打了个呵欠说道："大约是受伤了的缘故，这说着话就感觉瞌睡得受不了，我先稍稍眯一会儿，程小姐莫要见怪。"

说罢，拉了被子赶紧蒙上头，忍不住在被窝里咧开大嘴偷偷笑了。有戏，看程小姐这个样子，她一定是喜欢上三弟了。要是三弟能娶程小姐做媳妇，那可真是郎才女貌啊！

见郑三彪如此知情识趣，程英反倒更加窘迫，握着杨嘉谟的手微微用了一些气力试图从他手里把衫裙拉出来。

拉扯间，杨嘉谟的咕哝声音大了一些，吐字也更为清晰，只听他说道："卓力格图……跟我一起走，咱……咱们回甘州，你不是……喜欢甘州吗？我也……喜欢，我……不会丢下你……"

程英面上神情一滞，杨嘉谟口中念诵的是什么意思？莫非这个卓力格图是他中意之人，否则又怎会在这种时候都念念不忘？连梦中都呼喊着的定是在他心里占据着重要位置的人无疑了。有了这个认知，程英莫名地就生出一丝丝气恼来，拽了自己的衣裙却喊着别人的名字，这算怎么回事？她手上忍不住用力，一拽一扯就听"刺啦"一声，好好的衫裙竟裂了道口子，而那端还被杨嘉谟攥在手里丝毫没有松手的迹象。看到此景，程英不禁又羞又恼，干脆抓着裂开的那里"哧哧"两把撕了下来，一任衫裙破损着，就这么着出门去了。

郑三彪捂着头耳朵却时时关注屋里的动静，听到开门声忙掀开被子去看，也只看到个程英的背影。本想着假意睡着让程英多照顾杨嘉谟一会儿的，可这么快人家就走了，郑三彪不禁略感失望。难道这个程小姐也不是三弟的良配？正琢磨着，门又开了，杨俊和杨嘉臣前后脚进来。

"咦，这是什么？"杨俊走近杨嘉谟床边看到了他手里的一片衣角。

杨嘉臣诧异："这不是那个谁的衣裳吗？"

杨俊好笑："难怪见她不大自然的样子，原来是被非礼了呀！"

"你别胡说！"杨嘉臣轻斥，"明宇醒都没醒过来如何非礼她？再说了，她凶神恶煞似的哪有个女人样，便是她有什么想法我也不答应。"

杨俊更加好笑："要你答应做什么？只要三哥乐意，两下里看对了眼，你趁早哪儿凉快就待哪儿去。"

杨嘉臣气恼，还待争辩却听郑三彪好奇地问道："你们两个在说什么？什么衣裳呀非礼呀？老郑越听越是糊涂了。"

杨俊力大，掰开杨嘉谟的手取了那片衣角来递给郑三彪看："大哥你瞧，这是不是程小姐的一片衣裳？也不知发生了什么被三哥牢牢攥在手里。"

郑三彪接过去打量，联想到适才程英的举动，忍不住笑道："的确跟那程小姐的衣裳一个颜色，大约你快要有嫂嫂了。"

杨嘉臣掖了掖杨嘉谟的被角走过来，一把夺了大红色的碎布扔到地上，愤愤道："你们这是干什么？还嫌被那母夜叉害得不够吗？居然这就开始打上拉郎配的主意了。"

郑三彪和杨俊对视一眼，不约而同大笑起来。

杨嘉臣被笑得一脸不解："怎么，我又没说错，明宇受伤不都是她害得吗？"

"不解风情！"杨俊调侃着道，"你这么下去大概是要打一辈子光棍了。"

杨嘉臣不屑地哼了一声："跟我有什么关系？便是打光棍也比娶个母夜叉的强。"

郑三彪见他口口声声叫程英母夜叉，敛容严肃道："二弟，这就是你的不对了，那程小姐当日那么对咱们也是不知道我们的身份，再说了，明宇之所以答应她深入瓦剌腹地，也是为了大局着想，虽然损失惨重我们折损了那么多好兄弟，可到底还是为了杀鞑子才捐躯的嘛。"

说着瞥了眼同样敛去笑容的杨俊，沉沉劝道："他们都是启民曾经朝夕相伴的兄弟，惨死在瓦剌之手谁不痛心？可是，咱们得分清敌我，程小姐有错，错在拿咱们去冒险诱敌，手段是狠了一些。但你敢确定明宇他就不知道其中利害？我猜想以明宇的性子，便是明白那一趟凶险也依然会答应去做，因为在他心里杀敌报国，永远是高于个人生死的大义之举。你说对吗？"

杨嘉臣听了心下赞同，但看一眼榻上重伤的杨嘉谟还是兀自嘴硬："杀敌报国的心我也有，可她让咱们背了火药弹丸去诱敌，简直心狠手辣歹毒至极，要是真做了我弟媳妇，想想我都后背发凉。"

"那你怎么不想想，要是打起架来你有这么厉害的一个弟媳妇撑腰，不知道要占多大便宜呢。"杨俊戏谑地看着杨嘉臣说道。

杨嘉臣一怔，脸面唰地通红一片，气恼低骂："杨启民你还有没有一点正经了？又不是三岁孩子还打架找帮手。便是要找，难道你们不出头还指望一个女人不成？"

说罢，继续瞪着杨俊质疑道："我就想不通了，那么多的弟兄都死了，你怎么就能没心没肺到这般地步，不说流泪难过也起码别龇牙咧嘴讥笑人吧？你真是……"

"二弟，休得胡言！"郑三彪向杨俊看去见他已经沉下脸来，急忙出声阻拦。

杨俊抚摸着自己受伤的臂膀低沉道："是啊！他们都死了，再也回不来了，这辈子终究是我杨启民欠他们太多了。"

"启民，你别这么想，"郑三彪安慰着，"大家都是为了杀鞑子，他们不会怪你的。"

杨嘉臣自知说错了话，也连忙解释："我不是有意的，你别往心里去。"

杨俊摆摆手嘴角扯起一抹凄苦的笑来，故作洒脱道："说起来我比他们幸运很多了，还可以活着回来，而他们只能魂归塞外梦回甘州了。这辈子我必须得好好活着，还要活得长长久久，就当是替众弟兄活着了。"

"启民……"郑三彪还要再劝，杨俊已经快步走出房去，没有给他足够的时间多说。

杨嘉臣盯着房门默立了良久，喃喃道："这回我伤着他了是吗？"

郑三彪轻叹口气："他已是心伤透了也无所谓多一回少一回了。你不知道，启民这几晚一直都彻夜未眠，却在人前装作满不在乎的样子，他并不是真的没心没肺啊！"

杨嘉臣讪然，抬步追了出去："我去看看他吧！这家伙总是口不照心，也不嫌累。"

看着杨嘉臣的背影拐出门去，郑三彪将目光移向杨嘉谟，也不管昏迷的人是否听得见，忧虑着叮咛："三弟，你可一定要挺住啊！我们大家都不允许你梦回甘州，你要真真实实地回到甘州啊！三弟，你快点醒过来吧！"

第四十七章
山有木兮

这是一个天色晴明的早晨,天空瓦蓝瓦蓝的干净极了,深秋的西北总是无比深邃纯粹的,让人心情都不由得舒朗起来。

杨嘉谟醒来时,是在程宅养伤的第三天。他醒来的时候,程英正在认真地替他洗脸呢!

"你,怎么是你?"杨嘉谟抓着程英的手不放,"程小姐,我这是在哪里?我的哥哥们和四弟呢?"

程英见杨嘉谟醒过来了,喜极而泣:"我……这就去叫他们……"

杨嘉谟望着程英甩开自己的手跑出去了,笑着说:"我这是怎么啦?"

正在程英家院子里晒太阳的杨嘉臣和杨俊正在看着明媚的天空说着话的时候,程英跑出来了:"快,杨指挥醒了!"

话音刚落,达奇勋陪着一位郎中进来了:"什么,杨兄弟醒了?太好了!"

大家高兴地冲进了杨嘉谟的房间。

可是,杨嘉谟又沉沉地睡着了。郑三彪压低声音对达奇勋等人说:"三弟刚刚醒来了。"

达奇勋对郎中说:"你先给他诊脉吧。"

大家都屏气凝神不敢言语,个个盯着正在为杨嘉谟请脉的老郎中,静等诊脉结果。这时候,杨嘉谟又醒过来了,大家见杨嘉谟醒了,都非常高兴,一个个都说着:"你终于醒来了!""你整整睡了三天了!"……

杨嘉谟首先看到的是杨嘉臣,他的微笑中带着毫不掩饰的欣慰,然后又挨个儿端详着几兄弟的脸色。最后又看杨嘉臣:"哥,我这是在哪里呀?"

杨俊指着程英问杨嘉谟:"三哥,你看看这是谁?"杨嘉谟顺着杨俊的手指看到了程英,笑着说:"认得,这是程小姐。"程英高兴地看着杨嘉谟:"这是我们在甘州的家，你已经在我家躺了三天了。"

杨嘉臣很不高兴地打断了程英的话："大夫，怎么样，我兄弟他没事了吧？"

郎中慢悠悠地收了脉枕，好整以暇、慢条斯理地整理着药箱起身。

杨嘉臣急慌慌地拽了郎中的胳膊继续问："大夫，我弟弟……"

郎中将药箱交给随侍的药童背了，这才捋着胡须笑呵呵地道："老朽行医一辈子了，还是第一次见到这样凶险的伤势，也是第一次见到在此等凶险之下还能顺利挺过来的人啊！"

杨嘉臣闻言大喜："大夫，这么说我兄弟已经没事了对吗？"

郎中笑眯眯地点头："可以这么认为，不过嘛……"

见房内众人都一副惊弓之鸟的惶急，郎中叮嘱："到底伤势在那里放着，还是不能掉以轻心，要以卧床静养为宜，每日里最多不可超过一个时辰的活动，下床走动最快也要到半个月后才可以。"

"那吃食上有什么特别注意的吗？"程英专门问起。

郎中看着程英笑道："清淡的汤水最好，我开几张药膳方子给你，对伤势恢复大有助益。"

说着边往桌边走边细心叮嘱："夫人千万要记得，你家夫君这伤势须得小心侍候，半点马虎不得，如此半年之内方能痊愈。"

听到这话，一屋人顿时静默下来，都不知所措地看向程英。

程英也是一怔，眼角扫到众人时表情更为尴尬，但还是努力做出无视一切的样子来，落落大方地告诉郎中："先生叮嘱的我全都记下了，不过您眼神怕是有些不好，小女子还待字闺中，并不是杨将军的夫人。"

郎中惊讶地抬头看来，笔尖上一滴墨汁泫然欲滴。待看清了程英的发饰打扮才慌忙搁了笔站起身歉意道："小姐恕罪，老朽当真是老眼昏花了，竟没有仔细分辨，小姐的发型可不正是未出阁的姑娘家打扮嘛！"

程英安抚地笑笑："先生不必在意，您请开方吧！"

郎中自知这家人的门第，见程英没有怪罪拱了拱手坐下来开方，药童在一旁研墨伺候。

程英抿着唇看郎中写药方始终没有回头，但并不影响她感知屋内气氛，不用去看都能想象到身后那群人是什么脸色了，不禁一阵羞恼，心里又是说不出的一阵烦乱。

如她所料，屋里其余几个人都面面相觑，半晌之后才渐渐回神。只有杨俊笑眯眯的，双关地向杨嘉谟竖起来大拇指："三哥，怎么样？"杨嘉谟看了一眼达奇勋，冲着杨俊摇了摇头，闭上了眼睛。

达奇勋望着程英的背影面色复杂，而杨俊看着杨嘉臣黑沉的一张脸憋笑憋得直抖肩膀，唯有郑三彪倚在床榻的靠枕上笑得愉悦而又真诚。

"老家伙什么眼神嘛！"杨嘉臣低声嘟囔，嫌弃老郎中乱点鸳鸯谱，其实还是对程英十分有成见的原因。

达奇勋一眼瞪过去制止了杨嘉臣，微不可察地撇撇嘴转回到杨嘉谟榻边。

"明宇兄你自己也听见了，可一定要遵从郎中的叮嘱好好养伤，别落下什么病根才好。"达奇勋关切地嘱咐。

杨嘉谟脸色还是很苍白，但精神头却不错，目中神采不减地笑道："是，遵医嘱，也遵达指挥的军令。"

达奇勋轻笑："屡次死里逃生，屡次化险为夷，这样的奇迹也就只有在你杨嘉谟身上发生了。不过，实话实说，这一次，差点没把大家吓坏。"

杨嘉谟远远看了眼程英的侧影，笑问："你没为难程将军兄妹二人吧？他们那样做没问题，因为他们并不知晓我的身份，你明白吗？"

"哦？"达奇勋眨着眼睛似笑非笑地调侃，"没看出来啊，明宇兄还是个惜花爱花之人呢！"

杨嘉谟苍白的脸颊上涌起一丝潮红，赧然道："胡说什么？"

说着又极快地看了眼程英所在的方向，继续补充："非礼勿言，女子的闺名清誉怎可轻易亵渎？达兄，你该知道的，我志不在此。"

达奇勋笑着帮他掖了被角："我当然清楚你目下无尘了，这种时候也非要说教，连个玩笑都开不得。"

杨嘉谟神色舒展，见程英已捧了药方走过来便警告地睨了眼达奇勋，向程英微笑招呼道："劳烦程小姐了。"

程英面色淡淡，把方子给杨嘉谟看："客气话留着伤好了慢慢说，先瞧瞧这方子可有什么不妥，我好命人去抓了药来给你服用。"

杨嘉谟示意达奇勋接过，彬彬有礼道："达指挥可懂药理？不妨帮程小姐看看，我却实在是个外行。"

达奇勋伸手去接，好笑道："你都不懂我又哪里知道妥当与否？"

闻听此言，程英收回了手，让达奇勋抓了个空。

"不懂便不必看了。"程英冷冰冰说着，也不理达奇勋的尴尬转身就走，邀了郎中，出门而去。

见达奇勋还一手举在半空做愣怔状，屋内众人不禁哄堂大笑。

杨嘉臣一贯看达奇勋不顺眼，此时笑得尤为大声，边笑边挖苦道："也不知道达指挥如何得罪了这刺儿花，如今看来竟真正的不是一家人不进一家门了。"

这种笑话自然不能落下杨俊，他亦笑着接口："听说达指挥和程小姐是自小定的娃娃亲，有那样一个厉害的妾室相伴，将来是夫唱妇随还是河东狮吼我们大家可都十分期待呢！"

达奇勋英俊的脸孔一阵红又一阵白，讪讪然地收回手瞪了看他笑话的二人一眼，然后又看着也在憋笑的杨嘉谟解释道："这可真是搬起石头砸了自己的脚，你别听那些闲话，我什么时候跟她定过娃娃亲了？这都是没影的事。"

杨嘉谟笑嘻嘻地反问："急着解释可有此地无银三百两的嫌疑，你确定不是越描越黑？"

"你这人怎么也这样？"达奇勋有点恼羞，起身道，"看来你暂时还死不了，那我就走了。"

杨嘉谟笑容咧得更大了一些，睨着达奇勋的一张黑脸吩咐杨嘉臣："大哥，代我送一送达指挥。"

杨嘉臣应了，忍着笑做出送客的手势："达指挥常来呀！"

达奇勋甩着袍服的袖子走出门去，不满地扔下一句："没一个好鸟！"

杨嘉臣抿嘴，弟弟醒过来让他心情舒畅也不屑于计较这些，顺口笑道："是是是，就达指挥是个好鸟，您请吧！"

杨俊和郑三彪听了又是一阵笑。

达奇勋说不过他们，干脆闭嘴远离快步走了。

杨俊吊着胳膊走到榻边关切提醒："三哥还是躺下吧，你的伤不适宜久坐。"

杨嘉谟从善如流，在杨俊的帮助下躺回榻上，才刚醒来又说了这半晌的话，他的确有些精力不济了。

服侍了杨嘉谟睡好，杨俊有些不放心："大哥，三哥，你们先安静歇息，我去看看抓药熬药的事。"

杨嘉谟颔首闭了眼睛休息，郑三彪张嘴要叮嘱几句，想了想还是决定先不说，便也点点头目送杨俊出门去了。

待杨俊走了屋内重新安静下来，杨嘉谟却睁开了眼睛侧首向郑三彪这边看过来："郑大哥，我有些话想跟你说。"

郑三彪讶异："三弟支开旁人专向我言说的一定是要紧事了，你说吧我听着。"

杨嘉谟神色庄重道："大哥，你我在这里养伤终究不妥，咱们还是搬出去的好。"

"哦？"郑三彪不解，"你可是觉得有什么不方便？还是怕麻烦程千户兄妹？"

杨嘉谟不否认："咱们这么多人住在这里本就麻烦，何况此番受伤并不与他们兄妹有多少干系，没必要让人家觉得咱们是借故赖着。你说呢？"

郑三彪微笑："我明白了，说到底三弟还是顾忌程小姐的闺誉，这才想要搬出去的吧？"

杨嘉谟眼神坦荡："是啊大哥，即便程小姐再是爽直如男子一样不拘小节，但毕竟男女有别，照顾你也许是程千户授命，可咱们如何能够心安理得？"

闻言，郑三彪面容也严肃起来："三弟所说句句在理，之前是我没有考虑清楚，竟忘了这一茬，如今看来咱们兄弟真是多有失礼了。不过……"

郑三彪坐直了身子望向杨嘉谟："三弟是否想过，我们搬出去在何处落脚？为兄惭愧，这些年是白活了，在甘州府城并没有置下什么家业，驿递所那边恐怕也不好回去，况且那里整日嘈杂可不适宜静养啊！"

杨嘉谟显然早有打算，坚决道："等下启民回来问问他，看他那边可有落脚之处。"

郑三彪领首，想了想欲言又止，后又说道："三弟，有件事一直盘桓在我心头。"

杨嘉谟很疲倦，但还是强打精神回应："郑大哥但说无妨。"

"是这样，"郑三彪斟酌着词句满怀关切道，"我看几位义弟都年纪不小了，就暗自琢磨起了你们的终身大事。"

说着，颇为不安地观察杨嘉谟的神色，见他并不反感才又继续说下去："我觉得那位程小姐不错，与三弟你年貌相当，难得还是个巾帼英豪，你们二位若能成就一段姻缘，我敢肯定你们绝对会情投意合，我便想着……"

"不可！"杨嘉谟出声打断。

郑三彪诧异："怎么？可是你看不上程小姐？"

杨嘉谟迟疑一瞬继而开口："郑大哥莫非没有听见，程小姐与达指挥之间可是早有婚约。这样的事我想都不该想。"

"原来是为这个缘由？"郑三彪不禁笑道，"三弟想必也是因为避嫌才要搬出去的了？"

杨嘉谟不说话，显然是默认了。

郑三彪摇头而笑："印象中三弟你可不是拘泥之人，况且我听说那个什么娃娃亲还有些其他说道，究竟是不是咱们认为的那样也未可知，三弟无需顾虑。"

杨嘉谟不赞同："大哥不必多说了，瓜田李下还是尽早远离的好。"

见他如此坚决，郑三彪只得先应下："行，都听你的。重伤在身你也不要老烦心这些琐事了，等启民他们回来商议过了再说不迟。"

"也好。"杨嘉谟应了，闭上眼睛沉沉睡去，他是真支撑不住满身心的困顿了。

郑三彪远远打量，听到细微的鼾声响起，眼含笑意地暗自琢磨起来，看眼下这个样子想撮合程小姐和三弟的婚事，还需要费一番功夫才行呀！

熬药的药炉设在宅子二进厢房后面的倒座里，程英专门拨了自己身边伺候的一个叫飞絮的小丫头负责煎药。程宅之中兄妹俩常年不在家，留着看家的是一对老夫妇，只有两位主子回来才人气旺一些，也乐得跑前跑后地侍奉着。

杨俊找过来时程英正一边交代飞絮煎药，一边和老仆人说笑着。不知说到了什么开心的事情，她平素冷酷的一张脸因笑容而变得明媚耀眼。

"药已经煎上了吗？"杨俊撑帘进来问道。

程英顿时敛了笑肃容回道："是，你要验看吗？"

杨俊摆手笑道："不需要不需要，我就是随便看看。"

"那你看吧。"程英冷冰冰地说着抬步走出倒座，一脸冷漠。

老仆人见主子这副神色打量了一眼杨俊也忙跟了出去，屋内只剩了飞絮守在药炉边打扇子催火。

杨俊挑挑眉不以为意地咧嘴一笑，走近药罐揭了盖子查看一番，这才对飞絮笑道："辛苦姑娘了，你要是忙就把这活交给我来好了。"

飞絮十五六岁的年纪，长了一对机灵的大眼睛，一笑还有两只可爱的梨涡在腮上，看起来就是个很好说话的小丫头。

"杨公子你会做这些粗活吗？"飞絮打着扇笑问。

杨俊拉过旁边一张木凳坐在飞絮身旁，夺了她手里的扇子熟练地扇起来："你瞧，我会还是不会？"

飞絮含笑点头："你真的会啊！我以为像你这样的贵公子都是衣来伸手饭来张口的呢！"

杨俊好笑地问她："你从哪里看出来我是贵公子了？以貌取人可不是什么好习惯。"

飞絮也笑起来，下巴指着杨俊的手嘻嘻而笑："你瞧瞧你的手，比我们小姐的还要白皙，还说自己不是贵公子。"

杨俊抬手看了一眼自己修长白嫩的双手，眼珠一转问道："你是从小跟在你们小姐身边伺候的吗？"

"对呀！"飞絮非常健谈，满脸骄傲地说道，"我爹以前在程大人麾下效力，后来受伤退役也一直受大人接济才能让我们家衣食无忧，我大了我娘就把我送到了小姐身边侍奉，那时候我才八岁，小姐比我大两岁。"

杨俊有意打探："你那么小就在程小姐身边了，那是不是对她的很多事情都知之甚详呢？"

"那当然了，"飞絮仰着下巴很是得意，"我们小姐有什么事都不瞒着我的。"

杨俊抿嘴而笑，摆出质疑的态度道："我看你在吹牛说大话，有些事她就不会跟你说。"

飞絮不服，气呼呼地瞪了眼睛："你为什么不相信我？我们小姐从来都不把我当外人的，她的事情我没有一件不清楚。"

"是吗？那我考考你？"杨俊笑眯眯地说着话，言语之中却一步步将飞絮带进了自己的节奏。

飞絮果然上当，认真道："你问你问，我会让你心服口服的。"

杨俊凤眼一眯，压低声音笑问："那你来说说看，你们小姐和达指挥的娃娃亲是怎么回事？"

"这个……"飞絮迟疑起来。

杨俊倏然撇嘴，故意讥笑道："看吧，我说你在吹牛没冤枉你吧？"

飞絮一张圆脸涨得通红，气恼地瞪着杨俊想了想，最后像是下了很大的决心似的，咬唇说道："我知道那件事，不过顾虑小姐的清誉不想对外人说罢了。"

说着，见杨俊戏谑的神情越来越明显，她的那点好胜心霎时被点燃，急急道："你这个人怎么这样？我说了知道就是知道，你为什么不相信？"

杨俊再次激她："你不说清楚让我怎么相信？"

飞絮到底招架不住杨俊的步步紧逼，赌气的话语脱口而出："行，那我告诉你！小姐跟达指挥之间根本就没有定过娃娃亲，是我们家大人还在故去的老夫人的腹中没有出生的时候，两家长辈曾有过戏言，说如果各自生的是公子和小姐就结为夫妇，结果两家都生了公子，自然就做不得数了。小姐是后来生的，跟那个戏言可扯不上什么关系。"

"原来如此，"杨俊恍然笑道，"是不是后来又有人旧话重提，想要让你家小姐和达指挥完成这个约定？"

飞絮脸色稍霁，颇有些不满道："还不是我们家大人嘛，就是他老想着把小姐和达指挥凑成一双，这才有闲话传出来。"

杨俊好奇："看你的样子似乎并不赞成程千户的这个想法，岂知你家小姐是不是悦意呢？"

飞絮快人快语地冲口而出："我家小姐自然是不悦意的了。"

"那是为什么？"杨俊打破砂锅问到底。

飞絮张嘴欲说却突地顿住，戒备地看着杨俊问道："你这个人好不奇怪，问这问那的难道也是对我们小姐不怀好意？"

杨俊闻言大笑，起身把蒲扇塞到飞絮手上，玩笑着道："你放心，我可不是达奇勋，对你家小姐只有敬而远之，绝不敢心存非分之想。"

说罢，也不理飞絮情知上当后知后觉的气恼，便步调优雅地出门而去了。

飞絮咬唇瞪着杨俊的背影兀自气恼，见药炉火起药罐咕嘟咕嘟地有了动静便忙揭盖去看，这才把这件不愉快的事丢到了脑后。

前院的花厅里，程英嘱咐了老仆人夫妇几句后，命他们各司其职，打发人下去随手抽了本书打算消遣时光，却见门口一暗进来一道伟岸的身躯。能够不经通传就登堂入室的再没别人，正是他的兄长程槐到了。

"哥，你怎么回来了？"程英起身迎接，惊讶问道。

程槐风尘仆仆，身上穿的便服沾染了不少灰土，定是马不停蹄着急赶来无疑了。

程英连忙亲自动手为兄长扫尘，关切道："不是休沐日哥哥回来似有不妥，御所之中都安排好了吗？小心出了岔子让那些无事生非的人再找你麻烦。"

程槐略有疲惫地笑道："你哥哪有那么大的胆子敢擅离职守？是奉了指挥使的军令赶回来的，你就放心吧！"

"指挥使的令？"程英接过兄长的外袍，眉头微挑道，"达奇勋要你做什么？"

程槐摇头："没说，见了问他便是。"

老仆端着洗好的布巾进门，恭敬而笑眯眯地道："大人您擦把脸。"

程英上前亲手取了巾帕递给兄长，不无埋怨着说道："他现在是指挥使了，对咱们真是招之即来挥之即去。"

程槐擦着头脸宠溺一笑："你呀，就少说两句吧！他当指挥使怎么了？不知道比单泽那厮强了多少万倍呢。"

"哼！你说得对！那单泽就不是个人！但这个达奇勋，真有你说得那么好么？"

程英在自己的兄长面前并没有什么顾忌，任性起来便有着一个小女子该有的娇蛮。

程槐擦完了脸，挥手遣了仆人，这才坐到案前笑道："你说你这般任性可怎么得了，从小就和他不对付，都长成大姑娘了还是看人家不顺眼，他到底哪里惹到你了？"

程英奉上一盏香茗，嗔怪着笑道："我哪里任性了，要不是哥哥你经常胡说八道，我又何至于……"

话说了一半，程英终是带了一丝羞恼地住了嘴。

程槐哪里不明白妹妹的心思，大笑道："你呀你呀！姻缘之事乃伦常大道，你什么时候能够正视这件事才好啊！"

程英趁机撒娇："我才不要想这些呢，这辈子就跟在哥哥身后照顾你，然后多杀几个蛮夷便心满意足了。"

说着歪头看向程槐，戏谑道："除非有了嫂嫂之后，哥哥嫌我碍眼容不得了，那我就自己买宅子搬出去住，反正你别想随随便便胡乱指派个人让我嫁就行。"

程槐伸手拂了把妹妹的头，故作忧虑地慨叹："我自是不会嫌你，只恐你这傻丫头辜负了别人的一腔深情罢了。"

"什么呀？哥哥可别胡说。"程英难得羞赧，娇声反驳道。

程槐这回倒是收了笑，语重心长起来："你这般聪明岂能看不出达奇勋的心意来？撇开娃娃亲那个戏言，你敢不承认他对你的中意？"

程英抿唇不语，眼睛里闪烁着挣扎和犹豫。

"你这傻丫头！"程槐温和劝道，"你读的书比我多，自是听过'山有木兮木有枝'这句话，达奇勋一表人才前途无量，难得又对你怀揣爱慕，你可不要错失良配，将来后悔。"

程英沉默着为兄长续上茶水，起身端了水壶勉强笑道："哥哥一路风尘着实辛苦，我去厨房看看有什么吃食，今天亲自下厨做菜给你吃吧！"

程槐无奈轻笑："去吧去吧！每次说到正题你都这样。"

程英笑着出门，想好了要去厨房，脚下却不由自主拐向了去往二进院子的游廊，待走到垂花门前才突然惊觉走岔了。顿足发了一会儿呆，她才心事重重地折身又往前院去，却看见院子里的梨树下杨俊正一脸兴味地注视着她。

第四十八章
甘州立足

杨嘉谟重伤回甘州府城疗养的消息不胫而走，王传礼与族弟王传仕结伴来探望，也只是他到甘州七八天之后的事情。而此时，杨嘉谟改任甘州中卫指挥使的任命才刚刚下来。

坐在杨嘉谟的病榻前，王传礼满怀庆幸地笑道："真正是大难不死必有后福，听说杨兄弟又升任了甘州中卫指挥使，我们兄弟几个是既为你感到高兴又为你的伤势牵肠挂肚。所以，我们就来了，亲眼看见你没事了才能安心啊！"

杨嘉谟在床榻上拱手致谢："劳王大哥挂心，这么远还赶路来探望，小弟感激不尽。"

王传礼摆手笑道："杨兄弟这般客套可是没有将我等当做自己人？你再如此见外，我可就认为你这是升了官骄横起来了！"

一言说罢满屋大笑，杨嘉臣哈哈笑道："王大哥说话就是受听，不像你那个岳父老先生，一句话能把人噎死。"

"大哥，休得胡言！"杨嘉谟忙出声喝止。

王传礼见状微微一怔，继而爽朗地大笑起来："不打紧，我那老岳翁的确性子耿介言辞犀利，便是我也常常被他说得无地自容。"

杨嘉臣摊开两手做出一个"果然如此"的表情来，惹得众人又是一阵笑。

杨嘉谟敛容向王传礼真诚道："说到这个倒是还请王大哥代我向丁大先生诚恳致歉，上次受我牵连让你们一家人也跟着吃苦担惊受怕，真是对不住了……二位老人家没事吧？"

王传礼也收了笑，打量杨嘉谟的面色言道："比起你遭受的这般苦楚，我们那点委屈真是不值一提，好在岳翁和岳母都还身体健朗，回家歇息了两日便没什么大碍了。"

"那便好。"杨嘉谟释然,抬眼看着一旁微笑而立的王传仕又问,"当日情势所迫,王家庄阖村老幼俱都受惊不小,大家都还好吗?"

王传仕见问不禁愤然言道:"杨指挥可知道了那些到底是什么人?事后我们思忖着仿佛他们并不是外族,倒像是一支严明整肃的官军似的,行事间计划周详令行禁止,绝不是随便的什么草台班子。"

杨嘉谟和杨俊对视一眼,轻笑着夸赞:"传仕兄不愧是行伍出身之人,有几分眼光啊!"

王传仕黑红的脸膛上浮起一丝赧然之色,略有落寞道:"杨指挥就不要夸我了,当时不但没有护住父老还最终成了你的掣肘,害得你们在那些人面前弃械投降,我都恨不得找个老鼠洞钻进去了。"

杨嘉谟含笑安慰:"传仕兄不必如此,现在说谁连累谁的话还真是见外,好在大家都平安无事,我的心里就安然许多了。"

"正是这个道理,"王传礼拍着族弟的肩膀插言,"既然杨兄弟都这么说了,你就不要再耿耿于怀了。"

说着又看向杨嘉谟解释道:"杨兄弟还不知道吧,自从那夜你我被那些人胁迫出关,传仕他们几个大为惭愧,深觉没能力相助而郁郁寡欢,及至听闻你受了重伤回到了甘州,便连夜找我商议催促着前来探望于你!"

王传仕不像王传礼这般擅长言辞,见族兄说破不好意思地挠着头笑道:"就那样做了人家的俘虏,我们实在不甘心,更别说因此还让杨指挥受了重伤。要是我们能够再警醒一些,武艺再有长进一些,肯定会帮到杨指挥的忙了。"

见这个耿直的汉子一再往自己身上揽责任,满脸自责不安的样子由不得令杨嘉谟动容。

"传仕兄谢谢你!"杨嘉谟诚恳致谢,心下一直存在的疑问也顺势问了出来,"有件事还想向你求教。"

王传仕忙拱手:"杨指挥有什么事尽管吩咐,你说求教我可不敢当。"

杨嘉谟打量着王传仕结实的身板好奇道:"我一直在想,像传仕兄这样的年纪和身体,又是世代军户之家,怎会这么早就退役不在军中效力了呢?"

王传仕脸色顿变,盯着杨嘉谟的眼神倏然多了一层防备。

"传仕!"王传礼见状轻喝一声,肃了脸色提醒,"杨兄弟不是外人,你有苦衷何不明言,没必要藏着掖着。"

王传仕这才卸下提防,垂了眼皮歉意地低声道:"是我过于谨慎了,请杨指挥莫要见怪。"

杨嘉谟奇怪地看了眼王传礼，见对方点头又将目光移向王传仕身上，和颜悦色问道："不知道传仕兄有什么苦衷，可否对小弟倾诉一二？或许我还能帮上什么忙也不一定。"

王传仕得到族兄的鼓励和提示，又见杨嘉谟这般关心，想了想便痛快地和盘托出："杨指挥有所不知，我名义上是受了伤退下来的，其实一点小伤早就好了，只是不想继续去军中挨饿受穷才借故一直延捱。"

说着，拿出索性豁出一切的架势绝然言道："按照大明军律我这样做算得上是逃逸罪要被砍头的，可是，我若继续待在军中，家里的老娘就要饿死了，没办法才谎称伤残留在村里营务庄稼，农闲时出去做点小买卖以便奉养老娘。"

"还有这般内情？倒也难得你一片孝心了。"杨嘉谟由衷夸赞。他并不打算追究，尽管以自己眼下的职位和品级应该过问，这样的事也在他的职权范围内，甚至他的一句话就能决定王传仕的命运。但是，和王传仕类似的军兵不在少数，他管不过来是其一，卫所之中逃选兵役的事情缘于军中贪墨腐败却是最根本的原因，军兵们连自己的一日三餐都无着落，又如何肯安心守在卫所服役？更别说他们还要时刻面临流血死亡了。

王传仕的一番话都是实情，却到底与军律相悖，在一片或同情或愤然或无奈的目光里向杨嘉谟深深一揖，语气沉重道："杨指挥，我自知有罪也愿意接受你的惩治，但能否等我将老母送了终再来领罪？到时候要杀要剐我无怨无悔！"

杨嘉谟愕然："这是什么说道？我何曾说过要治罪于你？"

见杨嘉谟没有明白王传仕的意思，王传礼又忙补充解释，一并埋怨着族弟言道："这个传仕啊就是不会说话，杨兄弟莫要误会了。我那婶母，也就是传仕的母亲，眼下正到了风烛残年的时节，我们兄弟来时还拜托了村里人留下照看，打算看过你之后就急忙返回，大约就是这几天的事情了。"

"这就是我的不是了。"杨嘉谟这才了然，望向王传仕轻嗔，"奉养双亲原是本分，何况是老人家寿终正寝的关键时期，传仕兄这种时候却丢下母亲赶来看我，这让我如何敢当？你这就赶回去床前尽孝吧，千万不可因为我而徒留遗憾啊！"

王传仕听得双目泛红，重重点头道："杨指挥你真是一个深明大义的好人，等我安葬了老母就赶来你麾下效力，鞍前马后绝无二话。"

杨嘉谟挥手笑道："无需多说，你快去吧！"

说着吩咐杨嘉臣和杨俊："大哥，帮我送传仕兄出去，启民也一起去，到街上看看有什么老人家容易克化的吃食，请传仕兄带回去算我们的一点孝心吧。"

杨嘉臣和杨俊应了，笑意盈盈地请了王传仕出门，把王传仕感动得喉头哽咽，几乎就要当场落泪。

三人前后脚出去，王传礼释然而笑："杨兄弟文韬武略出类拔萃，就连这般人情礼仪之事也面面俱到，真是不可多得的青年才俊。适才见你对传仕逃脱兵役之事的处置态度，让人不由肃然起敬！"

杨嘉谟摇头轻笑："王大哥谬赞，我哪里懂那么多，只是家慈从小弟襁褓时便孀居至今，含辛茹苦之恩不敢有片刻相忘，听到传仕兄的身世同病相怜罢了。"

王传礼闻言一怔："这么说来你远赴甘州，府上竟是只留令堂在家了？"

杨嘉谟苦笑："正是如此。"

王传礼神色微凝，觑着杨嘉谟的面容问道："不知道杨兄弟你可有婚约在身？或者可曾定下亲事？"

"王大哥这是？"杨嘉谟心下已然猜出个大概，含笑反问。

王传礼严肃道："你只回答我有还是没有？"

杨嘉谟只得笑答："那倒不曾。"

王传礼重新绽开笑模样，带着丝丝骄傲笑道："杨兄弟这般聪明想必也看出来了，我是想为你保一桩好姻缘，对方与你也算是有过一面之缘，以我看来绝顶般配，再合适不过了。"

"哦？王大哥说的是哪位佳丽？你确定我见过？"杨嘉谟不禁大感好奇。

王传礼往前凑了凑，眨眼含笑道："就我那妻妹汀兰啊，上回你们在寒舍遇见，后来还跟着你走了大半夜一起出关、一起面对过刀兵。你说算不算得患难与共？"

杨嘉谟恍然："原来是她？"

"怎么样？"王传礼非常热衷这件事，迫不及待地介绍，"我那妻妹不是我夸海口，全甘州城里也找不出与她比肩的女子来，且不说容貌如何，就那通身的气度可是完全得自于岳翁对她自小的悉心教导，写得一手好字更兼熟读经史，等闲一般的学子都难望其项背，真正是个不世出的才女哪！"

杨嘉谟失笑："哈哈，王大哥怎么做起媒婆来了？你如此推崇这位才女，可还有别的原因吗？"

王传礼也不计较杨嘉谟对他的打趣，急切道："我这是举贤不避亲，你可别错失良缘才好。"

杨嘉谟不以为意，想想丁大先生那副倨傲清高又迂腐的样子，和说起话来开口就能令人呕血的耿介来，忍不住后背都发寒。但王传礼到底是一番好意，也不忍拂了他的面子，便玩笑着岔开话题道："功业未定安敢成家？这事我还没有想过，等哪天功成名就了我再请王大哥做媒也不迟。对了，秋官那孩子你准备让走科考仕途还是军中发迹呢？"

王传礼猜测杨嘉谟对自己的妻妹不中意，微微失望着收起了满脸热忱，继而一叹道："不瞒杨兄弟说，我是军户出身，自也希望他从军成边保家卫国，可我岳翁却极力反对，坚持让小儿科举出仕，为这件事他老人家一直都对我不假辞色，上回你去舍下难道没看出来？"

杨嘉谟稍一回想便明白了，还道丁大先生本就是那个性子，连自己的女婿也看不惯，却原来是为着文武之争才对王传礼横眉冷对的。那日他言谈之中对武将的贬损，看来也不是只针对自己，而是他一贯厌武喜文的做派。有这样一个岳父，跟自己意见相左也就罢了，还要管到女婿的家事上去，动辄言语相讥冷嘲热讽，想想都头大。

"还真是难为王大哥了。"杨嘉谟真心地替王传礼感到憋屈。

王传礼想是已经习惯了和丁大先生的相处，苦笑着道："岳翁他学富五车怜贫惜弱，门下学子无数，是真正的桃李满天下，只就视武为虎这一点不肯变通，是我不争气活该挨骂罢了，倒也谈不上为难。"

杨嘉谟微微点头，对王传礼的豪爽和不拘小节早有认识，此时听他不但这样看得开，还要为丁大先生的迂腐回护，他便更喜欢王传礼的行事和风格了。

二人正说着话时，有叩门声响起，程英亲手端了一方红漆盘走进来，上面是给杨嘉谟熬的汤药。

"杨指挥该吃药了。"程英脸上有着难掩的飞扬神采，淡笑中完全不见以往那种客套里的满含疏离。

王传礼没有见过程英，愣了愣起身施礼，目光却看向杨嘉谟问道："这位是？"

杨嘉谟笑着介绍："这是程千户的妹子，受过总兵府正式委任，身上有着百户品级的程小姐。"

说罢，又向程英言道："这位王大哥和我是至交，他的家岳乃是你们甘州城里甘泉书院赫赫有名的山长丁大先生。"

程英放下药碗落落大方地同王传礼行了一个揖礼，英气的眉眼间笑容都带着不可忽视的威武："王大哥远来是客，晚间我命人设宴为你洗尘，也一并感谢你来探视杨指挥。"

王传礼一时无语，不禁着意打量了程英几眼，又自觉失礼地避开目光回道："不必劳烦破费了，我正准备向杨兄弟辞行，去甘泉书院拜望岳翁之后就赶回肃州去了。"

说着，生怕杨嘉谟挽留似的笑着解释："村里的墅学没有我镇着，那几个调皮捣蛋鬼都能把房顶给你掀了。"

杨嘉谟闻言自然不好强留，颔首笑道："那我便不留王大哥了，等伤好之后再去王家庄拜谢你和父老乡亲们。"

王传礼拱手作别，向程英也拱手一礼便出门而去。

程英脸上始终有着得体而大方的笑容，等王传礼走了才倏然收住。

"喝药吧！"程英又恢复了一贯的冷酷，把药碗端给杨嘉谟说道。

扫了眼程英变脸比翻书还快的面容，杨嘉谟很有些莫名其妙，却不打算跟她多说。接了药碗仰头喝干，看程英利落地收拾了漆盘要走，他还是忍不住道谢。

"今天怎么还劳烦程小姐亲自奉药了？在下深感不安。"杨嘉谟客气地说道。

程英目不斜视脚步也不停，走到门口才冷淡地回了一句："飞絮给郑大哥送药去了。"

说罢，也不等杨嘉谟回应已是快步离去。

杨嘉谟更加困惑，往日也是飞絮一个人煎药送药，可从不见程英亲自上手，就算郑大哥伤势渐好早两天移去了隔壁厢房，也一直是由飞絮在照料，并没有听说过忙得顾不上啊？

"女人心海底针！"杨嘉谟默默腹诽，应酬了许久他有些倦怠，便倚在靠枕上缓缓睡了过去。

厢房后的倒座里，飞絮赶忙接住漆盘放下，又掏出巾帕为程英擦手，歉意道："小姐辛苦了，怎么去了这么长时间？"

程英接了帕子自己擦手，随口道："很长时间吗？我不过是见杨指挥房里有客就在门外稍稍站了片刻，免得打扰他们说话。"

"哦。"飞絮动手清洗药碗，一边絮絮道，"那药汤岂不是都凉了？早知这样我就稍微迟些煎药了。"

程英拿着帕子微微有些出神，耳边并没有听见飞絮的唠叨，倒尽是适才在房外听到王传礼和杨嘉谟的那些话语了。

"全甘州城也找不出一个和她比肩的人来？"程英呢喃着，眼神中涌起一丝连自己都没有意识到的不服气来。

第四十九章
出人意料

天气渐渐转寒，很快进入九月，杨嘉谟的伤势也在以肉眼可见的速度恢复着，精神头一日日好起来，脸上也慢慢有了血色。

自刚醒来那天和郑三彪商议要搬出去到现在，这么些日子过去了，他们还是留在程宅没能成行。倒不是杨俊没有安排或者有所推托，而是那天程槐回来听说了杨嘉谟有这样的想法，不容分说就拒绝了他们的提议。程槐回来虽然只耽搁了短短一天就又回了守御所任上，但与杨嘉谟相谈甚欢，除去对他受伤的歉意，二人在很多方面的想法和看法都出奇地一致，大有一见如故相见恨晚的畅意，要不是顾虑着杨嘉谟重伤在身，程槐说不定就要和他彻夜长谈了。如此惺惺相惜的交情之下，杨嘉谟自然也不好执意离去，只得答应了程槐继续留在这里养伤了。

秋阳温煦，午后更是风和日丽，这样的好天气里杨嘉谟要求出门晒晒太阳便得到了程英的准许。

指挥着杨嘉臣和广毅搬了一张竹榻来，程英态度坚定地否决了杨嘉谟想要自己走走的提议，让二人将他移上竹榻才小心翼翼地抬到了院里那棵梨树下。

树下早有飞絮伶俐地摆好了竹椅和桌案，还准备了新上市的石榴瓜果和茶水，一派赏景谈心的架势。

安置好了杨嘉谟，杨俊向广毅和杨嘉臣使眼色示意退下，广毅即刻领会退到了一边，杨嘉臣却拉过一张椅子坐了下来。对杨嘉臣的不识眼色早有领教，杨俊只得自己上前拉他离开。

"二哥，咱们去瞧瞧郑大哥，看他今天在做什么？"杨俊知道跟杨嘉臣解释不通，便强拉硬拽地把他拖走了。

杨嘉谟已然猜到了杨俊的用意，自从郑三彪说过要撮合他和程英的事后，他一直都很刻意地和程英保持着距离，却不想除了郑三彪，还有杨俊居然也在为此暗中使力。看来他还得找个机会跟他们好好谈谈，及早把这件事说清楚才对，君子不夺人所爱，莫说程英和达奇勋有婚约，便是没有，他也不能对程英产生任何想法，以免被人说出借养伤之名行苟且之事的闲话来。程英是个奇女子，又如此费心费力地照顾自己，既然对人家没有心思就绝不能坏了她的清誉。这是杨嘉谟自认为非常清醒的一种认知。

命飞絮退下，程英就近坐在杨嘉臣搬到榻边的竹椅上，随口问道："喝水还是吃瓜果？"

杨嘉谟客气地一笑："都不需要，程小姐自去忙吧，不用管我。"

程英不为所动，从果盘里捡起一颗石榴慢慢把玩，竟拿出聊天的姿态来闲话道："我并没有什么要忙的，离开军中忽然不知道能做点什么了？"

杨嘉谟一时也不便接话，何况他早有准备要和程英拉开距离，便盯了头上的树荫暗自沉默。

程英今天似乎心情颇好，一贯冷傲的面容上带着点点微笑，自顾自地絮叨着："这宅子平素我们不常住，这次回来找到了一点年少时的痕迹，竟感觉过去了很久很久似的。"

杨嘉谟默默听着，从程英的话语里听出了落寞和孤独来，心下一软竟忍不住道："你是什么时候到军中的？"

程英抚摸着手里的石榴歪头想了想："大约七八年了吧？我很小就跟着哥哥到了军中。"

"那令尊和令堂……"杨嘉谟问了一半突然顿住，隐隐觉得自己这话问得不合时宜，试想若有父母健在，谁家的女儿能在小小年纪就送到军中去受苦呢？七八年前，那时候程英不过垂髫稚龄吧！

果然，程英的面色在听到杨嘉谟欲语还休的半截话后黯淡下来，她低沉道："爹娘早逝大厦将倾，哥哥又从军远去，我常常整夜整夜不敢睡觉，害怕再醒来眼前又是血流成河。"

"到底发生了什么？"杨嘉谟打定了不去招惹程英的主意终究没有抵住好奇心的驱使，还是不由自主就问了出来。

程英轻易不动声色的脸孔因为记忆的触动而呈现出伤感来，浅浅的言语中掩藏着克制的沉痛："我要是告诉你他们都是被摸进城里来的鞑子细作所杀，你信吗？"

杨嘉谟倏然变色，惊疑道："这怎么会？"

"我也不敢相信。"程英握着石榴的手指因为用力而指节泛白，"可这就是事实。"

杨嘉谟的脑海里一霎时闪过无数细碎的念头，即便程英认定了这是事实可依然令他觉得难以置信，不禁问道："敢问令尊那时是否官居要职？"

程英自嘲一笑："先父若身居高位那也罢了，可他遇害之时偏偏只是知府衙门一个五品的同知，因此我才质疑鞑子的细作为何专门针对我们家。"

"知府同知？"杨嘉谟更加困惑，"这几年不是没有鞑子细作潜入进来行刺的事件发生，可他们杀的要么是手握兵权的大将，要么就是力主对夷用兵的主战派文臣首脑，令尊只是知府同知这样相对式微的文官，又怎么会被他们盯上？而且……"

杨嘉谟思忖着十分不解地又道："鞑子的细作对我朝官员的居所因何就能做到熟门熟路，这是一个疑点；再有，听程小姐的言语不难判断，当时你们家应该是受到了屠戮才会血流成河的吧？那令尊手上可有什么他们忌惮的东西，让鞑子细作非得要杀了他不算，还要屠杀其他无辜之人？"

程英摇头："不知道。那时我还年幼，先父发觉不对便用棉花将熟睡的我塞了耳朵藏到床榻下面，如此我才逃过一劫。"

杨嘉谟听得胆战心惊："那时令兄程将军在何处？"

程英沉浸在痛苦中的情绪微有庆幸："哥哥那年正满十四岁，先父见他不爱读书便将他早早送去了军中历练，也幸亏他不在家，否则还不知道能否保得住性命。"

"那，程将军对这件事怎么看？"杨嘉谟越发觉得此事蹊跷，疑点重重。

程英指甲掐着石榴皮，嘴角略带嘲讽："我们兄妹如何看待能顶什么用？官家认定是那样的事实，便就是事实了。反正时隔多年，等我们长大想去查证时，所有的证人证物统统都不在了，一切都已成定局。这大约便是有些人最乐意看到的结果吧！"

听着这样入情入理的一番分析，杨嘉谟不由为程英的聪明而赞赏，跟自己想的一样，程英和程槐显然也怀疑这件灭门惨案别有内情，但正如程英所说，此事时隔久远无从查起，便是怀疑又能如何？想得再多也只是徒增烦恼罢了。可是，父母双亲莫名被杀，为人子者无论是谁也不可能心存质疑而不去理会，总得弄清楚其中的缘由，知道仇人是谁雪了恨才能安心啊！

一时间二人都沉默下来，各自想着心事。梨树的黄叶在柔和的秋阳里缓缓飘落，阳光透过摇曳的枝杈洒下斑驳的光点，让树下的两个人看起来静谧而又温馨。

飞絮匆匆进了垂花门,一眼看到这样的场面竟舍不得打扰,但到底还有要事禀报,便故意咳嗽一声以示提醒,之后才快步上前来到程英面前。

"小姐,朱公子来拜访你了。"飞絮机灵地眨着眼睛禀道。

程英一怔,继而轻笑一声:"是他来了?人在哪里?"

杨嘉谟听了也是微怔,正欲开口回避却听一串轻灵的笑声由远而近,两道身影已是穿过垂花门踏进了院中,而这两个人好巧不巧却正是与自己交集不浅的青崖郡主姐弟二人。

青崖郡主依旧扮作男子,不过装束从小将变成了翩翩公子,她身后跟着的九王子朱识鋐还是一副傲娇少年的表情,神情恹恹闷闷不乐的样子。

程英见了起身去迎,遥遥打着招呼亲热地笑道:"哎呀,什么风把你给吹来了?"

青崖郡主做贵公子状,彬彬有礼地行了一个揖礼,拿捏着腔调回道:"程小姐别来无恙乎?小生这厢有礼了。"

"讨厌死了!"程英笑嗔着上前,一把打掉青崖作揖的手势,拉着她埋怨,"你是贵足不踏贱地的人,怎么还亲自来了,原该我去求见拜望才是。"

青崖顺势挽了她的手打趣道:"你少惺惺作态了,我还不知道你?哪一次不是我主动来见你,都恨不得离我再远一点去才好,还跟我打官腔!"

程英也不扭捏,哈哈笑道:"这回你可是冤枉我了,真正是有事走不开才没有去见你的。"

说着打量青崖身后的朱识鋐笑问:"这是九……九公子吧?几年不见都长成大小伙子了。"

朱识鋐鼻翼微翕,十分不满地回道:"你们非要把自己搞得老气横秋才显得很有见识吗?一个两个的都把小爷当孩子看,别忘了咱们可是同年出生的。"

程英大笑:"就你这般说话还不是个小孩子?青青不老都被你气老了。"

朱识鋐瞪一眼程英,嘟嘟囔囔着绕过她们往树下走,他已经看到了树荫下有茶有座。

"我说不来不来非要拉着来,哪一次不笑话我几句你们就不痛快似的。"朱识鋐嘀咕着只管闷头走路,倒是没注意到倚在竹榻上的杨嘉谟。

程英亲热地携了青崖也往树下来,转身才想起杨嘉谟还在那里,想到郡主姐弟清贵也不知道猛然见了有外人在此会不会生气,却见朱识鋐已然走到了树下。

"九……九公子且慢!"程英急于解释,差点将朱识鋐的王子身份叫破。

青崖目光犀利已看到了竹榻上的杨嘉谟，却只是眉头微挑压下了满心的惊疑。

朱识鋐自也看清了竹榻上有人，善忘的他只觉得面前这人似曾相识，不禁端详起来。

杨嘉谟没想到程英居然和青崖姐弟有交往，且看他们相处的熟稔程度，还不是一般的亲密。而自己此刻想回避都避之不及了，惊讶之余只得在榻上拱手见礼："见过九王子，末将杨嘉谟有伤在身不能起身参拜，失礼之处还请恕罪。"

朱识鋐这才想起来他是谁，嘻嘻笑着好奇道："原来是你呀！你怎么会在这里？"

杨嘉谟苦笑："此事说来话长，九王子想知道的话，末将必不敢有所隐瞒，只是眼下怕不是好时机。"

说着看向款款走来的青崖郡主，微笑道："参见郡主，杨某失礼了。"

青崖有着和朱识鋐一样的好奇，但瞥了眼脸显惶急的程英，颔首应道："每次见到杨指挥都令人好生惊讶！"

杨嘉谟面上带笑，心下却咀嚼着青崖这话的意思，毫不意外地品出一丝嘲讽来。想想自己和她之间的那些交涉，貌似处处都与她为敌一般，也便难怪青崖讽刺了。杨嘉谟私心里想着，要不是看在程英的面子上，这位高高在上的郡主还不定会说出多么难听的话来给他难堪呢！他可不敢忘记，在那次的王府别院之中，青崖有着怎样的派头和气势。

见青崖和朱识鋐对杨嘉谟都不陌生，程英反倒讶异起来："你们原来竟认识呀？"

朱识鋐嘴快，嘻嘻笑道："认识认识，怎么不认识了，我和这位杨……杨指挥是吧？我们算是老相识了。"

程英撇嘴，老相识称呼起来还这么不确定？不过这话只能自己在心里嘀咕，到底顾忌着朱识鋐王子的身份没有表达出来，而是转头去看青崖："原还担心你们不认识怕惹你不痛快，既然大家都不陌生，那我便不用请杨指挥刻意回避了。"

青崖瞭了一眼杨嘉谟，给面子地答应了："那便不回避了。"

在程英的殷勤招呼下，青崖姐弟坐到了树荫下的竹椅里，飞絮很识眼色地重新拿了一套品相不赖的茶具来，为几个人沏上茶水。

既是便装出行又扮作男子而来，青崖倒也乐意放下架子，喝着茶水跟程英说些无关紧要的话题。朱识鋐更是不受拘束地愉悦起来，欣赏了一番小院的景致，便把注意力放在了杨嘉谟身上。

"杨指挥，上次见你还好好的，能够一拳头打倒两个侍卫，才多长时间没见，你怎么竟受了重伤了？"朱识鋐清澈纯真的双眼里有着不掺任何杂质的真诚和关切，自然，好奇更是显眼。

杨嘉谟笑笑，云淡风轻地回道："劳九王子动问了。末将是军中人，免不得打打杀杀，受伤流血便也无可避免。"

朱识鋐不是个喜欢端架子拿乔作势的人，在喜爱和信赖的人面前就更没有顾忌了，闻言摆手道："哎呀，你别总是这样客套嘛！这里没有王子更没有郡主，我就是厌烦了府里那些人动辄跪呀跪的不自在，这才跑出来透口气的。你要是也这般小心翼翼，我可就生气了。"

杨嘉谟笑容不减，目光移到朱识鋐身后去看青崖，正好和她看过来的眼神撞在一起。

本来无意识的偶然行为，在等级森严的贵贱划分下就是可大可小的事情了。轻者算无礼，往重了说那就是冒犯了。

杨嘉谟赶忙垂下眼皮，歉然言道："九王子是天潢贵胄，末将不过一粗野莽夫，委实不敢不尊礼法。"

眼角扫到，青崖在听了杨嘉谟的话后眼神里少了一分严厉，杨嘉谟明白她是在警告自己。

朱识鋐不肯买账，噘嘴不悦道："什么天潢贵胄，还不是爹生父母养一般的血肉之躯，我偏要与你兄弟相称，你难道也不愿意？"

"九弟，注意分寸！"青崖听了抢先呵斥。

朱识鋐转过身去看着青崖，挑衅地冷笑："这里又不是王府，你说过带我来散心的，如果还要处处拘着管着，那还不如别出来算了。"

青崖气得脸孔微红，顾忌着有程英和杨嘉谟在也不好当场发作，耐着性子劝道："行止有度言辞端方，才是君子所为，你是……以你的身份该怎样行事说话，不用我时时耳提面命也应自己心里有数，怎可出言无状？"

她终究没有说破身份称谓，也算得体恤细心了。岂知，只要自己亲口点明了王子的身份，杨嘉谟和程英就不能和他们姐弟平起平坐不顾礼法了。不去说破还有一层自在，一旦说破便是如同朱识鋐说的那样动辄行礼小心翼翼了，那她特意装扮了来这里还有什么趣味在？没得让程英和自己见外罢了。

可惜，青崖的这番苦心并没有得到朱识鋐的理解，当着外人的面即使再和缓的劝说在朱识鋐看来都不可忍受。他愤而起身涨红了脸吼道："朱青青，你不是我姐，简直就是王府里那些心理扭曲的老女官附身，我怎么会有你这样的孪生姐姐？！"

杨嘉谟一见顿时慌神，要知道这二位吵架起因全在朱识鈜和自己的攀谈，虽然九王子任性蛮横，但他的身份地位放在那里，谁敢怪责他？到了最后还不是得自己背锅。

"小王爷息怒！"杨嘉谟急忙劝阻，"此事全因末将不识抬举而起，你且消消气坐下来，到底怎么行事末将听你示下遵照便是，别伤了你和郡主的和气。"

朱识鈜哪里能听得进去劝，只觉自尊心受到了莫大的打击，像个奓毛的公鸡一样挣着脖子怒气冲冲地呵斥："你这是要做什么？我在为你打抱不平，你却想息事宁人，这是明晃晃地打我的脸是不是？杨嘉谟，你不许背叛我！"

闻言，杨嘉谟真是哭笑不得，这个少年还真正幼稚，说是青崖郡主孪生的弟弟都让人不敢置信，他的身上没有半分青崖的沉稳不说，就连心智都比他姐姐相去十万八千里。也不知道在肃三府里是怎么平安长到今天的，这个样子还没被诸多争权夺利的兄弟姐妹卖了……杨嘉谟腹诽着不敢再言语，生怕一个不小心再刺激到这位爷。

程英见机也赶忙劝和，只是她向来性子清冷不擅言谈，明明是好意说出的话却硬邦邦地夹带着刀光剑影。

"九公子你这是做什么？青青这些年为了你可算操碎了心，你原该感恩怎么还不知好歹起来，你让青青这个做姐姐的伤心死了才痛快不成？"程英一通驳斥说得自己也着了恼。

青崖拉住程英的手，极力忍着怒气仰面看向朱识鈜："行！我不管你了，你喜欢和谁交往就和谁交往，喜欢怎么样活着就怎么样地活着，我再也不会多管闲事了。"

往常青崖总是强硬地要求，偶尔也会耐着性子在嬉笑中劝说，想方设法地让朱识鈜按照规矩来。朱识鈜尽管时常不情愿，但别别扭扭着也能够勉强达到青崖给他定下的那些目标。可是这一次，青崖不再要求，言语之中颇有放任不管的泄气和失望，这倒是大出朱识鈜的意料。

"你……你真的不管我了？"朱识鈜不确定地问道，眼神的闪烁却出卖了他的色厉内荏。

青崖缓缓点头："对！你说得不错，我处处拘管着你，让你不痛快不说，把我自己也活成了王府中的一个老妈子，这又有什么趣味？从今往后，咱们都放开手脚肆无忌惮地活着不好吗？你也不必拿我当仇人来厌恶，我也不必总把你当成没有长大的孩子去疼惜，一拍两散各自舒心，我求之不得呢。"

从来没有见过青崖如此灰心丧气，也从来没有对自己说过"一拍两散"这样言语的姐姐突然转了性，朱识鋐顿时迟疑起来，适才一身戾气吼喊豪言壮语的气性早不知跑到哪里去了，觑着青崖平淡到冷漠的脸色，结结巴巴地犹豫着又问："你不是……不是说过，我们要相依为命的吗……"

青崖出声打断："那是以前。现在，不作数了。"

朱识鋐惊愕地僵住，半晌之后垂头丧气地坐了下去，赌着气再不言语了。

看着像个被人抛弃的小孩子一样委屈的弟弟，青崖终是狠不下心，轻叹口气起身落寞道："你也不必觉得我苛刻，毕竟是你我的家务事，在程姐姐府上闹什么闹？咱们回去吧！"

朱识鋐坐着没有动，一颗骄傲的头颅颓败地垂在膝盖上，看得人好生怜惜。

程英作为主人自是不能再袖手旁观了，拉住青崖笑道："好了好了，一奶同胞哪有隔夜的仇怨，青青你是姐姐，九公子性子又单纯说的话也是无心之言，咱们都不要计较了吧！"

说着忙向杨嘉谟使去一个眼色，意思让他也从中劝和。

杨嘉谟情知自己与青崖姐弟的交情浅薄不敢随意插言，但见程英能够直呼青崖郡主的小名可见她们之间的亲昵不一般，又得了她的示意，想了想便找了个话题来转移朱识鋐的注意力。

"小王爷，可曾见过红衣大炮？"杨嘉谟含笑问道。

这是一个能引起人兴趣的话题，但凡少年人都会好奇。

果然，朱识鋐抬眼看过来，聪明如他抛去任性即刻抓到了杨嘉谟话语里的重点："你肯定知道是不是？快跟我说说，他们说它可以轰碎一座城门？"

杨嘉谟点头："是，的确威力无比。末将不但知道，还亲手点燃过引信，亲眼看它轰进了蛮夷的阵营，战马都掀得上了天。"

朱识鋐孩子心性，一听这话又往杨嘉谟榻边凑了凑，大感兴趣的样子竟是将适才那番吵闹完全抛诸脑后了。

"你再说得详细一些，它能飞多远，那红衣大炮这么厉害？怎么就可以把战马都掀上了天？"朱识鋐眼神灼灼地问道。

杨嘉谟不动声色给程英递去一个搞定的表情，这才跟朱识鋐讲起那些战场上的趣事来，把他的所有心思都牢牢地吸引住了。

程英在一旁看了满心释然，拉了青崖起身到自己房中去说悄悄话，临走还不忘用眼神再次提醒杨嘉谟照顾好朱识鋐。

　　杨嘉谟领会，一边笑着应付朱识鋐，一边极快地回了程英一个放心的眼神。

　　青崖在侧自是将二人你来我往的眼神都尽数收入眼底，见自己这个让她头疼了十多年的弟弟居然被杨嘉谟三言两语就约束住了，不禁深深看了眼竹榻上的人一眼，嘴角微微一翘，便安心地和程英离开了……

第五十章

道高一尺

甘肃镇总兵府与甘州知府衙门毗邻而居，在甘州城内是除陕西行都司衙门和巡抚衙门外最为显赫的两座府邸了。总兵府达云坐镇公门，在不需要亲自挂帅出兵的时候，他便在这里调度甘肃镇兵马，对十二卫和四个守御所的布防用兵，全盘指挥辖制。

达奇勋到总兵府便是回家，在向父亲参拜过后，任兵卫伺候着脱去沾了灰土的外袍。顾不上喝水，达奇勋迫不及待地问道："父亲，您为何要将杨嘉谟调离肃州卫？那里是我大明西陲直面鞑子的第一门户要塞，儿子麾下正缺少他那样的勇武之人呢。"

达云出生在关外西州夷人之地，相貌粗豪身形魁梧，与其子的翩翩风采正是两个极端，并没有相似之处。

看着俊逸挺拔的儿子，达云包容地笑道："急什么？先坐下来喝口水再慢慢说不迟。"

达奇勋异常崇拜自己的父亲，依言坐到了达云下首的桌案后面，心里的焦躁在牛饮般喝下去一盏茶水之后还是没有得到缓解。

"父亲，能不能不要调离杨嘉谟？"达奇勋态度很执着。

达云抚着自己的短髭笑问："看来你对杨嘉谟颇为倚重了？"

达奇勋毫不掩饰他对杨嘉谟的欣赏，夸赞道："他与儿子被合称'甘镇双杰'自有不弱于我的本事，原该让他和儿子戍守一方、建功立业，而不是窝在这繁华的甘州城里蹉跎光阴。"

说罢，更为坚决道："父亲，您就让杨嘉谟继续回肃州卫吧！有他做儿子的副手，我们一定可以杀出关城夺回沙州。有了他，儿子就能大展宏图，西州收复也将指日可待！"

达云并不急于答复，端详着儿子英俊的脸庞渐渐严肃起来："大郎，你有这番雄心壮志，为父很欣慰也很支持，但你还缺一点自信。"

达奇勋微愕："父亲这么说，可是儿子哪里做错了？"

达云眼神瞬间犀利，似乎有着穿透人心的洞悉之力，沉声道："莫非少了杨嘉谟你便不能建功立业？少了他这沙州便不能收复，我大明失去的西州也便没了回归的希望？"

"这……"达奇勋顿时语结，红着脸嗫嚅，"我……儿子并非那个意思，还请父亲莫要动怒。"

达云微叹口气，起身走到达奇勋案边，拍了拍儿子的肩膀语重心长道："为父没有动怒，只不过气恼你看不清形势罢了。要知道，有时候是好心也会办坏事啊！"

"父亲是指？"达奇勋也忙起身求教。

达云走到厅堂门前，看向院里几株花树缓缓道："杨嘉谟调任甘州中卫且迁升指挥使的令可不是为父的主意，是有人为了便于监视他，才把他调到甘州中卫的。你若强留他在肃州，你让为父如何给那些人交代？再说了，你是否能够保证他不再插手那件事了？"

达奇勋愣怔了，到了此时此刻，他才终于明白杨嘉谟调任一事是有人为了让他不再插手芙蓉香的事情。但心上还是存有疑惑道："难道回了甘州他就会放弃？以我对他的了解，那件事他绝不会就此罢手。"

达云眼神中有着赞赏，但更多的却是无奈。他回身对达奇勋道："这就是上头为什么要调他回甘州的原因。甘州中卫是什么所在？那可是听从肃王府管领的一个卫所，便是为父这个总兵，要调用甘州中卫的兵将也需得肃王首肯才行。你说他去做了这个指挥使，能有多少可以折腾芙蓉香的余地？"

"这不是变相架空杨嘉谟的权力吗？"达奇勋震惊极了，继而带着愤慨为杨嘉谟打抱不平，"他们怎么可以这样？杨嘉谟是将才，不是肃王脚下可供玩赏的小猫小狗！"

达云表情严厉起来，沉声喝止："住口！这话是你我随意能说出来的吗？"

喝罢，又稍稍和缓地叮嘱："大郎，你也二十出头到了成家生子年纪的人了，言谈行事得多过过脑子才是，切忌祸从口出招致不必要的麻烦。因为甘肃镇总兵这个位置太重要了，要是我们不小心惹恼了某些人，换成了他们的人，你想想看，我们大明的西部还是大明的吗？"

达奇勋听到这里，对父亲敬佩之情油然产生，急忙躬身应是，但眼底的不屈不甘却显明无误地落进了达云眼中。

达云见达奇勋明白了他这个父亲的难处和有人擢升杨嘉谟的原因后，才挥手命他退下。看着达奇勋心有不甘而去，达云重重地叹了口气，知道自己这个儿子清高桀骜，尽管这些年在外的表现看似长袖善舞，但离着八面玲珑到底还差着火候，做不到真正的锋芒内敛，他便忍不住一阵阵担忧。虽为武将亦难逃官场倾轧，在风起云涌暗潮涌动的官场，你越是出挑就越容易受到摧折，杨嘉谟就是实证。木秀于林风必摧之，这样的结果很多时候并不可取啊！可惜，这些道理说得再多，真正做起来却很难，尤其是在年轻气盛的年纪，恐怕不碰得头破血流，终究还是纸上谈兵。他知道年轻人是不会服气的，但至少让他知道，如果你失去了守护国门这个位置，你便什么也不是，你什么也做不成。

"修身齐家治国平天下！"达云低声念叨，之后唤了门外的兵卫进来吩咐道，"去内院告诉夫人一声，程家那丫头回来了，让夫人送些应季的衣食过去，最好能亲自去探访探访。"

兵卫应了自去传话，达云抚着短短的髭须浅笑着回了案桌后处置公务。

在隔着两条街的肃王府，青崖正在接见巡抚郑勉和甘州知府何北。

"郡主，这是钱粮账册，您请过目。"何北将账簿恭恭敬敬地弯腰呈上。

刘女官接过去奉到了青崖面前。

就着刘女官的手，青崖翻开草草浏览一遍，清淡的口气里有着上位者说一不二的凛冽："何知府，这个数目怕是不对吧？"

何北躬身不敢正视，诚惶诚恐地禀道："启禀郡主，上次征粮之后不过月余，有些百姓一时半会儿地也筹措不及，下官便先收拢了一部分交上来，剩余数量正在紧锣密鼓地征收，还请郡主再宽限一段时日。"

青崖面色淡淡，眼睛里却陡然升起一团怒火。

郑勉最是擅长察言观色的行家，一见青崖眼含怒气便率先呵斥何北："放肆！郡主面前竟敢敷衍塞责，你头上这知府的乌纱帽还想不想戴了？"

何北更为惶恐，急忙作揖施礼："巡抚大人明鉴，下官绝无虚瞒，对郡主谕令更不敢轻视怠惰。"

郑勉眼角瞄了瞄青崖的脸色，继续呵责："既不敢怠惰，那郡主要的数量怎么还敢拖延不交？不行就调永丰仓的，先让郡主运回兰州去，之后你们征够了再填补官仓。"

"万万不可啊！"何北闻言大惊，撩袍跪在青崖面前惶急道，"郡主这事千万做不得，您就是借下官十个脑袋，下官也绝不敢动永丰仓的主意，那可是官粮，朝廷严律任何人不得私自调运，否则就是抄家灭门的大罪啊！"

青崖自也知道官仓粮储动不得，她生气是想起了上次被祸害的那批粮食。事实上，在收粮的问题上，并非知府何北办事不力。可现在，郑勉这个堂堂巡抚竟然如此无知，便冷着脸睨了郑勉一眼，对何北和颜悦色道："何知府请起来说话，永丰仓的主意本郡主也是断然不敢妄想的，就容你一些时日好了。"

郑勉只顾着奉承青崖倒忘了这一茬，听何北说破，又被青崖那一眼睨得大为尴尬，讪讪着起身作揖："微臣鲁莽还请郡主莫要见怪，也是听何大人这么长时间还没有凑齐王府的粮税，着急之下故而失态了。"

青崖摆摆手不想跟他多说，对堂下起身的何北劝勉道："何知府用心征粮，但也要交代下面那些官差人等，对待百姓不可言行过激，催缴赋税虽是正差，不得借机盘剥苛待百姓。"

何北应了，暗暗松口气用官袍的袖子擦着额头上的冷汗。

青崖见了略一皱眉，吩咐刘女官："何知府不愧是受甘州百姓爱戴的父母官，赏他两匹衣料回去做袍服吧！"

"是。"刘女官面无表情地应了，使眼色命身后的侍女去取东西。

何北受宠若惊，谢了又谢才和郑勉联袂而去。

青崖目中含笑起身往内室走，突然又顿住脚步交代："刘长史，一并拣了几匹好料子给程英送去。"

说着脚下不停直往内室，又轻飘飘丢过来一句："适合男装袍服的料子也别忘了。"

刘女官面上一怔，随即像是想到了什么，不动声色地笑了笑跟上去应道："卑职都记下了。"

主仆二人才走了两步，九王子朱识鋐风风火火地进来高声笑道："我要去看杨大哥，姐姐你去吗？"

青崖顿住脚转头看来，诧异道："哪个杨大哥？"

朱识鋐的笑容赶快收敛起来，声音也像被人掐住了似的低弱下去："就那个杨大哥啊，还有哪个？"

青崖恍然，眼神里闪过一丝不耐，但还是微笑着问："你今天可是殷勤得紧，还主动叫姐姐了，说吧，想去做什么？"

朱识鋐红了脸，盯着脚尖难为情着道："也没有什么事，就是杨大哥上回说若有足够的零碎，他会教我做一架红衣大炮的模具，这些东西我这几天都收集得差不多了。"

青崖秀眉一凝就想否决，但看着朱识鋐的样子终究不忍拂却，便缓缓走回厅中，一脸和气地问他："你实话告诉我，是觉得那个模具吸引你，还是杨……杨指挥让你觉得更有趣？"

朱识鋐抬头懵懂道："这有什么不一样吗？"

"当然不一样，"青崖尽量和缓地解释，"如果你的兴趣在模具，那不用出府找个巧手的师傅来就能帮你做成。"

朱识鋐神情黯淡下来，鼻翼翕动着显见地是有了恼意，直冲冲道："说到底你就是不答应我出去玩呗！我不要师傅做的，就喜欢听杨大哥说边疆杀敌的故事。"

青崖听了只觉无奈，她不想让朱识鋐跟杨嘉谟打交道，不是因为嫌弃什么，而是担心朱识鋐涉世不深，太过单纯而吃亏。但是，见朱识鋐这般坚持，上次也看到了他和杨嘉谟颇为谈得来，倒也不好阻拦他出去。只是要想个什么办法才能阻止他尽可能地少去见杨嘉谟呢？朱识鋐见状，又不高兴了。

看着弟弟又要拗起来，青崖只得适当让步，笑盈盈地说道："我什么时候说过不让你出去了？看在你今天叫了姐姐的分儿上，我给你打发两个侍卫同去。"

见朱识鋐又要反驳，青崖抢先补充，睨着朱识鋐打趣道："派侍卫跟你去不是要拘束你，正好我有点东西劳烦小王爷帮忙带去给英英，有点沉，你一个人拿不动。怎么，莫非咱们的小王爷不肯？"

"那我当然义不容辞了！"朱识鋐欣喜而笑，满面阳光地开心起来，完全就是一个得到家长首肯的孩子。

青崖暗暗向刘女官使去一个眼色，示意她找身手好的侍卫跟随保护，这才拉了朱识鋐坐下细细叮嘱："去了程宅可不许犯浑，英英和杨指挥都知道你是王子，自然事事都让着你，但你要自己注意不可失了咱们王府的礼数让人家笑话。"

已然得了青崖允准可以出府去玩，朱识鋐心下开怀自是满口答应："这个我是知道的，何况程小姐和杨大哥也不是外人，即便失礼他们肯定也不会和我计较的。"

不是外人？程英算是，杨嘉谟如何算得？青崖听得不妥，但见弟弟此时是难得一见的真心喜悦，便按下心头些微不快勉强笑道："那也不能得意忘形。"

"是是是，我都记下了。"朱识鋐不耐烦了，正好刘女官来禀说侍卫安排好了，他急不可耐地起身跑了出去，嘴里还开心地大笑着道："朱青青，你再这么唠叨就成老太太了，小心嫁不出去！"

青崖瞪着他的后背，哭笑不得地对刘女官道："你瞧瞧，哪里还有一点规矩？"

刘女官板正惯了，微笑起来都有些僵硬："可是，九王子的确是发自内心的愉悦。"

"是啊！只要他高兴，我或许不该要求过高。"青崖若有所思地言道。

刘女官明白青崖作为姐姐的那种恨铁不成钢心情，想要开口安慰，却见詹德贤到了厅堂门口，她的表情便即刻恢复肃正，站在青崖身后抿紧了嘴唇。

"禀郡主，王爷有书信来。"詹德贤在门口躬身回禀。

青崖敛容："进来说话。"

詹德贤恭敬地进了门把一封书信双手奉上。

青崖亲手接过，一边拆信一边走回座中，随口问："父王可有什么额外的交代？"

詹德贤直起身，气定神闲道："王爷说此间事了便让郡主回王府。"

"好，我知道了。你下去吧！"青崖坐在椅子里浏览信件内容。

詹德贤拱手，却没有依言出去，反而上前一步笑眯眯地问道："适才属下前来碰见了小王爷，看着兴高采烈的样子便问了一句，他说要去程家见杨大哥。此事郡主可知晓？"

青崖从书页上抬眼瞥过来，淡然道："你想说什么？"

詹德贤温文尔雅地一笑："郡主，小王爷口中的杨大哥可是新任甘州中卫的指挥使杨嘉谟吗？"

"新任？"青崖倒是才听说，不禁问道，"他什么时候升到甘州中卫来的？"

詹德贤看似无意，其实刻意提醒道："不过就这几日的事，郡主忙着征粮之事，属下便没有立时上禀。郡主，甘州中卫历来受咱们王府直接辖领，应该要守王府的规矩。"

青崖放下书信，直直看向詹德贤面色不豫道："詹管事有话不妨直言，何须在本郡主面前吞吞吐吐！"

"郡主恕罪！"詹德贤话语客气，但表情间并不见收敛笑意，"属下的意思，不论是郡主还是小王爷都不应该和杨嘉谟有过多的交往。"

见青崖目中涌上细碎的寒意，詹德贤笑容不变地澄清："郡主明鉴，属下如此逾矩劝谏实在是出于一片好意，二位主子身份清贵，属下唯恐杨嘉谟一介武夫冲撞了您和小王爷，到时候王爷怪罪下来属下死不足惜，只怕有负于王爷的信重了。"

青崖的面色彻底黑沉下来，冷笑道："詹管事竟然抬出父王的名头来威胁我们姐弟，不愧是父王最忠心的臣子。若我没有猜错，你把本郡主来甘州后的一言一行都写进了奏报，送去父王案头了吧？"

詹德贤含笑承认："为王爷分忧解劳，并事无巨细伺候郡主和小王爷，乃是属下职责所在。"

"啪"的一声，青崖将案上的书信扔到了詹德贤面前的地上，厉声呵斥："你好大的胆子！居然敢打着父王的旗号而行管教郡主和王子的事实，你真当本郡主是好欺侮的吗？这封书信是父王给本郡主的，你也敢私自拆阅后重新封了才送呈给我，此等事由桩桩件件都是僭越，简直大逆不道，百死莫赎！"

詹德贤没有料到青崖如此震怒，看着上座中双目喷火的青崖终究还是屈服了，当即跪在地上认错："郡主恕罪，属下绝不敢行如此逾矩之事。"

"不敢？"青崖怒不可遏地斥责，"我看你胆子比无赖还大！本郡主受圣上亲口御封，在你这里都可以随意藐视肆意轻慢，你不过王府一个家臣而已，今天敢管到本郡主的头上来，明天是不是还要管到父王身上去？"

詹德贤额头上的冷汗涔涔而下，急忙叫屈喊冤："郡主息怒，属下对王爷、对王府忠心耿耿，此心天地可鉴日月为证……"

"住嘴！"青崖一张脸孔因震怒而更显苍白，双眸之中有着浓浓的杀气，说出的言语像是刀剑一般锋锐迫人："奴大欺主，我看你这些年是忘了自己的身份了！既是家臣就该守好自己的本分，什么能说、什么能做都好好思量思量。"

詹德贤不敢稍有辩驳，跪在地上磕头如捣蒜，哪里还有半点平素对人时倨傲清高的假文士风骨。

青崖看他终于不敢拿乔作势了，见好就收地敛起怒容，略有和缓道："念在你这些年对甘州王府这边还算尽心，我便不计较你这次私拆信件之罪，但是……"

她故意顿住，冷冷盯住堂下的詹德贤轻哼一声。

詹德贤何等奸猾，即刻领会了这层深意，抬眼看向青崖乖觉道："郡主但有吩咐尽管示下，属下必定赴汤蹈火在所不辞。"

"很好！"青崖满意地点头，趁热打铁道，"你可以向父王处具奏，把本郡主的一切行止都呈报兰州，也允许你向我适当进言，不过，从今天起，甘州王府这边的所有奏陈文书都必须先拿来给本郡主过目，只有我首肯之后才准许外发。你做得到吗？"

詹德贤迟疑着不敢随便应承。

青崖冷笑一声："詹管事最好想清楚了，你落在我这里的把柄可不止私拆主子信件这一桩，听说你不但在甘州有自己的宅院，而且还有几处房产是吗？"

詹德贤后背瞬间汗湿，跪在沁凉冰寒的青石地上硬是吓出了一个汗流浃背，那些事若被王爷知晓，丢掉差事没收家财都是轻的，弄得不好就是杀头舍命的下场了。

"郡主！"詹德贤赶忙答应，"从今往后，属下唯郡主马首是瞻，您的谕令无有不遵。"

青崖眯眼掩藏掉得意，挥挥手道："既如此你便好好当差，我保证没有人为难你！本郡主乏了，退下吧！"

詹德贤如蒙大赦，磕头谢恩不迭，最后灰溜溜地起身却行退了下去。

看詹德贤退下，青崖长长吐出一口浊气，难掩疲累地吩咐刘女官："以后还是不要让老九去见杨嘉谟了。"

刘女官屈膝应了："卑职会安排好的。"

青崖颔首，思索着道："甘州中卫指挥使，好一招明升暗降、阴谋架空的把戏，杨嘉谟便是只老虎这回也关进了樊笼，他居然还能沉得住气倒也令人钦佩！"

刘女官上前沏茶："甘州中卫指挥使，某些意义上和詹管事一样，他们是王府的家臣，而郡主是主子。"

"我知道。"青崖抿了一口茶水，"家贼难防，所以才要适当敲打。"

刘女官一本正经地退后半步侍立如常："郡主冰雪聪明，卑职多言了。"

青崖没有言语，放下茶盏靠进了椅中微微阖上双目，秀眉之间浮起一层浅淡的寂寥来，只看得一旁侍立的刘女官忍不住满面心疼。

第五十一章
不速之客

郑三彪的伤势相对较轻，休养了一个月便彻底复原又生龙活虎了，而杨嘉谟因为伤及了脏腑，一个月的时间也只能下地慢慢行走。这还有赖于程英的悉心照料，和杨俊花了重金给他寻摸来的许多珍贵药材，如此再加上他自己到底年轻，身体底子好，恢复速度让定期来诊脉换药的老郎中都一次次惊讶不已。

刚开始养伤阶段杨嘉谟还想着搬出去，但随着与程英越来越熟悉地交往，他终于从最初的不习惯，慢慢变得坦然起来，时常在朱识鋐来造访的时候还很自然地和程英说说笑笑。自从青崖姐弟那次来过之后，朱识鋐几乎天天来找杨嘉谟玩，青崖管束不听干脆也放弃了，只好又给这个任性的小王爷增加了几名身手不错的随身侍卫便由他去了。

这日适逢立冬，一夜北风呼啸，早起推门去瞧不深不浅竟积下了一地落雪，而天色阴沉沉的依然没有放晴的迹象。杨嘉谟披了外袍走到门外，直觉一股沁寒冷气瞬间袭来，凉得他打了一个寒战。

程英刚好端了早饭来，见杨嘉谟衣着单薄快步上前埋怨道："这样冷的天气你身上带着伤也敢跑出来，要是再着了凉怎么办？快进房里吧！"

听着这一点不见外的话语，杨嘉谟感觉既陌生又忐忑，可是看程英一副理所当然的样子，他赶紧收起那些不应该有的想法，客气地帮程英打起帘子让进了厢房。

房内比外面暖和不了多少，程英放下手里的托盘，把一碗冒着腾腾热气的白粥摆上桌，催促杨嘉谟："快来吃早饭吧，要不然一会儿凉了。"

杨嘉谟依言坐到桌边，程英又手脚麻利地送上一双筷子，二人之间十分默契。

"今天怎么又是你来送饭，飞絮呢？老这样麻烦你真让我过意不去。"杨嘉谟真诚地说道。

程英摆好碗碟，把一盘金灿灿的玉黍面馒头推到杨嘉谟前面，随口打趣着回道："前些天郡主让九王子送来几卷布料，我看你没有什么合身的衣服就让飞絮和杭妈妈帮忙做几件出来，她们手巧忙着针线上的事，我弄不了那个就只能做些端茶提水的粗活了。"

杨嘉谟更感不安，看了眼程英白皙有力的手歉意道："我这一来真是给你添了不少的麻烦，既然已经做了我便恭敬不如从命了，但是那些料子的花费，还有飞絮和杭妈妈那里的工钱就由我来出吧！"

程英斜眼看过来："这么客气做什么？反正我也要给我哥哥做冬衣的，给你的不过顺手罢了。你若要事事都这么分个清楚，那就把我们主仆照顾你的工钱也算给我好了。"

说着嫌弃地撇嘴笑道："真要是算账，你能算得清吗？"

杨嘉谟闻言不禁失笑，一边吃粥一边也笑道："说得也是，我欠你们的怕是用银钱没法估算了，真正还不起了。"

"说什么呢！"程英托着腮看杨嘉谟吃饭，不满道，"我们家又不是那些爱财如命的商贾，非要用银钱来衡量人世间最高尚的情分。"

杨嘉谟停住筷子，看着程英一双坦荡清澈的眼眸打趣她："亏得程将军他敢让你当家，这样下去还不把家底子都给败光了。"

程英并非普通女子，见杨嘉谟说得有趣爽朗地大笑起来："也幸亏我没有你这样精打细算的哥哥，否则不知道要受多少委屈呢！"

二人正自说笑，门帘处一明又一暗，朱识铉搓着耳朵走了进来，身上披的锦狐氅衣的出锋上还有一层细细碎碎的雪花。

"程姐姐，杨大哥，你们在说什么有趣的话题？还没进门就听到你们的笑声了。"朱识铉笑盈盈地说道。

程英忙起身迎上为他去解披风的系带，顺便往门口看了一眼问道："又是九公子一个人来的？你姐姐在做什么，最近她很忙吗？"

解下披风，朱识铉快步走到杨嘉谟跟前的火盆边烤手取暖，回头应答："她便是有空也不爱走动，更别说压根儿不得闲了。好像肃王府就她一个人能干，恨不得把自己忙死。"

程英一眼瞪过来，为青崖打抱不平："她要不把自己忙死，九公子有这样无所事事的闲情逸致吗？"

朱识铉平生只跟姐姐青崖不对付，在肃王跟前有所顾忌，除此之外都很能包容，在程英跟前更是平易近人得如邻家大男孩般温煦。

嘻嘻一笑，朱识鋐毫不见外地坐到了杨嘉谟刚才坐的位子上，看着桌上简单的早饭叫道："还有多的吗？给我也上一碗这种粥来尝尝。"

杨嘉谟这才有机会说话，含笑问道："这是程小姐给末将做的病号饭，只怕这样的粥味道寡淡，小王爷会失望呢。"

"那可不一定。"朱识鋐抬脸看来，"大鱼大肉多油腻啊，未必胜得过清粥小菜可口。"

说着招手道："杨大哥坐下来说话，你身上有伤，这里又没有外人，跟平时一样随意些才自在。"

杨嘉谟拱手谢座，从善如流地坐到了侧首，笑问："今日这样的风雪天气还过来，小王爷这是风雨无阻了，可不知道郡主又该怎样担心你呢！"

朱识鋐狡狯地眨着眼，神秘一笑道："她要是知道我还能出得来吗？放心，我都安排好的，保证她发现不了。"

说罢，又略显不快地撇嘴："再说，她忙得焦头烂额的，哪里有闲心管我！"

"青青这几天是不是还在忙征粮的事？"程英上前插言。

知道朱识鋐是孩子心性，她早吩咐了老仆人杭管事去盛了粥来，顺嘴问道。

朱识鋐一点都不讲究，精致修长的手指捏起一个玉黍面馒头好奇道："这个是什么做的？金黄金黄的好别致啊！"

程英笑答："原来还有九公子也不认得的东西？这倒也是稀奇！这个啊叫玉黍面窝头，用玉黍粒磨了粉蒸制而成，是郎中推荐了专门做给杨指挥吃的，说是对久卧病榻的人很有好处呢！"

"是吗？那我必须得尝一尝了。"朱识鋐满面新奇，咬了一口道。

杨嘉谟和程英都好笑地看着他，见他的神情随着咀嚼而丰富起来，异口同声地问道："味道怎么样？"

朱识鋐又咬了一口，眼睛里盛满了惊喜，含混着点头："好吃！"

"喜欢就好！"程英笑道，"我让厨房多做一些给你和青青带回去，让她也尝尝。"

朱识鋐一连吃了两三个差点噎着，杨嘉谟忙奉了白粥给他："慢点吃，没人跟小王爷抢。"

程英送上一方帕子，看着朱识鋐大笑："要不是亲眼所见，谁能相信王府的贵公子也有这般饕餮之相呢！"

朱识铉喝了粥，打着饱嗝接过帕子，略有不忿道："还不是朱青青害得，小爷吃什么喝什么都要管，哪里有机会尝试府外的食物。"

杨嘉谟含笑："小王爷是金莼玉粒的精细惯了，偶尔尝尝玉黍觉得新鲜，要是让你天天吃这个，恐怕就不认为是美味了。"

"那怎么会？"朱识铉摆摆手反驳，"外面以为我们这些出身王府的人锦衣玉食无忧无虑，可到底如何那便如人饮水冷暖自知了，我小时候……"

话说到一半，朱识铉没有继续下去，似乎颇有些不堪回首地又道："算了算了，那些过往不提也罢，横竖不是你们想的那样就对了。"

豪门深宅总有许多不足为外人道的隐秘，杨嘉谟能够想象，便也顺势问出了自己比较感兴趣的事情："刚刚小王爷说郡主在忙着征粮，这都入冬了还没征够数量吗？"

朱识铉闻言轻哼一声，身上气息陡然变得凌厉："要不是上回被歹人劫了粮车，哪里用得着如此麻烦？二次征粮弄得民怨沸腾，好像我们真是吸食老百姓血肉的吃人恶魔一样。"

杨嘉谟讪讪然不敢接话，朱识铉嘴里所说的"歹人"不就是杨俊那一群人嘛！而自己，怕也算是其中之一了。早知肃王府把丢车毁粮的损失都算在百姓头上，那他当时就不该冲动，更不应该参与进去。不过，那个时候他还并不认得杨俊，便是知道也挡不住金刀帮善意、刻意的寻衅呀！

"不要二次征不就行了吗？"程英收拾碗筷，顺嘴回道。

朱识铉用看傻子的目光盯着程英，撇嘴道："不征？你当朱青青能做得了王府的主不成？父王一声令下，谁敢反驳？如有一丝儿不愿意，那就一条路——自找死路。"

程英跟青崖姐弟交情不浅，说起话来也是毫无顾忌："每年都要那么多粮食，你们王府能吃得完吗？我看这是劳民伤财！"

杨嘉谟一听赶忙阻拦："程小姐你这话欠妥了。"

程英不服气地嘟了嘟嘴，但还是领会了杨嘉谟的善意提醒，收拾了碗筷起身而去。

"小王爷今天来想做些什么？上回那个红衣大炮做得还不是太完美，要不要改造一下？"杨嘉谟马上转移了话题，他知道，王府的事务在朱识铉面前，是不适合随便议论的。

朱识铉本就不乐意提及自家那点事，见杨嘉谟这样，自是乐得轻松："好啊！

杨大哥你说咱们要不要做一个大一些的，最好跟实际的红衣大炮那么大的才够威风。"

杨嘉谟失笑："那么大的我可做不出来，你还不如直接去求王爷，让他给你一个真的。"

朱识鋐大笑起来："杨大哥你在教唆我吗？莫说父王那里，便是跟我姐说了，她都得气得跳起来骂我纨绔了，你倒是不怕被问个挑唆之罪！"

杨嘉谟双手一摊，故作无奈地笑道："如果是这样那我也没办法，末将只能听凭发落了！"

说罢，二人同时哈哈大笑起来，满屋的笑声一直飘到了房外。

"哈哈！杨兄弟的伤势看来是好多了，老远就听到了你的笑声！"房门处帘子一掀，王传礼笑呵呵地走了进来。

杨嘉谟惊喜地站起身迎上去："王大哥来了？这大冷的天。"

王传礼握住杨嘉谟的手笑了笑又向朱识鋐看过来："听程小姐说小王爷也在，我先拜见了咱们再说话。"

杨嘉谟颔首，引了王传礼来到朱识鋐面前："小王爷，这位王大哥乃是末将在肃州卫时结识的好友，特来参拜。"

言罢，王传礼早深深一礼拜下去："学生王传礼参见小王爷。"

朱识鋐笑眯眯地歪头看过来："免礼！既是杨大哥的朋友那一定也是个有趣之人，王大哥坐下来一起玩吧！"

王传礼也不拘束，谢过座后随着杨嘉谟坐到了下首。

对他这样不拘小节的做派朱识鋐果然十分欣赏，不由笑问："王大哥也是军中人吗？"

王传礼在座中拱手回道："启禀小王爷，学生家里乃是军户出身，不过到了我这里弃武从文改读书科考了，只是在下愚钝，而立之年了才考过童试，乡试几次都未中，说来实在惭愧。"

朱识鋐摆手笑道："原来王大哥还是个读书人，倒是小王失礼了。不过嘛……"

他端详着王传礼不屑道："照我说那个狗屁八股不考也罢，科举最无聊了。"

王传礼和杨嘉谟闻言笑起来，杨嘉谟和朱识鋐比较熟识便直言不讳道："小王爷觉得无聊自是不用参加科考，可是对于许许多多的寒门士子来说，唯有科考才是走出农门、脱离贫寒，并且得以一展身手抱负的必须途径，因此上才有那悬梁刺股、程门立雪等等事迹，只求数年刻苦攻读，一朝榜上有名呀！"

"原来是这样！"朱识鋐若有所思地应道。

王传礼暗暗对杨嘉谟竖了大拇指，又笑着向朱识鋐说道："杨兄弟这话真正是说到读书人心里去了，小王爷这次来甘州若是有空闲不妨多走走看看，在下的岳父便是甘州甘泉书院山长。"

朱识鋐眼睛一亮："是否就是那位门下出了四进士的丁大先生？"

王传礼与有荣焉地点头："正是。"

"这位老先生可是了不得！"朱识鋐由衷夸赞，"听说他治学非常严谨？"

王传礼愣了愣，笑着点头："他老人家是有些严厉的。"

见朱识鋐对丁大先生很感兴趣的样子，杨嘉谟不禁担心，要是这位小祖宗性子上来提出要见，那自己是赞成还是委婉劝阻呢？想想丁大先生那副耿介清傲，一张嘴就能噎死人的本事来，很难保证若听朱识鋐再说出一句"狗屁八股"的话来会有什么样的驳斥？到时候惹恼了小王爷，老先生怕是没有好日子过了。

念及此，杨嘉谟忙出声打乱话题，没话找话地问王传礼："王大哥这次来甘州府城是孤身前来还是嫂夫人也随行？不知要在甘州盘桓几日？"

王传礼并没多想，转头看向杨嘉谟笑得意味深长道："这次来甘州府城还是芷兰的主意，送秋官到岳父处读书是其一，还有件十分重要的事情也需要耽搁一段时日，怕是没个一月两月的还回不去了。"

"哦？可否有要小弟出力的地方？"杨嘉谟真诚问道，"我虽伤势在身，但大哥嘉臣和两位结义兄弟都能相助一二，若有需要的话王大哥尽管指派就是，千万别客气。"

王传礼打量着杨嘉谟英挺俊俏的脸孔，笑容满面地应了："那我可就不客气了，眼下是没什么出力气的地方，但过段日子说不定还真要请几位兄弟出马才行了。"

杨嘉谟自是没有二话："你我兄弟理该如此。"

见他们二人说得热闹，朱识鋐插不上嘴便识趣地起身："杨大哥，王大哥，你们既然有事要谈，那小王就先去前院了，正好家姐有几句话要我转告程小姐。"

杨嘉谟和王传礼忙起身相送。

生怕冷落了朱识鋐，王传礼施礼歉意道："学生来得不是时候，打扰了小王爷的雅兴，恕罪恕罪！"

朱识鋐性子随和，不介意道："不妨事不妨事，反正我天天来这边，有的是时间，你们二位慢慢谈，完了我请你们去新乐食坊吃烤全羊去。"

"今天这样的天气吃烤全羊倒也相得益彰！"杨嘉谟欣然笑道。

王传礼迟疑一瞬也痛快应了："如此在下便恭敬不如从命了，到时候定陪小王爷尽兴一番。"

朱识鋐愉悦地出门，还不忘叮嘱："别忘了甘州老烧哦！"

杨嘉谟哈哈大笑："忘不了忘不了，酒管够！"

送了朱识鋐出去，二人重新坐下，没有朱识鋐在侧都觉得更为随意自在。

王传礼笑问："看这位小王爷倒是璞玉一般的人物，与肃王府一贯的行事大为不同。"

杨嘉谟点头应道："出淤泥而不染，的确难得。"

王传礼意有所指地又问："听小王爷说他天天在这边，那位如今在甘州人人谈之色变的郡主难道也时常来访？"

杨嘉谟俊眉一蹙："人人谈之色变？已经这般严苛了吗？"

"岂止如此啊！"王传礼微微压低声音道，"肃州那边已经为征粮出了好几起人命官司了，甘州百姓相对富足一些，但也是民怨沸腾甚嚣尘上了。"

想到之前朱识鋐说青崖为征粮之事整日忙得焦头烂额，又想起那夜甘凉道上劫了运粮车队的行径，杨嘉谟不由自责，但在王传礼跟前却又不能说破，只能含混其词道："这样下去也不是办法啊！"

王传礼喟叹："谁说不是呢！"

说着又隐隐有了笑意道："对了，芷兰让我问问，她既然来了甘州也想过来看看你，不知道在人家程千户的府上可还方便拜访吗？"

"嫂夫人要来？"杨嘉谟倒是没想到，"这怎么敢当？"

王传礼大笑："这有什么不敢担的？以你我的交情，你嫂子正该探望才是，只是怕你升了指挥使看不上我们这般小门小户人家呢！"

杨嘉谟赶忙澄清："绝没有的事！只要王大哥你肯亲近，小弟可是求之不得。你们夫妇尽管来就是，我告诉程小姐一声，到时候请她代为招待嫂夫人。"

王传礼微感意外，转念一想这本是在程家的府邸，由程英出面招待女眷也没什么可挑剔的，便开玩笑道："这就好了，我回去可算是有个交代了。"

他这样把自己说成一个惧内之人的口气惹得杨嘉谟笑起来。

王传礼适时又道："杨兄弟可曾想过要在甘州府城置办个宅院什么的？你瞧，借住别人家总是不如自家方便，事事还要麻烦人家程小姐。"

杨嘉谟摇头苦笑："谁说不是呢！我一早就想要搬出去另住的，可是一来程槐程将军留得诚恳，二来我在甘州府城没有家业，才迟迟没有搬出去罢了。"

王传礼闻言眉眼间闪过一丝喜色，热切道："杨兄弟若真想搬出去，我这里倒是有间现成的宅院，主人家早有外卖的打算，可又舍不得自家精心打理修护的房舍庭院，落到不珍爱之人手上白糟蹋了，竟一时找不到中意的买家而耽搁至今。不如我去帮你交涉一二，暂时先租住下来，岂不比借住这里省心？"

说罢，生怕杨嘉谟推辞似的，又积极劝说："杨兄弟你如今升了甘州中卫指挥使，怕是要常驻甘州的，早晚还得置办还不如尽早打算，先租住下来，等过后攒了银子干脆买下来才是个正经的落脚点。"

"你看如何？"王传礼盯着杨嘉谟很有些动心的样子追问。

杨嘉谟想了想觉得在理，便开口托付了："王大哥说得有理。既是如此，那就有劳王大哥代为斡旋了，我让启民他们跟你去跑腿助力。"

王传礼笑得一脸如释重负："没问题，我今天回去就给你说项，那边都是现成的，不出三日我便能够为你暖房庆贺乔迁了。"

杨嘉谟微觉异样，对王传礼如此有些急迫的热心感到些微奇怪，转念一想他对自己向来厚待，许是本来就是个急性子使然，也便不再多想，把这丝疑惑抛诸脑后了。

"天色正好，想必小王爷还在前面等候，我们这就找他去新乐食坊吧！"杨嘉谟看了眼窗外笑着提议。

王传礼只顾高兴差点忘了还和朱识鋐有约，便扶了杨嘉谟起来，亲亲热热地把臂出门，一同去了前院。

第五十二章
甘州三美

在王传礼的热心帮忙下，杨嘉谟顺利搬进了甘州府城北街的一处宅子里。跟王传礼之前说的情形一致，这处宅子虽然没有人居住但收拾得十分雅致整洁，三进的布局不大不小，前院里栽植着几棵足有廊柱粗细的树木，时值冬季早已秃了枝叶，但看得出来乃是榕树。而后院之中的花园里却栽了海棠树、秋桂，靠墙还有几棵虬枝劲节的枣树，最可喜花园一角长着方青竹，在这个百花凋零的季节依然郁郁葱葱散发着昂然生机。

杨嘉谟对这处宅院十分满意，应着王传礼的一再坚持便答应了他在搬进来后设宴暖房。其实才来甘州没多久，杨嘉谟并没有多余的银钱可用，在交办了租赁银子之后，他作为甘州中卫指挥使的月俸已经告罄，又成了一个身无分文的赤贫之人。好在杨俊在甘州经营多年，手里有着不菲的家财，便先问他借了一些出来置办酒席。

并不打算大办，但在宴请这日还是来了不少人，大多还是杨嘉谟第一次见到的生面孔，这倒很有些出乎他的意料。寒暄之后才知道，这些人中基本都是来自甘州中卫的将官人等，听见杨嘉谟新上任早就想来拜访，只是找不到由头，现在好了，这指挥使乔迁之喜，怎么可能不来祝贺呢？当然了，这些人中有不少是借杨嘉谟乔迁来攀关系的。

杨嘉谟听闻不禁赧然，只是租赁了一处宅院当做临时落脚养伤的住处，见众兄弟兴兴头头不忍拂却他们的好意才热闹一番，哪里就谈得上乔迁二字了？不过，既然客人上门了也便不好再多说什么，只好打起精神招待他们。众人见小王爷朱识鋐在场，又有达奇勋特意从肃州赶来，这场宴会的格调一下子便上升了好多个等级，直让闻讯而来的甘州中卫数名将官惊喜交加，毕竟以他们的身份地位能够如此近距离结交权贵的机会不多。一番行礼参拜，朱识鋐被尊上首座，达奇勋次座相陪，其他人等便是坐了末座的也喜笑颜开，宴饮便正式开始。

　　杨嘉臣和杨俊也没料到突然来了这么多人，显然之前准备的酒水菜品是不够的，便忙到新乐食坊去订了几桌席面过来，这才解了准备不充分的尴尬，没有在人前失礼。

　　安顿好了客人，由杨嘉谟陪着在前院正厅宴饮，杨嘉臣和杨俊二人还得操心二进院子的花厅里那一桌女客的招待。

　　"二哥你说，咱们就这样进去不合适吧？要不请了程小姐出来，让她代你我关照这里行吗？"杨俊在二门前站定问道。

　　杨嘉臣想了想觉得有理："也好！咱们两个大老爷们儿去招待女客委实不像话，就请那母……请那程小姐帮忙好了。"

　　他差点就将"母夜叉"三个字冲口而出，惹来杨俊瞪眼制止。

　　耳听花厅里莺莺燕燕的话语之声，杨俊不无担心地又问："想不到青崖郡主竟然也亲自过来贺喜了，还有那个丁小姐，你说会不会出事呀？"

　　"出事？能出什么事？"杨嘉臣对这方面一向粗枝大叶不甚上心，好笑着反问，"又不是小孩子过家家，你还担心她们会因为一块手帕、一枝花儿打起来不成？"

　　杨俊嫌弃地瞪着杨嘉臣："跟你这样不解风情的人说起话来还真是费劲！"见杨嘉臣紧盯着他，他只好把心中的担心说了出来："我的意思是说，很显然，青崖、程英、丁小姐都喜欢上三哥了，要是她们为了三哥打起来可怎么办呀？"杨嘉臣若有所思："四弟，你这样一说，我感觉确实是那么回事。"

　　杨俊见杨嘉臣明白了自己的担心，就点点头转身又往前院去，嘀咕道："还是得跟郑大哥去合计合计才稳妥！"

　　杨嘉臣追上来好奇地问他："你到底是什么高招嘛，这可是个大问题！"

　　杨俊摇头，脸色却很郑重地道："你先别问，我现在也很糊涂。"

　　二人一前一后去了前院找郑三彪拿主意。

　　与前院正厅热火朝天的推杯换盏不同，二进院子的花厅里以青崖郡主为尊，一众女客坐在两侧相陪，一边优雅地吃喝一边说着些闲话，气氛略有些沉闷。所谓吃喝不过都是浅尝辄止，毕竟大家都互相间不熟既放不开手脚玩笑，更有青崖在上座镇着，谁都小心翼翼不敢稍有一点点逾矩。

　　程英行事泼辣又是从小军中长大能征善战的女将，对于这样的场合应付起来自是游刃有余，又兼她与青崖私交甚笃，间或穿插着说话应答，倒是很有几分女主人的架势，只看得下首并排而坐的丁芷兰、丁汀兰姐妹二人频频交换眼神。

青崖是何等样人，自将厅内一应人等的反应都看在眼里，趁再一次冷场之际轻飘飘地笑着问丁家姐妹道："二位想必就是丁大先生的千金了吧？"

汀兰一怔，赶忙拉了姐姐起身恭敬地回答："民女汀兰，和姐姐芷兰参见郡主。"

青崖着意打量了几眼汀兰，淡笑着道："令尊满腹经纶乃是甘州大儒，丁小姐姐妹这名字，还有这外貌，一瞧就是书香熏陶出来的女子，不必拘礼但请坐下说话吧！"

汀兰福了一礼称谢，拉着紧张的姐姐坐回了座位。芷兰在桌下悄悄捏了捏妹妹的手，竟是一手心的冷汗。

青崖扫了眼正专心执壶为她倒酒的程英，嘴角边掠过一丝无奈的浅笑，再对丁氏姐妹说起话来就微微多了一份冷淡："没听说杨指挥与丁大先生有亲，却能在这里见到贤姐妹，倒也令本郡主好奇呢！"

芷兰突地红了脸，欲要起身争辩却被汀兰拽住了手。

"启禀郡主，我们家确实与杨指挥并无亲戚来往，只是小女子曾经在肃州时受过杨指挥的大恩，一直想要报答一二，却苦于没有机会，今次正好听闻杨指挥乔迁，便央告了父母而来，一来恭贺杨指挥乔迁新居，二来也顺道感谢他的救命之恩。"汀兰声音清脆，温婉笑对的姿态不卑不亢，顿时赢得在座诸人的暗赞。

要知道，坊间盛传那些官员们，上至督抚下到侍卫的须眉男子，在青崖郡主面前都战战兢兢，哪里能做到像这位丁小姐一般落落大方笑语相对的？

青崖面色微沉，眼梢有冷厉之色倏然闪过，言语之中带了三分嘲讽冷笑道："是吗？原来丁小姐与杨指挥还有这般深的渊源？那本郡主怎么听说杨指挥在甘州养伤这段时日是由程将军兄妹照顾，却并未有谁提过报恩之说呢？"

说着，看向已然轻轻咬唇变色的汀兰又道："既是报恩那便该报在实处，总不能苦活累活都让别人做完了，最后才跑出来说说轻飘飘的话，应付差事吧？"

青崖话音未落，满屋女眷尽皆噤若寒蝉，任谁都听得出来这是郡主有意要刁难丁汀兰了。虽然不知道她为什么看丁氏姐妹不顺眼，但谁也没有胆量敢去问其中缘由，只能在暗中猜测是否丁家曾得罪过这位据说"杀人不眨眼"的郡主。

饶是汀兰有主意沉得住气，但到底还是闺阁中的乖乖女，离着处变不惊有一段距离，不比青崖有见识、有气势，被当众冷嘲热讽便有些下不来台的难堪。

姐妹二人一时尴尬，芷兰一张面容通红又气又恼，汀兰则煞白着脸咬了唇轻声回道："郡主教训得是，小女失言了。"

青崖对她这份态度还算满意，收了气势和缓一笑，对身侧侍立的刘女官吩咐："丁小姐不愧是书香人家的女子，我看着甚是钦佩，赏她们姐妹一人一根花钗吧！"

刘女官屈膝一礼应了声"是"，早有随侍而来的侍女奉上锦匣，显然青崖是有备而来。随手取了两支金钗，刘女官亲自捧到丁氏姐妹面前，行动间礼仪周到但周身自有一股王府女官该有的清贵气度，惊得汀兰又急忙拉着姐姐起身接住。

接了金钗，姐妹二人跪地称谢。

"民女姐妹多谢郡主赏赐！"汀兰的面色恢复了正常，清脆地说道。

青崖摆摆手淡淡道："免礼起身吧！原也不是什么精贵东西，算我和你们结个善缘罢了。"

芷兰眉头微皱，总觉得这位郡主对她们姐妹过于轻视，就连赏赐也很有些漫不经心的不屑似的。

汀兰眼角扫到姐姐的神情，生怕被郡主看去惹了不必要的麻烦，又忙拉着她磕了一个头才站起来入了座。

程英懵懂地看着这一切有些讶异，连给青崖斟酒溢了杯盏都久久没能察觉。

教训了丁氏姐妹，青崖一低头看到满桌案上横流的酒水真是气笑不得，不动声色地踢了踢程英的脚，她顺手接了几乎倒空的酒壶放下，笑容清淡地执杯对厅中两侧举了举道："诸位今日都是来为杨指挥贺喜的，那便不必有所拘束，本郡主尚有公务在身就先失陪了，你们尽兴！"

说完，青崖一仰头喝了杯中酒，便起身下了座往外面走。

众人又是一阵窸窸窣窣的起身施礼、恭敬相送……

见青崖带着她浩浩荡荡的一行随侍女官人等离去，花厅里顿时人影稀落，气氛也随之而轻松下来。来客中有几位是前厅将官的夫人，内中还有两位正值妙龄的小姐，因为都是甘州城中算得上有头有脸的人家，虽互相不熟悉但也并不影响大场面的和谐，尤其是在青崖郡主走了之后，气氛瞬间轻快起来，渐渐开始有说有笑了。

芷兰成婚多年不似妹妹有诸多顾虑，很快便与邻座的一位妇人攀谈起了孩子教养的话题，颇有些相见恨晚的投缘。只有汀兰，盯着桌上那支熠熠闪光的金钗，暗自沉思。

程英因与青崖相熟，直送了她来到大门外还略有遗憾而又满怀关切地说道："好不容易能聚一聚说说话了，你又这样忙着回去，可别把自己过分累着了才好。"

青崖好笑地看着程英，一伸手戳了她的额头一把笑道："你就别操心我了，有这份心也该为自己打算打算，我看你是白长了这副好样貌，看似聪明实际上却不开窍，等闲让别人卖了还要帮着数银子呢。"

"这是什么说道？"程英不服气地瞪着青崖。

青崖扶额，对程英的懵懂表示恨铁不成钢："你说说你，要是肯把用来打仗的那份精明分一点在个人的事情上，又何至于让我来替你操心？"

程英越发糊涂，睁着一双英武的大眼睛无辜叫道："到底怎么了嘛？你这莫名其妙地说的是什么，我完全都听不明白。"

青崖忍不住捧腹，就连身边随侍的女官们都早听出名堂来了，她的闺中密友却还是死不开窍，这让她也觉得束手无策了。

睨了眼身后一贯面目严肃的刘女官极力忍笑的样子，青崖笑叹着上了马车，等坐定之后隔着车帘向程英笑道："算了算了，朽木不可雕也，你只需要记得哪天真忍不住哭鼻子了来找我就行，到时候我可以把肩膀借给你靠一靠。"

程英皱眉瞪她，没好气道："你哭鼻子我都不会哭，还当咱们是不懂事的小丫头呢！"

青崖大笑，挥手命刘女官传令离开，然后又提醒程英："有你哭着找我的时候，不信咱们走着瞧！"

程英举起拳头作势揍人，惹得青崖又是一阵笑声传出车厢。

目送青崖的车驾拐过街角，程英摇摇头低喃着反身进了杨嘉谟赁下的这间院落。

"神神叨叨的。"程英好笑着咕哝而去。

青崖的车驾缓缓行走在甘州街面上，一众侍女、护卫步行跟在后面。

车帘掀起，青崖吩咐刘女官："长史，打发人去查一查杨指挥赁下的那间院落是谁的产业，另外，打听打听那位丁小姐。"

刘女官恭敬应了，眼神里含着淡笑仰头问："郡主在担心程小姐？"

青崖面上一阵无奈："她连自己的心意都迟钝得没有察觉，我要再不为她筹谋一二，怕是被人捷足先登了而不自知。"

刘女官边走边赞同道："程小姐并不愚钝，但是遇上丁小姐怕是要吃亏。"

青崖笑了笑没有言语，她可不担心程英吃什么亏，尽管那位丁小姐是很有些胆色，应答之间滴水不漏，但程英可是武将出身，一拳头下去估计非把娇滴滴的丁小姐打吐血了不可。因此，所谓的担心不过是怕她在言语上不是丁小姐的对手，在情爱面前的心机手段不如丁汀兰机敏罢了。别以为她看不出来，今天在杨嘉谟那里，花厅之中除过程英那个迟钝的家伙，包括丁汀兰和那几位将官夫人带去的女孩子，可都是奔着与杨嘉谟联姻的主意去的，否则杨嘉谟初到甘州时间不长，又是一个单身青年男子，有谁会在他仅仅租赁下来一间宅院就专程跑去攀交情的？乔迁之喜？这个幌子要多敷衍就有多可笑。

当然，自己不算，程英也不算。她是因为弟弟朱识铉的一再央求才来的，而程英是出于一番热心去帮忙的，她们与杨嘉谟算得上熟络倒也不是很突兀。

"杨嘉谟，你本事倒还挺大！"青崖独自嘀咕，对杨嘉谟才来甘州几个月时间就能这么快站稳脚跟，且赢得了这么多抱有联姻目的人家的青睐而感到欣慰。想到当日陈总兵在父王书房门前跪了一夜的情景，她忍不住露出一丝微笑。或许杨嘉谟真的是一个不可多得的人才吧？既然如此，她又怎么能不帮着自己的好友去争取，而让丁汀兰抢走杨嘉谟呢？只有青崖知道，程英一贯是个什么样的性子，可是这次照顾杨嘉谟养伤之后，她发现大大咧咧的程英细致下来也是十分可人的，她耐着性子用握惯了刀枪的手去做羹汤的温柔，与杨嘉谟心有灵犀的默契，都无一不是在说明对那人的好感在与日俱增。可惜，那傻妞也不知道该怎样才能醒悟过来，发现她喜欢杨嘉谟的事实，进而去主动争取。而杨嘉谟呢？他又是什么心思，是否能够洞察程英的一片情意？最怕就是两个人都看不透、说不明，最后让别人，比如那位丁小姐夺了红鸾去，那样才叫人担心啊！至于其他人，青崖压根儿就不放在眼里，倒不是那几个女孩子条件有多差，而是在程英和丁汀兰面前，相对没有什么竞争力罢了。

被青崖当成程英的潜在对手看待的丁汀兰，也在她之后离开了花厅辞行。杨嘉谟还没有成家，府里自是没有女主人，要辞行也只是给程英说一声就能走了。

作为目前跟杨嘉谟交情深厚的唯一女性朋友，程英主动承担起了帮他招待女客的责任，更别说杨俊和杨嘉臣还特意拜托过她了。

见丁氏姐妹辞行，程英挽留得十分真诚，笑呵呵地劝道："时辰还早怎么就急着要走呢？既然来了不如多待一会儿，大家说说笑笑的也热闹些，总好过一回家大门不出二门不迈窝在秀房里做针线的无趣。"

汀兰客气地笑着回道："我们姐妹到底与姐姐不同，你是女中丈夫巾帼不让须眉，能上阵杀敌还有官品在身，自是见过大世面的人，觉得绣花养草无趣也是真的，哪里像我们这般无所事事，只能做做女红打发时间，出来时间一长爹娘还要一趟趟打发人来催促早回，留下来也怕扫了大家的兴致，还是尽早回家去吧！"

程英待人实在，一听汀兰这么说，大笑道："怪我没有想到这一层去，还当人人都是和我一样的嚣张不羁，竟忘了二位姐姐原是书香之家的小姐，本不是我这般猴儿样的性子。"

一番话说得俏皮又谦虚，顿时惹得丁氏姐妹掩嘴而笑，与程英像个男子一般大笑的爽朗不同，却也春兰秋菊各有娇美。

程英充当着临时女主人的角色，送了丁氏姐妹出去，又回到花厅继续招待那几位武将的夫人和小姐。

上了自家的马车，芷兰终于松了一口气，抚着胸口道："真没想到青崖郡主也会在，看她的样子似乎对咱们姐妹不怎么友好，也不知道是哪里得罪了她？"

汀兰若有所思着安抚姐姐："大约郡主就是那样的性子吧，她金枝玉叶自是目下无尘的。"

芷兰点点头，又略带埋怨道："她当时问咱们和杨指挥的关系，你为什么拦着我不告诉说杨指挥现在住的就是咱们家的院子，没得让她平白扫了你我面皮？"

"姐姐慎言！"汀兰忙急声劝阻，脸颊上却飞起两道红霞，羞涩道，"姐夫不是一再嘱咐咱们不许把这事说出来的嘛！要是杨指挥得知就怕他多想。"

看着妹妹羞赧的样子，芷兰"扑哧"笑出声来，打趣道："你姐夫也算是煞费苦心了，为了促成你和杨指挥的事连这样的主意都想得出来，不过嘛……"

她顿住，拉了妹妹的手满面心疼地又道："为这事他还没少在爹那里磨嘴皮子，还妥协地答应了把秋官送来爹身边读书，你知道他是最看不上科举的。"

汀兰强忍着羞涩，感激地反握住芷兰的手诚恳道："姐姐，谢谢你们为我……为我的事情奔走，若是……若是能……不管如何吧，我都记得你和姐夫的这份情意。"

"傻妹子！"芷兰搂了妹妹的肩轻笑，"咱们是嫡亲的姐妹，说什么见外的话。只要你能如愿嫁给杨指挥得偿心愿，我们也为你感到高兴的。"

汀兰面色绯红，倚着姐姐的肩头娇羞道："可是爹爹那里……"

"放心！"芷兰安慰她，"爹爹他还是有几分愿意的，不然也不会答应把宅院赁给杨指挥了。至于租赁的钱，不是你还把自己的体己银子都偷偷拿出来了吗？"

汀兰急了，从芷兰怀里翻起身来，正色道："姐姐，这事可千万千万不能让爹知道，不然以他的脾性我也就只有悬梁自尽一条路了。"

芷兰自知说错了话，忙安抚妹妹："别急别急，我今后绝不再提半个字，就当这件事从来没有发生过，好不好？"

汀兰微微放了心，轻叹口气苦笑："姐姐，你说我是不是很傻？连他是什么心意都还不知道就这般……这般一厢情愿了，要是人家根本就不悦意，我岂不是成了千古笑柄？"

芷兰却觉得不然，抚着妹妹的青丝笑着鼓励："莫说这般丧气话，有你姐夫做媒，以他和杨指挥的交情自是八九不离十，你还信不过他吗？"

"可我……"汀兰要强着低声道，"可我总想着男女之间应当两情相悦才圆满，如果因为推托不过而勉强答应了，将来就算在一起也终究是心存遗憾的吧？"

芷兰无言，她嫁给王传礼之前似乎并没有像妹妹一样患得患失过，更没有她这样多的想法，一时竟找不到话来安慰。

"不说这个了。"许是感觉到为难到了姐姐，汀兰歉意地笑了笑，"一切随缘吧，该是怎样就是怎样好了！"

芷兰点头赞同："这才像你的性子嘛！快点开心起来，以免回去让爹娘看了更加不满，你知道的，他们原就不赞成你和杨指挥。"

汀兰闻言深以为然，换了个话题笑道："姐姐你说像程小姐那样的一个人，该要找怎样的夫婿才能匹配得上？我看她爽朗纯真，长得又是一副好样貌，难得还没有架子，真是一个惹人喜欢的奇女子。"

芷兰也觉得程英不错，起码比青崖郡主更容易接近，便不假思索地回道："那样的人怕是只有嫁得杨指挥一般的好儿郎才般配了，不然怕是明珠暗投白白糟蹋了，你说是不是？"

"也许吧！"汀兰眸中闪过一丝黯然，刚刚强撑出来的一点笑颜又委顿下去。

芷兰这才发觉自己又说错了话，急忙澄清解释："妹妹你别多想，我就是打了一个比方，杨指挥可是咱们家早已看中的东床，姐姐一定不允许别人乱打他的主意。"

汀兰哭笑不得，看着满面惶急的姐姐红着脸羞恼道："姐姐你乱说什么？八字还没一撇呢！"

芷兰一怔，见妹妹没有真的生气，这才十分懊恼地笑起来："你看我，以前娘说一孕傻三年我还不信，现下看来竟是真的了，今天一天了说话说不到点子上去，你别笑话姐姐才是。"

汀兰拉住姐姐的手，亲热地又依偎过去："姐，我知道你是最疼我的，好多话我都不跟娘说就愿意和你说说，又怎么会笑话姐姐。"

姐妹二人说一阵笑一阵，自回甘泉书院去不提。

第五十三章
杨广认亲

杨嘉谟在城北安下家来，因为是租赁别人家的院子也不便换门匾，就还是叫原来这间院子的名字。好在这家主人很有文采，给院子取了一个十分好记的名称，叫做"榕瑾别筑"，一瞧就知道是主人家当做别院的宅子。

杨俊等人嫌叫起来麻烦，干脆就叫"榕瑾苑"倒也简单上口，大家也便随着他们叫开了。院子有三进，房间也多，刚好适合杨嘉谟带着三兄弟都住进来，又有杨俊负责买了小厮仆婢，倒也像模像样地成了一个大家庭。杨嘉谟得知杨俊花银子买仆人颇有微词，但杨俊坚持婢仆只有自己买回来手握卖身契的使起来才安心可靠，不至于泄露主家秘密贪财怠惰，这才说服了杨嘉谟。想想也是，杨嘉谟现在升任了卫指挥使，身边必定就有一些机密文件，要是让那些不相干的看去四下传扬开了，还不知道会惹出多少祸事来呢！如此，他也的确没有反对杨俊的理由了。

这一日，趁着天气尚好，杨嘉谟终于舍得放下手头的公文，接受了杨俊的提议到院子里晒太阳。三兄弟一瞧他有这般兴致都乐得相陪，让人搬了软椅到前院榕树下，面朝阳光一字儿排开，倒是一副难得悠闲而又蔚为壮观的阵仗。

杨俊怕晒黑了面容，特意准备了一把折扇挡在脸上，歪头看了眼几乎要睡过去的郑三彪和杨嘉臣，对侧首闭目晒着太阳的杨嘉谟笑道："如此闲适地晒太阳，三哥以前可曾有过？"

杨嘉谟并不睁眼，却也笑着回道："不曾，这还真是第一次。总觉得这般浪费光阴的奢侈行为，是你们这等样风雅之士的事情，与我等无关。"

杨俊眉头一挑表示不满："我怎么听着你这是在含沙射影教训我呢？"

"教训你还需含沙射影？"杨嘉臣懒洋洋地抢答，"你是个假文士真强盗的家伙，我们谁不知道！"

杨俊把折扇一收照着杨嘉臣甩过去，故作气恼地骂道："火上浇油！"

杨嘉臣大笑着捡起落在肚皮上的折扇，学着杨俊的样子风骚地扇着，一边笑道："你瞧，这不就是你附庸风雅之时惯会做的事吗？"

杨嘉谟和郑三彪都被二人的斗嘴游戏吸引，睁眼看着杨嘉臣手握折扇嘲弄杨俊的别扭姿势，不禁大笑。

杨俊一跃从软椅中起身，跨到杨嘉臣跟前去抢夺扇子，不满道："猪鼻子里安两根大葱就敢装象！"

杨嘉臣玩心大起，也从椅中跳起来躲避，逗着杨俊去抢夺，二人像两个孩子般你追我赶，间或拳打脚踢一番，边较量身手边嘻嘻哈哈，玩闹得不亦乐乎。

郑三彪看得直摇头，对杨嘉谟笑道："瞧瞧，都能当孩子爹的人了，一个个的还以为自己是孩子呢！"

杨嘉谟心念一动，半是认真地问郑三彪："郑大哥不说我都没意识到，我们兄弟之中以你和我大哥年龄居长，你们什么时候能让大家喝上喜酒啊？"

郑三彪一怔，继而精明地笑着反问："怎么？三弟是觉得做哥哥的不成亲，你们不好越过去先成家对吗？还是有合适的人家要给二弟说亲了？"

"为什么不是郑大哥呢？"杨嘉谟略感不解，"真要论长幼再成家，也是你最靠前。"

郑三彪眼眸一黯，又极快地掩饰掉情绪，轻叹口气笑道："'曾经沧海难为水，除却巫山不是云。'姻缘之事强求不来的。"

看着外貌粗豪的郑三彪说出了如此儿女情长的话来，杨嘉谟颇有些不能直视，但亦捕捉到了他眼底刚刚一闪而过的那抹异色，立刻便意识到郑三彪应该有着情伤才迟迟不愿成婚，只是不知道埋藏在他心底的到底是什么样的一个故事。

郑三彪回避着杨嘉谟审视的目光，用一贯热心的口气笑问："别说我了，三弟仪表堂堂英俊不凡，可有中意于你的女子，或是你喜欢的姑娘家呢？若有，我去帮你做一趟红娘也好啊！"

说罢，又扫视着院落慨叹着说道："这院里啥都不少，就是缺一位内当家和孩子笑闹的身影啊！"

杨嘉谟没办法接这话，只得抿了唇保持沉默。内当家和孩子？这个他还真没有想过，但是被郑三彪一提，他的脑海之中却突然浮现出程英歪着头为他煎药的身影来……念头刚起，杨嘉谟真把自己吓了一跳，赶忙及时阻断了这个突兀的绮念。程英是和达奇勋有婚约在身的，他怎么可以胡思乱想？

闭了眼睛躺进软椅的更深处，杨嘉谟尽量放空思想不去念及其他。可是，谁知道眼睛一闭面前又贸贸然浮出青崖的面容来，浮现出她端坐高位指派侍女、护卫差事时胸有成竹的雍容气度来……

没办法，杨嘉谟忙又睁开眼睛甩了甩头，坚决而略带一丝懊恼地拍了把椅子的扶手。

郑三彪见了感到奇怪，正待关切一番却见刚被任命为前院管事的一个仆人绕过照壁急慌慌而来，便只得将疑惑转移。

"看你着急忙慌的，发生了何事？"郑三彪问那管事。

管事的原名没人刻意去记，早在杨俊买了他们进来的时候就改名换姓了，随着主家的姓现下称作"杨一"。图个省事，干脆其他几个就按顺序排了下来，杨二、杨三的叫着倒也好记。

杨一恭敬地施了一礼，目光却望向杨嘉谟言道："禀将军，肃王府遣人来门上，说郡主请您过去一趟。"

杨嘉谟闻言坐直了身子："说了什么事没有？"

杨一想了想，颇为糊涂地禀道："来人说得也不大清楚，只说是个什么孩子与将军有些干系，郡主请您去就是为着这个孩子。"

"小豆子？"杨俊和杨嘉臣也停了打闹，走过来看着杨嘉谟道，"难道是小豆子出事了？"

杨嘉谟起身，凝重道："大约是为那孩子，但具体发生了什么只有去了才能知道。"

"不会是肃王府虐待小孩，或者嫌照顾小豆子麻烦想要反悔不管了吧？"杨嘉臣顿时愤慨起来。

杨嘉谟摆手："大哥不要先入为主，我这就去看看，到底怎样一看便知。"

"我随你一起去！"杨嘉臣愤愤道，"他们要是敢为难那孩子，我可决不答应！"

见杨嘉臣情绪激动，杨嘉谟觉得以他现在的状态并不适宜与自己同行，便安抚道："大哥你先别着急，还是我和启民去一趟吧！真要遇到什么麻烦，我们再回来找你，咱们弟兄几个再做商议。"

说罢，杨嘉谟已经抬步走了出去，顺便招呼杨俊："启民，你跟我去。"

杨俊也不迟疑，拔腿跟上去，两兄弟匆匆走了。

郑三彪只得接着安抚满脸不悦的杨嘉臣："二弟稍安勿躁，有启民陪着明宇去王府，以他们二人的机智凡事皆可应对，咱们在家安心等待就是。"

杨嘉臣无奈地点了点头，也没心情晒太阳了，向郑三彪草草抱了抱拳便往后院去了。

肃王府别院，这是杨嘉谟第二次来这里。因为有青崖派去请他的侍卫带路，杨嘉谟和杨俊不必经受大门护卫的盘查便轻轻松松直达前厅。在厅前的石阶下停步，还没站稳脚跟就听一声尖厉至极的孩子哭叫声从厅中传了出来。二人不禁对视一眼，脸上浮起同样的担忧来：刚刚那一声尖叫难道就是小豆子？

去通禀的侍卫去得快出来得也快，走到杨嘉谟跟前微一额首："杨指挥，郡主请你进去。"

杨嘉谟草草还礼，与杨俊一起登上白玉石阶直往厅中进去。

前厅之中的嘈杂随着二人的到来，忽然静默下来，短暂诡异的安静之后，更为高亢的一声尖叫差点刺穿众人耳膜。

顺着声音来源的方向看去，杨嘉谟的目光定格在上座的椅子背后，透过雕花椅背的空隙，他看到了一个孩子惊恐万状中带着绝望的眼神。发生了什么事能让一个年仅五岁的孩子如此绝望？毫无疑问，一定是有人虐待了这个孩子。杨嘉谟不敢想象，一颗心不禁沉了下去，眼神中不由带着一股冰寒之气望向另一边高座上的青崖。

"敢问郡主，这孩子到底怎么了，为何吓成这样？还在此尖叫？"杨嘉谟尽量控制着自己的情绪问道。

青崖瞥了眼小豆子藏身的那张椅子，坦然地看向杨嘉谟淡淡道："放心吧，我并没有苛待他。"

杨俊对青崖的回答十分不满，忍不住驳斥："没有苛待？那这孩子至于尖叫哭号吗？"

"放肆！"刘女官清冷而高亢地呵斥道。盯着杨俊看了一眼，转向杨嘉谟略微柔和地又道："杨指挥，我们的确没有苛待这孩子，他在府中本来一切挺好，白白净净的十分惹人喜爱，之所以出了今天这个状况，还有一则内情。"

杨嘉谟疑惑："什么内情还请长史明言。"

刘女官以眼神询问青崖，得到对方点头允诺后，才缓缓说起："这孩子自打来到府里事事乖顺不哭不闹，但唯有贴身穿的一件旧肚兜无论如何都不肯离身，就连沐浴时也须得他自己收着，放在一眼能看到的地方才能安心。"

杨嘉谟和杨俊听到这里更为不解了。

青崖干脆接过话头去继续说起来："昨夜，近身照顾他的侍女见那肚兜实在脏污，便趁着他熟睡之际帮他脱了下来拿去洗了，结果今早去收时发现肚兜不见了，他便闹将起来谁哄都不答应，哭着喊着要他的肚兜，还不让人靠近。实在无计可施了，我便着人去请你们过来，想着你们与他也算有缘，说不定会有办法。"

"原来如此！"杨嘉谟心头略略轻松，拱手对青崖道，"既是明白了事情的起因，郡主何不命人寻找，一件破旧的小孩肚兜料想也没有谁特意去拿，应当还在府里才是。"

青崖神情疲惫垂了眼皮道："说来奇怪，阖府侍女人等找了一上午，却终究一无所获，没有那东西的半丝踪影，不然又何至于闹出这事来？"

"郡主恕罪，都是奴婢的错，请郡主惩治！"一个妙龄侍女闻言哭倒在地，红肿的双眼显示她已经哭了很久。

青崖摆手："这不怪你，先起来吧！"

有侍女过来扶起了哭得泣不成声的那名侍女退下。

青崖抬眼看向杨嘉谟又道："现在怎么办我是真的没了主意。一个破破旧旧的肚兜，里面究竟有什么秘密呢？怎么会找不到了呢？"

杨嘉谟完全明白了事情缘由，因着刚刚明显的质疑青崖正懊悔着，闻言便不打推辞道："这样吧，末将先试试看，我这就好言好语地问问孩子究竟是怎么回事。"

青崖缓缓点头，示意杨嘉谟尽管施为。

杨嘉谟拱手一礼，然后脚步放轻慢慢靠近那张檀木雕花的椅子。

"小豆子，是我来看你了。"杨嘉谟轻声细语说着，在离椅子两步远处站住脚弯腰看向雕花椅背后的那双眼睛，笑着问道，"小豆子，你还认识我吗？"

椅子后面没有任何回应，杨嘉谟往前跨出一步试图接着沟通，小豆子惊恐的尖叫却陡然响起："走开，你走开！"

杨嘉谟只得停步，忙安抚着他："好好好！我不过去，你先安静下来别叫好不好？"

不知道是杨嘉谟的安抚起了作用，还是小豆子觉得杨嘉谟没有危险，他的声音低弱下去，哭泣着叫道："我要我的肚兜，我要我的肚兜。"

看着这个小可怜，杨嘉谟的心都要融化了，迁就着笑道："我们去帮你找，一定会找到的，你先别着急也别哭。现在，你出来吃点东西玩一会儿，说不定它就突然从天而降了呢！"

小豆子的眼睛隔着雕花椅背直直盯着杨嘉谟，半晌才迟疑着问道："我认得你，你不是坏人，你不会骗我的对不对？"

"当然！他可是个将军，将军怎么会骗人呢？"杨俊站在杨嘉谟身旁笑道，这是他们两兄弟一起出手救回来的孩子，对他的好赖亦是非常关注。

小豆子一双大眼睛含着泪水看向杨俊，确定了他们两人的身份，再次对杨俊轻声叫道："我要我的肚兜。"

"一定非得是那件吗？"杨俊半蹲下来，不动声色地往椅子靠近过去，低缓而温柔地笑问，"如果我用很多件新的肚兜跟你换，你愿意把它换给我吗？"

小豆子又惊叫起来："不要，不要，谁的都不要，我就要我的肚兜！"

杨俊连忙摆手妥协："行行行，咱们不换，咱们谁的都不要。"

小豆子安静下来，被泪水洗过的眼睛明亮而清澈，倒映着杨俊好看的面容，而杨俊已经半爬在椅子上和他近距离对视，凤眼之中也倒映出一张惨白的小脸。

"好孩子！你相信我们不是坏人对吗？"杨俊笑眯眯地和小豆子对话，一手指着杨嘉谟问道："你瞧这位叔叔可是大将军呢，我们都会保护你的，你能告诉我们那件肚兜的故事吗？它是谁做给你的，是你娘吗？"

小豆子眼里滴下来两颗硕大的泪珠，一只小手握着椅子的边角低声道："是我娘亲手给我穿上的，她说丢了性命都不能丢了肚兜。"

"为什么呀？"杨俊很好奇。

小豆子明亮的大眼里充满希冀："娘说那上面绣了我爹才能认得的字，有它我就能找到我爹。"

"那上面绣了什么字你记得吗？"杨俊继续问。

小豆子的眼神黯淡下去："我不记得了，娘死了就更没人告诉我了。"

杨俊听得动容，起身回头看着杨嘉谟轻叹了一声："三哥你也听见了，肚兜对这孩子真的非常重要，难怪他着急。"

杨嘉谟自然听得清楚，拍了把杨俊的肩膀转身对青崖拱手："郡主，那肚兜事关这孩子的身世，末将斗胆还请郡主再派人手去寻，无论如何也得找到。"

青崖刚刚也听见了杨俊和小豆子的对话，面有戚然之色地颔首应了，挥手吩咐厅中侍女人等："再去找，不要放过任何一个犄角旮旯儿，就是掘地三尺也把东西给我找出来。"

众人应了，在刘女官的带领下出门去寻。

正在这时，一只浑身洁白的大狗从庭院阶前经过，后面还跟着几只才学会走路的小狗，正是朱识鋐最喜欢、走到哪里都要带着的那只爱犬和它才下了没多久的一窝小狗。而大狗嘴里叼着一块红色的旧布，想是要去给它的小狗们垫窝用的旧布头。

负责照顾小豆子的那名侍女眼尖，一眼看到白狗嘴里的破布忍不住惊叫起来："那……那不是嘛！就是那个肚兜！"

众人定睛看去，狗嘴里叼着的破布可不正是一件肚兜嘛，两根系带垂在地上已经脏得不成样子了。

这可真是踏破铁鞋无觅处，得来全不费工夫了，阖府侍婢找了半天没找到的东西竟被小王爷的爱犬叼去要给它的孩子们做窝去了，这谁能想得到啊！

"拦住它，在这里等我！"刘女官当机立断指挥侍女们拦下了"始作俑者"，但考虑是小王爷的爱宠不好轻易动手，便转身进屋去禀报青崖。

厅内青崖和杨嘉谟、杨俊三人对小豆子不肯从椅子后出来正犯愁，一听刘女官说东西找到了，都为之而精神一振。

"在哪里？"青崖简短问道。

刘女官难得有个笑容，略带点为难地笑道："是被小王爷才下了一窝小崽子的那只爱犬叼去了，微臣已命女侍们将它拦在庭院之中，特来请示郡主。"

青崖顿时了然，含笑吩咐："左右不过一条宠物罢了，还能比人金贵不成？让护卫们去，先把东西马上给我拿回来！"

刘女官应了，屈膝一福又匆匆而去。

杨嘉谟和杨俊听了也安心不少，刚想去和小豆子交流就见一道小小的身影从椅子后窜了出去，小豆子只穿着单薄的中衣便直奔厅外，定是听说他的肚兜找到了，便迫不及待地冲出去看个究竟。

三个大人见状只好也跟了出去，青崖解下自己的狐裘披风交到杨嘉谟手上："给他披上，别冻着了又说我苛待孩子。"

杨嘉谟讪然，明白这是青崖还在为他之前那样冷硬的态度而不悦，便真诚地道了谢和杨俊出去追小豆子去了。

很快，侍卫们从白犬嘴里夺回了破破烂烂的肚兜，拿到阶前呈给刘女官。还没等刘女官命人接下，小豆子早从人群中窜出抢先把肚兜拿到了手。

"找到了，你看找到了！"小豆子清脆的童音里满是惊喜，高兴地扬手让紧随而来的杨嘉谟和杨俊看。

杨俊先一步迎上去笑道："恭喜你宝贝，你的肚兜失而复得了。"

一句话惹得廊下诸人笑了起来。

杨嘉谟低头看了眼搭在自己臂弯的狐裘锦衣，想了想将衣服还到刘女官手上，动手解下自己身上的氅衣上前包住了小豆子已然冻得冰冷的小身子，又看向杨俊："启民，先抱着孩子回厅里再说吧！"

杨俊知道杨嘉谟重伤初愈不宜使力，便抱着小豆子回了前厅。

刘女官挥手吩咐众人散去，抚了抚怀里抱着的青崖的锦裘，盯着杨嘉谟迈进厅中的背影露出一个浅浅的笑来，然后才跟着进去。

厅中，杨嘉谟含笑和青崖说着狗嘴夺衣的过程，而杨俊则抱着小豆子翻看那件已然被狗撕咬得破烂不堪的肚兜。

刘女官为青崖披上锦裘，正细心地系着带子，一声惊呼却又从杨俊嘴里传了出来。

几人转头看去，杨俊一手揽着小豆子，一手举着脏兮兮的肚兜，面色煞白颤抖着嘴唇问怀里的孩子："小豆子，你娘叫什么名字？"

小豆子胆小，被杨俊的脸色惊得挣脱了他的怀抱跑到了杨嘉谟身边，惊恐地攥住了杨嘉谟的衣袍。

杨嘉谟矮身揽住孩子，看向杨俊问道："启民你做什么，看你把孩子吓得！"

杨俊一双凤眼慢慢红了，瞪着小豆子继续追问："你告诉我，你娘是不是叫红砂？"

杨嘉谟见杨俊这样激动，料想其中还有内情，便安抚着小豆子哄他："告诉叔叔，你娘是叫红砂这个名字吗？"

小豆子不害怕了，缓缓点头清脆道："我娘是叫红砂。"

杨俊喉头已显哽咽，赤红着眼睛追了过来，单膝点在地上抚摸小豆子的脸庞，涩声又问："好孩子，你刚刚说你娘她死了，是真的吗？"

小豆子懵懂地回答："是真的，我娘去年病死了。"

"那……那天跟你在一起，被官军打伤的那位又是谁？"杨俊面上哀婉，端详小豆子的眼神益发复杂，却又满含怜惜。

许是小豆子也察觉到了面前这个人对自己没有恶意，便口齿清晰地说道："她是我娘从外面救回来的一个姑姑，娘死后她就带我到城里来找我爹的。"

杨俊语气轻柔，满眼慈爱地又问："你爹叫什么名字，能告诉我吗？"

小豆子摇头："娘没说，我也不知道，可她说过，姑姑也说过，说肚兜上绣的字就是我爹爹的名字，只有我爹爹才识得。"

杨俊问完，一把搂过小豆子紧紧抱在怀里，七尺汉子已然热泪长流，哽咽道：

"孩子，我就是你爹。"

杨嘉谟愕然，盯着杨俊怔在当场。

一旁的青崖主仆更是莫名其妙，看看杨俊再看看杨嘉谟，最后又把目光放在同样一脸不敢置信的小豆子身上。

"你……你真的是我爹吗？"小豆子闷闷地问，小脸靠在杨俊一只肩膀上十分纠结的样子。

杨俊狠狠点头，抹掉眼泪极力绽出个笑来，抱过小豆子与他正面对视："我就是你爹，你的肚兜上绣的那个字是个'俊'字，只有我和你娘才知道的变体，我怎么会认错呢？"

小豆子审视着杨俊，良久，才缓缓吐出几个字："爹……你真是我爹吗？"

杨俊答应一声，眼泪忍不住又滚滚而下。

小豆子早熟得让人心疼，赶忙伸出小手帮杨俊擦着泪，用肯定的语气又喊道："爹爹！"

杨俊难抑悲喜，一把又搂住了这个叫小豆子的孩子，含泪应道："爹爹在，爹爹在这里，以后绝不会让你受半点委屈了。"

好一场父子相认的感人场面，杨嘉谟这才从震惊中回神，就连青崖主仆都觉得不可思议。

"启民，你起来好好说话，这到底是怎么一回事？小豆子真的是你的儿子？你怎么会有这么大的一个孩子？"杨嘉谟有太多的疑问。

杨俊站起身，一手拉着小豆子含泪而笑："三哥，这真的是我亲生的孩子，一点都没错。"

说着向杨嘉谟使了一个眼色才又道："至于内情那可就说来话长了，等回家我慢慢说给你听。"

杨嘉谟领会，这里是肃王府别院，当着青崖郡主的面杨俊怎好拉家常，便笑了笑表示明白，转身向青崖道："郡主对这件事怎么看？"

青崖打量着杨俊父子颇为感慨地笑道："天下事就是这般难以捉摸，令人简直不敢置信。既然如此，我也没什么话说，这孩子本就是当日你们救下来的，那你们便好生接回去抚育吧！"

杨嘉谟急忙道谢："多谢郡主体谅，他们父子团聚不易，小豆子又得郡主照顾这么久，这份恩情我们兄弟必不敢相忘。"

青崖摆手微笑："谈不上恩情，我也不指望你们什么，这孩子与我也算有缘，日后常带来我面前让我看看，便是全了这份奇缘了。"

"是。末将有空就带他来觐见郡主。"杨嘉谟郑重应了，又示意杨俊带孩子上前谢恩。

杨俊一向仇视肃王府，但此刻父子相认不得不承认有着青崖的恩情在，便真诚地拱手一礼参拜道："郡主成全我们父子，这份情在下永记在心，日后必当报答。"

青崖不耐烦说这些，挥手免了杨俊的礼，微笑着看向小豆子亲和地问道："小东西，这回你总能真正开心了吧？"

小豆子极快地适应了自己有个亲爹的感觉，满脸笑容地点头："嗯，我有爹了呢！"

青崖伸手捏了捏他的小脸，起身对杨俊严肃道："好好抚养他，你要是做得不称职，我可是随时会要回来的。"

杨俊忙又是一礼："在下自然省得。"

小豆子却吓得紧紧抱住杨俊的腿叫起来："我要我爹，我要我爹！"

青崖不禁失笑："总算知道孰轻孰重了，不要肚兜只要爹爹了。"

厅内几人闻言大笑，在素来严肃冰冷的肃王别院之中倒也难得放肆一回。

辞了青崖出来，二人带着小豆子回到榕瑾苑，听说这孩子是杨俊遗失的儿子，杨嘉臣和郑三彪又是好大一顿震惊。惊诧之后自然满心欢喜，为杨俊真心高兴。杨嘉臣本就喜欢小豆子，见这孩子几个月间被养得白白胖胖也是欢心，逗着小豆子在满厅里玩闹，一大一小不亦乐乎。

杨俊却郑重地对杨嘉谟道："三哥，请容我以后再慢慢告诉你这件事的前因后果。孩子既然费尽周折找到我了，那我便有好好抚养他的责任，他是咱们杨家将的血脉无疑，还请你给他取个正式的官名吧！"

杨嘉谟颔首，并不追问杨俊的那些过往，想了想沉吟道："你说得不错，孩子是杨家的血脉就该继承咱们杨氏先祖的遗志，只要你舍得让他吃苦。"

杨俊深深一礼拜道："能得到杨府承认，已是我们父子的造化，杨氏子弟不怕吃苦只怕庸碌，还请三哥给他赐名！"

杨嘉谟扶起杨俊，时至今日杨俊当然清楚杨嘉谟就是杨府未来的族长，请自己给孩子取名也是他们父子认祖归宗的一种表示，他没有理由拒绝，否则便是不承认他们乃杨氏一脉了。

"启民，你是下决心让孩子长大后从军了？"杨嘉谟慎重问道。

杨俊点头："是。杨家武将世代保家卫国，我的儿子理应从军。"

杨嘉谟欣慰而笑，慨然道："好！既如此我便给这孩子想到了一个名字。"

说着，望向正和杨嘉臣开心玩耍的小豆子正色道："'但使龙城飞将在，不教胡马度阴山。'古有飞将军李广文韬武略威震边关，是我等武将的楷模，不如就给孩子取名为'广'吧！希望咱们杨家也出一个飞将军能够驱除鞑虏兴我中华！"

"杨广？好名字！"杨俊大为激赏，"就是这个名字了！"

郑三彪却微微有些异议："杨广这个名字好是好，可隋炀帝也正是取的这个名字。"

"无妨！"杨嘉谟笑道，"隋炀帝说到底也是我们杨氏的族亲，算是一个中兴之帝，还曾亲临张掖郡接受了西域诸国的朝见，如此威武的名字用上一用也不打紧。"

杨俊也赞同："大不了再给他另取一字，咱们先称小字，等他长大了正式用官名即可。"

这回谁也没有异议了，杨嘉谟又琢磨起杨广的字来："'广'者寓深远宽大之意，堂皇大殿谓之广耳，便取'宏远'二字如何？"

"杨宏远？不错不错！"郑三彪拊掌大赞，"毕竟还是三弟有文采，'宏远'二字与本名相辅相成，是个好名字。"

杨俊自也满意，叫过杨广来笑道："以后咱们再也不叫小豆子了，从今天起你就叫杨广了，伯父还给你取了字叫做宏远，可记下了？"

杨广乖巧点头，脆生生地重复一遍："从今天起我姓杨名广，字宏远，伯父取的名字我都记下了。"

"好孩子，去玩吧！"杨嘉谟抚着杨广的头笑道。

杨嘉臣听了也觉得好，在一旁招手叫道："宏远，杨宏远，来到二伯父这边来，我带你去看咱们家的后花园。"

杨广喜滋滋地应了，懂事地跟杨嘉谟三人作了一揖才撒着欢地跟了杨嘉臣去了。

"青崖郡主把他养得不错！"杨嘉谟颔首赞道。

杨俊面色复杂地点了点头，三人目送那道小小身影叽叽喳喳和杨嘉臣说笑着去远，想到当日出于正义偶然所救回的孩子竟是自家骨肉，不禁都生出恍然若梦的感觉来，直叹奇巧！

今天的甘肃省张掖市民乐县，有大将军杨广之墓。在张掖市的民间，还有

"黑马杨广，白马杨琪"的传说故事。这"黑马杨广"便是杨俊的儿子，后来杨家谟官至甘肃镇总兵，杨广是山丹卫指挥使；而"白马杨琪"是杨家谟的儿子。黑马杨广、白马杨琪在杨家谟的麾下能征惯战，为守卫明末河西走廊立下过汗马功劳。这是后话。

第五十四章
一臂之力

甘州中卫，顾名思义就在甘州最中心的地段，卫所回事处设置于总兵府第一进的大门南侧跨院里，与甘州前后卫两个卫所在一个院子里办公，对面的北侧院落里则设了甘州左右二卫的回事处。既然任了甘州中卫指挥使，杨嘉谟伤势恢复了个大概，便去总兵府拜望达云，然后准备走马上任。在这之前，他已经让杨嘉臣等人去详细打听过了，知道甘州中卫虽名为甘肃镇十二卫之一，但早就沦为直接受肃王辖制的府军及保护肃王府的专用卫所了。

杨嘉谟被安排到了这样一个位置上真是忧喜参半，忧的是甘州中卫不得上战场杀敌，令他的抱负无处施展，喜的却是如此一来自己便更方便接触肃王府的秘密了。这对查证芙蓉香一事，有了更便利的条件。现在已然可以肯定，肃王府不但参与制售芙蓉香，很有可能还是背后最大的获利者，否则很难解释这么多年芙蓉香在西北横行无人制止的局面，也更能说明杨俊曾经说过他小时候的那个村庄被恶势力屠杀而申告无人问津的隐情。如此看来，到甘州中卫任职似乎也不是一件让人完全不能接受的事情了。

挑了一个晴好的天气，杨嘉谟换上程英送来的新衣去了总兵府。

总兵府煊赫依旧，青砖绿瓦府门巍峨，门前惯常有两尊象征权势的威武石狮子坐镇，一队兵卫目不斜视地值守站哨。

杨嘉谟上前报上名号，言明是来求见达总兵的，值守兵卫早就听说过杨嘉谟的事迹了，夸赞了一阵在高台守御所杨嘉谟身负火药弹丸勇闯哈喇珠子部落腹地的英雄行为，才高高兴兴地进去禀报了。杨嘉谟觉得好笑，他养伤之时深居简出竟不知道原来自己已经成了甘州的名人，看适才那名去通禀的小兵，和还端立在大门口的几名兵卫的脸色就不难断定，想必在这些人的心目中他这个原被发配来戍边的罪臣，是敢于生死不计地去拼命才能换得荣升机会的了。

随便别人怎么想吧！杨嘉谟可没闲心去关注这些，他现在满脑子所思所想的就是如何在达总兵跟前争取到更多自行处断事务的权力，还有如何能够名正言顺地把甘州中卫从肃王府的桎梏中彻底剥离下来，让这支军兵真正发挥战场杀敌的效用，而不是沦为窝在城里专为肃王府服务的鹰犬，在欺压百姓中去充当王府的打手。

等了片刻，那名去通禀的兵卫出来，客客气气地请了杨嘉谟入内，亲自引着他来到总兵府的二门处才告辞离开，又有二院内达云的亲卫来领着他直到前厅。

"我们大人正在和青崖郡主说话。"亲卫提示一声，然后站在门口向内高声禀道："禀大人，杨指挥使到了。"

屋内谈话声安静下来，一道和蔼的声音传出："请进来说话吧！"

亲卫做了个请的手势，杨嘉谟整整衣袍抬腿迈进了总兵府的大厅。

厅里上座中果然坐着青崖，下首里作陪的是年过半百的总兵达云。

杨嘉谟扫了一眼便低头施礼："末将杨嘉谟参见郡主，拜见达总兵。"

青崖并未应答，只端了茶盅慢慢品着。

达云打量着杨嘉谟长身玉立的模样，笑容可掬地挥了挥手："杨指挥不必多礼，坐下慢慢说话。"

杨嘉谟谢了座，在达云对面的位子上坐了下来。

青崖这才放下茶盏，淡淡问道："杨指挥使这是伤势大好了？"

杨嘉谟在座中拱手，眼观鼻鼻观心回道："禀郡主，末将的伤势已经好了，不碍事了。"

"恢复得还不错！"青崖的言语里听不出喜怒，倒有些无话找话。

杨嘉谟笑笑："劳郡主垂问了，末将惭愧。"

青崖面色淡淡，看了眼杨嘉谟又将目光转向达云问道："刚刚与达总兵谈到用人的事，杨指挥就到了，这倒真应了无巧不成书那句话了。"

达云不像陈克戎那样板正，闻言笑呵呵地打量着杨嘉谟："杨指挥年轻有为，是个不错的人选，先前倒把这样得力的人给忘到了脑后。"

杨嘉谟听得糊涂，见青崖和达云都看着自己，便不禁问道："末将斗胆，敢问大人适才所说是什么意思？如有需要效劳之处，末将自当义不容辞！"

达云抚须而笑，颔首道："刚刚在你来之前郡主正说到征粮之事进展缓慢，欲从卫戍之中抽调了军兵去催缴，本将正犯愁该派了谁去，你杨指挥便恰好赶来了，那此事就合该落到你身上了。"

竟是这件事！杨嘉谟听完很有一些迟疑，这与他今日来拜见达云的初衷可谓是大相径庭了。

"怎么？杨指挥看似有顾虑？"青崖睒了眼杨嘉谟的面色问道。

杨嘉谟忙敛容正色回应："郡主差遣末将不敢不遵。只是，末将尚有一事没想明白。"

青崖盯住杨嘉谟的眼睛淡笑而问："哦？杨指挥何事未明，不妨直言。"

杨嘉谟怀揣忐忑，觑着青崖的表情斟酌词句道："末将斗胆，敢问郡主如今征粮征到了几成？还差多少？是否必须在年前征够数额？而现下百姓们对此又有什么看法？"

连着几个问题问出口，达云看杨嘉谟的眼神中有了丝丝玩味，而青崖的面色却逐渐冷淡下来。

"你这话是何意？"青崖的不悦显而易见，颇有厉色地问道，"是在指责本郡主不顾百姓生死，还是在质疑王府的赋税事宜？"

杨嘉谟赶忙起身，躬身一礼道："末将不敢。只不过近日养伤赋闲，听到了坊间一些传闻，故而冒昧提出来罢了，还请郡主勿怪。"

"坊间传闻？"青崖不解，继而略带不屑地冷笑一声，"赋税一事乃是定规，肃王府经略西北二百余年历来都是如此，哪一年没有人出来闹事，本郡主又何曾在乎过所谓的传闻？"

说罢，睨着杨嘉谟更为冷厉地继续道："杨指挥若伤势还没有恢复就回去接着养去，如果已经好了，那便好好当你的值行本分之事。为民请命这样的壮举，我劝你还是不要逞能的好，毕竟能为你兜底的人没有几个了。"

一番斥责直说得杨嘉谟脸色白了红又红了白，十分难堪地立在当地无言以对。他太明白青崖这话里是在暗指陈总兵当日为他求情的事，也在间接提醒他不要再去招惹得罪不起的那些人了。可是，虽然清楚青崖是一片好意，但她说出来的这些话却句句带刺，着实令人难以接受。

"呵呵呵！年轻气盛就是好呀！"达云大笑着插言。他自是也看出了杨嘉谟的尴尬，有意为他化解这份难堪，一张英武粗犷的面孔上咧出大大的笑来，望着青崖劝和道："郡主息怒。我瞧着杨指挥这般做派倒是与我年轻时颇有相似之处，人不轻狂枉少年嘛！他若没有这份气性也成不了军中翘楚、少年英雄了。"

青崖缓缓收了锋芒，对达云还是愿意给面子的，轻轻点头道："大人说得不错，我也不是那等小气之人。"

说着目光移向杨嘉谟冷淡道："既然大人也觉得你可堪大用，那便就是你吧！杨指挥随后就到王府别院来听差，具体怎么做届时再说。"

杨嘉谟不好推托，只得将心中的不情愿强行按了下去，拱手应道："谨遵郡主谕令。"

青崖看了略觉满意，起身走下座位，对达云点头致意："叨扰大人了，告辞。"

达云轻笑着拱手："郡主客气了，您能来舍下，是微臣的荣幸。"

青崖嘴角浮起一丝淡笑，率领一众女侍从容地走了出去，衣袂飘飘间隐隐有着暗香浮动。

送了郡主出去，杨嘉谟又跟随达云进到正厅重新拜见。

达云还是一脸和善，请杨嘉谟坐下笑道："我家大郎对你一向推崇，今日一见才知你两个年纪相当，又能彼此融洽共事，这是一件难能可贵的好事啊！"

大郎说的便是达奇勋了，杨嘉谟不敢猜测达云这句话到底是在打官腔说的面子话，还是真的夸奖自己，不论是哪一种他都只能当做是嘉奖来对待。

杨嘉谟谦虚地拱手回道："末将对达指挥确是万分的仰慕。"

达云颔首，眼睛里有着深深的探究："听你和青崖郡主适才的言语，你们之前就有接触？"

杨嘉谟如实以告："嗯，见过几次，只是没有什么交际。"

"是吗？"达云显然不怎么相信，但还是没有追问下去，而是转移了话题道："郡主征粮遇到了一些阻力，她今天就是来向本将要人的，既然你与她熟悉，又新任了甘州中卫的指挥使，那便去督办这件事吧！"

杨嘉谟迟疑着应了，但还是大胆进言："大人，百姓们已经为着征粮有了怨言，有些地方甚至还闹出了人命，真要继续下去只怕民心生变，到时候怎么办？"

达云目光灼灼地盯着杨嘉谟看了片刻，继而欣慰一笑道："你能想到这些实属难得。不过嘛……"

他起身踱起了步子，杨嘉谟也忙从座中起身恭立静等下文。

达云来回踱着，最后停在杨嘉谟面前郑重叮嘱："有句话原本不该是我告诫你的，但甘州中卫虽为肃王府掌控，论到根上还是属于总兵府管辖，属于本将的麾下。你要记住，凡事大局为重，王府和郡主是主子不假，但有老百姓的拥戴才能令主子们富贵无忧。正所谓水能载舟亦能覆舟，你明白吗？"

杨嘉谟闻言一凛，躬身一揖到底真诚道："末将明白，多谢大人提点。"

"去吧！"达云深邃的双目中漾起笑来，"你新官上任，甘州中卫又与别处不同，必定是千头万绪，顺带着还要注意休养，我和我家大郎可都不愿意看你出什么问题啊！"

杨嘉谟感激地又是一揖："谢大人垂怜。"

达云笑着摆手，示意杨嘉谟不必多礼，又随口问及："听说你从程家搬出来了？"

杨嘉谟微怔，一边揣测达云问这话的意思，一边低头应道："是。"

达云若无其事地一笑："不要紧张，本将也是随口一问，搬出来了也好。你去吧！"

杨嘉谟不便多问，总觉得达总兵虽然比原来的陈总兵和蔼可亲，但凭着自己的直觉，他感到眼前这位绝不是像他表面展现出来的这么好说话的一个人。能够在肃王和侯太监的权力夹缝中坐到总兵位置上，还能分到芙蓉香当年利润的三成红利用于军饷发放，这份本事原本就不容小觑。至于问他从程家搬出来一事，杨嘉谟很快便猜到大约还是为着程英和达奇勋的婚约了，他在程家养伤想必令达云曾经很是不悦吧？

辞别了达云从总兵府出来，杨嘉谟在南跨院前未来自己办公的地方稍稍站了站，决定还是先不进去了，便出了大院一路胡乱猜想着回了榕瑾苑。

杨俊和杨嘉臣正在前院过招练手，见杨嘉谟回来都停了手迎上来嘘寒问暖，相伴着来到前厅坐下。

"明宇，怎么样？那个达总兵好不好说话，没有为难你吧？"杨嘉臣关切地询问。

杨俊截过话头去，略有嫌弃地笑话杨嘉臣："听你这口气好像小媳妇见公婆似的，三哥是去述职上任的，他达总兵好端端的凭什么随便为难？"

说罢，凑到杨嘉谟跟前笑问："三哥，达总兵跟你都说什么了？"

杨嘉臣翻了个白眼，但也大感兴趣地凑了上去。

杨嘉谟沉吟一瞬，心事重重道："让我去帮青崖郡主征粮。"

"什么？"杨俊惊愕失声，"这不是要咱们去给肃王府做鹰犬吗？"

杨嘉臣亦是不忿："还征粮哪？这么下去不是逼着老百姓造反吗？明宇，你可不能答应这差事。"

杨嘉谟苦笑一声："做不做鹰犬岂是我说了算？甘州中卫从来就是肃王府的家奴，这一点谁人不知，难道我们还能抗命不成？"

杨俊和杨嘉臣对视一眼，从彼此的眼睛里看到了一样的不甘。

"那我们就真的要去帮着那个郡主抢老百姓的粮食钱物了吗？"杨俊气恼地问道。

杨嘉谟面色沉重："大约就是那个样子了。"

杨嘉臣愤慨道："这是真不想让老百姓好好过日子了，我就纳闷了，肃王府要那么多粮食去他们吃得完吗？"

"大哥，慎言！"杨嘉谟及时提醒，看了眼厅里再没有旁人才缓声吩咐二人，"我去总兵府时正好青崖郡主也在，这趟差事无论如何也是逃不掉了，与其在这里埋怨不满，倒不如好好想一想怎么当差能够既不得罪肃王府，还可以最大可能保全百姓少受一些盘剥吧！"

杨俊不禁犯了难："三哥是想两下里讨好？这差事本身就不是人干的，恐怕很难做到。"

"难也要想办法！"杨嘉谟不假思索脱口而出，"除非咱们真能昧着良心刀尖对准百姓了。"

杨嘉臣见状赌气地拍了把胸膛："咱们的刀枪是用来杀鞑子保家卫民的，如何能对百姓动武？那却是万万不成的。明宇你说到底怎么做吧？我们都听你调遣。"

杨嘉谟陷入两难，能怎么办呢？以目前的情势来看，他什么也做不了，说得再多不过抱怨牢骚而已，想象和决心形成不了事实，一切就只是空谈。

正当三人相对惆怅之际，郑三彪快步而来，一进前厅就急慌慌叫道："明宇、二弟、四弟，出事了！"

"出什么事了？"杨嘉谟登时警觉，站起身迎上前，"郑大哥你快说，是不是发生了民变？"

郑三彪看着杨嘉谟顾不上讶异，点头道："对，甘州城里有人公然扯旗暴动，反抗肃王府征粮无度了。"

闻言，三兄弟都倏然变色。

杨嘉谟忧急起来："知道是什么人挑头吗？"

郑三彪瞟了眼杨俊，沉声道："听说叫刘十三，自称是金刀帮。"

"是他？"杨俊抢先叫道，"他算什么金刀帮的人，也敢打着我们金刀帮的旗号去造反！"

杨嘉谟看向杨俊："这么说你认识这个刘十三？"

杨俊凤眼一眯，气愤道："认识，怎么不认识了？他是我义父那一辈的人，算是帮中比较有资历的长老级人物，可是后来觊觎帮主之位，违反帮规被义父逐出帮去了，现在竟敢公然打出金刀帮的旗号，真是太胆大妄为了！"

"那他武艺如何？手上有什么实力吗？"杨嘉谟继续问道。

杨俊想了想，不屑道："武艺倒还过得去，至于实力嘛，这几年没听说他做过什么有出息的事，这回能拉起人马造反大约是顺应民意有人愿意跟随才搞出的名堂吧！"

杨嘉谟思忖片刻，眉头深深皱起吩咐三兄弟："刚刚才接了为肃王府征粮的差事，转头就出现了百姓暴动，这是一件十分棘手的事情，咱们得尽快拿主意了，免得到时候手忙脚乱无从着手。"

郑三彪这才知道杨嘉谟去了一趟总兵府竟被派了这样一个吃力不讨好的差事，当下也不禁着慌道："不会是谁故意针对你的吧？怎么事事都凑到一起来了？"

杨嘉谟摇头轻叹："多想无益，眼下来看咱们这趟差事是没有回旋的余地了，只能硬着头皮往上冲了。"

"可是你的伤势都还没有复原……"郑三彪忧心道。

杨嘉谟挥手打断，冷静道："顾不得了，如果暴动处置不当激起更大的民变，肃王还是皇叔，可咱们就处境堪忧了。"

郑三彪也不禁叹气："唉！真是多事之秋啊！"

杨嘉谟想了想，看向杨俊指派他道："启民，你和刘十三比较熟悉，能不能先想办法去探听一下那边的动静？"

杨俊点头："可以，我这就去办，保证把那老东西的底细摸清了来报你。"

杨嘉谟颔首，又看向杨嘉臣："大哥，你陪我去趟卫所，既然接了郡主的差，咱们还得去会一会那些将官军兵。"

杨嘉臣没二话点头应下。

郑三彪一看，也迫不及待了："三弟，我能做些什么？"

杨嘉谟笑了笑，把他拉到一边低声耳语一番，郑三彪听得频频点头，杨嘉臣却不知安顿了一件什么样的差事。

安排完毕，杨嘉谟不理会杨嘉臣的好奇，抬腿就要出门去卫所驻地，却见小厮引着一个衣甲光鲜的兵卫进来。

那兵卫进门向杨嘉谟一拱手，制式化地冷冰冰道："杨指挥，郡主传令请你去一趟王府别院。"

杨嘉谟这才想起，青崖在离开总兵府的时候曾说过，要他随后去一趟的，可自己竟然给忘记了。当下，只得吩咐杨嘉臣先去卫所，他则跟着兵卫直奔王府别院去见青崖。这个时候青崖命人来请，想必青崖也一定是为着民变暴乱的事情无疑了。杨嘉谟这样想着，踏进了王府别院的大门。

第五十五章
魔高一丈

肃王别院依旧富丽堂皇，无论外面如何喧嚣纷乱，都不会影响它的肃穆静谧。

再次来这里，杨嘉谟已经对这里不陌生了。比起前两次交涉小豆子抚养问题，领杨广回家的时候，这座府邸少了花叶的点缀，更增添了几分冷肃之气。

前厅的主座里，青崖身着锦衣外罩洁白的狐狸毛出锋斗篷，一张本就清丽的脸掩映其中，让她看起来出尘而娇俏。

杨嘉谟上前施礼，便听到一声淡漠的"免礼"。

檀木椅触手沁凉，有侍女贴心地送过来一只椅搭，杨嘉谟倒有些不敢落座了。

青崖淡淡开口："杨指挥有伤在身不必客气，请坐下说话吧！"

杨嘉谟只得拱手谢过，方才落座。

青崖在以郡主身份出现的时候，总爱板着一张脸，威仪十足、不容侵犯的样子，不像她穿上男装扮了王府"小将"时，即便发怒打斗时，也更有人情味。

看了眼杨嘉谟，青崖端起茶盏抿了口茶水才张口问道："杨指挥从外面来，可否听说了刁民暴乱之事？"

杨嘉谟正色回答："禀郡主，末将也是刚才得知。"

青崖冷淡依旧："你现在是甘州中卫的指挥使，应该业已了解到这个卫所的职责所在了，征粮之事既已交由你辅助完成，那便一并把平息刁民暴乱的重任也挑起来好了，对此你有什么意见吗？"

杨嘉谟哪敢有什么意见，忙起身拱手回道："末将遵令。"

青崖脸色稍霁，眉眼舒展浅浅一笑让她的面容顿时如花绽放："很好！我相信你一定能把这件事办妥。"

杨嘉谟心里没底也不便贸然回应，只能又草草施了一礼。

门外有女官脆声禀报："禀郡主，程小姐到了。"

青崖的笑容因此而浓烈起来，满眼笑意地挥手："快请她进来。"

话音未落，程英已经跨进了门，笑盈盈地走近向青崖施了一个武将的礼节："末将程英参见郡主。"

青崖一双眼睛笑得弯弯，从座中起身走下来到程英面前。

"你这尊佛可真难请，你现在终于舍得来了？"青崖笑着打趣道。

因为是在王府别院之中，周边还有女官侍卫等人在，程英笑得矜持，言语也加了一份小心，回道："郡主折煞我了，听闻有差事派下来，末将不敢耽搁可是奉命而来的。"

青崖低笑："在我面前还要自称末将，看来你已经知道我的意思了？"

程英扫了眼正向她看来的杨嘉谟，垂了眼皮答道："猜出了一些，敬听郡主吩咐。"

青崖就喜欢程英这样的直性子，又是她最为可亲的好友，便也不做虚言开门见山地直接道："眼下刁民作乱，名义上是为着征纳赋税之事，但据我所知内中还有一些阴谋，我想请你和杨指挥一起去查证处置这件事。"

程英颔首，一副已然料到的表情，毫不犹豫地应了："郡主放心，末将定不辱使命。"

"英英谢谢你！"青崖轻轻握住程英的手腕，真诚道，"这件事只有交给你我才放心。"

说着，看了眼默默静立的杨嘉谟，又郑重叮嘱："杨指挥虑事周全精于谋略，凡事多跟他商议，当不会有什么难以控制的大纰漏，你们二位务必通力协作、尽快解决这些棘手的问题，接下来父王交给我的事务才能顺利完成。"

程英是最懂青崖之人，闻言面露关切，悄悄反握住她的手点头道："我都省得，你也别太焦虑了。"

青崖和程英说着话，杨嘉谟也插不上嘴，直到此时也不知道该怎样去回复。像程英那般打包票的话，杨嘉谟说不出口，因为在没具体了解到事情本质——杨俊的消息回来之前他基本上没什么底气。他的心下微微怨怪着程英把话说得太满，担心到时候骑虎难下是其一，只怕以青崖目前的心态来看颇有些急功近利，更为忧虑的是若处置不当，再惹起百姓们更大的仇视来，那就真正不好收场了。

好在青崖还算有理智，和程英絮叨了几句之后，转头对杨嘉谟又叮嘱道："杨指挥还请记住，在处置民乱中不论多激烈也以百姓的安危为重，我不想再听到、看到无辜百姓不明事理被卷进去而白白流血了。"

杨嘉谟一怔，满含欣慰地应了声"是"，心头却不禁泛起阵阵疑惑，看青崖行事说话并不是个蛮不讲理视百姓性命为草芥之人，但外面现在都盛传她是个敲骨吸髓杀人不眨眼的女魔头，其中曲折大约与她的那些属下和肃王府豪奴欺压良善不无关系。如此一想，杨嘉谟顿时释然，再一回想当日她当街处置娘舅张洪那件事，和愿意收养患病的杨广等一系列事件，都可以看出青崖内心的柔软来。

"原来她也并不是一无是处的嘛！"杨嘉谟心底里暗自琢磨着，再看青崖的目光之中便多了份发自内心的尊重。

安顿好了大事，青崖也不虚留二人，挥手道："事不宜迟，你们这就赶紧带了人马着手平乱去吧，稍后我会视情形而定，看要不要再抽调其他二卫的军兵去助你们一臂之力。此事，就拜托两位了。"

程英拱手领命就要退下，见杨嘉谟脚步迟疑似乎还有话说，便不免稍作等待。

青崖也看到了杨嘉谟的欲言又止，眼珠一转便窥破了他的心思，略有无奈地白了眼杨嘉谟淡淡道："小豆子，哦不，现在他叫杨广了。他现在怎么样？"杨嘉谟点点头说："小杨广现在还好，谢谢郡主挂怀。"青崖笑着说："那就好，等你忙完了这件事，你们带着他来一趟，他走了我还怪想他的。"

"谢谢郡主。要是没有其他事情的话，末将告退。"杨嘉谟施施然说道，与程英一同抱拳退了出去。

目送二人离开，青崖突地绷不住笑出了声，不禁低声嘀咕："就这么爱管闲事吗？"

刘女官捧了一只手炉过来奉上，觑着青崖的脸色问道："郡主，您今天是否还要陪着九王子习字？"

青崖面露沉思，抚着手炉的纹饰想了想才道："得想个其他什么法子约束老九才行，这种时候他绝不能再随随便便跑出去瞎逛了，要是让那些人认出他的身份，后果可就不堪设想了。"

刘女官一脸凝重地附和："郡主所说也正是微臣担心的，可是九王子的性子哪是轻易听劝的，也只有郡主您才能稍加约束了。"

青崖轻叹口气，斟酌着问道："你说，把他先行送回兰州是不是更稳妥一些？"

"不可！"刘女官冲口而出，说完忙跪倒在地自责请罪，"微臣出言无状，还请郡主惩治。"

青崖弯腰扶起了刘女官，沉重道："不要动不动就下跪，我知道长史也是一片好意，没有我在身边时时看着，小九他在那王府之中还不被人拆吃入腹，连个骨头渣子都不剩吗！"

刘女官眼里闪着水光，狠狠点头道："郡主，微臣一定替您护着九王子，决不让别人动他一根头发。"

"谢谢你！"青崖诚恳说道，把手炉塞到刘女官手上迈步出门，"我还有事需要出门一趟，长史不必等我用晚膳了。"

刘女官屈膝施礼，眸中浓浓的关切一直跟着青崖的背影消失在门外才收回来。

出了王府别院的大门，程英牵着自己的马问杨嘉谟："咱们先去哪里？"

杨嘉谟抬头看着灰蒙蒙的天色答非所问道："又要下雪了。"

程英也仰头看了看天，略带不满道："故作高深好玩吗？"

杨嘉谟低头看来，没有一丝开玩笑的意思，但说出的话不自觉带了浓重的调侃意味："程小姐适才在郡主面前胸有成竹地打了包票，怎么一出门却来反问于我？难道不是在下听从你的调派行事吗？"

闻言，程英恼羞成怒，直直瞪着杨嘉谟骂道："怎么原来没发现你这个人如此不识好歹？早知如此我就不该……不该……"

程英气得找不到合适词汇，只管涨红着脸怒目而视。

杨嘉谟见状也觉得自己过分，便轻笑着抱拳："好了，是我不对，不该打趣你，在这里给你赔礼了。"

程英不是矫情之人，一看杨嘉谟认错也不便再纠缠下去，轻哼一声翻身上了马背，居高临下地说道："我才懒得跟你计较，去卫所吧，你这甩手掌柜从今日起怕是逍遥不成了。"

杨嘉谟扬手故作无奈："你有马可乘，我怎么办？"

程英抿嘴一笑，得意地拨转马头驰了出去，远远抛来一句："你自己看着办。"

杨嘉谟苦笑，望着程英飞驰而去英姿飒爽的背影摇摇头："唯女子与小人难养也！"

嘀咕归嘀咕，不得不承认程英是有真本事在身的，先到卫所去整顿兵马才能做到有的放矢，那样更有把握行事，这一点程英和他还是想到一起去了。只是，等他步行离开王府别院，又好不容易找到一个赶车的，乘了骡车来到甘州中卫的驻地时，已是一个时辰之后了。

甘州中卫大营驻扎在甘州府城北门外，白塔镇与府城官道的半中间位置，扼守着甘州的北大门。

因为有杨嘉臣先行来打前站，又有程英随后带着郡主的谕令赶到，等杨嘉谟到来，满营之中业已得到了他们要进城平乱的消息。几个之前曾到榕瑾苑去过的将官对杨嘉谟十分礼遇，知道正主儿来了，对杨嘉谟都是一片嘘寒问暖的融融之情，个个都表现得亲厚热情真像久别重逢的兄弟一般。只看得程英在一旁不断皱眉撇嘴，满脸不屑。

一番客套之后，杨嘉谟坐了指挥使的主位，将郡主的谕令又重新传达了一遍，然后才请同知王诩简述卫所军马的具体情况。

王诩是甘州本地人，在军中已经待了十余年时间，算是一个从底层熬上来的将领，但这人很有些虚浮之态，说话也是油腔滑调不大稳重的样子。

"杨指挥，我这么跟你说吧，在甘州五卫里头就数咱们中卫最能顶事了，王爷最为看重的也是咱们。"王诩得意而嚣张地笑道，"过去年年征粮都从我们营里抽调兵丁过去帮忙，哪一回不是妥妥当当办成得了赏银回来的，就今年，郡主非是看不上咱，用了左营那些饭桶去，结果怎么样？粮车被截烧毁无数，这又得二回征粮，那老百姓能答应才怪！"

杨嘉谟听得刺耳，见屋里两边坐的众将也是眼神闪烁，便淡笑着提醒道："王同知这话跑偏了，且此等言论一旦传到郡主那里还不知道会惹出什么样的麻烦来，咱们还是谨言慎行的好！你把卫所军兵情形告诉本指挥就可以了。"

王诩讪讪着收起得色，低头禀道："末将失言了，还请杨指挥勿怪。甘州中卫名册上共有五千二百人，指挥可要对着名册一一清点吗？"

杨嘉谟俊眉一挑："五千二百人？那也算是满员的了。"

王诩脸上又浮起炫耀的神色来，咧嘴笑道："那是，我们卫所身负拱卫甘州府城的重任，轻易不会被拉出去跟鞑子拼命送死，虽说军饷不能保证，但并不是没有来钱的路子，自然没有逃脱的兵丁了。"

话音才落，屋内诸将好像同时得了喉疾一般，异口同声地干咳起来，咳嗽声此起彼伏。

杨嘉谟瞧着眼前这幅场景不禁好笑，面上也忍不住带出了丝丝鄙夷之色，嘲笑道："我竟不知，兵将们什么时候以不必跟鞑子激战而感到荣耀了？那我倒是十分好奇，卫所连上阵前线的机会都没有，诸位是靠什么功劳晋升到了如今这样的品级？"

见在座诸人都程度不同地红了脸，杨嘉谟敛容严肃地质问："哪位来告诉本指挥一声，营中一个月操练几次？兵将操练的具体章程又是如何拟定的？谁负责的督练？谁又管着验收和优劣评定？"

连番质问之下，屋内顿时静默下来落针可闻，诸将中有胆大的偷偷用眼角打量杨嘉谟的神色，大多数则是眼观鼻鼻观心，一副跟我没有相干的架势。

看着眼前这群人异彩纷呈的脸孔，杨嘉谟不禁为之而气结，愤然而起气怒道："我知道诸位能爬到今天的位子都是聪明人，懂得明哲保身，还懂得趋利避害，这一点杨某不如你们良多。但是，那都是从前，从今天起把兵将操练演阵都给我当成头等大事来实行，因为这次我们面对的不是手无寸铁的百姓，让人刁难一二就乖乖拿银钱出来孝敬你，而是一群打着正义幌子的亡命之徒，他们还想着渔利百姓，又岂是被军兵吆喝几声就能轻易下跪求饶的？"

诸将被杨嘉谟一顿夹枪带棒的呵斥，说得面色通红，再也装不住事不关己的闲适来，面面相觑着不知如何是好。

一旁坐着的程英和杨嘉臣难得有了默契，彼此对视一眼都从对方眼神里看到了肯定，都为杨嘉谟雷厉风行的整顿，和不留情面训斥将官们的气势所折服。

得了训斥，王诩那副吊儿郎当的做派有所收敛，觑着杨嘉谟的脸色讷讷道："杨指挥教训得是，末将等这便立即照办起来。"

杨嘉谟扫视一圈长长叹了口气："此时照办能顶什么事？"

说着，走回座椅和缓了语气斟酌道："王同知说得其实也不错，要是就这样拉着兵将去平乱无疑是送死，但身为军人伤亡在所难免，诸位各回所部去挑选精壮军兵出来，毕竟营中还要有人留守以防不测，天黑之前务必保证三千人马能够随我进城。"

王诩原本为难的神情随着杨嘉谟报出调兵数量渐渐舒展开来，待到他话音落地忙拱手笑道："杨指挥尽管放心，三千军兵天黑之前一定整装完毕交到你手上。"

"那便这么办吧！"杨嘉谟略显疲惫地说着，继而又问，"可要本指挥亲自督办？"

王诩连连摆手："不用不用，些许小事何劳指挥大驾，你就在这里喝喝茶，末将保证绝不误事。"

杨嘉谟颔首，眼睛里有锐利的锋芒一闪而过，肃着脸挥手道："申正三刻点兵，酉时拔营，诸位若误了这个时辰我必军法从事。"

一众将官离座起身，齐齐应了声"遵命"便鱼贯撤了出去忙着整兵去了。

屋里霎时安静下来，程英睨着杨嘉谟发白的面色略带自责地上前为杨嘉谟斟茶："杨指挥的伤势都还没有好利索可不宜动气，我已经打发了小兵去准备吃食，稍后用过后先歇息片刻，等进了城咱们怕就有的忙了。"

一路赶来是很有些疲累，杨嘉谟也不客气，接过程英递来的茶盏一气喝干，缓了缓才道："我生气是怒其不争，想想那些边军的浴血奋战，再看看这些人一个个脑满肠肥还自鸣得意的样子，忍不住恼怒罢了。"

程英轻哼一声附和着："是啊！我也看不惯这些，可是又能如何呢？那个王诩说的都是事实，甘州中卫有持权，他们不用去拼命流血，还有丰厚的油水可以捞，不知羡煞了多少边军将士。"

"还不都是肃王给惯的！"杨嘉臣愤愤不平，一边自己动手倒了杯茶水一边骂道，"还有那些个督抚们，人人都觉得自己金贵，窝在繁华的甘州城里吃香的喝辣的，还生怕没有安全保证，非要这么多军兵为他们守着四门看家护院。好端端的军兵，如今哪里还有半点行伍精神？"

杨嘉谟并不觉得兄长这话过分，听得自是暗暗叫好，但有程英在侧，她又与青崖郡主是知交好友，就怕这些话传到青崖那里去惹出是非来。当下微笑着指使杨嘉臣："大哥，不如你亲自去督促整兵一事吧！免得有人弄虚作假糊弄咱们。"

杨嘉臣搁下茶盏，痛快道："我正要跟你说这事呢！看那个姓王的就不是个稳妥之人，还是我去看着才放心。"

说罢，也不管一旁程英的大笑，嘀嘀咕咕着大步走了出去。

程英边笑边打趣杨嘉谟："怎么？你怕我去郡主跟前告状，说你兄长对肃王不满吗？"

杨嘉谟讪然，同时心头顿感轻快，程英既然都看透了他的顾虑，也便没有要去搬弄是非的必要了。

"防患于未然嘛！"他笑着道，并不否认自己之前的想法。

程英一眼瞪过来，笑骂道："别竹筒里看人，我可不是那些整日里无所事事，专爱拿人短处当消遣的闺中小姐们，什么能说什么不能说还不知道吗？"

杨嘉谟笑着点头，程英行事光明磊落有大丈夫胸襟，这一点他已经有所了解，并为之而深深赞赏。

"行行行，算我小人之心好吧！"杨嘉谟自我调侃，也算是给程英道歉了。

程英自是不以为意，摆手道："这些鸡毛蒜皮的小事就别提了，不如咱们来合计合计稍后进城该如何部署吧！我总觉得暴乱一事没那么简单。"

杨嘉谟正色点头："你说的跟我想的一样，一夜之间就能扯旗暴动，没有大量的前期准备和阴谋策划是绝难成气候的，更遑论快速聚集，已经上万人的规模了。"

"你是说有人故意针对青青？"程英秀眉紧蹙着问道。

杨嘉谟目中碎芒灼灼，嘴角冷笑："郡主负责征粮本就是个得罪人的差事，何须故意针对？只怕谋划这一切的人另有所图。"

程英倏然变色，急急问道："你说会不会是鞑子的阴谋？他们煽动百姓内乱，想要借机对边关兴兵？"

杨嘉谟似笑非笑地看着程英因为紧张而发白的面色："你是不是反应过度了？不要事事都往鞑子身上扯。也许是有奸细混杂在内的，但他们还没有那么大的势力能够把手伸到甘州府城来直接参与谋划。"

"那你说另有所图？"程英略略放松，不服气着嘟了嘴小女儿情态十足地说道，"难道你知道他们在图谋什么？"

看着程英这个孩子气的表情，杨嘉谟微觉心动，下意识地伸手刮了下她的鼻子，笑道："我亦没有那么大的本事！"

程英捂住自己的鼻梁愣愣看着杨嘉谟，这般亲昵的行为她并不陌生，可那都是哥哥程槐对自己才会有的，杨嘉谟他居然也做了出来，还做得如此自然一点都不显突兀。什么时候，他们两个人之间竟熟悉到这种程度了？程英想不明白，又觉得似乎是明白了什么，脑袋里头反而像是熬了一锅浆糊，混混沌沌而又热气蒸腾。

杨嘉谟更为意外，盯着自己还举在程英面前的手掌半晌没有回过神来，及至看见程英一双大眼睛里清晰无误地投射出自己的影子，那副傻傻不知所措的错愕令他一张俊脸霎时涨红。

"那个……对不住哈……我……"杨嘉谟收起手，结结巴巴地澄清着。

见程英还是一动不动地愣在那里，他定了定神又急忙解释："我家里有叔伯家的妹妹，她们跟人使小性子的时候就爱做出嘟嘴的表情来，我……我一时……一时……"

"一时怎了？"程英总算开口了，眉眼间笼罩着一层说不清道不明的气息，微微红着脸垂了眼皮，故作大度地笑道，"你是想说把我也当成妹妹一样对待了是吧？那有什么呢，我不会怪你唐突的。"

杨嘉谟如释重负，偷偷吁了口气："程小姐不愧是驰骋沙场的人，胸襟自不是寻常闺中女子能够相比的，你能释怀我便放心了，否则真不知该怎样赔罪才能解了这场误会。"

程英此刻已是镇静下来，闻言轻轻瞪过来不满道："我都说了，这些都是鸡毛蒜皮不提也罢，还是商议大事吧！"

杨嘉谟愕然，难道自己丞不如一个女子分得清轻重缓急了不成？一念及此，心头那份尴尬顿时烟消云散，敛容道："也好！趁还有时间，咱们是得拿出个章程来，你有什么想法？"

程英正待回答，就听门口有小兵回禀："程小姐，杨指挥，饭菜好了。"

"还挺快的，"程英说着起身吩咐，"都送进来吧！"

小兵得了令，领着两个拎了食盒的火头军进来。

程英快步过去，亲自动手取了饭菜摆在大厅侧旁的宴息间桌上，挥手命小兵退下才笑着招呼杨嘉谟："过来吃饭吧！"

言语随意中带着亲昵，倒像是回到了在程家养伤的那段时日，程英每天都为杨嘉谟亲手摆饭的温馨时光。

杨嘉谟也不客气，坐下来接了程英递上的筷子便开吃，一边也招呼程英："你也一起用吧！"

程英笑盈盈地捡了块烧饼，嫌弃道："这样的饭菜也就你能吃得这么香了。"

杨嘉谟一愣，随即大笑："这已经够好了，我曾经还吃过剩了几天的馊饭呢。"

程英笑容浅淡，看着杨嘉谟吃得香甜的侧脸，眼眸渐渐温柔起来。

第五十六章

庐山真面

冬日里天黑得早，但赶在城门落锁之前，杨嘉谟还是带着三千军兵如期进了甘州府城。根据他和程英商定好的计划，他命军兵在肃王府别院附近的一块空地上安营扎寨。

之所以选中王府别院附近作为营地，有对青崖郡主的守卫保护之意在，更多的考虑则是这里地势够宽阔，足以容纳三千将士驻扎操练，而不必惊扰百姓。然而军兵一旦驻扎，让本就人心惶惶的府城内部更增恐慌。

到了目的地，杨嘉谟指挥军兵扎营，程英则去了别院求见青崖，向她说明在这里驻军的必要，同时也将她和杨嘉谟制定的章程说给青崖听，看是否还有遗漏和疏忽之处。

杨俊也在之后不久寻了过来，在杨嘉谟刚刚搭起的营帐里汇报着自己这一天来打听到的消息。

原来那个刘十三——暴乱人群的挑头者只是名义上的为首之人，而背后真正主事的却另有其人。杨俊动用了一切关系，凭借着自己是金刀帮帮主的身份，收买了一个曾经是金刀帮帮众，后来不得已随那刘十三反出帮去的人，这才打听到了部分内情。

"刘十三就是个棒槌！"杨俊不屑道，"你知道我为什么这样说他吗？"

说完也不等杨嘉谟回应，紧接着又道："我听'骆驼'说，他连那个人的容貌都没能见到过，就只为着对方价码出得高便接了这个活，为了钱连命都不要了。"

骆驼，就是杨俊收买的那个刘十三的手下的绰号。

杨嘉谟听得直皱眉："造反是杀头大罪，刘十三不可能不清楚，在明知道会送命的情形下还敢这么做，那对方给他的就不仅仅是银子了，应该还许了他最后全身而退的承诺了吧？"

杨俊点头："你猜得没错，'骆驼'说刘十三曾亲口告诉他，不管事情到了最后是个什么结局，那个人都答应要为他们收拾烂摊子，还承诺一定会保刘十三性命无虞。"

"什么人敢夸这么大的海口，打听到了吗？"杨嘉谟感兴趣地问道。

杨俊撇嘴："没有。刘十三都没见过真容的人，即便说了姓甚名谁怕也是随口胡诌的了。"

杨嘉谟深以为然，想了想对杨俊言道："你带来的消息非常重要，我这就去求见郡主议事，等会儿你与我大哥一起在此等候郑大哥前来，今夜怕是咱们兄弟都睡不成觉了。"

杨俊应了，送杨嘉谟出帐看着他跨马去了王府别院不禁嘀咕："要不是看着老百姓无辜，我才懒得管肃王府的闲事呢，狗咬狗一嘴毛。"

"你嘟囔什么呢一个人在这里？"杨嘉臣正好赶来，从后拍了把杨俊的肩膀笑问。

杨俊转身，没好气地往营帐里走，埋怨着高叫："我奔波一天了你也不说找点吃的来，快饿死了。"

杨嘉臣哈哈一笑跟了进来，一手从背后拿出来个纸包举着道："你这家伙真有口福，看看是什么。"

杨俊说的是真话，他忙着探听消息真的是水米未进，见杨嘉臣手里油乎乎的纸包便眼放异彩地笑道："又是哪个小将官巴结你孝敬的吧？还不赶紧拿过来开吃。"

杨嘉臣笑着上前摊开了纸包，一只肥得流油的烧鸡在灯下闪烁着诱人的光泽，看得人垂涎欲滴。

杨俊向来斯文，此刻却什么也顾不得了，动手撕下一只鸡腿便饕餮起来，还不忘使唤杨嘉臣："倒水啊，没一点眼力见儿。"

杨嘉臣好脾气地给他倒了一碗水来，看着杨俊吃得狼吞虎咽大笑道："真该让重霞她们看看你这副粗鲁的样子，戳穿你这个斯文败类的假面具。"

杨俊瞪了一眼，吃得满嘴流油道："看在你还知道给我留一只鸡的分儿上，等她们几个回来我帮你问问，看有谁愿意嫁给你好不好？"

杨嘉臣登时脸红，让忙着吃鸡腿的杨俊差点捧腹："哥哥，你这样的块头咱能别动不动就脸红吗？你想把我笑死不成？"

杨嘉臣强忍着想要暴揍一顿杨俊的打算，气恼道："我才不指望你发善心，要问也是我自己去问，还用你？"

说着，不免担心地又道："说实话，你到底打发她们几个去做什么了，有没有危险？她们可都是姑娘家，你也真够心狠的了。"

杨俊抹着油乎乎的嘴满不在乎："这个你先别问，该让你知道的时候不就知道了嘛！有这好奇心不如猜猜郑大哥今天被派了什么差事吧？"

杨嘉臣说不过杨俊，只得坐下来认真道："郑大哥出去还没回来，看他和明宇神秘的样子，想来定是一件非常有趣的差事了。"

"那也不见得，"杨俊又撕了条鸡腿啃着，"不让你我知道，那便是事关重大了。"

杨嘉臣沉默下来，不知道想到了什么眉头微微皱着，神情间与杨嘉谟颇多相似。

在离他们不远处的王府别院之中，青崖正和杨嘉谟与程英计议大事，与白天稍有不同的一点是，今晚议事詹德贤也破例在座。

"詹管事，给我父王的书信可都送出去了？"青崖郑重问道。

詹德贤恭肃回应："早间就已经遵照郡主的意思发出去了，用的是六百里加急。"

青崖微微颔首，转头看向杨嘉谟："杨指挥适才所说的情况与我所料相差无几，那人既然藏头露尾定是有所顾忌，要想办法尽快找出他，如此方才可以釜底抽薪，彻底解决问题。"

杨嘉谟应了，试探着劝谏："郡主，末将有一件事斗胆进言，还望郡主采纳。"

"哦？"青崖通透的眸子直直看向杨嘉谟，"什么事，你且说来听听。"

杨嘉谟起身拱手，言语诚恳道："末将能否请郡主将征粮之事先放一放？"

青崖眼眸一暗没有答话，但犹豫之色渐渐浮上脸庞，显然为杨嘉谟的提议有所思考和权衡。

詹德贤在一旁看着却勃然冷斥："杨嘉谟你放肆！你知道自己在说什么吗？"

除过上次在别院厅堂门口的匆匆一瞥，这是杨嘉谟第一次和詹德贤正式坐下来交谈，以前的印象不深，但对他的倨傲却有些记忆。

见詹德贤一个王府管事就敢当着青崖的面呵斥自己，杨嘉谟自是不甘示弱，冷冷看过去反问："詹管事想要说什么？郡主已经为征粮之事焦头烂额，外面还有那么一群人趁机滋事，如果再不停下征粮的步调，只怕暴乱不好平息。"

詹德贤轻蔑一笑："我当然知道刁民滋事不好办，否则王府军卫就镇压了，又哪里轮得到你在此地大放厥词？停止征粮，那你却要将郡主置于何地，让郡主公然反抗王爷的谕令不成？"

"我何曾是这个意思了？"杨嘉谟气恼着詹德贤的有意带偏，对上座的青崖一拱手又道，"郡主明鉴，末将的本意是担心非常时期继续暴力征收赋税，会被那些人趁乱利用、生事，到时候再鼓动更多不明就里的百姓加入声讨，那可就真的成了反叛了。"

青崖面上的犹豫之色更甚，迟疑道："你说得也有道理……"

"郡主，万万不可！"詹德贤也坐不住了，起身劝阻，"真这么做了，王爷那里您可不好交代，不如等兰州回信再行决断吧！"

说罢，惊觉青崖最是看不惯别人替她做主，又急忙撇清自己道："微臣本无置喙的余地，一切自是遵从郡主之意行事。只是，还请郡主体念微臣的一片好意，在王爷没有允准之前谨慎为上啊！"

青崖颔首，看了看杨嘉谟又扫了眼詹德贤，缓缓起身说道："我明白，你们都是好意，但就按杨指挥说的办吧！詹管事连夜起拟告示，把停止征粮一事明白无误地写进去，我要让甘州的百姓在明天天亮之后家家户户都知晓。"

詹德贤还想劝阻，杨嘉谟已是满面欣慰，向青崖拱手赞道："郡主英明，甘州的百姓一定会感激您的。而那些乌合之众的阴谋，也必然掀不起什么大浪来。"

青崖抬袖拂了下，从脸上到眼底涌起一股决绝来，坚定道："我做这些不为谁来感激，百姓之苦亦可感同身受，只求一个问心无愧罢了。"

虽然青崖说得淡漠，但杨嘉谟心头到底难掩热烈，带着深深的赞赏和敬佩恭敬一礼，诚挚道："末将代甘州百姓谢过郡主大恩！"

直起身来，杨嘉谟眼中有着淡淡的忧虑，看了眼灯影里青崖完美的五官轮廓，又朗然说道："郡主违抗王爷谕令停了征粮，此事全因末将进言而致，等顺利平乱之后，末将愿亲随郡主前往兰州，向王爷当面请罪。"

程英此时方才有机会插言，连忙也走上前来与杨嘉谟并排而立，傲然说道："还有我。我们决不会看着郡主为平息暴乱、为百姓着想而被王爷责罚，到时候是杀头还是下大狱，我和杨指挥都不会袖手旁观。"

程英没有一点夸张，青崖颁布停征告示，不单单是违抗父命一条罪状，还要面对王府之中那些一向看她不惯正愁抓不到青崖错处的人的刁难。很有可能，肃王一气之下就此厌憎了她，那青崖在王府中的地位可就岌岌可危了，而一直受她保护的九王子朱识鋐便更加没了话语权，再也入不了王爷的眼，成为人人厌弃、连个体面管事都不放在眼里的人。要知道，在那座金碧辉煌的王府里，若是没了王爷的看重，即便王子、郡主也难有出头之日，更别说将来的姻缘亲事，恐怕还不如王妃顺手赏人的一件器物贵重了……

青崖明白，这是程英在真心为她担忧，但不得不承认杨嘉谟的话语对自己更有触动，锦衣玉食虽好，可违背了自己的良心换来的富贵荣华，于她而言是折磨不是享受。

上前握住程英的手，青崖轻轻笑了笑，却转头看向杨嘉谟道："我既然敢这么做就不怕什么了，后果不是没想过，但还没有到非得让杨指挥来背锅的程度，这个你不必自责。"

说着，拍了拍程英的手又道："去吧，天亮之前就辛苦你们了！"

程英张嘴欲要安慰，发现自己什么都说不出口，青崖的苦衷也许只有自己明白，看着她坚定的眼眸，一阵酸楚涌上喉头直憋闷得她眼含水雾。

詹德贤在一旁看了，已知青崖决心难改，便也只是微微叹口气低头禀道："微臣这就下去草拟告示，稍后再拿来请郡主过目。"

青崖摆手，简短地嘱咐："要快！"

詹德贤不敢耽搁，躬身应着退了下去。

杨嘉谟见了也拱手告退，青崖说得没错，今夜他们将会很忙碌，他还得赶回营地部署去。

青崖也不客套，吩咐了二人几句便送杨嘉谟和程英离开。看他们走了，青崖旋即回到内院屏退所有随身服侍的女侍等人，声称累了要早早歇息便关门闭户了。

刘女官虽有疑惑，但想到近日以来郡主的确事务缠身劳心劳力，想必是真的累了便也不忍打扰，细心地嘱咐了侍女们在门外值守，刚要退下却听青崖隔着门扉叫她近前。

刘女官上前，在门前躬身："微臣在，郡主有什么吩咐？"

青崖清淡的声线从门扉里传来："稍后詹管事会过来禀事，长史且告诉他直接送往杨嘉谟处即可，不必再来回我。"

刘女官恭肃应了："是，微臣遵命。"

屋内传出一阵轻轻的衣裙窸窣之声，再没了动静。刘女官轻手轻脚走到阶前侍立等待，等詹德贤来传过了郡主的令她才能退下。

月色清寒，初冬的夜晚总是有种怅然若失的孤寂，令人心头也多了一份驳杂而又难以理清头绪的清愁。

一样的夜晚，不一样的喧嚣，别院之外的军兵驻扎营地里却是一派奔走忙碌的景象。

从王府别院回来，杨嘉谟紧锣密鼓地铺排起了军兵分组之事，以备稍后詹德贤送了告示出来便进行誊抄、张贴。半个晚上的时间，在甘州府城四街八巷都贴出来问题不大，最要紧的还得派人连夜出城送往其他县府，这才是重头戏，而且还是不能多做耽搁的大事。城内刘十三作乱是打着反抗征粮的名头，不可能不在各个县府鼓动滋事，青崖能够采纳自己的谏言停止征缴税赋，但老百姓还不知道这个好消息。因此，一定得用最快的时间把这件事宣扬出去，只要百姓们知道了就会停止反抗安生过日子，那刘十三和他背后那个神秘人不论抱着怎样的目的，都将会失去造反的由头，那平乱事宜也必将事半功倍轻松很多了。

挑选了精壮兵丁和脚力优良的战马出来，又将剩余军兵划分了四大队，分别安排王诩、杨嘉臣等人带队各自负责甘州府城的东西南北四城，之后便只等詹德贤送告示来了。

杨嘉谟回到营帐，才刚缓了一口气就见郑勉和常有福联袂而来，身后还跟着一干督抚衙门的官员们，俱都脸色阴沉怒气冲冲的样子，大有兴师问罪的架势。

"杨嘉谟，你好大的胆子！"郑勉面色不豫地走近，指着杨嘉谟就是一句呵斥。

杨嘉谟不敢怠慢，急忙拱手施礼不解道："末将参见巡抚大人，参见常都司，不知大人们深夜来此有何训示，末将洗耳恭听。"

郑勉怒不可遏地继续训斥："好一个不知为何！我来问你，不得督抚二司之命，又不经过总兵府的调令，你竟敢私带卫戍军兵进城是想要干什么？眼里还有没有朝廷律法，有没有官长尊卑？"

原来是为了这个？杨嘉谟张嘴欲辩，却又被常有福打断。

"杨嘉谟，看你这架势似乎胸有成竹啊？"常有福不像郑勉那般气急败坏，但言语之中也难掩嘲讽，冷笑着问道："在这里扎营，想必是得了郡主允准了是吧？"

说完，话锋一转严厉地质问："便是得了郡主赏识也要行事有章法才对，你这样不哼不哈地就率军进城，到底是要平叛还是伺机反叛谁知道？"

郑勉气咻咻地接话，不给杨嘉谟辩解的机会："别人都是吃一堑长一智，你杨嘉谟却是屡教不改，是谁给了你这个胆子？"

杨嘉谟俊眉紧蹙，尽管极力忍着但还是心头火起，张嘴就要反驳回去，却听一道清凛凛的声音在营帐口响起。

"是我给他的胆子，也是我给他的权力！"青崖身着戎装，腰间挎着一把宝剑威风八面地走了进来。

众官吏一见齐齐愕然，及至认出是青崖郡主之后，都忙拱手见礼，谦卑之态与面对杨嘉谟时自是全然不同。

青崖缓缓走到杨嘉谟身边，眸中寒意不减地看着打头的郑勉和常有福问道："二位大人深夜不在家中高床软枕地安睡，跑到这里来兴师问罪，是对本郡主有意见，还是你们压根儿就不将刁民作乱之事放在心上？"

二人急忙将身子又躬下去了两分，连称不敢。其他官吏见了，更是恨不得把头低到尘埃里去，生怕被当做靶子成为郡主的发怒目标。

青崖重重哼了一声，一把扯下宝剑扔到二人面前的地上，惊得郑勉和常有福俱都后退一步，才又急忙摆出躬身聆训的样子来，低垂着头不敢多说半句。

"尸位素餐！"青崖沉沉说道，"乱民就在城内到处鼓惑百姓造反生事，你们看不见还是听不见？即便真是耳聋眼瞎了，或者是害怕了，那便安稳待在府上不要出来，本郡主也并不指望你们能做什么！"

青崖睨着一众官员，微敛了怒容强势吩咐："我已经专门指派了甘州中卫指挥使杨嘉谟处置平乱一事，本郡主亲自督办，非常时期不受督抚衙门辖制，更不受总兵府调遣。诸位无事都回去吧，你们只需配合，无需干预。"

说罢，青崖盯着地上的宝剑冷笑："谁有意见或者不满，就对着我的宝剑讲吧！"

自然谁都没有意见，即便有点想法还哪敢说出口，都噤若寒蝉地沉默不言。

"郑巡抚，常都司，二位刚才不是对杨指挥横加指责吗？怎么，现在无话可讲了？"青崖淡淡问道。

郑勉乃是肃王一力保荐，对深得王爷爱重的郡主自不敢有所违拗，闻言忙直了直腰笑道："郡主谕令下官自当遵从，之前也是没有了解清楚事情的始末，听信了门下一面之词才赶来问责。还请郡主见谅！"

常有福见状也忙解释："郡主明鉴，下官今天整日都因为乱民之事忙得团团转，一心只想着为郡主分忧解劳，听到杨指挥带兵进城也是吓出一身冷汗来，生怕出了岔子才赶来问上一问。"

"要知道是郡主调遣而来，下官等哪里还用这般着急呢！"郑勉又笑着补充道。

青崖杏眼一立，瞪着二人凌厉反问："听二位大人的意思，是在怪本郡主没有向二位禀告一声了？"

郑勉和常有福齐齐弯了腰，异口同声地谦恭道："微臣不敢！"

青崖面上露出一丝不耐，挥手吩咐："算了，你们都退下吧！本郡主和杨指挥还有要事商谈，但有需要再传唤你们。"

"下官告退。"郑勉和常有福巴不得赶紧离开。

其余官吏自也赶忙效仿，拱手施礼道："下官等告退。"

青崖已是十分不耐烦，转身走到杨嘉谟的帅座中看起了城防图。

郑勉和常有福匆忙交换了一个眼色，直起身看了眼杨嘉谟才缓缓退走。

杨嘉谟自不敢仗着青崖撑腰而放肆，拱手送众官出了营帐。

到了帐外，郑勉不屑地盯着杨嘉谟言道："你很能干啊杨嘉谟，这么快就能获得郡主赏识，我且看你这乌鸡究竟能不能变凤凰！"

杨嘉谟谦恭依旧，不愿也没时间打嘴仗，便抱拳一礼不卑不亢地回道："末将还有军务在身，就不远送大人了，您请走好。"

郑勉气哼哼地甩了袍袖转身离去。

常有福则笑眯眯地看着杨嘉谟，上前拍了把他的肩膀意味深长地笑道："年轻人不错，真是后生可畏啊！"

杨嘉谟看不懂常有福表情里的含义，只得含混施礼："都司大人好走，恕末将不远送了。"

常有福颔首，颇为客气地回道："留步留步。"

说着，又深深打量杨嘉谟一眼才走开。

一众官吏见督抚都走了，俱都一脸无趣地跟着离去，营帐前总算恢复了肃静。

杨嘉谟摇摇头觉得颇为好笑，又感到些许无奈，便也转身回了帐中。

听到脚步声，青崖抬眼看来，脸上早不见了适才教训众官吏的冷峻，看着杨嘉谟抿嘴一笑问道："那些烦人的官儿们都走了？"

灯光氤氲中，青崖又扮作了"小将"，她笑容舒朗眉眼间也恢复了初见时的轻灵生动，仿佛换了一个人似的，让杨嘉谟不禁为之而一呆。

"怎么，不认识了？"青崖精致的面容上浮起调皮的意味，一手抬起比照着杨嘉谟站立的位置说道，"你往前来一些，到灯下来。"

杨嘉谟不知道她要做什么，但还是顺从地往前走了两步，站在了灯光明亮的地方。

青崖并不起身，手掌上举隔空遮挡住杨嘉谟的下半部面庞，盯着他一双俊眉修目浅浅笑道："果然是你！"

杨嘉谟愣了愣，随即恍然大悟，面色却因为窥破了青崖这句话的意思而大变。

"郡主，我……"杨嘉谟急于解释。

青崖放下手臂，笑得精明如狐："不必说了，是债迟早总要还的，你说呢？"

杨嘉谟苦着脸："郡主想要我做什么？"

青崖一手托着下巴，细细端详杨嘉谟的面容，露齿一笑："你猜！"

2021 年 1 月 4 日一稿于张掖陈玉福工作室

2021 年 3 月 5 日三稿于张掖市甘州区甘州府城四合院

鸣谢：

中共张掖市委、市政府

中共甘州区委、区政府

中共张掖市委组织部

中共张掖市委宣传部

张掖市文学艺术界联合会

中共甘州区委组织部

中共甘州区委宣传部

策划团队：

主　任：蒋立伟　刘　波

副主任：谢青春　程　琦　贺学忠　陈玉福

委　员：张剑波　代定忠　王　瑞　李红新　唐国增　张银德

　　　　张　兰　蒋　云　刘红燕　刘正鹏　贾　兴　武强华

项目实施：

张掖市文联陈玉福优秀专家工作室

张掖市甘州区陈玉福专家工作室

项目负责人及作者：陈玉福

项目团队：

杨成梅　武建学　郭　华　广成文　王月明　铁　彬

韩新文　李国生　杨生伟　蒋振峰　邵丰年　董　霞　何海萍

图书在版编目（CIP）数据

八声甘州之云起／陈玉福著 . -- 北京：作家出版社，

2021.8

　　ISBN 978 - 7 - 5212 - 1441 - 3

　　Ⅰ . ①八…　Ⅱ . ①陈…　Ⅲ . ①长篇小说 – 中国 – 当代

Ⅳ . ①I247.5

中国版本图书馆 CIP 数据核字（2021）第 098676 号

八声甘州之云起

作　　　者：陈玉福
责任编辑：田小爽
装帧设计：昇一设计
出版发行：作家出版社有限公司
社　　　址：北京农展馆南里 10 号　　　邮　　编：100125
电话传真：86 - 10 - 65067186（发行中心及邮购部）
　　　　　　86 - 10 - 65004079（总编室）
E – mail: zuojia@zuojia. net. cn
http: // www. zuojiachubanshe. com
印　　　刷：中煤（北京）印务有限公司
成品尺寸：170 × 240
字　　　数：486 千
印　　　张：29
印　　　数：1—30000
版　　　次：2021 年 7 月第 1 版
印　　　次：2021 年 7 月第 1 次印刷
ISBN 978 - 7 - 5212 - 1441 - 3
定　　　价：62.00 元